Richard Schwartz
Der Kronrat

PIPER

Zu diesem Buch

Das vollständige und ungekürzte Finale der mehrfach für den Deutschen Phantastik Preis nominierten Serie: Endlich haben Leandra, Havald und ihre Gefährten die alte Kaiserstadt Askir erreicht. Hier hoffen sie, Hilfe für die Heimat der Magierin zu finden. Die Bewohner von Askir sind jedoch selbst in Not, denn ein altes Geheimnis erschüttert die Allianz der Sieben. Den Gefährten wirft man vor, für bedrohliche Naturkatastrophen verantwortlich zu sein. Und Havald wird vorhergesagt, dass er den Krieg der Götter auslösen und gegen Kolaron verlieren wird. Denn nur der Tochter des Drachen ist es vergönnt, den Nekromanten zu vernichten ...

Richard Schwartz, geboren 1958 in Frankfurt, hat eine Ausbildung als Flugzeugmechaniker und ein Studium der Elektrotechnik und Informatik absolviert. Er arbeitete als Tankwart, Postfahrer und Systemprogrammierer und restauriert Autos und Motorräder. Am liebsten widmet er sich jedoch phantastischen Welten, die er in der Nacht zu Papier bringt – mit großem Erfolg: Seine Reihe um »Das Geheimnis von Askir« wurde mehrfach für den Deutschen Phantastik Preis nominiert.

Richard Schwartz
Der Kronrat

Das Geheimnis von Askir 7

Die ungekürzte Fassung

Entdecke die Welt der Piper Fantasy:

Piper Fantasy.de

Von Richard Schwartz liegen im Piper Verlag vor:
Das Geheimnis von Askir:
Band 1: Das Erste Horn
Band 2: Die Zweite Legion
Band 3: Das Auge der Wüste
Band 4: Der Herr der Puppen
Band 5: Die Feuerinseln
Band 6: Die Eule von Askir
Band 7: Der Kronrat

Die Götterkriege (Serie)
Die Lytar-Chronik (Serie):
Die Sax-Chroniken (Serie)
Die Eisraben-Chroniken (Serie)
Schwarze Wacht

Inhalte fremder Webseiten, auf die in diesem Buch hingewiesen wird, macht sich der Verlag nicht zu eigen und übernimmt dafür keine Haftung. Wir behalten uns eine Nutzung des Werks für Text und Data Mining im Sinne von § 44b UrhG vor.

Erweiterte Neuausgabe
ISBN 978-3-492-26822-6
April 2010 (TB 6722)
1. Auflage Juni 2011
10. Auflage November 2025
© 2010 Piper Verlag GmbH, Georgenstraße 4, 80779 München, *www.piper.de*
Für einen direkten Kontakt und Fragen zum Produkt wenden Sie sich bitte an:
info@piper.de
Umschlaggestaltung: Guter Punkt, München
Umschlagabbildung: Uwe Jarling
Satz: Satz für Satz, Wangen im Allgäu
Gedruckt von ScandBook in Litauen
Printed in the EU

Was bisher geschah

Der Nekromantenkaiser Kolaron bedroht sowohl Askir, das zerfallene Reich Askannons, als auch die Neuen Reiche, die Heimat von Havald und seinen Gefährten. Ein Bündnis gegen diesen Feind ist dringend vonnöten. Auf der Reise zum Kronrat in Askir verschlägt es Havald auf die Feuerinseln, und er und seine Freunde stellen mit Entsetzen fest, wie weit die Vorbereitungen des Feindes bereits gediehen sind.

Schwarze Legionen stehen kurz vor dem Angriff. Auch in der Stadt Askir hat der Feind auf magischem Weg eine Attacke gestartet, die im letzten Moment zurückgeschlagen werden konnte. Und jetzt verhindert nur ein mysteriöser Vulkanausbruch auf den Feuerinseln den Großangriff Kolarons. Denkbar schlechte Bedingungen für Havald, um beim Kronrat Gehör zu finden, denn die Menschen der betroffenen Regionen wissen nichts vom Feind und geben stattdessen ihm und seinen Gefährten die Schuld an den Verwüstungen.

1. Ankunft

Die beiden Leuchtfeuer standen so hoch am nächtlichen Himmel, dass ich kaum glauben wollte, dass die dunklen Türme der Seemauern, auf denen sie standen, wirklich von Menschenhand erschaffen worden waren.

Ich befand mich zusammen mit den anderen auf dem Achterkastell der *Sturmtänzer*, einem kaiserlichen Schwertschiff, das uns vor wenigen Tagen vor einem nassen Grab bewahrt hatte. Als die dunklen Schatten der mächtigen Seemauer näher kamen, konnte ich kaum fassen, dass die lange Reise endlich zu Ende war.

Erst als wir langsam durch das mächtige Seetor fuhren, erkannte ich das ganze Ausmaß der riesigen Anlage: Die Seemauer schien mir fast breiter als die *Sturmtänzer* lang. Vor uns öffnete sich der Hafen der alten Kaiserstadt, und ich kam mir vor wie ein kleiner Junge, der staunend etwas betrachtete, das er weder verstehen noch glauben konnte. Der Hafen von Aldar war mir groß erschienen, der der Feuerinseln noch größer, aber das alles war nichts gegen den Anblick, der sich mir nun bot, denn dieser Hafen allein war größer als meine Heimatstadt Kelar!

In der Ferne sah ich mächtige Mauern aufsteigen, und noch weiter hinter diesen Mauern ragte ein hell erleuchtetes massives Rund in den klaren Nachthimmel.

»Was ...«, begann ich, doch ich fand die richtigen Worte nicht.

»Das ist Askir«, sagte Serafine leise an meiner Seite. »Doch was du hier siehst, ist nur der kleinste Teil der Stadt, der Hafen. Dort hinter der Mauer, die den Hafen umschließt, liegt die Zitadelle, der Sitz der Macht des Alten Reichs.«

Ich nickte nur, sah mich staunend um und suchte nach Zeichen dafür, dass diese mächtige Stadt kürzlich angegriffen worden wäre, doch ich fand keine. Dafür bemerkte ich gut ein halbes Dutzend Jagdboote, die uns mit schäumenden Rudern entgegenkamen. Ein heftiger und kühler Wind wehte, und mich fröstelte.

Von hinten schmiegte sich Leandra schon fast Schutz suchend an mich. »Ich glaube«, sagte sie fast flüsternd, »wir sind endlich angekommen.«

»Wenn ihr mich fragt«, meinte Zokora, »wurde es auch langsam Zeit.«

Damit hatte sie unbestritten recht. So lange waren wir schon unterwegs, dass ich Mühe hatte, die Tage und Wochen auseinanderzuhalten. Waren es wirklich nur sechs Wochen gewesen? So viel war geschehen, dass sie mir wie Jahre vorkamen.

Ich spürte den warmen Atem Leandras in meinem Nacken, während ich meinen Umhang fester um mich zog. Nach der Zeit in Bessarein war mir dieses Klima entschieden zu kühl.

Eine schlanke Gestalt kam den Aufgang hoch und gesellte sich zu uns, um dann forschend in die Nacht zu spähen. »Endlich zu Hause«, seufzte sie, und ihre Stimme klang belegt. Dies war Schwertmajorin Elgata, Kommandant der *Schneevogel*. Vor wenigen Tagen erst war das stolze Schiff gesunken, nachdem es Stürmen, Wyvern, Nekromanten und der größten Welle getrotzt hatte, die es wohl jemals gegeben hatte. Sie hatte nicht nur ihr Schiff verloren, sondern auch den größten Teil ihrer Mannschaft, darunter gute Freunde wie ihr Erster Offizier Leutnant Mendell und ein Korporal namens Amos, der mir erst den Schädel eingeschlagen und dann das Leben gerettet hatte.

Mendell besaß Familie hier. Doch diesmal würde niemand auf ihn warten. Seine Angehörigen wussten bereits, dass er den Tod auf See gefunden hatte.

Nicht nur er.

Kurz nachdem wir mit Hilfe der Elfen, die seit Neuestem eine Allianz mit Bessarein eingegangen waren, von den Feuerinseln hatten fliehen können, war der Vulkan, der diesen Inseln ihren Namen gab, in einer mächtigen Eruption ausgebrochen. Seitdem die *Sturmtänzer* uns aufgenommen hatte, waren ständig Nachrichten mit den Semaphorentürmen entlang der Küste ausgetauscht worden, und so wussten auch wir mittlerweile vom ganzen Ausmaß dieser Katastrophe.

Während wir die letzten Tage ohne Probleme und Störungen hinter uns gebracht hatten, hatte das Alte Reich schwer gelitten. Janas, die Küstenstadt des Turms, nur wenige Seemeilen von dem Vulkan entfernt, hatte es am schlimmsten getroffen. Eine Woge, so hoch wie fünf Häuser, war über die Stadt hinweggefahren, hatte sie in Trümmer gelegt und alles vor sich hergetragen, was man sich denken konnte. Anders als die Städte meiner Heimat war Bessarein dicht besiedelt, und nach dem, was wir gehört hatten, waren unzählige Menschen in den Fluten umgekommen.

Die Welle hatte entlang der gesamten Küste des Alten Reichs Tod und Verderben gebracht; selbst in der viele Seemeilen entfernten Stadt Aldar, der Hauptstadt des Königreichs Aldane, hatte es Opfer gegeben. Ein großer Teil der königlichen Flotte dort war auf ihren Liegeplätzen versenkt oder schwer beschädigt worden. Die Schiffe, die sich auf See befunden hatten, waren nicht mehr zurückgekehrt.

Selbst hierhin, so weit vom Ursprung der Katastrophe entfernt, hatte der Wind die Asche der fernen Inseln getragen. Auch die *Sturmtänzer* trug Spuren davon, obwohl die Seesoldaten ihr geliebtes Schiff ständig schrubbten. Der feine graue Staub fand sich nicht nur auf dem Boden und den Planken, sondern auch in jedem Gewand, er knirschte zwischen den Zähnen, war schlichtweg überall und hatte sogar das Meer an manchen Stellen grau gefärbt.

In dieser einen Nacht waren Soltar reichlich Seelen zugeflogen. Das Letzte, was ich an Schätzungen gehört hatte, ergab eine Opferzahl von fast einhunderttausend toten oder vermissten Menschen, ein Vielfaches davon hatte Haus, Herd und jeglichen Besitz verloren. Eine Zahl, die mir unvorstellbar hoch erschien.

Elgata hatte einen Bericht abgesetzt, der die Geschehnisse auf der Pirateninsel schilderte, danach hatte sich der Tonfall der Nachrichten geändert und jede einzelne der folgenden Botschaften hatte nur noch einen einzigen Kern besessen: Gab es etwas, irgendetwas, das wir getan hatten, um den Vulkan ausbrechen zu lassen?

Denn wir waren dort gewesen, Leandra, ich, ein Elf mit Namen Artin und der blutige Marcus, der für kurze Zeit König der Piraten gewesen war. Dort im Inneren des Vulkans waren wir von Feuer und Hitze geprüft und verbrannt worden und hatten mit eigenen Sinnen die mächtige Magie gefühlt, die diese Glut so lange in ihrem Bann gehalten hatte.

Die Frage beschäftigte auch uns. Wieder und wieder waren Leandra und ich durchgegangen, was wir dort getan hatten. Drei Türen hatten wir geöffnet, uns an einer vierten versucht, mehr war es nicht gewesen. Aber wir waren dort gewesen, und nur wenige Stunden später war der Vulkan ausgebrochen.

Doch so schlimm die Katastrophe auch war, in anderer Hinsicht hatte sie uns gerettet. Im uneinnehmbaren Hafen der Feuerinseln hatte unser Erzfeind, der Nekromantenkaiser Kolaron Malorbian, Herrscher eines mächtigen Reichs weit im Süden, eine gewaltige Flotte zusammengezogen, groß genug, um zwei volle Legionen an den Gestaden Aldanes anzulanden. Nicht ein Schiff, nicht ein einziger Soldat dieser riesigen Streitmacht konnte den Ausbruch überlebt haben.

Wäre diese Armada an unseren Küsten gelandet, hätte sich das Alte Reich kaum gegen sie behaupten können.

»Hm«, meinte die Schwertmajorin und riss mich aus meinen Gedanken. »Man hat uns wohl doch nicht alles berichtet.«

In meinen Armen regte sich Leandra und sah die Majorin mit violetten Augen fragend an. »Wie meint Ihr das?«, fragte sie und fuhr sich mit der freien Hand über ihr kurzes weißes Haar, das wie ein Helm aus Flaum aussah.

Auch die anderen blickten die Majorin fragend an, nur Zokora schien anderweitig beschäftigt zu sein und schaute hinüber zu den Kaianlagen, denen wir uns langsam näherten. Ich folgte ihrem Blick: Dort stand, etwas abseits von den Seeschlangen, eine Frau mit langen schwarzen Haaren, vornehm gekleidet und stolz und aufrecht, als wäre sie eine Königin. Sie war zu weit weg, um sie richtig erkennen zu können, außerdem war es dunkel, dennoch spürte ich, wie die ferne Frau den Blick von der dunklen Elfe löste und sich mir zuwandte. Es war, als hätte mich ein Schlag getroffen, der mir den Atem nahm. Ich *kannte* diese Frau, es war etwas an ihr, das mir so vertraut war wie ein alter Schuh, und dennoch ... Sie war mir vollkommen fremd. Wie sollte auch jemand, den ich kannte, hierher gelangt sein?

»Dort drüben ist der Werfthafen«, erklärte Elgata. Die kurze Ablenkung reichte: Eben hatte die Frau noch dort gestanden, jetzt war sie verschwunden, als hätte es sie nie gegeben. »Seht die Schiffe, die dort ausgerüstet werden. Es ist früh am Morgen, die Sonne wird erst in zwei Kerzenlängen aufgehen, und dennoch herrscht dort eine Betriebsamkeit, wie ich sie niemals zuvor gesehen habe. Und da ... diese drei Schiffe sind neu. Und riesig. Ich wusste nicht, dass auch wir solche Schiffe besitzen.«

Dass die Schiffe neu waren, sah man an dem hellen Holz. Sie lagen so hoch im Wasser, dass man sogar die kupfernen Bleche erkennen konnte, die den Rumpf vor dem Schiffswurm schützten. Auf einem der Schiffe waren neue Masten errichtet worden, es waren vier an der Zahl, und das Schiff war nur wenig kleiner als die schwarzen Riesenschiffe des Feindes, die uns einen solchen Schrecken eingejagt hatten.

»Schaut, wie scharf ihre Linien sind«, meinte Elgata fast ehrfürchtig. »Man kann förmlich sehen, wie sie durchs Wasser schneiden werden! Ich zähle allein drei große Ballistenplätze an jeder Seite und noch einmal vier für mittlere Ballisten. Könnt Ihr Euch vorstellen, wie es sein wird, diese Schiffe im Kampf zu erleben?«

»Ja«, sagte ich bitter. Ich erinnerte mich nur zu gut, wie es gewesen war, als die *Schneevogel* den Kampf mit einem ähnlichen Giganten aufgenommen hatte. Nur Glück und ungeheure Kunst im Umgang mit einer Balliste hatten uns den Sieg davontragen lassen, aber die Verluste waren groß gewesen.

»Solche Schiffe entstehen nicht über Nacht. Als wir ausliefen, wusste ich, dass neue Schiffe gebaut werden sollten, aber nicht, dass es solche Ungetüme sein würden.« Sie drehte sich aufgeregt zu mir herum. »Es dauert Monate, manchmal Jahre, solche Schiffe zu fertigen, und ich weiß beim besten Willen nicht, wie unsere Schiffsbauer das schaffen konnten. Kommandant Keralos muss von der Gefahr schon gewusst und sie ernst genommen haben. Aber das ist noch nicht alles. Überall im Hafen sind zwischen hohen Stangen stabile Netze gespannt, als würde man mit einer Bedrohung aus dem Wasser rechnen. Dann die anderen Schiffe hier im Hafen, seht Ihr? Viele sind beschädigt, aber an allen wird fieberhaft gearbeitet.« Sie schaute sich weiter im Hafen um und deutete dann auf zwei große Handelsschiffe, dickbäuchige Walfische, die im Schein großer Laternen entladen wurden. Sie waren anders geformt als die mir bislang bekannten Schiffe: Der Kiel war an Bug und Heck weit hochgezogen und endete in Schnitzereien, deren Form den Köpfen unbekannter Bestien glichen. »Das sind Handelsschiffe aus den Varlanden, und sie entladen Säcke voller Getreide.« Sie wandte sich uns zu. »Wir beziehen unser Getreide aus Bessarein und Aldane, nicht von den Varländern, weil sie davon zu wenig haben, um es günstig verschiffen zu können.«

Serafine räusperte sich, und ich blickte zu ihr hin. Ich konnte nur erahnen, wie es ihr erging, als sie diese Stadt nach siebenhundert Jahren wiedersah.

»Ich denke, ich kenne den Grund«, ließ sie uns mit ihrer weichen Stimme wissen. »Janas ist verwüstet, und damit auch der größte Hafen Bessareins. Aldanes Flotte ist in großen Teilen zerstört, und sie werden in diesem Notfall ungern ihre Kornreserven verkaufen wollen. Nur die Varlande werden noch liefern können. Und das zu einem hohen Preis.« Der Ausdruck auf ihrem Gesicht war schwer zu deuten, als sie weitersprach. »Korn, Havald. Korn und seine Preise! Darauf beruht der Frieden jeder Stadt. Wenn jeder genug zu essen hat, gibt es keinen Grund zur Unruhe. Aber wenn der Magen darbt und der Arme sieht, wie der Reiche fetter wird, während er sich selbst am Verhungern wähnt ... dann wird es unschön. Dass sie teures Korn kaufen, ist kein gutes Zeichen.«

»Ich dachte, die Stadt würde selbst gute Ernten einfahren«, warf ich ein.

Sie trat an die Hecklaterne und fuhr mit ihrem Finger über ein Ornament, das einer der Seesoldaten nicht sorgfältig genug geputzt hatte. Sie zeigte mir den grauen Staub des Vulkans auf ihrer Fingerkuppe. »Das hier«, sagte sie, »verändert alles.«

»Da habt Ihr recht«, stimmte Elgata zu. »Es wird dauern, bis die Kornschiffe wieder fahren.«

»Das meinte ich nicht«, antwortete Serafine. »Wenigstens nicht allein. Noch immer ist der Himmel trüb, noch immer regnet Asche auf uns herab. In wenigen Jahren wird diese Asche in weitem Umkreis alles fruchtbar machen, doch die Ernte, die in Bessarein jetzt gerade auf den Feldern steht, wird darunter leiden. Ihr habt selbst die Botschaften gelesen. An manchen Stellen fiel der Ascheregen so dicht, dass er das Land unter sich begrub. Es sind die Küstenstreifen mit den feuchten Winden, in denen sich die meisten Felder befinden. Wenn der größte Teil der Ernte eingeht, wird es Hungersnöte geben.« Ihre Hände ballten sich zu Fäusten. »Mein Vater durchlitt schlaflose Nächte bei dem Gedanken. Und das war zu einer Zeit, als das Alte Reich noch bestand und weitaus größere Reserven hatte, als ich es mir für heute denken kann.« Serafines Vater war zu den Endzeiten des Alten Reichs Gouverneur von Gasalabad gewesen, und damals waren noch weite Teile des Landes mit Korn bepflanzt, dort, wo heute nur noch Wüste anzutreffen war.

»Dann wollen wir hoffen, dass es nicht so schlimm kommen wird«, sagte ich. Etwas Besseres fiel mir nicht ein.

Als wir an Land gingen, warteten fünf Soldaten der Bullen auf uns, ein Stabsleutnant trat vor, salutierte vor mir und schluckte.

»Stabsleutnant Neder, Fünfte Bulle, Vierte Lanze. Ser.« Er holte tief Luft. »Ich muss Euch und eine gewisse Sera Maestra Leandra di Girancourt bitten, uns Folge zu leisten.« Er griff in die Stulpe seines Plattenhandschuhs und holte ein schmal gefaltetes Pergament heraus, das er mit einer geübten Bewegung aufschlug, sodass er es lesen konnte.

»Im Namen des Handelsrats wird angeordnet, Graf Roderic von Thurgau und Sera Leandra di Girancourt in freundlichen Gewahrsam zu nehmen und zur Vernehmung dem Handelsrat der kaiserlichen Stadt Askir vorzuführen, auf dass sie sich zu denen ihnen gegenüber erhobenen Vorwürfen äußern können. Gezeichnet, Antonis, Gildemeister der Kornhändler.«

Er faltete das Pergament wieder mit einer Hand, ein Kunststück, wie ich fand, und steckte es in seinen linken Stulpen zurück, um dann Haltung anzunehmen.

»Gegen Eure anderen Kameraden liegt nichts vor, sie können gehen. Willkommen in Askir. Wenn Ihr mir nun bitte folgen wollt, Sera, Lanzengeneral?«

Ich rührte mich nicht von der Stelle.

»Steht bequem«, wies ich ihn an, woraufhin er seine Füße einen Daumenbreit weiter auseinandersetzte und die Hände hinter den Rücken nahm. Ob dies nun viel bequemer war als die vorherige Haltung, wagte ich zu bezweifeln. »Was bedeutet ›freundlicher Gewahrsam‹?«

Er schluckte erneut.

»Personen im freundlichen Gewahrsam sind mit dem ihnen zustehenden Respekt zu behandeln und behalten das Recht auf die Unversehrtheit ihrer Person und Ausrüstung. Dienstbuch der Legionen, Band zwölf, Seite vierhunderteins, Paragraph 14, ›Regelung des Umgangs mit Respektpersonen im Falle einer Verhaftung‹, Absatz vier. Ser! Lanzengeneral. Ser!«

»Ich muss zugeben, ich bin beeindruckt«, schmunzelte Varosch. »Habt Ihr die ganzen Dienstbücher auswendig gelernt, Stabsleutnant?«

Noch bevor der Stabsleutnant antworten konnte, erweckte eine Bewegung hinter ihm meine Aufmerksamkeit. Dort kam gerade ein sehr großer und kräftiger Mann heran. Er trat zur Seite, als zwei Seeschlangen einen ihrer verletzten Kameraden von Bord trugen, beugte sich sogar kurz zu diesem herab, um ihn mit Handschlag und einem breiten Grinsen zu begrüßen, dann richtete er sich auf und kam gemächlich in unsere Richtung. Einer der vier Bullen stöhnte hörbar auf, was dem Neuankömmling ein schadenfrohes Grinsen entlockte.

Er trug einen langen, schweren nachtblauen Mantel, ein schlankes Schwert und einen Umhang mit Kapuze.

»Hallo, Neder«, meinte der große Mann, was den Leutnant vor mir mitten im Wort regelrecht zusammenzucken ließ. Der Neuankömmling übertraf mich nicht nur in der Größe, sondern auch in der Breite; wenn seine Schultern nicht gepolstert waren, dann mochte er gut die Hälfte mehr wiegen als ich. »Habt Ihr Euch verlaufen?«

Der Stabsleutnant stöhnte leise auf und warf mir einen undeutbaren Blick zu, bevor er sich umdrehte. »Santer ... Ihr kommt ungelegen, das hier ist ohne Euch schon schwer genug!«

»Das sehe ich anders«, meinte der Mann namens Santer und ließ seinen Blick über unsere kleine Gruppe schweifen. »Ich gedenke, es Euch einfach zu gestalten.« Neben mir zog Leandra scharf die Luft ein, der Grund dazu prangte, wie ich jetzt sehen konnte, auf der linken Brust des Mannes: das silberne Symbol einer Eule. Nun war auch zu erkennen, dass der Mantel nicht aus Stoff bestand, sondern aus sehr feinen Kettenringen, die im Licht der Hecklaterne in dunklem Blau schimmerten.

Eine Eule? Ich hatte bis eben gedacht, es gäbe sie nicht mehr!

Elgata überraschte mich, indem sie laut auflachte und sich dann bequem gegen einen Stoffballen lehnte.

»Was willst du hier, Neder?«, fragte Santer, der sich mit meiner Vorstellung der legendären Kriegsmagier des Alten Reichs kaum deckte. Dieser Mann sah so aus, als würde er lieber seine Fäuste bemühen als Magie – und daran auch mehr Freude empfinden.

»Santer, Meister Antonis gab mir die Anweisung, die Sera Leandra di Girancourt und den Lanzengeneral dem Handelsrat vorzuführen. Meine Idee war das gewiss nicht!«

»Das will ich hoffen, Neder.« Santer lächelte drohend und zeigte weiße Zähne. »Richtet Gildenmeister Antonis aus, er möge sich mit seinem Anliegen an den Inquisitor wenden. Er wird sein Ansinnen prüfen und den Meister wissen lassen, was er entscheidet.«

»Also überschreitet der Stabsleutnant seine Befugnisse?«, fragte ich den großen Mann.

»Er nicht – der Handelsrat«, teilte mir Santer freundlich lächelnd mit. »Neder möchte am liebsten ganz woanders sein, nicht wahr?«

»Aber ...«, begann Neder hilflos, während wir zwischen ihm und Santer hin und her sahen, als gäbe es ein Ballspiel zu verfolgen. Serafine tat es mittlerweile Elgata gleich und lehnte sich neben die Schwertmajorin an einen Ballen am Kai, verschränkte die Arme unter ihrem Busen und schien sich ebenfalls darauf vorzubereiten, einer netten Posse beizuwohnen.

»Neder. Ich weiß, Ihr seid ein Bulle und denkt nur mit Euren Eiern. Aber da ich gut gelaunt bin, helfe ich Euch. Seht Ihr das Schwert an der Seite des Generals? Es ist ein Bannschwert. Und das Schwert auf dem Rücken der Sera mit den weißen Haaren? Seht Ihr es? Das mit dem Griff in der Form eines Drachenkopfs, der Euch ansieht, als ob er Euch fressen will? Das ist ebenfalls ein Bannschwert. Sie ist zudem eine Maestra. Bannschwerter«, erklärte Santer in dem geduldigen Tonfall, den man gegenüber Kindern oder geistig Schwachen anwendet, »sind Schwerter, denen eine Magie innewohnt. Eine Maestra ist der Magie kundig. Magie wiederum ist Sache der Eulen und nicht des Handelsrats. Tut mir nun folgenden Gefallen, Neder: Verlasst diesen Ort, nehmt Eure vier Stiere mit und teilt dem Gildenmeister mit, dass er sich seine Order dahin stecken kann, wo selbst die Götter nicht hinsehen wollen. Ihr braucht nicht diplomatisch zu sein, Neder. Und jetzt verschwindet.«

»Santer. Ich ...«

Der große Mann zog eine Augenbraue hoch. »Ich dachte, ich wäre so deutlich gewesen, dass auch ein Bulle es versteht. Möchtet Ihr, dass ich deutlicher werde?«

»Nein, Ser!«, beeilte sich der Stabsleutnant zu sagen, drehte sich zu uns herum und salutierte erneut vor mir. »Ser! Ich bitte die Störung zu entschuldigen. Ich hatte Order, Ser, Lanzengeneral. Ser!«

Ich nickte großmütig, erwiderte den Salut, und wir sahen zu, wie die fünf Bullen hastig das Weite suchten, während die Soldaten der Seeschlangen sie mit spöttischen Blicken bedachten.

Sie waren noch nicht verschwunden, als Elgata losprustete und so herzhaft lachte, dass ihr fast die Tränen kamen.

»Santer!«, rief sie erfreut und schlug dem Mann hart auf die Schulter. »Du alter Mistkerl! Ich bin froh zu sehen, dass du noch lebst. Ich habe gehört, dein Schiff sei gesunken, und für dich gebetet!«

»Ich war nicht an Bord«, lächelte Santer. »Ich wurde zum Kindermädchen der Eule befördert und durfte nicht mehr mit Seeschlangen spielen.«

»Dann bist du wirklich eine Eule?«, fragte Elgata ungläubig.

»Da ist man ein paar Wochen auf See, und dann so etwas! Was, bei allen Höllen, hast du mit den Eulen zu schaffen?«

»Später, Elgata«, meinte Santer. »Wenn du die Geschichte hören willst, musst du mir ein Bier ausgeben. Aber ich bin nicht zufällig hier.«

Er verbeugte sich vor uns und sah dann zur Seite, von wo Zokora ihn mit einem langen Blick bedachte.

»Seid Ihr wahrlich eine Eule?«, fragte Leandra, und ich spürte, wie aufgeregt sie war. »Ich dachte, es gäbe keine mehr … Ich bin froh zu hören, dass es anders ist!«

Santer lächelte. »Ja, es gibt wieder eine Maestra vom Turm. Ich bin jedoch nur der Adjutant der Prima und selbst kein Maestro. Ihr seid Maestra di Girancourt, nicht wahr?«

»Die bin ich.«

»Dann soll ich Euch ausrichten, dass die Prima der Eulen begierig darauf ist, Euch kennenzulernen.« Er warf mir einen erheiterten Blick zu. »Ich hörte von Euch, Lanzengeneral, und Euren Gefährten – und sehe, dass nichts davon übertrieben ist.« Sein Blick streifte über uns. »Ihr beweist Geschmack in der Auswahl Eurer Kameraden!« Er zwinkerte den Seras zu. »Euch steht einiges bevor, denn Desina, die Eule, ist nicht die Einzige, die Euch sprechen möchte. Auch der Kommandant wünscht Euch zu sehen und hat für den morgigen Nachmittag eine Audienz vorgesehen. Doch zunächst bringe ich Euch zu Stabsobrist Orikes, der Euch über das aufzuklären wünscht, was Euch hier erwartet. Er ist der kommandierende Offizier der Federn und engster Berater des Kommandanten. Anschließend wird man Euch in Eure Quartiere geleiten. Dort könnt Ihr dann bis zum Mittag Ruhe finden. Eines noch.« Er verbeugte sich überraschend elegant. »Wir begrüßen unsere Helden und Verbündeten üblicherweise freundlicher. Seid willkommen in Askir, der Ewigen Stadt! Und jetzt lasst uns von hier verschwinden. In der Zitadelle ist es wärmer als hier, und Orikes pflegt seine Gäste gut zu bewirten.«

»Einer unserer Kameraden ist verletzt. Wir …«, begann ich, doch Santer nickte bereits.

»Dafür ist gesorgt.« Er wies den Kai entlang, wo eine große vierspännige Kutsche herangefahren war. An der schwarz lackierten Tür prangte in Gold ein Wappen, das ein Rad, einen Amboss und einen Hammer führte.

»Die Eule bat ihren Großvater, Euch seine Kutsche zur Verfügung zu stellen. Sie ist groß genug, sogar ein Nordmann sollte darin Platz finden.«

»Ah«, sagte Angus, als er sich in die weichen Polster der Kutsche fallen ließ. »So mag ich es. Eine schöne Frau an jeder Seite ... Da will ich mich nicht beschweren, auch wenn keine von euch meinen Reizen verfallen ist!«

»Dafür danke ich den Göttern«, meinte Sieglinde, die neben ihm saß, mit Inbrunst in der Stimme. Kaum mehr etwas erinnerte noch an die Wirtstochter, die ich so zu schätzen gelernt hatte. Ich hätte schwören können, dass sie dafür geboren wurde, eine Bardin zu sein, doch das Schicksal hatte sie dafür bestimmt, ein Bannschwert zu führen, Eiswehr, jene Klinge, in der Serafines Seele Jahrhunderte überdauert hatte. Für lange Zeit hatte die blonde Kriegerin auch Serafines Geist in ihrem Körper eine Heimat geboten. Die beiden waren immer noch sehr miteinander vertraut und die letzten Tage auf See unzertrennlich gewesen. Auch jetzt wechselten die beiden Frauen amüsierte Blicke, als Angus übertrieben mit den Augen rollte. »Ihr wisst eben nicht, was ihr verpasst«, meinte der Varländer und strich sich selbstgefällig über den Bart, der in drei ordentliche Zöpfe geflochten war. Sah man von den Tätowierungen auf seinem kahl geschorenen Schädel ab, konnte man ihn im ersten Moment sogar für zivilisiert halten.

Wie die meisten von uns trug auch er die Lederrüstung einer Seeschlange, auch wenn bei ihm der Brustpanzer an der Seite auseinanderklaffte. Zwischen seinen Beinen hielt er seine Axt, während sein linker Arm ein kleines Bierfass umschloss. Ein Fass, über das er die ganze Reise von Gasalabad nach Askir eifersüchtig gewacht hatte.

»Warum hat mich niemand geweckt, als diese Bullen kamen?«, beschwerte Angus sich jetzt und rückte sein frisch geschientes Bein etwas bequemer zurecht. Mir schien es so, als ob er den Bruch kaum mehr beachtete, er kam auch mit der Schiene beachtenswert gut zurecht. »Ihr könnt mich doch nicht schlafen lassen, wenn Ihr verhaftet werdet!«

»Wie Ihr seht, war es möglich«, gab Sieglinde spitz zurück. »Mir war es lieber, Euch schnarchen zu lassen, als Eure übertriebenen Komplimente ignorieren zu müssen.« Ihre Hand strich über Eiswehrs Heft. »Ich überlegte schon, Euch anderweitig zum Schweigen zu bringen.« Sie sah zu Serafine hin. »Wie hast du es nur geschafft, ihn zu ertragen!«

»Er hat seine Qualitäten«, entgegnete Serafine lächelnd, während die Kutsche anfuhr.

»Wenn du darum bittest, stelle ich sie auch gern unter Beweis«, meinte Angus und zwinkerte Sieglinde zu, die nur die Augen verdrehte.

»Varosch«, meinte Zokora im Plauderton, »bist du dir sicher, dass es ungerecht wäre, ihm die Zunge herauszuschneiden?«

»Ja«, schmunzelte Varosch. »Es steht nicht unter Strafe, so zu tun, als wäre man der Held aller Seras.«

»Schade«, meinte Zokora dazu und warf dem Nordmann einen langen Blick aus dunklen Augen zu. Da man bei ihr nie wissen konnte, ob sie scherzte oder nicht, zeigte der Nordmann Vernunft und schluckte herunter, was er eben hatte sagen wollen.

Dass die Kutsche wogte wie ein Schiff bei heftigem Seegang, war meinem Magen überhaupt nicht recht. Ich ließ das Fenster herunter und war froh um die kühle Luft, die in die Kutsche wehte. Die Wellenkrankheit hatte mir übel mitgespielt, ich hatte mich darauf gefreut, wieder festen Boden unter den Füßen zu spüren. Was nicht viel half, jetzt war es das feste Land, das sich zu heben und zu senken schien.

Neben mir lehnte Leandra ihren Kopf an meine Schulter; auch sie war still und nachdenklich, und für einen langen Moment sagte niemand mehr etwas. Das Geräusch der eisenbeschlagenen Räder und der Hufe auf dem Pflaster, das Schnauben der Pferde und das Knarzen der Kutsche, wenn sie in der weichen Federung schwankte, hatten etwas Einlullendes an sich. Mein Körper bettelte um Schlaf, doch mein Geist war hellwach.

Zudem gab es durch das Kutschenfenster viel zu sehen.

Schnell kam das Gefährt nicht voran, ständig musste der Kutscher die Pferde zügeln, denn auch mitten in der Nacht herrschte hier im Hafen Hochbetrieb, und es brannten derartig viele Laternen und Fackeln, dass der Kai fast so hell erleuchtet war wie am Tag. Allein schon der Militärhafen war so groß wie der Hafen von Kelar, Schiff an Schiff lag hier und wurde repariert oder ausgerüstet, überall herrschte eine emsige Betriebsamkeit, die mich daran erinnerte, wie die schwarze Legion Besitz von den Feuerinseln ergriffen hatte.

Gerade in den letzten Tagen, als es für uns nicht mehr zu tun gab, als darauf zu warten, dass die *Sturmtänzer* Askir erreichte, und uns von den Strapazen zu erholen, hatte ich Muße gehabt, über das nachzudenken, was wir erfahren hatten.

Die Gewalten der Natur mochten die Pläne unseres Feinds vorerst zerschlagen haben, doch ich bildete mir nicht ein, dass der Kampf damit zu Ende war. So groß die feindlichen Verluste durch die Katastrophe auch waren, sie hatte uns nicht viel mehr als Zeit erkauft.

Das Reich Thalak war unter der Führung seines unsterblichen Nekromantenkaisers weitaus größer und mächtiger, als es unsere dunkelsten Albträume hatten befürchten lassen. Größer als das Alte Reich, schien es uns in allen Dingen überlegen. Während im Alten Reich die Magie verpönt und gefürchtet war, und jemand mit einer magischen Begabung eher auf dem Scheiterhaufen landete, als eine Ausbildung zu erfahren, war das in Thalak anders.

Der Nekromantenkaiser hatte einen Weg gefunden, die verfluchte Gabe der Nekromantie auf andere zu übertragen, und führte diesen Verfluchten nunmehr gezielt talentierte Opfer zu, sodass auch diese neu erzeugten Nekromanten über mächtige Fähigkeiten verfügten.

Am schlimmsten aber war, dass dieses ferne Reich nach dem Modell des Alten Reichs angelegt schien. Während in unserer Heimat die Hauptmacht des Feindes aus in den Dienst gepressten Bauern und Sklaven bestand, waren die feindlichen Soldaten auf der Feuerinsel gut ausgebildet und gerüstet gewesen und standen denen des Alten Reichs in keiner Weise nach. Die fanatische Loyalität der Anhänger und Soldaten des Nekromantenkaisers war erschreckend, umso mehr, als sie bereit schienen, sich für ihren Kaiser ohne Bedenken zu opfern – und mit jedem einzelnen Tod in seinem Namen ihn seinem Ziel, selbst ein Gott zu werden, einen Schritt näher brachten.

Zokora hatte den Begriff des dunklen Spiegels geprägt, er passte allzu gut: Es war, als ob der Feind all das verwendete, was das Alte Reich und Askir einst so groß und mächtig hatte werden lassen, und es nun gegen uns einsetzte.

Während ich meinen Gedanken nachhing und durch das Kutschenfenster zusah, wie Askir an uns vorüberglitt, spürte ich Leandras warmen Atem an meinem Hals. Irgendwie kam die Müdigkeit dann doch, ich döste, hörte Sieglinde über etwas lachen, das Serafine ihr erzählte ... und schlief ein.

Leandra rüttelte mich wach, ich blinzelte und sah gerade noch, wie wir durch ein langes, tunnelartiges Tor fuhren, das von Soldaten der Legion bewacht wurde. Die Räder unserer Kutsche hallten in der Höhlung, dann öffnete sich vor uns ein großer Hof, kreisrund und von hohen, mächtigen Mauern umgeben, an deren Fundamente sich niedrigere Gebäude drückten.

Links sah ich einen fensterlosen Turm, dessen Sinn sich mir nicht erschloss, doch als die Kutsche herumschwenkte und ich die Zitadelle erblickte, verschlug es mir fast den Atem. Sie war ein mächtiger und trutziger Block, ein Rund aus weißem Stein mit mindestens sieben hohen Stockwerken und vielen schmalen Fenstern, die mit wehrhaften Läden geschlossen werden konnten. Hinter den meisten dieser Fenster brannte auch zu dieser frühen Stunde noch Licht – oder es brannte schon wieder –, denn in der Ferne zeigte sich bereits das Morgenrot. Die Reise in der Kutsche hatte wohl doch länger gedauert als gedacht.

Ein Soldat der Federn, dem Teil der Streitkräfte, der sich um Logistik und Schreibarbeiten kümmerte, öffnete mir mit einem Salut die Tür.

Mir fiel auf, dass man Zokora keine weitere Beachtung schenkte. Zwar war eine dunkle Hautfarbe für das Alte Reich nicht ungewöhnlich, dennoch hätte ich erwartet, dass sie Aufmerksamkeit erregte. Sie und Varosch entschieden sich dafür, sich sogleich zur Ruhe zu betten. Angus dachte erst gar nicht daran, etwas anderes zu tun, als sich nach der nächsten Schenke zu erkundigen, und war enttäuscht, dass in der Nähe keine geöffnet hatte. Plötzlich schien ihn sein verletztes Bein nur noch wenig zu behindern. Sieglinde lehnte ebenfalls dankend ab, so blieben nur Leandra, Serafine und ich, die dem Soldaten der Federn folgten.

Die Zitadelle war nicht ganz der mächtige Bau, der er von außen zu sein schien. Als wir durch ein großes Tor im Inneren geführt wurden, zeigte sich, dass ein großer Teil des Runds aus einem Garten bestand. In dem Durchgang, der groß genug für drei Kutschen war, wandte sich der Soldat nach links, wo sich eine eiserne Tür befand, und ging an vier Bullen vorbei, die dort standen und mich misstrauisch beäugten. Überraschenderweise gab es hier niemanden, der salutierte.

Was durchaus einen Sinn ergab, denn an diesem Ort kämen sie wohl gar nicht mehr dazu, etwas anderes zu tun, als Offiziere zu grüßen. Während wir die breite Treppe hinaufgingen, kamen uns auch schon zwei weitere Offiziere entgegen, die mir zunickten und zugleich zu grübeln schienen, wer ich wohl war.

Es ging die Treppe ganz hinauf bis unter das Dach, dort öffnete sich die Treppe zu einem breiten Absatz. Hier standen vier weitere Bullen Wache, und es gab einen Tisch, hinter dem ein Soldat der Federn saß, der aufsprang und uns die Tür öffnete, die in einen breiten, von magisch leuchtenden Kugeln erhellten Gang führte. Nahezu jedenfalls, denn an einigen Stellen fehlten die Kugeln.

Wieder gelangten wir an eine bewachte Tür, einer der Soldaten zog sie für uns auf, und wir waren angekommen.

2. Orikes

Wir fanden uns in einer Zimmerflucht wieder, die ganz und gar nicht dem entsprach, was ich vom Quartier eines hochrangigen Offiziers erwartete. Wir standen in einer Art Salon, großzügig mit Teppichen ausgestattet, und gegenüber gab es zwei große Fenster, die auf den Innenhof hinausgingen und wenig mit den Schießscharten gemein hatten, die wir von der Außenwand imperialer Gebäude kannten. Zwischen diesen Fenstern stand auf einem Stehpult ein kleiner Schrein mit dem Zeichen Borons daran, der Rest des Raums war ausgestattet mit einem niedrigen Tisch und bequemen, lederbezogenen Sesseln. Die Wände waren verdeckt von Regalen, die mehr Bücher und Bände enthielten, als ich jemals gesehen hatte.

Im ersten Moment waren wir allein in dem Raum, dann öffnete sich links die Tür, und der Stabsobrist kam herein, verbeugte sich leicht vor den Seras und musterte uns mit einem aufmerksamen Blick.

Der Mann war nicht besonders groß, dafür stämmig, sein Haar war von eisgrauer Farbe, und er trug es kurz geschoren. Unter buschigen Augenbrauen funkelten graublaue Augen, und sein Lächeln war freundlich.

Von den kurzen Haaren und den Muskeln abgesehen, die verrieten, dass auch er es gewohnt war, den schweren Plattenpanzer des Kaiserreichs zu tragen, schien er mir eher einem Priester zu ähneln als einem Krieger. Er salutierte nicht, sondern begrüßte mich mit einem überraschend kräftigen Handschlag, den Seras gegenüber verbeugte er sich höflich. Der Obrist schien über fünfzig Jahre alt zu sein, aber er hielt sich noch immer gerade und bewegte sich mit der Leichtigkeit eines weit jüngeren Mannes.

»Ich bin Stabsobrist Orikes«, stellte er sich vor und wies mit der Hand auf die bereitstehenden Sessel um den niedrigen Tisch. Auf der polierten Tischplatte stand eine Schale mit frischem Obst, auf einem silbernen Tablett dampften zwei große Kannen aus gebranntem Ton, daneben stapelten sich mehrere Tassen, auch eine Schale mit Rohrzucker stand bereit. »Mir ist bewusst, dass Ihr müde sein müsst, deshalb habe ich mir erlaubt, frischen Kafje und etwas Obst aufzutischen. Greift zu, wenn es Euch danach verlangt.«

Er stand da, rieb sich die Hände, während wir uns setzten, und suchte sich dann den Platz am Tisch, der es ihm erlaubte, uns alle drei anzusehen. Seelenreißer und Steinherz standen neben unseren Plätzen, doch er gönnte ihnen nur einen kurzen Blick und beugte sich dann vor, um uns mit aufmerksamen Augen zu mustern.

»Bei mir laufen alle Berichte zusammen, die das Reich erhält. Verzeiht, wenn ich auf das Protokoll verzichte, doch mir kommt es vor, als ob ich Euch schon lange kennen würde. Hier haben wir den Lanzengeneral einer verschollenen Legion, dort die mächtige Maestra, die den Blitz beherrscht wie keine Zweite, und zuletzt Serafine, die Tochter des Wassers, wiedergeboren durch ein Wunder, eine Zeugmeisterin der Zweiten Legion, eine legendäre Gestalt, von der man eher hätte erwarten können, dass sie einen Thron besteigt, als dass sie in einer kalten Höhle endet – um heute neugeboren hier zu sitzen.« Er lehnte sich zurück und strahlte uns an. »Ich weiß, wer die Berichte schreibt, also weiß ich auch, dass ich ihnen trauen kann, und doch muss ich gestehen, dass mir vieles unglaublich erscheint.« Er wies auf Schale und Kannen. »Kafje oder Obst? Greift zu, dies ist kein Verhör, sondern eine freundschaftliche Besprechung.«

»Ähm ...«, begann ich und sah Hilfe suchend zu Leandra, die von dieser Begrüßung nicht weniger erschlagen wirkte als ich. Einzig Serafine schien dies alles sehr gelassen zu nehmen.

»Zu viel auf einmal?«, fragte Orikes, als auch Leandra zögerte. »Ich habe einfach zu lange auf Euch warten müssen«, erklärte er und lachte leise. »Gut, wie wäre es, wenn ich die Fragen stelle?«

»Wenn Ihr uns auch einige Fragen beantwortet«, sagte nun Leandra, während ich mir eine Kanne griff und die beiden Seras fragend ansah. Beide nickten, also füllte ich vier Becher mit dem dampfenden Gebräu.

»Fangen wir mit einer Frage an«, sagte ich, während ich einen der Becher dem Obristen hinüberschob. »Gab es vor zehn Tagen einen magischen Angriff auf diese Stadt?«

Er blinzelte und wurde schlagartig ernst. »Ja. Der Feind versuchte, in der Stadt ein Tor zu errichten, das wahrhaftig zur anderen Seite der Welt führte. Dieser Angriff konnte abgeschlagen werden, und ein Teil der gegnerischen Truppen wurde vernichtet.« Er nahm seinen heißen Becher und drehte ihn zwischen den Fingern. »Woher wisst Ihr davon, General?«

»Der Kriegsfürst Celan hat es uns berichtet. War es schwer, dem Angriff standzuhalten?«

»Es war nicht einfach«, sagte der Obrist verhalten. »Es brauchte Glück und Opfer dazu, denn er war von langer Hand vorbereitet, und es gab einen Moment, in dem uns die Lage hoffnungslos erschien.«

»Habt Ihr die Agenten des Nekromantenkaisers ausfindig machen können?«, fragte Leandra. »Oder müssen wir davon ausgehen, dass sie noch in großer Anzahl tätig sind? Habt Ihr herausgefunden, wer es war, der dem Feind half, und könnt Ihr uns sagen ...«

Orikes hustete dezent und hob die Hand, um sie zu unterbrechen. »Verzeiht, Maestra, aber wäre es möglich, dass *ich* zuerst meine Fragen stelle?«, fragte er höflich.

»So fragt«, antwortete Leandra.

Es zeigte sich, dass Orikes ausgesprochen viele Fragen hatte. Er fing am Anfang an, fragte nach dem, was im Hammerkopf geschehen war, und führte uns dann in gerader Linie bis zu den jüngsten Geschehnissen in Gasalabad. Wie er es fertigbrachte, verstand ich nicht, doch schon nach einer halben Kerzenlänge war es, als ob wir einem alten Freund von unserem Abenteuer berichteten. Selbst Leandra lachte und scherzte, als ob sie ihn schon ewig kennen würde. Aber er verlor niemals seinen Faden, und die sorgsam formulierten Fragen zeigten, wie aufmerksam er jeden Bericht studiert hatte.

Die Zeit verging wie im Flug, ein Soldat brachte uns ein zweites und ein drittes Mal volle Kannen, und erst als ich ein ausgiebiges Gähnen wirklich nicht mehr unterdrücken konnte, brachte er die Befragung zu einem vorläufigen Ende.

»Ich sehe«, sagte er zerknirscht, nachdem wir ihm von Prinzessin Marinaes Befreiung und Serafines Wiedergeburt berichtet hatten, »dass es doch länger dauern wird als gedacht.« Er warf einen Blick zum Fenster hinaus, es war schon lange Tag. »Ich will für jetzt nicht weiter in Euch dringen, in wenigen Kerzenlängen wird der Kommandant Euch erwarten, und ich bin sicher, dass Ihr etwas Rast und Ruhe wünscht.« Er lehnte sich auf seinem Stuhl zurück und massierte sich die Schläfen; auch er war jetzt müde. »Der Kommandant ist ein harter, aber gerechter Mann mit einer Geistesschärfe, die man nicht unterschätzen darf. Auch ich werde anwesend sein, doch ich gebe Euch jetzt schon einen Rat: Er erkennt, wenn man etwas vor ihm zu verbergen sucht, und schätzt Offenheit fast schon in brutaler Weise. Er wird Euch nach dem fragen, was ich noch nicht berühren konnte, nämlich wie es kam, dass dieser Vulkan ausbrach. Antwortet ihm so geradeheraus wie möglich.« Sein Blick wanderte von mir zu Leandra, die auf einmal hellwach erschien. »Er versteht genug vom Wirken der Magie, dass Ihr Euch nicht zu scheuen braucht, ihm auch diese Sicht der Dinge darzulegen. Es ist nötig, dass diesem Vorwurf begegnet wird, denn wenn es gelingt, Euch für die Katastrophe verantwortlich zu machen, wird das alles gefährden, für das Ihr gekämpft und gelitten habt. Hier im Alten Reich kennen bislang nur wenige das Ausmaß der Bedrohung durch Thalak, dafür sind alle auf der Suche nach einem Schuldigen für die Toten der Flut.«

»Obrist ...«, begann Leandra, doch er hob wieder die Hand.

»Ich verspreche Euch, dass zu einem anderen Zeitpunkt alle Eure Fragen Antwort finden. Aber jetzt läuft uns doch die Zeit davon, also beantworte ich Euch die Fragen, die Ihr schon gestellt habt.« Er holte tief Luft. »Ein Teil der gegnerischen Agenten wurde gestellt und erschlagen. Doch zur Zeit müssen wir davon ausgehen, dass es noch mindestens einen oder sogar mehrere Nekromanten in der Stadt gibt, und auch noch andere Agenten, die für den Feind arbeiten. Der Vorwurf, dass Ihr es wart, die für den Vulkanausbruch verantwortlich seid, kommt nicht von ungefähr. Es ist möglich, dass sich jemand verplappert hat, aber es sind nur wenige, die von Eurer Rolle dabei wissen.

Und dennoch wurde schon mit dem Finger auf Euch gezeigt, noch bevor die *Sturmtänzer* Euch gefunden und geborgen hat. Diese Gerüchte gewinnen im Handelsrat mehr und mehr an Gewicht. Und es ist dieser Rat, der die Geschicke der Stadt lenkt, und selbst der Kommandant hätte Mühe, sich über ihn hinwegzusetzen. Ein Letztes noch: Wir lernten auf die harte Art, dass es niemanden gibt, dem man vollends trauen kann. Der Feind hat Möglichkeiten, auch die treueste Seele zu verführen, zu täuschen oder zu verblenden. Erst vor zwei Tagen wurde ein Anschlag auf die Eule verübt, von einem unserer Soldaten, der dem Kaiser treu ergeben ist und niemals auf einen solchen Gedanken gekommen wäre. Schlimmer noch, er konnte sich an die Tat nicht einmal mehr erinnern. Ich muss Euch raten, Euch nicht darauf zu verlassen, hier sicher zu sein. Der Feind hat mit Gewissheit ein Interesse daran, Euch alle tot zu sehen.«

»Aufmunternde Worte«, meinte Leandra bitter, und der Obrist nickte, sein Lächeln war ihm vergangen. »Bessere habe ich nicht für Euch«, sagte er und erhob sich.

Die seltsame Audienz war damit beendet.

3. Ein Freundschaftsdienst

Hier oben im siebten Stock der Zitadelle lagen auch die Privatgemächer des Kommandanten und anderer wichtiger Offiziere. Es gab keinen sichereren Ort im ganzen Reich als diesen. Genau deshalb gab es mir zu denken, als ich herausfand, dass man hier auch uns drei Gemächer zur Verfügung gestellt hatte. Ein Gutes hatte es: Leandra ließ sich leicht überzeugen, meine Gemächer mit mir zu teilen.

»Ist dir etwas aufgefallen?«, fragte sie und unterdrückte ein Gähnen. Sie ließ achtlos ihr Gewand fallen, setzte sich auf das breite Bett und stellte Steinherz zur Seite.

»Nur, dass diese Räume im Schnitt denen des Obristen ähneln. Aber sie sind karger. Die gute Nachricht ist, dass es hier eines dieser wundersamen Bäder gibt, die du so liebst.«

»Das ist gut zu wissen«, meinte sie und lehnte sich im Bett zurück. »Aber das ist nicht das, was ich meinte. Der Obrist war voller Fragen an mich und auch Serafine, die ihn zu faszinieren scheint. Aber dich hat er sehr wenig gefragt.«

»Vielleicht war ich nur noch nicht dran«, meinte ich und legte mich neben sie. »Wir ...«

Ihr leises Schnarchen unterbrach mich und ließ mich schmunzeln. Fünf Kerzenlängen waren es nur noch bis zur Audienz, doch der Obrist hatte versprochen, uns rechtzeitig wecken zu lassen. Ich legte mich in die Kissen, zog die Decke über uns und schlief ebenfalls ein.

Serafine weckte uns. Leandra nuschelte etwas und kuschelte sich tiefer in die Laken, während ich mich festhielt, um nicht aus Versehen aus der Hängematte zu fallen, wie es mir so oft an Bord der *Schneevogel* ergangen war. Es war eine Erleichterung festzustellen, dass dieses Bett nicht schwankte.

»Was ist?«, fragte ich und schüttelte den Kopf wie ein nasser Hund. Fetzen eines dunklen Traums hingen mir noch nach. »Ist es denn schon so weit?«

»Nein«, sagte Serafine leise. »Du kannst sie schlafen lassen. Es geht um Angus.«

Ich unterdrückte ein Stöhnen. Der Nordmann war uns in Gasalabad mehr als hilfreich gewesen, und im Schmugglerhafen Alderloft hatte er mir und Serafine wahrscheinlich das Leben gerettet, als er eine Kriegsbestie aus Thalak erschlug, jedoch schien er eine Neigung zu besitzen, in Schwierigkeiten zu geraten.

»Er und Sieglinde machten sich auf die Suche nach einem guten Bier und fanden eine Taverne, in der auch Varländer verkehrten. Dort kam es zu einem Streit, und dann erschienen Soldaten, um ihn zu verhaften. Er befindet sich in einer Zelle auf der Hafenkommandantur.«

»Wegen einer Schlägerei?«, fragte ich müde, während ich nach meinem Hemd griff, um es mir überzuziehen. Ich ließ den Kopf hängen und massierte mir den Nacken. Ich war sehr versucht, den Nordmann in Soltars Höllen zu wünschen und weiterzuschlafen.

»Nicht ganz«, erklärte Serafine. »Es war nicht wegen der Schlägerei. Einer der anderen Varländer meinte ihn zu erkennen und warf ihm Verrat und Feigheit vor. Die Seeschlangen haben Angus verhaftet, aber der Auftrag dazu kam aus der Botschaft der Varlande hier in Askir. Sie verlangt seine Auslieferung mit dem Ziel, ihn hinzurichten. Diesmal geht es nicht um Weiberröcke, er ist in ernsten Schwierigkeiten. Sieglinde kam zu mir, um davon zu berichten, und sie sagte, dass man wohl kaum noch etwas tun könnte.«

In meinem Kopf begann es zu pochen. Mit dem Stiefel in der Hand sah ich zu ihr hoch. »Ich befürchte, sie wird recht behalten. Wir können kaum etwas tun«, teilte ich ihr leise mit, noch immer darauf bedacht, Leandra nicht zu wecken. Zu spät, wie sich nun zeigte, denn sie hob ihren Kopf aus den Kissen und richtete sich auf.

»Es wäre tatsächlich ein Fehler«, sagte sie. Sie wirkte noch verschlafen, doch ihre Stimme war klar und hart. »Wir werden die Unterstützung der Varländer in diesem Krieg brauchen, also erscheint es mir nicht sinnvoll, sie zu verstimmen. Es ist Angus' eigene Schuld. Was auch immer er getan hat, es ist nicht unsere Sorge.«

Ich sah sie überrascht an. »Er war bereit, für dich zu sterben, Leandra«, erinnerte ich sie.

Ihr Kopf schnellte herum, und sie bedachte mich mit einem Blick aus rot glühenden Augen. »Aber ich bin nicht bereit, meine Mission für ihn zu gefährden, Havald! Hier geht es um Größeres. Er war uns eine Last, wie die Läuse, die er uns so überreichlich mitgebracht hat! Seitdem ich ihn zum ersten Mal gesehen habe, brachte er uns nur Zwietracht und Verdruss und reichlich Ärger! Wenn die Varländer ihn hängen, ist es seine eigene Schuld. Der Krug geht so lange zum Brunnen, bis er bricht!«

Ihr Ausbruch überraschte mich. »Ich wusste nicht, dass du ihn derart wenig schätzt.«

»Er ist dein Freund, Havald, nicht meiner. Es hat mich nicht wenig Anstrengung gekostet, ihn zu ertragen. Ohne deine Fürsprache hätte ich ihn nie in meiner Nähe geduldet. Ich kann ihn nicht leiden, und das, Havald, musst du akzeptieren, ob es dir nun passt oder nicht!«

»Er ist nicht mein Freund«, widersprach ich milde, auch wenn es mir schwerfiel, ruhig zu bleiben. Es war die Wahrheit, denn etwas an Angus kam mir unecht vor, ich konnte ihm noch nicht in allem vertrauen.

»Gut. Dann sehe ich auch kein Problem. Der Kommandant erwartet uns in Kürze, das ist wichtiger. Ich wünsche Angus keinen Schaden, aber er hat sich selbst ein Bett gemacht, nun soll er darin liegen.«

»Er hat nicht einen Lidschlag gezögert, sich für dich einzusetzen, Leandra«, meinte jetzt auch Serafine und musterte Leandra überrascht.

»Es war seine Entscheidung«, beharrte Leandra stur. »Gebeten habe ich ihn nicht darum.« Sie funkelte mich an. »Lass ihn fahren, Havald, wir haben genügend andere Probleme!«

Einen langen Moment zögerte ich, dann stand ich auf und ergriff Seelenreißer. »Das kann ich nicht«, entgegnete ich. »Er ist einer von uns.«

»Er ist einer von den *Deinen*, Havald«, sagte sie und ließ sich ins Bett zurückfallen. »Tu, was du willst. Aber sieh zu, dass er unsere Mission nicht gefährdet!«

»Leandra ...«, begann ich, doch sie schnitt mir das Wort ab.

»Ich will munter sein, wenn wir zur Audienz gehen. Den Kommandanten zu überzeugen, ist der wichtigste Schritt auf dem Weg, Thalak zu besiegen. Ich lasse mich dabei von niemandem aufhalten.« Sie schloss die Augen. »Geht«, fügte sie hinzu, »und lasst mich schlafen.«

»So kenne ich sie nicht«, meinte Serafine, als sie die Tür hinter uns ins Schloss zog. »Was ist mit ihr?«

Ich wartete, bis die Wachen vor der Tür uns nicht mehr hörten.

»Ich denke«, sagte ich, »dass es mit Steinherz zu tun hat. Sie hat auf seine Klinge geschworen, die Mission zu beenden, und du weißt, wie Steinherz ist.«

Sie nickte knapp. »Während Leandra gefangen war, habe ich es getragen, von den anderen war ja keiner dazu fähig. Ich ... ich fühlte es. Es war, als ob es mir ständig über die Schulter sah und alles missbilligte, was ich tat und dachte.«

Ich konnte mir das gut vorstellen, denn diese dunklen Augen aus Rubin hatten mich schon immer abschätzig gemustert.

»Hast du die Klinge blankgezogen?«, fragte ich sie.

»Ich vermute, ich wäre dazu imstande gewesen«, meinte sie nach kurzem Nachdenken, während wir eilig die breite Treppe hinabgingen. »Aber ich wollte es nicht. Ich kenne Eiswehr und habe erlebt, wie Seelenreißer sein kann, doch Steinherz ist anders als die anderen Bannschwerter. Es berührt das Herz. Selbst mit Seelenreißer bist du imstande, Gnade zu üben, Leandra kann das nicht. Außerdem befürchte ich, dass Steinherz nicht nur einen Schwur auf seine Klinge zu seiner Mission macht, sondern jeden vorschnellen Entschluss als seine Aufgabe versteht.« Sie blieb auf einer Stufe stehen. »Er lässt seinem Träger wenig Spielraum, das ist es, was ich sagen will.«

Ich nickte langsam. In vielen Dingen war Seelenreißer eine fürchterliche Waffe, und auch meine Klinge beeinflusste mein Handeln, doch nicht in diesem Maße. Jedes dieser Schwerter war in meinen Augen eher ein Fluch als ein Segen.

»Wie verhält es sich mit Eiswehr?«, fragte ich. »Ist es auch so schlimm?«

»*Sie*«, meinte Serafine. »Sie ist weiblich. Und nein. Sie ist anders ... nicht so zielgerichtet, dafür um ein Vielfaches anpassungsfähiger. Sie ist ein eher freundliches Geschöpf.«

»Hört sich seltsam an, von einem Schwert so zu sprechen«, meinte ich, während wir durch den Hof der Zitadelle schritten. »Meint du, es ... sie lebt?«

»Sie ist zumindest von Leben erfüllt«, erklärte Serafine. »Sie hielt uns geborgen, und es war wie ein langer kühler Traum. Und dennoch ließ sie unsere Seelen nicht frieren. Es ist schwer zu beschreiben, und ich will es nicht noch einmal erleben, aber sie ist gütig. Ihr liegt mehr am Beschützen als am Töten.«

Wenn ich bedachte, mit welcher Gier Seelenreißer einst nach Leben getrachtet hatte, war es in der Tat seltsam, Serafine so von einem Bannschwert sprechen zu hören. Einen Moment lang wünschte ich, man hätte mir damals Eiswehr in die Hände gelegt statt Seelenreißer.

»Eiswehr passte sehr gut zu Jerbil«, sagte Serafine leise, als hätte sie meine Gedanken gelesen. »Sie war sein Schwert. Dass du nun ein anderes führst, hat sicher einen Grund.«

So schnell und zügig, wie wir gingen, dauerte der Weg hinunter in die Hafengarnison nicht ganz so lange wie mit der Kutsche. Mit Besorgnis sah ich die Sonne steigen, noch war Zeit, aber nicht mehr allzu viel. Die Wachen an der Hafengarnison schienen nicht sonderlich erfreut, mich zu sehen; sie erwiderten meinen Salut, musterten meine Uniform mit Misstrauen und schickten jemanden, den diensthabenden Offizier zu rufen.

Eine zierliche Frau mit einem Blick, dem sicher selten etwas entging, kam heran und stellte sich als Schwertmajorin Rikin vor. Sie hörte uns an und bedeutete uns mit einer knappen Geste, ihr zu folgen.

»Elgata lobt Euch in höchsten Tönen«, teilte sie mir mit, als sie uns eine Treppe hinunterführte und durch einen langen Gang. »Euer Rang allein hätte nicht gereicht, Euch Zugang zum Gefangenen zu gewähren. Dass Elgata zu Euch steht, gab den Ausschlag.« Sie winkte einen Korporal herbei, der uns eine schwere

Tür aus Stahl aufschloss. In der kargen, fensterlosen Zelle hinter dieser Tür saß unser Nordmann niedergeschlagen auf seiner Pritsche, den Kopf schwer in seine Hände gestützt. Er sah auf, als er die Tür hörte, und seine Augen weiteten sich ungläubig.

»Ihr habt ein Viertel einer Kerze Zeit, nicht mehr«, erklärte uns die Majorin und schloss hinter uns die Zellentür.

»Havald«, rief der Nordländer erstaunt und eilte auf uns zu. »Ich hätte nicht gedacht, dass du noch für mich Zeit finden würdest!« Weit kam er nicht, denn eine klirrende Kette an seinem linken Knöchel hielt ihn zurück.

»Setz dich«, wies ich ihn an. »Viel Zeit haben wir wahrlich nicht. Ich bin hier, um zu hören, was du zu sagen hast. Verlier keine Zeit und spar dir die Umwege! Bist du schuldig an dem, was man dir nachsagt, oder nicht?«

Er setzte sich und sah mit gequälter Miene zu mir auf. »Ich fürchte, dass ich es bin.«

Ich seufzte. Ich hatte es erwartet, aber etwas anderes gehofft. »Was genau ist geschehen?«

»Ich war einst ein geachteter Krieger des Wolfsklans meiner Heimat«, begann er leise. »Ein Prinz meines Volkes, der Jüngste von fünf, wollte sich auf eine Erkundungsreise um die Welt begeben und suchte unter den besten Kriegern meiner Heimat zehn, die ihm als Leibgarde dienen sollten. Die Kämpfe um diese Ehre waren hart, doch das Glück war mir gewogen, als Letzter der zehn wurde ich dazu bestimmt, für ihn sterben zu dürfen. Ich erhielt den Armreif meiner Würde und ging stolz und von vielen beneidet an Bord des Schiffs des Prinzen. Ach, Havald«, seufzte er, »es war ein glorreicher Tag, der beste meines Lebens! Aber bald zeigte sich, dass diese Reise unter einem ungünstigen Stern stand. Der erste Teil der Reise verlief ganz nach Wunsch, doch kurz vor Aldar begann das Unglück. Der Mast brach, und wir mussten in Aldar warten, bis ein neuer angefertigt werden konnte. Vier Wochen später als geplant liefen wir dann endlich aus, doch jetzt begann die Zeit der Stürme. Einer ereilte uns kurz vor Janas, und als die Wolken sich verzogen, wussten wir, dass uns die Götter nur verspotteten, denn der neue Mast war jetzt ebenfalls gebrochen, das Schiff so zerschlagen, dass es kaum mehr schwamm, und am Horizont erblickten wir die Segel der Piraten. Unter anderen Umständen hätten wir über sie gelacht, doch bei einem waidwunden Schiff fanden auch diese Hyänen der Meere ihren Mut.« Er ballte seine Fäuste, sah auf sie hinab und entspannte sich mit sichtlicher Mühe, bevor er mit rauer Stimme weitersprach. »Doch es war nicht alles verloren. Es waren nur zwei Schiffe, und wir entschieden uns, sie anzugreifen, bevor sie damit rechnen konnten. Zweimal zehn von uns gingen ins Wasser und warteten auf den Feind, und als er näher kam, um das Schiff anzugreifen, griffen wir die Ruder und stürmten an Bord. Zehn von uns gegen einhundert oder mehr … Niemals wieder habe ich einen solchen Kampf gesehen! Schwer verletzt überstanden der Prinz, ich und zwei meiner Kameraden diese Schlacht. Auch wenn die anderen beiden nicht überleben würden, so hatten wir doch gesiegt. Auch das andere Schiff brannte, und schon wollten wir jubeln, als ein drittes Schiff herankam. Wir hatten Zeit genug erkauft, den Mast zu kappen, der Prinz ließ die Ruder ausbringen und gab den Befehl zum Angriff, und ich sah noch, wie er auf den Gegner deutete, aber dann ereilte mich ein Unglück. Ein Tau, das im Kampf beschädigt worden war, riss, und eine Rah fiel auf mich, um mich halb zu zerschlagen und fast in Soltars Arme zu schicken. Als ich wieder zu mir kam, waren meine Kameraden an ihren Wunden gestorben, ich war allein auf einem Schiff voll von Toten, von den anderen und auch vom Schiff des Prinzen gab es keine Spur. Ich weiß nicht mehr, wie ich an Land gelangen konnte, doch ich schaffte es irgendwie. Wochenlang irrte ich umher, bis ich dann Gasalabad erreichte, eine Stadt, so fremd wie keine andere. Dort dann traf ich einen aus meinem Land, und der erzählte mir, dass der Prinz den Tod gefunden hatte. Man hatte die Reste seines Schiffs zerschlagen an der Küste gefunden.« Seine Augen waren tränennass, und seine Lippen bebten, als er mühsam weitersprach. Er griff nach meiner Hand, umfasste und presste sie so hart, dass ich um meine Knochen fürchtete, doch ich wollte sie ihm nicht entziehen. »Ich hatte vor allen Göttern geschworen«, fuhr er mit gebrochener Stimme fort, »dass ich vor dem Prinzen sterben würde. Dass es anders kam, ist eine Schande, die keiner gleichkommt, die du kennst. Kein Nordmann kann so leben, und ich entschloss mich, meinem Dasein ein Ende zu setzen. Aber dann kam die letzte Schande über mich, denn ich vermochte es nicht zu tun. Was ich tat, Freund Havald, ist das schlimmste aller Verbrechen: Ich fürchtete den Tod und ließ meinen Prinzen vor mir sterben.« Er schüttelte langsam den Kopf und sah mich mit treuen Hundeaugen an. »Ich bin schuldig, Havald, und selbst du kannst hier nichts tun. Ich bin froh darum, dass ich nun sterben werde, es erfüllt mich mit Abscheu, dass mir der Mut fehlt, mich selbst zu richten.«

»Deshalb also warst du so erpicht darauf, im Kampf zu sterben«, sagte Serafine leise, während ich versuchte zu verstehen, was er mir sagen wollte.

»Aye, Helis«, gab er leise Antwort. »Auch meine Prahlerei hat darin ihren Ursprung, und die Jagd nach jedem Weiberrock. Meine Schande lastet schwer auf mir, der Tod macht mir Angst und ist doch eine Sucht. Nur zwischen den Lenden einer Frau spüre ich das Leben und kann vergessen, für einen kurzen, glorreichen Moment! Nur dort finde ich Erlösung, bis die Verzweiflung wiederkehrt!« Er seufzte tief und lang. »Es ist wahr, Havald«, gestand er. »Ich bin froh, dass das Spiel nun ein Ende finden wird.« Er holte tief Luft, stand auf und sah mich mit diesen treuen Augen an. »Verzeihst du mir, dass ich dich hintergangen habe?«, fragte er leise.

»Da gibt es nichts zu verzeihen«, antwortete ich. »Uns gegenüber hast du jeden Eid gehalten, mein Freund.«

»Bin ich das?«, fragte er zögernd. »Dein Freund?«

»Ja, das bist du«, sagte ich und meinte es auch so. Schon lange hatte ich gewusst, dass er etwas zu verbergen hatte, zu kindlich und zu aufgesetzt war seine Rolle gewesen, auch Serafine hatte es schon längst bemerkt. Jetzt, da ich wusste, was sein »Verbrechen« war, verstand ich ihn nur zu gut. Ich wusste, wie bitter die Verzweiflung schmeckte, weiterzuleben, während andere, die hätten leben sollen, vor einem den Weg zu Soltars Hallen gegangen waren.

Er schluckte, trat an mich heran, schluckte erneut und umarmte mich. Ich hielt ihn, als er weinte.

Schweigend öffnete uns Schwertmajorin Rikin die Zellentür, ihrem Blick nach hatte sie alles mitgehört. Sie sagte nichts, und auch mir fiel nicht ein, was ich noch sagen sollte. Im Türrahmen hielt ich inne, drehte mich um und sah, wie Serafine den Nordländer umarmte und wie er nickte und mühsam lächelte, als sie ihm etwas ins Ohr flüsterte.

Sie löste sich und kam zu mir, da schaute er zu Rikin. »Ihr habt mir ein Fass abgenommen, das mir nicht gehört«, sagte er flehend. »Es ist ein Geschenk an diesen Mann, Havald. Majorin, erfüllt Ihr mir den Wunsch und gebt es ihm?«

»Das werde ich tun, Nordmann«, versprach sie, und er nickte dankbar, bevor er zu mir aufsah.

»Es gibt kein besseres Bier auf dieser Welt, mein Freund! Nimm mein Geschenk, Havald, zapf es noch heute an, trink auf mich und sei versichert, es gibt niemanden, der es mehr verdient als du. Der Inhalt dieses Fasses ist mein Erbe an dich, das Einzige von Wert, das ich noch besitze. Und, so Soltar will, diene ich dir in meinem nächsten Leben.«

Was sollte ich sagen? »Ich werde auf dich trinken«, versprach ich ihm. »Der Götter Geleit für dich, mein Freund.« Rikin gab dem Korporal ein Zeichen, und dieser schloss die feste Tür. Langsam gingen wir davon, und ich hörte ihn noch weinen.

»Das«, sagte ich mit rauer Stimme, als ich mit Angus' Fass unter meinem Arm hoch zur Sonne blinzelte, »hatte ich nicht erwartet.«

Viel Zeit war nicht vergangen, dennoch kam es mir wie eine Ewigkeit vor. Es war früh genug, zur Zitadelle zurückzukehren, vielleicht auch für ein Bad und eine Rasur. »Fast schäme ich mich dafür, dass ich ihm misstraut habe.«

Serafine fiel in meinen Schritt ein und berührte leicht meinen Arm, um meine Aufmerksamkeit auf sich zu lenken.

»Du kannst nicht alles tragen, Havald«, sagte sie. »Manches ist, wie es ist. Und du hast ihn selbst gehört. Er hofft, endlich Frieden zu finden.«

»Es kommt mir ungerecht vor«, meinte ich, während wir weitergingen. »Er hat nichts getan, das einer Strafe bedarf. Nur in den Augen der Nordländer ist das so, und in seinen. Ich kann es nicht als Verbrechen werten, zu leben, wenn andere gestorben sind, sonst müsste ich mich selbst verdammen.«

»Tust du das denn nicht?«, fragte sie zögernd.

»Ich tat es. Jetzt nicht mehr. Ich hoffe, dass am Ende meiner Reise der Gott mir den Sinn des Ganzen eröffnet, aber jetzt schon fühle ich, dass es einen geben wird.«

Sie blieb stehen und sah mich überrascht an. »Meinst du das ernst, Havald?«

»Ja«, gab ich ihr Antwort. »Ich sagte dir ja, dass ich meinen Frieden mit Soltar gefunden habe.«

»Fein, denn es ist nicht gut, mit seinem Gott zu hadern.« Sie pochte mit dem Fingerknöchel gegen das kleine Fass. »Wenn du es öffnest, lädst du mich dann ein?«

Ganz voll war es nicht, sonst hätte es nicht so hohl geklungen, dennoch, es war schwer genug für mehr als einen Becher.

»Danach hättest du nicht fragen brauchen.«

Den Rest des Wegs gingen wir schweigend und in Gedanken.

»Was ist mit Angus?«, fragte mich Leandra, als ich die Tür zu unserem Gemach hinter mir schloss. Sie saß auf dem Bett und probierte eine Perücke an. »Es ist nicht so«, sagte sie, als ich nicht sofort Antwort gab, »dass ich alles an diesem Mann verachte, aber genug ist genug, und er hat uns mehr als seinen Teil an Schwierigkeiten bereitet.«

»Er wird dich nicht mehr belästigen«, sagte ich, stellte das Fass auf einen Tisch nahe der Tür und ging an ihr vorbei ins Bad.

»Havald, ich ...«, begann sie, doch ich hatte die Tür schon zugezogen.

Es hatte noch zur Rasur gereicht, ich trocknete mir gerade das Gesicht ab, als ein Soldat der Federn an unserer Tür klopfte, uns mitteilte, dass der Kommandant demnächst für uns Zeit hätte, und höflich andeutete, dass es wohl besser wäre, wenn wir dann ebenfalls bereit wären.

Leandra hatte sich umgezogen, sie trug ihre alte Rüstung mit dem in die Kette eingearbeiteten Symbol des Greifen, aber alles andere, auch der bodenlange Umhang, bestand aus neuem weichem, blendend weißem Leder. Diese Sachen hatte ich an ihr noch nie gesehen. Auf die Perücke hatte sie verzichtet, sie lag, in eine kunstvolle Frisur gelegt, achtlos neben der Wand auf dem Boden. Ich bemerkte dort auch drei Haarnadeln, die ihre Flugbahn zur Wand markierten. Wir beide hatten uns auf den Feuerinseln übel verbrannt, doch dank Zokoras Heilkunst waren wir fast vollständig genesen. Die neue Haut hatte noch nicht die Bräune der unverbrannten Zonen; ich war fleckig, Leandra dagegen hatte einen Weg gefunden, die neue Haut zur alten passend einzubräunen. Der Kontrast zu ihrem Haar war beeindruckend und verlieh ihr eine gewisse Dramatik.

Leandra hatte auf das Klopfen hin die Tür geöffnet, jetzt schloss sie sie und lehnte sich mit dem Rücken gegen das Türblatt, um mich durchdringend zu mustern. Ich trug die Uniform eines Generals der Legionen, die Stiefel hatte ich geputzt, einen neuen Fleck weitestgehend weggerieben, viel konnte sie nicht daran auszusetzen haben.

»Was ist mit Angus?«, sagte sie in einem Tonfall, der verriet, wie viel Mühe es ihr bereitete, ruhig zu klingen. Ganz gelang es ihr nicht, denn kleine Funken überliefen sie, wahrscheinlich bemerkte sie sie nicht einmal.

»Er ist schuldig, wird hingerichtet werden und stellt für deine Mission keine Bedrohung dar«, teilte ich ihr mit. »Deine Befürchtungen waren unnötig.«

»Es könnte von Nachteil für uns sein, wenn er ...«

»Nein«, unterbrach ich sie. »Es hat mit uns und dir nichts zu tun, es ist etwas aus seiner Vergangenheit. Etwas, das die Varländer unter sich zu regeln wünschen.«

»Warum bist du wütend auf mich?«, fragte sie. Das Gleiche hätte ich sie fragen können, doch es wäre vergebens gewesen.

»Ich bin nicht wütend«, knirschte ich. »Nicht auf dich. Gehen wir?« Steinherzens Rubinaugen sahen mich spöttisch von ihrem Platz über ihrer Schulter an. Du kannst nicht gewinnen, teilten sie mir mit, du hattest schon verloren, bevor du sie zum ersten Mal gesehen hast, denn sie ist *mein*.

»Doch, du bist wütend. Erklär mir, warum. Du weißt, wie wichtig meine Mission ist.« *Ihre* Mission, nicht mehr die unsere.

»Es gibt Dinge im Leben, die auch dann noch wichtig sind, wenn man eine Mission zu erfüllen hat.« Ich wollte mich nicht darauf einlassen, doch es fiel mir schwer. »Manchmal wünschte ich mir, dass wir uns kennengelernt hätten, bevor du deinen Schwur auf diese Klinge geleistet hast. Steinherz verändert dich, Leandra.«

»Du irrst«, teilte sie mir erhaben mit. »Ohne die Mission hätten wir uns nicht kennengelernt. Und nur, weil du mit deinem Schwert im Zwist liegst und mit dem Schicksal haderst, brauchst du nicht zu denken, dass es bei mir auch so wäre. Steinherz und ich sind eins, und so sollte es auch sein, dafür sind die Schwerter gemacht.«

Es hatte keinen Sinn. Genauso gut könnte man gegen eine Wand rennen.

»Wir sollten gehen«, erinnerte ich sie. »Es wäre der Mission abträglich, wenn wir einen schlechten Eindruck machen, indem wir zu spät kommen.«

»Du hast recht«, sagte sie. »Das darf nicht geschehen.«

Ja, dachte ich, ich weiß.

4. Der Kommandant

Wir hatten es gut abgepasst. Kaum hatte uns der Soldat der Federn in den Vorraum geleitet, in dem auch Stabsobrist Orikes auf uns wartete, wurde von der anderen Seite die Tür geöffnet, und ein Adjutant bat uns einzutreten.

Es gibt Menschen, denen man ansieht, wer sie sind. Hochkommandant Keralos, Statthalter von Askir, oberster Heerführer der Legionen, vielleicht der mächtigste Mann, den ich je kennenlernen würde, war ein Soldat: schlank und hochgewachsen, mit eisgrauen Haaren, grauen Augen, dem Blick eines Adlers, nur mit einer einfachen grauen Robe ohne jedes Zeichen seiner Macht bekleidet. Doch solcherlei brauchte er auch nicht, denn so gerade, wie er dastand, die Art, wie er uns schnell und gründlich musterte, der Blick – all das charakterisierte ihn eindringlicher als die schwere Rüstung der Bullen, die in einer Ecke des Raums auf einem Rüstungsständer hing.

Stabsobrist Orikes salutierte, ich tat es ihm nach. Leandra vollführte, vielleicht zum ersten Mal, seitdem ich sie kannte, einen tiefen Knicks.

Der Kommandant hatte in der Mitte des Raums gestanden, als uns die Tür geöffnet wurde, jetzt erwiderte er den Salut, drehte sich um und ging die drei Schritte zu seinem großen leer geräumten Schreibtisch, um sich gegen ihn zu lehnen und uns erneut zu mustern.

»Erhebt Euch«, sagte er zu Leandra. »Ich bin nicht von Adel, normale Höflichkeit tut es auch für mich.« Es klang nicht, als wollte er sie tadeln, dennoch wurde Leandra rot und erhob sich fast schon hastig, um dann gerade vor ihm zu stehen.

Eine Vorstellung hielt er scheinbar nicht für nötig, denn er kam direkt zum Punkt.

»Ich habe Eure Reise mit Interesse verfolgt«, sagte er, während Orikes seitlich von uns Aufstellung nahm. Der Raum war nicht sonderlich groß, vielleicht sechs Schritt im Rechteck, mit großen Fenstern an drei Seiten, von denen aus man die Stadt übersah. An der Wand rechts neben mir hing ein Plan der Reichsstadt, ein hohes Regal enthielt Karten, Schriftrollen und Bücher. Außer Rüstungsständer, Schreibtisch und Stuhl gab es nichts weiter zu sehen. Der Schreibtisch selbst war bis auf Tintenfässchen, Federn, Löschsand und ein kleines Federmesser leer.

Keine Stühle für seine Gäste.

»Gut, dass sie beendet ist«, fuhr er fort. Ich hatte den Faden verloren … Die Reise meinte er. »Schon kurz nachdem die Katastrophe geschah, wurden Stimmen laut, die Euch die Schuld am Untergang der Feuerinseln und an der Flutwelle gaben. Berichtet mir, was dort geschehen ist, beschönigt nichts. Wir müssen diesen Vorwurf widerlegen.«

Ich räusperte mich, doch Leandra sprach zuerst. Ich kannte sie gut genug, um zu wissen, dass die Art des Kommandanten sie etwas aus dem Gleichgewicht gebracht hatte, aber sie fing sich schnell. Sie begann bei dem Moment, in dem sie die Tür zum Vulkankegel geöffnet hatte, kurz bevor ich zu ihr stieß und dann unbedacht den Priester tötete, der sich unter Zokoras Kontrolle befunden hatte. Immer wieder hielt sie inne, schien auf eine Frage zu warten, doch es kam keine, nur einmal gab es eine ungeduldige Geste des Kommandanten, dass sie fortfahren sollte.

Einmal unterbrach er sie dann doch, als sie davon berichtete, wie wir die Tür zum Torraum blockiert vorfanden, und fragte nach. Betreten erzählte sie davon, wie sie den Vogelkot und die verbrannten Balken aus dem Turm der alten kaiserlichen Wehrstation ins Unbekannte geschickt hatte. »Ihr fandet denselben Vogelkot dort in diesem Torraum wieder?«, fragte er, und sie nickte. Er trommelte mit den Fingern seiner linken Hand einen Moment auf die Tischkante, während er in Gedanken versunken schien, dann nickte er ihr zu. »Danke. Fahrt fort.« Er lauschte konzentriert, wie sie von dem Moment berichtete, als die Flutwelle die *Schneevogel* unter sich begrub.

»Gut«, sagte er dann. »Damit ist das Wesentliche gesagt. Es gibt andere Entwicklungen, die meiner Aufmerksamkeit bedürfen. Wendet Euch an Stabsobrist Orikes, wenn Ihr Fragen habt oder Unterstützung braucht. Sobald ich weiß, wie wir weiter vorgehen werden, werden wir uns zur Beratung zusammenfinden. Die Götter mit Euch.«

Nicht nur Leandra hätte gern noch etwas gesagt, auch ich räusperte mich. Und diesmal wandte er sich mir zu.

»Habt Ihr noch Wesentliches hinzuzufügen, Lanzengeneral?«

Unter diesem Blick hätte ich beinahe gestottert. »Kommandant, es geht um diesen Ring, den ich trage.«

»Was ist damit?«, fragte er nach einem achtlosen Blick auf meinen Finger.

»Er steht mir nicht zu.«

»Wenn er Euch nicht zustünde, würdet Ihr ihn nicht tragen. Die Zweite Legion ist noch nicht gerüstet für den Kampf, außerdem verbietet die Order des Kaisers einen Einsatz der Legion im Alten Reich. Für Euch gilt, dass ich Euch rufen lassen werde, wenn ich eine Aufgabe für Euch gefunden habe. Bis dahin achtet die Gesetze des Kaisers und bedenkt, dass ein General der Legionen, vor allem der Zweiten, in ganz besonderer Weise einsteht für den Kaiser und das Reich und keinem von beiden Schande bringen sollte.«

Er verbeugte sich leicht vor Leandra und salutierte.

Zusammen erwiderten Orikes und ich den Salut, machten auf dem Absatz kehrt und gingen mit Leandra zur Tür hinaus, die ein Adjutant für uns geöffnet hatte.

Im Vorraum angekommen, bedeutete Orikes uns mit einer Geste, ihm zu folgen; es war nicht weit bis zu seinem Quartier, nur zwanzig Schritte den Gang entlang. Dort schloss er die Tür von innen, und der betont neutrale Ausdruck auf seinem Gesicht wich einem Lächeln.

»Das«, sagte er und atmete erleichtert auf, »lief weitaus besser, als ich zu hoffen wagte.«

Ich fragte mich, ob er gerade dasselbe erlebt hatte wie ich. Ich hatte mich gefühlt wie ein grüner Rekrut, und viel hätte nicht gefehlt und meine Knie hätten unter dem Blick des Kommandanten geschlottert.

»Ihr sagt, es wäre gut gelaufen«, meinte Leandra ungläubig. »Um der Götter willen, was geschieht mit jenen, denen er nicht so ›freundlich‹ gegenübertritt?«

»Nun«, meinte Orikes erheitert. »Die Reaktionen sind unterschiedlich, wie die Menschen es nun einmal sind, aber es war mitunter schon recht peinlich zu sehen, was den Unglücklichen widerfuhr, die sich seinen Unmut zuzogen.« Er wies mit einer kleinen Geste zu dem Tisch, an dem wir vor nicht allzu langer Zeit gesessen hatten. Dort waren die Kannen und Becher gegen eine Glaskaraffe mit klarem Wasser und vier frische Becher ausgetauscht worden. Ich schenkte ihm, Leandra und mir von dem Wasser ein und reichte Leandras Glas an sie weiter.

»Hattet Ihr den Eindruck, er wäre unfreundlich gewesen?«, fragte Orikes und schien die Frage ernst zu meinen.

Ich bemerkte, dass Leandra einen Seufzer unterdrückte. »Unfreundlich, nein. Ihr hattet recht, uns zu warnen, er war ... sehr direkt. Inwieweit ist es gut gelaufen? Ich habe doch nicht mehr getan, als ihm Bericht zu erstatten.«

»Er war mit dem Bericht zufrieden und erleichtert, dass der Vorwurf, Ihr hättet die Flutwelle ausgelöst, unbegründet ist.«

»Ist er das?«, fragte ich verblüfft, worauf mir Leandra einen scharfen Blick zuwarf.

Orikes schien aus irgendeinem Grund erheitert. »Er hat so befunden. Andernfalls hätte er Euch in Ketten schlagen lassen und Euch sehr schnell den Prozess gemacht. So aber wird er den Handelsrat daran erinnern, dass es noch immer einen tödlichen Feind gibt, der uns bedroht.«

»Das ist gut zu hören«, meinte Leandra, doch auch sie war verunsichert. »Wisst Ihr, woran er erkannt hat, dass wir keine Schuld an diesem Unglück tragen?«

Orikes schüttelte den Kopf. »Ich erinnere mich nicht, dass er sich dazu geäußert hat, doch Ihr könnt mir glauben, dass er von Eurer Unschuld überzeugt ist.« Er trank einen Schluck von seinem Wasser. »Eine Frage hätte ich an Euch, General. Wie kommt Ihr auf die Idee, dass Euch Ring und Rang nicht zustehen?«

Einen Moment zögerte ich, doch er schien ernsthaft interessiert, und vielleicht war hier die Gelegenheit, dies in Ordnung zu bringen. So kurz wie möglich schilderte ich ihm, wie wir den Ring zusammen mit dem Banner der Zweiten Legion gefunden hatten, ich ihn mir gedankenlos angesteckt und es ab dem Moment bereut hatte, als ich in Fahrds altem Gasthof Schwertmajorin Kasale gegenüberstand.

»Hm«, meinte er und musterte mich gründlich. »Was meint Ihr, habt Ihr Rang und Ring missbraucht?«

»Ich hoffe nicht«, antwortete ich zögernd. »Es gab die eine oder andere Situation, in der es mir notwendig erschien, den Ring zu zeigen, doch ich habe sehr darauf geachtet, es nicht zu übertreiben.«

»Abgesehen davon natürlich, dass Ihr die Zweite Legion wieder von den Toten habt auferstehen lassen«, befand Orikes.

»Abgesehen davon«, gab ich betreten zu.

»Ihr haltet Euch für ungeeignet?«, fragte er.

Ich entschied mich, ihm ehrlich zu antworten. Es gab keinen Grund, es nicht zu tun; das Ganze war zu wichtig.

»Ja. Mir fehlt das Talent für Strategie. Ich kann nicht einmal eine Karte lesen. Außerdem bin ich zu unentschlossen für einen General. Es dürfte mir schwerfallen, Soldaten in den Tod zu schicken, sie zu opfern, nur weil es die Situation verlangt.«

»Ihr meint, dass es solche Situationen geben wird?«

»Ohne Zweifel, Ser. Kein Krieg lässt sich anders gewinnen. Ein Heerführer darf nicht zögern, wenn es notwendig ist zu handeln. Er muss seine Truppen als Waffen sehen, nicht als lebende Menschen aus Fleisch und Blut. Dazu bin ich nicht geeignet.«

»Und das ist Eure Begründung dafür, dass Ihr ungeeignet seid für den Posten?«, fragte Orikes.

»Ja, Ser. Im Großen und Ganzen.«

Ich war nicht sicher, aber mir schien es, als würde er ein Schmunzeln unterdrücken. »In Ordnung, General, ich werde dem Kommandanten Eure Bedenken vortragen.«

Er stellte sein Glas auf einem Sims ab und wandte sich wieder an Leandra. »Wir werden unsere Unterhaltung morgen früh zur zweiten Glocke fortsetzen. Maestra, die Prima der Eulen bat mich, Euch auszurichten, dass Ihr sie heute Abend zur siebten Glocke aufsuchen sollt. Ihr werdet sie im Turm der Eulen finden, dem Turm, den Ihr links vom Eingang zur Zitadelle sehen könnt.« Er lächelte verschmitzt. »Sollte die Tür zum Turm offenstehen, braucht Ihr nicht zu klopfen, tretet dann einfach ein.«

»Ich werde dort sein«, antwortete Leandra höflich, doch das Funkeln in ihren Augen zeigte allzu deutlich, wie begierig sie darauf war, mit einer Maestra zu sprechen, die in den arkanen Künsten des Alten Reichs ausgebildet war.

»Für den Moment«, sprach Orikes weiter, »gilt es, unser Wissen abzugleichen, damit wir einen Plan erarbeiten können, der es uns erlaubt, dem Nekromantenkaiser die Stirn zu bieten. Für weitere Schritte ist es noch zu früh. Wenn ich einen Eurer Kameraden sprechen will, lasse ich es Euch rechtzeitig wissen. So lange, bis das geschieht, betrachtet Euch als Gäste Askirs und scheut Euch nicht, bei gebotener Vorsicht, Euch ein Bild von unserer schönen Stadt zu machen. Es ist noch Zeit bis zum Kronrat, und ich weiß, dass Ihr begierig darauf seid, vor ihn zu treten und zu sprechen. Aber ich bitte um Eure Geduld, Maestra, es wird noch etwas dauern, bis wir Euch als Botschafterin Eurer Heimat bestätigen können.« Er nickte uns freundlich zu und öffnete die Tür. »Wir sehen uns morgen früh. Jetzt liegen andere Pflichten vor mir. Der Götter Glück mit Euch.«

Ich schloss die Tür zu unserem Quartier sachte hinter uns und sah zu Leandra hinüber, die aus dem Fenster in den Innengarten der Zitadelle starrte. Für den Moment zumindest war der Streit um Angus vergessen.

»Kommt es dir auch vor, als hätten diese Kaiserlichen eine ganz besondere Art, eine Audienz zu beenden?«, fragte ich. »Sie sind höflich, ohne Zweifel, aber es geht so schnell, dass man kaum mitbekommt, wie man plötzlich vor der Tür steht.«

»In der Tat«, sagte sie. »Ich komme mir abgekanzelt vor.«

»Er hat uns wenig genug gesagt. Mich hat er abgekanzelt, dir hat er meist nur zugehört.«

»Das sehe ich anders.« Sie drehte sich zu mir um. »Havald, bei allen Göttern! Wie konntest du nur sagen, dass du das Kommando über die Legion nicht willst? Sie ist unsere einzige Hoffnung!«

»Genau deshalb sollte sie von jemandem geführt werden, der das Kriegshandwerk versteht.«

»Ich kenne niemanden, der es besser könnte«, widersprach sie.

»Das sehe ich anders. Ist dir bewusst, dass ich keine Ausbildung erhielt? Ich vermute, du wurdest in Strategie unterrichtet, aber mir fehlt dieses Wissen.« Ich musterte sie nachdenklich. »Vielleicht solltest *du* sie führen, Leandra. Du bist der Paladin der Königin.« Und mehr, wenn sich meine Befürchtungen bestätigten.

Sie trat an mich heran, sah mir ernst in die Augen und legte ihre Hand auf meinen Arm. »Vielleicht. Aber wenn es doch nicht so kommt, wie du es dir wünschst, und du das Kommando weiterhin behältst, wirst du dein Bestes geben, um die Legion in die Schlacht zu führen?«

»Ja, natürlich. Allerdings wäre es mir lieber ...«

Sie unterbrach mich mit einem harten Kuss auf die Lippen. »Psst«, meinte sie lächelnd. »Das ist alles, was ich hören wollte, mehr gibt es nicht zu sagen.« Sie schmiegte sich an mich. »Ich mag es gar nicht, mich mit dir zu streiten, Havald.« Sie sah zum Bett hinüber und lächelte auf die Art, die ich so liebte. »Es tut mir leid wegen Angus, es war falsch von mir, so zu reagieren. Vergibst du mir?«

Ich nickte, doch als ich später ihren Atem an meiner Schulter spürte und sie eingeschlafen war, dachte ich bei mir, dass es nicht darauf ankam, ob ich *ihr* vergab. Neben dem Bett stand Steinherz und bedachte mich mit einem gewohnt spöttischen Blick. Es erinnerte mich an etwas, das ich in einem Traum erfahren hatte. Wieder fragte ich mich, wann ich Leandra erzählen sollte, dass im Heft des Schwerts ein Dokument verborgen war, das nach dem Willen Eleonoras den Thronfolger von Illian bestimmte. Ich, das hatte sie mir zu meiner Erleichterung verraten, war es nicht.

Es gab noch einen anderen Grund, aus dem ich zögerte und hoffte, dass es nicht mehr gewesen war als ein Traum. Denn wenn es anders war, dann stand es schlimm um meine Heimat, und Eleonora war verloren.

So müde ich auch war, auch diesmal währte mein Schlaf nur kurz. Niemand hatte mich geweckt, es war nur wieder einer dieser dunklen Träume gewesen, die mich seit einiger Zeit öfter plagten. Vorsichtig löste ich mich von Leandra, rollte mich zur Seite und stand auf. Lange konnte ich nicht geschlafen haben, denn es war noch vor der sechsten Glocke. Drei Kerzen hatte Leandra noch bis zu ihrem Termin mit der Prima der Eulen. Ich entschied, sie schlafen zu lassen und einem der Soldaten den Auftrag zu geben, an die Tür zu klopfen, wenn es Zeit war.

5. Die Eule

Ich ging eine Tür weiter und klopfte dort an, doch niemand öffnete. An Serafines Tür war ich erfolgreicher; sie hielt ein Buch in der Hand, das sie wohl gerade gelesen hatte. »Wo sind die anderen, Helis?«, fragte ich, als sie mich hereinbat.

»Zokora und Varosch sind zum Tempel des Boron gegangen. Sieglinde sagte, sie wollte sich auf dem Markt etwas umsehen. Und ich ... nun ...« Sie hielt das Buch hoch. »Es ist eine Weile her, dass ich dieses Buch gelesen habe.«

»Was ist es?«, fragte ich neugierig.

»Eine Sammlung alter Legenden und Geschichten. Stabsobrist Orikes hat sie mir geliehen. Ich wollte etwas nachschlagen.« Sie legte das Buch zur Seite. »Wo ist Leandra?«

»Sie schläft. Zur siebten Glocke hat sie ein Treffen mit der Prima des Turms.« Ich berichtete ihr von der Zusammenkunft mit dem Kommandanten und wie er auf meine Frage nach dem Ring reagiert hatte, und sie lachte leise.

»Ich möchte seinen Posten nicht haben. Kein Wunder, dass er kurz angebunden ist. Bedenke, was alles auf ihm lastet. Hat er dich eingeschüchtert, Havald?«

»Vielleicht«, gab ich nach kurzem Zögern zu. »Aber ich weiß nicht, wie es ihm gelungen ist, denn so leicht bin ich nicht zu verschrecken.« Mir kam ein Gedanke, und ich lachte. »Ich stelle mir gerade vor, wie Zokora und er aufeinandertreffen ...«

»Besser nicht«, meinte sie. »Also sieht es aus, als hätten wir uns die Beine ausgerissen, um hierher zu kommen – und jetzt erst einmal nichts zu tun.«

Ich lachte. »So ist es eben beim Militär: Schnell, schnell, und dann warte hier! Der Obrist sagt, dass man erst einmal alles Wissen zusammenfassen müsse, um dann zu entscheiden, was zu tun sei. Dann wird man auf uns zurückkommen.«

»Verständlich, aber irritierend. Was hast du nun vor, Havald?«

»Ich weiß es nicht«, antwortete ich mit einem Schulterzucken. »Angus bat mich, auf ihn zu trinken, und ich denke, ich suche mir eine gute Taverne, um genau das zu tun. Oder ich schaue mich in Askir etwas um. Orikes hat uns dazu eingeladen.«

»Darf ich dich begleiten? Ich habe vorerst genug gelesen.«

»Du kennst die Stadt, du könntest mir die Sehenswürdigkeiten zeigen«, schlug ich vor.

Sie schüttelte den Kopf. »Ich bin hier noch fremder, als du es bist. Es hat sich vieles geändert. Einige alte Bauten erkenne ich wieder, aber vieles ist neu und unbekannt für mich.« Sie sprang von ihrem Stuhl auf und tippte mir gegen die Brust. »Besser, wir besorgen dir eine andere Jacke. Sonst gibt es noch einen Auflauf, weil der General der Zweiten Legion gesehen wurde.«

»Gut«, sagte ich. »Das erscheint mir vernünftig. Nur woher?«

»Das Problem ist leicht zu lösen.« Sie trat an mir vorbei durch die Tür auf den Gang und wandte sich an eine der Wachen vor der Tür.

»Der General benötigt eine Uniformjacke ohne Legionsnummer und Dienstgrad, damit er nicht auffällt. Könnt Ihr aushelfen?«

»Die Jacke eines Rekruten?«, fragte der Soldat zweifelnd und Serafine nickte. »Nun, es sollte sich einrichten lassen«, meinte der Mann. »Wir kümmern uns darum.«

»Siehst du«, lachte sie und zog die Tür wieder hinter sich zu. »Man muss nur fragen. Übrigens weiß ich auch, wo wir anfangen können. Als Erstes sollten wir die Ohren aufsperren und hören, was man sich beim Bier erzählt. Es gab einst eine Taverne nicht weit vom Haupttor; wir können nachsehen, ob es sie noch gibt. Lass uns dort auf Angus anstoßen und zugleich hören, was man sich so erzählt.« Sie grinste breit. »Es schadet nie, den neuesten Tratsch zu kennen.«

Die neue Jacke war etwas zu klein und spannte über der Brust, doch Serafine lachte nur und erklärte mir, dass das den Eindruck nur verstärkte ... Die erste Uniformausgabe, erklärte sie, sei oft von Fehlgriffen geprägt. Auf diese Art, meinte sie, würde ich wohl kein Aufsehen erwecken. »Wenigstens nicht mehr als üblich«, fügte sie schmunzelnd hinzu.

Sie schien überraschend wohlgemut, aber als sie Angus erwähnte, lag ein Schatten über ihrem Blick. Ich hatte einen Freund, Ragnar, einen Nordmann, der in Coldenstatt, einer jungen Stadt in den Neuen Reichen, als weithin geachteter Schmied mit Frau und Kindern lebte. Die Varländer, hatte er mir erklärt, besaßen eigene Vorstellungen von Gerechtigkeit. Das Land und das Leben im Norden waren rau, die alten Traditionen und Gesetze spiegelten das wieder.

»Eis und Schnee verzeihen keine Fehler«, hatte Ragnar mir erklärt. »Man muss zusammenhalten, und jeder muss seinen Teil leisten. Wenn sich jemand drückt oder einen gar im Stich lässt, ist das ein Vergehen, das nicht verziehen werden kann. Ein einzelner Mann kann leicht viele gefährden.«

Dennoch, auch wenn Angus selbst sich schuldig fühlen mochte, in meinen Augen war er es nicht.

Weit war es nicht bis zu dieser Taverne, einfach aus dem Haupttor heraus, ein Stück des breiten Wegs hinunter in Richtung Hafen, dann lag sie auf der rechten Seite. Serafine hatte recht behalten: Die Taverne existierte also tatsächlich noch, wenn auch das Haus wenig Ähnlichkeit mit dem hatte, das Serafine mir beschrieben hatte.

Lautes Gelächter ließ mich aufsehen. Hier, so nah an der Zitadelle, gab es immer durstige Soldatenkehlen, die es nach einem Trunk verlangte. Auch jetzt, vor Dienstschluss, war die Taverne gut besucht.

Hier in Askir war alles größer, als ich es kannte, auch die Tavernen. Der Raum mochte bestimmt dreißig Schritte breit und fünfzig lang sein und besaß nicht nur eine Theke, sondern deren zwei. Alle Fenster waren geöffnet, aber die an den Seiten gaben nur Ausblick auf gemauerte Wände, so schmal waren die Gassen links und rechts des Gebäudes.

Es reichte, um etwas kühle Luft in den Raum zu lassen. Überall saßen Soldaten in Uniformen herum, fast ausschließlich Bullen; einige trugen sogar noch ihren Plattenpanzer.

Die Männer und Frauen spielten Karten, würfelten oder spielten Lochball, ein Spiel, das sogar ich kannte, bei dem man auf fünf Schritt Entfernung kleine Holzkugeln durch Löcher in einen Kasten an der Wand schnippte. Es war lärmend laut, doch die Stimmung war gut, und auf den ersten Blick sah ich niemanden, der volltrunken war. Gut ein Dutzend Dienstmägde kümmerten sich um das Wohl der Gäste, stemmten große Tabletts mit Bierhumpen oder gut gefüllten Essensplatten. Beim Anblick eines saftigen Bratens meldete sich dann auch mein Magen mit einem heftigen Grollen.

Ich berührte leicht Seelenreißer, und für einen kurzen Moment überlagerte sich das Bild vor mir mit einem anderen. Es war nicht so, dass Seelenreißer die Farben anders malte als meine Augen, das Schwert nahm nur anders wahr und ergänzte das Bild. So konnte ich erkennen, dass der Soldat, der dort schweigsam an einem Tisch saß, in seiner Seite eine schwere Wunde hatte, die nur langsam heilte, oder dass die Frau dort am Tisch, obwohl sie lachte, traurig war ... und anderes, das ich meist nicht recht deuten konnte.

In Seelenreißers Wahrnehmung gab es Menschen, die mir deutlicher vor Augen standen als andere. Serafine gehörte dazu sowie drei weitere Soldaten, die im Raum verstreut saßen, doch am deutlichsten erschien mir das Pärchen dort hinten in der Ecke nahe einem der Fenster.

»Schau, wer auch hier ist«, meinte Serafine und zog mich leicht am Arm, um dann zielsicher auf das Pärchen Kurs zu nehmen, wobei sie die anerkennenden Blicke der Soldaten oder vereinzelte Pfiffe ignorierte.

Es waren Santer – er trug diesmal keine Rüstung – und eine junge Frau mit einer wilden roten Mähne in einem einfachen Gewand. Sie bemerkte uns zuerst und stieß ihren Begleiter in die Seite, um ihn auf uns aufmerksam zu machen. Er nickte uns zu, sagte etwas zu ihr, sie lächelte und hob die Hand, um uns an ihren Tisch zu winken.

Santer erhob sich, während die Sera sitzen blieb, und stellte uns vor. »General Roderic von Thurgau. Helis aus dem Haus des Adlers in Gasalabad. Desina, Prima des Turms.«

Ich stutzte überrascht, und die junge Frau lachte leise.

»Psst!«, sagte sie, während sie mit der Hand auf die freie Bank wies. »Wir sind gar nicht hier. Wenigstens nicht offiziell. Wir erlauben uns nur eine kleine Pause.« Sie bedachte meine neue ranglose Rekrutenjacke mit einem erheiterten Blick. »Ich sehe, General, Ihr seid klug genug, es uns gleichzutun.«

Serafine und ich setzten uns und bedankten uns für die Einladung, während Santer den Arm hob und die Aufmerksamkeit der Schankmagd auf sich lenkte, die sofort heraneilte.

»Ich hoffe, es gibt gute Weine in Askir«, sagte ich, während ich meine Jackentasche nach meiner Pfeife abklopfte. Serafine griff schmunzelnd unter ihren Umhang und legte Pfeife und Tabakdose vor mir auf den Tisch. Sie hatte daran gedacht, beides aus der alten Jacke zu nehmen.

»Arendsteiner Bergwacht ist ein guter«, meinte Santer.

»Dann den«, teilte ich der Magd mit, die eifrig nickte.

»Sagt, gibt es noch den Elfentropfen?«, fragte Serafine sie mit einem Blitzen in den Augen, und als die Magd auch dazu nickte, strahlte Serafine übers ganze Gesicht. »Dann den für mich!«

Santer pfiff leise durch die Zähne. »Ihr pflegt einen erlesenen Geschmack«, befand er. »Eine Flasche würde mich einen Monatssold kosten.«

»Das ist mir einerlei. Ihr könnt Euch nicht vorstellen, wie lange es her ist, dass ich ihn das letzte Mal getrunken habe.«

»Darf ich raten?«, fragte Desina schelmisch. »Könnten es siebenhundert Jahre sein?«

»In etwa.«

»Könnt Ihr Euch vorstellen, dass der Kommandant mir das Wissen um Euch vorenthielt, bis er mir vor drei Tagen reinen Wein einschenkte?«, fragte die junge Frau in gespieltem Zorn. »Ich habe mich tüchtig beschwert, doch er lachte nur und sagte, dass ich auch nicht alles wissen müsse. Und dabei dachte ich immer, genau das wäre mein Auftrag.«

»Er kann lachen?«, entfuhr es mir.

Santer stutzte und lächelte dann, auch Desina war erheitert.

»Schwer zu glauben, nicht wahr?«, sagte sie. »Aber seid versichert, er kann. Unter seiner harten Schale ist er ein liebenswerter Mann.«

Das konnte ich kaum glauben.

»Desina kam als Kind zum Turm«, erklärte Santer. »Orikes und der Kommandant sind so etwas wie Ziehväter für sie.«

Desina seufzte. »Davon gibt es noch einen. Drei Väter sind manchmal doch zu viel. Mir schaudert bei dem Gedanken, was geschieht, wenn ich mir jemals einen Mann suchen sollte. Der arme Kerl tut mir jetzt schon leid.«

Die Maestra hatte eine erfrischend offene Art, die mir auf Anhieb gefiel. Sie lachte oft und gern, und mit Santer schien sie sich sehr gut zu verstehen. Eben, bei ihrem letzten Satz, hatte sie lange zu ihm hinübergesehen. Ich lehnte mich zurück, nahm Flasche und Becher von der Bedienung entgegen, die in diesem Moment zurückgekommen war, und fragte mich, ob Santer wusste, dass er der arme Kerl war, von dem sie sprach.

»Wie war Eure erste Begegnung mit dem alten Mann?«, fragte Santer. »Dem Kommandanten.«

»Kurz. Er ließ sich von der Maestra berichten, dann warf ... dann war die Audienz auch schon beendet.« Ich zog den Korken mit meinen Zähnen und schenkte mir ein. Neben mir setzte Serafine ihren Becher bereits an, nippte ein ganz klein wenig und gab ein Geräusch von sich, das mich an eine schnurrende Katze erinnerte, die den Sahnetopf gefunden hat.

»Götter«, meinte sie genüsslich. »Wie kann es sein, dass ein Tropfen Wein so herrlich schmecken kann?«

»Ein Geschenk der Götter, ohne Zweifel.« Santer schmunzelte.

»Wenn es einen Gott des Weins gibt, dann ist dieser Wein seine Wahl«, meinte sie und nahm noch einen kleinen Schluck, den sie sich mit dem Ausdruck puren Verzückens auf der Zunge zergehen ließ. Ich schluckte und schaute weg; sie so zu sehen, erschien mir unschicklich.

»Was den Kommandanten angeht«, fuhr ich an Santer gewandt fort, »so scheint er sich nun sicher zu sein, dass wir nichts mit dem Ausbruch des Vulkans zu tun haben. Das ist eine Erleichterung.«

»Gut, das zu hören«, meinte Desina in ernstem Tonfall. »Der Untergang der Feuerinseln war die größte Katastrophe seit Jahrhunderten und brachte überall Elend, Tod und Verwüstung. Selbst hier in unserem Hafen kam noch eine Welle an, die gut und gern sechs Schritt hoch war!«

Ich musterte die junge Frau nun etwas genauer. Aus irgendeinem Grund hatte ich erwartet, dass sie Leandra ähnlich wäre, doch das war nicht der Fall. Leandras Magie war immer irgendwie präsent; in letzter Zeit konnte es sogar vorkommen, dass Blitze entstanden, ohne dass sie es merkte. Selbst im Schlaf erhellte sie mit ihren blauen Funken manchmal den Raum. Wenn ich dann nicht aufpasste und sie berührte, hüllten die Blitze auch mich ein. Sie taten mir nichts, lösten aber meist einen heftigen Kopfschmerz aus, der mir das Schlafen erschwerte. Desina hingegen wirkte auf den ersten Blick wie eine fröhliche junge Frau, vielleicht gerade zwanzig Jahre alt, mit einem aufmerksamen Blick, der immer wieder uns zurückkehrte und doch alles und jeden hier im Schankraum wahrnahm.

»Seid Ihr enttäuscht von dem, was Ihr seht?«, fragte sie mit einem Lächeln. Entweder hatte sie meinen nachdenklichen Blick bemerkt, oder sie konnte Gedanken lesen, vielleicht beides, auszuschließen war das bei einer Eule sicher nicht.

»Nein«, gab ich ihr ehrlich Antwort. »Ich weiß nicht, was ich erwartet habe.«

»Um ihn zu beeindrucken, könntet Ihr um drei Schritt wachsen und Blitz und Feuer um Euch hüllen«, schlug Serafine vor und schüttelte dann den Kopf. »Es ist mir unbegreiflich, wie diese Legenden entstehen konnten. Alle Eulen, die ich je gekannt habe, verhielten sich zurückhaltend. Ihre Roben waren schon auffällig genug. Ist das der Grund, warum Ihr Eure nicht tragt?«

»Auch«, meinte Desina und wurde überraschend ernst. »Ein anderer Grund ist, dass ich sie zwar tragen, aber nicht mehr nutzen kann.«

Santer legte ihr die Hand auf den Arm und schüttelte leicht den Kopf. Er wollte offenbar nicht, dass sie weitersprach.

»Es ist schon gut«, sagte sie zu ihm. »Es ist schon lange auf den Straßen ein Gerücht, und wenn wir gegen den Feind bestehen wollen, sollten sie wissen, dass sie wenig Hoffnung in mich setzen können.«

»Wie meint Ihr das?«, fragte Serafine überrascht.

Desina sah sich um, ob jemand in Hörweite war, und sprach dann leise weiter. »Als der Feind uns angriff, kam es zu einem magischen Duell zwischen mir und einem Nekromanten namens Rolkar. Er versuchte ein Tor zu erschaffen, durch das die Truppen des Gegners unmittelbar in das Herz unserer Stadt gelangt wären. Er verlor, und es kam zu einer mächtigen Entladung, die ihn vernichtete ... und mir das Talent zur Magie ausbrannte.« Sie verzog traurig das Gesicht. »Ich hatte mich gerade erst daran gewöhnt, das eine oder andere tun zu können, und es fällt mir schwer, es zu akzeptieren. Aber so ist es, und deshalb bin ich so erfreut zu hören, dass Eure Freundin Leandra eine Maestra ist. Wir werden ihre Fähigkeiten brauchen.«

»Denn es ist noch nicht ausgestanden«, ergänzte Santer ebenso leise. »Es gibt noch einen Nekromanten in der Stadt, eine feindliche Agentin von großer Macht, die sich uns entziehen konnte. Sie heißt Asela und ist eine Meisterin der Tarnung, eine kalte Viper, deren Gift uns arg zu schaffen macht. Sie ... was ist, Sera?«

Serafine hatte sich an ihrem Wein verschluckt und sah den großen Mann nun ungläubig an. »Wie war der Name dieser Frau doch gleich?«, fragte sie atemlos.

»Asela. Eine kalte, bleiche Schönheit mit rabenschwarzem Haar und einem Herzen wie eine Löwengrube«, erklärte Desina mit verschlossenem Gesicht. »Nicht nur, dass sie eine Nekromantin ist, sie beherrscht auch die Magie in einem Maß, das mich erschreckt.« Sie schauderte. »Ihre Macht ist unbeschreiblich. Es war pures Glück, dass ich unser Zusammentreffen überlebt habe.«

»Götter«, hauchte Serafine, die nun bleich geworden war. »War ein anderer Mann an ihrer Seite? Jemand, der auch die Macht der Eulen beherrschte?«

»Ja. Aber ich habe ihn ohne große Probleme erschlagen«, erklärte Desina.

»Den, den ich meine, hättet Ihr nicht so einfach vernichten können«, widersprach Serafine. »Er ist groß, hat ebenfalls schwarzes Haar, und er ist nicht zu verwechseln: Seine Augen sind von unterschiedlicher Farbe, eines blau, das andere schwarz.«

»Ja«, meinte Santer grimmig. »Das ist Meister Rolkar. Er ist der Nekromant, den Desina in diesem Duell bezwang.«

»Sein wirklicher Name war Feltor«, sagte Serafine und betrachtete Desina mit neuem Respekt. »Verzeiht, Prima, aber wenn er der Mann ist, den ich meine, dann kann ich kaum glauben, dass Ihr ihn bezwungen habt.«

»Ich hatte Hilfe«, erklärte Desina bescheiden. »Wie kann es sein, dass Ihr von diesen Unheiligen wisst?«

»Ich kannte sie«, erklärte Serafine bedrückt. »Sie waren gute Freunde von mir, und ich hielt sie für verloren.« Sie wandte sich an mich. »Sie waren Eulen, mit einem mächtigen Eid an das Reich und den Kaiser gebunden. Es kommt mir unglaublich vor, dass sie diesen Eid verletzt haben sollen.«

Die Prima des Turms nickte. »Dieser Eid bindet auf eine Art und Weise, die Verrat undenkbar macht. Zumindest sagt man das.« Sie schaute zu Santer hinüber, als sie weitersprach. »Ich hatte schon die Vermutung, dass sie Eulen sein könnten, oder zumindest Maestros, die in der Art der Eulen ausgebildet waren. Wisst Ihr mehr über diese Leute, Sera Helis?«

»Wenn sie es tatsächlich sind, kenne ich sie sehr gut. Asela, Balthasar und Feltor waren unzertrennlich. Zwei Jahre vor meinem Tod sandte der Kaiser alle drei auf eine Mission gegen einen Nekromanten. Sie waren siegreich, doch der Preis war hoch: Asela und Feltor starben, und selbst Balthasar kehrte verändert und verbittert zurück.« Sie fuhr auf und krallte ihre Hand schmerzhaft in meinen Arm. »Wenn ... Havald! Das ist es! Sie ... sie müssen den Kampf verloren haben! Götter!«, hauchte sie mit geweiteten Augen. »Das könnte eine Erklärung sein! Balthasar hätte uns sonst nie verraten!«

»Balthasar?«, fragte Desina und räusperte sich. »Ihr meint den letzten Primus der Eulen? *Den* Balthasar?«

»Ja«, bestätigte Serafine. »Er ging mit uns und der Zweiten Legion nach Illian in den Neuen Reichen, um uns zu helfen, den Weltenstrom für Askirs Macht zu sichern und den Schamanen der Barbaren dort die Stirn zu bieten. Aber er beging einen grausamen Verrat und verschwand. Bis Havald ihn vor ein paar Wochen wiedertraf und ihn in einem Kampf in einem alten Tempel erschlug.« Sie schüttelte den Kopf. »Ich war durch Sieglinde bei dem Kampf zugegen. Es war derselbe Mann, ganz ohne Zweifel, aber so verändert, dass ich es kaum glauben konnte.«

»Ich habe davon gehört«, sagte Desina. »Der Bericht sprach allerdings nur von einem Seelenreiter und erwähnte den Namen nicht. Aber genau da liegt der Haken: Eine Eule besitzt kein Talent zum Seelenreiten. Der Turm überprüft das auf magische Art, es kann also nicht sein.«

»Es gibt etwas, das Ihr nicht wisst«, teilte ich ihnen mit und berichtete von dem Ritual, mit dem Leandra dieses unheilige Talent beinahe übertragen worden wäre. Noch immer schauderte mir bei dem Gedanken, dass sie uns so leicht hätte verloren gehen können. Wenn man einmal von den Göttern verflucht war, gab es keine Möglichkeit mehr zurückzukommen.

»Oh«, stöhnte Desina betroffen. »Das sind schlimme Nachrichten! Also ist es doch möglich.« Sie blickte zu Santer hinüber, der aufmerksam gelauscht hatte. »Was meint Ihr, Santer, ob es Zufall war, dass im Bericht der Name nicht genannt wurde?«

»Orikes weiß um Eure Verehrung des letzten Primus«, antwortete er. »Es würde mich nicht wundern, wenn er den Namen entfernen ließ, um Euch die Enttäuschung zu ersparen. Das erklärt auch, warum Balthasars Geist keine Ruhe findet.«

»Dann werde ich ihm erklären müssen, dass es mir eher schadet, wenn er mich auf diese Weise schützen will«, entgegnete Desina aufgebracht.

»Langsam, es ist zu viel auf einmal!«, rief ich und hob die Hand. »Wieso sprecht Ihr von einem Geist?«

»Balthasars Geist spukt im Turm der Eulen«, erklärte Santer und schüttelte fassungslos den Kopf. »Er hat mich einmal fast zu Tode erschreckt. Aber er scheint harmlos und eher hilfsbereit zu sein.«

»Er ist es vielleicht auch«, sagte ich und konnte kaum glauben, dass ich so etwas aussprach. Für mich hatte in Balthasar der Ursprung allen Übels gelegen. Dennoch, ich hatte meine Erfahrungen mit dem Gegner machen müssen. »Leandra ist eine Maestra, ähnlich einer Eule, und besitzt einen starken Willen. Es ist gewiss nicht einfach, ihren Geist zu unterdrücken, doch genau das ist es, was ihr widerfahren ist. Kolaron kennt eine Möglichkeit, selbst seinen stärksten Feind glauben zu lassen, dass er in Wahrheit dem Nekromanten dient. Aber das müsste auch Euch bekannt sein, Maestra, denn Orikes warnte uns und erklärte, dass man einen Anschlag auf Euch verübt hätte.«

»Das stimmt«, brummte Santer. »Es war vor zwei Tagen. Wir kamen in die Zitadelle zurück, und einer der Wächter am Tor salutierte und dann, als wir weitergingen, schoss er hinterrücks mit seiner Armbrust auf Desina.«

Die Prima hob die Hand und schob ihre Haarpracht zurück, um uns dort eine kaum verheilte Schramme zu zeigen. »Ihr seht, wie knapp es war. Ich kenne Schwertsergeant Eldred von Kindesbeinen an, und er hatte immer ein liebes oder freundliches Wort für mich. Er hätte mir nichts Übles gewünscht, und als er verstand, was er getan hatte, konnten wir ihn gerade noch daran hindern, sich aus Verzweiflung darüber das Leben zu nehmen. Er erinnert sich an nichts, nur dass ich wie tot auf dem Boden lag. Es ist gut, dass ich noch rechtzeitig wieder zu mir kam, sonst hätten ihn seine Kameraden erschlagen.«

»Was geschah mit dem Mann?«, fragte ich.

»Er ist beurlaubt, und Orikes untersucht ihn. Sein Name ist Eldred, und er ist seit fast zwanzig Jahren bei der Fünften Legion. Jetzt ist sein Leben ein Aschehaufen, und er weiß nicht, wie es weitergehen soll«, erklärte Desina bedrückt. »Es ist schwer, ihn in der Legion zu belassen. Er kann sich seine Tat selbst nicht verzeihen, und seine Kameraden meiden ihn. Und doch spricht alles dafür, dass er gar nichts dafür kann. Ihr meint also«, sagte sie entschlossen, »dass dieser Nekromantenkaiser die Gabe besitzt, andere zu beherrschen? Auch Eulen?«

»Ja. In einem hohen Maße und verschieden ausgeprägt. Eine Freundin von uns wurde ebenfalls Opfer des Nekromantenkaisers und lag fest unter seinem Bann. Bevor Zokora ihn von ihr löste, war sie unsere ärgste Feindin, später opferte sie ihr Leben für mich. Eine andere Art der Magie ist etwas offensichtlicher. Der Feind verfügt über Halsreifen, die demjenigen, der sie trägt, jeden Spuk und Irrglauben wahr erscheinen lassen, den er glauben soll. Leandra und ich wurden Opfer dieser Art von Zauber, selbst Elfen sind davor nicht gefeit. Aber der Halsreif ist nicht zu verbergen, und bislang haben sie alle gleich ausgesehen. Also, wenn Ihr einen silbernen Halsreif seht mit einem pechschwarzen Stein darin, gebt acht, denn der Träger ist nicht mehr er selbst.«

»Das ist gut zu wissen«, sagte Santer. »Ich habe noch nie einen solchen Reif gesehen, aber wir werden auf der Hut sein.«

»Die andere Art des Banns – die ohne Reif – erscheint mir allerdings gefährlicher«, meinte Desina nachdenklich. »Diese Sera Zokora ist eine Priesterin der Solante, eine dunkle Elfe, nicht wahr?« Ich nickte. »Ihr sagt, sie kennt eine Möglichkeit, den Bann zu entfernen?«

»Ja. Aber … es ist so, als ob man Feuer mit Feuer bekämpft, also nichts, das leichtfertig unternommen werden sollte. In dem Ritual wird das Opfer dem Tod geweiht. Es bindet jeden Willen, jeden Gedanken und macht aus dem Opfer eine Puppe. Es ersetzt den Bann des Nekromanten durch einen anderen, der noch stärker ist, weil er von göttlicher Macht geprägt ist. Aber wenn Zokora diesen Bann dann löst, ist auch der Bann des Nekromanten gebrochen.« Ich erinnerte mich an die dunkle Verzweiflung in Nataliyas Augen, als sie noch Poppet war. »Es ist nichts, das man leichtfertig ausführen sollte, und fällt Zokora gewiss nicht leicht, aber … es ist möglich.« Mir fiel noch etwas ein. »Es gibt noch eine andere Methode, aber sie kontrolliert nicht den Geist des Opfers, sondern nur den Körper, der für den Nekromanten zur Puppe wird. Es hat den Nachteil, dass der Nekromant die ganze Zeit in seinem Opfer weilt, während das Opfer selbst zu schlafen meint. Zokora fand heraus, dass in diesem Fall das Opfer einen Gegenstand bei sich trägt, der verhext worden ist … oder etwas Ähnliches. Ich weiß nur, dass, wenn man diesen Gegenstand entfernt, das Opfer wieder frei ist von dem Zwang und sogar unbeschadet, allerdings ohne Erinnerung.«

»Weiß Orikes von alldem?«, fragte Desina.

»Zum Teil. Er weiß von dem Halsband und davon, dass Zokora zumindest den Bann lösen konnte, der auf Nataliya lag. Wir sind noch nicht bis zu diesem Punkt gekommen, ich werde es morgen ansprechen.«

»Gut«, sagte Desina. Sie verzog das Gesicht ein wenig, als sie weitersprach. »Ihr könnt Euch denken, dass ich das gern weiter vertiefen möchte, doch ich muss noch einiges tun, und gleich habe ich eine Verabredung mit Eurer Maestra. Ich muss mich jetzt entschuldigen. Santer wird noch etwas bleiben, vielleicht findet Ihr ja noch mehr heraus.«

»Werde ich?«, fragte Santer.

Sie lächelte. »Ja, werdet Ihr.« Sie stand auf, deutete einen kleinen Knicks an und verschwand mit wehenden Röcken so schnell vom Tisch, dass man meinen könnte, sie wäre auf der Flucht.

Wir sahen ihr hinterher. »Von Abschiedsgrüßen hält man in Askir nicht viel«, stellte ich fest.

Santer lachte und winkte ab. »Es ist nur ihre Art. Sie meint es nicht böse. Ihre Gedanken sind meist schon an einem anderen Ort, und sie hat es eilig, diesen dann auch zu erreichen.«

»Ich habe die Vermutung, dass sie es bei ihren Ziehvätern erlernt hat«, scherzte Serafine, wurde jedoch schnell wieder ernst. »Sie scheint den Verlust ihrer Fähigkeit gut zu verkraften. Dennoch muss es ein harter Schlag für sie gewesen sein.«

»Sie hat sie nicht verloren«, hörte ich mich sagen und war selbst überrascht. »Fragt mich nicht, woher ich das weiß, aber es stimmt.« Ich wollte nicht näher auf Seelenreißers neue Fähigkeiten eingehen, aber ich glaubte nicht, dass ich mich täuschte.

»Seid Ihr sicher?«, fragte Santer, und ich nickte.

»Das wird ihr Hoffnung geben.«

»Wenn wir schon hier sind und noch etwas Zeit haben, sollten wir uns weiter austauschen«, sagte ich und hob die Hand, um die Schankmagd auf uns aufmerksam zu machen. »Außerdem habe ich großen Hunger und gedenke ihn zu stillen. Wenn Ihr uns noch etwas Gesellschaft leisten würdet?«

»Ich habe sogar den Befehl dazu«, lachte Santer. »Ihr habt sie ja gehört.«

Während wir aßen, unterhielten wir uns weiter. Kein Wunder, dass der Kommandant und Orikes erst einmal alles Wissen sichten und zusammenfügen wollten: Es war faszinierend zu erkennen, wer etwas wusste und wer nicht. Die magischen Tore, mit deren Hilfe unsere Reise erst möglich geworden war, waren ein gutes Beispiel. Wie Santer uns erzählte, hatte Desina erst kürzlich ein solches Tor entdeckt, aber es nutzte uns wenig, weil es im Turm der Eulen lag und nur für die Maestros zugänglich war. Santer war skeptisch, was die Tore anging. »Desina erklärte, man werde in einen Sack gepackt und an anderer Stelle ausgestülpt. Das ist mir nicht geheuer, da muss es einem doch schlecht werden, wenn einem das Innerste nach außen gedreht wird!«

»Einen Sack habe ich noch nie gesehen«, meinte ich. »Tatsächlich merkt man gar nichts davon. Plötzlich ist man an dem anderen Ort. Man muss nur aufpassen, dass nichts über den goldenen Rand am Boden herausragt, denn was darüber geht, wird abgeschnitten wie von einem Fallbeil.«

»Ihr meint also, es bestehe keinerlei Gefahr?«, fragte er und spielte unruhig mit seinem Becher.

»Die Tore waren Jahrhunderte in Gebrauch«, erklärte Serafine. »Wenn man die Strapazen unserer Reisen bedenkt, gibt es wohl keine sicherere Art, an einen anderen Ort zu gelangen.«

»Ihr müsst wissen, dass mir die Magie nicht ganz geheuer ist«, gestand Santer. »Es ist einfach so, dass ich sie nicht beurteilen kann. Gebt mir ein Schwert, und ich weiß, zu was es taugt. Bei Magie ist es anders. Sie scheint zu allem nütze zu sein, keine Grenzen zu kennen, und doch spricht Desina von Regeln, die, wenn man sie bricht, einen das Leben kosten können.«

Ich dachte daran, wie mir stets der Kopf schmerzte, wenn mir Leandra Magie erklären wollte, und konnte nur nicken.

Irgendwann kam dann die Sprache darauf, dass ein Schiff unter der Flagge Illians den Frieden gebrochen hatte.

»Ja, es gab ein Schiff, das unter dieser Flagge hier anlegte. Aber niemand wusste, was für ein Land das war«, berichtete Santer. »Der Kommandant hätte es wissen sollen, aber vielleicht erfuhr er gar nichts davon.«

»Was war mit dem Schiff?«, fragte Serafine an meiner Stelle. »Fuhr es in den Hafen ein und begann Bolzen zu verschießen?«

»Mitnichten. Es wurde nur dazu verwendet, ein paar Hundert denkende Echsen einzuschleusen, die zum einen für die Nekromanten Sklavenarbeit verrichteten und zum anderen den Angriff unterstützen sollten, indem sie Angst und Panik in der Stadt verbreiteten.« Santer kratzte sich gedankenverloren am Kopf. »Desina erschlug den Nekromanten, der die Echsen unter seinem Bann gehalten hatte, und sie wechselten die Seiten. Es scheint mir tatsächlich so zu sein, dass diese Nekromanten sich darauf verstehen, andere zu kontrollieren.«

»Echsen?«, fragte ich erstaunt.

»Ja. Ich will sie nicht Bestien nennen, weil sie denken können und an Götter glauben, aber sie sehen gruselig aus. Gut neun Fuß groß, mit einem Schwanz, den sie zum Schlagen benutzen, und Krallen, die einen guten Mann entzweireißen können. An die Zähne will ich nicht mal denken. Aber es ist ihnen hier zu kalt, sie beschweren sich darüber, dass sie sich kaum bewegen können, und es stimmt: Sie sind sehr langsam.« Santer schüttelte den Kopf. »Jetzt sind sie hier und schwören, dass sie auf unserer Seite stehen, und auch der Kommandant weiß nicht recht, was er mit ihnen anstellen soll. Sie sitzen in einem alten Gewölbe unter der Stadt und frieren.«

»Und dieses Schiff brachte die Kreaturen hierher?«, fragte ich nach. »Wisst Ihr, wo sie herkommen?«

»Nein«, sagte er. »Sie selbst wissen es auch nicht. Nur dass sie sehr weit von ihrer Heimat entfernt sind.«

»Aus unserer Heimat stammen sie nicht«, erklärte ich mit Bestimmtheit. »Das Schiff muss unter falscher Flagge gesegelt sein. Nun, davon war auch auszugehen. Nur verwundert es mich auch. Der Kommandant hätte aus unseren Berichten wissen müssen, dass mit diesem Schiff etwas nicht stimmen konnte.«

»Vielleicht hat man ihm auch nichts davon berichtet. Der Mann hat genügend zu tun, soll er auch noch jeden Bericht des Hafenmeisters lesen?«

»Fiel denn niemandem etwas an dem Schiff auf?«, fragte Serafine.

»Nein«, sagte Santer und schüttelte den Kopf. »Bevor es sich in der Werfteinfahrt versenkte, war es unauffällig genug. Ohne einen tapferen Agenten Aldanes, der in Folge sein Leben ließ, wäre der gesamte Plan der Nekromanten wohl gelungen; erst er war es, der uns auf das Schiff aufmerksam machte. Jetzt, freilich, macht es uns ganz andere Probleme.«

»Das Schiff?«, fragte Serafine. »Warum? Sagtet Ihr nicht, es wäre versenkt?«

»Das ist es. Allerdings an einem sehr unglücklichen Ort. Es blockiert die Ausfahrt aus dem Wehrhafen. Dort liegen neue Schiffe, die nicht zu den Ausrüstungsdocks gelangen können, solange dieses Schiff in diesem Kanal liegt. Es ist ein Problem. Vor Jahrhunderten gab es Schleusentore, die den Kanal hätten verschließen können, das heißt, es gibt sie immer noch, doch wurden sie sehr lange nicht benutzt, und als wir es versuchten, zeigte sich, dass sie unter Wasser verfault und aufgequollen waren und jetzt nicht mehr einsatzfähig sind. Das Schiff ist unter Wasser zerborsten, schwer mit Steinen beladen, sodass wir es nicht heben können. Auch unsere Taucher können nicht viel tun, solange das Wasser noch so kalt ist. Wir versuchen, was wir können, doch zwei unserer Taucher starben schon an diesem Wrack.«

»Ich will nichts versprechen«, sagte Serafine vorsichtig. »Aber es mag sein, dass ich dort helfen kann. Mein Vater war nicht nur der Gouverneur von Gasalabad, er war auch ein guter Ingenieur.«

Das mochte wahr sein, war aber nicht der wahre Grund. Serafine hatte die Gabe, das Wasser zu beherrschen, doch es war nichts, das sie offen sagen wollte, selbst hier in Askir nicht. Die Eulen mochten Verständnis haben, aber auch hier in Askir gab es Aberglauben, und vielleicht fand sich dieses Wissen dann in einem Bericht wieder, den ein anderer las.

»An Wissen oder Ingenieurskunst mangelt es uns nicht«, antwortete Santer. »Desinas Großvater, der Gildenmeister der Schmiede, ist in dieser Richtung sehr begabt, auch er arbeitet an einer Lösung, doch auch diese wird noch auf sich warten lassen.«

»Dennoch«, beharrte Serafine. »Wäret Ihr bereit, uns dorthin zu führen? Ich will mir das Wrack gerne einmal ansehen.«

»Das sollte kein Problem darstellen, nur fürchte ich, dass es nicht leicht für mich sein wird, die Zeit dafür zu finden.« Er lachte leise und schüttelte den Kopf. »Als ich noch bei den Seeschlangen war, dachte ich, dass der Dienst mir kaum Zeit zum Atmen ließ, jetzt weiß ich es besser; seitdem ich Desina kenne, bleibt mir wahrlich keine Zeit. Dass Ihr uns hier vorgefunden habt, war Glück und eine große Ausnahme; es war die erste Pause, die wir uns gönnten, seitdem Rolkar, nein, Feltor dieses Tor zu öffnen versuchte. Aber sorgt Euch nicht um dieses Schiff, früher oder später wird Desina eine Lösung dafür finden.«

»Ich dachte, die Prima wäre im Moment nicht in der Lage, Magie zu wirken?«

Santer schüttelte schmunzelnd den Kopf. »Ihr begeht denselben Fehler, den ich beging. Sie ist die Eule, da denkt man leicht, es wäre alles, was sie ist. Doch dies ist weit gefehlt. Sie ist eine Gelehrte; für sie ist die Beherrschung der Magie nur der kleinste Teil von ihr, der größte ist, dass sie das gesamte Wissen des Turms zu hüten hat und es in großen Teilen bereits erforschte. Es gibt sehr wenig, über das sie nichts weiß.«

Ich dachte an den Hüter des Wissens zurück. Wissen war schon immer machtvoll gewesen. Doch der Hüter war ein alter Mann gewesen. »Ist sie älter, als sie uns erscheint?«, fragte ich.

»Nein«, lachte Santer. »Sie ist erst zwei oder drei Jahre über zwanzig, älter ist sie nicht! In vielen Dingen bemerkt man es, doch ihre Geistesschärfe lässt sie weitaus schneller lernen als jeden anderen Menschen, den ich kenne. Sie kann Euch erklären, warum Sterne am Himmel stehen und warum ein Fisch im Wasser nicht ertrinkt. Sie kennt Geheimnisse der Schmiedekunst, die selbst die Gilde schon lange vergessen hat, und wenn sie ein Rätsel löst, freut es sie so sehr, dass sie herumspringt, tanzt und singt, vor Glück lacht ... und eine halbe Kerzenlänge später bereits das nächste Rätsel angehen will. Sie ist verspielt und gleichzeitig ernst, aber am besten gefällt mir, dass sie ihre Last meist mit einem Lächeln trägt.«

Und Ihr, mein Freund, dachte ich und versuchte mein Schmunzeln zu verbergen, seid ihr schon ganz und gar verfallen.

»Also«, sagte Serafine, die ebenfalls verhalten schmunzelte, »Ihr habt nicht die Zeit, uns durch die Stadt zu führen. Das ist verständlich. Doch sagt, kennt Ihr jemanden, der die Zeit dafür hätte? Am besten einen, der die Stadt wirklich kennt?«

Santer schüttelte den Kopf. »Im Moment fällt mir niemand ein, am besten fragt Ihr Stabsobrist Orikes nach einem Adjutanten für den General, das wäre ... Halt! Es gibt einen.« Santer grinste. »Er neigt dazu, seine Nase in alle Angelegenheiten zu stecken, die ihn nichts angehen, und weiß schon von vielen Dingen, die wir noch geheim zu halten versuchen.«

Ich lachte. »Es scheint, als wäre er der Richtige für uns. Wo können wir ihn finden?«

»Geht hinunter zum Hafen. Nördlich liegt, wie Ihr wisst, die Hafenwacht. Davon gab es einst zwei. Die andere, die Südwacht, liegt, wie man sich denken kann, im Süden. Sie gehört jetzt einem Mann namens Istvan. Er ist Desinas ursprünglicher Ziehvater. Er zog sie auf, bevor sie in den Turm gelangte. Er führt dort einen Gasthof, die *Gebrochene Klinge*, und dort werdet Ihr auch Wiesel finden. Er ist Desinas Bruder, im gleichen Sinne, wie Istvan ihr Vater ist. Es gibt nur ein Problem dabei.«

»Und das wäre?«, fragte Serafine.

»Er ist ein Dieb. Der Beste, den es jemals gab. Jeder weiß es, doch niemand konnte ihm je etwas nachweisen.« Santer sah nun mich an. »Es gibt mehr Facetten an dem Mann, als man zählen könnte, es mag auch sein, dass er ein Spion des Kommandanten ist. Oder nicht. Nur eines weiß ich: Desina vertraut ihm in jedem Maß ... und das ist etwas, das er sich verdient haben muss. Nur weiß das nicht jeder ... und wenn Wiesel auftaucht, macht er die Soldaten der Wache sehr nervös. Das ist der Nachteil an dem Mann. Ich denke ... oh nein!« Er sah auf, an mir vorbei und stöhnte leise.

Ich drehte mich um und berührte auch Seelenreißer dabei. Zuerst sah ich nichts von größerem Interesse, dann sah ich das Lindgrün einer Uniform der Seeschlangen, dann das breite Grinsen auf dem Gesicht des stämmigen Mannes. Dass er es war, dessen Anblick Santer hatte übertrieben stöhnen lassen, zeigte sich auch gleich, als der Mann über die halbe Länge des Raums ein »Yo, Santer!« herüberrief.

»Entschuldigt«, sagte Santer rasch und stand auf. »Das ist Fefre! Ich will sehen, ob sich ein Unglück noch vermeiden lässt!«

Was er damit meinte, zeigte sich ebenfalls sogleich, als einer der Bullen sich dem Seesoldaten scheinbar zufällig in den Weg stellte.

»Hey, Ihr steht mir im Weg«, stellte der Korporal der Seeschlangen das Offensichtliche mit einem fröhlichen Grinsen fest.

»Du bist eine Schlange«, lachte der Soldat der Bullen und zeigte mit dem Finger auf den Boden. »Also schlängele, dann kommst du hindurch.«

Santer war schon auf dem Weg und man machte ihm auch Platz, doch es war zu gedrängt, als dass er sich hätte schnell bewegen können. Serafine und ich standen auf, tauschten einen Blick, sie zuckte mit der Schulter, und wir machten uns daran, unserem großen neuen Freund zu folgen.

»Weißt du was?«, meinte dieser Fefre jetzt freundlich. »Es gibt auch einen anderen Weg. Ich sorge dafür, dass du mir Platz machst?«

»Und wie?«

»Ich mache aus dem Bullen einen Ochsen. Meist fördert es die Denkvorgänge!«, grinste Fefre und zog auch schon sein Knie dorthin, wo es am meisten Wirkung zeigte. Der Bulle klappte mit einem Stöhnen zusammen, einer seiner Kameraden griff nach einem Hocker. Der Wirt sprang auf die Theke, um händeringend um Vernunft zu flehen, als der Schemel den Korporal verfehlte und einen anderen Bullen ins Kreuz traf, woraufhin dieser sich umdrehte und nach Fefre griff. Dieser war nicht so dumm, still stehen zu bleiben; er duckte sich unter diesem und einem anderen Schlag hindurch, doch ein dritter Bulle packte ihn und hob ihn hoch und warf ihn auf einen Tisch. Dort rutschte der Seesoldat entlang und räumte Platten, Becher und Flaschen in den Schoß der Gäste, die dort saßen, woraufhin einer dieser Gäste die silberne Platte nahm, die er samt halbem Truthahn in seinem Schoß vorfand, und die Platte Fefre mit einem laut hallenden, blechernen Glockenschlag über den Schädel zog, woraufhin dieser erst einmal zu Boden ging.

Dann war Santer heran, schob erst den einen Bullen zur Seite, dann den anderen und zog den benommenen Fefre am Kragen hoch.

»Leute!«, rief er und hob beschwichtigend die Hand. »Es gibt keinen Grund ...« In diesem Moment zog ihm jemand einen

Stuhl über den Rücken. Santer seufzte und drehte sich, in einer Hand den benommenen Marinesoldaten haltend, langsam um.

»Du willst keinen Streit mit mir«, teilte er dem Bullen vor ihm freundlich mit.

»Warum denn nicht?«, grinste der und holte aus, nur um erstaunt festzustellen, dass ich seine Hand ergriffen hatte.

»Sei vernünftig, Mann«, sagte ich. »Noch ist nicht viel zu Bruch gegangen und ...«

»Hey, du verrätst die Bullen!«, meinte der Kerl, spuckte mir ins Gesicht und trat nach meinem Schritt ... was ihm freilich nicht ganz gelang. Er verfehlte sein Ziel, was daran liegen mochte, dass Serafine ihm eine Flasche über den Schädel zog.

»Finna«, rief ich. »Lass das!«

»Gut«, meinte sie und trat zur Seite, sodass der Bulle Platz zum Fallen hatte und verschränkte die Arme vor der Brust. Sie sah hinter mich und grinste breit. »Wenn du meinst!« Diesmal traf mich ein Stuhlbein hart am Schädel, ich schüttelte mich wie ein nasser Hund, duckte mich unter dem Bullen hindurch, den Santer im hohen Bogen über mich warf, griff mir den Kerl mit dem Stuhlbein und hörte Serafine lachen. Der Kerl trat nach mir.

»Und jetzt?«, fragte sie und duckte sich unter einem Becher hindurch, den ein anderer nach ihr warf. Neben mir zersplitterte ein Tisch, als ein Bulle grunzend darauf landete, indes versuchte der Kerl in meiner Hand erneut nach mir zu schlagen. Seinem Grinsen nach hatte er noch immer seinen Spaß dabei. Hinter mir hörte ich den Wirt noch flehen, dann kam eine Flasche geflogen und traf mich hart am Kopf.

»Was soll's«, rief ich zu Serafine, während der Wein mir in den Kragen lief, hob den Kerl an und warf ihn zwei anderen Bullen entgegen, um mit ihnen und dem Kerl einen anderen Tisch abzuräumen. »Manchmal ... autsch ... manchmal muss es halt auch sein!«

Der Spaß dauerte vielleicht ein halbes Zehntel einer Kerze, dann ging die Tür zum Gastraum auf und eine Tenet Bullen stürmte mit gezogenen Knüppeln herein. Es war erstaunlich, wie gründlich man eine Taverne in so kurzer Zeit verwüsten konnte.

Nur wenige Atemzüge später standen Santer, Serafine, Fefre und ich zusammen mit anderen Bullen in einer Reihe, während der Stabsleutnant der Wache in ganz besonders wohlgesetzten Worten erklärte, was er von dem Geschehen hielt. Er kombinierte auf überraschende Weise die Abstammung der Anwesenden mit der Ehre des Kaiserreichs und der Legionen, das angenehmste Beispiel setzte uns zumindest noch mit Kakerlaken gleich. Es war eine Offenbarung, bislang hatte ich wahrlich noch nie eine Zurechtweisung dieser Güte und Farbe hören dürfen. Zuletzt wandte er sich noch an mich.

»Was grinst du so, Rekrut?«, fragte er. »Hast du noch immer Spaß? Da werde ich dir helfen können!«

»Es tut mir leid«, sagte ich und meinte es auch so. »Es ist nur ...« Ich versuchte noch, mich zu beherrschen, doch es gelang mir nicht, ich fing lauthals an zu lachen. Irgendwie schien es dem Leutnant zu missfallen, er trat vor und zog mir seinen Knüppel über. Etwas, das mir in letzter Zeit zu oft geschah, und an das ich mich dennoch nicht gewöhnen wollte.

Auch wenn man in eine freundliche Schlägerei gerät, sollte man kein Bannschwert tragen; es erschwert die Umstände, wenn man erklären muss, warum man es nicht abgeben will, wenn man verhaftet wird. In diesem Falle war es leicht zu lösen, der wachhabende Offizier erkannte Santer, und als dieser erklärte, was geschehen war, ließ man uns auch wieder laufen ... doch es war zu spät, denn im gleichen Moment öffnete sich die Tür und Desina trat ein.

»Dein Anteil an der Verwüstung, Santer, liegt bei stolzen vier Gold und drei Silber!«, teilte ihm Desina hoheitsvoll mit. »Ich dachte, solche Späßchen wären ... oh, Götter«, rief sie, als ihr Blick auf Fefre fiel. »Das hätte ich mir denken können!«

Der zog seinen Kopf ein.

»Es war nicht meine Absicht gewesen, Sera«, meinte er nun rasch. »Ich wollte Santer nur fragen, ob er etwas trinken will ... nur irgendwie kam es dann nicht dazu.«

»Ich kann nur sagen«, fügte jetzt noch Santer hinzu, »dass wir tatsächlich nicht angefangen haben. Auch der General wartete drei Schläge ab, bevor er den Ersten durch den Raum geworfen hat.«

»Welcher General?«, fragte der Offizier und wurde bleich, als Santer mit dem Daumen auf mich wies.

»Ich glaube«, sagte ich freundlich; »wir sollten besser gehen.«

»Das scheint mir eine gute Idee zu sein«, meinte Desina kühl. »Ich bin nicht auf der Suche nach Euch gewesen, weil mir einfach danach war.« Sie musterte mich mit einem scharfen Blick. »Eure Gefährtin hat Nachricht aus Eurer Heimat erhalten. Keine gute, fürchte ich, es scheint, als wäre Eure Heimat gefallen. Die Maestra erwartet Euch.«

6. Das Erbe der Rose

An den Weg zurück zur Zitadelle erinnerte ich mich später kaum mehr, nur noch daran, wie ich in unser Quartier stürmte. Dort wartete bereits Leandra und ging unruhig auf und ab. Varosch lag halb auf meinem Bett, und auf einem der Stühle saß Sieglinde und sah niedergeschlagen drein.

Ich nahm Leandra in den Arm, während Serafine leise die Tür hinter uns schloss.

»Wo warst du, Havald?«, fragte Leandra mit feuchten Augen, ohne auf eine Antwort zu warten. »Eleonora ist tot!« Sie presste sich enger an mich, während ihre Schultern bebten. »Sieglinde hat es erfahren ... eine Nachricht von Janos ... Er lebt, weißt du?«

»Wenigstens *eine* gute Nachricht«, sagte ich mit einem Seufzen und hielt sie fester, während ich über ihre Schulter hinweg Sieglindes Blick suchte. »Ich freue mich für dich, Sieglinde.«

Die ehemalige Wirtstochter schaute kaum auf. »Mir hätte diese eine Nachricht gereicht.«

»Aber es gab noch mehr Kunde«, sagte Leandra, atmete tief ein und schniefte.

Ich erinnerte mich an den letzten Traum von meiner stolzen Königin. Also war sie wirklich tot. Ich spürte einen Stich in meinem Herzen und atmete tief durch. »Wie ist Illian gefallen?«, fragte ich.

»Das weiß ich noch nicht«, antwortete sie. »Dort.« Sie deutete auf ein Schreibbrett mit einer ledernen Abdeckung, das auf unserem Bett lag, wo es sich Zokora neben Varosch mittlerweile bequem gemacht hatte. »Lies selbst.«

Ich wollte nach dem Brett greifen, doch Sieglinde war schneller. Ich sah sie überrascht an.

»Es ist eine Nachricht an mich«, sagte sie, schlug die Abdeckung zurück und bedachte mich mit einem Blick aus ihren grünen Augen. »Was Janos vorher schreibt, braucht Ihr nicht zu wissen, Havald.« Sie holte tief Luft und las vor. »Eben kam ein Bote ins Lager, er berichtet, dass der Feind überall verkünden lässt, dass die Königin gefallen ist und Illian unter Thalaks Herrschaft steht. Ich habe Kundschafter entsandt, um Genaueres zu erfahren, währenddessen ziehen wir uns zur Donnerfeste zurück.« Sie klappte das Leder wieder zu. »Mehr wissen wir noch nicht.«

»Du wirkst nicht sehr überrascht«, stellte Leandra misstrauisch fest.

»Es ist nicht so schlimm, wie es sich anhört«, sagte ich und bewies erneut, wie ungeschickt ich mit Worten sein konnte.

»Nicht so schlimm?«, fuhr Leandra auf. Die Tränen waren vergessen, Funken überliefen sie, und in ihren Augen glühte es rot. »Nicht so schlimm, sagst du? Unsere Heimat ist gefallen, und ich habe den einzigen Freund verloren, den ich je hatte!«

Die Nachricht vom Tod meiner Königin hatte geschmerzt, der Stich, der diesmal folgte, war ein Schmerz anderer Art. Er raubte mir fast die Luft zum Atmen. Sie meint es nicht so, sagte ich mir, aber so recht wollte ich mir selbst nicht glauben.

»Ich hatte eine Vorahnung. Einen Traum, wenn du so willst.«

»Hattest du?«, fragte sie scharf.

Alle anderen sahen uns zu, als ob ihnen ein Schauspiel geboten würde, doch Leandra kümmerte es nicht. »Warum hast du nichts gesagt?«

»Weil es ein Traum war. Ich konnte nicht wissen, ob er stimmt.«

Sie wollte etwas entgegnen, doch ich hob die Hand. »Warte. Ich erzähle dir, was ich geträumt habe.«

»Tu das«, befahl sie.

Noch immer spürte ich ihren Zorn. Ich selbst hatte Mühe, mich ruhig zu halten, doch ihre Reaktion war verständlich. Ich zog mir also einen der Stühle heran und begann von dem Traum zu erzählen, den ich in Aldar gehabt hatte, kurz bevor die *Lanze der Ehre* in den Hafen einlief und ich davon erfuhr, dass Leandra vom Feind gefangen war.

»In diesem Traum erzählte Eleonora mir, dass ihr Körper sie verraten hätte und sie nur noch durch die Gebete der Priester lebte. Sie fasste einen letzten Plan, dem Gegner zu trotzen und den Menschen im Land Hoffnung zu geben. Der Gegner hatte versprochen, abzuziehen, wenn sie sich ihm opferte. Sie glaubte nicht daran, doch ihr Plan ging darüber hinaus.«

Ich berichtete, wie die Königin in meinem Traum sich aufgab, dunkler Magie trotzte, den Feind beschämte und dann in einem Lichtbrand Borons verging, ohne dass eine Spur von ihr verblieb.

»Niemand sah sie sterben«, schloss ich leise. »Das war ihr Plan. Sie ging ins Licht und ließ verkünden, dass sie noch immer über Illian wachen würde. Zugleich beschämte sie den Feind und bewies, dass man seinen Schwüren nicht trauen durfte. Aber in diesem Traum war die Kronstadt noch nicht gefallen.« Ich zögerte. »Es gibt einen Weg, um zu ermitteln, wie wahr mein Traum gewesen ist. Doch dazu musst du mir Steinherz geben, Leandra.«

Mit Tränen in den Augen sah sie mich an, dann nickte sie und reichte mir ihr Schwert.

Ich hatte es so gut es ging vermieden, Steinherz zu berühren, und als ich es nun hielt, wusste ich, dass ich darin gut beraten gewesen war. In meinen Händen war es kalt wie Eis, und mir loderte ein Zorn entgegen, der nicht überraschend, aber dennoch in seiner Intensität unverständlich war. Ich hatte schon immer gewusst, dass Steinherz mich nicht leiden konnte, dennoch verblüffte mich die Unbedingtheit dieser Ablehnung.

Ich ignorierte das Eis unter meinen Fingern und die heiße Glut der Augen, als ich die Rubine so drückte, wie Eleonora es mir im Traum gezeigt hatte. Es klickte, und das Heft löste sich. Ich zog Knauf und Griffstück ab, und dort war, wie in meinem Traum gesehen, ein feines Pergament um den Dorn der Klinge gewickelt.

Die Siegel waren angebrochen, so viel Platz war dort drinnen nicht, doch das Dokument schien intakt. Ich zog es von dem Dorn und hielt es Leandra entgegen.

»Hier«, sagte ich.

Sie sah mich fragend an. »Weißt du, was darin steht?«

»Es ist das Testament der Rose von Illian. Sie bestimmt, wer nach ihr die Königswürde tragen soll.«

Ein lauter metallischer Schlag ließ nicht nur mich zusammenzucken: Auf meinen Beinen hatte sich Steinherz wieder zusammengesetzt und funkelte mich mit roten Augen an. Im nächsten Moment fiel er von meinen Knien und rutschte zu Leandra, um dann wieder wie von Geisterhand neben ihr zu stehen.

Leandra beachtete es gar nicht, ihr Blick war nur auf dieses Dokument gerichtet, das ich ihr hinhielt.

»Wer ist es?«, hauchte sie.

»Ich weiß es nicht, ich habe nur eine Vermutung.«

»Du bist ihr Paladin, es ist deine Aufgabe, es zu verlesen«, meinte sie.

»Das war einmal«, entgegnete ich. »Jetzt bist du es. Die Nachricht ist für dich bestimmt.«

Noch immer nahm sie es nicht in die Hand. »Wie kann das sein?«, flüsterte sie. »Seitdem ich Steinherz trage, bin ich nicht mehr in der Kronstadt gewesen.«

»Sie war eine kluge Frau. Sie wusste, was letztlich kommen würde. Auch ohne den Feind waren ihre Tage gezählt.«

Sie nickte und streckte langsam die Hand aus, um das Dokument zu nehmen, dann brach sie die Siegel vollends und rollte es auseinander. Sie las, ihre Augen weiteten sich, und ihr Mund formte sich zu einem O. Fassungslos sah sie erst zu mir, dann zu den anderen.

Ich stand auf, griff nach Steinherz und verbrannte mir eisig die Finger. Doch diesmal war es mir egal, ich griff fester zu, und zu meiner Überraschung schien er irgendwie zurückzuweichen.

»Knie nieder, Leandra«, bat ich sie mit rauer Stimme.

»Götter«, flüsterte Varosch, der als Erster verstand, was hier vor sich ging. Leandra blickte zu mir auf, dann rutschte sie vom Bett und ging vor mir auf die Knie. Es war vielleicht das erste Mal, dass eine Bewegung bei ihr nicht vollends elegant aussah. Mit weit aufgerissenen Augen, aus denen die Tränen nur so strömten, schaute sie zu mir auf, während ihre Hand das Dokument zerknüllte.

Ich zog an Steinherzens Griff, wieder wollte das Schwert mir widerstehen, doch diesmal reichte es mir. Ich hatte seine Spielchen satt. Ich griff härter zu, *in* ihn hinein, und schwor ihm, dass er weiteren Widerstand bereuen würde. Fast spürte ich so etwas wie Furcht in ihm, als ich ihn aus der Scheide zog. Ein gleißendes Licht floss um ihn herum, bis er so hell leuchtete wie weißglühender Stahl. Ich hob das Schwert hoch, griff es mit beiden Händen und senkte es dann sanft herab.

»Bei Astartes Liebe«, flüsterte ich und berührte Leandras Stirn mit der Schwertspitze, »Borons Gerechtigkeit«, ihre linke Schulter, »und dem Leben, das uns Soltar schenkt«, die rechte Schulter »seid Ihr, Leandra di Girancourt, bestimmt, die Krone von Illian zu tragen. Vor den Göttern und vor diesen Zeugen, seid Ihr bereit, die Last der Krone zu tragen, für Land und Volk von Illian diese schwere Last auf Euch zu nehmen, Illian und allen, die dort leben, zu dienen, es zu schützen und zu ehren, bis Soltar Eure Seele nimmt und Ihr Rechenschaft ablegen müsst über Eure Herrschaft?«

Leandra sah mich an, und ihre Lippen zitterten, während aus ihren Augen weiterhin Tränen liefen. »Ich ...«, begann sie und schluckte. »Ja«, hauchte sie. »Ich schwöre es!«

Steinherzens Klinge leuchtete ein letztes Mal hell auf und sammelte das Licht in sich, das sich nun über Leandra ergoss, sie einhüllte, umgab und durchdrang, bis sie es war, die wie eine Lichtgestalt der Götter leuchtete. Dann verblasste es langsam wieder.

»Ich bezeuge es vor Soltar«, sagte ich ehrfürchtig.

Ich sah Varosch auffordernd an, er lächelte nur ein wenig. »Ich lege vor Boron Zeugnis ab«, sagte er leise.

Dann sah ich zu Zokora, die das Ganze aufmerksam verfolgt hatte. »Ich leiste meinen Eid vor Solante, die auch Astarte ist«, sagte sie und schmunzelte. »Ist es das, was du hören wolltest, Havald?«

»Ja«, antwortete ich. »Genau das.«

Ich griff Steinherzens Scheide und führte die Klinge zurück. Sie wehrte sich dagegen, aber ich sah nicht ein, ihr auch noch mein Blut zu geben, und teilte es ihr mit Nachdruck mit. Mit einem leisen Klicken verschwand sie in der Scheide, und ich stellte das Schwert neben Leandra.

»Steh auf«, flüsterte ich.

Langsam erhob sie sich, und als sie stand, ging ich vor ihr auf die Knie; Varosch und Sieglinde taten es mir gleich. »Der Götter Segen mit Euch, Leandra, Königin von Illian, Bewahrerin des Reichs, Herz und Liebe Illians«, brachte ich mit rauer Stimme hervor.

»Ich habe schon einmal einer Krönung der Menschen beigewohnt«, meinte Zokora vom Bett her, wo sie es sich in unseren Kissen bequem gemacht hatte. »Sie dauerte neun Kerzenlängen, es gab jede Menge Eide und gut drei Dutzend Priester, die Loblieder gesungen haben. Drei Tage später war der neue König tot. Ich muss sagen, deine Art gefällt mir besser, Havald.«

»Danke«, sagte meine Königin bissig zu Zokora. »Das war es, was ich hören wollte.«

»Damals hat Steinherz auch nicht geleuchtet«, meinte die Dunkelelfe. »Das lässt für dich hoffen.«

Leandra wandte sich mir zu. »Gilt das?«, fragte sie. »Und warum hast du es so gemacht? Wäre es nicht besser gewesen, in einen Tempel zu gehen? Darfst du mich denn überhaupt krönen?«

»Es schien mir das Richtige zu sein. Die Götter haben es auch hier gesehen, und Steinherz hat dich bestätigt. *Ich* habe dich nicht gekrönt. Es waren die Götter und Steinherz. Es ist das Königsschwert von Illian. Aber, falls dich das beruhigt, es ist der gleiche Eid, den auch Eleonora geschworen hat.«

»Wie das?«, fragte sie erstaunt. »Ich dachte, sie wurde im Tempel gekrönt.«

»Ja. Aber seitdem Vladir der Verschlagene bei seiner Krönung aus Versehen von Steinherz enthauptet wurde, hat man bei der Krönung nur noch eine Kopie des Schwerts verwendet. Eleonora fand das heraus, ließ sich von den Priestern Steinherz bringen, und wir trugen sie auf ihrer Bahre in den kleinen Garten, den sie so liebte. Dort bat sie mich, genau das für sie zu tun. Sie sagte, sie müsse wissen, ob sie die Krone zu Recht tragen würde, und auch für sie hat Steinherz aufgeleuchtet.« Ich lächelte. »Wenn es für sie gut genug war, meine Königin, dann ist es das auch für Euch.«

Und wenn Steinherz dabei auch nur einmal gebockt hätte, hätte ich es eingeschmolzen. Ich war sicher, das verdammte Ding wusste das auch.

»*Meine Königin*«, wiederholte sie. »Bin ich das jetzt für dich?«
»Ja«, sagte ich leise und schluckte. »Mehr könnt Ihr nicht sein. Ist es nicht genug?«
Ihre violetten Augen weiteten sich, als sie verstand, was ich ihr da sagte.
»Es muss reichen, nicht wahr?«, hauchte sie.
»Ja.«
»Dann erhebt Euch, Graf Roderic von Thurgau. Und ihr anderen auch.« Sie bedachte uns mit einem harten Blick. »Niemanden von euch will ich je wieder vor mir knien sehen.« Dann lachte sie und wischte sich Tränen aus den Augen. »Und schon habe ich meinen ersten Fehler begangen ... Sieglinde, komm her und knie dich hierhin. Zum letzten Mal.« Leandra lächelte und schüttelte den Kopf. »Ich muss wohl lernen, besser auf meine Worte zu achten.«

Sie zog Steinherz, während Sieglinde vor ihr den Kopf senkte.
Leicht berührte sie mit der Klinge Sieglindes Stirn und Schultern. »Im Namen Illians, erhebt Euch, Sieglinde von Eberherz, Ritter des Ordens der Rose.«

Sieglinde sah verblüfft zu ihr auf, und Leandra lachte.

»Das Wesentliche ist gesagt«, meinte sie. »Darin ist Havald gut, und ich tue es ihm nach.« Sie sah kurz zu mir. »Es gab einst einen Orden der Rose, die Vierzig Getreuen wurden sie genannt. Ich denke, du kennst die Geschichte, Sieglinde. Du wirst diesen Orden wiederbeleben. Und jetzt steh auf.«

Langsam erhob sich Sieglinde und schüttelte wie benommen den Kopf. »Eberherz?«, fragte sie.

»Mir fiel kein besserer Name ein. Eberhard bedeutet ja nichts anderes. Dein Vater wird sich freuen, denn das Land vor dem Donnerpass und um den Hammerkopf herum wird nun euch gehören. Wenn wir es halten können.«

Leandra gab Steinherz sein Blutopfer, das es gierig trank, und führte es in die Scheide zurück.

»Das ändert alles«, sagte sie mit einem weiteren langen Blick zu mir. »Sieglinde, sobald wir ein Tor gefunden haben, wirst du in die Heimat zurückkehren und dort meine Stimme sein. Wie die Befehle lauten, müssen wir noch besprechen, aber ich werde für Illian stehen, solange Blut in meinen Adern fließt, das schwöre ich bei allen Göttern!« Sie holte tief Luft. »Aber jetzt bitte ich darum, etwas Ruhe finden zu können. Nein, Havald«, fügte sie leise hinzu, »du bleibst hier.«

7. Die Königin

Leandra wartete, bis Varosch die Tür hinter sich zugezogen hatte, dann trat sie ans Fenster und sah in den dunklen Innenhof der Zitadelle hinab, der nur von einigen wenigen Laternen erleuchtet war. Ich trat hinter sie, unsere Blicke begegneten sich im dunklen Glas des Fensters, sie senkte die Stirn gegen die kühle Scheibe. »Wie lange wusstest du es schon, Havald?«

»Gewusst habe ich es nicht, nur geahnt. Und das schon sehr lange.« Sie lehnte sich gegen mich, und ich roch ihre Wärme.

»Woher?«

»Ich war Eleonoras Paladin, und davor der ihres Vaters. Ich kannte sie, seitdem sie ein Säugling war, und sie kam irgendwann auf die Idee, dass wir Freunde sein sollten.« Ich lächelte in der Dunkelheit. »Sie hatte ganz eigene Vorstellungen, was *ihr* Paladin tun sollte. Dazu gehörte auch, dass sie auf meinen Schultern ritt oder ich ihr Geschichten erzählte. Sie war ein lebhaftes, neugieriges Kind, immer unterwegs, und als sie noch laufen konnte, ist sie stets gerannt. Und sie war klug. Sie wusste, dass sie nie wieder gehen können würde, und auch, dass ihre Tage gezählt waren. Sie hatte Schmerzen, weißt du das?«

Sie nickte.

»Die Ärzte gaben ihr ein Pulver, aber es machte sie müde und träge im Kopf. Sie nahm es nur ein einziges Mal.«

»Havald, ich habe sie lange gekannt. Ich weiß das. Sie litt, weil sie einen klaren Geist brauchte für das, was sie tun musste.«

»Ja.« Ich atmete tief ein. »Schon als sie noch ein Kind war, sprach sie oft von ihrem Tod. Das Sterben machte ihr nichts aus, wohl aber das, was danach kam. Es gab keine Erben, und selbst wenn sie es versucht hätte, gab es keine Gewissheit, dass das Kind leben würde. Sie jedoch wäre ganz sicher bei der Geburt eines Kindes gestorben. Also sprach sie davon, wer geeignet sei, die Krone zu tragen. Derjenige bräuchte einen unerschütterlichen Willen und ein Herz, das die Verzweiflung übersteht, die kommt, wenn man jene, die man liebt, in den Tod schickt.«

»Steinherz«, hauchte sie. »Deshalb gab sie es mir.«
»Ja.« Ich schwieg für einen Moment. »Ich habe es lange nicht verstanden. Eigentlich erst vorhin. Als sie es dir gab, wusste sie, dass es eine verzweifelte Schlacht werden würde. Krieg tötet Menschen, die man liebt, doch eine Königin muss das ertragen. Und es gibt noch eines: Weißt du, warum die Elfe dich an Eleonoras Hof brachte?«

»Nein. Ich habe keine Ahnung, warum meine Mutter das tat.«

»Vielleicht kann ich es dir sagen. Es gibt etwas, das viele nicht wissen: Elfen und Menschen sind sich sehr ähnlich. Es ist nicht gewiss, was geschieht, wenn sich Elf und Mensch verbinden. Das Kind kann menschlich sein oder ein Elf oder auch das, was man dir nachsagt: ein Halbelf, der die beiden Rassen in sich vereint.« Ich zog sie näher an mich. »Das Königsgeschlecht von Illian stammt noch aus dem Alten Reich. Vielleicht gab es auch dort Vorfahren, die von Elfen abstammten, denn vor etwas über zweihundert Jahren geschah etwas, das sehr selten ist: Aus der Verbindung zweier Menschen ging ein Elfenkind hervor. Ich war damals noch nicht am Hof, aber ich habe die Gerüchte gehört. Und ich sah das Kind einmal, als es in Begleitung der Leibwache ausritt. Der Junge hatte violette Augen und weißes Haar – und dein Lächeln. Es bestand kein Zweifel, dass er der legitime Nachfolger war. Er besaß die Züge des Vaters und der Mutter, dennoch trat die Königin vor Boron, um zu beweisen, dass sie den König nicht betrogen hatte. Und doch, das Kind blieb ein Problem. Ein Elf, der ein Menschenreich regierte? Dann hörte ich, dass er starb. Bei einem Jagdunfall im Wald. Ein Bär, hieß es, soll ihn zerrissen haben. Jahre später hörte ich von einem alten Wildhüter, der damals dabei gewesen war, er habe ein Treffen zwischen dem Königspaar und einem Gesandten der Elfen verabredet. Er sagte, das Kind sei nicht getötet worden, sondern ein anderes, das an Husten gestorben war, sei mit Soltars Segen an den Bären verfüttert worden. Das Königskind wäre unter den Tränen der Eltern an die Elfen zurückgegeben worden.«

»Du meinst …?«, hauchte sie.

»Ich weiß es nicht. Es ist die Geschichte eines alten Mannes gewesen, der zu viel getrunken hatte und manchmal nicht mehr wusste, wie er selbst hieß. Doch als ich dich das erste Mal sah, im *Hammerkopf*, fiel mir auf, dass du diesem Königskind sehr ähnlich bist, aber ich verwarf den Gedanken gleich wieder. Doch später, als ich hörte, dass du von einer Elfe an den Hof gebracht wurdest ... Ich glaube nicht, dass du ein Bastard bist«, sagte ich leise. »Ich denke eher, dass du für deine Eltern eine Überraschung warst, dass sich etwas Merkwürdiges zugetragen hat und aus zwei Elfen du hervorgegangen bist. Ich habe lange genug gelebt, um zu sehen, wie manche Menschen wiederkommen. Manchmal sehe ich jemanden, den ich aus meiner Jugend kenne, er gleicht dem anderen bis aufs Haar – und dann erfahre ich, dass er ein weit entfernter Verwandter ist. Alle, die vor uns waren, sind noch in uns, Leandra, und manchmal kommen sie auch wieder. Die Elfen leben länger als wir, und in ihnen liegt noch das Erbe derer, die von den Elfen als die Alten bezeichnet werden. Vielleicht ist es bei den Elfen nicht anders als bei Menschen, und ab und zu kommt etwas wieder, das man lange verloren geglaubt hat.«

»Du meinst also, ich stamme von diesem Prinzen ab, der damals an die Elfen gegeben wurde?«, fragte sie.

»Es mag sein. Ich weiß, dass Eleonora die Geschichte vom verlorenen Königskind faszinierte. Tatsächlich würde ich mich nicht wundern, wenn sie Kontakt zu den Elfen aufnahm, von dir erfuhr und es so einrichtete, dass du zu ihr gebracht wurdest. Ein Kind für ein Kind. Für die Elfen ist das wichtig, es folgt dem Kreislauf, als den sie das Leben sehen. Ich weiß nicht, ob es sich wirklich so verhält, aber ich dachte mir, es könnte sein.«

»Deshalb ließ sie mich ausbilden und stand immer zu mir«, sagte sie. »Sie stellte mir die besten Lehrer zur Seite und nahm oft selbst am Unterricht teil. Sie hat all das geplant. Mich zu dem geformt, was ich heute bin.«

»Oder aber es war Zufall und nicht mehr.« Allerdings hatte ich meine Zweifel. Eleonoras Körper mochte gebrochen gewesen sein, doch ihr Geist war es nicht. Wir hatten nie herausgefunden, wer das Attentat verübte. Sie hatte damit gehadert, dass es letztlich doch erfolgreich gewesen war, denn sie konnte keinen Erben gebären, und ihre Lebensspanne war seit diesem versuchten Mord verkürzt. Es sähe ihr ähnlich, so den Mördern einen Strich durch die Rechnung zu machen.

»Wie viele Geheimnisse hütest du noch?«, fragte sie.

»Zu viele«, gab ich ihr ehrlich Antwort. »Es sind lange Jahre gewesen, und ich habe vieles gesehen, das heute vergessen ist. Und meist vergesse ich es selbst, bis ich durch ein Lächeln oder violette Augen daran erinnert werde.«

Sie nickte bedächtig. »Ich denke, auch ich fange jetzt erst an, dich zu verstehen. Jetzt, wo es zu spät ist.«

Ich sagte nichts dazu, sondern zog sie nur enger an mich. Sie seufzte.

»Es gibt etwas, das ich dir sagen muss, Havald. Ein Geheimnis.«

»Du musst nicht.«

»Aber ich will es.« Sie bewegte sich in meinen Armen, und ich spürte, wie sie lächelte, als sie meine Reaktion verspürte. »Hör mir zu. Ich war heute ungerecht zu dir. Es ist nicht ganz so, wie du denkst, aber Steinherz … Steinherz war schon immer gegen dich.«

»Ich weiß.«

»Weißt du auch, wieso?« Sie drehte sich in meinen Armen um, um ihren Kopf in meine Halsbeuge zu legen.

»Nein. Als ich mit ihm Eleonora krönte, schien das Schwert mir sogar zugeneigt, aber ich trug bereits Seelenreißer.«

»Es ist ganz einfach«, sagte Leandra so leise, dass ich sie kaum hören konnte. »Ich habe auf Steinherz geschworen, und es gibt nichts, was mich von meinem Pfad abbringen kann.«

Ich nickte, denn dessen war ich mir allzu sehr bewusst.

»Nichts, außer einem«, fuhr sie flüsternd fort. »Ich habe vorher nie wahrhaftig geliebt. Havald, ich kam unschuldig zu dir.«

Das hatte Nataliya auch gesagt. Ich schluckte erneut, denn ich ahnte, dass das, was jetzt kam, schmerzhaft sein würde.

»Ich liebe dich … und Steinherz weiß es und sieht in dir die größte Gefahr für meinen Eid. Und hat recht damit.« Sie wischte sich Tränen von der Wange und schaute auf. »Jetzt ist es beruhigt, weil es etwas weiß, und ich weiß es auch. Aber ich muss es bestätigt sehen. Havald … wirst du meine Krone mit mir teilen?«

O Götter, was war ich versucht.

»Nein, Leandra«, teilte ich ihr sanft mit. »Es gibt einen anderen Plan für mich. Und irgendwann wird Er mich von deiner Seite rufen, und ich werde gehen müssen.«

»Aber ich bin deine Königin.« Sie lächelte mit Tränen in den Augen.

»Das bist du«, sagte ich.

»Du musst tun, was ich dir befehle.«

»In Grenzen«, entgegnete ich schmunzelnd.

Sie löste sich aus meinen Armen, ging zu Steinherz und drückte es mir in die Hand. Es war genauso überrascht wie ich.

»Geh zu Serafine und gib ihr Steinherz, sie soll es heute Nacht bewachen. Warte ein Viertel einer Kerze und komm dann zu mir zurück. Und wasch dich, du riechst nach Wein.«

»Aber ...«, begann ich, doch sie legte mir einen Finger auf die Lippen.

»Wollt Ihr einen Befehl Eurer Königin verweigern, Graf Roderic?«, fragte sie mit kühler Stimme, doch ein Lächeln lag auf ihren Lippen.

Ich verbeugte mich und tat, wie mir geheißen.

Als ich nach der Viertelkerze wiederkam, erwartete sie mich bereits. Sie trug eines der Kleider aus Gasalabad, die einem Mann den Verstand rauben konnten, Parfüm und ein Lächeln, wie ich es von ihr nicht kannte. Es lag etwas darin, eine Vorfreude und ein Geheimnis. »Diesmal«, sagte sie leise, als sie mich in die Kissen zog, »wird Steinherz uns nicht stören.«

8. Von Federn und Drachen

Am Morgen, noch vor Sonnenaufgang, fand mich Serafine im Garten der Zitadelle sitzend. Dort gab es einen kleinen Teich, darin schwamm ein Karpfen. Ich dachte an nichts und schaute nur dem Karpfen zu, der mich vollends missachtete.

Seelenreißer spürte sie kommen, dann legte sie mir sanft die Hand auf die Schulter.

»Willst du allein sein, Havald?«, fragte sie.

Ich dachte nach. »Nein«, sagte ich dann schließlich.

Sie nickte, setzte sich neben mich auf die Bank, und dann schauten wir gemeinsam dem Karpfen zu.

Stabsobrist Orikes strich das königliche Schreiben aus Steinherzens Griff glatt und bedachte uns alle mit einem vorwurfsvollen Blick, als wolle er sagen, dass man so nicht mit wichtigen Dokumenten umgehen sollte.

»Ich habe keine Zweifel an der Echtheit dieses Dokuments«, befand er, während er uns Kafje einschenkte. »Ich weiß nur nicht, was daraus jetzt folgen wird.« Es war zur zweiten Glocke, und im Gegensatz zu mir sah der Obrist frisch und ausgeschlafen aus. Leandra wirkte traurig und zufrieden zugleich, aber es war etwas an ihr, das anders war als sonst.

Orikes sah auf das Dokument hinab, dann seufzte er und wandte sich an mich. »Ihr habt eine Krönung vorgenommen, General von Thurgau. Ich weiß nicht, ob es schon jemals vorgekommen ist, dass ein General des Kaisers einen König gekrönt hat, und ob das dem Reglement entsprechen kann.«

»Sie ist rechtens«, teilte ich dem Obristen mit und erzählte ihm von Eleonoras zweiter Krönung im Garten.

Orikes hörte zu und seufzte dann. »Hoheit«, sagte er förmlich. »Wärt Ihr bereit, vor einen Priester Borons zu treten, damit dieser Euren Anspruch auf die Krone Eurer Heimat anerkennen kann?«

»Varosch ...«, begann ich, doch der Obrist schüttelte den

Kopf. »Nichts gegen Euren Kameraden, General, aber er ist nach eigenen Worten nur ein Adept und trägt nicht die Priesterwürde.«

»Es ist kein Problem, Stabsobrist«, sagte Leandra ruhig. »Wenn Ihr es wünscht, werde ich mich noch heute zum Tempel des Boron begeben und mich dem Gott in seiner Gerechtigkeit unterwerfen.«

»Gut«, meinte Orikes und massierte sich die Schläfen. »Die letzte Entscheidung trägt der Kommandant, aber ich gehe davon aus, dass wir weiter verfahren werden, als ob diese Krönung gültig ist.«

»Sie ist es«, sagte Leandra ruhig, doch in ihrem Ton lag eine Sicherheit, die Orikes blinzeln ließ. »Zudem vereinfacht es die Sache ungemein. Illian war das Erste der Neuen Reiche, die anderen entstanden aus ihm. Letasan und Jasfar sind bereits an den Feind gefallen, also lässt sich ein Recht ableiten, dass Illian nun auch für diese Reiche steht. Illian wurde von Askannon gegründet, war Teil des Alten Reichs und ist es immer noch.«

»Ja«, sagte Orikes. »So kann man den Fall aufbauen, und es mag sein, dass sich Dokumente dafür finden lassen. Ich werde die Suche nach ihnen sofort in die Wege leiten.« Er sah erneut hinab auf das Papyira und strich es ein zweites oder drittes Mal glatt. »Auf diese Art könnt Ihr vor den Rat treten und versuchen, ihn zu überzeugen.«

»Das wird mir gelingen«, sagte Leandra entschlossen.

»Vielleicht«, gab Orikes zur Antwort. »Aber ich bin mir da nicht so sicher. Man wird Euch keinen Glauben schenken. Man wird sagen, dass Ihr eine Thronräuberin seid, die sich durch ihren Geliebten zur Königin hat krönen lassen. Man wird sagen, dass der Feind geschlagen ist, und man wird behaupten, dass die Bedrohung nicht so groß sei, wie Ihr sagt. Zugleich wird eines der gekrönten Häupter mahnen, dass es Jahre oder gar Jahrzehnte dauern kann, bis Thalak seine Legion durch die unbekannten Länder zwischen uns getrieben hat, und dann darauf verweisen, dass es Bessarein sein wird, über das der Nekromantenkaiser in das Alte Reich einfallen muss. Dann wird es einen geben, der daran erinnert, dass Bessarein bereits die größte Armee besitzt und es nicht angebracht wäre, das Gleichgewicht der Kräfte in den Reichen zu zerstören.« Der Obrist zuckte hilflos mit den Achseln. »Somit wird alles beim Alten bleiben.« Er sah uns der Reihe nach an. »Das wird der einhundertste Kronrat sein. Immer war es das Gleiche. Keines der Reiche war je bereit, auf etwas anderes zu achten als auf das eigene Hemd. Sie haben die Festungen verfallen lassen, die Semaphorentürme, die Werften und die Straßen, selbst die Armeen sind in einem desolaten Zustand. Nur die Ostmark unterhält ein nennenswertes Heer, doch das ist im Kampf gegen die Barbaren gebunden, die zur Zeit ganz besonders stark gegen unsere Ostgrenzen drücken.« Er sah zu mir hinüber. »Der Vertrag von Askir sicherte über Jahrhunderte den Frieden, doch jetzt steht er uns im Weg, denn die Allianz braucht eine einstimmige Entscheidung, wenn es darum geht, einem anderen Reich den Krieg zu erklären.«

»Ich kann nicht glauben, dass es so kommen wird«, erregte sich Leandra, während feine Funken in ihrem Haar tanzten. »Wer spricht hier von einer Kriegserklärung? Das Alte Reich ist bereits bedroht, der Krieg hat längst begonnen!«

»Das sagt Ihr, Hoheit. Auch der Kommandant sieht es so. Aber es gibt einen Vogel, der bei Angst den Kopf im Sand vergräbt. Bei uns trägt diese Art die Kronen, und wer nichts sehen will, wird auch nichts sehen können.«

»Aber Askir selbst wird zu uns stehen?«, fragte Leandra angespannt.

»Soweit es der Vertrag zulässt, ja. Die Zweite Legion wiederauferstehen zu lassen, war ein bemerkenswerter Zug, und der einzige, der uns verbleibt.« Orikes legte seine Hände übereinander. »Sie wird vom Vertrag nicht berührt, da sie als verloren galt. Auf diese Art ist uns ein Schlupfloch geblieben.« Sein Blick suchte mich. »Es gibt Anweisungen und Regeln, wie eine Legion im Krieg auszurüsten ist. Alles in allem wird die Zweite Legion zur vollen Stärke von zehntausend Mann nebst viertausend Mann Tross aufgestellt werden. Ihr werdet das Beste an Ausrüstung und Material erhalten, das wir in unseren Arsenalen finden können, und schon jetzt zeichnet sich ab, dass es viele geben wird, die beim Zweiten Bullen dienen wollen. Aber ich fürchte, viel mehr wird es nicht sein.«

Ich schaute ihn ungläubig an. »Der Feind hat nach letztem Wissen das Zehnfache davon im Gefecht und kann das Zwanzigfache nachwerfen. Und diese Schätzung enthält nicht die Art von Truppen, wie wir sie auf den Feuerinseln sahen. Eine Legion allein wird nicht bestehen können.«

»Sie wird es müssen, General«, sagte Orikes. »Damit Ihr es wisst, ich habe dem Kommandanten Eure Gründe genannt, die Führung der Legion einem anderen anvertrauen zu wollen. Er lehnte ab.«

»Hat er auch Gründe genannt?«

»Er bleibt dabei. Wenn Ihr nicht geeignet wärt, würdet Ihr den Ring nicht tragen.«

»Havald«, sagte Leandra und legte ihre Hand auf meine. »Es wird genügen. Denn ich weiß, dass ich den Kronrat auf unsere Seite bringen werde.«

»Ihr habt einen Plan?«, fragte Orikes höflich.

Leandra zeigte ihre Zähne. »Bis es so weit ist, werde ich einen haben.«

»Gut. Wir müssen den Kommandanten unterrichten«, sagte Orikes und erhob sich vom Tisch. »Hoheit, wenn Ihr mich begleiten wollt?«

»Was ist mit mir?«, fragte ich.

»Eure Anwesenheit, Lanzengeneral, wird nicht notwendig sein.« Er bedachte mich mit einem nachdenklichen Blick. »Vielleicht solltet Ihr zum Tempel des Soltar gehen. Einer seiner Priester war heute hier und hat nach Euch gefragt.«

»Was wollte er?«, fragte ich.

»Euch sprechen. Um was es ging, wurde mir nicht berichtet.«

Nur mit Mühe unterdrückte ich ein Seufzen. Ich mochte mich mittlerweile damit abgefunden haben, dass ich Soltar dienen musste, dennoch war ich nicht erpicht darauf, schon wieder einen Tempel zu betreten. Weder seinen noch einen der anderen Götter. Irgendwie zog ich dabei meist den Kürzeren.

»Wenn ich Zeit dazu finde«, log ich.

Orikes sah mich überrascht an. »Es ist Eure Entscheidung. Ich überbringe nur die Botschaft.«

Ich erhob mich vom Tisch und sah zu Leandra.

»Wir sehen uns später«, meinte sie mit einem unsicheren Lächeln.

»Ja«, sagte ich leise. »Später.«

Im Türrahmen schaute ich zurück. Selten hatte ich sie so verloren gesehen. Unsere Blicke trafen sich, doch ich wusste nicht, was ich noch sagen sollte, also lächelte ich mit Mühe und zog die Tür hinter mir zu. Einen Moment stand ich dort und fragte mich, wie lange es schmerzen würde, dann hob ich das Kinn und straffte die Schultern. Hier gab es wenige Orte, an denen einem niemand zusah, und obwohl die Wachen so taten, als schauten sie nur geradeaus, gab es keinen Grund, ihnen weiterhin ein Schauspiel zu bieten.

Ich ging zurück zu unseren Gemächern und klopfte an die Tür der Seras. Sieglinde öffnete und begrüßte mich mit einem Lächeln, das ich in den letzten Tagen arg an ihr vermisst hatte. Es mochte ein magischer Bann gewesen sein, der sie und Janos zusammengebracht hatte, aber als sie ihn noch für tot gehalten hatte, war sie so traurig gewesen, dass ich keinen Zweifel an ihrer wahrhaftigen Liebe hegte.

Dieses Lächeln machte sie weicher und erinnerte mich mehr an die Wirtshaustochter, die ich kennengelernt hatte. Die Härte, die sie zuvor gezeigt hatte, passte nicht zu ihr.

Wie bei allen Gemächern unter dem Dach der Zitadelle öffnete sich die Tür in einen kleinen Salon, in dem Tische, Stühle und eine Anrichte standen. Dort fand ich zu meiner Überraschung die Eule Desina vor, die sich mit Serafine unterhielt und sich nun spontan an mich wandte.

»Es fehlt einfach die Zeit, sich gründlich zu unterhalten«, meinte sie, »aber Ihr könnt Euch gar nicht vorstellen, wie hilfreich es ist, mit jemandem zu sprechen, der das Alte Reich persönlich erlebt hat.« Sie sah zu Serafine. »Wir müssen uns noch weiter unterhalten, Helis, das ist sicher!«

»Ihr bekommt wohl nie genug«, meinte Serafine lächelnd. »Auf jede Antwort folgen gleich drei neue Fragen.«

»Nur wer fragt, erfährt etwas«, meinte die Prima und sah in diesem Moment weitaus jünger aus, als sie war. »Wollt Ihr sie mir entführen, General?«

»Nicht ohne sie zu fragen. Sie würde sich sonst wehren.« Ich zog mir einen Stuhl heran, während mir Sieglinde mit einem Lächeln einen Kafje einschenkte, etwas, das sie früher gern getan hatte, aber auch in den letzten Tagen zunehmend unterließ. Sehr viel hatte ich mit Sieglinde nicht mehr zu tun, aber ich gab gern zu, dass ich vermisst hatte, sie so zu sehen. Janos konnte sich glücklich schätzen, dachte ich und spürte einen Stich.

»Leandra und Orikes sind in einer Audienz beim Kommandanten. Für mich hat man im Moment keine Verwendung«, teilte ich den Seras mit. »Helis, wir könnten uns die Stadt anschauen.«

Serafine nickte. »Ich komme gern mit.«

»Gut«, sagte Desina daraufhin. »Ansonsten hätte ich Euch noch mehr belästigt.« Sie erhob sich mit dem Ungestüm eines jungen Fohlens vom Tisch. »Der Götter Segen mit Euch allen.« Damit war sie auch schon aus der Tür.

»Ich frage mich, ob sie immer so ist«, sagte Serafine schmunzelnd, als wir die Zitadelle verließen.

»Wer? Die Eule?«, fragte ich.

»Ja, sie.«

»Nein, ich glaube nicht«, antwortete ich. »Ich habe gehört, sie brütet tagelang über alten Texten, dafür braucht es eine große Disziplin. Sie kann sich selten so unterhalten.«

»Havald«, meinte Serafine. »Sie ist kaum älter als Helis.«

»Das vergisst man leicht«, stellte ich fest. »Du hast deine Jugend zurückbekommen, ohne dass du es bereuen musst oder dich das Gewissen plagt. Aber ich vergesse es ständig, denn du wirkst nicht jung.«

»Danke«, gab sie scheinbar bissig zurück, doch ein Lächeln huschte über ihre Lippen.

»Du weißt, wie ich es meine. Sag, warum bist du eigentlich mit uns gekommen? Armin und Faihlyd hätten dich liebend gern in Gasalabad behalten und dich mit Ehren überschüttet.«

»Armin vielleicht, bei Faihlyd wäre ich mir nicht so sicher«, meinte sie. »Sie hat Angst vor mir. Aber auch mein Bruder sieht mich immer seltsam an, wenn er bemerkt, dass ich eine andere bin als die, die ich zuvor war.« Sie seufzte. »Ich denke, es ist sinnvoll, dass wir uns nicht an frühere Leben erinnern können. Versteh mich nicht falsch, in bin Helis und will es auch sein, aber für mich ist es, als gehörten Helis' Jahre und die von Serafine zusammen. Zwei unterschiedliche Leben und doch eins. Helis hatte es auch nicht leicht, sie trat im Zirkus der Familie auf. Was ihr dann mit Ordun widerfuhr ...« Sie legte die Arme um sich, als ob sie frieren würde. »Es ist ein Leben, das ich nicht weiterführen kann, wenn die Welt am Abgrund steht. Ich habe eine Gnade erhalten, und ich fühle einfach, dass mein Leben sinnvoller ist, wenn ich dich nach Kräften unterstütze.«

»Mich?«, fragte ich erstaunt. »Leandra meinst du wohl.«

»Dich. Leandra ist von ihrer Mission so eingenommen, dass sie kaum Platz für anderes hat. Du hast es selbst gesagt.« Sie schaute an mir vorbei und kniff die Augen zusammen. »Was ist da vorn los?«, fragte sie. »Ist das nicht Zokora? Götter, hat sie einen Streit?«

Ich folgte ihrem Blick und sah Zokora in ein Handgemenge mit vier Soldaten der Federn verwickelt, die mit Kampfstäben gegen die Dunkelelfe angingen. Im ersten Moment packte mich der Schreck, dann sah ich, dass Varosch an der Seite stand und sich mit anderen Federn unterhielt – ein Übungskampf, nicht mehr. Wir hatten erst wenige Schritte zu ihnen zurückgelegt, da flog der erste Soldat durch die Luft und schlug hart auf, ein zweiter Soldat verlor seinen Kampfstab, ein dritter rollte zur Seite weg, der vierte fiel dort, wo er stand, während Zokora seinen Kampfstab auffing und ihn herumwirbelte, bevor sie ihn wie eine Lanze zur Parade hielt.

Während sich die vier Federn stöhnend aufrappelten, ihre Kameraden ungläubig blinzelten und Varosch sich ein feines Lächeln gönnte, sah Zokora uns und winkte uns hoheitsvoll herbei, als ob wir nicht sowieso schon auf dem Weg zu ihr wären.

»Erinnerst du dich an Kennard?«, fragte sie zur Begrüßung. »Die Federn üben denselben Kampfstil. Diese vier hier gehören zu den Meistern, aber sie können gegen mich nichts ausrichten.«

Die Federn schienen wenig glücklich über Zokoras hartes Urteil, aber sie sprach schon weiter. »Es war also nicht die Technik oder der Stil, der mich gegen Kennard verlieren ließ, es war der Mann selbst. Ich fragte herum, ob man ihn kennt, denn er sagte ja, er käme von hier. Aber niemand kennt ihn, Havald.« Sie sah mich mit dunklen Augen an, in denen es rot schimmerte. »Ich will wissen, wer er ist, dieser Kennard!«

»Wir hingegen würden gern wissen, wer Ihr eigentlich seid, Sera«, sagte einer der Soldaten, der mühsam wieder auf die Füße gekommen war und nun, mit einer Hand an seine Seite gepresst, vor ihr stand.

Zokora hob stolz den Kopf. »Ich bin Zokora von Ysenloh. Meine Mutter ist Ysbeta, Tochter von Lohese, Tochter der Jehala. Ich bin vom Blut der Dornen, mein Omen ist die Katze, und mein Wort ist das einer geweihten Kriegerin der Solante, der Schwester von Astarte, die ihr Menschen verehrt.«

»Vom Volk der dunklen Elfen also«, stellte der Soldat fest. »Es war uns eine Ehre *'seva'sol'ante*«, fügte er mit einem Lächeln hinzu und verbeugte sich tief. »*Also sprach Astarte*«, intonierte er mit weit tragender Stimme, »*dass es auch für die Tiefen der Welten ein Licht geben müsse, das leuchtet und strahlt und jene führt, die glauben wollen, und dort schützt, wo die Dunkelheit Verzweiflung säen will. Jenen, die auch in schwärzesten Tiefen gegen die Dunkelheit ziehen wollen, will ich ein Schild sein, eine Führung und ein Schutz, Schwert und Fackel zugleich, um das zu zerschlagen, das nur im Schatten leben kann. Sol'ante will ich für euch sein, die ihr mir folgt, das Licht im Dunkeln und der Schutz gegen die Schatten.*«

»Göttin«, flüsterte Zokora und wirkte zum ersten Mal, seit ich sie kannte, beinahe gerührt. »Woher …?«

»Wir sind die Federn«, antwortete der Soldat, ein Korporal, lächelnd. »Wir sind die Schreiber und Gelehrten des Reichs. Es gehört zu unseren Aufgaben, so etwas zu wissen.«

»Gut«, meinte Zokora. »Ich suche Wissen über eine Schwester, Jarana okt Talisan vom Haus der Nachtrösser.«

Der Soldat blinzelte. »Wieso meint Ihr, wir könnten Euch helfen?«

»Du sagst, es gehört zu deinen Aufgaben, Dinge zu wissen.«

»Nur was die Geschichte des Kaiserreichs und der Verbündeten angeht.«

»Jarana okt Talisan gehörte zur Leibgarde eures Kaisers. Hilft das?«

Die Federn sahen sich gegenseitig an, dann nickte der Korporal. »Ja, das dürfte helfen.«

»Entschuldigt, Korporal«, sagte ich zu dem Mann, bevor er sich abwenden konnte. »Ich habe eine Frage.« Er musterte erst mich, dann Serafine. Ich trug keine Uniform, also wusste er nicht, wer vor ihm stand.

»Fragt.«

»Sie ist eine dunkle Elfe.«

»Ja.«

»Habt Ihr keine Angst vor ihrem Volk?«, fragte ich.

»Warum sollten wir?«, lautete die Gegenfrage. »Sie sind unsere Verbündeten gewesen.«

»Das hätte ich dir auch sagen können«, meinte Serafine drollig.

»Warum hast du nicht?«

»Du hast nicht gefragt.«

Natürlich nicht. Woher hätte ich auch wissen sollen ... Doch. Serafine und die tote Dunkelelfe, die wir in den eisigen Höhlen unter den Donnerbergen gefunden hatten, waren Zeitgenossinnen gewesen.

»Sag, kanntest du die Dunkelelfe aus den Donnerbergen?«, fragte ich sie.

Serafine nickte. »Wie man jemanden kennt, den man ab und an sieht. Sie hielt sich mit ihren Raubkatzen abseits. Sie gehörte nicht zur Zweiten Legion, auch nicht zur Garnison der Donnerfeste. Sie war eine Agentin des Kaisers. Das wusste ich, mehr nicht.«

»Jemanden meines Volkes zu ignorieren, kann mitunter ein tödlicher Fehler sein«, stellte Zokora fest.

»Es war eher so, dass sie *mich* ignorierte.«

»Das war ihr gutes Recht«, erklärte Zokora.

Ich bemerkte, wie Serafine den Mund öffnete und wieder schloss, um sich dann mit einem Lächeln zu begnügen.

Zokora schaute hoch zu mir. »Willst du etwas von mir, Havald?«

»Nein«, sagte ich. »Wir wollten nur in die Stadt und ...«

»Das Haupttor ist dort drüben«, teilte sie mir hilfreich mit und wandte sich wieder dem Korporal der Federn zu. »Wo fangen wir mit der Suche an?«

»Im Archiv. Dort liegen die Antworten auf alle Fragen«, meinte die Feder. Der Soldat hatte unser Gespräch mit so deutlichem Interesse belauscht, dass man beinahe seine Ohren hatte wachsen sehen. »Allerdings müssen wir erst Erlaubnis einholen und ...«

»Von wem?«

»Vom Archivar oder von Stabsobrist Orikes. Aber das wird dauern, er ...«

»Ich gehe gleich zu ihm und teile ihm mit, dass er die Erlaubnis erteilen soll«, meinte Zokora und sah zu Varosch hinüber. »Kommst du?«

Varosch warf mir einen entschuldigenden Blick zu und beeilte sich, ihr zu folgen.

»Aber Ihr braucht einen Termin, um den Stabsobristen zu sehen«, rief der Soldat ihr hinterher, doch sie schien ihn nicht zu hören.

»Was ist so erheiternd, Helis?«, fragte ich grummelnd, als wir das Haupttor durchschritten. Die ganze Zeit schon hatte sie Mühe, ernst zu bleiben.

»Ach, nichts«, antwortete sie und lachte leise. Ich wollte sie gerade weiter befragen, als ein Soldat der Bullen vor uns trat und salutierte.

»Seid Ihr Lanzengeneral von Thurgau?«, fragte er.

»Der bin ich.« Er trug Uniform und keine Rüstung, und ich konnte keinerlei Waffen an ihm sehen. Eine Gefahr ging wohl kaum von ihm aus, so zerknirscht wie er dreinschaute.

»Ich bin Schwertsergeant Eldred«, stellte er sich vor. »Die Eule meinte, ich solle euch fragen, ob Ihr mir helfen könnt.«

Einen Moment überlegte ich, woher ich den Namen kannte, aber Serafine war schneller.

»Ihr habt das Attentat auf die Eule verübt, nicht wahr?«

Betreten nickte der Mann.

»Ja, zu meiner ewigen Schande, nur weiß ich nicht, warum!

Desina, ich meine die Prima vom Turm, sagte mir, dass Ihr vielleicht wissen könntet, was geschehen ist.« Er sah auf seine Hände herab. »Ich ... ich bin loyal zum Kaiser und auch zur Prima, ich würde niemals so etwas tun, und doch tat ich es!«

Ich sah zurück zur Zitadelle, doch Zokora war schon nicht mehr zu sehen. Ich öffnete den Mund, doch wieder war Serafine schneller.

»Sucht nach Zokora von Ysenloh, bittet sie darum, Euch zu helfen.«

»Wo finde ich sie?«

»Der Korporal der Federn dort hinten«, lächelte Serafine. »Geht zu ihm und wartet, ich denke, sie wird bald zu ihm kommen.«

Eldred sah sie erstaunt an, nickte dann und salutierte, bevor er sich eilig auf den Weg machte.

Serafine sah zu mir hoch.

»Du könntest auch einmal etwas sagen, Havald«, beschwerte sie sich.

»Gerne«, antwortete ich etwas bissig. »Nur komme ich so selten dazu.«

9. Die fremde Frau

Schwertmajorin Rikin war nicht zugegen, auch Elgata war nicht in der Nähe, dennoch erfuhren wir, dass Angus nicht mehr in der Hafenwacht festgehalten wurde; heute am Morgen, noch vor Sonnenaufgang, hatten sechs Gardisten der Botschaft der Nordländer Angus abgeholt.

»Sie fackeln meist nicht lange«, teilte uns der Mann am Tor mit. »Wahrscheinlich ist Euer Freund schon tot.«

Dennoch wollte er uns davon abhalten, den Militärteil zu betreten, erst mein Ring überzeugte ihn davon, uns passieren zu lassen, und er fügte seinem Wachbuch eine lange Notiz hinzu und musterte mich zweifelnd.

Als wir weitergingen, sah ich die Sonne über der Seemauer stehen und dachte, was für ein schöner Tag dies war. Vorhin noch hatten wir gescherzt, jetzt trübte Angus' Schicksal meine Laune. Ich hoffte nur, dass ihm Boron mehr vergab als Angus sich selbst.

Durch ein zweites Tor gelangten wir zum Werfthafen, wieder konnten wir nur mithilfe meines Rings passieren. Damit hatten wir den Werftkanal auch schon gefunden, er zog sich wie mit einem Messer herausgeschnitten vor uns durch den harten Stein. Auch wo das Wrack lag, war leicht zu erkennen, dort waren Boote auf dem Wasser, und schwere Kräne waren an beiden Ufern errichtet worden, Arbeiter waren dabei, eine Art Baracke zu errichten, daneben stand ein großes Zelt, vor dem nicht weniger als vier große Kohlenschalen glühten, die Luft warf Wellen über ihnen.

Zwischen diesen Kohlenschalen saßen erschöpft wirkende Männer und taten nichts anderes, als in schwere Decken gehüllt dort zu sitzen und missmutig auf den Kanal hinauszusehen.

Dort am Rand stand ein Mann und spähte in das Wasser hinein, wir gingen hin und erfuhren, dass er der Werftmeister war.

»Was nützt uns die größte Werft der Welt, wenn wir die Schiffe nicht hinausbekommen«, beschwerte er sich, nachdem wir uns bekannt gemacht hatten. »Es ist eine Schande!«

Dem konnte man nur zustimmen, dann sah ich zusammen mit Serafine in das trübe Wasser hinab, wo wie ein toter Wal das geborstene Schiff lag … und dort unten versuchten zwei Taucher mühsam ein schweres Seil um einen Teil der Reling zu legen.

Es gelang ihnen schließlich, und beide schwammen erschöpft empor und wurden rasch an Bord der Boote gezogen, wo sie in Decken gehüllt wurden und froren, deutlich sah man, wie übel die Kälte ihnen mitspielte.

Am Ufer neben uns gab der Kranwart ein Kommando, ein Soldat trieb dann vier Stiere an, die auf einer runden Plattform liefen und über eine Untersetzung das schwere Tau mehr und mehr anspannten, bis es dem Bersten nah schien, dann schoss plötzlich der Balken mit großer Wucht aus der Tiefe empor und schlug unweit von uns wieder ins Wasser ein.

»So geht das die ganze Zeit«, teilte uns der Werftmeister mit. »Balken für Balken müssen wir es auseinandernehmen … und die Kälte macht jeden Tauchgang für unsere Männer zur größten Qual.«

Ich starrte in das graue Wasser und überlegte mir, wie es wohl wäre, wieder und wieder dort hineinzutauchen, und mir schauderte. Dann sah ich den Kanal entlang zum Werfthafen hin, wo die Rümpfe der neuen Schiffe in großen Trockendocks entstanden.

»Sagt, Werftmeister, wie ist es Euch möglich, so schnell neue Schiffe zu bauen? Vielleicht kennt ihr Schwertmajorin Elgata, sie sagte mir, dass, als sie vor etwas über vier Wochen auslief, diese Schiffe noch nicht fertig waren.«

»Freilich kenne ich Elgata«, lächelte der Mann. »Auch wenn ich im Moment etwas erzürnt über sie bin, sie hat mir eines meiner neuesten Schiffe auf den Grund der See gefahren. Wenn auch unter Umständen, die es einen verzeihen lassen. Tatsächlich wird sie eine der Ersten sein, die das Kommando über eines unserer neuen Schlachtschiffe übernehmen wird.«

»Das wird sie freuen«, meinte ich. »Wie also könnt Ihr so schnell bauen?«

»Seht Ihr dort hinten«, meinte er und wies in Richtung Werfthafen, »hinter den Docks, die großen Lagerhallen?«
Ich nickte.
»Dort liegen die Hölzer schon seit Jahrhunderten bereit. Kielbäume, Masten, Spanten und Planken. Sorgsam gelagert, sodass das Holz sich an die Form gewöhnt. Wir haben nicht immer etwas zu tun; haben wir Leerlauf, bauen wir die Schiffe für die Zukunft. Gute Männer, gute Planung und ein Ehrgeiz, die besten Schiffe zu bauen, die jemals die Meere der Welt befahren haben, das ist unser Geheimnis.« Er spuckte ins Wasser. »Und jetzt liegt dieser Kahn hier im Wasser und macht uns die ganze Planung zunichte!«
Ich nickte bedauernd und wandte mich an Serafine. »Kannst du etwas tun, Helis?«, fragte ich sie leise.
»Nein«, antwortete sie mir im gleichen Ton. »Ich kann das Wasser und das Schiff gut fühlen, doch es ist zu groß und schwer für mich, um es anzuheben. Wäre es nur ein wenig kleiner …« Sie schüttelte den Kopf. »Ich fürchte, hierzu fehlt mir doch die Kraft.« Sie strich ihr Haar aus dem Gesicht. »Wie kam das Schiff überhaupt hierher?«, fragte sie dann den Werftmeister.
»Diese verfluchten Echsen haben es hierher geschoben«, schimpfte der Werftmeister. »Ich wünschte nur, sie würden es auch wieder entfernen!«
»Es dürfte wohl auch für sie zu kalt sein«, bemerkte ich abwesend, in Gedanken war ich schon dabei zu überlegen, was wir nun tun sollten.
»Nein«, sagte der Werftmeister. »Ich hörte, dass es diese Biester langsam macht, wenn es ihnen kalt ist, doch sonst schadet ihnen die Kälte nicht.« Er verzog das Gesicht. »Ich hörte sogar, sie wären jetzt auf unserer Seite, was mir die Genugtuung raubt, sie auf unseren Spießen bluten zu sehen!«
»Nun«, meinte ich, während ich überlegte, ob ich es wagen sollte, den Hafen mit einem Boot zu überqueren, oder ob ich nicht doch besser den langen Weg um ihn herum wählen sollte.
»Warum fragt Ihr sie dann nicht einfach, ob sie den Kahn nicht auch wieder hinausschieben wollen?«
Der Werftmeister stutzte und sah mich sprachlos an, dann

fing er schallend an zu lachen und schlug mir so hart auf die Schulter, dass ich beinahe in den Kanal gefallen wäre.

»Wisst Ihr was, guter Mann?«, lachte er. »Genau das werde ich tun!«

»Was denkst du, Havald?«, fragte Serafine auf dem Rückweg. »Du bist so schweigsam.« Wir hatten gerade das Tor des Hafens passiert und die Oberstadt betreten.

»Ich denke, dass wir von Askir zu viel erwartet haben«, meinte ich bedächtig. »Leandra wird vor diesem Kronrat nichts bewirken können.«

Ich blieb stehen und sah mich in der Straße um. Dies war das Händlerviertel, im ersten Ring nach der Zitadelle. Hier hatten die Reichen und Mächtigen ihre Häuser. Überall gab es kleine Parkanlagen, und die Häuserwände waren mit Reliefs und Mosaiken oder freundlichen Malereien geschmückt. Es war noch zu kalt für die vielen Blumenbeete, im Sommer bot diese Straße bestimmt einen noch farbenprächtigeren Anblick.

»Schau dich doch um«, bat ich sie. »Hier ist alles ruhig und gesittet, sogar friedlich. Diese Stadt ist in vielen Dingen reich. Auch darin, dass sie ihre Bürger sicher hält.« Viele Menschen waren nicht auf der Straße, nur eine Sera in einer weiten Robe mit tief ins Gesicht gezogener Kapuze folgte uns mit einigem Abstand.

»Wer reich ist, lebt überall gut«, meinte Serafine.

»Wohl wahr«, seufzte ich und wies auf die bunt bemalten Häuser um uns herum. »Sag mir, sieht so eine Stadt aus, die sich in einem Krieg befindet? Nein«, beantwortete ich mir meine eigene Frage und schüttelte den Kopf. »Sie schlafen oder tun das, was Orikes sagte, stecken den Kopf in den Sand und wollen nicht wahrhaben, was um sie her geschieht.«

»Denkst du das wirklich?«, fragte Serafine leise.

Ich nickte. »Ja. Es ist wie Orikes sagte, wir erhalten die Zweite Legion, und damit wird sich die Hilfe der sieben Reiche erschöpfen, egal, was Leandra vor dem Kronrat sagen oder tun wird!«

»Vielleicht reicht es?«, meinte sie hoffnungsvoll.

»Wohl kaum«, gab ich bitter zurück. Nicht, wenn einem der Feind in solcher Übermacht entgegenstand.

Als wir uns anschickten weiterzugehen, berührte ich mehr aus Gewohnheit Seelenreißers Heft. Keine dunklen Schatten lauerten in den Gassen, doch die Frau hinter uns, die sich uns nun genähert hatte, war so klar gezeichnet, als bestünde sie fast nur aus Licht. Sie hob die Hände, und ich fuhr herum, Seelenreißer in der Hand.

Aber sie hatte nur die Kapuze zurückgeschlagen und musterte uns aus dunklen, ruhigen Augen. Etwas irritierte mich an dieser Frau. Ihre Haut war von der gleichen goldenen Bräune wie die von Serafine, Haar und Augenbrauen schwarz wie das Gefieder eines Raben, die Augen dunkel auf eine Art, wie ich sie sonst nur von Zokora kannte. Im Ganzen wirkte sie eher unauffällig, aber das war sie nicht. Etwas, nein, viele Dinge an ihr waren seltsam, aber ich konnte keines genau benennen.

»Seid Ihr immer so schreckhaft, General?«, fragte sie in einer rauchigen Stimme, die auch Serafine überrascht blinzeln ließ. Sie schaute auf Seelenreißers fahle Klinge hinab und hob eine Augenbraue. »Wollt Ihr etwas mit dem Schwert tun, oder gefällt es Euch nur, es zu ziehen?«

»Wer seid Ihr?«, fragte ich sie, während ich Seelenreißer in die Scheide führte und mich umsah. Niemand kümmerte sich um uns, wie ein Hinterhalt kam mir das nicht vor.

»Mein Name ist Sara«, stellte sie sich vor. »Sara La'bat.«

»Ein schöner Name«, entgegnete ich, mir fiel nichts anderes ein.

»Ich weiß«, sagte sie mit einem Lächeln. »Ich habe ihn mir selbst ausgesucht. Er ist so wahr wie viele andere. Ich bin hier, um Euch den Weg zu zeigen, General.«

»Ist das so?«, fragte Serafine skeptisch. Auch sie sah sich verstohlen um, aber noch immer stürmte niemand mit gezogener Klinge auf uns zu. »Welcher Weg soll das denn sein?«

Die Frau hob den linken Arm, um seitlich in eine Gasse zu zeigen.

»Seht Ihr dieses Haus?«, fragte sie und wies auf eine ausgebrannte Ruine, die am Ende der Gasse zu erkennen war.

»Ja, was ist damit?«

»Fangt dort mit Eurer Suche an.« Sie nickte uns zu. »Die Götter mit Euch«, sagte sie, zog sich ihre Kapuze wieder hoch und ging gemessenen Schritts davon.

Wir sahen ihr nach, bis sie um eine Ecke bog.

»Das war seltsam«, stellte ich fest.

»Das kann ich bestätigen. Ich hatte sogar das Gefühl, als müsste ich sie kennen, aber dem ist nicht so.«

»Dafür ist mir eingefallen, wo ich sie das erste Mal gesehen habe. Sie stand am Ufer und beobachtete unsere Einfahrt in den Hafen. Abgesehen davon meine auch ich, dass ich sie von irgendwoher kennen müsste.« Ich sah mich erneut um, aber niemand schenkte uns Beachtung. »Was tun wir jetzt?«, fragte ich.

Serafine lächelte. »Wege sind da, um sie zu gehen, nicht wahr?«, meinte sie und prüfte, ob ihre Dolche richtig saßen.

Das Haus war typisch für Askir. Rechteckig mit dicken äußeren Mauern, die erst im zweiten Stock schmale Öffnungen aufwiesen, Schießscharten ähnlicher als Fenstern. Ein Tor führte zu einem Durchgang in den weiten Innenhof, vom Durchgang gingen links und rechts Türen ab, auch zum Innenhof gab es eine. Auf beiden Seiten befanden sich Schießscharten. Zum weiten Innenhof hin gab es große, lichte Fenster, Balkone sowie luftige Galerien, die reich verzierten Palästen entsprachen, nach außen jedoch glichen die Häuser einer Festung. Bei den hohen Mauern, die Askir schützten, kam es mir überflüssig vor, die Häuser auf diese Weise zu bauen.

»Das mag man so sehen«, sagte Serafine, als ich es ansprach. »Aber es gibt noch andere Bedrohungen als eine feindliche Armee. Es kann Unruhen geben, Mordbanden oder einfach auch nur Diebe. Dieses Haus hier gehörte einst einem reichen Händler, er wird wertvolle Dinge eingelagert haben.« Die Eingangstür stand offen, die Türflügel waren verkohlt, doch die verrosteten Eisenbänder hielten die schwarzen Bohlen noch zusammen. Es reichte gerade so, um sich durch die Tür zu drücken. Die festen äußeren Mauern standen immer noch, sie waren aus den kaiserlichen Quadern errichtet, die ich schon kannte. Doch zum größten Teil war das Haus nur noch eine leere, ausgebrannte

Hülle; verkohlte Balken, Dachsparren und Steine waren in den Innenhof gefallen und hatten dort einen wüsten Haufen verbrannten Schutts hinterlassen.

Das Feuer war im obersten Stockwerk ausgebrochen, auf der linken Seite vom Eingang her gesehen, und hatte heiß und heftig gebrannt. Risse zogen sich durch die gewölbte Decke des Durchgangs, und obwohl der Brand Jahre her sein musste, roch es immer noch nach Ruß und kaltem Rauch.

Eine der Seitentüren stand angelehnt offen, die andere war fest verschlossen. Ich zog die offene weiter auf, die verrosteten Angeln quietschten dermaßen, dass mir ein kalter Schauer über den Rücken lief, und wir fanden uns in einer großen Halle wieder, die noch Spuren einstigen Reichtums zeigte, aber auch davon, dass hier manchmal Tiere und Menschen ihr Lager aufgeschlagen hatten. Durch diese Halle kamen wir in den umlaufenden Gang. Hier im Erdgeschoss war die Verwüstung nicht so groß, auch wenn der Ruß überall anzutreffen war. Nicht alles war zerstört worden, hier und da fand sich noch Mobiliar, das man hätte retten können, aber alles Bewegliche war schon längst geplündert.

Obwohl dieses Haus einen rechteckigen Grundriss besaß, erinnerte es mich sehr an unser Haus in Gasalabad, zu dem ich jetzt überraschendes Heimweh verspürte.

Vorsichtig gingen wir weiter, hier und da schreckten wir kleine Tiere auf, und als wir an eine Stelle kamen, an der über uns der Boden des nächsten Stockwerks eingebrochen war, wies Serafine nach oben. Dort, hoch über uns, hingen kopfüber gut drei Dutzend Fledermäuse und schliefen.

»Ich mag die Biester nicht«, sagte sie. Ich hingegen war froh, dass es keine Spinnen waren.

Mit etwas Mühe war der Gang im Erdgeschoss noch passierbar und führte uns wieder zum Durchgang am Eingang zurück, diesmal von der anderen Seite. Hier waren die Plünderungen nicht so deutlich, man musste über Schutt und Balken steigen, um hierher zu gelangen, und als ich die letzte Tür auf dieser Seite aufzog, fand ich dahinter einen eleganten Salon, der von Feuer und Plünderungen weitestgehend verschont geblieben war. Eine leichte Rußschicht lag über allem.

Ein Spinett stand an einer Seite, hohe Regale enthielten Bücher, die verrußt und zum Teil aufgequollen waren – ein Anblick, der mir in der Seele wehtat. Zuerst fiel mir nichts weiter auf, und ich wollte den Raum schon verlassen, als ich etwas bemerkte, das mich stutzen ließ.

»Helis?«, rief ich leise, trat näher an den Kamin heran und sah hoch zu dem Gemälde, das an der Wand darüber hing.

»Ist das etwa Desina?«, fragte Serafine, als sie neben mich trat.

»Es scheint so, nicht wahr?« Ich blickte mich suchend um: Dort stand ein schwerer Sessel, der mir einigermaßen stabil erschien. Ich zog ihn heran und stieg vorsichtig darauf, um mit der Hand sorgsam das gemalte Gesicht vom Ruß zu befreien. Es zeigte eine junge Frau, reich gekleidet, die lachend einem stolzen Hengst einen Apfel gab. Es war eine friedliche Szene, im Hintergrund erstreckten sich Wiese, Wald und bestellte Landschaft, vorn im Gras lag eine Decke mit einem Korb darauf sowie Geschirr, Wein, Brot und Käse. Neben dem Korb auf einem Stein standen zwei Gläser, die auf vertraute Zweisamkeit hinwiesen.

Die Ähnlichkeit mit Desina war sehr deutlich, die Augen, die Lippen und das Kinn konnten glattweg die ihren sein.

»Was macht Ihr da?«, fragte eine harte Stimme von der Tür. Ich war so vertieft in den Anblick gewesen, dass ich sie nicht hatte kommen hören. Beinahe wäre ich vom Sessel gefallen.

Irgendwie überraschte es mich nicht, dass es die Prima selbst war, die dort im Türrahmen stand, die Haare offen, mit einem zornigen Ausdruck auf dem Gesicht, ein schlankes Schwert in ihrer Hand.

»Oh«, sagte sie, als sie uns erkannte, und ließ das Schwert sinken. Dennoch schien sie wenig erfreut, uns hier zu sehen.

»Eine Frau kam zu uns und sagte, dass hier ein Weg für uns liegen würde«, erklärte ich ihr. »Wir waren nur neugierig. War dies Euer Heim, Prima? Außer diesem Sessel haben wir nichts angefasst.«

Doch sie hörte gar nicht zu. Wie gebannt schaute sie zu dem Bild auf. Sie hob die Hand zu einer Geste, sprach leise ein Wort, und *etwas* regte sich ...

Sie seufzte. »Verflucht! Ich hasse es, wenn ich es vergesse.« Sie meinte wohl ihre Magie, aber die Trauer in ihrer Stimme hatte damit wenig zu tun. Langsam trat sie an das Gemälde heran, und Serafine machte ihr Platz.

»Es war mein Heim, aber nicht sehr lange. Ich erinnere mich nicht daran«, informierte sie uns mit belegter Stimme. »Meine Familie wurde hier von Meister Rolkar ermordet, mich versuchte er im Hafenbecken zu ertränken, als ich kaum drei Jahre alt war.« Noch immer schaute sie zu dem Gemälde auf. »Ich habe Bilder meiner Mutter gesehen, doch keines kommt diesem hier nahe.« Sie trat näher an das Bildnis heran und fuhr mit dem Finger über den Ruß. Darunter kamen prächtige Farben zum Vorschein.

»Es ist etwas an diesem Bild«, meinte sie. »Kann es sein, dass …« Sie klopfte hart gegen den schweren Rahmen, und der größte Teil des Rußes fiel herab, wirbelte um mich herum und drang mir in Nase und Augen. Hustend und niesend sprang ich vom Sessel und blinzelte verzweifelt.

Serafine reichte mir ihren Wasserbeutel, sodass ich mir die Augen auswaschen konnte, und als ich wieder sehen konnte, erkannte ich, dass dieser eine Schlag Desinas fast den gesamten Ruß vom Bild hatte fallen lassen.

»Es ist völlig unbeschädigt«, stellte Desina überrascht fest. »Jemand hat es durch Magie geschützt, ich kann es deutlich fühlen!«

»Eine glückliche Fügung«, stellte ich fest. »So bleibt Euch doch etwas von Eurer Familie.«

Sie nickte bedächtig, den Blick weiter auf das Bild ihrer Mutter gerichtet. »Lange wusste ich gar nicht, dass ich eine Familie besitze«, sagte sie. Dann riss sie sich von dem Bild los und musterte uns prüfend. »Die Frage bleibt, was Ihr hier zu suchen habt. Dies ist ein unglückseliger Ort. Erst kürzlich ist hier wieder jemand ermordet worden. Was hat Euch bewogen, hier einzutreten? Ein ängstlicher Nachbar auf der anderen Seite sah Euch und alarmierte die Wache, und diese wiederum mich. Was hat es mit dem ›Weg‹ auf sich und mit dieser Frau?«

»Das wissen wir noch nicht«, gestand ich und erzählte ihr von der seltsamen Begegnung.

»Der Name und die Beschreibung sagen mir nichts«, meinte sie stirnrunzelnd. »Könnt Ihr mir sonst noch etwas berichten?«

Ich zögerte ein wenig.

»Was ist es, General?«, fragte sie.

»Mein Schwert ... Es erlaubt mir eine andere Sicht auf Menschen und Dinge, aber das erst seit Kurzem. Ich bin mir also nicht sehr sicher, aber mein Schwert stellt mir Menschen mit einem starken Talent anders dar, genauer und strahlender. Ihr, Prima, strahlt wie ein helles Licht. Ich denke, Ihr besitzt ein mächtiges Talent zur Magie, wie Leandra – und auch diese Frau namens Sara.«

»Mein Talent ist ausgebrannt«, entgegnete sie. »Aber es mag sein, dass Euer Bannschwert den Unterschied nicht erkennt. Also sagt Ihr, dass die Frau eine Maestra ist.«

»Zumindest denke ich, dass sie das Talent dazu besitzt. Ich kann Seelenreißers Wahrnehmung nur schwer beschreiben, aber ich glaube, dass er mir auf diese Art und Weise Talent zeigt.« Ich zögerte kurz, sie blickte fragend auf, und ich sprach weiter. »Leandra besitzt ein mächtiges Talent, diese Frau vielleicht sogar noch mehr. Aber keine von beiden kommt an Euch heran, Prima. Ich glaube nicht, dass Euer Talent verloren ist. Eben ... was wolltet Ihr mit Eurer Geste erreichen?«

»Wie meint Ihr das?«

»Die Geste eben und das Wort, das Ihr gesprochen habt. Ihr habt Magie ausgeübt, nicht wahr?«

»Ja«, sagte sie vorsichtig. »Aber es hat sich nichts getan.«

»Mein Talent ist sehr gering«, meinte ich, »doch ich spüre Magie, wenn sie sich regt. Und eben hat sie sich geregt.«

»Hat sie das?«, fragte sie und musterte mich skeptisch. »Über welches geringe Talent verfügt Ihr?«

»Ich kann eine Pfeife anzünden, viel mehr nicht.«

»Wie seht Ihr Euch selbst in der Wahrnehmung Eures Schwerts?«

»Gar nicht. Ich bin das Zentrum seiner Wahrnehmung und sehe mich selbst nicht.«

»Hm«, meinte sie und wandte sich erneut dem Bild zu. Sie

schloss die Augen, hob die Hände in einer schwer nachvollziehbaren Geste und atmete tief ein, um dann still zu verharren.

Serafine und ich wechselten einen Blick; es prickelte in meinem Nacken, und der Druck auf meinen Schläfen nahm langsam zu, während Ruß und Staub zu Desinas Füßen sich wie in einer leichten Welle bewegten. Ich berührte Serafine an der Schulter, und vorsichtig traten wir von der Prima zurück.

»Sie versucht sich in Magie, nicht wahr?«, fragte Serafine leise. Ich nickte nur.

»Und warum treten wir zurück?«

»Weil sie es anders macht als Leandra.« Ich hielt meine Hände an die Schläfen, wo der Druck langsam unerträglich wurde. »Ich kann es fast sehen, sie sucht und tastet nach etwas und …«

Im nächsten Moment trafen mich glühende Lanzen in den Schläfen, ein plötzlicher Schmerz durchzuckte mich und ließ mich helle Farben sehen. Ich kam nicht mehr dazu, zu schreien, als eine heiße Welle aus weißem Licht mich von den Füßen warf und ich darin verging, noch bevor ich auf dem geschwärzten Boden aufschlug …

Als ich wieder zu mir kam, pochte mein armer Schädel wie ein Hammerwerk, und über mich gebeugt sah ich die besorgten Gesichter von Serafine und Desina. Dann musste ich niesen, was alles noch viel schlimmer machte. Mir kam es vor, als ob mein Schädel sogleich bersten würde.

»Wie geht es Euch, General?«, fragte die Eule leise. Sie hielt ihre Handflächen neben meinen Schläfen, ohne sie zu berühren.

»Als ob ein Ochsenkarren über mich gerollt wäre«, antwortete ich und schluckte; meine Kehle fühlte sich trocken an. Ich blinzelte und sah mich um. Die alten Fenster waren nicht mehr da, als hätte ein Sturm sie in den Innenhof geworfen, aber zugleich fehlte der ganze Ruß in diesem Raum. Das Bild über dem Kamin erstrahlte in leuchtenden Farben, als wäre es nie geschwärzt gewesen. »Was ist passiert?«

»Ein Sturm aus Ruß und Staub kam auf«, sagte Serafine mit einem unbehaglichen Blick zu Desina. »Gleichzeitig hast du aufgestöhnt und fielst zu Boden. Es dauerte alles nur einen Lidschlag, aber du hast einige Zeit gebraucht, um zu erwachen.« Sie wandte sich an Desina. »Was ist eben geschehen?«

»Ich habe eine Vermutung«, meinte diese und schloss die Augen, gleichzeitig fühlte ich, wie der letzte Schmerz an meinen Schläfen verebbte.

»Was auch immer Ihr getan habt, danke«, sagte ich, während ich mich vorsichtig vom Boden erhob. Der Druck und das Pochen waren verschwunden, und kein Kopfschmerz plagte mich. Heute zumindest sollte mein Schädel nicht bersten.

»Dankt mir nicht«, sagte sie leise. Sie kniete immer noch neben mir auf dem Boden. »Ich hätte Euch beinahe umgebracht.«

»Das ist nicht so leicht«, meinte Serafine und half ihr auf. »Ich muss sagen, ich bin froh darum.«

»Also, was habt Ihr eben getan?«, fragte ich Desina und horchte in mich hinein. Der Kopfschmerz hatte mich nur selten ganz verlassen, und es fühlte sich seltsam an, ihn jetzt gar nicht mehr zu spüren.

»Sagt, General«, meinte Desina, »Ihr habt doch diesen Wolfstempel gefunden, in dem Ihr mit Balthasar gekämpft habt. Seid Ihr mit dem Weltenstrom in Berührung gekommen?«

Ich runzelte die Stirn. »Ich denke, ja. Als ich die Kugeln um die Kristalle schloss.« Ich erzählte ihr von diesem Kampf und schloss damit, wie Balthasar verging.

»Das könnte es sein, auch wenn es nicht alles erklärt. Ich kann Euch sagen, was mit Euch ist. Ihr tragt eine magische Kraft in Euch, die mir unerklärlich ist. Ich spreche nicht von dem Talent, ich spreche davon, dass Ihr Magie in Euch gebunden habt wie ein Kornspeicher das Korn. Wenn ein Maestro seine Magien wirkt, zieht er das, was er dazu benötigt, aus der Umgebung. Aus dem Weltenstrom, wenn Ihr so wollt. Doch wenn Ihr in der Nähe seid, bietet Ihr ein leichteres Ziel – und er nimmt es sich dann von Euch.«

Ich schaute sie verständnislos an, und sie seufzte.

»Ich kann es nicht leicht erklären, es ist auch mir neu, und ich habe darüber noch nichts gelesen. Seht Euch als Behältnis, in dem Magie aufbewahrt wird. Es hat Risse, und dadurch fließt die Magie aus Euch heraus, wenn ein Maestro danach greift. Was ich eben getan habe, war, diese Risse zu verschließen. Es scheint, als hätte es etwas genutzt.«

Ich schüttelte den Kopf. »Wie kann das sein?«, fragte ich. »Ich ...«

Doch Serafine unterbrach mich und legte mir die Hand auf den Arm. »Seelenreißer«, sagte sie leise. »Er nimmt das Leben anderer und gibt es dir. Leben ist nichts anderes als eine Art von Magie, und alles, was du je aufgenommen hast, trägst du noch immer in dir.«

Das ergab auf verquere Art und Weise einen Sinn.

»Diese Risse in meinem ... Behältnis. Sie sind jetzt gekittet?«

»Ja«, sagte die Eule. »Es war nicht schwer. Ihr habt Euch selbst geschlossen gehalten, allerdings war die Hülle ... Nun, sagen wir, es war Unordnung darin.«

»Wie ein Korb aus Weiden, der schlecht geflochten ist?«

Sie lachte. »Ja. So kann man es sehen. Ich habe ein paar Stellen neu geflochten. Was es im Ganzen für Euch bedeutet, weiß und verstehe ich nicht, aber es wird nicht mehr vorkommen, dass sich jemand ungefragt an Euch bedient.«

»Dann ist ja alles gut, und ich bin Euch doch zu Dank verpflichtet«, sagte ich und meinte es auch so. Gerade in Leandras Nähe war es oft unerträglich gewesen. Wenn es jetzt ein Ende hatte, war ich froh darum.

»Was ist mit Euch?«, fragte ich sie und musterte den von Ruß und Dreck befreiten Raum. »Es sieht so aus, als hätte Euer Wirken doch das gewünschte Ziel erreicht.«

»Ihr hattet recht. Es war, als wäre mir nur der Sinn eingeschlafen, so wie ein Bein einschläft und taub wird. Man muss es nur bewegen, damit das Gefühl wiederkommt.« Sie strahlte mich an. »Ich habe mir eingeredet, dass es nicht so schlimm ist, dass mir die Magie verloren ging, aber glaubt mir, ich bin erleichtert, dass es nicht so ist.«

»Ich verstehe nur nicht, warum es auf ihn eine solche Wirkung hatte«, sagte Serafine. »Leandra hat oft genug Magie eingesetzt, aber er ist dabei nicht umgefallen.«

Desina zuckte mit den Schultern. »Durch die verschiedenen Ereignisse kam ich nicht dazu, mich länger mit ihr zu unterhalten. Jetzt ist sie eine Königin, wie ich höre, und stellt sogar den Kommandanten vor ein Problem. Was ich aber weiß, ist, dass in Eurer Heimat der Weltenstrom noch floss, während er hier versiegte. Ich habe gelernt, mit sehr wenig auszukommen. Was Eure Gefährtin dem Weltenstrom entzog, musste ich aus allem anderen zu mir ziehen. Genauer kann ich es nicht beschreiben. Ich denke, ich nehme mir mehr aus anderen Quellen, als sie es tut.«

»Hm«, meinte ich. Ich hatte wenig Lust dazu, mich mit Magie zu beschäftigen. Es war immer eine schmerzhafte Erfahrung für mich, aber all das ließ einige Fragen offen, auch wenn ich dazu neigte, Serafine zuzustimmen: Das meiste, das mir widerfuhr und das ich seltsam fand, hatte in Seelenreißer seinen Ursprung, warum also nicht auch das.

»Geht es dir wirklich gut?«, fragte Serafine.

»Besser als seit Langem«, beruhigte ich sie.

»Das ist erfreulich. Dennoch haben wir noch nicht geklärt, was diese Frau namens Sara von uns wollte«, sprach sie jetzt meine Gedanken aus.

»Und wer sie ist«, sagte Desina nachdenklich. »Das Talent zur Magie ist sehr selten. Ich weiß nur von einer Maestra, die noch in Askir weilen muss. Sie kann ihr Aussehen verändern und ...«

»Asela«, flüsterte Serafine, und ihre Hand krallte sich in meinen Arm. »Ihr meint, es könnte Asela sein?«

»Vielleicht.«

Serafine schüttelte ihr Haupt so fest, dass ihre Haare flogen. »Wenn sie es gewesen wäre und zum Feind gehört, wären wir jetzt tot!«

»Dann ist sie es entweder nicht oder gehört nicht zum Feind. Oder sie spielt ein Spiel mit uns, das wir nicht verstehen«, stellte ich fest. »Viel mehr Möglichkeiten gibt es nicht.« Ich sah mich um und berührte Seelenreißer. Nur ein paar Ratten waren in der Nähe. »Ein Hinterhalt ist das hier auch nicht, es hätte schon Gelegenheit genug dazu gegeben.« Kaum hatte ich das gesagt, spürte ich, wie jemand anders sich von draußen näherte.

»Also, was wollte sie uns zeigen, wer auch immer sie war?«, fragte Serafine.

»Finden wir es heraus«, schlug Desina vor.

»Aber nicht allein«, sagte Santer von der Tür und schaute sich neugierig um. »Die Wache berichtete mir, dass Ihr hierher gegangen seid, um Plünderer zu stellen. Ich nehme an, Prima, Ihr habt diese Schurken hier auf frischer Tat ertappt. Sie sehen gefährlich aus, soll ich die Wachen rufen, um sie zu verhaften?«

»Sie würden sowieso nur salutieren, wenn er seinen Ring vorzeigt«, sagte Desina lachend. »Eine Maestra gab den beiden einen Hinweis, dass hier ein ›Weg‹ zu finden sei. Aber noch haben wir ihn nicht gefunden. Helft Ihr uns suchen?«

»Gern«, meinte Santer. »Zumal Orikes darauf besteht, dass ich Euch nicht allein herumlaufen lasse.«

»Er soll aufhören, sich Sorgen zu machen. Schau«, sagte sie und zog Santer ganz aufgeregt an der Hand vor das Gemälde. »Das hier haben wir gefunden. Ist es nicht wunderbar? Das ist meine Mutter, Santer!«

»Wir suchen schon mal weiter«, meinte Serafine und gab mir mit einem Blick zu verstehen, dass ich ihr folgen sollte. Der Grund war leicht zu erkennen, man brauchte nur die Eule und den großen Stabsleutnant zusammen zu sehen.

10. Das Tor im Keller

»Es ist fast schmerzhaft«, meinte Serafine, während ich in der alten Küche einen verkohlten Balken zur Seite schob, damit wir an die Tür zum Keller herankommen konnten. »Sie sind heftig ineinander verliebt und wollen es sich nicht eingestehen.«

»Sie werden ihre Gründe haben«, sagte ich und zog die Tür auf. Die Angeln protestierten schauerlich und ließen uns die Gesichter verziehen.

»Du magst recht haben«, sagte sie. »Ein Grund könnte sein, dass sie seine Vorgesetzte ist. Eine Liebschaft ist dann verboten.«

»Aber du und Jerbil, ihr wart doch auch ein Liebespaar?«, fragte ich überrascht, während ich Seelenreißer griff, um in der Dunkelheit des Treppenabgangs etwas zu erkennen.

»Dennoch war es nicht gern gesehen. Wir waren einander auch nicht vorgesetzt. Jedenfalls nicht direkt. Aber es war ein Grund, warum wir auf den Offiziersdienst verzichteten. Bei Unteroffizieren drückte man nämlich ab und an ein Auge zu … Wir brauchen eine Laterne«, meinte sie jetzt und sah sich suchend in der Küche um, aber hier war nichts zu finden.

»Wenn im Keller eine ist, werde ich sie finden«, erklärte ich. »Es wird zumindest eine Kerze geben.«

Vorsichtig stieg ich in den Keller hinab. Serafine folgte mir, die Hand auf meine Schulter gelegt.

Hier half mir Seelenreißers Sicht, das Schwert brauchte kein Licht, um etwas wahrzunehmen. Tatsächlich fand sich bald eine Kerze, in deren Schein wir uns umsehen konnten. Serafine atmete erleichtert auf und nahm die Hand von meiner Schulter.

Alles schien unberührt, selbst der Ruß war nicht bis hierher gelangt, die Vorratskammer war noch gefüllt, auch wenn von Knochen und Staub niemand mehr satt werden konnte; dafür waren die Weine noch in Ordnung. Das war überraschend, denn der Balken hätte für einen Plünderer wohl kaum ein ernstes Hindernis dargestellt.

Der Keller war so groß wie das gesamte Haus und hatte viele

Räume, jeder einzelne durch eine feste Tür geschützt, allerdings war keine davon verschlossen. Kisten, Kästen, Fässer und allerlei anderes füllten diese Räume; dichte Spinnweben zeugten davon, dass wir nach langer Zeit die Ersten waren, die hierher kamen. Nicht lange, und ein helles Licht erschien und flog über meine Schulter hinweg, um an die Decke aufzusteigen. Desina und Santer waren uns jetzt doch nachgekommen. »Gehört das Haus jetzt dir?«, hörte ich Santer fragen.

»Meinem Großvater«, antwortete Desina. »Oder vielleicht doch mir, jetzt da wir wissen, dass ich seine Enkelin bin. Was hier alles herumsteht ... Schau mal«, rief sie aufgeregt und strahlte wie ein kleines Kind. »Dort steht ein Harfenkasten!«

Wir kamen zum letzten Raum des Kellers, auch hier war nichts Besonderes zu finden. Alte Schränke und Möbel und einen großen Lehnstuhl sah ich, der mir hätte gefallen können, wenn die Ratten nicht ein Nest darin gebaut hätten.

»Keine Falle, kein Hinterhalt und auch kein *Weg*«, stellte ich fest und drehte mich im Kreis, um den Raum genauer zu studieren. »Ich verstehe das nicht. Einen Grund muss sie doch gehabt haben, uns hierher zu schicken.«

»Dann haben wir nicht richtig nachgesehen«, meinte Serafine. »Was ist mit falschen Wänden?«

Ich versuchte, mir den Keller vorzustellen; den Grundriss hätte ich zwar nicht zeichnen können, dennoch besaß ich ein Gefühl für Räume.

»Wenn, dann nur an einer Stelle«, sagte ich und führte uns zurück zur Treppe. Sie führte nicht frei schwebend in den Keller herab, sondern besaß ein Fundament. Seelenreißer interessierte sich nicht für leblosen Stein, seine Wahrnehmung berührte das nicht. Doch als ich durch die Klinge nach einem Zeichen suchte, fand ich dort hinten eine Maus, also musste es dort einen Hohlraum geben.

»Ich wollte, Wiesel wäre hier«, sagte Desina neben mir und betrachtete mit uns zusammen die Wand, die diese Treppe stützte. »Er besitzt ein Talent, Verborgenes zu finden.«

»Habt Ihr ihn bereits aufgesucht?«, fragte uns Santer.

»Nein, dazu war noch keine Gelegenheit.« Ich klopfte mit

dem Heft meines Dolchs gegen die Wand, an einer Stelle hörte sie sich nicht ganz so solide an.

»Wir könnten die Wand einschlagen«, meinte Santer mit einem fragenden Blick zu Desina, die mit den Schultern zuckte.

»Ich finde auch keinen Mechanismus«, meinte sie. »Und auf ein Loch in der Wand kommt es hier nun wahrlich nicht mehr an.«

Ich wollte Seelenreißer ziehen, um mit ihm den Stein zu durchschlagen. »Hier klingt es hohl ...«, begann ich, doch Santer trat einfach vor und schlug mit der Faust gegen die Wand. Es gab einen dumpfen Schlag, ein Loch entstand, die Steine waren nur eine dünne Schicht aus falschen Ziegeln, die auf eine morsche Holzwand aufgebracht gewesen waren. Zwei Schläge und drei Tritte später war der Durchgang freigeräumt.

Desinas Licht flog in den Hohlraum, und Santer steckte seinen Kopf hinein.

»Es gab auch keinen Mechanismus«, informierte er uns. »Es ist einfach so verschlossen worden. Doch hier hinten gibt es eine Tür. Wartet, ich schaffe noch mehr Platz.«

Er ging hinein und trat von innen gegen das Holz, Bretter barsten, und die falschen Ziegel fielen zu Boden. Wenige Atemzüge später waren die falsche Wand beseitigt und die Trümmer beiseitegeschoben. Die echte Wand, die er meinte, war aus massivem Stein gefügt und verfügte über eine schwere Tür aus Stahl, mit Riegeln auf unserer Seite. In die Mitte der Tür war ein dickes Stück Glas eingesetzt, und allein das zeigte mir schon, was wir hier gefunden hatten.

»Ein Torraum!«, rief Desina aufgeregt, als ich es gerade aussprechen wollte. »Lasst mich sehen!«

In einer Wolke aus Staub und Rost schlugen die Riegel zur Seite, knirschend und quietschend schwang die Tür auf, ohne dass eine Hand sie berührt hätte, und Desinas Licht flog in den Raum hinein und erschien mir dabei fast so aufgeregt wie seine Herrin.

»Äh, ja, das scheint es zu sein«, stimmte ich ihr zu, als wir uns um den Eingang drängten. Dichter Staub zeigte, dass es lange her war, dass hier jemand gewesen war, doch das achteckige Band aus Gold war noch immer leicht zu erkennen. Erfreulich aber war vor allem, dass sich in den Vertiefungen noch Torsteine befanden.

Ich bat Desina, ihr Licht höher an die Decke zu lenken, und suchte dort nach der Markierung, die Aufschluss über die Torstein-Kombination dieses Raums gab, und von wo an man beim Auslegen zählen musste. Das war bei jedem Torraum bisher unterschiedlich gewesen, vielleicht auch, um jene in die Irre zu führen, die die Tore unberechtigt verwenden wollten.

Desina wusste von den Toren, sie hatte eines im Turm der Eulen gefunden, dennoch lauschte sie interessiert, als ich ihr erklärte, was es mit den Mustern und den Markierungen auf sich hatte.

»Das Eulentor ist anders«, erklärte sie mir. »Es besitzt drei Ringe und unterscheidet sich auch noch in anderen Dingen. Vor allem aber können nur ich und Santer es benutzen, denn niemand sonst hat Zutritt zum Turm.«

»Was ist mit Leandra? Sie ist eine Maestra.«

»Der Turm hat sie nicht hereingelassen«, erklärte Desina abwesend. »Ihre Eide sind nicht an die Reichsstadt oder den Kaiser gebunden.« Sie sah zu mir auf. »Wisst Ihr auswendig, welche Kombination man auslegen muss, um nach Gasalabad zu gelangen?«, fragte sie aufgeregt.

»Nein!«, protestierte Santer. »Ich will da nicht hinein!«

»Es ist ungefährlich. Ich sagte es dir doch! Serafine und der General haben es auch schon oft getan!«

Santer sah noch immer skeptisch drein.

»Erst sollten wir berechnen, wie die Steine liegen müssen, damit wir hierher zurückkehren können«, lächelte ich. »Und auch der Zielpunkt, der hier ausgelegt ist, sollte notiert werden, wer weiß, wohin es führt.«

»Vielleicht ins Nichts!«, grummelte Santer, er schien immer noch recht wenig begeistert zu sein. Vorsichtig trat er in den Kreis und sah sich um.

»Wie macht man es?«, fragte er.

»Man legt die Steine aus, die in ihrer Farbe und Kombination den Zielpunkt angeben«, erklärte ich. »Dann ...«

»Götter!«, unterbrach mich Santer und bückte sich, um den Stein in der Mitte aufzunehmen. »Das sind Edelsteine in der Größe meines Daumens!« Er hielt den Stein hoch, einen dunklen Rubin. »Sie müssen einen ungeheuren Wert besitzen!«

»Santer«, sagte Desina ganz ruhig. »Höre mir gut zu. Diese Steine sind magisch und … *nein!*«

In dem Moment, als Santer hörte, dass der Stein magisch wäre, ließ er ihn los, als ob er brennen würde. Wir sahen alle zu, als der Stein zu Boden fiel, einmal hüpfte und dann knapp auf der Kante zur Vertiefung in der Mitte zur Ruhe kam.

»Pfft!«, meinte Santer erleichtert. »Ich dachte schon, er wäre zersprungen.«

»Nicht …«, begann ich, doch es war zu spät; als Santer sich bückte um den Stein aufzunehmen, fiel dieser in die Vertiefung hinein. Staub wallte auf und Santer war verschwunden. »… berühren«, beendete ich den Satz und schüttelte fassungslos den Kopf.

Die Eule war bleich geworden.

»Ich will nur hoffen, dass er nicht recht behält und das Tor in keine Falle führt«, sagte sie erschüttert. »Was tun wir jetzt?«

»Das«, sagte ich und hob einen Stein am Rand, um ihn wieder fallen zu lassen. Wieder wallte Staub auf und Santer stand hustend vor uns, für meinen Geschmack viel zu nahe an der Kante.

Er sah uns fassungslos an und beeilte sich dann, das Achteck zu verlassen.

»Leandra erklärte mir, dass das, was sich in diesem und dem anderen Tor befindet, untereinander ausgetauscht wird«, erklärte ich leise. »Ich habe mich beeilt, um zu verhindern, dass Ihr den Rahmen verlasst.«

»Und wenn ich auf dem Rahmen gestanden hätte?«, fragte Santer und wurde bleich dabei, offenbar konnte er sich die Antwort denken. Dennoch gab ich sie ihm.

»Dann wärt Ihr nur zum Teil zurückgekommen«, erklärte ich ihm und schluckte. »Seht Eure Stiefelspitze.« Er sah hinab, an seinem linken Stiefel gab es an der Spitze, wie durch ein scharfes Fallbeil abgetrennt, ein Loch, durch das sein Strumpf zu sehen war.

»Gut, dass ich nicht meine Rüstung trage«, stellte er dann fest und wurde noch etwas bleicher. »An ihr wäre der Stiefel nicht so leicht zu ersetzen.« Er sah uns zweifelnd an. »Und das nennt Ihr ungefährlich?«

»Wenn man auf diese Dinge achtet«, meinte Serafine dazu. »Wenn so etwas noch einmal geschieht, bleibt stehen!«

»Es ist Euch nichts geschehen«, stellte Desina erleichtert fest. »Nur das zählt. Was war auf der anderen Seite?«

»Nichts«, sagte Santer. »Wenigstens nichts, das ich erkennen konnte. Es war stockdunkel dort, ich wollte gerade nach einer Tür tasten, als Ihr mich zurückgeholt habt!« Er hielt seine Hände hoch. »Schaut her!«, beschwerte er sich. »Ich zittere immer noch von dem Schreck!«

»Aber es ist nichts geschehen!«, lächelte die Eule.

»Gerade so«, grummelte Santer.

»Ich will noch immer nach Gasalabad!«, teilte uns Desina entschieden mit. »Ich bin noch nie aus der Stadt herausgekommen, ich will nur einen kurzen Blick erhaschen! Bitte«, flehte sie mich fast schon an. »Legt uns die Kombination dazu aus!«

»Wenn es denn sein muss«, seufzte Santer und atmete tief durch, was die Eule strahlen ließ.

»Bin ich auch so leicht zu bewegen?«, fragte ich Serafine leise, während ich die neue Kombination auslegte.

»Leichter«, lächelte sie.

Asala, unsere Haushälterin in Gasalabad, erlitt einen tüchtigen Schreck, als wir die Tür zur Küche aufstießen und aus dem Keller kamen, sie fuhr herum und hielt plötzlich einen Dolch in ihrer Hand. Erst als sie Serafine erkannte, ließ sie diesen sinken.

»Der Götter Segen mit Euch, Asala«, lächelte ich, während sie sprachlos der Eule und Santer nachsah, die sich neugierig umsahen und dann zur Tür eilten. In dem Moment erst erkannte sie mich.

»Havald Bey!«, rief sie erstaunt. »Ohne den Bart habe ich Euch nicht erkannt, Ihr seht aus wie ein Eunuch! Oh, so wollte ich das nicht sagen!«, fügte sie hastig hinzu und hielt sich die Hand vor ihren Mund.

»Schon gut. Sagt ... was bedeutet Euer Name?«
»Mein Name?«, fragte sie verwirrt. »Tochter der Götter, der Vorfahren oder des Lichts.«
»Und Asela?«
»Es ist der gleiche Name, nur in Imperial«, sagte sie. »Warum?«
»Nichts«, sagte ich und nickte ihr zu. »Wir kommen gleich zurück«, teilte ich ihr mit. »Wir gehen nur mal kurz nach draußen.«

Ich fand die anderen vor der Tür stehen und über den Kornplatz auf den Gazar schauen, wo noch mehr Schiffe unterwegs zu sein schienen als zuvor. So lange hatten wir gebraucht, um von hier nach Askir zu gelangen, jetzt war es nur noch ein kleiner Schritt. Ich schüttelte den Kopf, erst jetzt verstand ich zur Gänze, was diese Tore für uns bedeuten konnten.

»Es ist so herrlich warm!«, freute sich die Eule. »Selbst die Luft schmeckt hier ganz anders und die Farben und die Erde ...!« Sie wirbelte herum. »Ich beneide Euch, dass Ihr so weit habt reisen können!«

»Wäret Ihr dabei gewesen, würde sich der Neid in Grenzen halten«, antwortete Serafine ernst. »Meist hatten wir nur Angst zu sterben.«

»Es gab sicherlich auch viel zu sehen und zu verstehen«, meinte die Prima. »Es kann nicht nur alles Kampf gewesen sein.«

»Nein, da habt Ihr recht«, sagte Serafine. »Aber der Anblick von Schönheit leidet, wenn er vom Tod begleitet wird.«

»Ein gutes Argument«, meinte die Eule hierzu. »Aber jetzt zu genießen, was man Neues sieht, kann nicht schlecht sein.«

»Sicherlich nicht«, gab Serafine zu.

»Ein solches Tor ist ein Wunder«, meinte Santer, doch ganz glücklich schien er mir darüber nicht zu sein. Immer wieder sah er auf seinen Stiefel hinab. »Ein Schritt und man ist weit entfernt ... wie viele Meilen sind es von hier nach Askir?«

»Vier Wochen auf schnellen Pferden, macht man wenig Rast«, antwortete ich ihm. »Wie viele Meilen es sind, kann ich Euch nicht sagen. Man braucht etwa drei Wochen mit dem Schiff, das allerdings die längere Strecke fährt.«

»Egal, wie viele Meilen es sind, es ist weit genug«, stellte Santer fest. Er sah sich um, musterte den Kornplatz vor uns, die bunten Buden und die Menschen, die sich dort drängten, und seufzte. »Ich bin wahrlich versucht, die Stadt zu erkunden, aber es wäre wohl nicht angebracht.«

»Leider nicht«, meinte ich. »Vor allem will ich nicht, dass es bekannt wird, dass wir hier sind. Die Leute hier würden denken, dass ich der Engel des Todes bin, von Soltar gesandt, um den Krieg der Götter und das Ende der Welten einzuleiten.«

»Eine fehlerhafte Übersetzung«, teilte mir Desina abwesend mit, während sie mit weiten Augen alles um sie herum genau betrachtete. »Es geht nicht um das Ende der Welt, sondern um das Ende einer alten Ordnung. Die Welt wird so leicht nicht untergehen.«

»Das beruhigt etwas«, teilte ich ihr schmunzelnd mit. »Aber wir müssen zurück.«

»Gebt uns noch einen kurzen Moment«, bat sie mit flehendem Blick. »Ihr habt einen herrlichen Garten, können wir dort nicht etwas sitzen? Dort sieht man uns doch nicht. Und die Sonne scheint!«

»Nun gut«, sagte ich und führte uns zurück und in den Garten.

»Siehst du?«, flüsterte Serafine. »Es ist einfach, einen Mann zu bewegen. Ein Lächeln und ein treuer Blick reichen meist dafür!«

Ich beschloss, klug zu sein und nicht zu widersprechen.

Also setzten wir uns in den Garten, ließen uns von Asala Kafje bringen und auch Taruk kam herbei, um uns zu begrüßen, Santer und die Eule neugierig zu mustern und uns kurz Bericht zu erstatten. Als er erfuhr, wer unsere Gäste waren, verbeugte er sich tief und ehrfürchtig und warf einen raschen Blick zu der Stelle im Garten hin, an der noch immer die Spuren von Leandras Blitz zu finden waren.

Die Flut, erfuhr ich jetzt, war nur der zweite Teil der Katastrophe gewesen, ihr vorangegangen war ein Beben, das Janas schwer erschüttert hatte. Die Küstenstadt, Armins alte Heimat, war fast vollständig zerstört. Es galt nun als sicher, dass Faihlyd zur Kalifa werden würde, doch nicht ganz so, wie sie es sich vielleicht erhofft hatte. Denn dass sich ihr niemand mehr in den Weg stellen wollte, hatte seinen Grund darin, dass man nun glaubte, dass sie den Engel des Todes an ihrer Seite hätte und dieser es gewesen wäre, der die Stadt Janas in ihrem Auftrag vernichtet hatte.

»Aber ich hörte, dass die Stadt sich ergab, bevor das Beben und das Wasser kam?«, fragte Serafine entgeistert. »Wieso sollte man so etwas Dummes dann noch glauben?«

»Ein Strafgericht«, erklärte Taruk. »Um zu zeigen, was geschieht, wenn man sich gegen Faihlyd stellt. Die anderen Häuser beeilten sich auf jeden Fall sehr, der Emira ihre ewige Treue zuzusichern.« Die Art, wie Taruk mich immer wieder von der Seite ansah, gefiel mir nicht.

»Ich bin nicht der Engel des Todes«, teilte ich ihm mit. »Auch habe ich Janas nicht vernichtet!«

»Wenn Ihr es so sagt, oh Bringer der Wahrheit, wird es gewiss so sein!«, gab er zur Antwort, woraufhin sich Desina an ihrem Kafje verschluckte und ihn ungläubig ansah. Offenbar war sie mit solchen blumigen Antworten noch wenig vertraut. Dabei hatte Taruk noch die Weisung, mit solchen Worten recht sparsam umzugehen. »Doch es ist, was die anderen Emire glauben, und so beugen sie ihr Knie und Haupt vor unserer Emira. Sie wiederum versucht, Hilfe zu leisten und schickt Truppen, Arbeiter und Korn zu Janas, um sie so bald als möglich aufzubauen. Die alte Löwin, die Essera Falah, regiert dort nun als Statthalter, und einzig ihr ist es zu verdanken, dass in Janas nur ein geringer Aufruhr herrscht. Sie lässt die Priester das Wort der Götter verkünden und mahnt einen jeden an, seinen Teil zu tun.« Er lächelte. »Wenn die Flut eine Strafe der Götter war, ist die Essera jetzt ein Geschenk derselben. Sie ist überall, findet für jeden ein Wort der Hoffnung. Sie schwört, dass die Stadt bald wieder aufgebaut wäre, schöner und prächtiger als zuvor. Was sie nicht daran hindert, jeden Kopf auf eine Lanze zu pflanzen, der ihr in den Weg kommt. Sie ließ gleich am ersten Tag fast zweihundert Plünderer hinrichten ... es scheint zu helfen.«

Diesmal war ich es, der fast an seinem Kafje erstickte.

»Das glaube ich gerne«, hustete ich. Während in meiner Heimat Eleonora mit einem Rat regiert hatte, gab es solches hier in Bessarein nicht, jeder Herrscher war an nichts gebunden außer seinen eigenen Rat. Falah brauchte keine Gerichte für ihr Urteil, es reichte, dass sie es so entschied, ihre Macht war absolut.

»Was ist?«, fragte ich, als ich sah, dass Taruk noch etwas sagen wollte und es sich dann anders überlegte.

»Nichts, Esseri«, sagte er, doch ich glaubte ihm nicht ganz und bedachte ihn mit einem fordernden Blick.

»So rückt mit der Sprache heraus, guter Mann«, meinte Santer schmunzelnd. »Er wird wohl kaum eher Ruhe geben.«

»Es ist nur ein Gerücht«, gab sich Taruk geschlagen und wrang die Hände. »Es heißt, es hätte in Janas schon Fälle der Pest gegeben.« Er hob abwehrend die Hände. »Schaut nicht so, Esseri, ich sagte ja, es ist nur ein Gerücht.«

»Aber nicht für Euch. Ihr wisst mehr«, beharrte ich. Taruk stand nicht nur in meinen Diensten, sondern auch in Armins und gehörte zu dessen Spionen.

»Es gab vereinzelte Fälle«, gestand er leise. »Die alte Löwin entschied, dass die Stadt geschlossen werden sollte. Die Essera Falah begründete es mit den Plünderungen, aber sie bereitet sich auf das Schlimmste vor. Sie hat der Kalifa untersagt, die Stadt zu betreten.« Er sah uns bedrückt an. »Wenn es die Pest ist …« Er zuckte hilflos mit den Achseln. »Nur die Götter alleine wissen, wie schlimm es dann werden wird.«

Die Eule und auch Santer hatten betroffen zugehört, jetzt meldete sich Desina zu Wort. »Man sollte schauen, ob von einem Sterben der Ratten berichtet wird.«

»Ich werde es gewiss ausrichten, oh Herrin der Weisheit«, meinte Taruk und verbeugte sich wieder tief vor ihr. »Doch warum sollte man das tun?«

»Weil es meist die Ratten sind«, erklärte sie ernsthaft. »Warum dies so ist, weiß auch ich nicht genau, vielleicht, weil sie dem Namenlosen geweiht sind. Die Ratten vergehen sich an denen, die zu Soltar gegangen sind, tragen den Fluch des Todes in die Häuser der Lebenden und verenden selbst daran. Hält man sich von Ratten fern, kommt einem Kranken nicht näher als zwei Schritt und wäscht man sich gründlich und oft, gibt es Hoffnung, dass einen die Krankheit nicht ereilt.« Sie schluckte. »Für die, die von dem Fluch des Todes berührt werden, gibt es keine Hoffnung. Man muss sie Soltar überlassen und sie meiden.«

»Tote Ratten sind ein Zeichen für die Pest?«, fragte ich nach. Ich erinnerte mich daran, dass ich in einem Pesthaus schon solche gesehen hatte, vielleicht war etwas Wahres daran.

»Ja«, sagte Desina bestimmt. »Findet man tote Ratten in einem Haus, oder auch Katzen oder Hunde, so ist es wahrscheinlich, dass die Bewohner des Hauses von dem Fluch des Todes bereits berührt sind und in den nächsten sechs bis fünfzehn Tagen erkranken.« Sie schluckte schwer. »Man muss die Häuser verriegeln und die Menschen sich selbst überlassen, mehr kann man nicht tun. Es liegt in Soltars Hand.«

Taruk nickte bedrückt. »Ich werde weitergeben, was Ihr eben gesagt habt, oh Herrin der Klugheit. Dass die Rituale der Reinlichkeit eine Hilfe sind, wissen wir aus den Büchern der Götter, aber viele Brunnen sind verseucht, überall blähen sich die Toten in der Sonne auf, und es gibt kaum Wasser, das man trinken darf. Manch einer ist so verzweifelt und dürstet derart, dass er die Warnungen ausschlägt, und dort trinkt, wo es nicht sicher ist. So ist nicht nur die Pest eine Bedrohung, es gibt noch andere Seuchen, die auf diese Weise über die Menschen kommen.«

»Was tut man noch?«, fragte ich erschüttert.

»Die Kalifa versucht, Hilfe, Nahrung und Wasser in die Stadt zu bekommen, Ihr habt vielleicht die vielen Schiffe gesehen, die hier im Hafen beladen werden. Doch die Kähne brauchen Tage, zudem haben die Flut und das Beben den Gazar an seiner Mündung zu großen Teilen unschiffbar gemacht. Auch sind die alten Hafenanlagen im Moment nicht nutzbar. Die Kalifa tut, was sie kann, doch es ist eine Aufgabe, die mir kaum als lösbar erscheint.«

»Und Armin? Was unternimmt er?«, fragte ich.

Taruk neigte seinen Kopf. »Er zieht es vor, bei seinem Wirken nicht gesehen zu werden, doch ich denke, dass er rührig ist. Er ist der Emira ein guter Ratgeber … und sie ihm. Er war es, der vorschlug, dass die alte Löwin Statthalter in Janas werden sollte, er fand es angebracht, die alten Konflikte nicht zu schüren, bis die Lage besser ist.«

Klug von ihm. Wenn die Pest nicht wäre. Ich hoffte nur, dass es bei dem Gerücht blieb.

»Sind sie schon nach Askir aufgebrochen?«, fragte ich Taruk. Der schüttelte den Kopf. »Soviel ich weiß, wollen sie es bald angehen, doch das Beben und die Flut halten sie noch hier.«

Ich ließ mir von ihm Papyira, Tinte und Feder bringen und verfasste eine kurze Nachricht, die ich mit meinem Ring siegelte.

»Überbringt Armin diese Nachricht, wenn Ihr ihn das nächste Mal zu sehen bekommt«, wies ich Taruk an.

Er nahm die Nachricht entgegen und verbeugte sich tief.

Ich stellte meine leere Tasse ab, sah noch einmal zu dem strahlend blauen Himmel hoch und dann die anderen fragend an. In Askir war der Himmel selten anders als grau und düster, noch immer spürte man dort die Kälte des Winters, auch geschah es noch immer, dass man die Asche schmeckte. »Es ist Zeit«, stellte ich fest, die anderen nickten.

Nur wenig später standen wir in Askir auf der Straße und zogen fröstelnd unsere Mäntel zu.

»Damit hätten wir dann also den Weg gefunden, von dem diese Sera sprach«, sagte Serafine nachdenklich. »Es ist für uns von großem Vorteil, nicht nur Gasalabad liegt jetzt nahe, auch die Donnerfeste ist nur einen Schritt entfernt. Sieglinde wird sich freuen, denn auch auf dem Rücken eines Greifen braucht es seine Zeit, in die Südlande zurückzukehren. Und sie ist begierig darauf, wieder mit Janos vereint zu sein.«

»Das Tor führt auch an andere Orte«, erinnerte uns Desina. »Wir wissen nun, dass die Auswahl der Steine in dem alten Haus nicht ins Leere führte, es bleibt herauszufinden, wo dieser dunkle Ort sich befindet, den Santer für uns erforscht hat.«

»Erforscht«, grummelte Santer. »Das habt Ihr nett gesagt.«

»Dennoch hat sie recht«, sagte ich und sah mich um, ob nicht irgendwo eine dunkel gekleidete Frau auf uns wartete, um uns zu erklären, warum sie uns half. Doch die Sera war nirgendwo zu sehen.

Jetzt, nachdem wir ein Tor gefunden hatten, das wir, anders als das Tor im Turm der Eulen, auch benutzen konnten, war der nächste Schritt, Leandra aufzusuchen und Sieglinde wieder in die Heimat zu schicken. Desina und Santer verabschiedeten sich. Die junge Eule schien bedrückt von dem Gedanken, dass die Pest ihr schwarzes Haupt erheben könnte, und versprach, sich mit dem Kommandanten zu beraten. »Und den Priestern«, fügte sie hinzu und schluckte. »Wenn es die Pest ist, kann sie sich mit weiten Schritten ausbreiten.« Sie zog ihren Mantel fester um sich. »Im Moment hilft uns hier die Kälte«, sagte sie leise. »Der Fluch des Todes meidet sie. Nur sollte man sich darauf nicht allzu sehr verlassen.«

Das war mir neu, aber sie hatte wohl recht damit, bislang hatte ich von einem Pestausbruch im Winter noch nichts gehört.

Bedrückt nahmen die beiden Eulen ihren Abschied und ließen Serafine und mich zurück.

»Wir können nichts tun«, sagte Serafine leise.

»Ich weiß«, seufzte ich und versuchte den Gedanken an die Pest zu verdrängen. »Ich wünschte nur, es wäre anders.«

»Ich überlege, ob ich mit Sieglinde in die Heimat gehen sollte«, teilte ich Serafine mit, während wir langsam die breite Straße hoch zum Tor gingen, das die Zitadelle mit dem Händlerviertel verband. »Hier bin ich weitgehend nutzlos, zu Hause kann ich vielleicht etwas Sinnvolleres tun.«

»Du bist hier nicht nutzlos«, widersprach sie. »Es kommt dir nur so vor, weil du warten musst, bis die Legion bereit ist. Es wird mit Sicherheit etwas geben, das du hier tun kannst.«

»Ich wüsste nicht, was. Leandra ist beschäftigt, sie knüpft neue Kontakte auf diplomatischer Ebene. Ich weiß, dass diese Arbeit bereits im Vorfeld beginnt, schon jetzt reihen sich die Botschaftsbälle aneinander. Kannst du dir mich bei einem dieser Bälle vorstellen? In Samt und Seide gehüllt und vornehm dreinschauend, während ich zusehen muss, wie man diplomatisch umeinander herumschleicht und über alles schwätzt, nur nicht über das, was wirklich wichtig ist? Ich würde wahnsinnig werden und täte unserer Königin bestimmt keinen Gefallen damit.«

Serafine sah mich mit einem undeutbaren Blick von der Seite an.

»Was ist?«, fragte ich etwas übellaunig. Allein die Vorstellung, hier nur untätig herumzusitzen, trübte mir das Gemüt. Ich hoffte nur, dass sie wusste, dass nicht sie es war, die meine Laune verdarb.

Ihre Augen funkelten, und ihre Lippen formten sich zu einem Lächeln, das ich bei ihr bislang so nicht gesehen hatte. Sie schien über alle Maßen erheitert, auch wenn ich den Witz nicht verstand.

»Es ist nichts«, versuchte sie dann abzuwiegeln.

Ich blieb stehen und sah sie nur an.

»Havald«, sagte sie mit einem Seufzen. »Du willst nicht wissen, was ich denke.«

»Doch«, beharrte ich.

»Gut«, meinte sie dann. »Ich dachte, dass du putzig bist, wenn du dich so ärgerst.« Sie traf mich mit einem entwaffnenden Lächeln. »Jetzt sag nicht, ich hätte dich nicht gewarnt.«

Putzig? Ich warf einen Hilfe suchenden Blick hoch zum Firmament, wo die Götter wohnen sollten.

»Wollen wir nicht weitergehen?«, schlug sie lächelnd vor. Dann knuffte sie mich freundschaftlich in die Seite. »Gib zu, du willst lächeln.«

»Nein, will ich nicht!«

»Zu spät«, meinte sie. Das war es in der Tat, denn ich musste lachen.

11. Der Ring des Generals

Als wir das Tor erreichten, trat eine der Wachen vor mich und salutierte.

»Lanzengeneral Ser Graf von Thurgau?«, fragte er.

Ich blieb stehen, erwiderte den Salut und sah ihn fragend an. »Ja, Sergeant. Um was geht es?«

»Der Kommandant will Euch sehen, Lanzengeneral. Sobald Ihr es einrichten könnt. Ser!«

Das bedeutete, jetzt und sofort.

»Danke, Sergeant«, gab ich zur Antwort und wechselte einen Blick mit Serafine, die nur mit den Schultern zuckte.

»Ich gehe dann Leandra suchen«, verkündete sie. »Du solltest besser herausfinden, was der Kommandant von dir will.«

»Geht direkt durch«, sagte der Adjutant des Kommandanten und sprang auf, um mir die Tür zum Amtsraum des Statthalters zu öffnen. »Er erwartet Euch.«

Nachdem man uns so oft darauf hingewiesen hatte, dass man den Kommandanten nicht warten lassen sollte, nahm ich das als ein schlechtes Zeichen. Ich trat durch die Tür und fand den Kommandanten am Fenster vor; er stand mit den Händen auf dem Rücken verschränkt und sah auf die Stadt hinaus. Leise schloss der Adjutant die Tür hinter mir, und ich nahm etwas Neues in dem Raum wahr, einen Stuhl, der zwei Meter vor dem Schreibtisch genau in der Mitte des Raums platziert war.

»Setzt Euch«, wies mich Kommandant Keralos an, immer noch mit dem Rücken zu mir.

Ich setzte mich und fragte mich, was es mit dem Stuhl auf sich hatte.

Wiederum verschwendete der Statthalter keine Zeit. »Wie ich sehe, tragt Ihr heute keine Uniform«, begann er. Richtig, er sah wahrscheinlich mein Spiegelbild in der Scheibe. »Eine kluge Entscheidung. Ich hörte davon, dass Ihr einen kleinen Umtrunk in der *Silbernen Schlange* zu Euch nahmt.«

»Ja«, sagte ich nur.

»Ein Vorbild seid Ihr nicht gewesen«, stellte er fest. »Auf meinem Tisch steht eine Schale. Euer Anteil an dem Schaden und der Zeche beträgt insgesamt vierzehn Gold und vier Silber, wenn Ihr den Anteil des Schadens für die Sera auch übernehmen wollt. Bitte.«

Ich schluckte. Das war ein Vermögen! Dafür konnte man an manchen Orten sogar ein Pferd kaufen!

Ich zog meinen Beutel heraus und zählte die Münzen ab. Sie klingelten laut in der Schale, erst dann wandte sich der Kommandant mir zu. Seine grauen Augen musterten mich sorgsam, doch überraschenderweise schienen seine Mundwinkel auf ein verborgenes Lächeln hinzudeuten. »Warum habt Ihr es nicht unterbunden?«, fragte er dann. »Oder mögt Ihr diese Art der Unterhaltung?«

»Nein, Ser«, antwortete ich steif. »Tatsächlich versuchten Santer und ich die ganze Angelegenheit im Keim zu ersticken.«

»So? Sagt, wie hat die Wache es geschafft, den Streit zu beenden?«

»Sie kam herein, der Offizier brüllte ›Achtung‹, und das war es dann. Die Knüppel halfen auch.« Wie denn auch sonst? Ich verstand nicht, worauf der Mann hinauswollte. Doch er teilte es mir gleich mit.

»Was meint Ihr, von Thurgau, was wäre geschehen, wenn ein General der legendären Zweiten Legion aufgestanden wäre und sich nur vernehmlich geräuspert hätte? Meint Ihr, es hätte diese Schlägerei gegeben?«

Auch hier wartete er eine Antwort nicht ab, wir kannten sie beide.

»Ihr seid Lanzengeneral Graf von Thurgau, General der berühmtesten Legion, die es jemals gab«, fuhr er fort. »Damit tragt Ihr eine ungeheure Verantwortung. Ihr seid ein General der Bullen, aber mir scheint, Ihr wisst noch nicht so recht, was das bedeutet. Die Prima vom Turm bat mich, Euch ein paar Dinge zu erklären. Also hört zu.«

Bislang hatte ich kaum etwas anderes getan als zugehört.

»Ihr scheint der irrigen Ansicht zu sein, Ring und Rang stünden Euch nicht zu. Ihr habt den Ring gefunden und ihn Euch selbst angesteckt, und Ihr fühlt Euch wie ein Betrüger. Ist das richtig?«

Ich nickte.

Er wartete.

»Ja, Ser!«

Diesmal war ich mir sicher, dass es ein Lächeln war, das sich da in sein Gesicht schlich. Dem Kerl bereitete das auch noch Freude!

»Ihr tragt ein Bannschwert. Man sagt diesen Schwertern so einiges nach. Zum Beispiel, dass sie ihre Besitzer selbst aussuchen. Oder dass sie zu einem zurückkommen, wenn man sie verliert. Habt Ihr schon die Erfahrung gemacht, dass es sich mit diesen Schwertern tatsächlich so verhält?«

»Ja, Ser!«

»Gut«, sagte er, und jetzt lächelte er ganz offen und lehnte sich bequem gegen seinen Schreibtisch. »Die Schwerter und die Ringe sind Askannons Werk. In beide hat er mächtige Magien gefasst, die vor allem eines sicherstellen sollen: dass ein Missbrauch ausgeschlossen ist. Ringe und Schwerter suchen sich ihre Träger auf eine seltsame Art. Es geht nicht um den *Einen* sondern um *Jemanden*, der die Fähigkeiten besitzt, die diese Gegenstände, beziehungsweise ihr Schöpfer, in ihm finden wollten. Sie sind nicht unfehlbar, aber es ist sehr schwer, sie zu täuschen.«

Er sah mich fragend an, und ich nickte. »Kurzum, jeder, der die notwendigen Fähigkeiten besitzt und den Willen, diese auch zu nutzen, hätte sich den Ring anstecken können. Aber ich möchte wetten, dass Ihr der Einzige gewesen seid, der diese Fähigkeiten besaß, sonst hätte der Ring sich einen anderen Träger gesucht.«

Das ergab einen Sinn.

»Der Ring brauchte einen Träger. Er hat Euch ausgewählt, oder besser gesagt, die Magie hat es getan, und damit war es Askannon selbst, der die Entscheidung fällte. Mir ist es schon zweimal passiert, dass ich jemanden befördern wollte und der neue Ring sich weigerte.« Er beugte sich vor. »Das bedeutet, Ihr besitzt die notwendigen Fähigkeiten und den Willen dazu, die

Zweite Legion zu kommandieren.« Er streckte die Hand aus. »Gebt ihn mir.«

»Er geht nicht ab.«

Er schaute mich nur an und hielt weiter die Hand ausgestreckt.

Ich zog am Ring – und er löste sich. Schweigend legte ich ihn in die Handfläche des Kommandanten. Dafür zog er seinen Ring aus. »Probiert diesen.«

Ich zögerte, dann nahm ich den Ring, doch es war so, als wäre er nicht offen, sondern ein solides Stück Metall, es war mir nicht möglich, ihn anzulegen.

»Ihr seht«, sagte er, als er den Ring zurücknahm und sich wieder ansteckte, »dass es wahrhaftig so ist.« Er nahm meinen Ring wieder auf und hielt ihn hoch.

»Ich könnte mit dem Ring in der Hand herumgehen und nachsehen, ob sich jemand findet, den er als Träger akzeptiert.« Er beugte sich leicht vor, sein Blick schien mich durchbohren zu wollen. »Wir *brauchen* einen Kommandeur der Zweiten, von Thurgau. Sie ist die einzige Legion, die sich dem Feind direkt entgegenstellen kann.« Er warf den Ring hoch und fing ihn wieder auf. »Ich halte es für sehr unwahrscheinlich, dass ich jemanden finde, der diesem Ring Genüge tut. Aber ich will keinen General im Dienst des Reichs sehen, der es nicht sein will. Es mag dem Ring reichen, mir nicht! Also, von Thurgau, wollt Ihr dieses Kommando? Wollt Ihr die Zweite Legion in das Herz des Feindes führen und ihn zerschlagen? Wenn Ihr das wollt, dann sagt es. Wenn nicht, könnt Ihr gehen und braucht zum Abschied auch nicht mehr zu salutieren!«

Ich schaute auf den Ring und bedachte, was es für Folgen haben würde. Als wie unüberwindlich die Zweite Legion auch galt, es würde Verluste geben, vielleicht schwere. Soldaten waren eine Waffe, und Waffen wurden oft im Kampf zerstört. Konnte ich das? Wollte ich das? Tausende Männer und Frauen. Und ihr Überleben hing von meinen Entscheidungen ab. Ein Furcht einflößender Gedanke. Doch die Legion war auf lange Sicht das Einzige, das wir besaßen, um dem Feind gegenüberzutreten. Bis auf die Ostmark hatten die sieben Reiche keine Armeen, die es mit diesem Feind aufnehmen konnten, und die Ostmark brauchte ihre Truppen, um dem Druck der Barbaren standhalten zu können.

Ich streckte die Hand aus und stellte überrascht fest, dass ich zitterte. »Ja, Kommandant, Ser. Ich will das Kommando über die Zweite Legion.«

Wortlos ließ er den Ring in meine Hand fallen und sah zu, wie ich ihn mir ansteckte. »Willkommen zurück, Lanzengeneral.« Er schmunzelte. »Jetzt bleibt noch eines für Euch zu tun. Meldet Euch beim Generalsergeanten der Dritten Legion, Rellin. Ihr findet sie im Erdgeschoss der Zitadelle, ihre Schreibstube ist nicht zu verfehlen. Sie soll Euch zeigen, was es heißt, ein Bulle zu sein.«

»Ich werde mich sogleich bei ihr melden, Ser«, antwortete ich.

»Gut. Zwei Dinge noch. Gibt es jemanden, der Euer Bannschwert während Eurer Ausbildung in Verwahrung nehmen kann? Es sieht aus wie ein normales Schwert, aber ich denke, es wird sich verraten.«

Ich dachte kurz nach. »Mir scheint Sera Helis imstande dazu zu sein. Selbst Steinherz erlaubte ihr, ihn zu führen.«

»Gut. Dann gebt ihr die Waffe zur Verwahrung. Noch eines. Ich hatte vorhin das Vergnügen, die Sera Zokora kennenzulernen. Orikes berichtete mir gerade von der Lage in der Ostmark, als sie hereinstürmte. Sie teilte mir mit, dass, wenn ich eine Allianz mit ihrem Volk wünsche, ihr die Archive zu öffnen wären, und befahl Orikes mitzukommen.« Er schüttelte halb erheitert, halb verzweifelt den Kopf. »Wie geht man mit ihr am besten um? Man kann ihr ja nicht einfach ihren Willen lassen. Oder sollte ich sie von den Wachen abführen lassen?« Er schmunzelte dabei, aber so ganz sicher war ich mir nicht, ob er es nicht doch ernst meinte.

»Nennt ihr einfach ein gutes Argument.«

»Sie schien mir stur und eigensinnig!«

Ich sah überrascht auf. »Stur ist sie nicht. Sie hat nur keine Geduld für Unvermögen oder Dummheit.«

»Das«, meinte er, »kann ich sehr gut nachvollziehen. Gut, ich werde Eurem Rat folgen. Nehmt auch meinen Rat: Rellin ist die beste Ausbilderin, die wir in den Legionen haben, nur Euer eigener Generalsergeant, Kasale, kommt an sie heran. Also hört auf Rellin, es wird Euch nicht schaden.« Er sah mir in die Augen. »Habt keine Sorge, Lanzengeneral, wir werden Eure Talente nicht verschwenden, doch in den Stiefeln derer zu gehen, die Ihr kommandieren sollt, wird Euch wohl nicht schaden.«

Ich nickte, denn er hatte recht. »Darf ich fragen, wie es bei der Aushebung der Legion vorangeht?«

»Selbstverständlich. Ich werde Orikes anweisen, Euch die Berichte zukommen zu lassen. Kasale hat überall gewildert, wo sie konnte, und hat es so vermocht, verdiente Veteranen für die zweite Legion zu gewinnen. Im Moment sind weniger als zweitausend Soldaten einsatzfähig, doch die Rekrutierung schreitet schnell voran. Allein hier in Askir haben sich annähernd sechstausend Freiwillige gemeldet. Die Besten unter ihnen werden in Kürze nach Gasalabad verschifft werden, es geht also gut voran. Es dauert sonst ein Jahr, eine volle Legion auszuheben, doch Kasale scheint wild entschlossen, es in der Hälfte der Zeit zu schaffen. Tut mir einen Gefallen: Wenn Ihr sie wiederseht, richtet ihr aus, dass ich es nicht sonderlich erbaulich finde, dass sie mir die besten Offiziere aus meinen anderen Legionen stiehlt.«

Ich könnte ihr das sagen, allerdings vermutete ich, dass ich es an dem nötigen Nachdruck mangeln lassen würde. Gute Offiziere waren ihr Gewicht in Gold wert, und je mehr von ihnen sie stehlen konnte, desto lieber war es mir.

Er hielt mir die Hand hin. Ich ergriff sie, der Mann besaß einen kräftigen Händedruck.

»Wenn Ihr weitere Fragen habt, wendet Euch an Orikes. Ansonsten, General, denke ich, dass es Zeit für Euch ist, ein Bulle zu werden!«

Serafine wartete im Gang vor dem Vorzimmer des Adjutanten. »Was wollte er?«, fragte sie neugierig, als ich herauskam.

»Er hat mich nur zusammengefaltet, dass es eine wahre Pracht war«, erklärte ich und musste dabei schmunzeln. »Von dem Mann kann man etwas lernen! Er hat mich überzeugt, den Ring des Generals anzunehmen, und zugleich dazu verdonnert, ein Bulle zu werden.«

Sie nickte langsam und lächelte. »Ich glaube, dass du bald keine Zeit mehr haben wirst, dich über Untätigkeit zu beschweren.«

Diese Befürchtung hatte ich auch.

»Kannst du so lange Seelenreißer in Verwahrung nehmen?«, bat ich sie. »Die Ausbilderin weiß nicht, wer ich bin, und der Kommandant wünscht, dass es so bleiben soll, also kann ich das Schwert nicht mit mir führen.«

Sie blickte zweifelnd auf meine Klinge herab. »Ich sehe keinen Sinn darin, eine Waffe zu tragen, die ich nicht verwenden kann.«

Ich hielt ihr Seelenreißer hin. »Versuch es.«

Sie warf einen Blick auf die Wachen vor der Tür des Kommandanten. »Gehen wir in dein Quartier«, schlug sie vor. »Es gibt strikte Anweisungen für den Fall, dass jemand hier ein Schwert zieht.«

12. Die Dritte Legion

In meinem Quartier angekommen, stellte ich fest, dass Leandras Sachen sich nicht mehr dort befanden. Ich fragte Serafine danach.

»Sie hat ein eigenes Quartier erhalten, drei Türen weiter«, erklärte sie. »Es gibt hier genügend leere Gemächer, sie sind hohen Gästen oder den Oberbefehlshabern der anderen Legionen vorbehalten.«

Wenigstens war Leandra nicht weit weg untergebracht. In anderer Hinsicht gab es jetzt eine Entfernung zwischen uns, die mir wenig behagte, auch wenn es meine Entscheidung gewesen war. Serafine sprach weiter und unterbrach diesen bedrückenden Gedanken. »Zur Zeit ist sie auf der Suche nach einem geeigneten Haus, um daraus eine Botschaft zu machen. Es scheint, dass sie selbst ein paar Empfänge geben muss.« Sie sah hoch zu mir. »Es ist auch für sie keine Freude. Sie ist mindestens so ungeduldig wie du, aber es gibt Traditionen und Regeln, an die sie sich halten muss. Die meiste Arbeit wird, wie du selbst gesagt hast, im Vorfeld getan. Sie hat mich übrigens gefragt, ob ich ihre Botschafterin sein will.«

»Dich?«, fragte ich erstaunt. »Fühlst du dich nicht Bessarein zugehörig?«

»Eher dem Reich als Ganzem. Sie hat mich gefragt, weil sie mir vertraut. Aber es war nicht der Grund, aus dem ich abgelehnt habe.«

»Du hast abgelehnt? Warum?«

»Ich habe andere Pläne, und sie sah es ein, wenn auch widerwillig. Sie hätte auch gern Varosch genommen, doch der ist ebenfalls nicht frei. Orikes wird ihr jemanden zur Verfügung stellen, von dem er schwört, dass er vertrauenswürdig ist. Sieglinde hat jetzt auch den Auftrag, in der Heimat nach denen Ausschau zu halten, die Leandra hier haben möchte. Sie hat eine Liste zusammengestellt, aber sie fürchtet, dass die meisten tot sind, versprengt oder hinter den Mauern Illians gefangen.«

»Hm. Hoffen wir, dass Sieglinde Glück hat«, sagte ich. »Wo ist sie jetzt?«

»Sieglinde oder Leandra?«

»Leandra.«

»Beim Haus des Boron, sie will ihre Krönung dort offiziell nachholen und trifft Vorbereitungen. Sie sagt, sie will uns bei sich haben. Der Termin ist in zehn Tagen, zwei Tage später beginnt der Kronrat.«

»Ich glaube, es gibt wenig, was mich davon abhalten kann, dort zu sein.«

Während wir sprachen, hängte ich Seelenreißer aus und reichte ihr das Schwert. Sie zögerte ein wenig, dann nahm sie es und wog es in der Hand.

»Steinherz ist anders«, befand sie. »Man spürt es. Seelenreißer ist verhaltener.« Entschlossen griff sie nach der Klinge und zog. Seelenreißer sprang so leicht heraus, dass sie mich beinahe mit der Spitze getroffen hätte, wenn ich nicht beiseitegesprungen wäre.

»Oh, Verzeihung«, sagte sie hastig. »Ich hätte nicht gedacht, dass er so leichtgängig und schnell ist.«

»Und so scharf, dass man sich damit rasieren könnte.« Es war mir entschieden zu knapp gewesen, ich wollte nicht wissen, wie es sich anfühlte, auf Seelenreißers Klinge zu enden. »Bist du sicher, dass du mit einem Schwert umgehen kannst?«, fragte ich zweifelnd, denn üblicherweise benutzte Serafine Dolche. Wie Nataliya auch.

»Besser als du.« Sie lachte und betrachtete bewundernd die fein gearbeitete Klinge. »Es ist prachtvoll«, stellte sie fest. »Askannon war wirklich ein Meisterschmied. Aber ich spüre diese Wahrnehmung nicht, von der du berichtet hast. Es ist für mich nur ein sehr gutes Schwert.« Sie sah zu mir hoch. »Muss ich ihm jetzt Blut geben, um es wieder in die Scheide zu führen?«

»Nein«, sagte ich und schüttelte den Kopf. »Seitdem er Nataliyas Blut getrunken hat, ist er nicht mehr durstig.«

Mir fehlte jetzt schon sein Gewicht an meiner Seite, aber bei Serafine war er in guten Händen. Sorgsam führte sie ihn in die Scheide zurück und hängte ihn an ihrem Gurt ein.

»Weißt du, wann Sieglinde durch das Tor gehen wird?«, fragte ich. »Ich will mich gern noch von ihr verabschieden.«

»Sie wird erst in der Nacht gehen, also hat es keine Eile.«

Ich zögerte noch einen Moment, aber es war wohl Zeit. »Ich muss zu diesem Generalsergeanten«, teilte ich ihr mit. »Ich nehme an, dass wir uns am Abend sehen können.«

»Wir werden uns finden«, lächelte sie.

Der untere Ring der Zitadelle war zumeist den Federn vorbehalten, die in den breiten Gängen geschäftig ihrem Dienst nachgingen. Hier herrschte ein ständiges Kommen und Gehen, und fast jeder hier führte anstelle eines Schwerts flache Ledermappen mit sich, auf denen die Macht des Alten Reichs zu fußen schien. Wissen war oftmals mächtiger als das Schwert.

In die weißen Steine des Gangs waren Symbole eingearbeitet, und für die, die des Lesens mächtig waren, gab es auch Schilder. Dort war die Feder abgebildet, darunter ein Schild mit Orikes' Namen und Rang, zwei Türen weiter erblickte ich erst das Zeichen der Ersten Legion, dann das der Zweiten, und davor blieb ich stehen. »Amaranis Kasale, Generalsergeant, Zweite Legion« stand darauf, darunter zwei weitere Namen, beides Stabssergeanten. Durch die geschlossene Tür drangen leise Stimmen. Ich zögerte einen Moment und öffnete die Tür.

Ich fand einen großen Raum mit Bänken vor, von dem im Hintergrund zwei weitere Türen abgingen, davor ein Schreibtisch, an dem ein Soldat in der Uniform der Bullen saß, mit dem Zeichen der Zweiten an seinem Ärmel. Neben ihm saß ein Schreiber der Federn, der gerade in einen Stapel Akten vertieft war.

Gut zwei Dutzend Männer und Frauen hockten hier auf den Bänken; einige schauten auf, als ich die Tür öffnete, andere schienen vor sich hin zu dösen.

Der Soldat am Tisch warf mir einen kurzen Blick zu. »Habt Ihr Eure Akte dabei?«, fragte er. Jeder der hier Wartenden trug ein Schreibbrett mit einem Lederdeckel bei sich.

»Nein, Ser«, antwortete ich höflich.

»Dann seid Ihr hier falsch«, teilte er mir in leicht entnervtem

Tonfall mit. »Wenn Ihr der Legion beitreten wollt, geht zum Tempelplatz, dort findet Ihr die Rekrutierungsstelle. Dort erhaltet Ihr auch Eure Akte. Kommt danach wieder.«

Während ich die Tür wieder zuzog, wandte der Schreiber sich an den Sergeanten neben sich. »Warum kommt jeder Idiot erst in die Zitadelle, als ob der Kommandant persönlich ihn vereidigen wollte?«

Die Antwort des Sergeanten hörte ich nicht mehr, doch ich konnte sie mir denken.

Ich stand vor der Tür und fühlte mich seltsam. Es war nur eine Idee gewesen, nicht mehr. Einfach die Zweite Legion neu ausheben und gegen den Feind werfen. Doch jetzt war es weitaus mehr, denn diese Männer und Frauen in dem Raum hinter mir würden bald unter meinem Kommando stehen und einem Feind gegenübertreten, der mit dunklen Mächten verbündet war, einem Feind, wie er unerbittlicher nicht sein konnte.

»Geht Ihr, oder kommt Ihr?«, fragte ein junger Bursche, der aussah, als käme er direkt von einer Farm; die Holzpantoffeln und die Gewänder aus grobem Leinen hatte er noch an, nur im Haar fehlte das Stroh, um ihn zweifelsfrei als Bauernburschen zu benennen. Viel älter als fünfzehn konnte er nicht sein, und er schien mir fast vor Ungeduld zu bersten.

»Entschuldigt«, sagte ich höflich und gab ihm den Weg frei.

Bei der Dritten Legion ging es gesitteter zu. Hier saßen nur drei Leute auf den Bänken, ebenfalls mit Akten in der Hand. Einen Schreiber der Federn gab es nicht, nur ein Sergeant blickte gelangweilt von seiner Arbeit auf.

»Ja?«, fragte er desinteressiert.

»Mein Name ist von Thurgau. Der Generalsergeant erwartet mich.«

»Dort hinein«, sagte er und wies mit dem Daumen auf die rechte der beiden Türen hinter sich. »Klopfe, sonst reißt sie dir den Kopf ab.«

Ich trat an ihm vorbei, klopfte, hörte das »Herein«, trat ein und zog die Tür hinter mir zu. Ich musterte den Raum und die Frau am Schreibtisch, die nun aufstand und die Stirn runzelte.

Diese Amtsstube war genauso karg wie die des Kommandanten. Eine schwere Rüstung stand auf ihrem Ständer in einer Ecke des Raums, ein Schrank, Kartenständer, ein Regal für Rollen und Bücher, eine niedrige Kommode, an die achtlos eine schwere Axt gelehnt war. Hinter dem Schreibtisch befand sich ein Fenster, durch das man einen guten Blick auf den Exerzierplatz draußen hatte. Da der Raum nach außen ging, war das Fenster nicht sehr groß und konnte mit schweren eisernen Läden gesichert werden, die über einen Schlitz für einen Armbrustschützen verfügten.

»Ihr seid der Lanzengeneral, der nicht weiß, was ein Bulle ist«, stellte sie fest, und der lange Blick, mit dem sie mich musterte, ließ keinen Zweifel daran, dass jegliche Erwartungen, die sie an mich hatte, von mir enttäuscht werden würden. So viel also dazu, dass sie nicht wusste, wer ich war. »Bis Ihr es wisst, seid Ihr für mich nicht mehr als ein Rekrut, also sparen wir uns die Freundlichkeiten. Verstanden?«

»Ja.«

»Was denkst du, wer du bist? Das heißt: Ay, Ser!«

»Ay, Ser!«

Damit war wohl klar, wie es weitergehen würde.

Wie viele der Bullen wirkte auch Generalsergeant Rellin eher gedrungen, was weniger an ihrer Statur lag, als an den deutlichen Muskeln, die sie durch das jahrelange Tragen einer schweren Plattenrüstung erworben hatte.

Sie kam um ihren Schreibtisch herum, um sich vor mir aufzubauen. Ihre Augen waren von einem klaren hellen Grün, die Nase war mindestens zweimal gebrochen, eine kleine Narbe zog sich an ihrem breiten Kinn entlang und zeigte die Spuren von groben Stichen. Eine Schönheit mochte sie nicht sein, doch ihr Blick machte mehr als deutlich, dass es nicht von Belang war, ob sie als Frau gefiel oder nicht.

»Die einfachste Art, es dir zu zeigen, ist, es dich fühlen zu lassen«, teilte sie mir mit, und die Furchen auf ihrer Stirn wurden tiefer. »Ich hoffe, dass ich nicht meine Zeit mit dir verschwende.«

Ich straffte die Schultern, nahm Haltung an und sah geradeaus. Ich würde es überstehen. »Ay, Ser!«

»Schon mal gedient?«, fragte sie, als sie mich sorgsam musterte.

»Nicht in der Legion.«

»Ein Söldner also«, stellte sie wenig erfreut fest. Ich hätte gern widersprochen, aber in gewissem Sinne war es die Wahrheit.

»Du findest den Zeugwart im Keller. Er soll dich ausrüsten und dir deine Rüstung anpassen, danach meldest du dich wieder hier.«

»Ay, Ser!«

»Wegtreten!«

Die Bullen waren die schwere Infanterie des Alten Reichs. Schwer gepanzerte Einheiten, die zu Fuß kämpften und marschierten. Soviel ich wusste, war Askir das einzige Reich, das diese Art von Einheiten ins Feld werfen konnte. Der Grund lag auf der Hand. In meiner Heimat hatte ich vor vielen Jahren eine Rüstung für das Pferdestechen erstanden, sie hatte mich gut und gern zweihundert Goldstücke gekostet, und der Rüstungsschmied hatte ein Jahr seines Lebens darauf verwendet, sie mir auf den Leib zu fertigen. Nur Adlige und reiche Herren konnten sich so etwas leisten.

Im Feld war eine solche Rüstung schwer zu überwinden, im Nahkampf konnte nur ein Rabenschnabel sie durchschlagen, eine schwere Axt mit Dorn, oder eine Reiterlanze. Eine schwere Armbrust war ebenfalls dazu in der Lage, allerdings waren die nicht sehr weit verbreitet. Eine Arbaleste war dazu genauso imstande, doch es brauchte zwei Soldaten, um einen solchen Bolzenwerfer zu bedienen.

Wenn man derart schwer gerüstete Soldaten in Reihen aufstellte, sie zudem noch mit Schwert, Schild oder Spieß ausstattete, dann gab es wenig, das eine Lanze Bullen aufhalten konnte. »Wo wir stehen, da weichen wir nicht«, das war der Wahlspruch der Bullen.

Nur allzu verständlich. Mit diesem Gewicht auf den Schultern war an Zurückweichen oder gar Flucht nicht mal zu denken.

Was mich betraf, so reichte mir die Lektion schon, als der

Zeugwart mir den schweren Helm aufgesetzt und ihn gedreht hatte, bis er am Nackenschutz einrastete.

Ich wusste, dass man in diesen Rüstungen gehen, sogar rennen konnte. Ich hatte es selbst gesehen, auch Kasale trug die Rüstung so, als würde sie dadurch kaum behindert werden. Ich jedoch hatte Angst, auch nur einen Schritt zu tun.

Den Zeugwart hatte ich in den Kellern der Zitadelle gefunden, und ich erfuhr, dass diese bis tief in den Grund gebaut waren und es mindestens sieben weitere Untergeschosse gab. Das Rüstlager war von außen durch eine Rampe, die zum Kellergeschoss hinabging, zu erreichen, sodass auch Rüstwagen vorfahren konnten, schwere stabile Reisewagen, die von vier Ochsen gezogen wurden.

Im Zeuglager der Zitadelle herrschte reger Betrieb. Es gab Gitter mit Aussparungen für die Warenausgabe, acht davon insgesamt, und jeder der Plätze war besetzt. Nur zwei Zeugwarte waren frei, als ich ankam, der eine ein junger Mann, kaum alt genug für einen Bart, der andere ein grauhaariger Veteran, dem zwei Finger an der linken Hand und ein Ohr fehlten. Er bedachte mich mit einem missmutigen Blick, der mich warnen sollte, nur nicht auf den abwegigen Gedanken zu kommen, ihn zu belästigen.

Die Wahl war einfach.

»Rellin schickt dich, huh?«, sagte der Veteran, nachdem er meine Akte entgegengenommen und einen Blick darauf geworfen hatte. Offenbar gefiel ihm nicht, was er las, denn er runzelte die Stirn. Dann musterte er mich sorgsam von den Zehenspitzen bis zum kurzen Haar und seufzte.

»Komm mit«, sagte er und öffnete die Gittertür an seiner Ausgabe. »Bei deiner Größe müssen wir wohl etwas wühlen gehen.«

Das Geheimnis, wie man Bullen ausrüstete, wurde in diesen Zeuglagern gehütet. Und das gute Augenmaß des Zeugwarts wachte darüber. Der größte Teil meiner Ausrüstung lag bereits in einem schweren Sack aus mit Leder verstärktem Leinen griffbereit; der Mann warf einen solchen Sack achtlos auf den kleinen Wagen, den er hinter sich herzog. Er enthielt, wie ich später herausfand, solche Dinge wie Rasiermesser, Feldflasche, Nähzeug, weite Leinenhemden und anderes. Der Mann hieß mich, den Arm auszustrecken, warf einen Blick darauf, grummelte kurz und warf ein Schwert und ein Schild auf den Wagen, dann führte er mich tiefer in das Lager, bis wir vor großen Regalen standen, die sich scheinbar endlos in die Dunkelheit erstreckten.

An jeder Stirnseite der Regale hingen Öllampen, doch meist wurden sie nicht gebraucht, in eisernen Käfigen leuchteten magische Globen an der Decke und spendeten ein fahles Licht.

Viele von ihnen fehlten, waren zersprungen oder leuchteten nicht mehr, dennoch waren es genug, um uns genügend Licht zu geben.

Hier in diesen Regalen stapelten sich Hunderte, vielleicht Tausende von diesen schweren Brustpanzern, sauber ineinander gestapelt und mit Nummern und Zeichen versehen.

Der Zeugwart nahm mit einem Band Maß an mir, schüttelte den Kopf und marschierte tiefer in das Lager hinein, wies jetzt mich an, den Wagen zu ziehen. Das Fach, vor dem er nun stehen blieb, wies nur wenige der Brustschalen auf, kaum ein Dutzend, mehr mochten es nicht sein.

»Deine Größe kriegen wir selten genug zu Gesicht«, meinte er, als er die Vorderschale vom Regal wuchtete. »Arme ausstrecken!«, hieß er mich barsch, ich tat es, er hielt die Panzerung gegen meine Brust, nickte zufrieden und warf sie scheppernd auf den Wagen, den weiterhin ich zu ziehen hatte.

So ging es weiter, bis alle Teile der Rüstung zusammengesucht waren, nur zweimal passte etwas nicht gleich beim ersten Versuch, am schwierigsten gestalteten sich Fußkappen und Schulterpanzerung, Letztere vor allem, weil, wie er mir erklärte, es darauf ankam, dass die Bewegungsfähigkeit erhalten blieb.

Tatsächlich war meine alte Reiterrüstung in der Bewegung eingeschränkter, mehr als auf dem Pferd zu sitzen, brauchte ich damals nicht, mit dieser Rüstung jedoch sollten auch lange Märsche und jede Art von Bewegung möglich sein.

Es dauerte über eine Kerzenlänge, bis alle Teile richtig zusammengestellt waren, jede einzelne Schnalle überprüft und eingestellt war, jedes Teil so saß, dass es dem Zeugmeister recht war.

Der jüngere Zeugwart, der mir zuvor aufgefallen war, hatte in der Zeit gleich drei Rekruten der Bullen mit ihrem neuen Panzer versehen.

Wie die Götter mich erschaffen hatten, wog ich etwas über zweihundertvierzig Pfund, also ziemlich genau sechs Steine. Der Zeugwart wog die Rüstung zum Schluss, dreiundfünfzig Pfund brachte sie auf die Waage und war damit leichter als meine alte Rüstung für das Reiterstechen. Dann ließ er mich allerlei Verrenkungen machen, Kniebeugen und Liegestützen.

»Du hast die Muskeln dafür, mein Junge«, teilte er mir wohlwollend mit, als ich mich keuchend und mühsam wieder in die aufrechte Position begab. »Was dir noch fehlt, ist die Gewöhnung.«

Das mochte sein, aber ich wusste, warum ich schwere Rüstungen nicht mochte. Sie schützten, ganz ohne Zweifel, aber sie machten einen auch langsam, und gerade mit Seelenreißer kam es bei meiner Art von Schwertkampf mehr auf Geschwindigkeit an.

Zur Rüstung gehörten zwei Helme, einer geschlossen und mit einem Visier versehen, der andere offen in der Art eines Reiterhelms, der mit einer stählernen Gesichtsmaske ausgestattet war. Der schwere Helm diente für die Feldschlacht, der leichtere war für Streifengänge gedacht.

Ich erfuhr, dass diese Rüstungen hier in der Kaiserstadt in der Schmiede am Arsenalplatz gefertigt wurden und ihnen angeblich eine Art Magie innewohnte, aber selbst der Zeugwart konnte mir nicht sagen, wie genau sie beschaffen war. Dass mir die Namen der Soldaten jeweils auf ihren Brustplatten erschienen, mochte Teil davon sein.

»Vielleicht geht es einfach nur darum, sich schnell an den schweren Stahl zu gewöhnen«, spekulierte der Mann und klopfte mir zum Schluss auf die stählerne Schulter. Es dröhnte hohl. »Der Götter Glück mit Euch, Soldat.«

Damit legte ich mir den schweren Sack über die Schulter, atmete tief und blechern durch und stapfte mühsam davon. Serafine hatte eine solche Rüstung jahrelang getragen. Was sie konnte, konnte ich auch. Was mich daran erinnerte, dass sie sich oft körperlich übte und mich mehr als einmal wegen meiner Faulheit aufgezogen hatte, ihr es nicht gleichzutun.

»Üblicherweise würde ich dir jetzt ein Quartier in den Baracken zuteilen, nur etwas sagt mir, dass das nicht nötig ist, Lanzengeneral Roderic Graf Thurgau«, sagte Rellin zur Begrüßung und mit einem Blick auf meinen schweren Sack, den ich mit Erleichterung auf den Boden ihres Amtsraums fallen ließ. Sie trug ebenfalls ihre Rüstung, nur den Helm hatte sie nicht auf. Ich löste etwas mühsam den Helm aus der Verankerung an den Nackenschützern, sie dienten dazu, dass der Helm auch einen schweren Schlag von der Seite aushielt, und nahm Haltung an, den Helm links unter den Arm genommen, wie ich es bei einigen Bullen schon gesehen hatte.

»Nehmt Ihr Rücksicht auf mich?«, fragte ich sie überrascht.

»Du bist ein Rekrut für mich«, teilte mir Rellin kühl mit. »Für die nächsten Tage gehörst du mir. Komme bloß nicht auf den Gedanken, dass ich dich jetzt schonen werde, eher werde ich mich bemühen, dich so zu schleifen, dass du es dein Leben lang nicht vergisst. Aber es zeigt mir auch, dass ich es anders angehen muss. Für die praktische Erfahrung fehlt die Zeit, doch du musst lernen, zu verstehen, was es bedeutet, ein Bulle zu sein! Folge mir!«

Sie marschierte voran, ich schepperte hinter ihr her.

Es ging durch das Osttor der Zitadelle hinaus, unser Ziel war nicht zu übersehen, zur rechten Hand lag ein Legionslager, wie das in Gasalabad, groß genug, um für sich selbst eine kleine Stadt zu sein.

»Es ist das Lager der Ersten Legion«, teilte Rellin mir mit, während sie weiterhin forsch voranschritt, hingegen hatte ich schon begonnen zu keuchen, zudem wurde es mir in meinem Unterzeug allmählich etwas warm. Obwohl die Luft noch immer kühl war. »Zur Zeit sind sowohl die Erste als auch die Dritte und die Fünfte Legion hier untergebracht.«

Anders als das halb verfallene Legionslager im Wüstensand von Bessarein, war dieses hier in vollem Umfang genutzt, überall, wo ich hinsah, waren Bullen in ihren schweren Rüstungen unterwegs.

Sie führte mich an den Hauptgebäuden vorbei an ein weites Feld. Dort waren Hindernisse und eine Art Becken aufgebaut, das gut und gerne zwanzig Schritte in der Breite maß und sechzig Schritte lang war. An einer Seite befand sich ein breiter Nachen im Wasser, der am Bug mit einer Art Kran und einer Winde ausgestattet war.

»Die Legion marschiert nicht alleine in den Krieg«, teilte sie mir mit, als wir auf einem kleinen Hügel angekommen waren, von dem aus das Übungsgelände gut zu übersehen war. »Es gibt einen Tross, der einer Legion folgt. Auf vier Soldaten für den Kampf kommt einer, der sich darum kümmert, sie zu versorgen. Dennoch, im Notfall muss eine Legion allein marschieren, und jeder Soldat muss das mit sich führen können, was er für eine Woche im Feld benötigt. Das Marschgepäck alleine wiegt gut sechzig Pfund! Das ist es, was wir von den Legionären verlangen: Dass sie in ihren Rüstungen und mit Gepäck jeden Tag zehn Kerzen lang marschieren können.« Sie warf mir einen mitleidigen Blick zu. »Du würdest nach zwei Kerzen zusammenbrechen, Rekrut. Länger gebe ich dir nicht.« Sie wies mit der linken Hand auf das Wasserbecken, an dessen Rand nun zwei Tenet Aufstellung nahmen.

»Nicht überall, wo wir marschieren, gibt es Brücken. Diese Übung bleibt dir vorerst erspart, es würde dich umbringen. Das Becken ist drei Mannslängen tief. Am Grund befindet sich tiefer Schlick. Dies ist der Abschluss der Ausbildung ... diese beiden Tenets werden nun durch dieses Becken marschieren. Diejenigen, die es überstehen, dürfen sich fortan ein Bulle der Dritten nennen.« Sie sah zu mir hoch. »Die Ausbildung dauert ein Jahr. Sie ist hart, aber am Ende steht die Fähigkeit, Unglaubliches zu tun. Stirbt einer dieser Rekruten hier, und es geschieht immer wieder, dann waren wir es, die versagt haben. Was wir jetzt tun, Rekrut, ist, für unsere Kameraden zu beten.«

Sie nahm Haltung an, und ich tat es ihr gleich.

Dort am Graben zogen sich jetzt sechs Männer und Frauen trotz der Kälte bis auf ihr Unterzeug aus und besetzten mit ernster Miene den Nachen, stießen ihn mit langen Stangen vom Ufer ab. Rellin sagte nichts dazu, ich konnte mir nun denken, für was der Kran und der Haken gedacht waren, doch ob es möglich war, auf diese Weise jemanden schnell genug zu bergen, bezweifelte ich.

Die Offiziere, beides Schwertleutnants, sprachen ihre Tenets nun noch einmal an, jeder Soldat wurde einzeln befragt, immer wieder wurde zur Seite hingewiesen, wo sich ein großer Tisch mit Stühlen befand und ein Schreiber der Federn, der dort wartete. Jeder Rekrut nickte, auch wenn es einige gab, die sichtlich zögerten.

Selbst auf die Entfernung war es leicht zu erkennen, dass diese Prüfung wirklich den Mut und die Entschlossenheit einiger der Rekruten erschütterte.

Auf ein Kommando setzten die Soldaten ihren Helm auf und griffen ihre Waffen fester, nahmen in einer Doppelreihe Aufstellung. Ein festes Seil war über das Wasser gespannt. Die Offiziere prüften, ob es hielt. Ein weiteres Kommando, und die Soldaten legten die rechte Hand auf die Schultern des Mannes vor ihnen, die vordersten legten die Hand auf die gepanzerten Schultern des Leutnants.

»Vorwärts, Marsch!«, riefen die Leutnants im Chor und laut genug, dass wir es hier auf dem Hügel hören konnten, dann taten sie beherzt den ersten Schritt die Böschung hinunter.

Schweigend sahen Rellin und ich zu, wie die beiden Tenets Bullen in die trüben Fluten des Beckens marschierten. Dann waren sie nicht mehr zu sehen.

»Es ist kein klares Wasser«, meinte Rellin fast ehrfürchtig. »Es kann es nicht sein, wenn die Füße Schlamm aufwirbeln. Es ist dunkel dort unten, man sieht nichts, und jede Bewegung ist, als ob einen tausend Arme festhalten. Der Atem wird nicht reichen, er reicht nie, nur weiß man, dass man nicht aufgeben darf, fällt man, stirbt man, fallen und sterben all die, die hinter einem gehen. Man hört nur das Rauschen des eigenen Herzschlags, fühlt die Nässe und den Druck auf den Ohren und alles, was einem Halt und Hoffnung gibt, ist die Schulter, die vor einem die eigene Hand führt. Dort unten, Rekrut, begegnest du deinem Gott. Auf die eine oder andere Weise ...«

Ich hatte das Schwimmen nie erlernt, alleine deshalb hielt das

Wasser eine unbestimmte Furcht und Angst für mich. Die Vorstellung, durch diese nasse Dunkelheit zu marschieren, füllte mich mit banger Angst. Dass man von einem Menschen solches erwarten konnte, schien mir schwer zu glauben, und doch waren hier zweiundzwanzig Bullen in das Wasser marschiert.

Nach viel zu langer Zeit gab es Bewegung am anderen Ufer, die ersten Häupter tauchten triefend aus dem Wasser auf, doch zugleich zeigte sich, dass etwas schiefgegangen war, nur eine der Tenets kam ans Ufer, um der Götter Gnade, was war mit der anderen geschehen?

Neben mir stöhnte Rellin leise auf, als sich das Drama vor uns abspielte, von den Bullen im Nachen sprangen zwei sogleich ins Wasser … Rellin rannte los, ich folgte ihr, für den Moment die schwere Rüstung vergessend. Doch so lange, wie es mir vorkam, dauerte es dann doch nicht, wir waren noch nicht dort, als die nächsten Helme aus dem Wasser auftauchten.

Es war die zweite Tenet, auch sie war vollständig, nur dass die ersten beiden Bullen den Leutnant auf den Armen trugen!

Scharfe Messer kamen zum Einsatz, um die Schnallen der Rüstung zu lösen, bevor wir ankamen lag die Brust des Leutnants auch schon frei, und ein bärbeißiger Soldat presste regelmäßig auf den Brustkorb des Mannes, was einen Schwall von dunklem Wasser hervorbrachte. Der Mann wusste, was er tat, dies war leicht zu erkennen, doch sein grimmiges Gesicht zeigte wenig Hoffnung.

Ich hingegen hatte nicht die geringste Ahnung, was mich ritt, dort hinunterzueilen, den Mann anzuweisen, zur Seite zu treten und den trotz aller Mühe noch immer wie tot daliegenden Leutnant zu ergreifen, ihn hochzuheben und umzudrehen, seinen Brustkorb zu umklammern und so das Wasser aus ihm herauszudrücken. Was jeder andere sah, war ein Verrückter, der hinstürmte und vielleicht noch dafür sorgte, dass die Rettung misslang. Doch ich bildete mir nicht ein, es besser zu können als der Mann, der sich eben noch als Retter versucht hatte und mich nun sprachlos ansah.

Denn was ich sah, war etwas anderes, die Seele des Leutnants, der vor mir stand, sich ungläubig umsah, dann mich musterte, und den leblosen Körper, dem ich das Wasser aus den Lungen pumpte. Er sah auch zu Rellin hin, ich bildete mir ein, einen Schmerz in seinen Augen zu lesen. Rellin selbst war bleich, ihre Lippen bewegten sich, sie betete, fast konnte ich ihre Worte hören. Nur eines wollte sie, war ihr ganzes Hoffen: dass dieser Mann gerettet werden würde … und ich fühlte, dass sie mir ihn am liebsten entreißen wollte.

Bin ich das?, schien er verwundert zu fragen.

So oft hatte ich in der letzten Zeit die Seelen aufsteigen sehen, vielleicht war es deshalb, dass ich wusste, dass dieser Mann noch die Wahl hatte.

Gehe zurück, teilte ich dem Soldaten mit. *Noch geht es. Gehe zurück und atme, und du wirst leben! Entscheide … dieses Leben oder Soltars Gnade!*

Der Mann schien mich nachdenklich zu mustern, dann nickte er und trat zu mir und in sich hinein … und begann zu husten, erbrach einen letzten Schwall des Wassers.

So still es eben hier noch gewesen war, umso lauter war der Jubel der Soldaten um mich herum, als ich den hustenden und würgenden Mann sorgsam zu Boden gleiten ließ.

Eine Hand zerrte an meiner Schulter, es war Rellin. Ich richtete mich auf und trat zurück, während jeder der anderen mich mit großen Augen ansah.

»Jeder von Euch«, sagte Rellin nun mit leiser, aber tragender Stimme und wies mit einem Nicken auf die zweite Tenet hin, die ihren Leutnant aus dem Wasser getragen hatte, »wird eine Belobigung erhalten für diese Tapferkeit und diesen Mut. Das ist es, was einen Bullen ausmacht«, rief sie. »Gut gemacht, Leute! Für die Götter, den Kaiser und die Dritte, ein Hurra!«

»Hurra!«, dröhnte es aus den Reihen der Rekruten, dann nickte Rellin großmütig dem keuchenden Leutnant zu, dem es immer noch an Kraft mangelte, sich aufzurichten. »Ihr geht zum Medikus, und lasst nachsehen, ob alles in Ordnung ist. Doch zuvor, könnt Ihr mir sagen, was geschehen ist?«

Der Mann hustete ein letztes Mal. »Ich weiß es nicht … ich glaube … ich habe … mich verschluckt …«, röchelte er, immer wieder von einem Husten unterbrochen. Er sah zu mir hoch, in seinen klaren grünen Augen ein Ausdruck, der fast an Ehrfurcht grenzte. »Habe ich eben Euch gesehen?«, fragte er dann leise und mit bebender Stimme. Nicht leise genug, denn Rellins Blick schärfte sich.

»Was nicht verwundert, ich stand ja hier«, antwortete ich ihm. »Aber ich denke, Ihr habt die richtige Wahl getroffen.«

»Ihr seht mich überrascht«, teilte mir Rellin mit, nachdem sie mich wieder zu dem Hügel zurückgeführt hatte. Von dort aus sahen wir, wie die beiden Tenets sich wieder formierten und auf den Weg zurück machten, noch immer wurde der Leutnant gestützt. Mir fiel durchaus auf, dass Rellin auf das vertrauliche Du verzichtete.

»Was meint Ihr?«, fragte ich unschuldig.

»Es gibt Menschen«, sagte sie nachdenklich, während sie mich sorgsam musterte, »die ein Talent dazu haben, ein Kommando zu führen. Von diesen Soldaten dort unten kannte Euch niemand und dennoch folgten sie Eurem Befehl, sogar der Korporal, der einen Freund retten wollte und es dann einem Fremden überließ.« Sie zögerte. »Ihr seid mir unheimlich, Roderic von Thurgau.« Trotz ihres Plattenharnischs legte sie die Arme um sich, als ob sie frieren würde. »Ich bin lange genug Soldat, um einen guten Instinkt zu besitzen. Dieser sagt mir, dass Ihr mein Tod sein könntet. Warum, von Thurgau, habe ich jetzt solche Angst vor Euch?«

»Ich weiß es nicht«, gab ich Antwort. »Ich kann Euch nur versichern, dass ich Euch nichts Böses will, ich bin hier, um zu lernen.« Ich nickte in Richtung des Wasserbeckens. »Dies war eine eindrucksvolle Lektion. Ich könnte das nicht. Noch nicht, vielleicht nie. Seht, ich habe Angst vor dem Wasser und denke auch, es könnte mein Tod sein. Vielleicht ist ein solches Gefühl nicht falsch, denn solange ich das Wasser respektiere, ich mir der Gefahr bewusst bin, die es für mich darstellt, wird es mir wahrscheinlich nicht schaden.«

»Also sagt mir mein Instinkt, dass ich Euch nicht als Feind haben will, ist es das? Oder liegt es daran, dass Ihr Soltars Engel seid und die Welt und damit auch mich zerstören werdet?«

Götter, fluchte ich innerlich. Wenn es je etwas gab, das mir die

Essera Falah schuldete, dann eine Entschuldigung dafür, dass sie dieses Gerücht in die Welt gesetzt hatte.

»Es ist Aberglaube, nichts weiter!«, teilte ich dem Generalsergeanten mit. Vielleicht sollte ich hinzufügen, dass die Eule mir mitteilte, dass es in der Legende nicht um Zerstörung, sondern um Neuordnung ging, aber es war mir jetzt schon zu viel darüber gesagt.

»Wolltet Ihr mich nicht schleifen?«, erinnerte ich sie.

Sie schüttelte den Kopf und sah hoch zur Sonne hin. »Heute nicht mehr. In Eurem Sack finden sich die ersten drei Bände der Dienstbücher der Legion. Arbeitet sie durch. Und werdet morgen zur zweiten Glocke bei mir vorstellig. Dann sehen wir, was wir an Euch schleifen können, haben wir die Zeit dazu.«

Sie hielt mir die Hand hin. »Ich danke Euch, General.«

»Wofür?«, fragte ich, als ich die Hand nahm ... sie hatte einen ordentlichen Händedruck.

»Ihr habt einem Mann das Leben gerettet. Ist das nicht Grund genug zum Dank? Jetzt geht mir aus den Augen, Rekrut, und seht zu, dass Ihr Euch an Eure Studien macht, die Legion lebt und atmet nach diesen Dienstbüchern. Wegtreten, Rekrut!«

Ich salutierte, sie erwiderte den Salut und stampfte davon, ließ mich auf diesem Hügel zurück, von dem aus man einen guten Blick auf ein Wasserbecken hatte, in dem heute beinahe ein Mann gestorben war, der ihre Augen, Nase und Mund besaß ... und die gleichen Sommersprossen. Ihr Bruder vielleicht? Oder gar der Sohn?

Was brauchte es, um durch dieses Wasser zu gehen?

Ich hatte gehofft, Leandra in unserem Quartier anzutreffen, doch ich hatte sie knapp verpasst. Wie ich erfuhr, war sie auf dem Weg zu einem Ball. Sie hinterließ die Nachricht, dass es spät werden könnte.

So war es Serafine, die mir aus der Rüstung half, während Sieglinde zusah. Die Wirtstochter hatte es sich in einem Sessel bequem gemacht und studierte gesiegelte Schriftstücke: Leandras Anweisungen, die sie auswendig lernte, damit sie nicht verloren gehen konnten.

»Leandra will, dass wir sie zu einem Ball begleiten«, erklärte Serafine.

»Und welchem?«, fragte ich wenig erfreut.

»Die aldanische Botschaft ist zur Zeit der Ort, an dem man gesehen werden muss«, informierte mich Serafine und zerrte an einer widerspenstigen Schnalle. Endlich löste sie sich. »Es hat etwas mit dem Angriff auf Askir zu tun, die Aldaner waren an der Abwehr beteiligt. Leandra erhielt die persönliche Einladung eines Sondergesandten, eines Baronet Tarkan von Freise. Desina sagte, dass zumindest die Aldaner nunmehr genau wissen, welche Gefahr von Thalak droht. Sie werden unsere besten Verbündeten sein. Wenn Prinz Tamin Kopf und Thron behält.«

»Was ist mit Zokora und Varosch?«, fragte ich. »Man sieht sie fast nicht mehr.«

»Sie verbringen die ganze Zeit tief unten im Archiv«, verkündete Sieglinde. »Varosch kam nur einmal hoch, um mich zu fragen, ob ich jemals etwas von einem Schwert namens Furchtbann gehört hätte.«

»Habt Ihr?«, fragte ich sie. Bevor sie Eiswehr bekam, hätte ich schwören können, dass es ihre Bestimmung wäre, Bardin zu werden, und als Wirtstochter bekam man so einiges mit. So falsch war es nicht, ausgerechnet sie zu fragen. Ich meinte, irgendwann irgendwo etwas über ein solches Schwert gehört zu haben, aber es fiel mir nicht ein.

»Nein«, sagte sie und schüttelte den Kopf. »Noch nie. Das war auch schon alles, danach ist Varosch wieder zu ihr ins Archiv hinabgegangen.«

»Hm. Ist es ein Bannschwert, was meint Ihr?«, fragte ich, doch sie zuckte nur mit den Schultern. Also fragte ich sie etwas anderes. »Wann werdet Ihr gehen?«

»Bald«, antwortete sie und warf einen Blick hinüber zu der Stundenkerze, die auf dem Kaminsims brannte. »Ich denke, um Mitternacht. Mit etwas Glück ist dann auch Janos in der Donnerfeste eingetroffen.« Sie lächelte. »Ich bin froh, dass er noch lebt.« Ihre Augen blitzten dabei. »Ich mag Askir nicht. Es sind zu viele Menschen hier, es ist zu groß, man findet keine Ruhe.

Ich bin froh, wieder zurückzukehren und etwas zu tun, das einen Sinn ergibt. Hier fühle ich mich nutzlos.«

Ich nickte, denn das Gleiche hatte ich auch gedacht.

»Wart Ihr mittlerweile im Tempel?«, fragte sie mich.

»Nein. Warum?«

»Dieser Priester Soltars war wieder hier und hat erneut nach Euch gefragt.«

»Vielleicht solltest du hingehen«, schlug Serafine vor und zerrte an meinem letzten Beinling, der nun laut scheppernd zu Boden fiel. »Wenn ständig ein Priester nach dir fragt, ist es vielleicht wichtig.« Sie sah fragend zu mir auf. »Sagtest du nicht, du wärst mit deinem Gott wieder im Reinen?«

»Das letzte Mal, als ich in einem seiner Tempel war, habe ich ihm Nataliya zu Füßen gelegt. So lange ist das nicht her. Bevor wir zu unserer Reise aufbrachen, war ich seit Jahrhunderten nicht mehr in einem seiner Häuser. Es schien ihn auch nicht weiter gestört zu haben.«

Serafine lachte. »Daran habe ich keinen Zweifel. Wenn der Gott dich will, dann findet er dich auch. Aber hier geht es um einen seiner Priester. Wäre es nicht zumindest höflich, nachzufragen, was er will?«

»Er hätte eine Nachricht hinterlassen können«, trotzte ich, doch Serafine sah mich nur lächelnd an, als würde ich sie erheitern. Ich seufzte. »Gut«, gab ich nach. »Ich werde ihn aufsuchen.«

»Jetzt?«

Ich verzog unwillig das Gesicht. Schließlich seufzte ich. »Also gut. Dann eben jetzt«, verkündete ich. »Aber erst nach einem Bad. Willst du mich dann begleiten?«

»Ich dachte schon, du fragst nicht«, sagte sie lachend, und selbst Sieglinde schmunzelte.

»Und nimm Seelenreißer wieder an dich!«, sagte Serafine und übergab mir das Schwert.

Ich war gerade mit dem Bad fertig, als es an der Tür klopfte. Ich band mir ein Handtuch um die Hüften und öffnete. Zu meiner Überraschung war es Sieglinde.

Ich bat sie hinein, sie wartete, bis die Tür geschlossen war, und schien unsicher, dann holte sie tief Luft.

»Es ist in Kriegszeiten ungewiss, ob wir uns wiedersehen, Havald«, sagte sie leise. »Also sollte ich sagen, was ich sagen will. Zum einen weiß ich, dass Ihr Euch um mich Sorgen macht, das ist nicht vonnöten, ich habe meinen Weg gewählt und gehe ihn mit Stolz. Ich habe viel gelernt von Euch. Zum anderen ... Bitte verzeiht mir, dass ich die Unverschämtheit besitze, es anzusprechen, aber ich habe von Janos etwas gelernt, vom Leben und von der Liebe. Leandra war nie die Richtige für Euch, Ser Roderic. Sie ist unsere Königin, das ist ihre Bestimmung. Aber es gibt nur eine, die Euch zum Schmunzeln bringt oder zum Lachen, und es ist nicht Leandra. Wehrt Euch nicht gegen Euer Herz, das weiß ich sicher. Es wäre nur Euer Schaden.«

»Sieglinde ...«, begann ich, doch ich kam nicht weit, denn sie trat an mich heran und umarmte mich heftig.

»Der Götter Schutz und Gnade mit Euch, Havald«, hauchte sie und schluckte – und floh, bevor ich noch etwas sagen konnte.

»Wurdest du denn ordentlich geschliffen?«, fragte Serafine mich, als wir uns auf den Weg machten. Sieglinde war schon gegangen, sie war bei der Maestra des Turms, die ihr das Tor zur Donnerfeste öffnen wollte. Santer wollte die beiden begleiten, auch wenn er seine Meinung über die Tore noch nicht geändert hatte. Die Eule war wohl rührig, Serafine hatte sie auch vorhin wieder gesprochen, die junge Frau schien ständig etwas zu tun zu haben. Wenn sie sich zwischen ihren sonstigen Verpflichtungen die Zeit nehmen wollte, eine alte vereiste Festung anzusehen, so gönnte ich es ihr.

Jetzt war unser Gespräch auf Generalsergeant Rellin und die dritte Bulle gekommen, also erzählte ich Serafine, was ich bislang erlebt hatte. Die Dienstbücher waren noch dicker, als ich es befürchtet hatte, alle drei zusammen mochten gut eine Handbreit ergeben, sie zu studieren, stand mir noch bevor.

»Hast du auch diesen Wassergraben durchschreiten müssen?«, fragte ich Serafine, nachdem ich ihr von dem Unfall dort erzählt hatte. Ihr verschwieg ich nicht, dass ich mir eingebildet hatte, die

Seele des Leutnants gesehen zu haben, doch sie nickte nur und schien es zu akzeptieren.

»Ja«, bestätigte sie jetzt. »Ich bin viermal durch ein solches Wasserbecken gegangen. Es war nicht schlimm für mich, das Wasser ist mein Freund, und hätte ich es gewollt, wäre ich trocken geblieben. Doch es ist wirklich eine harte Prüfung, Havald. Kein Feind kann so unerbittlich sein wie diese Wassergräben, man lernt sich auf sich selbst und den Kameraden an der Seite zu verlassen.«

»Es ist nicht nur das«, meinte ich und rollte die Schultern, die jetzt schon spannten. »Diese Rüstungen zermürben einen.«

»Es braucht lange, bis man sich an sie gewöhnt«, stimmte sie mir zu. »Als Rekrut verbringst du ein Jahr lang jeden Tag zwölf Kerzen lang in ihnen, am Anfang willst du es kaum glauben, dass du sie später nicht mehr merken wirst! Und so ist es auch. Man denkt nicht mehr daran. Spätestens, wenn der erste Schwertstreich abprallt, oder ein Bolzen die Brustplatte nicht durchschlägt, bist du dankbar dafür. Zum Schluss machst du alles in der Rüstung ... außer Schwimmen!«

»Ich habe kein Jahr, und ich werde froh sein, wenn ich diese Rüstung nicht mehr tragen muss.«

»Du hast ja noch eine andere«, lächelte sie. »In der darfst du dann Paraden abhalten.« Mein Generalsergeant, Kasale, hatte mir noch in Gasalabad eine Generalsrüstung zusammengestellt. Wie durch ein Wunder hatte sie die lange Reise nach Askir überstanden und stand nun, noch immer fest verpackt, in meinem Quartier. Wenn es nach mir ging, konnte sie dort auch verbleiben.

13. Der Engel Soltars

Mittlerweile dämmerte es schon, doch für Askir war der Abend recht mild. Der Tempelplatz, an dem die Häuser der Götter standen, befand sich östlich der Zitadelle, in der Hinterstadt, einem Bereich, in dem sich viele Künstler und Gelehrte befanden. Dort gab es, wie ich nun von Serafine erfuhr, während wir durch das Händlerviertel gingen, auch drei Akademien, wovon eine allein darin ihre Aufgabe fand, zukünftigen Gelehrten die Geheimnisse der Mathematik zu vermitteln und Musik zu unterrichten. Mich wunderte das, doch auch hierfür hatte Serafine eine Erklärung.

»Es gibt Gesetzmäßigkeiten in der Musik, damit sie klingt und harmonisch ist«, erläuterte sie, während wir durch breite Straßen gingen, die nun mehr dem entsprachen, was ich mir unter der alten Kaiserstadt vorgestellt hatte. Hier, im Inneren von insgesamt vier schützenden Wallanlagen, war die Stadt großzügig angelegt, mit breiten Straßen und prunkvollen Gebäuden, die nicht mehr immer nur einem Festungsbau glichen. »Also liegt es nahe, beides gemeinsam zu unterrichten. Mein Vater nahm dort Unterricht und lernte, wie man Straßen und Brücken baut. Er spielte zudem das Spinett. So lernte er auch meine Mutter kennen.«

Sie schien in Gedanken weit weg, als wir weitergingen. Ich ließ ihr die Zeit und dachte darüber nach, wie es sein mochte, jemanden zu betrauern, der seit siebenhundert Jahren tot war, und es doch als frisch zu empfinden. Sie hatte mir schon gesagt, dass sie es schrecklich fand, vor ihrem Vater gestorben zu sein. Ein schlimmeres Schicksal, als das eigene Kind zu überleben, konnte es für einen Vater wohl kaum geben.

Es war ein ruhiger Abend, viel war nicht los auf den breiten Straßen. Dort hinten belud ein Händler seinen Pferdewagen mit schweren Kisten, sonst war alles still und friedlich.

Ich sah wie eine Katze vor dem Pferd aus einem Loch herausrannte und über die Straße schoss, das Pferd erschreckte sich und wieherte ... *Wenn ein Pferd wiehert, duckt Euch!* Ich warf mich und Serafine zu Boden, als zwei Armbrustbolzen dort durch die Luft sirrten, wo wir eben noch gegangen waren.

Die Attentäter waren nicht nur auf dem Dach, aus dem Haus neben uns stürmten vier Männer mit gezogenen Schwertern heraus, vom Dach aus kamen die nächsten zwei Bolzen geflogen, einen schlug ich mit Seelenreißer zur Seite, der andere ritzte meine Schulter.

Als hätten wir es tausendmal zuvor getan, tauschten Serafine und ich nur einen Blick, rollten uns zur Seite weg und traten dem Feind entgegen, sie mit Dolchen in der Hand und einem grimmigen Gesichtsausdruck, ich mit Seelenreißer, der etwas von seiner alten Gier nach Blut zurückgewann, als er dem Ersten, der uns zu nahe kam, mit einem Streich die linke Hand samt Schwert vom Arm trennte. Während der noch schrie, traf ein Dolch Serafines seinen Komplizen im Hals, Serafine selbst hielt den Sterbenden hoch und nutzte ihn als Schild, um zwei weitere Bolzen abzufangen. Sie ließ ihn fallen und ergriff sein Schwert und duckte sich dann mit mir in den Hauseingang.

Sie nickte kurz und grimmig in die Richtung des anderen Hauses, die wahre Gefahr war dort zu finden, wo die Armbrustschützen auf dem Dach für meinen Geschmack zu gut und sauber schossen. In der Ferne ertönte ein lauter Pfiff, Leute schrien in Panik auf und hasteten hin und her, wir rannten los, über die Straße hinweg, noch während hinter uns Armbrustbolzen die Stelle trafen, an der wir uns soeben noch geduckt hatten. Seelenreißer zuckte vor und hoch und schnitt dem Letzten die Gedärme aus dem Leib, ich warf ihn zur Seite weg, dann hatten wir auch schon das Haus erreicht.

Eine offene Tür zur Rechten zeigte uns einen Wohnraum, dort lag eine Frau blutend auf dem Boden, daneben ein Kleinkind, erschlagen in seiner Krippe, die blutig und geborsten auf dem Boden lag. Die Treppe war leicht gefunden, ein Bolzen begrüßte uns und schlug mir in den linken Arm, ich hatte Übung darin, den Schmerz zu ignorieren, ich brach den Bolzen ab, während wir geduckt die Treppe stürmten.

Ein Mann stand dort im Weg, ließ seine Armbrust fallen und zog, zu spät für ihn, sein Schwert. Ich sprang über ihn und stieß die Tür zum Dach auf ... und fand mich Aug in Aug mit einer schillernden farbenprächtigen Kreatur, die bei meinem Anblick weit den Rachen öffnete und mir mit einem markerschütternden Schrei eine Feuersbrunst entgegenschickte!

Schneller noch als ich die Treppe hinaufgestürmt war, nahm ich sie wieder nach unten, riss Serafine mit und zur Seite auf den Absatz, während die beißende Feuersbrunst die Treppe entflammte und lodern ließ und uns mit Rauch und Feuer die Sicht und den Atem nahm.

»Glück gehabt«, sagte ich, keuchend gegen die Wand gelehnt. »Das hätte schiefgehen können.« Was hatte eine Wyvern hier zu suchen? Wenn Zokora recht hatte, musste die Kälte ihnen hier zu schaffen machen. Aber offensichtlich nicht genug!

Etwas polterte neben uns zu Boden, ein kleines, mit eisernen Nieten besetztes Fass, und lag dort dann still. Nur zischte etwas an ihm und spie Funken.

»Was ...«, begann ich, doch zu mehr kam ich nicht.

»Götter!«, rief Serafine entsetzt, und zog nun plötzlich mich rückwärts nach hinten, sodass wir gemeinsam die erste Treppe hinunterfielen ... und noch bevor ich verstand, was geschah, verschwand die Welt in einem Meer von Flammen und einem Knall, der meine Sinne taub werden ließ.

»Gut. Wir leben«, stellte ich fest, atemlos und noch immer benommen, während ich meine Glieder zählte. Zwar war alles noch vorhanden, doch fühlte es sich an, als ob das ganze Haus auf meinen Schultern lastete. Und auf Serafine, denn ich hatte sie fast vollständig unter mir begraben. Sie regte sich und lebte also noch, nur bezweifelte ich, dass sie viel Luft bekam. Direkt vor mir, unter einem schweren Mauerstein eingeklemmt, lag eine liebevoll gehäkelte und blutbefleckte Stoffpuppe, daneben ragte ein Stück der Krippe unter dem Stein hervor. Der Staub kribbelte in meiner Nase, und ich musste niesen, was einen Protest von Serafine hervorbrachte. Schmerzen hatte ich reichlich, hier und da schien ich auch verletzt, aber meine Knochen waren noch ganz.

»Sei nicht voreilig«, keuchte Serafine und versuchte sich unter mir hervorzuwinden, während ich mich gegen einen schweren Balken stemmte, der schräg auf meinen Schultern lag. »Es ist noch nicht vorbei!«

»Ist alles in Ordnung?«, flüsterte ich besorgt, und sie wandte mir ihr von grauem Staub beflecktes Gesicht zu und bedachte mich mit einem schwer deutbarem Blick.

»Auf dir lasten die Trümmer des Hauses«, keuchte sie dann.

»Und du lastest auf mir. Wie soll es mir gehen? Ich bin platt wie ein Flunderfisch, und mir fehlt der Atem!« Sie klang gereizt und verärgert wie eine Klapperschlange. »Wir sind wie Tempelschüler in diese Falle gelaufen!« Sie sah mich misstrauisch an. »Warum lächelst du?«

Ich hatte nur gedacht, dass, solange sie noch Atem hatte, um sich zu beschweren, es ihr wohl noch gut ging!

»Hör auf zu grinsen!«, herrschte sie mich an. »Tue etwas, und zwar schnell, bevor sie zu uns kommen!«

Das Haus war zum Teil eingestürzt, überall loderten die Flammen, aber Serafine hatte recht, der Feind war noch nicht fertig mit uns, über uns hörte ich es poltern und knirschen, Schutt löste sich, und Staub rieselte herab, als der Attentäter seinen Weg nach unten und zu uns suchte. Mit Kraft alleine war hier nichts zu machen, der Balken war für mich zu schwer … Seelenreißer lag neben mir im Schutt begraben, nur mit ihm konnte ich darauf hoffen, uns zu befreien, also rief ich ihn heran, doch auch er war unter Trümmern gefangen, er bewegte sich ein wenig, dann blieb auch er stecken.

»So«, sagte eine spöttische Stimme über uns. »Du bist also Havald. Der Held des alten Reichs und unbesiegbar.« Ich hörte den Mann lachen. »So schwer war es gar nicht … nur ein wenig Planung und siehe da, du liegst mir hilflos zu den Füßen.«

Durch den halb eingestürzten Eingang sah ich aus meinem Winkel etwas, das mein glücklicher Bezwinger nicht sah, ein paar Panzerstiefel, jenen sehr ähnlich, die ich erst kürzlich mit solch großer Erleichterung ausgezogen hatte.

»Dann wollen wir es beenden«, meinte unser Feind, während ich mich ein letztes Mal gegen den schweren Balken stemmte. »Mein Herr wird mich reich be...«

Das dumpfe Abschussgeräusch einer schweren Armbrust schnitt ihm das Wort ab, was immer er noch sagen wollte, er fiel erst auf die Knie, dann vornüber vor uns auf den Boden. Wie eine gebrochene Puppe lag er da, sein Gesicht neben dem meinen, ein Armbrustbolzen hatte ihn in den Mund getroffen, das gefiederte Ende drückte gegen meinen Hals. Neben ihm lag ein zerbrochener Glasdolch, aus dem eine gelbliche Flüssigkeit auf den Stein an meiner Seite tropfte. Und auch wenn ich mich kaum bewegen konnte, versuchte ich doch, Abstand zwischen mich und das Zeug zu bringen.

»Danke«, keuchte ich, während weitere Panzerstiefel an uns vorbeistürmten und dieses eine Paar vor uns stehen blieb. »Euch schicken die Götter, aber wir könnten Hilfe mit dem Balken hier gebrauchen!«

»Ich hasse es, wenn sie lange Reden halten«, meinte unser Retter, und die schweren Stiefel kamen näher. »Aber manchmal ist es nützlich. Ihr lebt noch, sehe ich«, meinte der Mann dann und stieß mich mit dem Stiefel leicht an. »Ansonsten hätte es ja wenig Sinn ergeben, Euch erneut umbringen zu wollen.« Der Balken über mir bewegte sich.

»Es gibt eine Wyvern, ein Untier, auf dem Dach!«, versuchte ich die Männer zu warnen.

»Haben wir gesehen«, meinte der Bulle fröhlich. »Es ist gerade weggeflogen ... dumm ist das Biest nicht!« Ein junges Gesicht mit fröhlich funkelnden Augen unter einem schweren Helm beugte sich herab. »Bei Borons Gürtelschnalle, Ihr seid ja zu zweit!«

»Das habt Ihr klug erkannt«, meinte Serafine spitz, und der Soldat lachte.

»Dafür bin ich bekannt. Der Götter Segen für Euch, Sera, das Glück habt Ihr ja schon gehabt!«

Und da beschwerte er sich darüber, wenn jemand lange Reden hielt! »Der Balken«, erinnerte ich ihn. Für unsere Lage erschien mir der Mann zu frohgemut, was ich ihm etwas übel nahm.

»Sogleich, nur etwas Geduld, wir wollen ja nicht, dass der Rest des Hauses auf Euch niederstürzt. Habt Ihr es denn wenigstens bequem? Für ein Stelldichein scheint der Ort mir nicht geeignet!«

Unter mir zuckte Serafine. Ich stützte mich sorgsam ab und wandte mich ihr zu.

»Was ist?«, fragte ich besorgt.

Unter all dem Dreck und grauem Staub lächelte sie. »Ich dachte nur«, flüsterte sie atemlos und leise, »wie recht er damit hat!«

»Ihr habt wahrlich das Glück der Götter gepachtet«, meinte der Sergeant der Streife und klopfte mir die staubige Schulter ab. »Ein paar Kratzer nur ... der Balken, der Euch einklemmte, fing zugleich das Gröbste auf.«

Die Kratzer bestanden aus gut zwei Dutzend Holzsplittern, die großflächig verteilt in meinem Rücken steckten. Serafine hatte nur einen abbekommen, dafür war der lang und scharf gewesen, für einen Moment befürchtete ich, er hätte sie schwer getroffen, doch er steckte nur an ihrer Seite in der Haut.

»So fühlt es sich nicht an ... au!« Ich bedachte Serafine mit einem vorwurfsvollen Blick, als sie gerade einen der Splitter aus meinem Rücken zog.

»Stell dich nicht so an«, meinte sie mit einem breiten Grinsen und schnitt den Stoff um den nächsten Splitter auf, schüttete etwas von dem Rum, den wir von einem der Streifensoldaten bekommen hatten, über die Haut und drückte kräftig auf die Wunde, damit das Blut quoll und die schwärenden Geister ausspülte.

»Ich stelle mich nicht an«, widersprach ich, während der Sergeant lächelte. »Es tut weh!«

»Sei einfach mannhaft«, riet sie mir mit einem breiten Grinsen. »Ich bin gleich fertig!«

Der Sergeant sah schmunzelnd von uns zu dem Haus, doch seine Erheiterung verflog, als nun andere Soldaten die Leichen der Bewohner bargen.

»Sie sind erst seit Kurzem tot«, meinte einer der Soldaten, als er zu uns und dem Sergeanten kam. Der Mann musterte uns misstrauisch. »Ich finde keinerlei Anzeichen dafür, dass sie länger tot sind als der Rest!«

»Ein paar Antworten wären mir jetzt genehm«, wandte der Sergeant sich jetzt an uns. »Ich denke, Sera, Ser, dass es an der Zeit ist zu erfahren, wer Ihr seid, und warum hier mehr Tote liegen als auf einem Schlachtfeld!« Die gute Laune hatte ihn vollends verlassen.

»Es war ein Hinterhalt«, erklärte Serafine. »Auf die Schnelle geplant, sie müssen in das Haus eingedrungen sein, kurz bevor wir kamen.«

»Und wer seid Ihr, dass man einen solchen Hinterhalt auf Euch versucht? Das waren gute drei Pfund Xiang Rauchpulver, das Zeug kostet ein Vermögen!«

Ich wusste nicht, wovon er sprach, und fragte nach.

»Die Explosion«, teilte er mir mit, was mir nicht viel weiterhalf.

»Das Fass mit den Nägeln«, erklärte Serafine. »In Xiang versteht man sich darauf, ein Pulver anzumischen, das explodiert ... das war es, was uns beinahe den Hals gekostet hätte. Dieses Fass war mit Nägeln gefüllt, es hätte uns zerfetzt.« Sie musterte mich sorgfältig. »Woher wusstest du, dass sie uns angriffen? Ich habe nichts bemerkt!«

»Das Pferd wieherte«, teilte ich ihr mit, woraufhin sie mich weiterhin fragend ansah. »Jemand rief mir zu, ich solle mich ducken.«

»Ich habe nichts gehört«, sagte sie zweifelnd.

»Alles schön und gut«, mischte sich der Sergeant ein. »Wir sind alle froh, dass Ihr lebt und Pferde wiehern können. Noch einmal, wer seid Ihr?«

»Er ist Lanzengeneral von Thurgau von der Zweiten Legion, und ich bin sein Adjutant«, teilte Serafine dem Mann scheinbar nebensächlich mit. »Es ist nicht der erste Anschlag auf uns und wird auch nicht der letzte sein.«

Sie war also mein Adjutant? Ich musste zugeben, die Idee hatte etwas, ich nahm mir vor, darauf zurückzukommen.

»Schwertsergeant Ilgar, Ser, Lanzengeneral, Ser! Fünfte Legion, achte Lanze, zweite Tenet, zur Streife in der Hinterstadt, Ser!«, rasselte der Sergeant herunter und nahm Haltung an. »Männer, Achtung!«

Es hätte nicht viel gefehlt und die beiden Soldaten, die gerade die tote Frau aus dem Haus bargen, hätten sie fallen lassen.

Ich seufzte. »Weiter, wie gehabt«, teilte ich ihm mit und versuchte meine linke Schulter zu bewegen. »Ignoriert den Rang und fahrt mit Eurer Arbeit fort.«

Der Sergeant sah mich zweifelnd an, hob die Hand wie zum Salut und ließ sie wieder fallen.

»Wenn Ihr es so wünscht.« Er wandte sich seinen Leuten zu. »Bergt die anderen Toten. Ich will wissen, wie viele Opfer es gibt!«

Das Haus hatte mit dem Erdgeschoss zwei Stockwerke besessen und war nun zur Vorderseite hin zum größten Teil eingestürzt. Um uns herum hatte sich eine Menschenmenge gebildet, die in gehörigem Abstand alles neugierig betrachtete; da es nun dunkel wurde, hatte auch schon jemand zwei Fackeln angezündet, die den ganzen Anblick in ein flackerndes Licht tauchten. Mittlerweile war eine zweite Tenet eingetroffen, und auf einem schweren Kaltblüter kam der erste berittene Bulle herangeritten, den ich jemals gesehen hatte. Ich wusste nicht, was mich mehr beeindruckte, die Größe des Pferds, oder die Leichtigkeit, mit der dieser Mann trotz der Rüstung aus dem Sattel glitt.

Sergeant Ilgar salutierte vor dem Leutnant der Bullen, der nun mit großen Schritten zu uns kam und Serafine und mich mit einem prüfenden Blick bedachte, während der Sergeant ihm Meldung machte. »Der Lanzengeneral und sein Adjutant wünschen keine Sonderbehandlung«, teilte er dem Leutnant noch mit.

»Stabsleutnant Remlin«, stellte sich der Offizier der Wache vor und nickte uns zu, weiter kümmerte er sich nicht um uns, sondern wandte sich wieder direkt an den Sergeanten.

»Der Leichenputzer ist schon unterwegs?«

»Ay, Ser. Ich habe auch Meldung an die Federn gegeben.« Die beiden Männer sahen zum Haus hin, wo soeben die nächste Leiche herausgetragen wurde.

»Keine Magie im Spiel«, stellte der Leutnant fest. »Das bedeutet, dass sich Pertok um die Angelegenheit kümmern wird.« Er wandte sich nun doch uns zu. »Hochinquisitor Pertok ist ein Pedant ... ich fürchte, Ihr werdet warten müssen, bis er eintrifft.«

Ich sah Serafine fragend an, doch sie zuckte mit den Schultern. Sie hatte mittlerweile den letzten Splitter entfernt, und ich zog mir das zurecht, was mir von meiner Kleidung noch geblieben war. »Wer ist dieser Hochinquisitor?«, fragte ich.

Wenn der Leutnant verwundert über mein Unwissen war, zeigte er es nicht.

»Er ist der höchste Ermittler des Reichs, mit ähnlichen Vollmachten ausgerüstet wie eine Eule. Nur ist er zugleich auch Hochrichter des Reichs, Ankläger ... und wenn es sein muss, auch der Henker.« Ein leichtes Schmunzeln war auf den Lippen des Leutnants zu erkennen. »In manchen Kreisen fürchtet man ihn mehr als Boron selbst, dessen Adept er ebenfalls ist. Nur der Kommandant und Boron selbst stehen über ihm, geht es um die Aufklärung eines Verbrechens, ist Pertok jedem gegenüber weisungsberechtigt ... also auch Euch.«

»Und er kümmert sich um jedes Verbrechen?«, fragte ich überrascht. In einer Stadt von dieser Größe hätte er da viel zu tun.

»Nein. Nur um solche, die ihn interessieren.« Der Leutnant warf einen Blick zurück zum Haus, wo nun unter Tüchern fünf Körper lagen, einer davon so klein, dass er kaum auffiel. Die Attentäter waren nicht bedeckt und in einer zweiten Reihe vor dem Haus ausgelegt. Mittlerweile war ihre Zahl auf sieben angestiegen, die vier auf der Straße und drei, die schon aus dem Haus gebracht worden waren. »Dies ist das Händlerviertel, hier geschehen solche Dinge nicht«, fuhr der Leutnant grimmig fort. »Er wird wissen wollen, was sich hier abgespielt hat.«

»Hier sind noch zwei!«, rief ein Soldat von dem zerstörten Dach herab. Mittlerweile hatten die Soldaten dort feste Seile gespannt, um den Leuten beim Besteigen der Trümmer Halt zu geben. An einem anderen Seil wurde nun die nächste Leiche herabgelassen.

Als man den Mann auf der Straße auslegte, trat ich an ihn heran. Ich verstand zuerst nicht, warum er hier lag, ich konnte mich nicht erinnern, ihn vor meiner Klinge gehabt zu haben, doch dann sah ich den Schaum vor seinem Mund und die blauen Lippen.

»Er hat sich selbst gerichtet«, stellte der Leutnant verwundert fest, nahm den Helm ab und kratzte sich am Hinterkopf. Er bedachte mich mit einem weiteren nachdenklichen Blick. »Jetzt bin ich mir sicher, dass sich Pertok um den Fall kümmern wird!«

Soweit es möglich war, wurde das Haus durchsucht, vielleicht lag ja noch jemand unter den Trümmern, aber im Moment war nicht mehr möglich. Die Familie, die hier wohnte, war vollständig ausgelöscht, jedem Einzelnen, vom Kleinkind bis zur Großmutter, war mit einem tiefen Schnitt die Kehle durchtrennt worden. Sieben Körper lagen nun unter diesen Tüchern, einer der Soldaten hatte auch die Stoffpuppe geborgen und sie zu dem kleinsten der Körper gelegt, eine Geste, die mich arg rührte. Manche der Soldaten sahen derart grimmig drein, dass es deutlich war, wie sehr sie es bedauerten, die Angreifer nur tot vorzufinden.

Insgesamt acht Angreifer lagen jetzt auf der Straße, zwei davon von Gift getötet, ihr Anführer durch diesen genauen Schuss aus der Armbrust des Sergeanten. Drei der Toten waren Seelenreißer zum Opfer gefallen, zwei starben an Serafines Dolchen. Von dem Moment, in dem man den Angriff eröffnete, bis zu dem, als der Sergeant diesen letzten Schuss absetzte, war kaum mehr als ein Zehntel einer Kerze vergangen.

Dort, wo der Armbrustbolzen mich am Arm getroffen hatte, juckte es bereits, wie so oft, wenn Seelenreißer mich heilte. Wer diese Männer gewesen waren, war nicht schwer zu erraten, alleine die Wyvern war genug dafür.

»Sie sind alle kräftig und gut in Form«, stellte Serafine leise fest. »Soldaten, würde ich meinen.«

»Aber kein Seelenreiter unter ihnen«, meinte ich und musterte den Mann mit dem Bolzen im Gesicht. Ich zog Seelenreißer und legte die Klinge an das bleiche Gesicht, von dem aus sich eine dünne Blutspur durch den Staub gegraben hatte, doch es geschah nichts. Keine Seelen stiegen auf, es war keiner der Verfluchten. Die misstrauischen Blicke der Soldaten mahnten mich dazu, Seelenreißer möglichst schnell wieder in seine Scheide zu führen.

Einer der Soldaten trat an uns heran und reichte uns zwei Becher gewässerten Wein, dankend nahmen wir sie an und spülten uns Staub und Trockenheit aus den Mündern.

Mittlerweile war auch ein Eselskarren herangekommen, ein Mann mit einem Schlapphut saß auf dem Kutschbock und rauchte seine Pfeife ... er schien alle Zeit der Welt zu haben.

»Was geschieht jetzt?«, fragte ich den Leutnant.

»Die zweite Tenet der Achten bleibt hier, bis Pertok oder einer der anderen Inquisitoren gekommen ist, die dritte Tenet führt die Streife derweil fort«, erklärte mir der Leutnant und musterte mich neugierig. Unausgesprochen blieb seine Frage, warum ich das nicht wusste. Wahrscheinlich stand es in diesen Dienstbüchern!

»Was ist mit uns?«, fragte ich. »Wir waren auf dem Weg zum Tempel des Soltars.«

»Ihr werdet gehen können, sobald der Hochinquisitor es Euch gestattet.« Er musterte uns beide, verdreckt, blutig und staubig, wie wir waren. »Ihr hattet sehr viel Glück«, stellte er dann fest. »Grund genug, beten zu gehen. Der Inquisitor wird Euch nicht lange aufhalten. Denke ich.«

Wir warteten.

»Es muss alles sehr schnell gegangen sein«, stellte Serafine leise fest, während sie sich Staub aus dem Gesicht wischte und ihre Kleidung abklopfte, die ordentlich gelitten hatte. Weniger als die meine, das war gewiss. Hätte ich meine neue Rüstung getragen, wäre ich wohl ohne einen Kratzer davongekommen. Vielleicht hatte so viel Stahl auch sein Gutes. Oder aber ich hätte einfach nur die Schildkröte gegeben. »Sie müssen gesehen haben, dass wir aus dem Tor der Zitadelle kamen. Als sicher war, welche Straße wir nehmen würden, sind sie in das Haus eingebrochen, haben die Bewohner getötet und den Hinterhalt vorbereitet. Viel Zeit hatten sie nicht dafür, dennoch war es gut ausgeführt. Diese Armbrustschützen waren zu gut, die beiden ersten Schüsse hätten unser Ende sein sollen.« Sie sah nachdenklich zu mir auf. »Havald, ich habe keine Warnung gehört.«

Ich nickte. »Ich kann es nicht erklären. Als das Pferd wieherte, erinnerte ich mich daran, dass jemand sagte, dass ich mich ducken sollte, wenn es wiehert. Nur ... ich kann mich nicht daran erinnern, wer es zu mir sagte, oder wann und wo. Nur, dass es schon länger her ist. Ich frage mich, woher er es wusste.«

»Er, an den du dich nicht erinnerst?«, fragte sie leise. Ich nickte.

»Es gibt ganz offensichtlich noch viel, das ich nicht weiß ... oder vergessen habe«, stellte ich bitter fest. Ich sah mich um, die saubere breite Straße mit den ordentlichen Häusern links und rechts davon, das zerstörte Haus, das bis vor Kurzem einer Familie eine Heimat und Zuflucht gewesen war, die Leute, die noch immer gafften oder von den Soldaten der Wache befragt wurden. Eine ruhige Straße an einem kühlen Frühlingsabend. Wahrscheinlich hatte die Familie das Abendmahl zu sich genommen, nicht ahnend, dass sie bald in Soltars Hallen stehen würde.

»Sie haben schon Nachtfalken gegen uns geschickt«, sagte ich grimmig. »Und mit den verfluchten Seelenreitern haben wir uns auch herumgeschlagen ... aber in einem hatte der Kerl recht! So schwer ist es nicht.« Ich seufzte. »Es braucht wahrlich keine Magie oder dunklen Kräfte, um uns zu töten. Ein Armbrustbolzen in den Kopf reicht wahrscheinlich auch!«

Tatsächlich hatte mich dieser Anschlag erschüttert. Der Hinterhalt war perfekt gelungen, und ich konnte diesen Armbrustbolzen noch immer *sehen*, wie er knapp über Serafines Kopf hinweggegangen war, so knapp, dass er ihre Haare streifte. Alleine bei der Erinnerung verkrampfte sich mein Magen.

»Hättest du überlebt?«, fragte sie mich leise.

»Ich weiß es nicht. Ich vermute, dass Seelenreißer seine Grenzen hat, ein solcher Treffer oder eine Enthauptung ... ich glaube nicht, dass ich es überstehen könnte. Es ist nicht so, dass ich nicht sterben *kann*. Als ich in den Gazar fiel, war es so weit, ich *wusste*, dass es vorbei war. Und ohne Nataliya …« Ich berührte Seelenreißer, der mir zufriedener schien als sonst. »Er heilt mich, wenn ich nach einer erhaltenen Wunde ein Leben nehme. Aber auch nur dann.«

»Dennoch, auf der *Schneevogel* hast du dich auch ohne ihn geheilt.«

»Ja. Ich verstehe es nicht, bin dennoch dankbar dafür.« Ich fuhr mir über die stoppeligen Haare, der Schiffsarzt hatte mir den Kopf rasiert, um meinen gesprungenen Schädel zu richten, und noch waren mir die Haare nicht wieder nachgewachsen.

»Nur war dies auch keine schnelle Heilung. Seelenreißer heilt manchmal schneller, als mir Wunden zugefügt werden … auf dem Schiff war es anders.«

Sie sah hoch zu mir und war sehr ernst.

»Es gibt vieles an dir, Havald, das sehr seltsam ist«, stellte sie dann fest. »Manchmal bist du mir unheimlich, manchmal kann man Angst vor dir bekommen. Und doch gibt es niemanden auf dieser Welt, dem ich mehr vertraue als dir.« Sie lächelte etwas schief. »Ich mache mir Sorgen um dich, Havald.«

Ich sah sie an und wusste nicht, was ich sagen sollte. Niemand machte sich Sorgen um mich. Nicht mehr. Es war lange her, die Letzte, die sich um mich sorgte, war meine kleine Schwester gewesen … und Nataliya.

»Besser nicht«, teilte ich Serafine kühl mit. »Sich um mich Sorgen zu machen, führt zu einem frühen Tod.«

Diesmal schenkte sie mir ein volles Lächeln. »Ich bin älter als du, Havald, und ich kenne dich besser, als du dich selbst. Und du solltest aus tausend Gründen wissen, dass es nichts nützt, mir zu sagen, was ich tun sollte oder nicht, ich treffe meine eigenen Entscheidungen.« Sie lachte leise. »Meine Entscheidung habe ich schon vor langer Zeit getroffen, und die Götter sind meine Zeugen. Ich habe ein Recht darauf, in Sorge um dich zu sein.« Sie griff hoch zu mir und fuhr mir sanft über meine stoppelige Wange. Seit Gasalabad schien mein Bart mehr als eine Rasur am Tag zu brauchen. »Es ist so ziemlich das Einzige, das du mir nicht verbieten kannst.«

Der Leutnant trat an uns heran und räusperte sich.

»Der Inquisitor ist da und wünscht Euch zu sprechen.« Er wies mit seinem Blick auf einen hochgewachsenen Mann, der sich gerade über einen der toten Angreifer beugte.

Hochinquisitor Pertok war ein hagerer Mann und groß gewachsen, kaum kleiner als ich es war. Er trug eine dunkle Robe im gleichen Schnitt wie die der Eulen, nur war diese schwarz und mit Silber verziert, an seiner Hüfte hing ein schlankes Schwert, so wie es auch Desina trug. Mittlerweile war die Nacht hereingebrochen und unter dem Schatten seiner Kapuze sah ich kaum mehr als dunkle Augen, in denen sich der Fackelschein spiegelte, eine scharfe Nase und einen schmalen Mund, der nicht oft zu lächeln schien. Was mich überraschte, war das hohe Alter des Mannes; obwohl er mir noch rüstig schien, schätzte ich ihn auf über achtzig Jahre, eine wahrlich gesegnete Zeitspanne, wenn man nicht von einem verfluchten Schwert jung gehalten wurde.

»Lanzengeneral von Thurgau«, stellte er fest. »Helis, aus dem Haus des Adlers. Ich habe von Euch gehört. Ich bin Hochinquisitor Pertok, oberster Ankläger und Richter Askirs.« Er musterte uns sorgfältig. »Wir hätten uns noch kennengelernt, auf meinem Tisch ruht eine Anklage des Handelsrats, in der man Euch den Untergang der Feuerinseln, das Beben und die Flut zur Last legt. Und ein Dutzend anderer Vergehen, die daraus folgen.« Die Stimme des Mannes drückte alles aus, was er war, eine absolute Sicherheit lag in seinem Ton, er wusste um sich, seine Fähigkeiten und seine Macht, und alleine dieser eine Satz teilte uns dies alles mit. Die Art, wie er stand, der Tonfall, der gerade Blick ... all dies forderte Respekt ein.

»Wir waren es nicht. Auch der Kommandant scheint sich dessen sicher«, protestierte ich.

»Es wird dennoch zu einer Verhandlung kommen«, teilte mir der Inquisitor mit. »Die Fürsprache des Kommandanten half nur zu begründen, warum ich Euch nicht in Haft nehmen ließ. Das Gesetz des Kaisers lässt Gnade, aber keine Ausnahmen zu.« Die Warnung war deutlich, dieser Mann interessierte sich nicht dafür, ob ich einen kaiserlichen Ring am Finger trug. »Teilt mir in Euren eigenen Worten mit, was hier geschah, und was Eure

Gedanken sind. Lasst besser nichts aus, die kleinste Kleinigkeit könnte wichtig sein.«

Sorgsam berichteten wir, was sich hier zugetragen hatte.

Er hörte schweigend zu, erst am Schluss stellte er eine Frage.

»Niemand wusste, dass Ihr heute zum Tempel Soltars gehen wolltet?«

»Nein«, sagte ich. »Es war eine kurzfristige Entscheidung.«

»Und Ihr seid Euch sicher, dass niemand Euch verriet?«

»Ja«, nickte ich.

»Also beobachtete man, dass Ihr die Zitadelle verlassen habt, und bereitete diesen Hinterhalt kurzfristig vor«, stellte er fest. »Wer waren diese Männer?«

»Wir nehmen an, dass es Soldaten von Thalak sind. Einer von ihnen ritt eine Wyvern, ein Biest, das von Thalak gezähmt wurde, wie die Greifen von den Elfen.«

»Ich hörte davon. Doch sie tragen keine Uniform«, stellte er fest. »Auch keine Rüstung. Also sind es Spione.«

»Thalak versteht sich darauf, im Verborgenen zu bleiben«, teilte ich dem Inquisitor mit, woraufhin er mit einem schmalen Lächeln Zähne zeigte.

»Dann ist es doch gut, dass ich mich darauf verstehe, Verborgenes aufzudecken, nicht wahr?«

Er hielt uns danach nicht länger auf, teilte uns nur mit, dass er ja wisse, wo er uns finden könne. Es klang wie eine Warnung.

»Richter, Ankläger und Henker«, meinte Serafine leise, als wir weitergingen. Einen Moment hatte ich mit dem Gedanken gespielt, umzukehren, doch sie lenkte entschlossen ihren Schritt in Richtung Tempelplatz, und ich fügte mich. Nach dem, was eben geschehen war, konnte der Tempel nicht schlimmer werden. Ich hätte mir nur gewünscht, nicht derart zerrissen und blutig vor meinen Gott zu treten … aber er wusste ja, wie es dazu gekommen war. »Das ist viel Macht und Verantwortung für einen Menschen«, dachte sie laut. »Es gehört einiges an Stärke dazu, nicht davon in die Irre geführt zu werden. Mein Vater sagte immer, dass Macht zum Missbrauch führt und so nie alleine auf einem Paar Schultern liegen dürfe, sie müsse geteilt werden, damit die Vernunft zumindest noch eine Stimme hat, um zu widersprechen.«

»Was war mit Askannon?«, fragte ich sie, während wir weitergingen. Obwohl es nun dunkel war, herrschte Betrieb in diesen Straßen, und hier und da bemerkte ich die neugierigen Blicke, wenn wir durch den Schein einer Laterne gingen und unser Zustand offenbar wurde.

»Askannon sagte selbst von sich, dass er dem Irrsinn verfallen wäre ...« Sie schmunzelte. »Er nannte sich selbst größenwahnsinnig und sprach davon, dass er einen Trick habe, um nicht vollends dem Wahn zum Opfer zu fallen.«

»Sagte er auch, welcher Trick das war?« Es heißt, der Blitz schlage nie zweimal am selben Ort ein, aber ich hatte meine Zweifel daran. Wenn es einen Hinterhalt gegeben hatte, war auch ein zweiter möglich, also hielt ich meine Hand an Seelenreißers Griff und blieb aufmerksam, doch nichts zeigte sich.

»Ja.« Sie lächelte in die Dunkelheit. »Er sagte, er führte mehrere Leben. Als Tempelschreiber hier auf dem Platz, als Gelehrter an der Akademie und als Schuster, der mit einem kleinen Stand auf dem Markt seinen Lebensunterhalt verdiente. Nur so könnte man verstehen, was die Menschen bewegte, was sie berührte, glücklich oder unzufrieden mache. Macht, sagte er, ist dem Frieden verpflichtet und darf nie anderem dienen.« Sie lachte leise. »Als Kind lauschte ich einem Gespräch zwischen ihm und meinem Vater, in dem sich der Kaiser darüber beschwerte, dass er selbst sein Sklave wäre. Ein wahrer Tyrann und Despot hätte es einfacher, er hingegen wäre mit einem Gewissen verflucht, das ihn härter knechten würde, als er es jemals bei einem anderen tun könnte.«

Das sprach für ihn. Ich dachte an meine Heimat zurück. Eleonora war eine großartige Königin gewesen, aber nicht jedes gekrönte Haupt verhielt sich wie sie. Ihr eigener Urgroßvater war ein jähzorniger Bastard gewesen, der mit harter Hand und wenig Vernunft regierte. Wenn ich mich recht erinnerte, fiel er noch gerade rechtzeitig eine Treppe hinunter und brach sich das Genick. Das Murren auf der Straße war bereits laut genug geworden, um einen Aufstand fürchten zu lassen. Wie oft in solchen

Fällen war ich mir nicht sicher, ob es wirklich nur ein Unfall war. Sein Vater, der vor ihm kam, war nicht viel besser gewesen, allerdings in anderer Hinsicht, denn er gab jeder Forderung nach, die man an ihn herantrug, und brachte das Land an den Rand des Ruins. Dann gab es einen, der verrückt wurde und Frauenkleider trug und des Nachts Gedichte rezitierend durch die Hallen der Kronburg streifte, sowie einen, der sich nur seinen Büchern widmete, und wieder einen, der seine Burgen und Schlösser ausbauen und vergolden lassen wollte. Und hin und wieder solche, die vernünftig genug waren, das Reich zu halten und zu erneuern.

Was auch immer dieses Herrschergeschlecht falsch gemacht hatte, es hatte Eleonora hervorgebracht, und ohne Zweifel würde sie als die Größte von ihnen in die Bücher der Gelehrten und Geschichtsschreiber eingehen.

Jetzt sollte Leandra die Krone Illians tragen. Wenn wir die Heimat retten konnten, würde es sich zeigen, ob sie eine gute Königin sein würde. Ich jedenfalls war der festen Überzeugung.

Sie hatte mir die Krone an ihrer Seite angeboten. Lieber schlug ich mich mit allen Mächten der Dunkelheit herum, als diese Verantwortung auf mich zu laden.

»Kannte dein Vater ihn gut?«, fragte ich. »Den Kaiser, meine ich.«

Serafine nickte. »Sie waren Freunde. Und der Kaiser schien auch Interesse an mir zu hegen, er fragte immer, wie es mir ging, und brachte mir Geschenke mit …«

»So war das also«, unterbrach ich sie. »Du hast auch ihn um den Finger gewickelt.«

»Wohl wahr!« Sie kicherte. »Ein hinterhältiges Talent, das kleine Mädchen von den Göttern erhalten und das ich gut zu nutzen vermochte.«

»Das glaube ich gern. Was für Geschenke bringt ein Kaiser einem Kind?«

»Süßigkeiten vom Markt, ein Pony, einen Ballen Seide aus Xiang, einen Dolch, den er selbst für mich geschmiedet hat, und die Perlen zu unserer Hochzeit. Und Geschichten.« Sie lächelte sanft. »Er erzählte mir Geschichten von fernen Ländern, von

Göttern und Helden, die sich immer dann einfinden würden, wenn es notwendig wurde. Dass es die kleinen Heldentaten wären, die den Lauf der Geschichte ändern würden, die großen bräuchte es nur dann, wenn die kleinen ausbleiben würden. Unrecht finge im Kleinen an, erzählte er, und dort wäre es auch leicht zu bekämpfen. Im Kleinen müsse man es jäten, bevor es wie Unkraut wuchern würde.« Sie blieb stehen und sah zu mir auf. »Ich denke, der Mann hatte seine Fehler, aber als Kind vergötterte ich ihn. Doch eines weiß ich mit Sicherheit: Dass er die Gesetze schrieb und sich selbst eisern an sie hielt, das machte ihn zu einem großen Mann, nicht seine Beherrschung der Magie. Nicht seine Macht, sondern seine Gerechtigkeit.« Sie legte mir die Hand auf den Arm. »Havald, ich kann nicht glauben, dass er bei Soltar weilt, und ich weiß, dass er an diesem Konflikt beteiligt ist. Es gab nichts, was er mehr verabscheute, als einen Seelenreiter, und es ist undenkbar, dass wir gegen diesen Nekromantenkaiser ziehen, ohne dass Askannon auf unserer Seite steht.«

»Eine fromme Hoffnung«, entgegnete ich. »Man sollte meinen, dass es schon genügend Gelegenheiten gegeben hat, bei denen er hätte eingreifen können.«

»Irgendetwas ist geschehen, das seine Pläne umgeworfen hat«, vermutete sie. »Und ich glaube, es hat damit zu tun, dass Balthasar, Asela und Feltor unter die Macht dieses Nekromantenkaisers fielen. Ich bin jetzt sicher, dass es so war, denn das allein erklärt, was geschehen ist. Desina sagt, sie wolle in den Archiven des Turms nach Hinweisen suchen, allerdings müsse sie dazu den nächsten Grad der Meisterschaft erlangen. Und daran verzweifelt sie. Es ist offenbar eine Art Prüfung, die sie ablegen muss, aber sie weiß nicht, wie sie diese bestehen soll.«

»Sagte sie, um was es geht?«, fragte ich.

Wie in Bessarein auch, war dieser Platz groß und weit, mit den Tempeln der drei Götter in den Ecken. Allerdings stand hier ein vierter Tempel, dunkel und verlassen und, soweit ich es aus der Ferne erkennen konnte, bis auf das große Tor zugemauert. Er war schlichter und kleiner als die prunkvollen Häuser der anderen Götter und schien mir auch deutlich älter.

»Nein.«

»Frag sie bei Gelegenheit. Du kanntest Balthasar und die anderen Eulen gut, vielleicht weißt du etwas, das ihr helfen kann, die Prüfung zu bestehen.«

»Ich werde der Eule wohl kaum helfen können«, meinte sie.

»Wer weiß?« Ich wies mit der Hand auf den fernen dunklen Tempel. »Sag mir, weißt du, wer hier verehrt wurde?«

Sie schaute hinüber und runzelte die Stirn. »Ich glaube, es war der Göttervater selbst. Ich bin mir nicht sicher, denn auch zu meiner Zeit war der Tempel zugemauert. Ich glaube, er gab seiner Priesterschaft Anweisung, die anderen Götter zu stützen und ihnen zu dienen. Er sagte, es sei das Zeitalter seiner Götterkinder und nicht das seine, und er würde zurückkommen, wenn es an der Zeit wäre.«

»Ich nehme an, wann diese Zeit kommen würde, ließ er offen?«

»Natürlich«, lachte sie. »Hast du etwas anderes erwartet?«

Schließlich hatten wir den Soltartempel erreicht. Dieser hier war ein prunkvoller Bau mit hohen Säulen und weiten Treppen, gleich drei großen Toren aus reich verzierter Bronze, die offen standen, dahinter erkannte ich die große, nur schwach von Nachtlichtern erleuchtete Halle. Getragener Gesang aus vielen Kehlen wehte uns entgegen. Vor uns ging eine Gruppe, die einen Toten auf einer Bahre in den Tempel trug, gefolgt von Trauergästen mit gesenkten Häuptern. Auf den Stufen des Tempels standen gleich drei Priester und ein Adept des Gottes und unterhielten sich, während ein Akolyth mit einem Besen die Stufen kehrte und ein anderer am Fuß der Treppen den Armen Wasser und Brot und einen Segen anbot. Wasser und Brot war kein reiches Mahl, aber es war genug zum Leben. Es hatte Zeiten gegeben, in denen ich für einen frischen Laib Brot vielleicht sogar gemordet hätte.

Soltar war der Gott des Lichts, der auch die Nacht unter seine Herrschaft gebracht hatte. Sein Versprechen an die Menschen war, dass es nach der größten Dunkelheit immer einen hellen Tag geben und auch nach der größten Verzweiflung immer Hoffnung folgen würde.

Wie viel war dran an diesen Geschichten über die Götter? Es hatte einst, das wusste ich von Zokora, tatsächlich einen Gott der Dunkelheit gegeben, Omagor. Noch bevor es Menschen gab, wurde er von den Göttern des Lichts besiegt. Astarte, die bei den Menschen für Vergebung, Liebe und Harmonie stand, war an diesem Kampf beteiligt gewesen und hatte den dunklen Elfen, die ihr folgten, als Belohnung für den Kampf einen Teil von sich gegeben, der hart und grausam auf mich wirkte und doch gerechter war als die Dunkelheit zuvor.

In Bessarein hatte Serafine mir eine Stelle gezeigt, auf der ein Lichtgott verehrt worden war, als dieser noch ausschließlich über den Tag geherrscht hatte. Bevor der Gott den Menschen Feuer und Licht gebracht hatte, war die Nacht eine Zeit des Schreckens und der Furcht gewesen, in der man seine Seele verloren glaubte, wenn man in der Dunkelheit verstarb.

Ich stand vor diesen Treppen und dachte über das nach, was der Göttervater selbst den Menschen angeblich gegeben hatte – die Hoffnung als stärkste Kraft, die alles überwinden könnte.

Wieso eigentlich wurde Soltar als der Gott des Todes verehrt? Müsste er nicht noch immer der Gott der Hoffnung und des Lichts sein? Vielleicht sollte ich fragen.

»Möchtest du nicht den nächsten Schritt tun?«, fragte Serafine mit leiser Erheiterung. »Nur den Fuß anheben, und du stehst schon auf der Treppe, der Rest wird folgen.«

»Nichts anderes habe ich vor«, behauptete ich und tat diesen ersten Schritt.

Kein Blitz fuhr hernieder, und auch die Tempelglocken begannen nicht zu schlagen, nur der Tempelschüler mit dem Besen eilte herbei, um uns noch auf der Treppe aufzuhalten.

»Die Gnade der Götter und der Segen Soltars mit Euch«, verkündete er atemlos, als er sich uns in den Weg stellte, und hielt seinen Besen, als ob er nicht wusste, wohin damit. Der Mann war so zierlich, dass ich ihn mit einer Hand hätte wegtragen können, doch die Art, wie er sich vor mir aufbaute, teilte mir mit, dass man ihn nicht würde verrücken können. »Das ist vorerst alles, was Ihr erhalten werdet«, teilte er uns mit und bedachte besonders mich mit einem ungehaltenen Blick. »Ein wenig mehr der Ehre könnt Ihr unserem Gott erweisen, mit frisch vergossenem Blut und voller Dreck geziemt es sich nicht, vor unseren Herrn zu treten.«

»Wir wurden überfallen, Akolyth des Soltar«, meinte Serafine freundlich. »Meint Ihr wirklich, der Gott wollte nicht, dass man so vor ihn tritt? Sieht er uns nicht in allen Lagen?«

»So ist es, Sera«, nickte der junge Mann. »Aber dieser Tempel ist sein Haus auf Erden, und es gehört in seinem Namen geehrt.«

»Wir können wieder gehen«, schlug ich vor, was mir einen funkelnden Blick Serafines einbrachte.

»So ist es nicht gemeint«, beeilte sich der junge Priester zu sagen. »Ich wollte Euch nicht den Weg zu unserem Herrn versperren, ich wollte nur nicht, dass Ihr ihn *so* beschreitet!« Er wies mit seinem Besen zur Seite hin, wo eine hohe Mauer die Tempelgärten umschloss. »Folgt mir einfach, ich bitte Euch!«

Er führte uns durch die Tür in der Mauer in den Garten und dort zu einem niedrigen Gebäude, wo sich eine Pumpe und ein Becken befanden.

»Hier könnt Ihr Euch waschen«, teilte er uns mit. Dann musterte er mich mit einem abschätzenden Blick. »Ich glaube, ich kann Euch auch eine Robe besorgen, die nicht so blutig ist ...« Er eilte davon.

»Hm«, meinte Serafine, als sie ihm nachsah. »Ein hilfsbereiter Mensch.« Sie wandte sich mir zu und lächelte etwas. »Wir sehen beide etwas mitgenommen aus, aber ich kann ihn verstehen, man sieht dir an, dass du aus einem Kampf kommst.«

»Wir hätten uns auch in der Zitadelle umkleiden können«, erinnerte ich sie und löste mein Hemd, um mir den Oberkörper im Becken zu waschen, sie und der Priester hatten recht, ich war reichlich verdreckt und mit Blut besudelt.

»Nur hätte ich dich dann kaum mehr bewegen können, in den Tempel zu gehen«, meinte sie und wusch auch sich, sie hatte Glück gehabt, das Blut an ihr stammte von mir und war nicht deutlich zu erkennen. Der junge Priester kehrte mit einer weiten, dunklen, schmucklosen Robe zurück, schlicht, aber sauber, und nickte zufrieden, als ich sie mir überwarf.

»Jetzt denkt nur daran, Eure Waffen abzugeben und Ihr seid willkommen«, lächelte er sichtlich zufrieden. »Entschuldigt«, fügte er hinzu und hielt seinen Besen hoch. »Ich habe noch zu tun.«

Als wir diesmal die Stufen zum Tempel hochgingen, blickte der junge Priester nur auf und nickte uns freundlich zu, dafür sah ich oben, vor dem Tor zur Haupthalle des Tempels, zwei Männer stehen, die sich suchend umsahen. Zuerst schenkte ich ihnen wenig Beachtung. Doch als wir in den Tempel gingen, hörte ich, wie der eine etwas zu dem anderen sagte.

»... er ist groß und trägt gerne die Kleider seiner Heimat, sie sollen blutig und beschmutzt sein. Die Frau ist schwarzhaarig, eine Schönheit aus Bessarein. Sie sollten leicht zu erkennen sein ... denk daran, wir dürfen sie nicht aus den Augen verlieren.«

Viel Glück dabei, mein Freund, dachte ich grimmig. Ich musterte Serafine, die eine Art von Kleid und Robe trug, wie sie hier in Askir Mode war, ihre Haare hatte sie mit einem kunstvollen Knoten hochgesteckt, eine Schönheit war sie, ihre goldbraune Haut zeigte ihre Herkunft deutlich genug, doch im Schein der Fackeln und im Dunkeln fiel es nicht sonderlich auf.

»Ist etwas?«, fragte sie mich, und ich schüttelte den Kopf. »Nachher«, teilte ich ihr flüsternd mit, gerade als ein anderer Priester an uns herantrat.

»Weiter dürft Ihr mit Euren Waffen nicht gehen«, teilte er uns ungehalten mit. »Gebt sie mir, Ihr erhaltet Euer Mordwerkzeug zurück, wenn Ihr wieder geht.«

Ich warf einen Blick zum Eingang zurück, der Bereich war groß genug, dass die beiden Männer am Tor uns wohl nicht hören konnten.

»Dann werden wir hier warten«, teilte ich dem Priester mit. »Jemand aus diesem Tempel wollte mich sprechen, ich kam, um nachzufragen, um was es sich handelt.«

»Dann teilt mir mit, wer Ihr seid«, forderte der Priester ungehalten. »Ich werde nachfragen, ob Eure Geschichte stimmt.«

»Roderic von Thurgau.«

»Wartet hier«, teilte er uns barsch mit. »Betretet die Halle nicht mit Euren Waffen!«

»Siehst du«, sagte ich zu Serafine. »Andere Leute können in einen Tempel gehen und nichts geschieht, während es bei mir immer etwas gibt ... und sei es nur, dass vor den Tempeltüren zwei Männer auf uns warten.« Sie sah fragend zurück, doch die beiden waren nicht zu sehen, Seelenreißer hingegen nahm sie durchaus wahr. Ich teilte ihr kurz die Worte mit, die ich im Vorbeigehen gehört hatte, und sie nickte langsam.

»Sie müssen nicht uns meinen«, sagte sie dann, klang aber selbst wenig überzeugt.

»Richtig. Es wird Dutzende von großen Männern in blutigen Gewändern geben. Es braucht auch nichts zu bedeuten, dass sie vor den Toren warten und nicht hier. Oder, dass sie mir von Seelenreißer in Schatten gehüllt gezeigt werden.«

Ihr Blick sagte mir, dass sie es genauso wenig glaubte wie ich. »Dann sollten wir uns mit ihnen unterhalten«, schlug sie vor und bleckte ihre Zähne.

»Später«, lächelte ich zurück. »Ich bin gerade erst das Blut der anderen losgeworden, ich brauche kein neues auf meinen Kleidern!« Abgesehen davon schmerzten meine Wunden, und ich hatte wenig Lust darauf, neue zu erhalten.

Der Priester von eben kam zurück und schien unglücklich. »Der Hohepriester erwartet Euch, ich werde Euch zu ihm führen. Ihr dürft Euer Schwert behalten. Die Frau wartet hier.«

Er tat einen Schritt und einen zweiten, dann bemerkte er, dass ich nicht folgen wollte.

»Ich sagte Euch, der Hohepriester wünscht Euch zu sprechen.«

»Ich habe es beim ersten Mal gehört.«

»Also?«

»Ich warte darauf, dass meine Begleitung auch gebeten wird, uns zu begleiten.«

»Davon hat der Hohepriester nichts gesagt.«

»Dann fragt ihn«, schlug ich vor. Der Mann sah mich an, als würde ihm ein scharfes Wort auf der Zunge liegen, dann machte er wortlos kehrt und eilte wieder davon.

»Havald«, sagte Serafine leise. »Ich kann hier warten, es macht mir nichts aus.«

»Aber mir«, widersprach ich und sah mich in dem prunkvollen Gebäude um. Durch die offene Tür zur Haupthalle sah ich in der Entfernung die Statue meines Gottes. Ich bildete mir ein, dass er hinter seiner tief ins Gesicht gezogenen Kapuze zu uns hinübersah. Zum ersten Mal fiel mir auf, dass er seine Roben genauso trug wie die Eule.

Außer den Hohepriestern, die in einer Zeremonie einmal im Jahr dem Gott die Robe wechselten, wenn sie zu verschlissen war, wusste niemand, wie Soltar aussah, vielleicht stand er auch mit geschlossenen Augen da.

Der Priester kehrte zurück.

»Der Hohepriester bittet Euch und Eure Begleitung nun zu sich. Wenn es Euch genehm ist und Ihr keine weiteren Einwände habt.« Ich glaubte zu hören, wie er mit den Zähnen knirschte. Er mochte ein Diener meines Gottes sein, doch ich konnte ihn trotzdem nicht leiden.

Er führte uns an der Statue des Gottes vorbei, weiter in den Tempel hinein, um dort an der Wand eine gut verkleidete Tür zu öffnen. Ein langer Gang folgte, an dessen Ende sich eine weitere Tür befand, die er öffnete und hinter uns schloss, nachdem wir eingetreten waren.

Der Mann, der sich nun hinter seinem prunkvollen Schreibtisch erhob, war unter seiner kostbar bestickten Robe alt, klein und zierlich und besaß listig funkelnde, aufmerksame Augen.

»Mein Name ist Jon«, stellte er sich vor. »Nehmt Platz.« Er wies auf die beiden reich gepolsterten Stühle, die vor seinem Schreibtisch standen.

Dieser Raum war mit einem Prunk ausgestattet, der eines Kaisers würdig war. Wohin ich sah, erblickte ich Gold, Edelsteine, schwarzes Ebenholz und dunkle Seide. Der Stuhl, der unter meinem Gewicht knirschte, war überaus verziert, an jeder möglichen Stelle mit Blattgold geschmückt und mit goldenen Einlegearbeiten versehen. Er glitzerte und funkelte wie der Thron eines Herrschers – und diente doch nur als Sitzgelegenheit für Besucher. Der wahre Thron stand hinter diesem Schreibtisch, der groß genug war, um dort mit Figuren ganze Schlachtfelder aufbauen zu können.

»Ihr habt nach mir schicken lassen?«, fragte ich.

Er lächelte auf eine Art, die ich nicht ernst nehmen konnte, und faltete seine Hände. »Nicht ganz«, sagte er. »Einer unserer Priesterschüler war etwas übereifrig und eilte seiner Stellung und seiner Vernunft voraus. Dennoch ist es gut, dass Ihr nun hier seid.«

»Also wünscht Ihr nicht, mich zu sprechen?«, fragte ich nach.

Sein Lächeln war zu geübt, und mir gefiel nicht, wie er Serafine missachtete.

»Das habe ich nicht gesagt. Nur, dass nicht ich es war, der Euch eingeladen hat. Aber da Ihr nun schon hier seid ... Ihr tragt an Eurer Seite etwas, das dem Tempel gehört.«

»Es ist Soltar geweiht, das ist richtig. Aber es wurde mir von einem Priester des Gottes übergeben.«

»Er hatte nicht das Recht dazu. Dieses Schwert ging unserem Glauben vor Jahrhunderten verloren. Genauso lange suchen wir nun schon nach dieser Waffe. Sie ist zu machtvoll für einen Sterblichen, und der sicherste Ort für diese Klinge ist hier bei uns, wo wir sie schon lange bewacht haben, bevor sie abhanden kam. Händigt mir die Waffe aus. Dann könnt Ihr im Bewusstsein dessen gehen, dass Ihr ein jahrhundertealtes Unrecht wiedergutgemacht habt. Einen Segen bekommt Ihr auch.«

Ich blinzelte. »Ihr wünscht keine Unterredung mit mir, sondern nur das Schwert?«, fragte ich ungläubig, um sicher zu sein, dass ich den Mann richtig verstanden hatte.

»So ist es, mein Sohn«, meinte er freundlich. »Es ist nicht für Euch bestimmt. Es bringt Eure Seele in Gefahr. Ich hoffe, es ist noch nicht zu lange in Eurem Besitz.«

Vor nicht allzu langer Zeit hätte ich ihm Seelenreißer ohne zu zögern in die Hand gedrückt, aber inzwischen sah ich es anders. Jede Faser in mir sträubte sich dagegen.

»Es wurde mir überreicht.«

»Dies ist der Haupttempel unseres Glaubens, alle anderen Tempel sind diesem untergeordnet«, teilte uns der Priester mit und verzichtete nun auf aufgesetzte Freundlichkeit. Dieser Mann war es nicht gewohnt, dass man ihm widersprach. »Wer auch immer es war, er besaß nicht das Recht, diese Waffe ohne unsere Erlaubnis an jemanden weiterzugeben. Er wird zur Rechenschaft gezogen werden.«

Das wiederum wagte ich zu bezweifeln. Vater Urios weilte schon seit Jahrhunderten bei Soltar.

»Es ist eine Reliquie unseres Glaubens und steht Euch nicht zu«, wiederholte er, stand auf und hielt mir seine Hand fordernd entgegen. »Ich bin unter diesem Himmel der höchste Priester unseres Gottes, wollt Ihr mir verweigern, was dem Gott gehört?«

Ich warf einen Blick zu Serafine, doch von ihr war keine Hilfe zu erwarten, sie schien genauso überrascht wie ich. Seelenreißer war Soltar geweiht, seine Scheide trug das Zeichen des Gottes, und er war mir von einem seiner Priester übergeben worden. Es fühlte sich falsch an, aber sosehr ich mit meinem Gott auch manchmal über Kreuz gewesen war, ich konnte schlecht seinem höchsten Stellvertreter auf dieser Weltenscheibe verweigern, was ihm gehörte.

Schweigend fasste ich an meinen Gürtel, hakte Seelenreißer aus und legte ihn vor dem Mann auf den Tisch.

»Danke«, meinte er und griff nach dem Schwert. »Ihr dürft nun gehen.«

Ich stand auf und wollte mich umwenden, als der Priester versuchte die Waffe anzuheben – und es ihm nicht gelang.

In Gasalabad hatte ein anderer Priester meines Glaubens ihn nehmen und ziehen können, ohne dass etwas geschah, doch diesem Mann hier verweigerte er sich.

»Was habt Ihr getan?«, grollte Jon. »Was für ein Hexenwerk ist das? Die Klinge ist so schwer wie hundert Steine!«

Ich trat an den Tisch heran, nahm Seelenreißer an mich und wich dem Hohepriester aus, als er nach mir und dem Schwert greifen wollte.

»Was tut Ihr da?«

»Ich nehme ihn wieder mit«, sagte ich. »Offenbar ist er nicht für Euch bestimmt.«

»Erst recht nicht für Euch! Dieses Schwert wird nur von Soltar selbst überreicht!«, empörte er sich. »Ihr werdet mit dieser

Klinge den Tempel nicht verlassen, dazu müsstet Ihr mich schon erschlagen!«

Ich legte die Hand an das Heft, Serafine stand neben mir und schüttelte leicht den Kopf. Aber diesmal wollte ich nicht vernünftig sein.

»Euch und jeden anderen, wenn es sein muss«, verkündete ich. »Wenn Ihr es gehütet habt, wisst Ihr, was das für ein Schwert ist. Zwingt mich nicht dazu.«

»Ihr droht mir?«, fragte Jon entgeistert. »Dieses Schwert wird nur einem gehören, und er wird es aus der Hand des Gottes selbst empfangen. Niemand anders wird es tragen können! Schaut Euch an! Ihr teilt mir mit, dass Ihr bereit seid, einen Priester Eures Gottes zu erschlagen. Sagt mir nun, dass Eure Seele nicht schon in Gefahr ist!«

Ich beugte mich vor, bis ich dem Mann ganz nahe war, er wich nicht zurück, sondern funkelte mich nur mit selbstgefälliger Empörung an.

»Was ist, wenn ich Euch sage, dass ich das Schwert durch die Hand des Gottes erhalten habe? Nicht nur einmal, sondern gleich dreimal? Ihr werdet es nicht bewegen können, und es wird ein viertes Mal seinen Weg zurück zu mir finden.«

»Dann sage ich, dass das nicht möglich ist!«

»Und warum nicht?«, fragte ich gefährlich leise. Es war, als ob in diesem Moment Dämme in mir brachen. Alles, was ich mühsam in mir verbarg, drängte vor und ließ ein Gefühl des Zorns aufkommen, wie nur selten zuvor. Das war der falsche Moment, um von mir duldsame und fromme Einsicht zu erwarten. Ich traute Seelenreißer mehr als diesem Mann, egal, wessen Roben er trug.

»Weil es genau einen gibt, der dazu bestimmt ist, diese Klinge zu führen! Er ist niemand anders als der Engel Soltars, der entsendet werden wird, um den Zwist der Götter auf dieser Welt zu beenden!«, rief der Priester erzürnt und deutete mit einem zitternden Finger auf mich. »Ihr wollt doch wohl kaum Er sein, der Flut, Pest und Beben über uns bringt, die Ordnung der Welt zerstört und einen Gott erschlagen will? Die dunkle Pest des Namenlosen ist verflucht genug, doch niemand ist so verflucht wie der, den Soltar zu uns schicken wird, denn sein Engel wird einen Namen tragen, der selbst ein Fluch ist!«

»O Götter«, flüsterte Serafine leise und sprach damit das aus, was ich dachte.

»Wollt Ihr das?«, tobte der Hohepriester und stieß mir mit einem knochigen Finger hart gegen die Brust. »Wollt Ihr derjenige sein, der als Letzter steht, in einem Meer aus Blut, und diese Klinge erheben gegen einen Gegner, der nicht besiegt werden kann? Wollt Ihr die Legion der Toten in die letzte Schlacht werfen? Die Verlorenen unter einem Banner vereinen und der Dunkelheit und einem Gott selbst trotzen? Wollt Ihr dieser Engel sein?«

Einen Moment lang war ich wie taub und hatte nur den seltsamen Gedanken, dass ich der Essera Falah wohl Abbitte leisten musste. Wie es schien, hatte sie doch recht behalten. Es ging nicht darum, dass ein Engel auf einer goldenen Leiter vom Firmament herunterstieg, es reichte wohl, wenn jemand Soltar diente und dumm genug war, eine ganz bestimmte Klinge zu führen.

»Habt Ihr Euch schon einmal gefragt, Bruder Jon, ob der, der dieses Schwert erhalten soll, denn eine Wahl hat?«, fragte ich, während eine seltsame Ruhe von mir Besitz ergriff, die nach dem Zorn soeben umso überraschender kam.

»Soltar lässt uns immer die Wahl«, sagte Jon, nun auch etwas ruhiger, und sah mich forschend an. Ja, ich hatte wählen können, doch es hatte nur eine Wahl gegeben.

»Ich nehme an, es handelt sich um eine Prophezeiung«, sprach ich weiter. »Was sagt sie aus?«

»Sie spricht von einer Schlacht der Götter. Von einem Gott, der erschlagen werden soll und doch unbesiegbar bleibt. Von einer Schlacht, die unsere gesamte Welt mit Tod überzieht, von einem Kampf der Götter selbst. Und davon, dass am Ende der, der diesen letzten Streich gegen den Gott führen soll, versagen wird und auf dieser Klinge endet.«

Das war nicht das, was ich hören wollte.

»Was geschieht, wenn dieser Engel des Gottes nicht erscheint?«

»Dann ist die Welt verloren.«

»Das ist sie auch, wenn der Engel kommt. Ihr habt es selbst gesagt.«

»Nicht ganz. Denn wenn der Engel stirbt, bleibt die Hoffnung übrig.« Der Priester war immer leiser geworden und sank nun auf seinen Stuhl zurück, um mich müde und misstrauisch zu beäugen. »Sie wäre verloren, wenn es nicht zu dieser letzten Schlacht käme.«

»Die der Engel verlieren wird.«

»Ja«, meinte Jon und rieb sich müde die Schläfen. »Es ist ein Rätsel, und seitdem wir die Worte des Gottes zum ersten Male vernahmen, versuchen wir, sie zu ergründen. Diese letzte Schlacht ist notwendig, damit die Hoffnung überdauert. Ohne diese Schlacht gibt es auch keine Hoffnung mehr. Es ergibt keinen Sinn. Denn der Engel wird den Gott nicht erschlagen können, es wird nur eine geben, die dies zu tun vermag, die Tochter des Drachen.«

Ich wusste von jemandem, der die Tochter des Drachen sehr fürchtete.

Der Priester betrachtete das Schwert, das ich noch immer in der Hand hielt. »Habt ... habt Ihr es schon benutzt?«, fragte er leise.

»Ja.«

»Oft?«

»Zu oft.«

Er holte tief Luft. »Habt Ihr damit schon jemanden erschlagen, der es nicht verdient hat?«

Ich zögerte. »Ich kann mir nicht sicher sein. Im Kampf ... wer verdient zu sterben, wer nicht?«

Er schüttelte den Kopf. »Das ist nicht, was ich meine. Es muss ein ganz besonderer Tod sein, der die letzte Schlacht einleitet. Meint Ihr, Ihr hättet es bemerkt, wenn Ihr jemand Unschuldigen erschlagt? Ein Kind vielleicht?«

»Nein«, protestierte ich entsetzt. »Ich habe vieles getan, aber nie ein Kind erschlagen!«

»Dann ist es nicht zu spät«, meinte Jon und seufzte erleichtert. »Es braucht eine reine Seele, schuldlos vor den Augen der

Götter, und es muss die größte aller Schandtaten sein, denn Ihr müsstet jemanden mit dieser Klinge erschlagen, der Euch liebt. Es kann kaum etwas anderes sein als ein Kindsmord. Und Ihr seid sicher ...«

»Ja«, sagte ich rau. »Ich bin mir sicher, dass ich niemals ein unschuldiges Kind erschlagen habe. In meinem ganzen Leben habe ich mich nicht an einem Kind vergriffen, und das wird auch nie geschehen!«

»Dann gebt mir das Schwert. Ich werde es in Verwahrung nehmen, wie auch alle, die nach mir kommen. Und wir wollen beten, dass der Engel noch nicht geboren ist, und es noch lange dauern wird, bis er diese Waffe fordert.«

Ich wog Seelenreißer in der Hand. »Wie deutlich sind die Worte des Gottes? Prophezeiungen sind nicht immer leicht zu deuten, das habe ich zu meinem Leidwesen erfahren müssen.«

Der Priester musterte mich lange und forschend, dann erhob er sich. »Folgt mir.«

Serafine und ich wechselten einen Blick, sie war so bleich, wie ich es wohl selbst auch war, dann folgten wir Jon. Er führte uns wieder durch die Halle, an der Statue des Gottes vorbei, hinüber zu dem großen, mit Gaben geschmückten Altar. Es waren andere Priester und Gläubige in der Halle. Erst schauten sie nur neugierig auf, doch als der Hohepriester uns mit einer Geste anwies, ihm hinter den Altar zu folgen, hörte ich das Gemurmel der anderen Priester, die flugs herbeieilten. Der Priester, der uns in Empfang genommen hatte, war auch dabei, und er stellte sich uns in den Weg.

»Das dürft Ihr nicht tun!«, protestierte er, doch der Hohepriester hob die Hand.

»Ich entscheide. Geh. Noch ist es nicht an dir, diese Entscheidungen zu treffen!«

Mit sichtlicher Mühe hielt sich der Mann zurück und stand nur steif da, während wir der Geste des Hohepriesters folgten, der uns zu einer Treppe führte, die hinter dem Altar in die Tiefen führte.

Dort gab es einen langen Gang, der zu einem runden Raum führte. In der Mitte befand sich ein rundes Podest, auf dem in einem goldenen Schein ein Lichtball schimmerte, der sich leicht zu bewegen schien und so strahlend hell war, dass er uns blendete. Ich hielt die Hand schützend vor meine Augen und sah nach oben. Über dieser reich verzierten Decke musste das Standbild des Gottes stehen. Wir befanden uns im Allerheiligsten des Tempels.

»Das«, flüsterte der Hohepriester mit Ehrfurcht in der Stimme, »ist das Buch unseres Gottes. In allen anderen Tempeln findet man nur Abschriften, aber das hier sind die Worte des Gottes selbst.«

»Es sieht nicht aus wie ein Buch«, meinte Serafine, doch es war kein Zweifel, den sie äußerte. Auch sie klang angesichts dieses schwebenden, feurigen Balls atemlos und ehrfurchtsvoll.

Es war mehr als der Anblick, es war ein Gefühl des Staunens, der göttlichen Nähe, es war, als ob man ein fernes Herz schlagen fühlte und dieser kleine Raum eine Größe hatte, die sich unsichtbar in unsere Sinne einprägte, als ob sich eine Handbreit entfernt in diesem feurigen Ball eine Welt auftat, die nicht die unsere war. Das hier musste wahrlich das Tor zu Soltars Hallen sein.

Es war nicht still, tausend Stimmen schienen zu murmeln, und fast meinte man, verstehen zu können, was gesagt wurde. All das zusammen war genug, um mich auf die Knie zu zwingen und in Ehrfurcht meinen Kopf zu senken.

»Es ist kein Buch, mein Kind«, flüsterte der Priester. »Es ist der Form gewordene Wille unseres Gottes. Wen das Feuer nicht verbrennt, kann in das Herz des Lichts greifen, und es wird ihm die Botschaft des Gottes offenbar.«

»Ich diene Astarte«, sagte Serafine leise und atemlos, »doch ich fühle mich geehrt.« Auch sie kniete sich nieder und senkte den Kopf. Ich sah hoch zu Jon, der mich nachdenklich musterte, das helle Licht schien ihn kaum zu blenden.

»Greift hinein«, gebot er mir. »Es ist eine Prüfung. Wenn Ihr versagt, zerfällt Eure Hand zu Asche. Wenn Ihr besteht, offenbart sich Euch das Wirken des Gottes.«

Ich wollte nicht in diese Flammen greifen, deren Hitze auf meinen Wangen brannte, obwohl ich gut einen Schritt entfernt kniete. Doch ich wollte auch Gewissheit, wollte wissen, ob ich Grund hatte zur Furcht. Also streckte ich die Hand aus.

Die Flammen waren warm, doch sie verbrannten mich nicht. Ich wusste nicht, was ich erwartet hatte, vielleicht den Gott selbst zu sehen. Aber so war es nicht. Ich hörte lediglich eine Stimme. Sie war leise und kam mir sogar bekannt vor, als hätte ich sie schon oft gehört. Doch jedes Wort hatte ein Gewicht von tausend Welten und ließ mich im Inneren erbeben.

»... *am Ende wird einer kommen, den ich auswählte als meinen Engel, um das Schwert des Lichts in die Heerscharen des Feindes zu tragen. Ihm wird folgen die Legion der Toten, an seiner Seite die Götter und die Hoffnung. Man wird ihn erkennen an dem Fluch, den er als Namen trägt, und daran, dass er tausendfach gestorben ist, und sein Zeichen ist die Nacht, die man in seinen Augen finden kann. Der Tod ist sein Begleiter, und wenn er kommt, wird die Erde beben, und die Fluten werden die Menschen verschlingen, die Pest wird seinen Schritten folgen. Unter seinem Banner versammelt er die, die für ihn starben, zur letzten Schlacht. Nur er allein wird vor dem Gott bestehen, doch wird er ihn nicht erschlagen können. Er selbst wird es sein, der auf meiner Klinge stirbt und so die Hoffnung weiterträgt. Das Zeichen seiner Ankunft ist eine reine Seele, die ihn lieben wird und auf meiner Klinge endet. Sein Schild ist nicht mehr als die Hoffnung, aber auch nicht weniger als diese. Sie wird für jene gelten, die er liebt, und für jeden, der ihm einst in den Tod folgte.*«

Die Stimme schien endlos lange nachzuhallen und ließ mich frösteln, als ich die Hand aus der flammenden Kugel zog.

»Ich würde sagen, Roderic von Thurgau, dass Seine Worte deutlich sind«, flüsterte der Hohepriester. »Deutlich genug, auch wenn es Passagen gibt, die wir nicht verstehen.« Im Widerschein des göttlichen Lichts schienen auch seine Augen mit diesem Feuer zu lodern. »Seid Ihr der, von dem Er spricht?«

Ich schluckte und räusperte mich. »Ja«, sagte ich mit rauer Stimme. »Es scheint so.«

Neben mir gab Serafine einen erstickten Laut von sich, Tränen benetzten ihr Gesicht und leuchteten in dem Licht wie eine Spur von Sternen.

Priester Jon führte uns schweigend in sein Amtszimmer zurück und verschloss die Tür, um sich dann gegen sie zu lehnen und uns anzusehen, sein Gesicht voller Gram und Verzweiflung. »Ich bin fast neunzig Jahre alt«, flüsterte er. »Lange wird mich der Gott nicht mehr in diesem Leben wandeln lassen. Ich habe darum gebetet, es nicht mehr zu erleben, dass dieses Schwert eingefordert wird.«

»Befragt mich dazu«, meinte ich bitter. »Als ich es an mich nahm, wusste ich nicht, was meine Bestimmung sein würde. Ich habe versucht, mich ihr zu entziehen, aber das ist nicht möglich.«

»O doch«, meinte der Priester und ging müde zu einem kleinen Schrank an der linken Seite, um ihn zu öffnen und drei reich verzierte Becher und eine Flasche herauszunehmen. »Wenn Ihr sterben solltet, bevor Ihr vor diesem dunklen Gott stehen könnt, um ihn zu bekämpfen. Denn wenn Ihr Er seid – wahrlich der seid, der sein Schwert führt –, bedeutet es nicht, dass Ihr unsterblich wärt oder unbezwingbar. Das Schwert kann Euch helfen, aber es ist nicht genug. Allein könnt Ihr nicht bestehen, Ihr braucht andere an Eurer Seite. Sie werden alle sterben, bis nur Ihr noch steht. Aber es braucht dieses Opfer, damit die Hoffnung weiterlebt.«

»Es ist nicht gerecht«, flüsterte Serafine. »Es ist ganz und gar nicht gerecht.« Sie blickte zu mir, ihre Augen waren noch immer feucht, und zum ersten Mal, seit ich sie kannte, schien sie ihre Fassung nur mit Mühe zu bewahren. »Du hast mir versprochen, dass alles gut sein wird! Du hast es versprochen, Jerbil!«

»Es gibt Dinge, die kann ein Mensch nicht versprechen, mein Kind«, sagte Jon und hielt uns die Becher hin.

»Ihr versteht nicht«, begehrte Serafine auf. »Er vermochte es, mich nach meinem Tod zurückzurufen. Er besiegte den Tod! Wenn er etwas verspricht, dann hält er es, und nicht einmal die Götter selbst können es verhindern!«

»Nur Soltar herrscht über das Leben und den Tod«, mahnte der Priester. »Ich weiß nicht, wovon Ihr sprecht, aber selbst wenn er der Engel ist, ist er nur Diener, nicht der Herr.«

»Du hast es versprochen!«, sagte sie erneut, jetzt an mich gewandt, und hielt mir ihre Hände entgegen. »Du hast es versprochen, als das Feuer starb und die Kälte kam. Und du hältst immer dein Wort!«

Ich nahm ihre Hände in meine, fühlte, wie sie zitterte, und zog sie an mich.

Eines wusste ich mit Sicherheit: Jerbil Konai hatte jedes Wort ernst gemeint. Wie weit reichte der Wille eines Menschen? War er stark genug, den Göttern selbst zu trotzen? Zumindest konnte man nicht sagen, dass es Jerbil nicht versucht hätte. Wahrscheinlich war er genauso stur gewesen wie ich.

»Wenn es möglich ist«, versprach ich ihr leise, »dann werde ich sein Versprechen halten.«

Ich schaute über ihre Schulter hinweg zu dem Priester, der an seinen Schreibtisch gelehnt an seinem Becher nippte. Er wirkte niedergeschlagen und zeigte die Last seines Alters nun deutlich.

»Wenn ich es bin, was dann? Gibt es weitere Weissagungen, einen Weg, den Ihr mir nennen könnt?«

»Ich wünschte, es wäre so. Aber nein. Es ist notwendig, dass diese Schlacht geschlagen wird, damit die Hoffnung überlebt. Wie das gehen soll, was geschehen soll, welche Schritte im Einzelnen notwendig sind, das könnt nur Ihr wissen, in dem Moment, da sie getan werden. Ich kann Euch nur sagen, dass, obwohl dem Gott, den Ihr bekämpfen sollt, in der gleichen Prophezeiung sein Sieg verkündet wird, er Euch dennoch fürchtet.« Er zuckte leicht mit den Schultern. »Vielleicht weiß er mehr als wir oder versteht die Worte des Gottes besser. Wir wissen nicht einmal, welcher Gott es sein soll, der zu erschlagen ist. Ich dachte lange, es wäre der Namenlose selbst, doch zu vieles passt nicht.«

»Das kann ich Euch sagen«, meinte ich. »Sein Name ist Kolaron Malorbian, und er trachtet nach dem Mantel Omagors, dem Gott der Finsternis.«

»Omagor? Dann sind wir verloren.« Er nahm einen Schluck und lachte bitter. »Wir sind so oder so verloren, aber in einem Fall bleibt die Hoffnung übrig.« Er sah mich direkt an. »Denkt daran, wenn Ihr es wahrhaftig seid, dann dürft Ihr nicht eher fallen bis zu diesem letzten Moment. Nur so bleibt die Hoffnung.«

»Aber der Engel steht allein vor dem Gott, und nur die Tochter des Drachen kann diesen erschlagen, richtig?«, fragte ich.

»Das sagt der Gott. Es widerspricht sich, aber es muss eine Lösung geben.«

»Es gibt eine«, sagte Serafine, hob ihr tränennasses Gesicht von meiner Schulter und schniefte. »Es bleibt die Hoffnung. Also gibt es ein Danach. Der Gott spricht nicht davon, dass Kolaron im Mantel Omagors siegreich sein wird. Nur davon, dass wir verloren sind, wenn es diese Schlacht nicht geben wird. Also gibt es Hoffnung auf ein Danach.«

»Habt Ihr eben nicht von der Tochter des Drachen gesprochen? In dieser Passage sagte der Gott nichts von ihr«, erinnerte ich mich.

»Ja«, bestätigte der Priester. »Aber er sagt es an einer anderen Stelle. Wenn der Mantel der Finsternis gestohlen wird, werden die Götter gegen den ins Feld ziehen, der ihn trägt, doch es wird die Tochter des Drachen sein, die den falschen Gott besiegt.«

»Mehr nicht?« Ich war enttäuscht.

»Nein, mehr nicht. Aber wir wissen jetzt, auf was sich der Mantel der Finsternis bezieht. Auf Omagor.«

»Es ist genug«, meinte Serafine entschlossen. »Sie wird ihn erschlagen. Der Engel und die letzte Schlacht sind nötig, damit sie ihn erschlagen kann. Er *wird* besiegt werden. Das ist die Hoffnung.«

»Aber es scheint mir, als sollte ich es nicht mehr erleben«, meinte ich dazu und nahm jetzt selbst einen tiefen Schluck.

»Wir, die Dienerschaft unseres Gottes, werden Euch nach besten Kräften unterstützen«, erklärte der Priester leise. »Sagt uns einfach, was getan werden muss.«

»Sobald ich es weiß«, gab ich zur Antwort und stellte meinen leeren Becher ab.

»Gut«, sagte er. »Ich danke den Göttern, dass noch Zeit ist, denn noch habt Ihr die reine Seele ja nicht erschlagen.«

Ein Kind zumindest nicht, dachte ich bitter. Götter, ich hasste diese Art von Prophezeiungen. Sie gaukelten einem einen Blick in die Zukunft vor, und doch verstand man sie erst, wenn es geschehen war. Zu was waren sie also nütze?

Ob alledem hatte ich die beiden vor dem Tempel ganz vergessen, doch als jetzt plötzlich in der Ferne entsetzte Schreie zu hören waren, erinnerte ich mich an sie, und wir sprangen auf, eilten in die Haupthalle, wo sich uns ein zugleich erschreckender und befremdlicher Anblick bot. Vor dem Gott, fast zu seinen Füßen, lagen vor der unvollendeten Treppe, die zu seiner Insel führte, die zwei Männer, die vor dem Tempel gewartet hatten. Sie schrien und sie wanden sich, doch nicht nur alleine dies löste das Entsetzen aus, denn vor unseren ungläubigen Augen entstanden überall an ihnen Brandblasen, als ob sie bei lebendigem Leib gegart werden würden.

Wir alle standen herum, doch keiner wusste, was zu tun war, es gab kein Feuer zu löschen; was diese beiden brannte, war für uns nicht zu erkennen, wir konnten nichts tun als ihnen zuzusehen, wie sie litten. Sie litten lange, und erst als das Fleisch ihnen wie gekocht von den Knochen fiel, hörten sie auf zu zucken, und während dies geschah, sah ich bei dem einen zwei und bei dem anderen gleich vier Seelen aufsteigen. Dann, mit einem Mal, barsten die beiden Toten in gleißende Flammen, die fast so schnell vergingen, wie sie gekommen waren, und nichts als weiße Asche auf den Steinplatten zurückließen.

»Götter«, meinte der Hohepriester ehrfürchtig, und er war nicht alleine darin, als er das Zeichen des Gottes schlug. »Habt Ihr das gesehen?« Diesmal war es offenbar, dass nicht nur ich die Seelen gesehen hatte, denn auch andere sahen nach oben, wo die schimmernden Gebilde durch die offene Decke der Kuppel entschwanden.

»Es sind Nekromanten gewesen«, stellte Serafine fest, und der Priester nickte zögerlich. »So sieht es aus.« Viel bleicher, als er es schon war, konnte er kaum noch werden, schon jetzt glich seine Haut mehr weißem Pergament als allem anderen. Er winkte einen der anderen Diener Soltars heran. »Sagt mir, was geschehen ist.«

»Ich weiß es nicht«, gab dieser zur Antwort. »Diese beiden standen eine ganze Weile schon vor dem Tempel, als eine Sera die Stufen hochkam. Als sie kam, griffen die beiden sie an, doch sie warf sie in den Tempel. Kaum, dass sie den Boden berührten, fingen sie an zu schreien ... den Rest habt Ihr selbst gesehen.«

»Wie hat sie diese beiden geworfen?«, fragte ich und sah zum Eingang hin, von dort bis zu den Stufen waren es gut und gerne zwanzig Schritt.

»Das sah ich nicht, es ging zu schnell ... sie flogen in hohem Bogen. Verzeiht, aber mehr kann ich nicht sagen.«

Ich hätte die beiden nicht so weit werfen können ... ich sah mich suchend um, doch ich sah keine Frau, die mir auffiel.

»Eine Sera?«, fragte Serafine. »Gebräunte Haut, pechschwarze Haare, in Schönheit von Astarte gesegnet?«

»Ja. Kennt Ihr sie?«, fragte der Priester.

»Vielleicht ...«, lächelte Serafine. Sie sah zu mir hoch. »Gibt es noch etwas, das uns hier hält?«

Ich schaute zu dem Gott, dann zu dem Hohepriester und schüttelte den Kopf. »Für den Moment wohl nicht«, sagte ich.

»Doch ... vielleicht«, widersprach der Hohepriester, der sich noch immer fassungslos die Aschehaufen besah. »Dort draußen auf den Treppen werdet Ihr einen Priesterschüler mit Namen Gerlon finden. Er ... er ist sehr neugierig und forschend, und er hat etwas gefunden, das ihm seinen Frieden nimmt. Er irrt in dem, was er vermutet, doch vielleicht ist es besser, wenn Ihr mit ihm sprecht. Geht zu ihm, denn er war es, der in der Zitadelle nach Euch fragte.«

»Ich will wissen, was hier geschieht«, mischte sich der Priester ein, der uns am Anfang empfangen hatte und uns hatte hindern wollen, das Allerheiligste zu betreten. »Wie kommt es, dass die Verfluchten es schon wagen, unseren Tempel zu betreten?«

»Das ist Bruder Mircha«, stellte der Hohepriester uns den Mann vor. »Er wird mein Nachfolger sein. Bald.« Er warf Mircha einen mahnenden Blick zu. »Aber solange er noch nicht meine Robe trägt, wird er sich fügen müssen. Noch bin ich es, der die Worte unseres Gottes auslegt.« Er wandte sich nun direkt an Mircha. »Bis dahin forderst du nichts und lernst, bis du selbst fordern und lehren darfst. Bedenke, es ist Sein Tempel und nicht der unsere. Er war es, der diese Verfluchten bestrafte und Er wird seine Gründe haben, warum es so geschah.« Er wies auf die Reste der beiden Nekromanten. »Lasse ihre Reste entfernen und kümmere dich darum, dass in Seinem Haus wieder Frieden einkehrt.«

»Wie Ihr wünscht«, sagte der Priester und verbeugte sich tief vor Bruder Jon, doch es war leicht zu erkennen, wie schwer es ihm fiel.

Serafine und ich wechselten einen Blick und verbeugten uns hastig, um unseren Abschied zu nehmen, während Mircha mit geballten Fäusten dastand und mich mit einem Blick ansah, der mir diese Demütigung zur Last legte.

Diesmal hielt uns niemand auf, als wir uns zum Gehen wandten. Ich warf einen letzten Blick zurück zu meinem Gott, der still dastand. Ich fühlte seine Bürde auf mir lasten.

»Ich schwöre«, gelobte ich, als wir durch die Tempeltüren schritten, »dass ich mich nie wieder über zu viel Muße beschweren werde!« Ich sah mich um, doch niemand sonst schien uns aufzulauern. Nur der Priesterschüler, der mir diese Robe gegeben hatte, stand mit seinem Besen nicht weit von uns entfernt und tat so, als würde er uns nicht beachten, während er beständig die gleiche Stelle fegte. Ich wollte zu ihm gehen, doch Serafine griff mich am Ärmel und zog mich zur Seite.

»Havald«, sagte sie leise und eindringlich, während auch ihre Augen in den Schatten spähten, wo die beiden gelauert hatten. »Ich verstehe dich nicht, wie kannst du nur so ruhig sein! Wir haben eben erfahren, dass wir alle sterben werden!«

»Vielleicht.« Ich lächelte. »Es gibt Hoffnung, das hast du selbst gehört.«

»Havald!«, rief sie empört, und viel fehlte nicht, und sie hätte mit dem Fuß aufgestampft. »Ich meine es ernst! Erklär mir, wie du so ruhig bleiben kannst!«

»Ich bin es nicht. Aber nach dem ersten Schreck erkannte ich, dass wir nichts Neues erfahren haben. Wir wussten bereits, dass Kolaron Malorbian zum Gott werden will und nach dem Mantel Omagors trachtet. Wir wussten, dass wir gegen ihn ziehen werden, und dass die Wahrscheinlichkeit, gegen ihn zu bestehen, gering ist. Beachte, was wir über unseren Feind wissen, wie stark er ist, welche Macht und Fähigkeiten er besitzt. Muss ich dir wahrhaftig erklären, dass wir wenig Hoffnung auf einen Sieg haben können? Tatsächlich haben mir die Worte des Gottes Hoffnung gegeben. Der Nekromantenkaiser *wird* fallen. Die Tochter des Drachen *wird* ihn erschlagen.« Ich zuckte mit den Schultern. »Ich werde auf Seelenreißers Klinge enden, ein Schicksal, das mich wenig überrascht. Aber der Feind wird besiegt werden.«

»Aber jeder andere neben dir wird fallen«, sagte sie leise. »Und dann du.«

»Ich werde dem Gott allein gegenüberstehen. Das sind Soltars Worte. Er sprach nicht davon, dass jeder sterben wird. Ich kann nicht wissen, wo und wann sich seine Worte erfüllen. Aber wenn ich allein vor diesen falschen Gott trete, stirbt auch niemand anders. Danach wird Leandra ihn erschlagen, und die Welt kann sich neu ordnen. So kann man Soltars Worte auch verstehen.«

»Du suchst nach einer Hoffnung«, sagte sie unter Tränen.

»Was soll ich sonst tun?«, fragte ich. »Dafür ist sie da.«

»Also hältst du Leandra für die Tochter des Drachen?«

»Wen denn sonst? Über ihren Vater ist so gut wie nichts bekannt, doch beachte ihr erschreckendes magisches Talent, die rätselhaften Dinge, die sie umgeben. Der Drache ... Er steht für Askannon. Vielleicht ist er ihr Vater, wir wissen es nicht. Vielleicht ist es jemand anders. Aber sie scheint mir am passendsten zu sein, und sie trägt Steinherz. Wenn es ein Schwert gibt, das geeignet erscheint, einen Gott zu erschlagen, dann dieses.«

»Aber du wirst sterben.«

»Ja.« Ich zuckte mit den Schultern. »Ich kann nicht sagen, dass der Gedanke mir gefällt, aber du weißt, wie lange ich schon lebe. Immer weiterzuleben erschien mir als Fluch, denn es ist eine Strafe, diejenigen vergehen zu sehen, die man liebt. Wenn sie altern und verfallen, während man selbst jung ist von gestohlenen Lebensjahren! Nein, Serafine, ich sehe die Worte meines Gottes als eine Befreiung, denn nun unterscheide ich mich nicht mehr von anderen. Es wird ein Ende geben, und wie jeder andere auch weiß ich nicht, wann und wo es sein wird. Aber eines habe ich anderen voraus. Ich weiß, dass mein Tod einen Sinn haben wird.« Ich zog sie an mich und hielt sie; es kam mir natürlich vor und auf eine Art richtig, die ich erst noch lernen musste.

»Wenn ich schon sterben muss, frage mich doch einmal, ob ich möchte, dass es einen Sinn hat? Manche stolpern auf der Treppe und brechen sich den Hals. Was ist der Sinn eines solchen Todes? Der Gott sagt mir, dass mein Tod der Weltenscheibe die Hoffnung wiedergibt. Was will ich mehr?«

»Glücklich sein. Leben. Lieben«, antwortete sie mit erstickter Stimme. »Ich wollte niemals mehr als das. Es sind bescheidene Wünsche, finde ich. Ich wollte nie eine Heldin sein, nie die Last der Welten auf meinen Schultern tragen. Was ist daran so falsch, nichts anderes zu wollen, als in der Liebe glücklich zu sein und einfach nur zu leben, bis der letzte Tag kommt? Friedlich in einem Bett zu sterben, im Kreis derer, die man liebt, vielleicht die Kinder und die Kindeskinder um sich versammelt. Was ist falsch daran?« Sie löste sich von mir. »Sag mir, was ist falsch daran?«

»Nichts«, antwortete ich leise. »Aber es ist nicht jedem vergönnt.«

»Jerbil hat es mir versprochen«, sagte sie erstickt. »Er hielt immer sein Wort. Immer, hörst du?«

»Nun«, sagte ich und sah ihr in die Augen. »Wer hätte es für möglich gehalten, dass du hier stehst, dass du Serafine *und* Helis bist? Er hat dich aus diesem kalten Grab gerettet, auf welche Art auch immer. Er muss hart mit Soltar verhandelt haben, aber hier stehst du und lebst! Dass die Seelen wiedergeboren werden, versprach uns der Gott, doch du bist mehr als eine Seele, du bist wahrhaftig zurückgekehrt. Es ist unmöglich, und doch ist es wahr. Also …« Ich lächelte. »Wer weiß? Vielleicht hat dein Jerbil es so einrichten können, dass das gesamte Gefüge der Weltenscheibe und selbst der Wille der Götter sich ihm hat beugen müssen. Leandra erklärte mir, dass die Basis aller Magie und Macht nur eines wäre: der Wille, dass es sich so fügen soll, wie man es wünscht. Vielleicht war sein Wille stark genug.«

»Du bist Jerbil«, sagte sie leise. »Sag du mir, ob es so ist.«

»Ich bin nicht er«, widersprach ich. »Aber es mag sein, dass er ein Teil von mir ist. Doch er kam nicht zurück, finde dich damit ab, Serafine. Vielleicht war das der Preis, den er zahlen musste.«

Sie lächelte und wischte sich die Tränen aus dem Gesicht. »Aber du verstehst, Havald, dass ich es nicht glauben will? Du verstehst, dass ich nicht vernünftig sein, es nicht akzeptieren will?«

»O ja«, sagte ich mit Inbrunst. »Das verstehe ich nur zu gut.«

14. Alte Freunde

»Entschuldigt«, sagte der junge Priester mit dem Besen höflich hinter uns. »Ich will nicht stören, soll ich später wiederkommen?«

»Ja«, sagte die Frau, die überraschend neben uns aus dem Schatten trat. Sie wirkte entnervt. »Ich bitte darum. Es ist schwierig genug, diese beiden allein vorzufinden, und was ich an sie heranzutragen habe, duldet keinen weiteren Aufschub.« Sie warf mir einen funkelnden Blick zu. »Wenn Ihr noch einmal mit dieser Klinge auf meine Nase deutet, nehme ich sie Euch ab und versenke sie dort, wo selbst Soltars Licht nie scheint!« Sie streckte einen schlanken Finger aus und schob Seelenreißer damit zur Seite.

»Das haben schon andere versucht«, ließ ich sie milde wissen, als ich das Schwert in die Scheide steckte.

»Mit dem Unterschied, dass ich es könnte«, meinte die Frau, die wahrscheinlich Asela war, Maestra, Eule und Spionin Kolarons, eben jene, die beinahe Desinas Ende bedeutet hätte, maßgeblich an dem Angriff auf Askir beteiligt gewesen war und nach dem Nekromantenkaiser selbst unser größter Feind sein musste. Mir fiel kein Grund ein, warum ich sie nicht auf der Stelle erschlagen sollte, außer einem: Neugier.

»Das Schwert muss sich damit abfinden, dass es mich nicht bekommen wird«, sprach sie.

»Vielleicht doch«, meinte ich, doch sie schnaubte nur.

»Ihr habt angeboten zu verschwinden«, sagte sie jetzt zu dem Priester. »Also tut das!«

»Nun, Sera«, meinte Gerlon höflich. »Es ist nicht so, dass mein Anliegen noch lange warten kann. Außerdem habe ich Rücksicht genommen auf einen zärtlichen Moment und nicht auf Euch, die Ihr im Schatten verborgen wart!«

Serafine und ich wechselten einen Blick. »Wollt Ihr es unter Euch ausmachen?«, fragte Serafine höflich. »Oder erklärt uns jemand, worum es geht?«

»Um einen Nekromanten«, meinten beide im Chor – und sahen einander im nächsten Moment verdutzt an.

»Gut«, meinte Asela und bedachte den Priester mit einem funkelnden Blick. »Der Verfluchte, den ich erschlagen sehen will, wird den Kronrat zerstören, wenn man ihn nicht aufhält.« Sie verschränkte die Arme vor ihrer Brust und blickte ihn fordernd an. »Es wird wohl kaum etwas Wichtigeres geben!«

»Der, den ich meine, wird den Glauben meines Herrn verderben und die Seelen der Toten in die Irre führen«, gab der junge Priester zurück und imitierte ihre Haltung. »Ihr müsst einsehen, dass er die größere Gefahr darstellt.«

Ich räusperte mich. »Ihr seid Asela, nicht wahr?«, fragte ich höflich, als ich beider Aufmerksamkeit besaß.

»Und wenn es so wäre?«, fragte sie kühl. »Was geht es Euch an?«

»Ich will wissen, mit wem ich spreche.«

Die Sera neigte leicht das Haupt. »Ich war einst sie. Aber ich bin es nicht mehr. Kolaron hat das verdorben und in den Tod geführt, was sie einst ausmachte. Ich bin das, was nach der Verderbnis übrig blieb.«

Damit war ich nicht viel schlauer als zuvor. »Nennt Ihr mir auch den Grund, warum ich Euch nicht auf der Stelle erschlagen soll?«, fragte ich höflich.

»Davon abgesehen, dass Ihr es nicht könnt?«, fragte sie mit einem harten Lächeln.

»Ich bin geneigt, es zu versuchen. Ein anderer Grund wäre durchaus angebracht.«

»Ich habe mich aus Kolarons Joch befreien können und stehe auf Eurer Seite. Ich bin dem Nekromantenkaiser ein entschlossenerer Feind, als Ihr es je sein könnt.«

»Warum sollte ich Euch glauben?«, fragte ich misstrauisch.

Sie nickte. »Eine gute Frage.«

»Deshalb stelle ich sie.«

»Nachdem wir miteinander gesprochen haben, werde ich das Haus Soltars betreten. Es besteht die Gefahr, dass er mich bestrafen wird, aber wenn nicht, werdet Ihr dann überzeugt sein?«

»Geht doch gleich hinein«, schlug ich vor. Serafine zog die

Luft ein und warf mir einen warnenden Blick zu. Es half nicht viel, meine Geduld war an diesem Tag schon zu oft strapaziert worden. Am liebsten hätte ich Maestra und Priester hier auf den Stufen stehen lassen und wäre zu meinem Quartier gegangen, um Ruhe und Muße zum Nachdenken zu finden. Oder ich würde doch mein Glück bei ihr versuchen. Anders als sie hatte ich keinen Zweifel daran, dass Seelenreißers fahle Klinge scharf genug war, um ihr den Kopf von den Schultern springen zu lassen.

»Dann erweist uns wenigstens die Ehre, Euch uns so zu zeigen, wie Ihr seid«, forderte Serafine.

»Warum?«, fragte die Maestra.

»Weil ich es sehen will«, beharrte Serafine.

»Wenn Ihr darauf besteht.« Ich wusste nicht, wie sie es tat, es schien, als ob sie sich von einem auf den anderen Moment veränderte, und dennoch war es ein gradueller Prozess. Vor mir stand plötzlich eine Frau mit der alabasterfarbenen Haut einer Prinzessin, dem schwarzen Haar eines Raben, einem Gesicht, für das man Kriege führen konnte, und Augen, die voller Gefühl sein sollten und dennoch hart wie Diamanten glitzerten. Ich hatte viele schöne Frauen gesehen, doch sie verfügte über etwas, das mehr war als nur Schönheit. Als wären in ihr die Götter zusammengekommen, um einen neuen Maßstab zu setzen.

Und trotzdem ließ sie mich seltsam unberührt, wie eine Statue, ein unbeseeltes Kunstwerk.

»Du bist noch genauso, wie ich mich an dich erinnere«, sagte Serafine mit belegter Stimme. »Und doch: Was um aller Götter willen ist mit dir geschehen? Wie kam es, dass du Seelen geritten hast, alles verraten hast, das dir heilig, lieb und teuer war? Was ist aus dir geworden?«

»Nichts ist aus mir geworden. Und nichts geht es Euch an«, meinte die schwarzhaarige Schönheit mit klirrender Kälte in der Stimme und verwandelte sich wieder zurück, während Serafine Schutz suchend an meine Seite trat.

»Es geht mich sehr wohl etwas an, wenn eine Freundin jetzt Seelen reitet, findest du nicht?«, fragte Serafine bitter. »Ich kann es einfach nicht verstehen.«

»Das wäre womöglich ein Grund, wenn Asela Euch als Freund

betrachtet hätte, doch von denen lebt längst niemand mehr«, gab die Sera barsch zurück und schnaubte. »Ihr erinnert mich an jemanden, das stimmt. Aber erwartet nicht von mir, zu glauben, dass Ihr die seid, der Ihr ähnelt. Balthasar trägt Schuld an ihrem Tod, davon kann ihn niemand befreien.«

»Das ist wahr«, meinte Serafine. »Aber ich wurde durch ein Wunder Soltars wiedergeboren, und ich erinnere mich an dich, Feltor und Balthasar.«

»Ich bin schon lange nicht mehr leichtgläubig«, sprach die Sera bitter. »Aber gut: Wenn Ihr Serafine sein wollt, dann wisst Ihr auch, was Balthasar ihr auf ihrer Hochzeit gestohlen hat.«

»Also weißt du, wer ich bin«, stellte Serafine fest.

»Ich weiß, wem Ihr ähnelt. Aber Ihr könnt es nicht sein. Beantwortet meine Frage, oder hört auf, mich mit dummen Phantasien zu quälen!«

»Wenn du nicht den Kuss meinst, dann war es eine Kirsche«, antwortete Serafine.

Die Sera wurde bleich und taumelte zurück, als wäre sie geschlagen worden. »Das ist unmöglich!«

»Nein, ist es nicht. Es war ein Wunder Soltars«, sagte Serafine, trat an Asela heran und legte ihr eine Hand auf den Arm. »Was ist mit dir geschehen, Asela?«

»Alles«, antwortete die ehemalige Eule bitter. »Alles, was ein Mensch nicht ertragen kann, ohne daran zu zerbrechen. Er ließ nichts aus, keine Demütigung war ihm zu gering, keine Schandtat zu grob. Er nahm ihr alles, was man einem Menschen nehmen konnte, verdrehte sogar das Gefühl der Liebe in einen abscheulichen Spiegel. Als der Bann fiel, der auf sie wirkte, weinte sie und wollte nicht mehr leben.«

»Du sprichst von dir, als wärst du jemand anders«, meinte Serafine betroffen.

»Weil es so ist.« Tränen liefen der Maestra über die Wangen, aber sie schien sie gar nicht zu bemerken.

»Was ist noch übrig von dir, Asela?«

»Nichts von ihr selbst. Aber alles an Wissen und jede einzelne Erinnerung, so abscheulich sie auch sein mag«, gab die Maestra Antwort. »Sie sind schwer zurückzuhalten«, seufzte sie.

»Kannst du mir sagen, wie es kam, dass du jetzt Seelen reitest?«, fragte Serafine.

»Das ist vorbei. Asela hat den Preis dafür bezahlt, wie wir alle.«

»Das ist wahr. Sie ist kein Nekromant«, äußerte sich der Priester dazu.

Asela zog eine Augenbraue hoch. »Tatsächlich?«, fragte sie.

Der Priester nickte. »Ihr tragt es nicht in Euch, dennoch liegt anderes bei Euch im Argen.«

Sie lächelte freudlos. »Das habt Ihr gut erkannt. Sagt, Priesterschüler, könnt Ihr schon die Wahrheit von der Lüge unterscheiden?«

»Meistens«, meinte Gerlon bescheiden. »Bruder Jon sagt, ich hätte ein Talent dafür.«

»Sage ich die Wahrheit, wenn ich behaupte, dass ich ein Feind Kolarons bin?«

»Ja. Aber Ihr folgt dabei eigenen Interessen und wollt nur Rache üben.«

Asela nickte. »Ihr seht viel für jemanden, der noch so jung ist«, meinte sie anerkennend und wandte sich wieder an uns. »Es ist, wie er sagt. Ich will Rache. Ich habe Grund genug dafür, nicht nur für mich, sondern für zwei andere. Viele andere. Ihr habt den Priester gehört. Wir können uns gegenseitig benutzen, um unsere Ziele zu erreichen, auch wenn sie sich nicht vollends decken.«

»Besitzt Ihr noch Eure magische Macht?«, fragte ich, als hätte sie es nicht schon bewiesen.

»In einem Maß, das Euch erschrecken würde. Warum?«

»Warum zerstört Ihr diesen Nekromanten dann nicht selbst? Bei Eurer Macht sollte es Euch leichtfallen.«

»Meint Ihr?«, sagte sie. »Sagt, erinnert Ihr Euch an Ordun? Es heißt, dass Ihr es gewesen wäret, der ihn erschlug.«

Ich würde ihn nie vergessen können. Er war der erste Nekromant, dem ich begegnet war, und seine Macht war gewaltig gewesen. Und er war alt, anders als alle anderen Seelenreiter, die ich seitdem erschlagen hatte. Nur Armin und Zokoras Blasrohr war es zu verdanken, dass ich heute hier stand. Alle Seelenreiter waren erschreckend, doch Ordun hatte etwas tief in mir berührt, das sich allein bei der Erinnerung zusammenkauern und nur noch winseln wollte.

»Ja«, sagte ich steif. »Ich erinnere mich an ihn.«

»Ordun war der Schüler des Mannes, den wir nun erschlagen müssen. Das sollte Euch helfen zu verstehen, wie groß die Aufgabe ist.« Sie hob ihr Kinn. »Aber ja, ich kann ihn selbst erschlagen, ohne Zweifel, doch dann zeige ich meine Hand in diesem Spiel, etwas, das ich nicht tun will, bevor die Zeit gekommen ist.«

»Also sollen wir für Euch die Arbeit tun?«

»Nein«, antwortete sie und bedachte mich mit einem vernichtenden Blick. »Ihr sollt *Eure* Arbeit tun, ich zeige Euch nur, wo sie zu finden ist. Ihr seid es, der den Schattenhüter trägt, oder seht Ihr ein Bannschwert an meiner Seite, das mich in die Lage versetzt, Seelenreiter für Euch zu erschlagen? Wenn Ihr meine Hilfe nicht wollt, sagt es mir, und ich belästige Euch nicht weiter. Ich habe genügend anderes zu tun!«

»Wir wollen deine Hilfe«, sagte Serafine leise. »Du musst ihn verstehen, Asela. Ich fühle etwas in dir, etwas, das an alte Bande anknüpft und sich dennoch falsch und verquer anfühlt. Havald ist nicht blind, er fühlt es auch. Er hat Grund genug, misstrauisch zu sein.«

»Da hast du recht«, sagte Asela grimmig und wischte sich die Augen aus. »Falsch und verquer. Genau das ist es, Finna. Es ist alles falsch und verquer und hätte nie geschehen dürfen.« Sie straffte ihre Schultern. »Aber es ist nicht der Ort und die Zeit, um über das Vergangene zu sprechen. Habt ihr das Tor gefunden?«

»Ja.«

»Gut. Ihr werdet es brauchen.« Sie sah zu dem Priesterschüler hin. »Ich bezweifle, dass Ihr viel von dem versteht, was hier gesprochen wurde, doch seid versichert, wenn Ihr es ausplaudert, werde ich Euch finden!«

»Es bedarf keiner Drohung, Sera«, gab Bruder Gerlon kühl zurück und hob sein Kinn. »Ich bin klug genug zu wissen, was Verschwiegenheit verlangt. Auch«, er warf einen Blick zu Serafine, »wenn mich die Neugier zu zerreißen droht.«

»Wo finden wir diesen Seelenreiter, Asela?«, fragte Serafine.

»Im Gefolge der Varländer. Er wird mit dem König zum Kronrat hier eintreffen. Ein Angriff auf Askir wurde abgewehrt, er bereitet den nächsten vor.« Sie lachte. »Kolaron plant nie nur einen Zug, sondern wirft seine Netze doppelt und dreifach aus. Der fehlgeschlagene Angriff hat ihn die letzten beiden Eulen gekostet, über die er verfügte, ein hoher Preis. Aber der Herrscher der Welten, wie er sich gern nennt, weiß, dass er nicht unfehlbar ist. Also plant er einen Fehlschlag ein, auch wenn er von seinen Plänen überzeugt ist.«

»Wer ist es?«, fragte ich nach.

»Darin liegt das Problem. Den Namen kenne ich nicht, auch nicht sein Gesicht. Ich weiß nur, dass er im Gefolge Varlands in die Stadt kommen wird, und das wird bald sein. Er muss gefunden und zerstört werden.«

»Und Ihr, Bruder Gerlon?«, fragte ich. »Wer ist der Unheilige, den Ihr erschlagen sehen wollt?«

»Ein Geschwür, dessen Spur sich in der Zeit verliert«, erklärte er gewichtig. »Ein Seelenreiter, so mächtig, dass selbst Askannon ihn nur binden und nicht töten konnte. Ich fand die Referenz zu diesem Ungeheuer erst kürzlich, aber ich bin sicher, dass sein Fluch schon sehr lange auf diesem Tempel liegt.«

Asela schüttelte den Kopf. »Ihr müsst Euch täuschen, Priesterschüler. Wenn dem so wäre, müsste ich davon wissen.«

»Ihr könnt nicht alles wissen.«

Ein feines Lächeln spielte um ihre Lippen. »Ihr würdet erstaunt sein, zu erfahren, was man alles lernen kann.«

»Gehört Bescheidenheit auch dazu?«, gab der Priesterschüler zurück.

Asela stutzte kurz, dann lachte sie bitter. »Auch davon lernte ich mehr, als Ihr je zu lernen fürchten braucht.«

Ich fand es an der Zeit einzuschreiten. »Ihr seid Euch sicher, dass es diesen Seelenreiter gibt?«, fragte ich Gerlon.

»Es gibt ihn«, antwortete der junge Mann überzeugt mit einem Blick zu der Maestra hin. »Ich sehe ihn jede Nacht in meinen Träumen.«

»Das erklärt es dann auch schon«, meinte die Eule dazu.

»Asela«, mahnte Serafine sie leise.

»Götter«, seufzte diese. »Also gut, auch ich habe mich schon einmal getäuscht. Es ist möglich, dass mir etwas entgangen ist.« Für wahrscheinlich hielt sie es offenbar nicht.

»Wo finden wir den Unheiligen?«, fragte ich den Priesterschüler, mit einem strengen Blick zu Asela hin, den sie nicht wahrzunehmen schien.

»In einer Gruft unter diesem Tempel, verborgen und versteckt, mit magischen und anderen Fallen gesichert, bewacht von Priestern, die ihr Leben gaben, und gebunden in goldene Ketten mächtigster Magie. Er hätte sterben sollen, aber ich bin sicher, dass er noch lebt, und man muss ihm ein Ende bereiten!«

»Was meint Ihr mit Referenz?«, fragte Serafine.

»Er findet Erwähnung in den Tempelarchiven, doch Bruder Jon glaubt, dass ich mich irre. Ich jedoch bin mir sicher.« Er wies mit seiner Hand auf Seelenreißer an meiner Seite. »Es braucht ein Schwert wie das Eure, um ihn vollends zu vernichten. Die Jahrhunderte müssen ihn geschwächt haben, und jetzt ist die Gelegenheit dazu, bevor er sich aus seinen Fesseln befreien kann.«

»Ihr hofft, er sei geschwächt, und gebunden ist er auch? Worin besteht dann die Gefahr?«, fragte ich.

»Ich hoffe, dass er schwächer wurde, aber ich weiß, dass seine Fesseln bald brechen werden. Denn der Tempel hat vergessen, die Rituale auszuführen, die ihn weiterhin binden sollen. Es ist zu lange her, als dass man sich an ihn erinnert.«

»Wie lange ist das her?«, fragte Asela interessiert.

»Der Tempel wurde an dieser Stelle erbaut, um ihn zu binden. Seit über tausend Jahren also. Seit der Gründung dieser Stadt.«

»Das mag es erklären, dass ich von solchem bislang nichts wusste«, gab die Maestra zu. »Aber tausend Jahre? Und dann sagt Ihr, es dulde keinen Aufschub?«, fragte sie und schien ein wenig erheitert. »Nach all dieser Zeit soll es auf einen Tag ankommen?«

»Genauso ist es«, meinte der Priester ernst. »Denn gestern erst habe ich festgestellt, dass wieder eines der Siegel gebrochen ist, die ihn halten. Nur noch ein Siegel bindet ihn, und wenn auch das bricht, fürchte ich das Schlimmste.«

»Verstehe ich das richtig?«, fragte ich. »Ein Seelenreiter soll seit tausend Jahren unter diesem Tempel liegen und noch immer leben? Woraus schließt Ihr das? Vielleicht ließ man ja deshalb die Rituale ausfallen, weil sie nicht mehr nötig sind, und der Verfluchte schon lange bei seinem dunklen Gott weilt?«

Der junge Priester sah mir direkt in die Augen. »Weil er seine Macht bereits auf die Priesterschaft ausübt. Es ist schwer, die Veränderung zu bemerken, aber er hat fast jeden hier bereits unter seinen Bann gelegt.«

»Unter den Augen des Gottes?«, fragte ich. »Und das soll ich Euch glauben?«

Er schien ein wenig in sich zusammenzusinken. »Bruder Jon glaubt es nicht, das ist gewiss. Warum Ihr es glauben sollt ... Ich weiß es nicht. Aber Ihr habt schon Seelenreiter erschlagen, Ihr kennt sie besser als jeder andere.«

»Und Ihr meint, dass Ihr gefeit seid gegen die Macht dieses Seelenreiters, und es allein an Euch liegt, den Verdammten seiner Bestimmung zuzuführen?« Asela lachte. »Ihr seid ein Priesterschüler, solltet Ihr nicht denen vertrauen, die Euch lehren?«

»Ich würde es so gern«, meinte der junge Gerlon fast schon verzweifelt. »Aber glaubt mir, ich habe es in alten Texten gelesen und täusche mich nicht! Der Verfluchte liegt in geweihten Ketten, und es ist unsere Aufgabe, ihn zu bewachen. Aber das tut niemand mehr! Ich bilde es mir nicht ein, es steht in goldenen Lettern in den heiligsten Büchern unseres Ordens, jenen, die die Aufgaben der Priesterschaft festlegen. Bitte, so glaubt mir doch!«

»Was sagt der Hohepriester dazu, Gerlon?«, fragte Serafine ruhig.

»Er meint, dass ich mich irre und erst mehr darüber erfahren werde, wenn ich höhere Ämter erreiche«, antwortete der junge Mann gequält. »Doch das letzte Siegel bricht *jetzt*! Wie soll ich denn da warten? Außerdem plagen mich Träume, die davon sprechen, dass dieses Übel ungehindert wächst und gedeiht. Diese Träume lassen mich verzweifeln, versteht Ihr nicht? Ich muss etwas tun, aber man lässt mich nicht! Ihr wisst genügend über die Verfluchten, Ihr könnt mir helfen ... wenn uns der Hohepriester lässt.«

»Er hat uns zu Euch geschickt«, meinte ich. »Also liegt ihm etwas daran. Wir werden sehen, wie wir helfen können. Aber ich muss Euch gestehen, dass ich eher dazu neige, dem Hohepriester zu glauben, als zu denken, dass ein Verfluchter im Angesicht unseres Gottes so lange übersteht.«

»Ser Roderic wird schwerlich so viel über die Seelenreiter wissen wie ich«, erklärte die Maestra. Sie sah nachdenklich drein. »Ich halte es nach wie vor für unwahrscheinlich, aber dennoch, es könnte stimmen. Zu der Zeit, von der Ihr sprecht, gab es die Bannschwerter noch nicht. Ohne ein solches Schwert ist es sehr schwer, einen Seelenreiter zu vernichten. Ich weiß, dass Askannon die Bannschwerter genau zu diesem Zweck erschuf. Aber erst, als dieser Tempel schon lange stand. Also gut, sagen wir, es wäre theoretisch möglich.« Sie sah von mir zu Serafine und zu dem Priester. »Es gibt die absonderlichsten Talente, die ein Seelenreiter stehlen kann. Es gibt solche, die vor Entdeckung schützen, vor Feuer oder vor einer bestimmten Waffe. Es mag sein, dass dieser Unheilige, von dem der Priester spricht, einen Schutz besitzt, der ihn sogar vor Soltars Willen bewahrt. Es ist denkbar, aber nicht wahrscheinlich. Niemand widersteht der Macht eines Gottes auf ewig. Ohne ein Bannschwert ist der Tempel eines Gottes der beste Weg, einen Nekromanten zu vernichten. Es ist vorstellbar, dass Askannon hier im Tempel einen von ihnen binden ließ. Aber dass der Unheilige noch leben soll, kann ich nicht glauben.«

»Die Schriften sind nicht deutlich, aber es gibt Hinweise darauf, dass die Katakomben vom Archiv aus zu erreichen sind«, meinte Gerlon eindringlich. »Vor drei Jahren ging Bruder Mircha hinunter ins Archiv und kam verändert zurück. Vorher war er ein gütiger Mann, der in seiner Hingabe zu unserem Gott Erleuchtung und Frieden fand.« Er sah Serafine und mich fordernd an. »Wirkt er auf Euch gütig und hingebungsvoll? Selbst Bruder Jon muss zugeben, dass Mircha anders ist als vorher, aber er sieht andere Gründe dafür. Und bald wird Bruder Mircha die Worte des Gottes für uns deuten und die Geschicke dieses Tempels und damit aller anderen Tempel Soltars leiten! Was, wenn Bruder Mircha unter dem Bann des Verfluchten liegt? Wollt Ihr das wagen, oder wäre es nicht doch besser, sicherzugehen?« Er wies auf Seelenreißer. »Mit diesem Schwert müsstet Ihr imstande sein, diesem Unheiligen ein Ende zu bereiten. Und wenn wir den Verfluchten doch tot vorfinden, was ist dann verloren? Nichts außer etwas Zeit!«

»Muss es denn jetzt gleich sein?«, fragte ich mit einem Seufzer. »Heute noch?« Ich wusste nicht genau, wie spät es war, es musste knapp vor Mitternacht sein und …

Der Priester öffnete den Mund, um etwas zu sagen, doch ich hörte nichts von ihm, denn über uns schlug die Tempelglocke und ließ mit ihrem tiefen Klang den mächtigen Tempel und den Boden unter unseren Füßen vibrieren. Von zwei anderen Tempeln kam Glockenschlag als Antwort. Achtmal schlugen die Tempelglocken, es war tatsächlich Mitternacht. Die Stunde Soltars. Als ich die Finger aus meinen Ohren nahm, hörte ich aus dem Inneren des Tempels den Gesang der Gläubigen, die sich zur Mitternachtsmesse versammelt hatten.

»Ich glaube kaum, dass Bruder Jon sich zur Ruhe gebettet hat«, gab ich mich geschlagen. »Also werden wir ihn stören.« Ich schaute zu Asela hin. »Werdet Ihr uns begleiten?«

»Ihr traut nicht einmal einem Priester Eures Gottes, nicht wahr?«, meinte sie mit einem schiefen Lächeln.

»Nun, bedenkt, wer Ihr seid«, erinnerte ich sie.

»Gut«, sagte sie und hob den Kopf. »Ich halte nicht sehr viel davon, mich der Gnade anderer zu unterwerfen, und sei es auch ein Gott. Wenn sie die Geschicke der Menschen bestimmen, dann waren es die Götter, die zuließen, dass Kolaron geboren wurde. Aber wenn Soltar mich leben lässt, werde ich ihm meine Beichte zu Füßen legen, wahrlich, ich habe es nötig.« Sie verzog das Gesicht und lachte bitter. »Dann weiß er wenigstens, was sein Versäumnis ist.«

Mit hoch erhobenem Haupt marschierte Asela voran, ihr Schritt knapp und militärisch, als ob sie zu ihrer Hinrichtung schreiten würde. Wir folgten ihr schweigend. Als sie über die Schwelle in die innere Halle trat, heiligen Boden berührte, zögerte sie kaum merklich und schritt dann weiter. Ein Wind kam auf, ließ ihre langen Haare wehen und zerrte an ihren Gewändern. In Halbkreisen zu Füßen des Gottes angeordnet, knieten die Gläubigen zu Gesang und Gebet. Der Gesang und das Gebet stockten, als Asela mitten unter sie trat. Der Wind wurde stärker und ließ ihre Gewänder flattern, während sich an den Gläubigen um sie herum, die fassungslos und verschreckt zu ihr hochsahen, kein Haar bewegte.

Unwillkürlich hielt ich den Atem an.

Asela stand nun vor der Treppe zur Statue, dort, wo der Gott vor Kurzem noch zwei andere gestraft hatte, und hob stolz ihr Kinn. Demut kannte sie offenbar nicht. »Ich bin hier«, rief sie. »Richte mich, oder vergib mir!«

»Soltar muss der Gott mit der größten Geduld sein«, flüsterte Serafine neben mir. »Jedenfalls scheint er die Art von Gläubigen unter seinem Dach zu versammeln, die mehr fordern als bitten!« Sie warf mir einen bezeichnenden Blick zu. »Ich kenne da noch jemanden.«

»Sschht«, flüsterte ich. »Ich will sehen, was geschieht!«

Plötzlich schien ein Blitz Asela zu durchfahren, riss sie hoch und zurück, bog ihren Rücken durch, als ob es sie zerbrechen wollte. Der Wind wurde zu einem Sturm, der sie weiter hochhob, während sie den Kopf in den Nacken warf, den Mund zu einem unhörbaren Schrei weit aufriss ... Dann schoss ein Strom von Dunkelheit und Hass, von Wut und Verzweiflung, von Angst und Schrecken in einem schwarzen Strahl aus ihrem Mund empor zu den nächtlichen Sternen über der offenen Kuppel. Ich konnte es spüren und schmecken. Nicht nur ich, alle Anwesenden, Serafine und der junge Priester, auch die Gläubigen, stöhnten auf, als die Verzweiflung uns ergriff. Und nachdem der Sturm verebbt und Asela vor den Füßen des Gottes in sich zusammengesunken war, weinten wir alle.

»Götter«, hauchte Serafine, die neben mir auf dem Boden lag, und suchte meine Hand, während ich mühsam versuchte, mich wieder aufzurichten. »O Götter«, wiederholte sie und wischte sich die Tränen aus den Augen. »Wie soll ein Mensch diese Verzweiflung ertragen können?«

»Kann er nicht«, schluchzte der junge Gerlon neben uns. Nur mühsam fand er seine Fassung wieder. Auch ich suchte noch danach und benutzte die Ärmel meiner Robe, um mich zu schnäuzen. »Niemand vermag das ...«

Mühsam arbeiteten wir uns zu Asela vor, die von einem Ring aus weinenden Gläubigen umgeben war. Auch der Hohepriester eilte herbei und kniete sich neben die Frau, die bleich und schön vor den Stufen unseres Gottes lag.

»Lebt sie noch?«, brachte ich mühsam hervor.

Bruder Jon griff ihr an den Hals und sah dann zu mir auf, auch seine Augen waren feucht. »Ja. Doch, bei Soltar, wer ist diese gequälte Seele?«

»Genau das, Bruder, eine gequälte Seele«, sagte Serafine neben mir und schnäuzte ihre Nase in ein Tuch, das sie irgendwoher genommen hatte. »Mit alldem, was ein Mensch nicht ertragen kann, ohne daran zu zerbrechen.« Sie blickte auf ihre alte Freundin herab, kniete sich dann neben sie und strich ihr zärtlich über die Haare. »Das hat sie gesagt.« Sie sah mit feuchten Augen hoch zu mir. »Als könnten Worte beschreiben, was wir eben gefühlt haben.«

»Es scheint ein Tag der Überraschungen zu sein«, meinte der Hohepriester mit bebender Stimme und richtete sich mühsam auf. Ich hielt ihm die Hand hin, doch er schüttelte den Kopf. »Ich bete auf meinen Knien, und wenn ich mich nicht mehr vor ihm erheben kann, bleibe ich eben knien«, sagte er. »Aber noch ist es nicht so weit.« Er gab zwei heraneilenden Priestern ein Zeichen. »Wir werden sie schlafen lassen und sie in eine unserer Gebetszellen bringen, um uns um sie zu kümmern.«

Wir sahen zu, wie die beiden Priester Asela vorsichtig hochhoben und zu den hinteren Räumen brachten. Es war schwer zu sagen, wie alt sie war, doch in diesem Moment wirkte sie jünger, als es möglich sein sollte.

Mit einer Handbewegung wies Bruder Jon uns an, ihm zu folgen, während einer der Priester vortrat, um die Gläubigen zu beruhigen, und von einem Wunder sprach, dessen sie teilhaftig geworden waren.

»... niemals verspürte ich eine solche Verzweiflung«, sprach dieser. »Doch es beweist die Gnade unseres Gottes, dass er selbst eine solche Last von uns nehmen kann ...«

So verstört, wie manche der Gläubigen wirkten, hatte ich meine Zweifel, ob sie es als Wunder empfanden, bei einem einfachen Mitternachtsgebet von solch dunkler Verzweiflung erdrückt zu werden. Oft genug hatte ich mich über das beschwert, was der Gott mir aufbürdete, aber jetzt kam mir meine eigene Last fast lächerlich vor.

In seinem Amtsraum angekommen, seufzte der Priester und sah uns nacheinander an. »Habt Ihr noch etwas, das mich erschüttern wird?«, fragte er erschöpft. »Oder ist es genug für heute?«

»Ich habe ein Anliegen, Bruder Jon«, sprach der junge Gerlon.

»Nur heraus damit!«

»Ich habe es Euch oft genug gesagt. In den Schriften wird ein Unheiliger erwähnt, dessen heilige Fesseln zu versagen drohen, und sein Fluch wirkt sich bereits im Tempel aus. Selbst in Eurem Unwillen, sich der Sache anzunehmen, mag der Fluch bereits eine Wirkung zeigen.«

Der alte Mann betrachtete ihn lange und seufzte dann vernehmlich. »Ich fürchte, du bist von diesem Gedanken besessen.«

»Die Siegel brechen. Ihr wisst doch selbst, dass nur noch eines übrig ist!«

»Ja. Sie brechen, weil sie nicht mehr nötig sind«, erkärte der alte Mann geduldig. »Kannst du mir nicht einfach vertrauen, Gerlon? Meinst du, es gibt ein Mysterium in diesem Haus, von dem ich nichts weiß?«

»Warum erlöst Ihr mich dann nicht von meinen Ängsten, Bruder Jon?«, fragte der junge Priester voller Inbrunst. »Ihr müsst doch wissen, wie sehr es mich quält, keine Antworten zu finden!«

»Du bist ein Schüler im zweiten Grad, Gerlon, und du fragst und forschst nach Dingen, die dir noch verschlossen sein sollten. Du musst lernen zu vertrauen – der Priesterschaft, mir und unserem Gott. Er ist das Licht, das die Dunkelheit besiegt. Meinst du wirklich, dass er uns in die Irre führt?«

»Aber ich habe die Zeilen gelesen!«

»In einem Buch, das du nicht hättest lesen dürfen. Einem

Buch, das verschlossen ist, damit solche wie du sich nicht die Köpfe darüber zerbrechen.«

»Bruder Jon«, unterbrach ich vorsichtig. »Ihr wisst also, wovon Bruder Gerlon spricht. Ihr sagt, dass es keinen Grund gibt, Soltar nicht zu vertrauen, und dass keine Gefahr besteht, selbst wenn diese Siegel brechen. Warum habt Ihr mich dann zu Bruder Gerlon geschickt?«

»Weil Ihr ihm den Frieden geben könnt, den er sucht. Aber anders, als er denkt.«

»Ich nehme jede Art von Frieden, der mir meine Albträume erleichtert!«, begehrte der junge Mann auf. Er seufzte. »Obwohl ich jetzt neue haben werde, nach dem, was sich eben vor unserem Gott zugetragen hat ...«

Damit hatte er wahrscheinlich recht.

»Was hat das alles mit Ser Roderic zu tun?«, stellte Serafine die Frage, die auch mir auf der Zunge lag.

»Wenig genug mit ihm selbst und mehr mit dem Schwert an seiner Seite«, seufzte Bruder Jon. »Es wird Bruder Gerlon bestätigen können, dass der Verfluchte vernichtet ist.« Er erhob sich von seinem Stuhl. »Bringen wir es hinter uns.« Er sah zu Bruder Gerlon. »Wenn du hoffst, dass deine Zweifel damit vergangen sind, dann wirst du enttäuscht werden. Du wirst zweifeln, solange du lebst, aber dein Glaube muss stärker sein als diese Zweifel, nur so kannst du unserem Gott dienen. Aber vielleicht hilft es dir, deinen Frieden zu finden.«

Er trat an einen Schrank, den gleichen, dem er vorhin Wein und Becher entnommen hatte, und zog eine Lade auf. Dieser entnahm er einen großen Schlüssel aus Gold, Silber und Obsidian, groß genug, um einen Ochsen damit zu erschlagen. Auf dem Schlüsselkopf war ein Symbol eingearbeitet, das mir bekannt vorkam.

»Dein erster Irrtum, Gerlon«, sagte der Priester sanft, »ist, dass du denkst, der Unheilige sei hier gebannt worden. Unter diesem Tempel gibt es keine Gruft, verborgen oder offen. Keine geheimen Räume, überhaupt nichts. Was du als Siegel bezeichnest, sind nur Zeichen, die den Zustand der wahren Siegel deuten, aber die sind nicht hier zu finden. Geh, Gerlon, und such

Bruder Mircha, er wird bald meine Nachfolge antreten. Auch wenn es dir nicht zusteht, zu wissen, was ich dir nun zeigen werde, Mircha muss es von Amts wegen sehen.«

»Nerton«, sagte Serafine plötzlich. »Es ist das Zeichen des Göttervaters auf dem Schlüssel, nicht wahr?«

»Ja«, bestätigte der Hohepriester, während Gerlon sein Haupt senkte und davoneilte. »Ihr habt in der Tempelschule aufgepasst.«

»Der vierte Tempel, derjenige, der verschlossen ist«, riet ich, und der Hohepriester nickte.

»Genau der«, sagte er ruhig. »Vielleicht ist es wichtig, dass Ihr seht, was ich Euch zeigen werde. Das ist ein Grund, warum ich Gerlons Drängen nachgebe ... und weil er so verzweifelt ist.«

Es klopfte an der Tür, Bruder Jon rief »Herein!«, und die Tür öffnete sich und zeigte einen anderen Priester, der ebenfalls ziemlich verzweifelt aussah.

»Sie lässt sich nicht aufhalten!«, beschwerte er sich. »Es hat sie schwer getroffen, sie braucht Ruhe und Schlaf, aber sie will nicht hören!«

Wir brauchten nicht zu fragen, wen er meinte, denn im gleichen Moment trat Asela herein und schob den Priester mühelos zur Seite.

»Schlafen kann ich, wenn ich in Soltars Hallen weile«, meinte sie und lächelte. Die Spuren ihrer Prüfung waren leicht zu erkennen, die Augen waren vom Weinen rot, Erschöpfung stand ihr in jede Falte ihres Gesichts geschrieben. Wenn sie eben noch jung auf mich gewirkt hatte, so schien sie nun deutlich älter. »Ich werde so schnell nicht wieder an der Gnade der Götter zweifeln«, sprach sie. »Er hat die Verzweiflung von mir genommen, die Angst, den Hass und die schrecklichsten Erinnerungen. Und noch mehr: Er hat mir meine Taten verziehen.« Sie richtete ihren lodernden Blick auf Serafine. »Es ist mir seit Langem nicht mehr so gut gegangen. Und wenn Ihr wirklich einen Verfluchten zerstören müsst, der so alt und mächtig ist, werdet Ihr meine Hilfe brauchen.«

»Wer seid Ihr, mein Kind?«, fragte Bruder Jon und gab dem

Priester ein knappes Zeichen, woraufhin dieser die Tür hinter Asela schloss.

»Ein Diener des Alten Reichs, nach langer Reise zurückgekehrt. Mehr will ich Euch nicht sagen. Und ich weiß die Gnade zu schätzen, die der Gott mir soeben erwiesen hat. Aber es gibt für mich zu viel zu tun, um jetzt rasten zu können.«

»Ihr meint wohl, eine Dienerin?«, fragte Bruder Jon, woraufhin Asela ihn erst verstört ansah und dann nickte.

»Genau das.«

»Nun, Eure Hilfe ist nicht vonnöten, denn der Verfluchte ist schon lange nicht mehr. Aber wenn Ihr es wünscht, könnt Ihr uns begleiten. Es gleicht schon jetzt mehr dem Ausflug einer Tempelschule als allem anderen.« Er sah auf, als sich die Tür erneut öffnete. »Gut, Mircha, du bist auch da. Dann lasst uns gehen.«

»Ein Ausflug?«, meinte Bruder Mircha ungehalten. »Dann stehe ich besser den Verstörten in der Halle zur Seite.«

Der Hohepriester seufzte. »Es ist nötig, Mircha.« Er sah zu Gerlon, der Bruder Mircha zweifelnd beäugte. »Ich habe an Euch beiden versagt, wie mir scheint. Vielleicht ist das die Gelegenheit, es zu richten. Und nun folgt mir. Bitte.«

Zum ersten Mal spürte ich, warum dieser Mann der oberste Priester meines Gottes war, denn in dieser letzten Bitte lag ein ganzes Leben voll von Glauben und Wissen, eine Überzeugung, das Richtige zu tun, die keinen Widerspruch zuließ.

15. Die Eule Erinstor

Es war eine seltsame Prozession, die in der Nacht über den Tempelplatz schritt, dem dunklen Tempel entgegen. Je näher wir ihm kamen, desto mehr erinnerte mich seine Bauweise an einen anderen Tempel, tief unter den Donnerbergen. Auf diese Art und Weise waren auch beim Wolfstempel die Steine gefügt gewesen. So alt war er, dass die Säulen und Portalsteine Spuren von Verwitterung aufwiesen. Die schweren Türen waren überzogen von einer Patina der Jahrhunderte oder vielleicht gar der Jahrtausende. Bis auf das Haupttor waren alle anderen Türen oder Fenster mit schweren Steinen zugemauert. Wind hatte Staub und Erde in jede Fuge geblasen, dort wuchs zähes Gras, und hier und da zeigten sich auch kleine Blüten, die auf den kommenden Sommer hoffen ließen. Es lagen eine Ruhe und eine Last des Alters auf diesem Ort, die mich beeindruckten.

»Wisst Ihr, wie alt dieser Tempel ist?«, fragte ich den Hohepriester, als er mit der Hand das Schlüsselloch in der großen Tür freilegte.

»Älter als alles andere«, gab Bruder Jon zur Antwort und führte den großen Schlüssel mit beiden Händen ein. »Die Texte in den Archiven gehen auf die Zeit der Elfen zurück, sogar weiter. Wenn Ihr den Gott seht, werdet Ihr es verstehen.«

Er versuchte den Schlüssel mit beiden Händen zu drehen, doch er bewegte sich nur leicht, dann knirschte es vernehmlich, und der Schlüssel steckte fest.

»Das hatte ich vergessen«, sagte Bruder Jon und schüttelte den Kopf. »Ich werde wahrlich alt. Es ist fünfzig Jahre her, dass diese Tür das letzte Mal geöffnet wurde, und auch damals dauerte es Tage, um sie freizulegen. Ich werde es morgen veranlassen.« Er wandte sich an Mircha und Gerlon. »Ich verspreche euch, dass ich euch zeigen werde, was ihr sehen müsst, doch es wird nicht heute sein.«

»Würdet Ihr mir erlauben zu helfen?«, fragte Asela höflich.

»Wie das?«

»Ich kann die Tür öffnen, aber ich will es nicht ohne Erlaubnis tun. Dies ist das Haus eines Gottes.« Sie lächelte leicht. »Man kann sagen, dass ich meinen Respekt vor Göttern zurückerlangt habe.«

»Wenn Ihr meint, es zu können«, sagte der Hohepriester, »dann tut es.«

»Tretet alle zurück«, meinte Asela, und wir folgten ihrer Bitte, bis wir in zehn Schritt Entfernung standen.

»Weit genug?«, fragte Mircha. »Oder sollen wir nach Pferden fragen?«

»Es dürfte reichen«, antwortete Asela und warf dem mürrischen Priester einen harten Blick zu. »Priester oder nicht, Bruder Mircha, Ihr seid gut beraten, mir nicht aufs Gemüt zu gehen!«

Als der Priester den Mund öffnete, um etwas zu entgegnen, hob Asela mit einer ruckartigen Geste die Hände. Etwas Ähnliches war vorgefallen, als Desina das Bild ihrer Mutter vom Dreck befreit hatte, aber das hier war mehr. Einen Moment lang flirrte die Luft wie über heißem Wüstensand, dann schlug ein Donner über uns zusammen, der Dreck, Sand, Staub, Gräser und Blüten von der Tempeltür riss, uns fast von den Füßen warf und sogar einen Teil der grünen Patina auf den Tempeltüren davonfliegen ließ, als hätte ein mächtiger Hammer das heilige Portal getroffen. Während wir noch blinzelten und uns die Ohren klangen, drehte sich von unsichtbarer Hand der schwere Schlüssel, und die Tempeltüren flogen auf, um mit einem letzten dumpfen Schlag gegen die Säulen zu schlagen, die den Weg der Tore begrenzten.

Hinter diesen Toren offenbarte sich uns nichts als Schatten und tiefste Dunkelheit.

»Wenn Ihr Euch verborgen halten wollt«, meinte ich, als ich mir meine geliehene Robe zurechtzog, die mir der Windstoß fast vom Leib gerissen hatte, »dann tut Ihr das auf ungewohnte Weise, Maestra.«

»Da habt Ihr recht«, meinte sie mit einem verhaltenen Lächeln. »Aber ich konnte nicht widerstehen.« Sie warf Bruder Mircha einen Blick zu, der mit offenem Mund von dem Tempel zu ihr sah. »Ihr kratzt in seltsamer Manier an meinem Gemüt, Priester«, teilte sie ihm mit.

Neben mir musterte Serafine die ehemalige Eule mit einem sehr, sehr nachdenklichen Blick.

Der Hohepriester jedoch ignorierte das Geplänkel. Es war nun spät, nach Mitternacht, und auf dem großem Platz waren nur wenige Menschen unterwegs, doch die, die in der Nähe waren, wussten spätestens seit Aselas Donnerschlag, dass hier etwas geschah, und kamen herbei, Neugierige, die herausfinden wollten, was es zu schauen gab, und eine Tenet Bullen, die mir bekannt vorkam … tatsächlich war es Sergeant Ilgar, der wohl seine Streife fortgesetzt hatte. Er kam zu uns heran, nickte mir und Serafine zu, musterte Asela neugierig und klopfte dann dem jungen Priester freundlich auf die Schulter, der dabei ein wenig die Augen rollte.

»So spät noch unterwegs, Brüderchen?«, fragte der Sergeant, und der junge Priester seufzte, während wir ihn jetzt alle verwundert ansahen.

»Mein älterer Bruder, Ilgar«, stellte er den Sergeanten vor.

»Wir hatten das Vergnügen«, lächelte Serafine.

»Wer von Euch hat den Donner gerufen?«, fragte der Sergeant höflich und sah zum sternenklaren Himmel hoch. »Es erschreckt die Leute, wenn es ohne ein Gewitter donnert.«

»Ich ließ die Tore des Tempels öffnen«, erklärte der Hohepriester und streckte die Schultern. »Aber nicht, um hier ein Schwätzchen zu halten, Sergeant. Da Ihr aber schon hier seid, könnt Ihr Euch auch nützlich machen. Beruhigt die Leute und sorgt dafür, dass niemand außer uns den Tempel betritt.«

»Ay, Ser!«, meinte der Sergeant, verbeugte sich tief vor dem Priester und warf dann seinem Bruder einen fragenden Blick zu.

»Später«, meinte dieser, und wir folgten Bruder Jon in den Tempel hinein.

Auf der Schwelle schlug uns muffige, kühle Luft entgegen, vermischt mit dem Geruch alten Weihrauchs. Ich berührte Seelenreißers Heft und konnte die Halle vor uns erahnen, doch im gleichen Moment führte der Hohepriester eine Geste aus, und um uns herum entstand ein diffuses Licht, weich und ohne Schatten, aber hell genug, um sehen zu können.

Dieser Tempel war im Inneren weitaus schlichter gehalten als der des Soltar. Die mächtigen Mauern umschlossen eine große Halle mit einer zentralen, geschlossenen Kuppel. In einem aus dem Stein gehauenen Gitter ruhten über unseren Köpfen mächtige Blöcke aus Quarz, die im diffusen Licht glitzerten.

Wie bei seinen Götterkindern auch stand die Statue des Allvaters auf einer Insel mit einem Graben, der wohl einst mit heiligem Wasser gefüllt gewesen war. Auch hier gab es diese Treppe, der die letzte Stufe fehlte, und vor der Treppe befand sich ein großer Altarstein aus Rosenquarz. Weit hinten war in der fernen Wand eine schwere, goldgeschmückte Tür zu erkennen.

Doch es war die Statue des Gottes, die mich in ihren Bann schlug.

Es gab Religionen, die ihre Götter gern größer darstellten, als sie es waren, aber das entsprach nicht unserer Art. Astarte, Soltar und Boron waren nicht überlebensgroß aus dem Stein gehauen, schließlich waren sie die Götter der Menschen. Der Göttervater war es ganz offensichtlich nicht. Und ob dies hier die Arbeit eines Steinmetzes war, wagte ich zu bezweifeln ...

In der Gestalt ähnelte der Gott uns Menschen – oder wir ihm –, er stand auf zwei Beinen aufrecht vor uns, das edle Gesicht blickte über unsere Köpfe hinweg durch das hohe Tor auf den Platz hinaus. Gut acht Schritt hoch stand er in einer entspannten Pose da, eine Hand auf einen schweren Stab aus dunklem Holz gestützt, und er schien ein wenig zu lächeln, während seine goldenen Augen von einem inneren Licht erfüllt waren. Doch diese Augen waren fremd und verfügten über senkrecht geschlitzte Pupillen.

Die Gesichtszüge ähnelten in ihrer Klarheit denen von Elfen: die hohen Wangenknochen, der schmale Mund, hinter dem scharfe Zähne zu erahnen waren, der Ansatz des Halses und auch die leichte Neigung des Kopfs, ganz ähnlich der, die Zokora oft an den Tag legte, wenn sie einen fragend ansah ... Hier vor uns stand der Ursprung der Elfen, aber ein Elf war er nicht.

Der Gott war nackt, sein Geschlecht nicht minder deutlich als der Rest, und während wir Menschen über glatte Haut verfügten, war der Gott in Schuppen gehüllt, die von dunklem Blau,

Türkis und Gold gesprenkelt waren und im Licht auf eine Art und Weise schimmerten, die ihnen scheinbar Bewegung verlieh.

Es sah nicht aus wie eine Statue, sondern so, als ob der Gott selbst dort stand. In Seelenreißers Wahrnehmung war er von einem vagen Leuchten erfüllt, das zwar in dem Standbild seinen Ursprung fand, aber auch alles um es herum erfüllte.

Die Hände besaßen sechs Finger, die Füße sechs Zehen, die Fingernägel ähnelten den Klauen eines Reptils, nur dass sie nach Art der Katzen einziehbar waren, und schimmerten wie dunkler Stahl. Er war auf eine Art fremd und zugleich bekannt, die mich erschreckte und mit Ehrfurcht erfüllte.

»Götter«, entfuhr es mir. »Wer ... was ist er?«

»Ein Gott der ersten Wesen, die es auf dieser Welt gab«, flüsterte der Hohepriester. Seine Stimme trug weit in diesen alten Mauern, jeder konnte ihn verstehen. »Älter als die Titanen, die als Erste die Welt bevölkerten. Vieles in den alten Schriften deutet darauf hin, dass er zum Geschlecht der Drachen gehört.«

»Ein Drache?«, fragte Serafine leise. »Ich dachte ...«

»Es gab wohl unterschiedliche Arten«, erklärte der Hohepriester. »Solche, die intelligent waren, und andere, die mehr Tieren glichen, aber alle waren von Magie erfüllt, und einigen sagt man nach, dass sie ihre Gestalt verändern konnten. Vielleicht zeigt er sich uns in seiner menschlichen Gestalt.«

Ich trat an das Standbild heran, und je näher ich kam, desto deutlicher zeigte mir Seelenreißer die Majestät dieses Wesens.

»Götter«, flüsterte ich, denn als ich hochsah, hatte der Gott geblinzelt, gleich zweimal, mit einem Lid, das seitlich vorschnellte, und ein zweites Mal mit einem menschlich erscheinenden Augenlid.

»Das ... Er ...« Die Stimme drohte mir zu versagen.

»Ja«, sagte der Hohepriester. »Aber lasst uns nicht seine Ruhe stören. Es ist noch nicht an der Zeit, dass er wieder erwacht ... Folgt mir.«

Gepanzert, übermenschlich groß, mit Klauen, die einen in Stücke reißen konnten, hätte mich das Wesen mit Angst und Schrecken erfüllen müssen, aber ich spürte eher eine gütige Geduld, die er ausstrahlte. Er wartete ...

Einen letzten Blick hoch zu ihm wagte ich, dann sah ich hastig weg und folgte dem Hohepriester, der uns zu der Tür hinter dem Altar führte. Fast hätte ich erwartet, der Gott würde sich umdrehen, um uns mit seinem Blick zu folgen, doch das tat er nicht. Er schlief mit offenen Augen und hatte jeden von uns wahrgenommen.

»Die Tochter des Drachen«, flüsterte Serafine. »Was ist, wenn es wörtlich gemeint ist?« Sie schaute verstohlen zu dem Gott zurück. »Dann kann es nicht Leandra sein ...«

»Es müsste Astarte sein«, flüsterte ich zurück. »Sie ist seine Tochter ...«

In Zokoras dunkler Heimat war Solante die Göttin von Kriegerinnen, doch für uns Menschen stand sie für die hehren Ideale der Menschen. Während ihre Brüder Wunden schlugen, stand sie für Vergebung und Heilung allen Leids. Sie war die friedfertigste von allen Göttern, und doch war die dunkle Solante ihr Aspekt. War sie es, die den Nekromantenkaiser erschlagen würde? Aber dann hätte Kolaron es nicht nötig, alle Frauen zu unterjochen, die ihm nahe kamen.

Der gleiche schwere Schlüssel, der uns die Tore dieses alten Tempels geöffnet hatte, passte auch in die schwere Tür hinter dem Altarstein.

Asela war sehr still geworden, als sie den Gott dort hatte stehen sehen, und ich konnte es ihr nachempfinden. Dies war der Gott selbst, der Göttervater. Wenn man es wagen würde, die Treppe hochzusteigen, konnte man ihn berühren. Keine Lichtgestalt, die irgendwo im Firmament ihre Heimat hatte, sondern ein Wesen, das *hier* existierte, an das man nicht glauben musste. Es reichte, es zu sehen. Was war also mit seinen Kindern? Waren sie nur eine Idee, ein Glaube, oder existierten sie ebenfalls? Konnte man sie ansehen und berühren? Wenn er dort stand und wahrhaftig der Gott war, dann folgte daraus, dass auch Soltar in einer solchen Gestalt existierte. Sahen die priesterlichen Steinmetze, die in ihrer Trance unseren Göttern immer wieder die gleichen Züge gaben, die Götter vor sich, wenn sie ihre Meißel ansetzten? Wandelten sie gar unerkannt unter uns, wie es manche Schriften sagten? Saß Soltar irgendwo in einer Taverne und betrachtete das Leben um sich herum, sah den Kummer und die Sorgen, das Leid und die Freuden des Lebens, über das er gebot? War tatsächlich einst ein Mann zu einem Stamm der Menschen gekommen, mit einem brennenden Ast in den Händen und Worten, die ihnen die Angst vor der Nacht und der Dunkelheit genommen hatten?

Schweigend folgten wir dem Hohepriester in den dunklen Gang, der zu etwas hinführte, das Schrecken enthielt. Denn unter dem muffigem Geruch und dem alten Weihrauch bemerkte ich etwas, das ich zu oft gerochen hatte, um mich darin zu irren: alten Tod.

Es mochte sein, dass der Tempel Soltars keine geheimen Keller oder Katakomben enthielt, aber hier war das anders. Der Tempel Nertons glich einem Fuchsbau, mit langen Gängen und Kammern, Räumen und Hallen, allesamt aus dem harten Gestein gehauen, auf dem die Stadt ruhte. In manchen der Zellen standen verfallene Betten und Möbel. Hier hatten einst die Priester des Gottes gelebt, aber manche der Betten waren zu groß für einen Menschen, andere wieder zu klein und seltsam geformt.

In die Wände aus Stein waren Reliefs geschlagen, Darstellungen aus einer Zeit, die schon vergangen war, bevor es die Elfen gab. Sie zeigten Riesen und Titanen, Echsenwesen und andere, und dann an einer Stelle eine einzelne Figur, die einem Menschen glich und zugleich einem Elfen. Vielleicht war das einer der Alten, von denen die Elfen sprachen. Vielleicht auch nicht.

Immer tiefer folgten wir dem Licht in die Katakomben des alten Tempels bis in einen langen tiefen Gang, an dessen Ende wir eine große Tür mit zwei Flügeln vorfanden. Sie zeigte einen aus Gold getriebenen Menschen im Detail. Er stand vor uns mit gesenktem Haupt, die Arme leicht abgewinkelt, die Handflächen offen, seine Robe schlicht und nur von einer Schnur um die Hüften gehalten. Um ihn herum waren Sterne aus Gold und Diamanten in den dunklen Basalt gesetzt worden.

»Soltar«, flüsterte der Hohepriester und legte sanft die Hand auf diese Tür, die sich lautlos vor uns öffnete und nach innen schwang.

Vor uns lag ein großer Raum, kreisrund, mit einer Decke, die gut vier Schritt hoch war, doch wegen der gut dreißig Schritt, die dieser Raum im Durchmesser maß, niedrig wirkte.

Hier hatte der Geruch nach Tod seinen Ursprung, und dort auf einem großen Block aus dunkelstem Basalt, der das Licht aufzusaugen schien, lag, in eine halb zerfallene Robe gewandet, ein verbranntes Skelett, von Agonie gekrümmt, den Kopf mit aufgerissenem Mund nach hinten geworfen, erstarrt in einem letzten gequälten Schrei. Goldene Fesseln hielten das Gerippe, Fesseln, die vor geheimnisvollen Runen schimmerten. Vier Lanzen aus Stahl, Silber und Obsidian waren durch seine Hand- und Fußgelenke in den Basalt getrieben, eine fünfte Lanze durchbohrte seinen Hals. Als sei das nicht genug, ragte ein Schwert mit fahler Klinge aus dem Brustkorb des Toten, die Spitze tief in den Basalt versenkt.

Im Kreis um diesen Block des Schreckens herum knieten dreizehn Gestalten, zum Teil in Rüstungen oder in goldene Roben gewandet, jede auf ein Schwert, eine Axt, eine Lanze oder einen Stab gestützt. Ich erkannte den Prunkharnisch eines Elfenkriegers, die schwere Rüstung eines Bullen, ein feines Kettenhemd mit einem in die Ringe gearbeiteten Greifen, wie es auch Leandra trug, und daneben einen kleinen Mann mit breiten Schultern und grobem schwarzen Kettenhemd, der seine verdorrten Hände auf einen gewaltigen Kriegshammer stützte.

»So mächtig war dieser Nekromant«, flüsterte der Priester, »dass es der ewigen Wache von Priestern aller Rassen und Länder bedurfte, um ihn zu binden.«

Schweigend traten wir näher und suchten uns sorgsam eine Lücke zwischen den Wächtern, deren leere Augenhöhlen noch immer entschlossen ihren Feind zu betrachten schienen. »Es heißt, er hätte sich so viele Leben und Seelen genommen, dass er nicht sterben konnte. Er opferte die Leben, die er enthielt, im Takt seines verdorbenen Herzens, und noch während er von diesen Lanzen durchstoßen wurde, erneuerte er sich immer wieder. Wenn man ohne einen starken Glauben diesen Raum betrat, wurde man von einem heulenden Wahnsinn erfüllt, der einen morden ließ oder einen dazu brachte, sich das eigene Fleisch von den Knochen zu reißen.«

Mit zitternder, von Altersflecken gezeichneter Hand wies Bruder Jon auf die stummen Wächter. »Das war ein Dienst, den niemand lange überleben konnte. Für eine lange Zeit wurden diese Wachen fast täglich gewechselt ...«

»Ihr meint, sie starben hier jeden Tag?«, fragte ich entsetzt.

»Nein«, antwortete er leise. »Nachdem der Nekromant gebunden war, gab es hier zuerst lebende Wachen. Ein schwerer Dienst gewiss, aber keiner, der dieses Opfer forderte. Die hier sind später gestorben, als sie den Unheiligen endgültig vernichtet haben. Sie gaben ihre Kraft, ihren Glauben und ihr Leben, um diesen letzten Dienst zu verrichten.«

»Und wie?«, fragte Bruder Gerlon mit rauer Stimme. »Wie gelang es, dem Verfluchten ein Ende zu bereiten?«

»Genau so, wie du es dir gedacht hast«, sagte Bruder Jon leise. »Askannon bannte diesen Nekromanten, doch er konnte ihn nicht besiegen, nicht solange der Verfluchte über die Macht der Seelen verfügte, die er geraubt hatte. Der Unheilige konnte nur gebunden werden ...« Der Priester wandte sich uns zu und musterte uns lange, bevor er bedächtig weitersprach. »Manchmal kam es vor, dass die Götter für eine besondere Tat eine Waffe segneten, die durch diesen Segen und den Glauben, den Mut und ungeheure Taten eine ganz besondere Kraft erhielt. Wie das Schwert, das Ihr an Eurer Seite tragt, Ser Roderic. Man sagt, dass es zuerst von Elfenhand geschmiedet und gegen den Gott der Finsternis ins Feld geführt wurde. Eure Klinge trägt einen Namen, Ar'in'faead, der Hüter des Lichts, oder auch der Schatten in der Dunkelheit.« Er sah mir direkt in die Augen. »Wir haben einen anderen Namen für den Hüter des Lichts und der Schatten: Der Seelentrenner. Er ist die heiligste Waffe unseres Glaubens, und es heißt, Soltar selbst habe dieses Schwert im Kampf gegen Omagor geführt.«

Ich stand dort wie vom Donner gerührt und wusste nicht, was ich sagen sollte. Es lag so nahe ... Seelenreißer ... Wie konnte ich denken, dass mein Schwert über Leben und Tod gebot, anderen das Leben entriss, die Seelen befreite und mir das verlorene Leben gab, ohne dass es der Wunsch und Willen des Gottes gewesen wäre? Aber der Priester sprach schon weiter.

»So wie wir Seelenreißer für heilig hielten, verehrten auch die anderen Tempel und Religionen Waffen, die von ihren Göttern und von Glauben erfüllt waren. Als der Ewige Herrscher verstand, welche Gefahr von den Verfluchten ausging, suchte er nach einer Waffe, um ihnen das zu nehmen, was sie so mächtig werden ließ: die Seelen, die sie raubten. In Demut und als Bittsteller kam er zu unseren Tempeln und fragte nach heiligen Waffen, die mit dem Willen der Götter erfüllt wären, Götter, gegen deren Gesetze die Verfluchten verstießen, weil sie ihnen die Seelen vorenthielten, die ihnen zustanden.« Er schwieg einen Moment und sammelte sich. Ich stand nur da, spürte Seelenreißer in meiner Hand und starrte auf die verkohlten Überreste dieses Nekromanten – und war froh, dass kein Leben, keine Seele mehr in diesem Gerippe steckte.

»Diese Tempelwaffen waren mit dem Glauben und der Macht der Götter erfüllt, doch das war nur eine Form der Macht und oft nicht genug. Askannon erbat diese Waffen von den Tempeln und schwor, sie neu zu schmieden, ihnen mehr Macht zu geben, aber ohne ihnen das zu nehmen, was sie ausmachte, die Weihe durch den Gott. Er versprach, aus ihnen Waffen zu schmieden, die den Unheiligen das entreißen würden, was sie sich stahlen, die Seelen, und sie dem zuzuführen, dem das Schwert geweiht war. Als erstes und als größtes Werk erschuf er diese Klinge neu, die Ihr an Eurer Seite tragt, Ser Roderic, und gab ihr einen neuen Namen, der dem alten entsprach: Trenner der Seelen. Damals gab es unter seiner Führung eine Einheit von Soldaten, ausgebildet in den Künsten der besten Krieger und Priester, geschickt und gewandt, mit Fähigkeiten, festem Willen und Glauben ausgestattet und zum großen Teil aus den verbündeten dunklen Elfen rekrutiert, die ihre eigene Form von Macht, Glauben und Magie besaßen. Eine eingeschworene Truppe, die sich die Falken der Nacht nannte; ihre einzige Aufgabe war es, die Verfluchten zu jagen und zu stellen. Und ihrem Anführer, dem Elfen Talisan, überreichte er diese fahle Klinge, von Soltar gesegnet, ihm angeschworen und mit allem, was der Kaiser dem Schwert durch seine eigene Magie und Macht noch verleihen konnte. Das erste der Bannschwerter und zugleich das, das von allen am mächtigs-

ten ist und über das Leben und den Tod der Götter selbst gebieten kann. Zwölf weitere Schwerter schmiedete er, jedes mit unterschiedlichen Fähigkeiten und Mächten ausgestattet, aber in einem gleich: Sie erlösten die gefangenen Seelen aus dem Bann des Seelenreiters, den sie mit ihrem Stahl berührten. Sie gaben die Seelen an die Götter zurück, denen sie geweiht waren, und entrissen zugleich dem dunklen Reiter die Basis seiner Macht.«
Er hielt inne und ließ seine Worte wirken. Mir war, als ob ich nicht denken könnte, als ob das, was ich hörte, zu groß war, um es zur Gänze zu verstehen.

Der Hohepriester räusperte sich und lächelte. »Hat jemand etwas zu trinken dabei?«, fragte er höflich. »Mein alter Hals ist etwas trocken geworden.«

»Hier«, sagte Asela und hielt ihm eine Flasche aus getriebenem Silber entgegen. »Es ist verdünnter Wein, ein guter Jahrgang.« Ich besaß ebenfalls eine solche Flasche, sie zeigte einen Bullen im Relief. Aselas trug das Zeichen der Eule und glänzte, als wäre sie soeben erst angefertigt worden.

Der Priester nickte dankend. Einen Moment überlegte ich, ob man Asela wirklich so weit trauen durfte, aber Soltar hatte sie verschont. Er sollte wissen, was er tat.

Dankbar trank der Priester einen Schluck, gab die Flasche zurück und räusperte sich erneut.

»Askannons Werk an diesen Schwertern währte lange Jahre. Immer wieder wurden sie gesegnet und überprüften die Priester der Götter, ob er nicht das Heilige an ihnen verdorben hatte. Göttliche und weltliche Magie ineinander zu verweben, ist eine Kunst, die kein anderer je beherrschte, und auch für Askannon war es eine Aufgabe, die nicht leicht zu erfüllen war. In all den Jahren, in denen er seine Magie wob und die Schwerter neu schmiedete, gab es diese Wache hier. Und dann, vor etwas über achthundert Jahren, kam eine Eule, ein junger Mann mit Namen Erinstor, in unseren Tempel. Er sagte, er wäre ein Schüler der Eule Balthasar, der damals einer der größten Gelehrten war, über die das Reich verfügte. Er sprach davon, dass er die Seelenreiter erforschte und auf der Basis der Arbeit seines Mentors, eben dieses Balthasar, herausgefunden habe, wie der

Fluch des Namenlosen wirke, und dass er wüsste, wie die Macht der Verfluchten endgültig zu brechen sei.«

Meine Aufmerksamkeit galt dem Priester, dennoch sah ich, wie Asela überrascht, fast erschreckt, aufsah und Jon anstarrte. Sie war mit Balthasar befreundet gewesen und musste von diesem Schüler wissen, aber das, was wir hier hörten, war wohl auch für sie neu.

»Er erbat sich Seelenreißer und bot an, mit seiner Klinge diesen Verfluchten hier der Verdammnis zuzuführen. Er schien nicht zu wissen, dass Soltars Klinge Talisan gehörte, und war erstaunt darüber, doch der Seelentrenner war nicht der einzige geweihte Stahl, den Askannon bereits zu einem Bannschwert geformt hatte. Es gab ein anderes, das den Namen Furchtbann trug und ein Schild gegen Angst und Verzweiflung war. Auch dieses Schwert war mächtig, wenn auch in anderer Art als Soltars Klinge. Und Furchtbann konnten wir ihm geben, denn der letzte Träger dieser Klinge war kurz zuvor erst gefallen und ein neuer Träger noch nicht bestimmt. Die Eule beschrieb genau, was zu tun sei, um diesen Verfluchten hier zu richten, und sprach davon, was es kosten würde, denn in dem Moment, in dem er mit dem Schwert zustieß, müssten die Hüter dieses Verfluchten mit allem, was sie waren, das Wirken der Magie unterstützen. Er forderte das Opfer ein, das Ihr hier seht. Dafür, dass nach ihnen niemand mehr hier wachen musste.«

Er schwieg, und die Stille war absolut, nur unser Atmen war zu hören und das Rauschen meines Bluts.

»Nach langer Vorbereitung und Gebeten kam die letzte Wache mit der Eule Erinstor hier an diesen dunklen Ort. Das Ritual wurde abgehalten. Und es gelang, wie Ihr hier sehen könnt. Das Schwert Furchtbann trennte die Seelen aus dem Bann des Verfluchten, und zusammen mit der Macht des Schwerts, dem Willen, Glauben und dem Opfer dieser Wachen, der Macht und dem Wissen dieser Eule, gelang das, was Askannon selbst versagt blieb. Der größte aller Verfluchten, ein Wesen so stark und mächtig, dass es in seiner Macht selbst fast schon einem Gott glich, wurde der Verdammnis zugeführt! Die Eule selbst starb beinahe bei dem Versuch, nur mühsam gelang es Erinstor, sich aus dem Tempel zu retten. Wir fanden und pflegten ihn, während andere hier in diese Tiefen stiegen und das vorfanden, was wir hier sehen.« Er bedachte die toten Hüter, den Verfluchten und den Basaltblock mit seinen goldenen Ketten und Lanzen mit einem langen Blick.

»Wir ließen alles unberührt, es ist nun ein Grab und kein Gefängnis mehr. Aus dem Fluch wurde durch das Opfer dieser dreizehn etwas Heiliges, und jeder Hohepriester unserer Götter führt seinen Nachfolger hierher, um ihm zu zeigen, welch ein Opfer und welcher Glaube manchmal von uns gefordert wird, und um zu zeigen, warum man niemals wanken darf. Diese dreizehn sind uns seitdem ein Vorbild und eine Erinnerung an eine Pflicht, die wir im Dienst unseres Herrn nicht scheuen dürfen.« Er wandte sich nun an den jungen Priester Gerlon. »Du siehst und fühlst diesen Ort, Gerlon, siehst, wer hier starb. Es ist ein Grab, die letzte Ruhestätte eines Ungeheuers und dreizehn tapferer Seelen. Es ist kein Ort, an den man die Massen führt, den man zur Schau stellt, sondern einer der Ruhe und der Besinnung. Ich hoffe, du verstehst nun, warum ich unwillig war, dir diese Tür zu öffnen, und warum ich wünschte, dass du meinen Worten glaubst, ohne es sehen zu müssen. Und Mircha, ich weiß, dass du hast leiden müssen, dass es dir naheging, was deiner Familie zugestoßen ist, dass du mit der Gnade unseres Gottes haderst, aber das hier ist das Beispiel deiner Pflicht. Wenn du meine Robe tragen willst, musst du dazu bereit sein, ohne Zweifel, ohne Zögern. Denn nicht nur der Gott ist uns Menschen ein Schild gegen die Finsternis, es braucht auch seine Diener, die unerschrocken diesen Schild und sein Licht in die Dunkelheit tragen.«

»Ja, Herr«, flüsterte Bruder Mircha und fiel auf die Knie. »Ich verstand nur nicht…«

Auch Bruder Gerlon schluckte und wischte sich Tränen aus dem Gesicht.

Serafine und ich waren nicht weniger betroffen und hatten beide damit zu kämpfen, die Fassung zu wahren, während ich meinen Blick über die stillen Gestalten schweifen ließ, die hier ihr Leben gegeben hatten, um diesen einen Verfluchten endlich in die Verdammnis des Namenlosen zu überführen.

Doch eine unter uns zeigte sich wenig beeindruckt. Aselas Stimme zerschnitt kühl und klar diesen andächtigen Moment.

»Ihr sagt also, Bruder Jon, dass diese Eule Erinstor mit dem Schwert Furchtbann die Seelen aus dem Griff des Seelenreiters entließ? Demselben Schwert, das dort noch in diesen verbrannten Knochen steckt?«

»Ja, gewiss«, antwortete der Hohepriester überrascht. »Niemand hat es seitdem berührt.«

»Vielleicht wäre es besser gewesen, genau das zu tun. Erinstor war keine Eule, aber es stimmt, dass er Balthasars Schüler war. Seine Fähigkeiten zur Magie waren nicht unerheblich, und er hätte das Talent besessen, eine Eule zu werden. Doch sein Charakter ließ zu wünschen übrig.« Asela bedachte Bruder Gerlon mit einem harten Blick. »Wie dieser Priesterschüler gierte Erinstor nach Wissen, das ihm noch verboten war, auch wenn Bruder Gerlon wohl aus unschuldiger Neugier handelte. Bei Erinstor war das nicht der Fall, er suchte nach Macht, um sich zu bereichern. Neben dem Talent zur Magie besaß er noch ein anderes in großem Maße: die Fähigkeit zu überzeugen und zu täuschen. Doch auf Dauer half ihm das nicht. Balthasar und Feltor fanden heraus, dass er sich an einer anderen jungen Eule vergriffen hatte und ihr mit Magie den Willen nahm, um sich an ihr zu vergehen. Er hatte das Glück, dass die Schülerin zu gutherzig war, um ihn anzuklagen. Das hätte ihn den Kopf gekostet, so aber bestraften wir ihn anderweitig und ließen ihn dann gehen. Erinstor war niemals eine Eule, noch hätte er genügend an Macht und Wissen lernen oder rauben können, um so etwas zu vollbringen, wie Ihr es ihm zuschreibt.« Aselas Worte fielen wie eisige Scherben in die Stille, während wir sie fassungslos anstarrten.

»Wie ... wie könnt Ihr das behaupten?«, begehrte Bruder Jon auf. »Ihr seht doch selbst, dass der Unheilige nicht mehr ist! Wie könnt Ihr es wagen, dieses heilige Opfer so in den Schmutz zu ziehen?«

»Ich weiß es, weil ich dabei war«, sagte Asela zähneknirschend und ballte ihre Fäuste. »Erinstor verging sich an der, die hier vor Euch steht! Niemand hat davon gewusst, dass er zu Eurem Tempel ging und dieses Schwert einforderte. Und ich schwöre Euch, dass Balthasar jetzt erneut den Moment verflucht, als sie ihn erweichte, ihren Schänder leben zu lassen. Sie war zu gutmütig, und das war schon immer ihr einziger Fehler gewesen.«

»Aber ... der Mann hat vollbracht, was er versprach!«, widersprach der Hohepriester.

»Das konnte er gar nicht«, sagte Asela hart. »Auch wenn der Kerl durch Aselas Fürsprache mit dem Kopf auf den Schultern die Zitadelle verließ, er tat es ohne jede Macht, denn Balthasar bat Askannon, dafür zu sorgen, dass Erinstor niemals wieder mit Magie den Willen junger Frauen brechen konnte, und der Ewige Herrscher selbst nahm dem Schänder mit goldenen Nadeln und seiner eigenen Macht das Talent zur Magie. Als Erinstor von Wachen aus der Zitadelle geführt wurde, schwor er Rache, aber Balthasar lachte ihn aus und teilte ihm mit, dass der Natter nun die Zähne gezogen seien und er sich niemals mehr mit Magie an Frauen vergehen würde. Doch Erinstor antwortete, dass die Rache ihm gehören und er alles zerstören würde, was wir ihm vorenthalten hätten. Danach hat zumindest Balthasar ihn nie wiedergesehen.«

»Wenn das wahr ist«, sagte der Hohepriester zweifelnd, »wie kann es dann sein, dass er das hier vollbracht hat?«

»Die Antwort ist«, meinte Asela mit einer Stimme so hart wie berstendes Glas, »dass er es nicht konnte und auch nicht tat. Hier habt Ihr die Zeugen seiner Tat, nicht nur Zeugen, sondern auch Opfer ... Könnten sie reden, würden sie uns berichten, was hier geschah, doch sie schweigen still. Ihr Opfer ist nicht geringer durch das, was ich Euch zeigen werde, aber es macht die Schandtat noch um vieles größer!«

»Ich verstehe noch immer nicht«, meinte der Hohepriester mit brüchiger Stimme. »Was wollt Ihr uns zeigen?«

Mit einem großen Schritt trat Asela an den Block aus schwarzem Stein heran, und noch während der Priester sie zu hindern suchte, zog sie mit einem Ruck Furchtbann aus dem Gestein.

»Ihr dürft dies nicht tun!«, rief der Priester, und Mircha trat entschlossen an die alte Eule heran, bereit, unbewaffnet alles zu wagen, um diesen Frevel ungeschehen zu machen, doch Asela hielt das Schwert dem Hohepriester bereits hin.

»Was ich Euch zeige, und was Ihr selbst leicht erkennen könnt, ist, dass dieses Schwert keine Magie oder göttliche Macht in sich trägt! Es mag Soltars Zeichen tragen, doch Furchtbann ist es nicht! Es ist nicht mehr als ein Stück Stahl, unbeseelt und ohne Hoffnung. Ihr braucht mir nicht zu glauben ... seht selbst!« Und mit diesen Worten drückte sie Bruder Jon das Schwert in die alten Hände, die es nun zitternd hielten. Er sah Asela mit Grauen in den Augen an, öffnete den Mund, während sich seine Augen weiteten und er vor uns zusammenbrach ... klingend fiel das alte Schwert aus seinen Händen und blieb vor mir liegen. Mircha und Gerlan eilten heran, um sich um den alten Mann zu kümmern und sahen vorwurfsvoll zu Asela auf.

»Macht nicht mir den Vorwurf«, sagte sie leise, »sondern seht ihn als ein letztes Opfer dieser Tat.«

»Sie hat recht«, flüsterte der alte Mann. »Und nein, der Gott ruft mich noch nicht ... der Schreck war nur zu groß für meine alten Knochen.«

»Sollen wir Euch aufhelfen, Bruder Jon?«, fragte Mircha leise, doch der alte Priester schüttelte den Kopf.

»Bringt mir das Schwert«, bat er so leise, dass man ihn kaum hören konnte. Ich bückte mich und reichte ihm die Klinge, und diese eine Berührung war genug, um die Wahrheit in Aselas Worten zu bestätigen, ein Bannschwert war es nicht, nur kalter Stahl.

Die alten Hände schlossen sich um den blanken Stahl der Waffe ... dann sah er zu uns auf und dann zu den dreizehn, die so still um uns herum knieten.

»Soltar!«, hauchte er. »Was für ein Verbrechen ...« Seine Stimme bebte. »Wenn dies nicht Furchtbann ist ... und er ist es nicht, das fühle ich nun auch, wer liegt dann dort verbrannt auf diesem Block?«

»Ich nehme an ... nein.« Asela trat an den Block heran und studierte die mit Runen verzierten Fesseln, die noch immer diese Knochen gefangen hielten. »Nein«, wiederholte sie. »Noch heute ist die Macht dieser Runen so groß, dass selbst ich Schwierigkeiten hätte, sie zu lösen. Erinstor wäre nicht imstande gewesen, den Verfluchten zu befreien.« Jetzt war sie es, die verständnislos dreinsah. »Es müssen die Gebeine des Verfluchten sein, die hier ruhen ... aber das ergibt nicht den geringsten Sinn! Erinstor hatte einfach nicht die Macht, dies zu bewirken, und dies ist und bleibt das falsche Schwert!«

»Ich kann Euch sagen, was geschah«, meinte Bruder Gerlon mit erstickter Stimme. »In meinen Albträumen sehe ich die Antwort, denn ich sehe ihn auf diesem Stein hier liegen ... Er erhebt sich, streift die Fesseln ab, greift nach einer schattenhaften Gestalt und zieht diese wie einen Mantel an, um dann zu gehen, mit einem Lächeln, das mich wieder und wieder schweißgebadet aus meinem Schlaf gerissen hat! Das ist hier geschehen ... der Verfluchte nahm sich diesen wahnsinnigen Schänder, zog ihn sich an wie ein neues Kleid und entkam in dieser lebenden Maske dem Gefängnis, das ihn halten sollte!«

Soltar, dachte ich verzweifelt, es ergab auf verdrehte Art einen Sinn!

»Götter«, entfuhr es Serafine, »kein Wunder, dass er es kaum lebend aus dem Tempel schaffte«, meinte sie bitter. »Er musste an dem Gott vorbei ... und der ließ ihn sicher nicht ungestraft entkommen.«

»Ja, so muss es gewesen sein«, meinte jetzt auch ich und musterte die schwarzen Gebeine. »Der Verfluchte nutzte den Wahnsinn und die Wut des verschmähten Schülers der Eulen zu seinem Vorteil ... und dieser Erinstor muss wahrlich dem Wahnsinn verfallen sein, was sonst sollte ihn dazu bewegen, einen Verfluchten befreien zu wollen?«

»Macht«, meinte Asela leise. »Immer strebte er nach Macht. Vielleicht dachte er so, sie für sich gewinnen zu können!« Sie stockte ... »Vielleicht ... was war Furchtbanns Eigenschaft, Bruder Jon? Was war die Fähigkeit dieser Waffe?«

»Sie schützt vor der Furcht, der Angst und der Macht der Nekromanten. Sie berührt einen nicht, trägt man Furchtbann«, gab dieser erschöpft und mit brüchiger Stimme von sich. »So steht es wenigstens geschrieben.«

»Gibt es noch anderes?«, fragte Asela und kniete sich vor den alten Mann. »Denkt nach. Ist etwas anderes von dieser Klinge erwähnt?«

Zuerst schüttelte der alte Mann den Kopf, doch dann hielt er inne.«»Vielleicht doch ... es heißt, dass sie die Macht des Feindes gegen ihn verwenden könne, dass jede dunkle Gabe, die man dem Träger entgegenwirft, für Furchtbann dann zur Waffe wird, die den Verfluchten richtet. Es ist das Erbe des Gottes, von dem sie stammt.«

»Wie das?«, fragte ich erstaunt. »War es nicht Soltar?«

»Bei Furchtbann?«, meinte der Hohepriester und schüttelte den Kopf. »Nein. Sie wurde erst später Soltar geweiht, um den Fluch zu brechen, der auf ihr gelastet hat.«

»Welcher Fluch?«, fragte jetzt Asela.

»Das weiß ich nicht«, antwortete der Hohepriester. »Sie wurde gereinigt und der Fluch gebannt, und auch während Askannon sein Schmiedewerk vollbrachte, wurde die Klinge ständig geprüft, ob sie noch unserem Glauben heilig war.«

»Welchem Gott war sie einst heilig, wenn es nicht Soltar gewesen ist?«, fragte ich.

»Das weiß niemand, sie wurde an einem alten Schlachtfeld gefunden, wo einst die Elfen miteinander stritten. Aber, wie ich sagte, Furchtbann wurde gereinigt und Soltar geweiht.«

Asela kniete noch immer vor dem alten Mann und schüttelte jetzt langsam und verzweifelt den Kopf.

»Vielleicht hat es also doch mit Furchtbann zu tun. Dennoch, woher sollte Erinstor darüber etwas gewusst haben? Er fragte doch nach Seelenreißer?«

»So ist es«, bestätigte der alte Mann. »Die alten Schriften dazu sind deutlich, er schien enttäuscht, als er hörte, dass die Klinge vergeben war.«

»Dennoch, wie konnte all dies hier geschehen, ohne dass die Eulen davon erfuhren?«, fragte sie erschüttert, während ich noch immer über die Worte des Priesters grübelte.

»Es war ein Belang des Glaubens, nicht der Wissenschaft«, gab der alte Priester leise Antwort. »Ein Akt des Glaubens, der Demut und der Hingabe ... man stellt eine solche Tat nicht auf die Bühne der Weltlichkeit, es ist ein leiser Dienst, der nicht nach Anerkennung heischt. Es war genug, dass es getan war, zum Prahlen war es nicht geeignet.« Er gab den beiden anderen Priestern ein Zeichen, und sie halfen ihm, sich aufzurichten.

»Diese Männer und Frauen hier gaben ihr ganzes Wesen um dem Verfluchten ein Ende zu bereiten«, fuhr er leise fort. »Ihr habt recht, mein Kind, es schmälert ihr Opfer nicht, doch es macht das Verbrechen umso größer. Ein Verbrechen, das an all jenen verübt wurde, die glaubten, die ihr Leben in den Dienst der Götter stellten.«

»Wann geschah es?«, fragte ich leise. »Es war, bevor der ewige Herrscher abdankte, nicht wahr? Sagt, Bruder Jon, kam Askannon jemals wieder hierher, um seinen alten Feind zu sehen, oder vergaß er ihn?«

»Nein«, sagte der alte Priester. »Er nicht. Außer Euch heute sah nur ein einziges Mal jemand diesen Ort, der nicht im Glauben an einen unserer Götter gebunden war. Ein Gelehrter, glaube ich.«

Obwohl er es kaum sein konnte, musste ich an einen Gelehrten denken, den wir getroffen hatten, der vieles wusste und mir rätselhaft erschien, der es sogar verstanden hatte, Zokora zu beeindrucken.

»Wisst Ihr, wann das war?«, fragte ich sanft.

»Es muss zur Zeit der Unruhen gewesen sein, als der Weltenstrom versiegte. Der Gelehrte hatte von dem Verfluchten gehört und wollte wissen, ob er sicher gefangen war, wollte ausschließen, dass er damit zu tun hätte. Kurz vor der Abdankung des ewigen Herrschers war es, so steht es geschrieben.«

»Und?«, fragte ich leise. »Was befand dieser Gelehrte?«

Der Hohepriester legte die Stirn in Falten. »Verzeiht, Ser Roderic, ich habe vieles gelesen, und mein Gedächtnis ist nicht mehr das beste ... ich bin mir nicht sicher, mir scheint, er war hier und ging, ohne ein Wort zu sagen ... doch ich kann mich irren.«

»Wisst ihr noch seinen Namen?«

»Das ist zu viel verlangt«, meinte der alte Mann. »Beim besten Willen kann ich nicht ...«

»War sein Name vielleicht Kennard?«, unterbrach ich ihn, und Bruder Jon nickte überrascht.

»Das stimmt! Das war der Name. Kennard. Jetzt, da Ihr es sagt! Er war Schreiber hier am Tempelplatz ... und verfertigte sogar einmal eine Abschrift der Worte Soltars für den Tempel! Deshalb fand er auch Erwähnung in den Tempelschriften! Woher wisst Ihr diesen Namen?«

»Ein Schreiber«, wiederholte ich nachdenklich. Etwas nagte an meinen Gedanken. Ich sah zu Asela hin, die gedankenverloren die verbrannten Gebeine zu betrachten schien. »Sagt Euch der Name etwas? Es muss jemand sein, der auch über mächtige Gaben verfügt, denn ich traf diesen Mann vor nicht allzu langer Zeit am Donnerpass in den Neuen Reichen. War er vielleicht auch eine Eule? Er schien mir dem Alten Reich zugetan, wusste viel darüber, und wenn er der gleiche Gelehrte war, dann hat er die Jahrhunderte überlebt. Nur Eulen und Nekromanten können so lange leben, von den Elfen abgesehen.«

»Nein«, sagte Asela langsam und schüttelte entschieden den Kopf. »Wäre er eine Eule gewesen, ich wüsste von ihm. Eulen sind Gelehrte, ja, aber ein Mann mit diesem Namen studierte niemals im Turm. Und nach uns gab es keine neuen Eulen mehr, bis Desina, die neue Prima, den Turm offen für sie fand. Aber es gibt Maestros, die keine Eulen sind, Eure Königin ist dafür das beste Beispiel, sie folgt einer magischen Tradition, von der ich gerne wissen würde, wie sie entstand. Vielleicht ist ein Gespräch mit ihr ja möglich.«

Fast ließ mich Aselas hoffnungsvoller Ton schmunzeln. Sie mochte eine Eule ein, Schlimmeres erlebt haben, als man sich denken wollte, doch dass sie in ihrem Wesen eine Gelehrte war, war nicht zu verkennen! Solche Menschen vergaßen in ihrer Neugier oft alles andere außer dem, was sie im Moment berührte.

Etwas knirschte hinter uns, und wir fuhren herum, Seelenreißer sprang mir in die Hand, und Asela riss dem Hohepriester den falschen Furchtbann aus den Fingern, um die alte Klinge dem entgegenzuhalten, das uns bedrohen konnte, während sie ihre freie Hand wie zum Wurf erhob und sich dort ein gleißendes Licht und Funken sammelten.

Doch weder Stahl noch Magie bot sich ein Ziel, zuerst war dort an der Wand nichts zu sehen, nur zu hören war etwas, ein Pochen und ein Knirschen in den Wänden, und noch während

Serafine die Dolche aus ihren Ärmeln schüttelte, glitt ein Teil der Wand zurück ... hervor trat eine zierliche Figur, gefolgt von einem Mann in den Roben Borons.

Die dunkle Elfe blinzelte ins Licht.

»Götter«, entfuhr es mir, ich wollte es nicht glauben, was ich sah. »Wie kommt denn ihr hierher?«

»Daraus folgere ich«, meinte Asela trocken und ließ den Stahl sinken und Magie aus ihren Fingern gleiten, »dass man wohl bekannt ist miteinander!«

»Bei Solante, Havald«, meinte Zokora in ihrer weichen Stimme. »Wenn du so weitermachst, wirst du mich irgendwann wohl doch noch dazu zwingen, zuzugeben, dass ein Mensch mich überraschen kann!«

»Darf ich fragen, wer Ihr seid und was Ihr Euch erdreistet, das Haus Nertons ungebeten zu betreten?«, fragte der Hohepriester erschöpft. Varosch lächelte verlegen, dann sah er, was es hier zu sehen gab, und seine Augen weiteten sich, während er fassungslos die Laterne sinken ließ.

»Mein Name ist Zokora und ich diene Solante«, meinte sie überraschend kurz und trat an den alten Mann heran. Mircha wollte dazwischengehen, Varosch hielt ihn zurück, da sprach Zokora schon weiter. »Willst du sterben, Diener des Soltar? So vieles ist ungetan, und noch hast du die Kraft für weitere Jahre. Aber nicht, wenn du hier stehst, denn mit jedem Schlag bricht dein Herz noch mehr. Willst du leben, lege dich hin, und ich stärke dein Herz, willst du zu deinem Gott, dann bleibe stehen und stelle weiterhin unnütze Fragen!«

»Ich habe keine Furcht vor Soltar«, meinte der Hohepriester fast empört.

»Du wärest ihm auch kein guter Diener, alter Mann, würdest du ihn fürchten! Lebe oder sterbe, doch entscheide jetzt, oder dein Herz entscheidet mit den nächsten Schlägen!«

»Wer seid Ihr, dass Ihr so mit dem Hohepriester zu reden wagt?«, begehrte Mircha nun zu wissen »Haltet Euch von ihm fern!«

Sie ignorierte ihn und sah den Hohepriester abwartend an.

»So gesehen ist die Antwort klar«, meinte der im Flüsterton, dann ließ er sich vorsichtig auf den staubigen Boden sinken und streckte sich zu ihren Füßen aus.

»Was tut Ihr da?«, rief Mircha empört und riss sich aus Varoschs Händen frei.

»Ihr seid *'seva'sol'ante*, nicht wahr?«, fragte Bruder Jon leise vom Boden her und wies den Adepten Soltars mit einer Geste an, still zu sein, nur mühsam gehorchte Mircha diesem Wunsch. »So stimmt es also, dass Ihr Aspekt die Heilung auch zum dunklen Volk der Elfen brachte?«

»Nein«, gab Zokora Antwort, während sie sich neben ihn kniete und ihren Beutel öffnete, um dort gefaltete und geölte Papiere herauszusuchen, sie enthielten Pulver, die sie auf einem anderen Papier zusammenmischte. »Die Göttin gab uns den Aspekt der Heilung, lange bevor es euch Menschen gab. *Wir* zeigten den Dienerinnen Astartes, wie sie es lernen können. Nur sind Menschen wohl zu dumm, sich manches dauerhaft zu merken. Havald«, fügte sie ohne aufzusehen hinzu. »Du hast immer eine Flasche dabei, gib sie mir.« Diesmal allerdings irrte sie, doch Asela hielt ihr bereits die ihre hin. »Gut«, meinte Zokora und sah hoch zu mir. »Jetzt entferne diesen dummen Priester aus meiner Nähe, bevor ich ihn noch selbst entferne! Varosch darf nicht die Hand gegen ihn erheben, aber du hast meine Erlaubnis, ihn niederzuschlagen, wenn er sich weigert.«

»Danke«, meinte ich trocken und zog den widerstrebenden Mircha zur Seite.

»Ihr droht mir, mich zu schlagen?«, fragte dieser fassungslos.

Ich unterdrückte ein Seufzen und schüttelte den Kopf. »Nicht ich drohe Euch, sie tut es! Aber hört mich an: Würdet Ihr Euch der Hohen Priesterin der Astarte in den Weg stellen, die Euren Hohepriester heilen will?« Mircha sah mich nur fassungslos an.

»Letztlich ist es das, was Ihr soeben getan habt«, erklärte ich ihm ruhig, während Zokora das Gesicht verzog, als sie feststellte, wie wenig in der Flasche war, dann mit den Schultern zuckte und das angemischte Pulver in die silberne Flasche schüttete. Sie schüttelte sie ein paarmal und reichte sie Bruder Jon, während nicht nur Gerlon fasziniert zusah.

»Trink!«, befahl sie dem alten Mann. »Dann bereite dich auf den Schmerz vor, der kommen wird, zwanzig Herzschläge nach deinem ersten Schluck. Übersteh den Schmerz, und du bist geheilt.«

Der Priester nickte, trank, und Zokora legte beide Hände auf seine Brust, ich sah wie ihre Lippen sich bewegten, als sie zählte. Dann, plötzlich, bäumte sich der Hohepriester stöhnend auf und Zokora presste ihn mit aller Macht nach unten. Ein Wort entsprang ihren Lippen, das in diesem dunklen Ort einen Nachhall fand, und ein fahles Leuchten erfüllte zuerst ihre Hände und dann den alten Priester, der heftig zu zucken begann ... und dann still wurde und keuchend dalag.

»Oh«, meinte Zokora nachdenklich, ließ sich auf die Knie zurückfallen, legte die Hände in den Schoß und sah sich zuerst um, bevor sie den Blick zur Decke richtete. »Jetzt *bin* ich überrascht!«, stellte sie im Flüsterton fest und kippte besinnungslos zur Seite weg.

Ich ließ Mircha stehen und eilte zu ihr, doch Varosch war schneller, kniete sich neben sie und bettete ihr Haupt auf seinen Schoß. »Was ist mit ihr?«, fragte ich besorgt.

Er legte die Finger an ihre Halsbeuge. Es war nachgerade absurd, wie zierlich und zerbrechlich Zokora mir in diesem Moment erschien. Noch kurz zuvor hatte sie diesen dunklen Ort beherrscht, jetzt schien sie kaum mehr als ein Kind.

»Sie wird gleich wieder bei sich sein«, beruhigte Varosch uns und lächelte erleichtert.

»Sie ist es schon«, meinte Zokora, ohne die Augen zu öffnen, und richtete sich dann etwas auf, um zu dem Hohepriester hinzusehen, der neben ihr saß und von Mircha gestützt wurde. Der hielt die Hand auf seine Brust gepresst und sah die dunkle Elfe auf eine Art an, die ich auch bei anderen so oft gesehen hatte, fasziniert und zugleich auch fassungslos.

»Das Haus Nertons, huh?«, sagte sie dann. »*Das* habe ich gemerkt.«

»Was ist geschehen?«, fragte ich besorgt, und sie erlaubte sich ein feines Lächeln.

»Einfach mehr, als ich dachte. Es mag sein, dass der Diener

Soltars noch sterben wird, aber gewiss nicht daran, dass sein Herz versagt, dort übertrieb ich es.«

»Ich danke Euch für diese Heilung«, sagte Bruder Jon mit einem schwachen Lächeln. »Auch wenn es ... überraschend war!«

»Das war es auch für mich«, meinte Zokora und sah zu Mircha hin. »Wenn ich mich in den Farben deiner Robe nicht täusche, wolltest du die Nachfolge antreten, nun, es mag jetzt länger dauern, als gedacht.«

»Das macht nichts«, sagte Mircha ernst. »Ich lernte heute, dass ich noch lange nicht bereit bin, seine Robe zu tragen.«

»Du brauchst dich nicht zu bedanken«, meinte Zokora unbewegt. »Ich lehre gerne.«

Mircha blinzelte und sah verständnislos drein, während ausgerechnet Bruder Gerlon zu kichern anfing.

Zokora schüttelte sich wie ein nasser Hund. »Dieses Haus ist von der Anwesenheit des alten Gottes erfüllt, ein wirklich ganz und gar heiliger Ort.« Sie erhob sich, natürlich ohne Varoschs oder meine Hand in Anspruch zu nehmen, und warf einen dunklen Blick auf den Basaltblock mit den Gebeinen, dann die dreizehn Wächter. »Irgendetwas ergibt hier keinen Sinn!«

»Er steht selbst dort oben«, teilte ich ihr leise mit und wies zur Decke. »Kein Standbild. ER selbst.«

»Das erklärt es wohl«, sagte sie. »Nur, warum tut Er das?«

»Er wird seine Gründe haben«, vermutete ich lächelnd. »Was bringt euch beide hierher?«, stellte ich die Frage, die auch den anderen auf der Zunge brannte.

»Ich habe keine Lust dazu, es zu erklären«, meinte Zokora. »Varosch soll es tun, während ich mir diesen Gott ansehe.« Sie zeigte weiße Zähne, als sie lächelte. »Ich habe noch nie einen Gott leibhaftig gesehen ... keine Sorge«, meinte sie, als Mircha etwas sagen wollte. »Ich werde den Weg schon finden.«

»Aber das meinte ich nicht ...«, begann der Priester, doch Zokora beachtete ihn nicht weiter.

»Die dunkle Elfe und Ihr gehört zu seinen Gefährten?«, fragte Asela Varosch, während wir der Dunkelelfe nachsahen.

»Ja«, antwortete der. »So hat es sich ergeben.«

Die ehemalige Eule wies mit ihrem Daumen auf mich.

»Passiert es oft, dass man ihn unterschätzt?«

»Hin und wieder«, meinte Varosch schmunzelnd. »Es gereicht ihm meist zum Vorteil.«

»Ihr könnt Euch später über mich unterhalten«, unterbrach ich etwas ungehalten. »Wie kommt es, dass wir uns hier treffen, Varosch?«

»Es ist leicht genug erklärt. Ihr erinnert Euch an die dunkle Elfe, die wir im Eis unter dem Donnerpass fanden? Jarana okt Talisan?«

»Ja«, sagte ich. »Was ist mit ihr?«

»Zokora wollte wissen, wer sie war, und suchte in den Archiven. Wir fanden heraus, dass Jarana ein Nachtfalke war, zu der Zeit damals waren sie dem Reich noch treu ergeben und keine Mördergilde. Sie jagten Nekromanten und verstanden es als eine heilige Aufgabe. Jarana war weder der Zweiten Legion zugeteilt, noch gehörte sie zur Garnison der Donnerfeste, wie wir zuerst irrtümlich annahmen. Sie half dort aus, übernahm sogar den einen oder anderen Dienst, doch ihre Aufgabe war eine andere: Sie sollte ein Bannschwert finden, das den Namen Furchtbann trug. Wir wissen, dass sie diesen Auftrag nicht erfüllen konnte, dennoch wollte Zokora mehr über diese Klinge wissen. Die Spur der Waffe verliert sich in den Neuen Reichen, aber ihren Anfang nahm sie hier.«

»Richtig, der Hohepriester hat uns von ihr erzählt.«

Varosch verneigte sich leicht vor dem Hohepriester des Soltar. »Furchtbann war eine der ungeliebteren Klingen, etwas war an ihr, das es ihrem Träger nicht leicht machte. Während andere Klingen ihrem Träger nutzen, schien Furchtbann das Pech anzuziehen. Vielleicht ist es auch nicht ratsam, gänzlich ohne Furcht zu sein. Die Klinge fand wenig Verwendung und wurde dem Tempel Soltars zur Aufbewahrung gegeben, nachdem der letzte Träger starb.«

Ich nickte, das hatten wir ja schon gehört.

»Wenn aber das Schwert im Tempel Soltars ruhte, warum sollte Jarana es in den Neuen Reichen suchen? Zokora forschte weiter und fand eine Referenz, dass die Waffe gestohlen wurde.

Diese Spur führte zu einer abenteuerlichen Fabel über einen Unheiligen, der an einem geheimen Ort in Fesseln lag. Wir fanden heraus, dass die Priester des Boron daran beteiligt waren, diesen Verfluchten zu binden, und fragten im Haus meines Herrn nach, ob man dort etwas über einen solchen Verfluchten wusste. Wir erfuhren, dass Furchtbann Verwendung fand, um diesen Verfluchten der Verdammnis zuzuführen. Was aber noch immer nicht erklärte, warum Jarana diesem Schwert dann in die Neuen Reiche folgte. Wir fragten weiter.« Er lächelte Bruder Jon an. »Es scheint, als ob der Schlüssel zu diesem Tempel von Euch verwaltet wird, doch die Diener Borons kannten einen anderen Weg, einen Tunnel, der vom Tempel meines Herrn hierher führt. Da Zokora die erste Dienerin Solantes ist und auch meine Fürsprache besaß, erlaubte man uns, diesem Tunnel zu folgen, und er führte bis dort zu dieser Wand.« Er schüttelte erheitert den Kopf. »Ich kann es immer noch nicht glauben, Euch an diesem Ort vorzufinden.« Er zuckte mit den Schultern. »Das ist in Kürze auch schon alles. Aber Zokora glaubt nicht daran, dass Furchtbann hier zu finden ist.« Er blickte zu Asela und auf das Schwert, das sie noch immer hielt. »Täuscht sie sich?«

»Nein«, antwortete der Hohepriester für Asela. »Wir haben es gerade erst herausgefunden. Das Schwert wurde gestohlen und für eine Schandtat benutzt, die ihresgleichen sucht.« Der alte Mann sah sich traurig um. »Wir haben mehr gesehen, als ich Euch zeigen wollte. Und das muss ich mit den anderen Hohepriestern besprechen. Wie wir, wurden auch sie getäuscht, und es gilt zu überlegen, wie wir nun verfahren sollen.« Er seufzte leise. »Ich schlage vor, wir verlassen diesen Ort und versiegeln den Tempel wieder, bevor die 'seva'sol'ante noch den Gott vor seiner Zeit aus seinem Schlaf erweckt.«

Wir fanden Zokora in der Haupthalle kniend vor, den Kopf gebeugt, die Augen feucht. Auf unsere leise Ansprache reagierte sie zuerst nicht; erst als Varosch an sie herantrat und sie berührte, erwachte sie aus ihrem Gebet.

Sie erhob sich langsam, warf einen letzten ehrfürchtigen Blick auf diesen alten Gott und folgte uns dann schweigend nach draußen, wo wir mit vereinten Kräften die alten Tore wieder schlossen.

Wir gingen zusammen über den Platz, auf den Tempel meines Herrn zu. Zokora schien tief in Gedanken, und ich sprach sie darauf an.

»Ich wollte nicht glauben, dass Er es selbst ist, der hier steht«, erklärte sie. »Warum sollte Er das tun? Ich habe Ihn gefragt, aber Er gab mir keine Antwort.« Sie sah zu mir auf und schien erheitert. »Ich habe es auch nicht erwartet. Aber, bei Solante, Er ist wunderschön. Nie zuvor habe ich eine solche Majestät erlebt. Habt ihr die Maserung der Hörner gesehen, die feine Struktur und das Schimmern seiner Flughäute? Die Runen auf seinen Krallen?«

Ich hob die Augenbrauen und sah zu dem geschlossenen Tor zurück. »Helis«, fragte ich Serafine. »Was hast du gesehen?«

»Den Gott«, antwortete sie.

»Das meine ich nicht«, erklärte ich. »Wie sah er für dich aus?«

»Ein alter Mann mit einem freundlichen Gesicht in einer Robe in türkiser Farbe.«

»Varosch?«

»Ein Mann in den besten Jahren, in einer schweren Rüstung, mit einem Hammer und einem Schild.«

»Ein Mann in einer Robe, mit dem Wesen eines Gelehrten«, meinte Asela leise, ohne dass ich sie gefragt hätte. »Und Ihr?«, fragte sie jetzt mich.

»Einen Mann, zugleich Elf und Biest, mit geschuppter Haut, gut doppelt so groß wie ein Mann, gütig und weise.«

»Einen Drachen mit türkisen Schuppen, die mit anderen Farben zu verfließen scheinen«, erklärte Zokora und sah die Priester fragend an.

»Ich habe ihn schon immer so ähnlich gesehen, wie Ser Roderic ihn beschreibt«, antwortete der Hohepriester, während Gerlon und Mircha ebenfalls einen Mann in einer Robe beschrieben.

»Dann sieht ihn jeder anders«, stellte Zokora fest. »Ich glaube, kein Bild ist weniger wahr als das andere. Er ist all das ... und mehr für den, der die Ehre hat, ihn zu erblicken. Warum sind die Tore geschlossen? Warum gibt es keinen Dienst zu seinen Ehren?«

»Er hat es selbst so verfügt«, erklärte Bruder Jon. »Vielleicht weil er keiner weiteren Verehrung bedarf oder es von unseren Göttern ablenken würde, von denen Er ja wollte, dass sie seine Nachfolge antraten.«

»Warum ist er hier zu finden?«

»Er ist nicht nur hier. Es gibt auf der Welt verstreut noch andere Tempel. Er steht in allen«, sagte der alte Mann. »Jeden dieser Tempel hat Er selbst verschließen lassen. Aber ich bezweifle sehr, dass Er darin gefangen ist.«

Am Tempel meines Herrn angelangt, nahmen die Priester ihren Abschied. »Es ist genug für mich«, meinte Bruder Jon. Er nahm das Schwert von Asela entgegen und wog es in seiner Hand. »Ich denke, wir werden uns wiedersehen.«

Wir wünschten ihm eine gute Nacht.

»Daran hege ich Zweifel«, sagte er und lächelte flüchtig, um dann die Hand zu erheben. »Seid gesegnet im Namen meines Herrn.«

Wir dankten ihm dafür und schauten ihm nach, wie er die Stufen des Tempels erklomm, mit den beiden anderen Priestern an seiner Seite, die sich bereithielten, sollte er straucheln, doch das geschah nicht.

Zokora und Varosch nahmen ebenfalls ihren Abschied, sie hatten noch etwas im Tempel des Boron zu besprechen. Übrig blieben Serafine, Asela und ich.

Ich griff unter die Robe und suchte Pfeife und Tabak. Die Pfeife fand ich, doch mein Beutel war schon wieder leer. Seufzend steckte ich ihn zurück.

»Wollt Ihr uns zur Zitadelle begleiten?«, fragte ich Asela, doch sie schüttelte den Kopf.

»Es war ein denkwürdiger Tag«, meinte sie. »Wir werden uns wiederbegegnen, dessen bin ich mir sicher. Denkt daran, es gibt einen weiteren Verfluchten, sucht und richtet ihn. Seelenreißer soll zuverlässig sein in dieser Hinsicht. Der Götter Segen …«

Sie wollte sich abwenden, doch Serafine hielt sie mit einer leichten Berührung zurück.

»Sag, Asela, du besitzt das Wissen und die Kunst der Eulen. Warum hilfst du nicht Desina und lehrst sie, was sie wissen muss? Du warst doch schon immer gut im Unterrichten.«

»Das wäre einleuchtend, nicht wahr?«, meinte Asela. »Aber ich kann es nicht, zu vieles steht im Weg. Ich kann ihr nicht gegenübertreten, jetzt noch nicht. Aber ich suche nach anderen Wegen, ihr zu helfen.« Sie zögerte. »Ich weiß nicht, ob ich es verlangen darf, aber ich habe mich Euch früher offenbart, als ich es wollte. Ich kann Euch nur darum bitten, dass Ihr der Prima nichts von mir erzählt.«

»Sie hält Euch noch immer für den Feind«, erinnerte ich sie.

»Das tut Ihr doch auch. Ich stand vor Eurem Gott und ließ mich richten, und doch seht Ihr Euch nicht imstande, mir zu vertrauen. Aber Ihr habt sicher recht. Ich diene nicht mehr dem Kaiser der Nekromanten, doch zu einem Freund macht mich das noch nicht.« Sie schluckte und nickte Serafine zu. »Dir, Finna, schulde ich weitaus mehr, als ich gestehen kann. Du wirst die Antwort auf deine Fragen finden, aber jetzt ist es noch nicht an der Zeit.«

»Ich ...«, begann Serafine, um dann leise zu fluchen, als Asela wie Rauch zerfaserte und nicht mehr zu sehen war. »Götter«, rief sie erzürnt. »Ich vergaß, wie sehr es mich verärgert, wenn sie mitten im Satz verschwinden. Balthasar war darin ein Meister und trieb mich damit oft zur Weißglut!«

»Verständlich«, meinte ich. »Spricht noch irgendetwas dagegen, dass wir uns jetzt zur Ruhe betten können?«

»Nein«, sagte sie. »Wohl nicht. Bruder Jon hat recht, es ist genug für einen Tag.«

16. Geschliffen

Es war kurz vor der ersten Glocke, als wir endlich unser Quartier erreichten. Das ließ mir gerade noch drei Kerzenlängen Zeit für Schlaf. Ich verabschiedete mich von Zokora und Varosch und auch von Serafine, die jetzt, da Sieglinde gegangen war, das Quartier allein bewohnte, und klopfte dann an Leandras Tür. Sie öffnete nicht, und einer der Wachsoldaten teilte mir mit, sie sei von ihrer Unternehmung noch nicht zurückgekehrt.

Ich stand dort und fragte mich, was ich jetzt tun sollte. Mir kam ein Gedanke, und ich ging hinunter zu den Federn und dann zum Archivar.

»Was Ihr sucht, ist bei uns nicht zu finden«, teilte mir der Mann mit. »Es ruht in den Archiven der Eulen. Aber wenn Ihr es wünscht, kann ich anfragen, ob die Eule uns das Bild heraussuchen wird, wir können es dann für Euch kopieren.«

»Das wäre wünschenswert«, sagte ich. »Es hat eine gewisse Eile, könntet Ihr der Eule das ausrichten?«

»Gern, aber sie hat sehr viel zu tun, es kann länger dauern.«

Damit musste ich mich zufriedengeben. Jetzt gab es nichts mehr zu tun, also ging ich endlich schlafen.

Diesmal war der Albtraum deutlich. Ich ging durch eine Stadt, und um mich herum zerfielen prunkvolle Bauten zu Staub, erstarrten die Menschen und liefen schwarz an, zerbrachen dann mit gequälten Schreien in tausend Stücke, während ein Schatten mir folgte, der Tod und Pestilenz verbreitete. Ich wunderte mich zwar, dass die soeben zerbrochenen schwarzen Toten nochmals an Pest erkranken konnten, aber es half mir nicht viel.

Leandras Stimme zeigte mir den Weg aus diesem Traum. Schlaftrunken zwang ich ein Auge auf und glaubte sie neben meinem Bett stehen zu sehen, in Weiß gekleidet und kostbar geschmückt, ihr schönes Gesicht ernst und traurig, doch es fiel mir schwer, mich aus dem Schlaf zu lösen. Als es mir endlich gelang, hörte ich die Tür gehen, und ein Geruch von ihrem Parfüm lag noch in der Luft.

Schweißgebadet wie ich war, zog ich ein Bad dem Schlaf vor. Auch das Bad wurde unterbrochen, als es klopfte. Ich war im heißen Wasser eingeschlafen, der Schreck ließ mich untertauchen. Wasser spuckend und fluchend, hielt ich mir ein Tuch vor und eilte nass und tropfend zur Tür.

»Ach, du bist es nur«, begrüßte ich Serafine. »Komm rein.«

Ich wandte mich ab und griff mir eine Hose, die sich auf feuchter Haut störrisch anstellte. Als ich dann doch gewonnen hatte und mich umdrehte, bemerkte ich, dass Serafine gequält dreinschaute.

»Ist etwas?« fragte ich.

»Nein.« Sie lächelte mühsam und fuhr sich über die Augen. »Nichts. Ich wollte mit dir in die Messe zum Frühstück. Wenn es dir recht ist.«

Ich blieb vor ihr stehen und tropfte auf den Boden. »Was ist?«, fragte ich erneut.

»Ich sagte, es ist nichts«, beharrte sie.

»Und warum schläfst du nicht? Du musst keinen Dienst antreten. Hast du auch schlecht geschlafen?«

»Möglich«, meinte sie. »Ich wollte nur sicherstellen, dass du nicht verschläfst.«

»Das wäre nicht nötig gewesen«, sagte ich.

Sie nickte. »Das weiß ich, aber ich will es so.«

Ich sah sie fragend an, aber mehr kam nicht von ihr.

Tatsächlich war ich für ihre Hilfe dankbar. Es war zwar möglich, die Rüstung allein anzulegen, aber es hätte weit mehr Verrenkungen bedeutet.

Ich hatte die große Messe in der Zitadelle bisher noch nicht betreten und war beeindruckt von der weitläufigen Halle, in der tausend Mann auf einmal ihre Mahlzeit zu sich nehmen konnten. Gut zwei Dutzend Köche schwitzten hinter den großen Tischen und gaben die Mahlzeiten aus, vier Dutzend zum Küchendienst eingeteilte Soldaten eilten herum, räumten Tische ab und wischten sie sauber, sammelten Geschirr und schrubbten die

Teller in großen Bottichen, als ob ihr Leben davon abhing, während an einer Wand ein großes mechanisches Zeitwerk laut tickend auf einer markierten Stange die Kerzen des neuen Tags anzeigte, groß genug, um auch vom entferntesten Tisch erkannt zu werden.

Große Fenster, die zum Innenhof führten, ließen Licht herein, das zudem noch mit Spiegeln im Raum verteilt wurde. Neben jedem zweiten Spiegel fanden sich eiserne Körbe an der Decke, in denen die leuchtenden Globen ruhten. Je mehr Licht der frühe Morgen brachte, desto mehr verdunkelten sich die magischen Lampen.

»Das ist ohne Zweifel ein Wunderwerk«, meinte ich zu Serafine und wies zu dem Zeitwerk, als ich mir einen Kanten graues Brot abbrach. »Aber es missfällt mir ungemein.«

»Warum?«, fragte sie erstaunt.

Ich tunkte den Kanten in mein aufgeschlagenes Ei. »Dieses Zeitwerk zwingt mich hinzusehen und treibt mich an. Es scheint mir, dass es mir die Zeit schon stehlen will, bevor sie verflogen ist. Nicht ich entscheide, wann es an der Zeit ist, sondern diese Stange mit ihren goldenen Markierungen herrscht über mich.«

»Dann sieh nicht hin«, schlug sie mit einem leisen Lächeln vor, doch ihr Blick erforschte mich. Ich wusste nicht, wonach sie suchte.

»Du hast gut reden«, brummte ich. »Du sitzt mit dem Rücken zu dem Ding.«

Serafine schmunzelte nur, und ich sah mich weiter um.

»Das Essen und diese Messe sind ebenfalls wunderbar.« Ich wies auf meinen Teller. »Ich erhielt ein halbes graues Brot, ein halb gekochtes Ei, wobei ich die Wahl hatte, wie lange gekocht es sein sollte, dazu noch zwei Schinkenstücke, eine Zwiebelwurst und drei Stück Käse, außerdem einen Tiegel frische Butter. Jeder hier hat das Gleiche bekommen. Wo bei allen Höllen sind die Hundertschaften an Hühnern, die die ganzen Eier legen?« Mit einer Geste zeigte ich auf die gut sechshundert Soldaten, die mit uns hier speisten. »Vor meinen Augen sehe ich hier Schweine hereinfliegen, die in der Luft zu Schinken werden und dann geschnitten auf den Tellern landen. Woher wissen die Köche, wie viele hier essen, was es dazu braucht, und wie haben sie die Zeit, all das einzusammeln und zuzubereiten?«

Sie schüttelte den Kopf und lachte, aber nur verhalten, als ob etwas sie noch immer bedrückte. »Also siehst du schon Schweine fliegen, Havald, das ist nicht gut!« Ihr Lächeln schwand. »Es ist eine Kunst«, meinte sie dann ernsthaft. »Es war meine Aufgabe, die Legion zu versorgen, zu planen, was es braucht, um sie ins Feld zu führen, und ich weiß, wovon ich spreche. Koch zu sein, oder Zeugwart, ist eine Ehre. Ein guter Koch lässt eine Legion länger leben und hält sie munter, ein schlechter Koch hingegen untergräbt die beste Moral.«

»Das gilt auch für einen Zeugwart?«, fragte ich.

»Was meinst denn du? Stiefel kann man nicht essen, aber wie weit läuft ein Soldat in zu engem Schuhwerk, bevor er den Zeugwart erschlagen will? Zudem, er ist es, der einkauft, was die Köche dann verarbeiten. Zudem schützt ein Zeugwart die Legionen auch noch auf andere Art.«

Serafine griff sich meinen Helm, der neben uns auf dem Tisch lag, drehte ihn in ihren Händen, zog das Leder zur Seite und zeigte mir einen Prägestempel in dem Stahl. »Siehst du diese Markierung?«, fragte sie, ich nickte kauend. Sie drehte den Helm herum und suchte an der Oberfläche, drehte und wendete ihn gegen das Licht. »Und dort den Kantenabdruck auf der Oberfläche?«

Ich nickte erneut.

»Kommt ein solcher Helm frisch aus der Schmiede, wird er in ein Gestell eingespannt, in dem ein schwerer Dorn auf einer Schiene aus fünf Schritt Höhe fällt und den Helm hier trifft. Geschieht nicht viel, bekommt der Helm dann diese Marke, um zu zeigen, dass der Stahl gut und sauber verarbeitet ist. Durchschlägt der Dorn den Stahl, wird der Helm eingeschmolzen, und jemand in der Schmiede wird sich verantworten müssen.« Sie legte den Helm zur Seite. »Der Brustpanzer ist das Wichtigste an einer Rüstung, selbst ein schwerer Bolzen soll ihn nicht durchschlagen. Dafür hat er diese gewölbte Kante an der Brust, sodass der Bolzen nicht senkrecht trifft, sondern abgleiten wird, dafür dass er dann nicht die Achsel trifft, gibt es diesen Schutz am Armloch. Man zieht das Bruststück einer Puppe mit festen Maßen über, schaut, ob es passen und nirgends drücken wird. Fünfmal wird der Panzer beschossen, dann wird man an den Laschen und den Riemen ziehen, schauen, ob die Kanten glatt sind, und der Stahl an allen Stellen die gleiche Stärke hat. Erst dann bekommt ihn ein Soldat.«

»Ein ungeheurer Aufwand«, stellte ich fest, und Serafine nickte.

»Es gibt genug Gefahren im Kampf, da braucht es nicht noch schlechtes Essen und mangelhaften Rüstschutz.«

Es brauchte auch das Zeitwerk nicht; war eben noch die Halle ruhig, nur vom Murmeln der leisen Gespräche gefüllt, schepperte und klang es jetzt überall, als sich schwer gerüstete Soldaten von den Bänken erhoben, das Zeitwerk zeigte noch ein Zehntel einer Kerze vor der vollen Glocke an, doch ich musste jetzt schon gehen. Ich schob ihr Seelenreißer über den Tisch, nahm das andere Schwert und erhob mich von der Bank.

»Wir sehen uns nach deinem Dienst«, sagte Serafine und lächelte, auch wenn mir ihr Lächeln mühsam erschien.

Leandra hatte mich traurig angesehen, jetzt tat es auch Serafine. Hatte ich etwas zu ihr gesagt? Vorhin noch hatte sie gelächelt, erst später hatte diese Traurigkeit in ihre Augen Einzug gehalten. Hatte ich ihr einen guten Morgen gewünscht, oder doch anderes gesagt? Ich wusste es nicht mehr, aber was hätte ich schon sagen können, um Serafine so zu bedrücken?

»Gut«, begrüßte mich Rellin. Ihr Lächeln gefiel mir nicht. »Wir werden heute üben, was einen Bullen ausmacht: den Marsch. Ich hoffe nur, Ihr seid gut ausgeruht, denn Ihr werdet alle Kraft brauchen.«

Wie gut sie mich in der Folge schliff, erkannte ich an dem Grad des Hasses, den ich ihr gegenüber verspürte. Sie lief neben mir her, lästerte und machte Witze, zwang mich, einen schweren Balken zu stemmen und dabei falsch und laut ein dummes Lied zu singen, ließ mich wie einen Käfer auf dem Rücken in einem Schlammloch liegen und aufspringen – und das alles wiederholen, bis der Schlamm durch jede Ritze in mein Unterzeug gelangt war. Dann ließ sie mich durch einen Waffenmeister mit einer Hellebarde verdreschen, zwischen taumelnden Baumstämmen hindurchrennen und so lange in den Liegestütz gehen, bis nicht einmal der Namenlose selbst mich dazu hätte bewegen können, mich noch mal in die Höhe zu zwingen.

Und bei jeder dieser Übungen griff sie sich einen anderen Bullen, meist deutlich schmächtiger als ich, und wies ihn an, es mir vorzuführen. Und jedes Mal wurde ich beschämt. Wenn mir nach dreißig Liegestützen die Kräfte schwanden, vollführte eine junge Sera in schwerer Rüstung hundert von ihnen und lachte noch dabei. Immer waren andere Bullen in der Nähe und sahen mir mit einem Lächeln zu, wie ich bei dem versagte, was sie selbst mit Leichtigkeit vollbrachten.

Ganz zum Schluss zog Rellin selbst eine Rüstung an, trat mir mit Schwert und Schild entgegen und ließ meine Rüstung klingen. Nie war mein Schild schnell genug, nie war meine Klinge dort, wo sie sein sollte. Rellins Schläge prasselten auf meinen Stahl wie Hagelsteine, und sie selbst hätte keinen Schild benötigt, denn sie war nie dort, wo ich hinschlug. Götter, wie langsam diese Rüstung mich machte!

Gut, es war nicht meine Art zu kämpfen, aber wenigstens einmal hätte ich sie doch treffen können!

Zum Abschluss gab sie mir ein Übungsschwert und stellte mir vier lachende Seeschlangen gegenüber, die nur Dolche aus Holz trugen. Ich sollte mich so lange gegen sie halten, bis Rellin laut bis dreißig gezählt hatte. Das, dachte ich, müsste wohl zu schaffen sein, doch weit gefehlt. Die Seeschlangen stoben auseinander und auf mich zu, ich sah ein gespanntes Seil, dann waren sie heran und zogen mir mit dem Seil die Füße weg. Laut scheppernd fiel die Eiche, ich lag mit dem Helm voran im tiefen Dreck, während sich eine der Seeschlangen den Spaß erlaubte, mich mit der Spitze eines Dolchs zwischen den Rüstungsschalen zu kitzeln und zu pieksen, und ein anderer mir den Helm von der Rüstung löste und mir lachend eine Kopfnuss verpasste.

»Du bist tot, Rekrut«, grinste er und half mir auf. Ich wäre lieber liegen geblieben.

»Hier liegt die Lehre«, meinte Rellin schmunzelnd, die nur bis drei hatte zählen müssen. »Darin, was es zu vermeiden gilt!«

Als ich am Abend mein Quartier erreichte, hatte ich jede Stufe der breiten Treppe gezählt; jede Faser meiner Muskeln brannte, und ich fühlte mich einer toten Schnecke gleich. Diesmal war Serafine nicht zugegen, ich musste mich selbst aus der Rüstung befreien und erblickte mich dann im Spiegel. Ich war voller blauer Flecke, obwohl die Rüstung jeden Schlag abgewehrt hatte. Rellin hatte mir Putzzeug mitgegeben und die Aufgabe, die Rüstung bis zum Morgen so sehr zu polieren, bis sie, wie sie es sagte, darin jede ihrer Warzen sehen konnte. Da es ihr jedoch an Warzen mangelte, schien mir die Aufgabe nur schwer zu lösen.

Ich sollte besser bald damit beginnen, denn die Rüstung war völlig verdreckt, aber ich drehte mich auf dem Fuß um und fiel wie ein gefällter Baum auf mein Lager. Auf dem Nachtschrank sah ich die drei Dienstbücher liegen, die ich zusätzlich noch studieren sollte. Ich drehte mich zur anderen Seite und beschloss, dass, wenn die letzte Schlacht der Götter heute sein sollte, sie ohne mich beginnen musste.

Serafine kam später, weckte mich und zeigte mir, wie man die Rüstung am besten reinigte, tatsächlich tat sie mehr daran als ich, nur blieb sie schweigsam dabei und wich meinen Blicken aus. Sie gab mir ein Öl für die schmerzenden Muskeln, aber sie bot nicht an, es einzureiben. Seelenreißer stellte sie neben mein Bett und sagte, sie ginge in den Tempel beten. Nicht ein einziges Mal lächelte sie; wenn ich sie ansah, schaute sie zur Seite.

Jetzt war ich wach. Die Rüstung glänzte befehlsgemäß, vor den Fenstern herrschte noch Dunkelheit, aber ich konnte keine Ruhe finden. Ich blätterte in den Büchern, die mir Rellin gegeben hatte, doch ich konnte mir nichts merken. Es war nicht die Erschöpfung, die mich niederdrückte, sondern etwas anderes, als wäre alles Licht gedämpft und jeder Atemzug schwer.

Ich hörte Serafines Tür gehen, als sie vom Tempel zurückkehrte, und klopfte dort an. Sie öffnete mit halb gelöstem Mieder und sah hoch zu mir.

»Verzeih, Havald«, sagte sie leise. »Heute fehlt mir die Laune, um gute Gesellschaft zu sein, außerdem will auch ich ins Bett.«

Ohne mir Zeit für eine Antwort zu lassen, schloss sie die Tür vor meiner Nase.

Ich klopfte erneut. Diesmal öffnete sie nur einen Spalt, ich erkannte ein langes Bein und den Saum ihres Untergewands.

»Was ist?«, fragte sie.

»Wir müssen diesen Verfluchten finden, von dem Asela gesprochen hat.«

»Ja, Havald«, sagte sie müde. »Das müssen wir. Aber nicht mehr heute Nacht.« Sie schloss die Tür erneut und ließ mich stehen.

Müde, wie ich war, schlief ich nicht gut, ich war früh wieder wach und wartete auf Serafine. Als es sich zeigte, dass sie nicht kommen würde, musste ich mich eilen, tatsächlich brauchte ich so lange, diese verfluchte Rüstung anzulegen, dass ich kaum Zeit zum Essen fand. Doch sie fand mich in der Messe, gerade als ich gehen musste.

»Ich bin nur hier, um Seelenreißer anzunehmen«, teilte sie mir mit, ohne mich anzusehen. Ich hätte sie gerne gefragt, was mit ihr war, doch die Zeit fehlte mir dazu. Ich gab ihr die Klinge, und sie eilte wortlos davon, ließ mich dort stehen und verständnislos dreinschauen.

An diesem Tag fand es Rellin angebracht, mich mit Piken üben zu lassen, bevor sie mich niederreiten ließ. Ich fand heraus, dass ein Schlachtross mich auch mit Rüstung durch die Luft schleudern konnte und dass es auch dann schmerzte, einen felsigen Abhang herunterzufallen, wenn man Rüstung trug. Danach fand die Generalsergeantin es sinnvoll, mich zehn Schritt auf einem niedrig gespannten Tau balancieren zu lassen. Als ich versagte und mich beschwerte, dass das mit Rüstung gar nicht möglich sei, ließ sie eine Tenet mit Schild und Schwert gleich zweimal darüber tänzeln, und irgendwann schlug sie mir mit dem Schwert so hart gegen den Helm, dass er klang wie eine Glocke, nur um meine Aufmerksamkeit zu erregen.

»Rekrut«, sagte sie mit kühler Stimme. »Ich weiß nicht, was mit dir los ist, aber es reicht. Du musst lernen, was ich dir zeige, sonst sterben andere durch deine Fehler. Geh heute Abend trinken, beten oder zu einer Hure, wenn es dir hilft, aber morgen früh wirst du wach sein und mit den Gedanken hier bei mir, sonst werde ich dem Kommandanten empfehlen, sich einen anderen General für die Zweite zu suchen.«

Ich gelobte Besserung, aber sie ließ nicht mit sich reden, nahm ihren Helm ab und erklärte den Dienst für beendet, obwohl es noch nicht ganz Mittag war.

Als ich protestierte, fuhr sie mich mit kalter Stimme an. »Es ist mir einerlei, ob Ihr ein Lanzengeneral seid oder Boron persönlich! Ihr verschwendet unsere Zeit. Eure dürft Ihr gern wie billige Münze verprassen, doch ich habe Besseres zu tun, als einem Ochsen Vernunft einzubläuen! Das, was Ihr hier lernen sollt, wird Leben retten. Denkt darüber nach, aber jetzt geht und belästigt mich nicht weiter!« Mit ihrer gepanzerten Hand zeigte sie zum Tor des Übungsgeländes, und ich stampfte davon. Ich fühlte mich übel behandelt, und ein unbestimmter Zorn gärte in mir – und eine Trauer, von der ich nicht wusste, was sie zu bedeuten hatte.

Seitdem wir Askir erreicht hatten, waren die Tage trüb gewesen, und es hatte nur wenig Sonne gegeben, dafür waren die Nächte klar und kalt, nur von einem seltsamen purpurnen Band gebrochen, das im südlichen Himmel leuchete. Aber an diesem Tag zeigte der Himmel sich wolkenlos, selbst der sonst allgegenwärtige Schleier der Vulkanasche war heute nicht zu sehen. Die Sonne schien, als wolle sie den Winter vergessen machen, und selbst in den von Stein gefassten Beeten in der Zitadelle zeigten sich die ersten Triebe. Die Menschen erfreuten sich an dem schönen Wetter, und wohin ich sah, lachten die Gesichter, als gäbe es keinen Krieg und keinen Nekromantenkaiser, der die Welt erdrücken wollte.

Mich erfreuten schönes Wetter und freundliche Gesichter wenig, jedes Lachen, das ich hörte, jeder Sonnenschein drückte mir noch mehr aufs Gemüt, bis ich den Drang verspürte, mit dem Kopf voran gegen die Festungsmauer zu rennen. So absurd der Gedanke auch war, er spiegelte wieder, wie ich mich fühlte: als ob nichts, das ich tat, einen Sinn ergab.

Solche Gefühle waren mir fremd. Ich hatte schon als Kind gelernt, dass es Dinge gab, die einen Menschen stark bedrückten, aber auch, dass es keinen Sinn hatte, sich von ihnen beherrschen zu lassen. Man musste tun, was man tun musste, und auf einen besseren Tag hoffen. Rellin hatte den Anfang gemacht, ich übernahm nach ihr und schalt mich selbst einen Idioten, aber es half nicht viel. Ich war geneigt, Streit zu suchen, was aber nicht klüger war, als mir den Schädel an der nächsten Mauer zu zerbrechen.

17. Apfeltabak

Santer fand mich im Innenhof der Zitadelle, bei meinem alten Freund, dem Karpfen, der mich noch immer ignorierte.

»Es ist kalt in Eurer Heimat«, sagte er lächelnd und setzte sich neben mich auf die Bank. »Ich bin froh, zurück zu sein, auch wenn ich sagen muss, dass diese Donnerfeste mich beeindruckt. Man macht gute Fortschritte dort, und wenn man Langeweile hat, gibt es einen netten Sport. Spinnenjagd. Es trifft nicht ganz meinen Geschmack, dafür traf ich dann eine Elfe, die sich für einen Werwolf hält. Euer Freund Eberhard hat jemanden geschickt, die Messe in der Donnerfeste zu übernehmen, und täglich treffen Kämpfer und Flüchtlinge dort ein.«

»Hm«, meinte ich und sah dem Karpfen zu.

»Gestern Nacht war es am besten, da tanzten Rentiere auf den Wänden, und Bären haben in der Messe aufgetischt, außerdem gingen die weiblichen Soldaten trotz der Kälte nackt im Brunnen baden.«

»Das ist gut«, meinte ich und fragte mich, warum ein Karpfen immer an der Wasseroberfläche zu kauen schien.

Santer lachte schallend. »Habt Ihr auch nur ein einziges Wort vernommen?«, fragte er, als ich ihn überrascht ansah. »Mann, was ist mit Euch? Man könnte meinen, Ihr hättet Liebeskummer.«

Ich seufzte, vielleicht entsprach das ja den Tatsachen.

»Ihr mögt recht haben«, gab ich dann zu. »Seit meine Gefährtin die Krone trägt, gibt es eine Grenze, die nicht überschritten werden darf. Es bedrückt mich, das ist gewiss.«

Er sah mich verwundert an. »Aber es ist doch die Maestra Leandra di Girancourt, die nun die Krone Illians tragen soll, nicht wahr?«

»So ist es«, meinte ich müde. »Es ist auch mein Entschluss gewesen, doch es fällt mir schwer, sie aufzugeben.«

»Das verstehe einer«, sagte er und schüttelte den Kopf. »Ich hätte schwören können, dass Ihr die Sera Helis liebt. Selbst Desina meinte, dass es eine Freude wäre, euch beide zusammen zu sehen.«

»Da kann man sich leicht täuschen«, sagte ich ungehalten. »Man könnte auch meinen, dass Ihr Desina liebt.«

Er nickte bedächtig. »Ihr seid übel gelaunt, Ser General. Wenn es Euch dann besser geht, keilt ruhig aus, aber wenn es Euch nichts nützt, dann lasst es sein. Ich habe ein breites Kreuz und kann einiges vertragen, aber hütet Eure Worte den Seras gegenüber. Vor allem bei Desina wünsche ich, dass Ihr Euch beherrscht.«

»Warum?«, fragte ich kühl. »Habe ich einen wunden Punkt getroffen?«

»Ja«, sagte er, stand auf und sah dabei gar nicht freundlich drein. »Wenn Ihr wollt und es Euch hilft, werfe ich Euch gern zu dem Karpfen, mit dem Ihr reden wollt. Es könnte Euch das Gemüt kühlen. Es ist so, wie Ihr vermutet, und es schmerzt, weil es keine Lösung gibt. Also verschont mich mit Euren spitzen Worten! Aber auch ich habe recht, nicht wahr? Was auch immer Ihr getan habt, die Sera liebt Euch und wird Euch verzeihen, wenn Ihr sie darum bittet.«

»Es gibt nichts zu verzeihen, sie ist Königin, und mein Weg führt mich von ihr weg. Mehr ist es nicht.« Ich sah müde zu ihm auf. »Verzeiht, Santer, ich war ungerecht, ich weiß auch nicht, was mit mir ist.«

»Ihr seid dumm, das ist es«, meinte er hart. »Ich kann Euch Eure Worte leicht verzeihen, mir ergeht es nicht viel anders als Euch. Auch eine Sera kann alles verzeihen, nur nicht, dass man nicht weiß, dass man sie liebt.«

Damit drehte er sich um und ließ mich sitzen, was mir in der letzten Zeit zu oft geschah.

»Er hat recht«, meinte Zokora hinter mir. »Du bist dumm. Weil deine Pfeife dir beim Denken hilft, habe ich sie dir mitgebracht.« Sie hielt mir die Pfeife und einen prall gefüllten Tabaksbeutel hin. »Du scheinst sie nötig genug zu haben. Die Pfeife lag in deinem Zimmer, den Tabak habe ich von Helis gestohlen. Sie suchte gestern fast drei Kerzen lang den Markt nach Bessareiner Apfeltabak ab und traut sich nun nicht, ihn dir zu geben.«

»Was machst du hier?«, fragte ich, während ich Tabak und Pfeife entgegennahm. Serafine hatte drei Kerzen lang nach meinem Tabak gesucht?

»Du hast nach mir verlangt, wenigstens sagte man mir das.« Sie lehnte sich neben mich an die Bank. »Wir haben solche Fische auch«, stellte sie fest und deutete auf den Karpfen. »Sie sehen genauso aus, nur sind sie bleich, haben keine Augen und lange Zähne.«

»Dann sehen sie nicht genauso aus.«

»Doch. Nur anders. Du siehst die Dinge einfach falsch.« Sie wandte sich mir zu. »Wenn du mich suchst, kann es sein, dass du etwas von mir willst, wenn nicht, gehe ich am besten wieder, bevor du auch mich zum Weinen bringst. Die Gefahr sehe ich als gering an, doch bei Leandra und Helis ist es dir gelungen.«

»Warum sollten sie weinen?«, fragte ich überrascht.

Zokora schüttelte den Kopf. »Leandra weint, weil sie einen Traum aufgeben muss, aber das hat sie schon lange gewusst. Es kam nur zu schnell, und sie weiß, dass es keinen Weg daran vorbei gibt. Serafine weint, weil sie ihre Hoffnung verlor und glaubt, du liebst sie nicht. Vielleicht sollte ich ebenfalls mit dem Weinen beginnen, weil deine Dummheit so schmerzhaft ist. Meinem Volk ist die Liebe verboten, und doch hast du gesehen, dass ich sie verstanden habe. Du hingegen predigst sie und bist blinder noch als dieser Fisch.«

»Er ist nicht blind.«

Sie funkelte mich an. »Du verstehst nichts. Oder ist es so, dass du nicht verstehen *willst*? Jeder hat es gesehen. Leandra zuerst, auch Nataliya erkannte es, Sieglinde wusste es sogar vor allen anderen. Selbst ich habe es erkannt. In dem Moment, in dem Helis' Seele zurück in ihren Körper fand, warst du verloren. Vielleicht bist du so sehr gewohnt, dich gegen deinen Gott zu stemmen, dass du dich auch Astartes Segen verweigerst. Nur zu, schau, wohin dich das führt! Aber wenn du weinen willst, dann ruf nicht mich dazu herbei, ich habe dafür nicht die Geduld.« Sie funkelte mich weiter zornig an. »Ich werde mir nicht die Mühe machen, mich zu wiederholen. Was du tust, ist mir egal, doch wenn wegen dir jeder nur herumläuft, als wären ihre Pilze vom

Mehlfraß befallen, dann stört mich das auf Dauer auch. Also, wenn du etwas Sinnvolles von mir willst oder du mir auf meiner Suche nach Furchtbann helfen willst, dann bist du willkommen. Wenn du mir aber nur aufs Gemüt gehen und mich mit deiner Dummheit belasten willst, bleib fern von mir.«

Damit trat sie hinter mich, doch als ich mich umdrehte, war sie nicht mehr da. Ich sah zu dem Karpfen hin und wusste nicht, was ich denken sollte, als ihre Stimme mich erneut erschreckte.

»Helis ist in ihrem Zimmer und sucht diesen Tabak ganz verzweifelt. Du könntest sie beruhigen.«

»Ich …«, begann ich und drehte mich um, doch sie war schon wieder verschwunden, »… bin dir dankbar.«

»Ich weiß«, sagte Zokora hinter mir. Wieder fuhr ich herum, doch da war sie nicht.

Ich schaute erneut zu dem Karpfen hinüber, der nach Zokoras Meinung so wenig von der Liebe verstand wie ich. Vielleicht hatte sie recht. Was wusste ich schon von der Liebe?

Der Tag, an dem ich geboren wurde, war der Tag, an dem die Belagerung meiner Heimatstadt Kelar begann. Gerade, als ich alt genug geworden war, mich einen Mann zu nennen, erhielt ich Soltars Schwert und ging durch sein Tor. Danach war alles anders. Man nannte mich einen Helden, und es stieg mir zu Kopfe. Es gab eine junge Frau, die mir gefiel, und ich machte ihr den Hof.

Ich lehnte mich auf der Bank zurück und versuchte mich daran zu erinnern, wie sie ausgesehen hatte. Ich sah ihr Lächeln vor mir, als sie mir einen Apfel reichte, und ihr goldenes Haar, doch ihr Name fiel mir nicht mehr ein. Sie gebar mir ein Kind. War es dieses Kind, das in Verlmont an der Pest starb, oder dessen Enkel? Zweiunddreißig Jahre lang war die Sera mit dem goldenen Haar meine Frau gewesen. Ich erinnerte mich an ihren Duft, an Abende in unserem kleinen Haus, in dem Seelenreißer fast vergessen über dem Kaminsims hing. Ich erinnerte mich daran, wie sie alt wurde und ich nicht, wie sie mich weinend bat, sie nicht anzusehen, zu gehen, sie ihrem Schicksal zu überlassen. Sie, die Frau mit dem goldenen Haar, war die Erste, die ich liebte, und ich hatte ihren Namen vergessen.

Aber was ich nicht vergessen würde, war das Grab, das ich ihr zwischen den Apfelbäumen aushob, den Schmerz, der mich fast zerbrach, als ich sie in sauberes Leinen gehüllt unter den ersten Baum legte, den ich für sie gepflanzt hatte. Damals hatte ich das erste Mal mit Soltar gehadert. Ich hatte meine Pflicht getan, Kelar gerettet, warum ließ er mich nicht gehen? Warum wurde ich nicht alt und konnte mit ihr sterben?

Sie war schön gewesen, jung und fröhlich. Schlimm war nicht nur, dass ich sie überlebte, sondern auch, dass das Alter sich bei mir nicht zeigte, dass ich jung blieb, während sie zerfiel. Es trennte uns schon lange vor ihrem Tod.

Ich hatte ihren Verlust betrauert, lange bevor sie starb, auch den Verlust der Liebe, denn ich wusste, dass sie einen Teil von mir hasste, weil ich blieb und sie an das erinnerte, was sie verloren hatte: Jugend und Schönheit.

Ich stieß ein hartes Lachen aus. Sie war die Erste und die Letzte, die mich schön genannt hatte, aber damals hatte mir Seelenreißer noch die Jünglingsjahre wiedergegeben. Als ich hundert Jahre wurde, sah ich immer noch so aus wie der Junge, der durch Soltars Tor geschritten war.

Nach ihrem Tod hielt mich nichts mehr in meiner alten Heimat. Ich zog ins Land hinaus, wohin mich der Wind und Soltars Wille trieben. Wenn mir die Liebe begegnete und ich fühlte, wie eine Frau meine Sinne und mein Herz zu fesseln drohte, floh ich.

Ich mochte ihr Gesicht und ihren Namen vergessen haben, doch der Schmerz, den ich spürte, als ich die Sera mit dem goldenen Haar begrub, an den brauchte ich mich nicht zu erinnern. Ich fühlte ihn noch heute, allgegenwärtig.

Ich schwor, nicht mehr zu lieben. Wenn ich danach weibliche Gesellschaft suchte, dann nur dort, wo sie ungefährlich war, wo ich wusste, dass sie mich nicht halten konnte. Ich lernte, dass es tausend Arten gab, wie man lieben und verlieren konnte. Ich trat den Rittern des Bundes bei, solchen, die allem entsagten, außer der Ehre und der Pflicht. Für mich war es eine Flucht, die Regeln unseres Ordens zu befolgen, für sie war es Berufung. Keiner von ihnen zögerte, sein Leben für das Reich zu geben, und als sie starben, waren sie stolz darauf, so gelebt zu haben und so gestorben zu sein. Sie ließen mich in den Reihen ihrer Toten in jenem Pass zurück, aus denen ich mich wieder und wieder erhob, bis die Barbaren flohen.

Ich hatte es nicht zugeben wollen, doch auch Eleonora hatte ich geliebt; zwischen Freundschaft und Liebe verläuft nur ein schmaler Grat, und ihr Verlust kam zu diesem Schmerz hinzu. Er fügte sich ein in die lange Reihe derer, die ich sah, wenn ich des Nachts träumte, zu jenen, die ich liebte und um die ich nicht zu trauern wagte, wenn ich wach war. Nur in meinen Träumen sah ich sie. Ich vergaß kein Gesicht, wusste von allen, wer sie waren … und dass sie auf mich warteten. Ganz am Anfang dieser Reihe stand die Sera mit dem goldenen Haar, nur in meinen Träumen konnte ich sie erkennen, denn nur dort hatte ich ihr Lächeln jemals wiedergesehen.

Dann, Jahre später, als ich sterben wollte, weil ich nichts mehr im Leben fand, das für mich einen Sinn ergab, war Leandra durch die Tür getreten. Sie ließ sich nicht blenden, nicht abwehren, nicht von mir weisen. Sie verführte einen alten Mann und gewann mein Herz damit. Sie war kein Mensch, sie würde lange leben, das Alter würde sie nicht berühren, sie war eine, die ich lieben konnte und durfte. Endlich schien ich erlöst.

Aber bevor sie mich kennengelernt hatte, war sie schon vergeben an Steinherz und ihren Schwur, an einen Krieg, der mich nicht berührte, weil ich dachte, ich wäre längst bei Soltar, wenn er Coldenstatt erreichte.

Sie hatte mich verführt, nicht, weil sie mich liebte, sondern weil sie mich brauchte. Sie wusste, dass sie mich nur so gewinnen konnte. Es war die einzige Münze, die sie hatte, der einzige Handel, der mich bewegen konnte, ins Leben zurückzukehren. Sie wusste es, und ich wusste es auch.

War es also eine falsche Liebe, die ich zu Leandra verspürte?

Nein, der Beweis dafür lag darin, wie sehr es schmerzte, als sie mir gesagt hatte, dass sie mich für ihre Mission opfern würde. Manchmal zeigte sich der Grad der Liebe erst am Schmerz.

Leandra hatte ihr Versprechen gehalten, mir den Platz an ihrer Seite und sogar die Königswürde angeboten. Das war es, was sie mir geboten hatte: eine Zukunft mit einer Frau an meiner Seite, die nicht am Alter sterben konnte.

Darauf hatte ich so lange gewartet: eine Liebe, die sich über die Jahrhunderte hinweg erhielt und der selbst der Tod keine Grenze setzte.

Leandras violette Augen, die so oft ihre Gefühle offen zeigten, die Liebe, den Verdruss, den Ärger, die Verletzlichkeit. Ja, ich liebte meine Königin, und kein Mann hätte stolzer sein können als ich, sie an seiner Seite zu wissen.

Auf dieser Bank im Garten saß ein alter Tor. Woher sollte ich denn wissen, dass ich mich nach einer Liebe verzehrte, die ich schon besaß? Woher hätte ich wissen sollen, dass unter diesem kalten Gasthof, in den Tiefen ihres eisigen Grabs, die Gebeine der Frau lagen, der ich genau das bereits versprochen hatte? Eine Liebe, die den Tod übersteht?

Man sagt, dass ein Mensch keinen mächtigeren Schwur schwören kann als den, den er im Angesicht des Todes spricht. Und Jerbil ... Götter, wie konnte er Serafine versprechen, dass er alles richten würde! Er trug Eiswehr, ein Bannschwert, über dessen Fähigkeiten Sieglinde nicht viel erzählte. Es hatte sich verändert in diesen Jahrhunderten, in denen es die Seelen des Ersten Horns für die Ewigkeit bewahrt hatte. Doch in einem waren alle Bannschwerter gleich: Göttern geweiht und von der mächtigsten Magie erfüllt, die Askannon hatte weben können. Auf sie sollte man nicht leichtfertig schwören!

Jerbil wusste, was er tat, das wurde mir jetzt langsam klar. Er war es, der seine Seele an Soltar verpfändete und geschworen hatte, alles zu tun, alles auszuhalten, alles zu bestehen, das Werkzeug unseres Gottes zu sein, alles, um dieses eine Versprechen zu halten: Serafine im Angesicht ihres Todes in die Augen sehen und ihr sagen, dass er es richten würde, dass er die Gesetze der Götter und der Weltenscheibe sprengen, sich gegen die Götter selbst auflehnen und dann ihr Banner in den Krieg tragen würde. Wenn sie nur weiterleben würde und alles ein gutes Ende fand!

Wie hatte Bruder Jon gesagt? Niemand konnte ein solches Versprechen geben? Doch Jerbil wurde die Säule der Ehre genannt, weil er niemals ein Versprechen brach.

In den Büchern der Götter stand, dass sie den Menschen nach ihrem Ebenbild erschaffen hatten, dass sie ihnen den göttlichen Willen gegeben hatten, dass es nur eine Grenze für die Menschen gab, die ihres eigenen Willens.

Der Wille war es, der zählte, in der Magie, wie Desina und Leandra gleichermaßen berichteten, wie in allem anderen. Es war der Wille, der alles bestimmte und die Geschicke lenkte. Ich wusste, dass es so gewesen war. Ich erinnerte mich beinahe an seinen Schwur, wie er seine Seele Soltar versprach, doch nicht nur ihm. Soltar, weil er über den Tod bestimmte, Boron, weil das, was dort unten im eisigen Keller geschehen war, gegen jede Gerechtigkeit verstieß, und sogar Astarte, weil sie es war, die über die Liebe gebot. Jedem dieser Götter schwor er das Gleiche: dass er seine Seele ihnen verpfändete, für jetzt und alle Ewigkeit, dass er ihre Hand, ihr Werkzeug sein und alles tun würde, was sie ihm auferlegten – wenn sie ihm erlaubten, sein Versprechen auch nach dem Tod zu halten.

Ich wusste, dass er für sich selbst nichts verlangte. In solchen Dingen bittet man nicht für sich selbst, außerdem hätte es der Hingabe widersprochen, die solche Eide erfordern. Ich konnte die Worte beinahe hören und fühlen. Wenn ich sie nur kennen würde, würde sich alles erklären, würde ich verstehen. Aber ich hörte sie nicht und wusste nur, dass sie ausgesprochen worden waren.

Wie Leandra auch, hatten die Götter ihr Wort gehalten. Auf welchen verschlungenen Wegen Serafine von den Toten zurückgekehrt war, blieb Soltars Geheimnis.

Als Helis Eiswehr berührte und Serafine den Weg zurück zu sich selbst fand, ich zum ersten Mal die Seele in Helis' Augen sah, erkannte ich sie wieder, sosehr ich mich dagegen auch wehrte.

Ich war ganz gewiss nicht der Einzige, der sich nach ewiger Liebe verzehrt hatte, aber nun erfuhr ich sie. Ich wollte Jerbil verfluchen, es war *meine* Seele, die er den Göttern als Unterpfand geboten hatte, doch damals war es die seine gewesen, und er hatte jedes Recht dazu. Wenn es nicht der Körper ist, sondern die Seele, die das Wesen eines Menschen ausmacht, dann war es *meine* Entscheidung gewesen, *mein* Versprechen, das mich auch jetzt noch band.

In Wahrheit hätte ich genauso entschieden. Und wie ich auf den Feuerinseln gelernt hatte, war es eine Entscheidung, zu der ich stand.

Leandra, halb Mensch, vielleicht halb Elfe, Maestra, schwertgebunden, meine Königin – sie war beinahe perfekt, selbst ihre Bereitschaft, alles zu geben, ihre Ehre und ihre Liebe diesem einen Schwur zu opfern, selbst das war liebenswert. Wenn es je eine Frau gegeben hatte, die der Liebe würdig war, dann sie.

Woher hätte ich denn wissen sollen, dass ich bereits versprochen war, dass meine Seele nicht frei war, als ich mich an Leandra band? Woher sollte ich denn wissen, dass es eine alte Liebe gab, die nicht vergangen war, die unter unseren Füßen im Eis gefangen lag, als Leandra und ich uns zum ersten Mal liebten?

Dennoch, ich hatte gefühlt und gewusst, dass etwas fehlte, dass etwas in mir für eine andere bestimmt war und darauf wartete, von ihr ausgefüllt zu werden. Als ich das erste Mal in Serafines Augen sah, selbst als sie noch durch Sieglinde sprach, da fühlte ich, dass sie diejenige war.

Wie so oft, wenn man etwas erhält, das man sich so sehr erhofft hat, glaubte ich es nicht. Ich verschloss mich dem, was Serafine mir sagte, und wollte nicht wahrhaben, dass ich nur mein eigener Schatten war. Ich hatte Soltar vorgeworfen, mich in seine Pflicht zu nehmen, und mich gegen ihn aufgelehnt. Weil ich den Preis nicht zahlen wollte, weil ich nie die Wahl gehabt hatte.

Hatte Jerbil das Recht gehabt, mit seiner Seele auch die meine zu verpfänden? War es sein Schwur oder doch meiner?

Ich lachte bitter, als ich verstand, wie einfach es im Grunde war. Ich liebte Leandra und er Serafine, und er war es, der für mich bestimmte, und doch waren wir nicht zwei, sondern ein und derselbe! Aber es war auch sein Schwur, der mir die Liebe zu Leandra erst ermöglicht hatte.

Es war sein Schwur gewesen, der mich band, sein Schwur, der Soltars Schwert für mich bestimmte, sein Schwur, der mich so lange leben ließ, dass ein alter Mann in diesem Gasthof sitzen konnte, als eine junge Maestra die Tür aufstieß und die Welt für ihn veränderte.

Jerbils Wille band mich, seine Liebe war die Kraft des Handels, den er mit den Göttern schloss, die Grundfeste seines Willens. Ich konnte ihn fast sehen, wie er als Letzter dort unten stand, mit Raureif auf seiner Haut und blinden Augen, wie er Eiswehr hielt und den Göttern schwor: *Es darf nicht sein!*

Wie oft hatte ich schon ähnlich gedacht, zuletzt als Nataliya auf Seelenreißers Klinge gestorben war.

Doch Jerbil hatte einen Weg gefunden, und es lag nun an mir, den Preis dafür zu zahlen. In einem anderen Leben hätte ich vor Leandra gekniet und ihr mein Herz geschenkt. In einem anderen Leben wäre Leandra auch die Königin meines Herzens gewesen, aber in diesem war mein Herz schon lange verpfändet.

Ich seufzte und stand auf. Wie sollte ich all das erklären, was ich fühlte, aber nur in Teilen wusste, selbst kaum glauben konnte und noch weniger verstand? Ich wusste nur, dass Leandra litt und Serafine auch. Es mochte sein, dass Leandra sich mir hingegeben hatte, um meine Dienste für sich zu gewinnen, aber es änderte nichts daran, dass sie stets ehrlich gewesen war. Sie hielt ihr Wort. Aber ich konnte es nicht, weil ich es schon jemand anderem gegeben hatte.

Ich hatte lange daran gezweifelt, dass Leandras Liebe echt war, jetzt wusste ich es besser. Es ging ihr nicht anders als mir selbst. Das, was sie übrig hatte nach ihrem Schwur, hatte sie mir gegeben ...

Was hatte es mit der Liebe auf sich, dass sie umso mehr schmerzte, je größer sie war? Leandra litt und weinte, Serafine ebenfalls, und in mir war der Damm fast zum Bersten voll und wartete darauf, zu brechen.

Es durfte nicht sein, dass Leandra und Serafine litten. Für Leandra wusste ich keine Lösung, aber ich würde eine finden. Für Serafine ... Es war an der Zeit, zuzugeben, was sie schon so lange wusste und ich nicht hatte wahrhaben wollen.

Ich stand in dem Garten, mein Blick auf diesen blöden Karpfen gerichtet. Ich riss ihn von ihm los und sah zur Sonne auf. Nach der Nacht folgt stets der nächste Tag, das war Soltars Versprechen und die Hoffnung: Nach dem Tod beginnt das neue Leben. Wenn ich meine – Jerbils – Schuld bezahlt hatte, vielleicht war es dann möglich, Leandra wiederzufinden. Aber nicht in diesem Leben.

Ich ging hinauf in unser Quartier, Serafines Tür stand offen, sie stand in der Mitte des Raums und schaute sich suchend um. Als ich an die offene Tür klopfte, fuhr sie erschreckt herum.

»Oh, gut!«, rief sie erleichtert. »Ich habe schon gedacht, jemand hätte Seelenreißer gestohlen ...«

Wenn sie tatsächlich geweint hatte, war es ihr nicht anzusehen.

»Ich bin hier, um mich für den Apfeltabak zu bedanken«, log ich und hielt den kleinen Beutel hoch. »Zokora sagte, du hättest ihn für mich ...«

»Es ist nichts, ich war sowieso auf dem Markt unterwegs«, wiegelte sie ab. »Was machst du schon wieder hier? Ich dachte, du hättest bis zur sechsten Glocke Dienst?«

»Generalsergeant Rellin meinte, ich ließe es an Aufmerksamkeit mangeln, und weigerte sich, ihre Zeit weiterhin mit mir zu verschwenden. Wenn ich mich morgen gleichermaßen blöde anstelle, droht sie, mich beim Kommandanten wegen Dummheit anzuklagen.«

»Geschieht dir wahrscheinlich recht.« Sie trat an mich heran und musterte mich. »Du schaust seltsam drein.«

»Es ist nichts«, sagte ich rasch. Sie nickte und wandte sich ab, doch ich berührte sie an der Schulter. Manchmal sollte man nicht feige sein.

»Doch«, sagte ich leise. »Da gibt es etwas. Ich bin Santer über den Weg gelaufen. Er nannte mich einen dummen Mann. Auch Zokora hat mich so bezeichnet und gesagt, ich sei blind.«

»Wie das?«, fragte sie erstaunt. »Übrigens, Havald, es gibt etwas, das ich dir sagen muss ...«

»Hör mich zu Ende an. Du hast Jerbil geliebt, nicht wahr?«

Sie blinzelte, und ein Schatten legte sich über ihr Lächeln, das sofort erstarb.

»Dein Takt ist wirklich überwältigend, Havald. Ja, ich liebte ihn. Was willst du?«

»Ich bin nicht Jerbil«, sagte ich.

»Das weiß ich«, seufzte sie. »Du hast es mir oft genug gesagt und auch bewiesen.«

»Als wir beim Hohepriester waren, hast du ihn in mir gesehen und mir vorgeworfen, meine Versprechen nicht zu halten«, sprach ich weiter.

»Ja«, seufzte sie und strich sich die Haare aus dem Gesicht. Sie sah an mir vorbei zur Tür, die immer noch offen stand. Mit einem großen Schritt war ich dort und schloss sie, lauter als beabsichtigt.

»Und jetzt liebst du mich, weil du noch immer ihn liebst. Aber ich bin ...«

Weiter kam ich nicht. Seelenreißer warnte mich rechtzeitig, doch ich hielt still. Ihre Ohrfeige knallte lauter als die Tür und riss mir den Kopf herum.

»Raus!«, rief sie und deutete mit einem zitternden Finger auf die Tür. »Geh, bevor ich mich vergesse!«

Ich bewegte meinen Kiefer sorgsam, fand ihn noch am rechten Platz und schüttelte stur den Kopf. »Ich will dich nicht verletzen.«

»Gut, dass du es sagst«, meinte sie, »denn du verstehst dich vorzüglich darin! Hören kannst du auch nicht. Ich habe gesagt, du sollst gehen!«

»Ich will nicht Ersatz für einen Toten sein«, sagte ich. »Es ist nicht leicht für mich zu sehen, dass du ihn noch liebst und ich im Vergleich immer nur zu kurz fallen kann! Du siehst mich mit diesen Augen an und meinst doch ihn. Wenn du glaubst, das würde nicht wehtun, dann irrst auch du!«

Sie blinzelte. »Es schmerzt dich?«, fragte sie leise.

»Was denkst du denn?«, gab ich erzürnt zurück. »Meinst du, ich bin wirklich so blind, dass ich nicht sehe, wie du meine Nähe suchst? Schlimmer noch, ich kann dich nicht fernhalten von mir, du gräbst dich durch meine Wälle und überspringst die Gräben mit Leichtigkeit. Du schweigst, wenn es der Worte nicht bedarf, sagst immer das, das gesagt werden muss, bringst mich zum Lachen, bist einfach da, und wenn du es nicht bist, fehlt mir ein Stück! Ich weiß nicht, was mit mir los ist, dass ich nicht treu sein kann. Ich liebe Leandra, oder liebte sie, oder dachte es wenigstens, und dennoch bist du wie ein Magnetstein für mich! Du stehst neben mir, lächelst, ich betrachte dein Haar und deine Augen, rieche dich, spüre deine sanfte Berührung ... Ich bin kein Fels, Finna, und wenn ich einer wäre, würde es nicht helfen, denn du bist wie das Wasser, das sich durch härtestes Gestein gräbt. Dann sehe ich diesen Blick in deinen Augen, höre deine leisen Seufzer, sehe deine Lippen und weiß, dass du an einen Toten denkst. Dein Jerbil war ein guter Mann, so scheint es jedenfalls, doch manchmal will ich ihn verfluchen.«

»Havald«, begann sie und hob die Hand, um auf die Tür zu deuten »warte. Da ist ...«

»Nein, ich will nicht warten!«, widersprach ich erhitzt. »Bei den Göttern, es ist schwer zu ertragen, dass du mich mit diesem Geist vergleichst und ich nur verlieren kann! Wenn du schon liebst, Finna, bei den Göttern, dann liebe *mich*!«

Jemand klatschte hinter mir in die Hände. »Gut gesagt, alter Mann«, hörte ich die tiefe heitere Stimme eines alten Freundes hinter mir. »Jetzt küss sie, wirf sie aufs Bett, und wenn du willst, erkläre ich dir, wie du sie dort glücklich machst!«

»Ragnar«, stöhnte ich und wandte mich um.

Dort stand er, mit beiden Händen auf die Axt gestützt, in schwerem Kettenhemd und dicken Fellen, mit einem roten, dreifach geflochtenen Bart und einem Grinsen im Gesicht, das jedem Dämon gut gestanden hätte.

18. Ragnar

Mit zwei Schritten war er heran und hob mich hoch, um mich dann fast zu zerdrücken. Ich roch Eis und Schnee in seinen Fellen und den Met in seinem Atem.

Mit einer Hand an jedem Oberarm hielt er mich dann vor sich und lachte mich an, während ich den Boden unter meinen Füßen suchte. »Beim Allvater, dich umgibt immer ein Drama. Ich schwöre, du kannst nichts tun, ohne dass eine Saga daraus wird!« Er hielt mich höher, um mich besser zu besehen. »Also stimmt, was man sich erzählt? Dass du jung geworden bist und in deinem Lederpacken ein Bannschwert mit dir herumgetragen hast?«

»Ja. Wie man sieht! Du kannst mich aber trotzdem herunterlassen«, teilte ich ihm mit.

»Oh«, sagte er und ließ los. Ich rieb mir die Arme. »Freust du dich nicht, mich zu sehen?«, fragte er mit breitem Grinsen.

»O doch, Ragnar«, sagte ich und meinte es sehr ernst. Ich hatte auf dieser langen Reise neue Freunde gewonnen, doch Ragnar kannte ich schon lange – und er mich nicht als Träger eines verfluchten Schwerts. Wir wurden Freunde, ohne dass es Feinde gab, die uns zusammenbrachten, oder Seelenreiter uns bedrohten, sondern weil wir es so wollten und die Gesellschaft des anderen genossen. Von Seelenreißer hatte er keine Ahnung. Ich hatte die Klinge damals noch in Leder verborgen gehalten, außerdem war ich alt gewesen, als wir uns das letzte Mal gesehen hatten. Vor Jahren hatte ich ihm Gold für seinen Traum von einer eigenen Schmiede geliehen. Das Bett, in dem er schlief und seine Kinder zeugte, stammte von meiner Hand, er kannte mich als Tischler und nicht als Soltars Schlachter. Ihn hier zu sehen, fröhlich und gesund, ließ mich fast in Tränen ausbrechen. Und doch ...

»Nach all den Jahren hättest du auch eine halbe Kerze länger warten können«, beschwerte ich mich mit einem Blick zu Serafine, die zu meiner Überraschung lächelte.

»Ragnar«, meinte sie, »wartet bitte draußen, diese Gelegenheit will ich nicht verstreichen lassen.«

»Ihr seid beide nicht stark genug, mich vor die Tür zu schieben«, sagte Ragnar und zeigte mit einem goldberingten Finger auf mich. »Der dort war einst alt wie der Göttervater selbst und mischte sich dennoch in mein Leben ein. Er wandte einen üblen Trick an, denn er machte mich trunken und ließ mich ihm vorjammern, wie sehr ich mein Herz verloren hatte, wohlwissend, dass die holde Maid hinter mir stand und sich alles anhörte, was mein trunkenes, verlorenes Herz ihm und auch ihr da ausschüttete. Jetzt seht mich an, ein alter Mann, gezähmt von zarter Frauenhand, gefesselt und gebannt nicht nur von blauen Augen, sondern auch von sieben, hörst du, *sieben* Kindern! Und glücklicher, als ich es je zu träumen gewagt hätte! Daran ist nur er schuld, Sera, und wenn ...«

»Oh, seid endlich still, Ragnar!«, sagte sie, trat an mich heran und gab mir einen harten Kuss, der mir den Atem nahm und mir die Sinne raubte. Sie holte Luft. »Du bist ein Idiot, Havald. Ich muss mich anstrengen, mich an Jerbil zu erinnern. Das, was ich an ihm liebte, sehe ich längst in dir. Wenn ich an seine Lippen denke, sehe ich die deinen, wenn ich versuche, mir seine Augen vorzustellen, ist es dein Blick, Havald. Ich liebte ihn, und er ist tot, aber du bist es nicht, und er ist Teil von dir. Ich liebe dich, nicht ihn!«

»Aber ...«

Sie küsste mich erneut, und es war, als wäre ich zu Hause. Ihr Leib, das Haar, der Duft, die Lippen, weich und fordernd zugleich. Sie berührte etwas tief innen in mir, und alles andere um sie herum verschwand. Es währte ewig und doch nicht lange genug, und als es endete, rang ich nach Luft.

»Bei den Göttern«, rief Ragnar und klatschte sich freudig auf die Oberschenkel. »Das nenne ich einen Kuss! Als du ein alter Mann warst, habe ich dir nicht geglaubt, dass du einst die Frauen für dich einnehmen konntest, aber jetzt sehe ich, dass du nicht gelogen hast. Sie ist dir verfallen und du ihr. Lass uns darauf trinken!«

Benommen und widerstrebend löste ich mich von Serafine,

die wie eine Katze lächelte, und blickte ihn verwirrt an. In der Hand hielt er ein kleines Fass, das mir bekannt vorkam, doch im Moment konnte ich nicht denken.

»Hier!«, rief er und warf es mir zu. »Ich habe es in deinem Quartier gefunden. Götter! Kannst du nicht mal mehr fangen?« Ich hatte zu spät reagiert, das Fass flog an mir vorbei und zerschellte an der Wand, Kronskrager Dunkles lief über den Boden, und etwas schimmerte golden unter dem Schaum.

»Sieh, was du getan hast!«, rief er empört. »Es ist Jahre her, dass ich dieses Göttergeschenk getrunken habe, und jetzt ist es verloren!«

Er eilte zu dem kleinen Fass, hob es auf und hielt es mir anklagend entgegen. »Für einen Schluck von dieser dunklen Brühe würde ich töten ... Allvater! Woher bei allen Höllen hast du das?«

Schmerz und Zorn standen plötzlich in seinem Gesicht, und ein gefährliches Glitzern schlich sich in seine Augen. Ich wusste zwar, dass die Varländer ihr Bier mochten, aber das hier verstand ich nicht.

»Es ist nur Bier«, sagte ich vorsichtig. Ragnar war zwar ein Freund, doch Varländer besaßen ein launisches Gemüt. Manchmal war es besser, vorsichtig mit ihnen zu verfahren.

»Nein, das ist es nicht«, sagte er grollend. »Ich will wissen, woher du es hast!«

»Ein Freund gab mir das Fass ...«

»Nicht das Fass, sondern das, was darin verborgen ist!«, rief er erzürnt, riss das Fass mit zwei Händen auseinander und hielt mir eine breite Spange aus getriebenem Gold vors Gesicht, mit varländischen Runen verziert und daumendicken Edelsteinen besetzt. »Sag mir, welches Grab du geplündert hast, und ich lasse dich vielleicht am Leben!«

Zu viel war in den letzten Tagen vorgefallen. Die Eröffnung, dass ich vor einem falschen Gott sterben musste, das Wissen, woher er kam, die Verzweiflung über Serafine, die Freude über Ragnars Anblick ... und nun das!

»Du nennst mich einen Grabschänder?«, rief ich erbost und löste mich von Serafine. »Du wagst es, mich so zu beleidigen? Ich hielt dich für einen Freund, Ragnar, aber hier gehst du doch zu weit!« Während er seine mächtige Axt fester griff, vibrierte Seelenreißer in seiner Scheide. Die gottgeschmiedete Axt Ragnarskrag war endlich ein ebenbürtiger Gegner für das Schwert, und obwohl es in letzter Zeit ruhiger geworden war, schien es jetzt begierig auf den Kampf.

»Götter!«, rief Serafine wütend und trat zwischen uns, um uns die Hände entgegenzustrecken und uns anzufunkeln. »Angus ist ein Freund von Havald, und von ihm stammt das Fass, aber er sagte nichts von dem, was darin verborgen war! Havald schändet keine Gräber, das solltet Ihr wissen, außerdem ist Angus noch am Leben, wenn auch nicht mehr lange! Wenn Ihr den Mann kennt, Ragnar, dann solltet Ihr Euch beeilen, ihn aufzusuchen, denn er wird demnächst hingerichtet.« Sie sah uns drohend an. »Und wenn ihr euch nicht vertragt, dann werde ich euch beide aus meinen Räumen werfen. Wenn ihr denkt, ich sei dazu zu schwach, werdet ihr ein Wunder erleben, das euch ganz und gar missfallen wird!« Diesmal stampfte sie tatsächlich mit dem Fuß auf.

Ragnar stemmte die Fäuste in die Seiten, warf den Kopf zurück und fing schallend an zu lachen. »Götter, was für eine Frau!«, rief er und zwinkerte mir zu. »Wenn ich nicht schon gezähmt wäre, würde ich Euch den Hof machen!«

»Würdest du nicht«, grollte ich, doch ich musste jetzt auch schmunzeln. So schnell wie das Unwetter aufgekommen war, war es auch schon wieder vergangen.

»Gut«, meinte Ragnar. »Also lasst uns gehen!«

»Zu Angus?«, fragte ich.

»Wohin sonst? Ich will wissen, wessen sie ihn anklagen. Ich kann nicht glauben, dass er ein Verbrecher ist.«

»Woher kennst du ihn?«, fragte ich, obwohl ich es mir hätte denken können.

»Er war mein Merkesmann, Herr über meine Hirðmenn, meine Leibwache«, berichtete Ragnar. »Also sollte ich ihn kennen, richtig?«

Mir wurde jetzt so einiges klar. Der Prinz, der mit seinen Mannen zu seiner Reise aufgebrochen war und nicht mehr zurückkehrte.

»Du bist ein Prinz?«, fragte ich stupide.

»Ja, Havald«, seufzte er. »Ich sagte es dir doch.«

Nur hatte ich es ihm nicht so recht geglaubt.

»Und wie bist du in die Südlande gekommen?«

»Geschwommen.«

Ich sah ihn nur an.

»Ich habe es dir doch schon oft genug erzählt! Wir gerieten in einen Hinterhalt der Piraten. Als wir erkannten, dass sie uns überlegen waren, legten wir ihnen selbst einen Hinterhalt. Wir taten waidwund, und als sie nahe kamen, griff ein Teil unserer Männer das erste Schiff aus dem Wasser her an, während wir anderen die Hauptmacht auf dem zweiten Schiff angingen. Wir erschlugen die Piraten bis zum letzten Mann, doch unsere Verluste waren groß. Auf dem anderen Schiff, so wurde mir berichtet, fanden wir danach niemanden mehr lebend vor, also glaubte ich auch Angus tot, der den Angriff führte. Wir tranken auf unsere Brüder und setzten unsere Reise fort, bis wir letztlich vor euren Küsten Schiffbruch erlitten ... dort schwamm ich dann an Land.«

Ja, das hatte er erzählt. Wie so vieles andere auch, von kalten Gletschern, eisernen Thronen und heißblütigen Frauen, die selbst einen Nordmann zähmen konnten. Hauptsächlich von denen. Heldensagen allesamt und ein jeder dieser Helden zu groß, um wahr zu sein. Was mich wenig gekümmert hatte, sollte er sich doch für einen Prinzen halten, er war mein Freund gewesen, das hatte mir gereicht. Jetzt wog er den schweren Reif in seiner Hand. »Das hier ist Angus' Ehre. Wie kann er leben, wenn du das besitzt?«

»Er schenkte das Fässchen Havald, als er erfuhr, dass er hingerichtet werden soll«, erklärte Serafine.

»Wo wird er hingerichtet, und wofür soll er sterben?«

»Den Ort kann ich Euch nennen«, meinte Serafine und griff sich ihren Umhang vom Bett. »Es wird ein Gotteskampf sein, und er wird heute um Mitternacht stattfinden, im Hof der Botschaft der Varlande. Sie lassen keine Fremden zu«, fügte sie mit einem Blick zu mir hinzu, »sonst wäre ich dort.«

»Warum hast du nichts gesagt?«, fragte ich sie.

»Weil es nichts nutzt. Ich sagte doch, sie lassen keine Fremden zu.«

»Und weswegen soll er sterben?«, fragte Ragnar und wog den goldenen Armreif in seiner Hand.

»Weil er nicht den Freitod wählte, nachdem du gestorben bist«, informierte ich ihn und wandte mich an Serafine. »Kennst du den Weg zur Botschaft der Varlande?«

»Ja, gewiss.«

»Ich kenne den Weg auch, ich war schon einmal hier. Aber warum soll er sterben? Ich bin doch gar nicht tot!«, protestierte Ragnar.

»Das, mein Freund«, sagte ich, »wusste außer dir niemand.«

»Du wusstest es«, warf er mir vor. »Warum hast du es nicht verhindert?«

Ich seufzte. »Weil Angus niemals deinen Namen nannte. Und weil ich meine Zweifel hatte, ob du wirklich der Kronprinz der Varlande bist.«

»Nur Prinz, mein Freund«, verbesserte er mich. »Der Jüngste von fünfen und ganz und gar überflüssig.«

»Nicht mehr«, versicherte ich ihm. »Deine Brüder sind allesamt gestorben, und dein Vater, so hörte ich, ist nicht bei bester Gesundheit.«

Er hatte schon die Tür geöffnet, aber jetzt blieb er wie angewurzelt stehen. »Was sagst du da?«, fragte er bleich. »Du kannst das nicht ernst meinen. Du kennst meine Brüder nicht, sie sind wie Auerochsen, dumm, stark und unzerstörbar!«

»Offenbar doch nicht«, meinte Serafine. »Er sagt die Wahrheit, Ragnar. Er weiß nur noch nicht, dass auch Euer Vater kürzlich zu den Göttern ging. Jetzt rangelt man um einen neuen König, für einen Thron, der Euch gehört.«

»Nein!«, rief er und schüttelte entschieden den Kopf. »Ich kann nicht König sein. Ich müsste meine Frau aufgeben und meine Kinder ... und die Schmiede ... mein gesamtes Leben! Das kann ich nicht!« Seine Faust ballte sich um Angus' Armreif. »Aber ich kann auch Angus nicht so zurücklassen, also werde ich ihn befreien. Hilfst du mir?« Er sah mich flehend an. »Du hilfst mir, Freund, nicht wahr?«

»Ja, aber nur, wenn du mich nicht mehr einen Grabschänder nennst«, sagte ich mit einem Lächeln.

»Es tut mir leid. Ich hätte es besser wissen müssen, doch die Überraschung war zu groß«, stieß er zerknirscht hervor und seufzte. »Götter ... meine Brüder und mein Vater ... alle hinfort, und ich wusste nichts davon ...« Er schüttelte den Kopf. »Sie waren allesamt stur wie Ochsen, und drei von ihnen haben versucht, mich zu erschlagen. Schade ist es nicht um sie, aber, beim Allvater, mein Leben gehört jetzt mir!« Er sah mich bittend an. »Meine Heimat ist in Coldenstatt, dort liegt meine Zukunft. Hilf mir, Havald, ich will nicht König sein! Du hast keine Ahnung, wie zugig der Thronsaal in Krimstinslag im Winter werden kann!«

Serafine lachte. »Das hört sich nach einem wahrlich guten Grund an, auf die Königswürde zu verzichten.«

Ragnar warf ihr einen verletzten Blick zu. »Ihr wisst nicht, wie kalt es dort werden kann. Wenn man dann noch auf diesem Thron sitzt, kann es passieren, dass einem die Eier am Eisen festfrieren. Ungar der Nutzlose hat ein Lied darüber gesungen ... mit zu hoher Stimme noch dazu!«

Serafine schnaubte erstickt, und auch ich musste bei dem Gedanken lachen, doch das Ganze war zu ernst, um allzu heiter zu werden.

»Gut«, sagte ich leise. »Doch bedenke eines: Krimstinslag ist von hier aus um Hunderte Meilen weiter weg von Thalak. Doch Coldenstatt kann fallen, wenn der Nekromantenkaiser es nur will.«

»Es ist meine Heimat, und Esire wird dort nicht weggehen«, sagte er und hob seine Axt. »Mein Platz ist an ihrer Seite. Wenn uns dieser Seelenreiter zu nahe kommt, wird Ragnarskrag ihm schon zeigen, dass es ein Fehler war.«

»Wollen wir hoffen, dass es nicht nötig ist«, sagte ich und stand auf. »Lasst uns zu Stabsobrist Orikes gehen. Wir werden sehen, was er erreichen kann, um Angus wieder freizubekommen.«

»Wozu?«, fragte er mich verständnislos.

»Wir können ihn nicht einfach mit Gewalt befreien«, erklärte ich. »Ich wurde gebeten, mich an den diplomatischen Weg zu halten.«

»Das gilt für dich«, sagte Ragnar. »Aber das ist etwas, das Askir wenig angeht. Du kannst mich begleiten oder nicht.«

»Was wäre ich für ein Freund, wenn ich nicht helfen würde? Ich meinte nur ...«

»Gut«, sagte er, reckte das Kinn, und sein Bart zitterte entschlossen. »Dann schlagen wir jetzt Angus aus seinen Fesseln frei!«

»Jetzt?«, fragte ich erstaunt. »Jetzt, in diesem Moment?«

»Gibt es einen Grund zu warten?«, fragte er.

Mir fiel keiner ein.

»Dann los«, sagte er und stampfte zur Tür. »Wir wollen beten, dass sich mir niemand ernsthaft in den Weg zu stellen wagt.«

19. Nordland-Diplomatie

»Wie bist du hierher gekommen?«, fragte ich Ragnar, als wir uns an einem schweren Wagen vorbei durch das Tor der Zitadelle quetschten. Mit seinen Fellen und der großen Axt erntete Ragnar wie üblich viele Blicke, die er ignorierte.

»Dieser Janos brachte mir meine Axt zurück. Ich fragte ihn, wie er zu ihr kam, und er erzählte mir vom Wanderer und diesen Seelenreitern. Ich ging zur Donnerfeste und bat um Einlass. Dort traf ich Sieglinde, die Tochter Eberhards, die nun ein Bannschwert trägt. Sie erzählte mir, dass man dich hier finden kann.« Er hob die Schultern und ließ sie wieder sinken. »Also bin ich hier.« Er wog Ragnarskrag in seiner Hand und zwinkerte mir zu. »Ich dachte, vielleicht können wir dir nützlich sein.«

»Es wird gefährlich werden«, erinnerte ich ihn, und er lachte laut und hob die Axt.

»*Sie* ist gefährlich, alter Freund. Um mich brauchst du dich nicht zu sorgen.«

Das war leicht zu glauben. Ragnar war noch größer als Angus und auch breiter. Seit gut vierzehn Jahren schwang er tagein, tagaus einen schweren Hammer in seiner Schmiede, und das sah man ihm auch an. Seine Oberarme maßen mehr als meine Oberschenkel.

Er sah aus, als ob er Lastkarren mit einer Hand zur Seite heben könnte, und seine Axt steuerte das Ihrige zu diesem Eindruck bei. Angeblich war sie von einem Gott geschmiedet worden und verlieh ihrem Träger die Kraft von zehn Männern. Ragnar hatte mir den Axtkampf beigebracht, und wir hatten auch mit dem Schwert geübt. Zu seiner Stärke kamen auch eine Geschwindigkeit, die man ihm nicht zugetraut hätte, sowie Gerissenheit und Schläue.

Wenn wir nicht erfahren hätten, dass der Nekromantenkaiser außer für sein Schicksal nicht zu besiegen war, wäre es Ragnar, dem ich zutrauen würde, den Seelenreiter zu erschlagen. Viele Varländer taten oft ungebildet und rau, das konnte Ragnar auch, doch er besaß den Kopf nicht nur, um einen Helm zu tragen, sondern war in einem Maße gebildet, dass er sich auch in feineren Kreisen nicht zu verstecken brauchte.

Jetzt ging er voran, die Leute machten ihm eilig Platz, und selbst die Bullen am Tor sahen ihn höchst skeptisch an. Er ignorierte sie und ging vorbei, scheinbar entspannt, aber ich kannte ihn gut genug, um zu wissen, dass er alles sah und in sich aufnahm.

Er lebte glücklich mit seiner Frau, die so zierlich war wie Zokora und genauso willensstark. Als Schmied hätte man ihn für eine Verschwendung halten können, denn wenn es jemals jemanden gegeben hatte, dem die Königswürde stand, dann war es Ragnar. Er besaß eine Wirkung auf die Menschen, die sie die Knie beugen ließ, obwohl sie gar nicht wussten, warum.

In Coldenstatt bekleidete er das Bürgermeisteramt, und im Handwerksrat saß er auch, doch war er dort nur selten anzutreffen. Er hatte sich nicht aufgedrängt, die Führung zu übernehmen, und doch hatte ich schon bei meinem letzten Besuch bemerkt, wie sehr die Menschen seinen Rat suchten. In Coldenstatt, der jüngsten Stadt meiner Heimat, und dem ganzen Land jenseits des Donnerpasses war er bereits ein Herrscher, doch er brauchte keine Krone, es reichte, dass die Menschen ihn wegen seines Rats schätzten und ihn respektierten.

Der Donnerpass sollte auch für den Nekromantenkaiser und seine Legionen ein Hindernis darstellen, das nicht leicht zu nehmen war. Unser Plan war, dass jene, die vor dem Nekromantenkaiser flüchten konnten, sich in Coldenstatt einfinden sollten. Es war offenkundig, dass Ragnar dort besser aufgehoben war als in Krimstinslag.

Während er voranschritt, als gäbe es nichts, das ihn aufhalten konnte, sah ich Wolken am Horizont aufziehen. Ich wusste, wie Leandra dachte, und weil Ragnar mein Freund war, würde sie sich Einfluss auf ihn erhoffen. Ein Freund auf einem Thron der Neuen Reiche war für sie wichtiger als alles andere. Sie würde von mir erwarten, dass ich ihn drängte, die Königswürde anzunehmen. Sollte es ihr möglich sein, es ohne meine Hilfe zu erzwingen, würde sie auch das tun.

Die Botschaft der Varlande lag in der Oberstadt. Zu sehen gab es dort zuerst nicht viel: eine hohe Mauer, die ein überraschend großes Gebiet umschloss, kaiserliche Bullen, die das breite Tor bewachten, und zwei Gardisten der Varländer, die in ihren Fellen und schweren Kettenhemden nicht viel anders aussahen als Ragnar, nur dass er gepflegter wirkte. Diese beiden hier sahen aus, als wäre es ihnen ein Anliegen, kleine Kinder zu erschrecken. Mir schien, als ob sie im Stehen schliefen; ein Schnarchen hätte mich nicht überrascht.

Als Ragnar in ihr Blickfeld kam, merkten sie auf und schauten neugierig in unsere Richtung, und als ihr Landsmann näher kam, bewegten sie sich doch. Während die kaiserlichen Bullen nach wie vor still wie Statuen standen, trat einer der Varländer vor und sagte etwas in einer Sprache, die klang, als hätte er Halsschmerzen und würde einem mit dem Gruß zugleich den Krieg erklären.

Ragnar antwortete nicht, sondern ergriff den Mann am Hals und warf ihn in unfassbar weitem Bogen quer über die Straße, wo er von einer Hauswand abprallte, herabrutschte und benommen liegen blieb. Als der andere Wächter nach seiner Axt griff, nahm ihn Ragnar mit einem schnellen Schritt mit einer Hand an seinem Kragen hoch und warf ihn mit Wucht zu Boden, um ihm dann einen schweren Fuß auf die Kehle zu stellen. »Ich bin Ragnar Hraldirsson«, teilte er dem glücklosen Kerl betont freundlich mit. »Jetzt melde meine Ankunft.«

Als der Wächter sich benommen erheben wollte, warf ihn Ragnar mit dem Fuß wieder um und bellte etwas in seiner Sprache, das die Wache hastig auf allen vieren davonkriechen ließ.

»Und ich dachte, Angus wäre schlimm«, meinte Serafine.

»Es muss so sein«, flüsterte er aus seinem Mundwinkel, während er immer noch so grimmig dreinschaute, als wollte er den Wall der Botschaft mit den Händen einreißen. »Diese Unverschämtheit muss man sich leisten können, Sera Helis, und genau das bestätigt meinen Anspruch. Wer anders als ein Königssohn könnte es wagen, so mit verdienten Veteranen umzuspringen?«

»Der eine verdiente Veteran hier scheint es etwas anders zu sehen«, teilte ich ihm hilfreich mit. Der Wachmann, den Ragnar gegen die Hauswand geworfen hatte, hatte seine Beine wiedergefunden. Doch Ragnar benötigte meine Warnung nicht, denn so laut, wie der Mann brüllte, als er sich mit erhobener Axt auf Ragnar warf, war er kaum zu überhören.

Serafine und ich wechselten einen Blick und traten dann höflich zur Seite. Ragnar wartete bis zum letzten Moment, drehte sich dann um, riss dem Kerl die Axt mit einer Hand aus der Hand und warf ihn mit der anderen in hohem Bogen über die Mauer.

Serafine und ich folgten mit unserem Blick dem Flug des Unglücklichen, sahen ihn hinter der Mauerkrone verschwinden und verzogen beide beim Geräusch des Aufpralls das Gesicht.

»Das«, meinte Serafine trocken, »muss schmerzen.«

»Vielleicht könnt Ihr ihn nachher fragen«, meinte Ragnar, und in seinem übertrieben grimmigen Gesicht zuckte leicht ein Mundwinkel. »Er wird behaupten, dass seine Mutter ihn härter gestreichelt hat als ich eben.« Er wog die Axt der Wache in seiner Hand, holte aus und warf sie gegen das schwere Tor, wo sich die Schneide bis zum Stiel ins harte Holz grub: Sie schlug so laut ein, dass es sich wie ein Donnerschlag anhörte.

»Könnt ihr nicht einfach miteinander reden?«, fragte Serafine neugierig. »Müsst ihr euch denn die Köpfe einschlagen?«

»Ja, wir können reden«, meinte Ragnar und hatte sichtlich Mühe, nicht aufzulachen. »Aber vorher muss ich Beulen machen, damit man mich auch reden lässt!« Er warf uns einen schnellen Blick zu. »Tretet weiter beiseite, denn wenn sie mich jetzt ernst nehmen, schicken sie mir vier. Wenn ich Glück habe, kommen acht, das kürzt es dann ab.«

Sie nahmen ihn ernst, denn das Tor schwang auf und gut ein Dutzend zorniger Varländer stürmte mit Äxten und Schwertern auf Ragnar los. Hastig eilten wir zur Seite, der Anblick reichte aus, um sogar Bewegung in die Bullen zu bringen. Sie kannten die Varländer und taten nun nichts anderes, als die neugierigen Bürger anzuweisen, den Bereich in weitem Bogen zu umgehen.

Ragnar benutzte seine Axt wohlweislich nicht, dafür zerbrach er Schwerter, warf vier weitere Äxte in das Tor und seine Angreifer umher, als wären sie Puppen. Zwei schleuderte er noch über die Mauer, hörte damit aber auf, als sein dritter Wurf zu kurz geriet und der Mann gegen die Mauerkrone prallte. Wir hörten die Knochen brechen, als der Krieger oben hängen blieb und dann wieder zu Boden fiel.

Es dauerte nicht lange, bis er fertig war, danach blutete Ragnar aus vielen Schnitten. Am Arm hatte ihm eine Axt das Kettenhemd gespalten und den Muskel verletzt, doch mit genau diesem Arm zog Ragnar den ältesten seiner Angreifer vor sich hoch, um ihn zu schütteln wie einen jungen Hund.

»Ich bin Ragnar Hraldirsson«, verkündete er. »Wer spricht hier für den König?« Er schüttelte den Mann so heftig, dass dessen Zähne vernehmlich klackten.

»Der Skutilvin, Olif Skavonson«, brachte der Mann mühsam hervor.

Ragnar ließ ihn los und versetzte ihm einen Tritt. »Gut, der Baron soll kommen. Hol ihn mir und sag ihm, er soll höflich sein!«

Um ihn herum rappelten sich die Nordmänner wieder auf, schüttelten benommen die Köpfe und taumelten davon. Sie gingen nicht weit, sondern blieben in der Nähe stehen oder sitzen. Die Kampfeslust schien ihnen jetzt zu fehlen, sie sahen nur neugierig drein und sprachen miteinander.

So übel die Balgerei auch ausgesehen hatte, bis jetzt gab es keine Toten, nur gebrochene Knochen. Das war, wie ich wusste, Absicht. Ragnar hatte nichts davon, sich hier Feinde zu machen.

Der Mann, der diesmal aus dem Tor heraustrat, war in ein schweres Kettenhemd gerüstet und trug in seiner Hand das Horn eines Ochsen, aber keine Waffe. Sein Bart war lang und grau und mit goldenen Drähten verflochten, das offene Haar sorgsam gebürstet und von goldenen Spangen gehalten.

Er trat vor Ragnar, hob das Horn, rief etwas in der Sprache der Varländer und reichte Ragnar das Horn. Der nahm es, rief etwas, das mir in den Ohren schmerzte, woraufhin jeder Varländer in Sichtweite grölte und lachte und Ragnars Namen rief, dann setzte mein Freund das Horn an und trank, während ihm der Schaum und gutes Bier in den Bart liefen. Er hob das leere Horn triumphierend an, woraufhin alle sich auf ihn stürzten, ihm auf die Schultern klopften oder ihn mit lautem Geschrei und breitem Grinsen hochleben ließen.

Einer der Bullen trat höflich an uns heran. »Entschuldigt, Sera, Ser«, sagte er. »Könnt Ihr mir sagen, wer der Mann ist?«

»Ragnar Hraldirsson«, meinte ich, und der Soldat nickte.

»Das haben wir gehört, doch wer ist er? Ich brauche es für meinen Bericht.«

»Ein Prinz der Varländer.«

»Davon haben sie ja genug«, meinte der Bulle, nickte uns höflich zu und ging zu seinem Posten zurück.

Hinter der hohen Mauer hatten sich die Varländer häuslich eingerichtet. Dies war nicht nur eine Botschaft, sondern ein kleines Dorf mit einer großen Langhalle und vielen Nebengebäuden, darunter auch eine Schmiede, die Ragnar mit einigem Wehmut beäugte, als wir zu der Langhalle geführt wurden.

Dort setzte man uns auf eine Bank nahe bei der großen Kohleschale, die von einer alten Frau angefacht wurde, und reichte uns schaumiges Dunkelbier und Braten, während unsere Gastgeber wild miteinander diskutierten. Ragnar saß still da und trank Dunkelbier, während Blut aus seinem Arm tropfte.

»Sera Helis, Ihr habt nicht zufällig Nadel und Faden dabei?«, fragte er dann.

»Doch«, meinte sie und warf mir einen Blick zu. »Es wäre dumm, mit Havald zusammen aus dem Haus zu gehen, ohne sauberes Leinen und Garn mitzuführen.«

»Würdet Ihr mir die Wunde nähen?«, fragte er höflich. »Ich will nicht zuviel Blut verlieren …«

»Sicherlich«, sagte sie und fing in ihrem Beutel an zu wühlen. »Musste diese Prügelei denn sein?«, fragte sie, als sie anfing, ihm den Schnitt mit Kornbrand zu säubern, und den ersten Stich ansetzte.

Ragnar zeigte nicht, ob es ihn schmerzte, als die Nadel ihm durch die Haut ging. »Macht es gut«, flüsterte er, »sonst schimpft mich mein Weib zu sehr, sie mag keine Narben an mir, sie meint, ich hätte schon genug.« Er nahm einen tiefen Schluck von seinem Dunkelbier. »Was das kleine Schauspiel eben anging, war es die schnellste Art zu zeigen, dass ich der bin, der ich vorgebe zu sein, vergesst nicht, man hält mich seit Jahren für tot. Ein anderer Weg wäre gewesen, einen Boten in die Heimat zu entsenden, der mit einem wiederkommt, der mich erkennen kann ... so aber ging es schneller. Götter«, fluchte er. »Ich hasse es, wenn man mir mit der Nadel auf dem Knochen kratzt!«

»Das war ein Stück Eures Kettenmantels, Ragnar«, meinte Serafine entschuldigend. »Ich konnte es ja schlecht drinnen lassen!«

»Da habt Ihr recht, ich muss es dennoch nicht mögen!«, knurrte er und hielt sein Horn hoch, um sich von einer jungen blonden Frau, die ihn mit großen Augen bewunderte, neu einschenken zu lassen.

»Was ist mit Angus?«, fragte ich leise. Soviel ich verstanden hatte, war sein Name noch nicht gefallen.

»Ich warte darauf, dass einem von ihnen einfällt, dass Angus mich erkennen sollte. Und dass er keinen Ehrverlust erlitten hat, wenn ich so offensichtlich lebe.« Er warf einen Blick in die Runde, wo jedes zweite Augenpaar ihn nachdenklich musterte. »Wenn du wissen willst, Havald, wie es unter Wölfen ist, dann siehst du es hier! Jeder überlegt, ob es ihm nutzen wird oder schaden, dass ich wieder lebe und hier sitze«, meinte Ragnar leise. »Ich bringe Pläne durcheinander, das ist gewiss. Jeder hier denkt, ich bin hier, um doch die Königswürde einzufordern, und ihr könnt euch sicher sein, dass ich dem größtem Teil hier ein Dorn im Auge bin. Wenn mein Vater starb, wie die Sera sagte, dann steht schon lange fest, wer jetzt die Krone tragen soll ... doch ich bin nicht der, für den man plante.«

Serafine und mich ignorierte man weitgehend, so konnten wir uns das Schauspiel in Ruhe ansehen. Lange dauerte es nicht, es fing mit einem Streitgespräch zwischen zweien an, Angus' Name fiel, ein anderer kam hinzu, dann ein vierter ... Immer lauter wurde der Streit, und immer weitere Kreise zog er. Einer der Varländer warf seinen Becher quer durch den Raum, knurrte etwas und stapfte dann trotzig davon.

»Was geht vor sich?«, fragte ich leise, während Serafine den letzten Stich tat und den Faden mit ihren Zähnen abbiss.

»Danke«, meinte Ragnar bewundernd zu ihr. »Es ist ein wahres Kunstwerk, es klafft nicht mal ein Rand.«

»Ich habe leidlich Übung darin«, meinte Serafine bescheiden und packte ihr Besteck zur Seite.

»Was Angus angeht«, sprach Ragnar weiter. »Der, der gerade ging, war der Ankläger. Jetzt, da sich zeigt, dass die Anklage falsch war, muss er Angus gegenübertreten. Der Mann ist verärgert und sagt, dass er nicht wissen konnte, dass ich lebe, aber der alte Krieger dort drüben meint, man konnte auch nicht wissen, dass ich tot bin. Also werden wir Angus gleich wiedersehen.« Er verzog das Gesicht. »Das Problem daran ist, dass der Ankläger der Sohn des Barons ist, der hier für den König spricht, und wohlgelitten. Jetzt ist man gar nicht mehr erfreut, dass ich noch lebe.«

»Der Mann, der dich mit dem Trinkhorn eben noch begrüßt hat?«

»Ja«, meinte Ragnar grimmig. »Ab jetzt sind wir alle besser beraten, hier nichts mehr zu trinken, was nicht zumindest ein Hund zuvor verkostet hat.«

»Ich glaube, dann trinke ich besser nichts«, sagte Serafine und schüttelte sich.

»Warum nicht?«, fragte Ragnar erstaunt.

»Was ein Hund verkostet hat?«, meinte sie und zog eine Augenbraue hoch.

»Ihr seht das falsch«, ergänzte er. »Manche Hunde sind sauberer als manche Leute, die ich kenne, und leichter zu bewegen, für ihren Herrn zu sterben. Und, was auch noch wichtig ist, deutlich schwerer zu bestechen!«

Serafine und ich wechselten einen Blick. Spätestens jetzt hätte ich ihm geglaubt, dass er ein Königssohn war. So zu denken, lernt man nur an einem Hof.

Der Ankläger kam wieder, nackt bis auf einen Lendenschurz, stellte sich vor uns in den Rund der Halle und warf einen hasserfüllten Blick in Ragnars Richtung. Dann halfen zwei Männer einem Mann herein, den ich kaum als Angus erkannte.

»Götter«, entfuhr es mir. Ragnar fluchte leise, selbst Serafine gab einen unterdrückten Laut von sich.

Man hatte Angus den Bart geschoren, und er war grün und blau geschlagen, außerdem so verdreckt, dass man kaum mehr unterscheiden konnte, wo der blutige Schorf aufhörte und der Dreck begann. Aus verquollenen Augen blinzelte er ins trübe Licht der Halle, als ob es heller strahlen würde als die Sonne. Ich sah zu Ragnar hinüber, der kaum verriet, dass er betroffen war, doch ich erkannte die Art, wie er die Augen verengte.

Der ältere Krieger stand auf, in seinen Händen zwei kurze Schwerter, und rief etwas in die Runde, dann trat er vor, sprach zu Angus und zeigte auf Ragnar.

Mühsam sah Angus hoch und blinzelte. Dann, langsam, verzogen sich seine Lippen zu einem breiten Grinsen, das zersplitterte Zähne zeigte. »Bei allen Höllen!«, rief er. »Was hast du gemacht, Havald? Hast du Ragnar von den Toten zurückgeholt?«

Ein Gemurmel wurde laut, doch Ragnar sprang hastig auf. »Nein, mein Freund, er hat mich da gefunden, wo ich lebe«, rief er und dann: »Was ist mit deinem Bart?«

»Man hat mir vorgeworfen, dass ich lebe, während du tot bist, Prinz«, sagte Angus. »Es ist ein Wunder, dich zu sehen!«

»Nicht mehr, als dich zu sehen«, meinte Ragnar und griff unter seinen Umhang. »Doch wenn du mir noch mal unter die Augen trittst, ohne das hier zu tragen, wirst du mich verärgern.«

Ein goldener Armreif flog durch die Luft, und trotz seines Zustands hatte Angus wenig Mühe, ihn zu fangen. Ehrfürchtig hielt er ihn einen Moment, dann streifte er sich ihn über.

»Erkennst du diesen Mann als deinen Prinzen?«, fragte der alte Krieger den Gefangenen in gebrochener Reichssprache, wohl um uns zu ehren.

»Ja, wie sollte ich es auch nicht tun. Niemand anders trägt diese Axt.«

»Und wenn er lügt, um sein Fell zu retten?«, meldete sich der andere zu Wort, sein Ankläger. Der Mann deutete nun auf mich. »Er und dieser Mann kennen sich, das wissen wir. Vielleicht ist es nur eine Täuschung, um Angus seinem Schicksal zu entziehen.«

»Das mag sein«, meinte der alte Krieger und hob die Schwerter, die er trug. »Finden wir es heraus.«

Mit diesen Worten ließ er beide Klingen fallen und trat hastig zurück, während Angus' Ankläger sich auf die Klingen stürzte.

Er war schneller als Angus, der noch benommen wirkte, und griff sich beide Schwerter.

»Ja, Angus Wolfsbruder, jetzt werden wir es sehen!«, höhnte er und hob die Klingen zu einem Angriff, der beinahe Angus' Tod bedeutet hätte. Er entkam nur knapp mit einer klaffenden Wunde an der Seite, doch sein Grinsen wurde breiter, dann lachte er befreit.

Als der andere erneut angriff, wich Angus nicht aus, vielmehr trat er ihm entgegen, ein Schwert traf und durchbohrte ihn, das andere zerschnitt seine linke Schulter, doch Angus hatte sein Ziel erreicht: Er hielt den Gegner am Hals gepackt. Mit einem Knurren riss er dem anderen mit bloßer Hand die Kehle heraus. Während der noch einen Moment lang stand und dann blutüberströmt zusammensackte, kniete Angus bereits vor Ragnar.

»Prinz«, rief er. »Nie war ich glücklicher!« Dann fiel er zur Seite um.

Ragnar stand langsam auf, stellte das Trinkhorn zur Seite und trat die zwei Stufen herab, um Angus mit einer Hand zu ergreifen und ihn sich über die Schulter zu werfen.

»Kommt!«, zischte er uns leise zu und ging los, direkt denen entgegen, die vor ihm standen. Sie machten ihm Platz, doch die Blicke zeigten uns, dass sie es nicht gern taten. Mir schien, dass der Tote hier mehr Freunde hatte als der Prinz.

Serafine und ich eilten Ragnar nach, der nicht anhielt, sondern weiterging, ruhig und gemessen, als wäre es nichts Besonderes, einen blutenden Kameraden so zu tragen, geradewegs aus dem Langhaus und zum Tor hinaus.

Nur Blicke folgten uns.

»Lebt er noch?«, fragte Serafine, als wir um eine Ecke bogen und die Botschaft der Varländer nicht mehr zu sehen war.

»Ich weiß es nicht«, meinte Ragnar. »Wenn, dann nicht mehr lange. Er ist ein zäher Hund, aber das war ein übler Streich, den er verpasst bekam. Er muss zu einem Heiler.«

»Orikes«, sagte ich. »Ich hörte, dass der Stabsobrist der beste Medikus der Stadt wäre, er wird helfen können.«

»Er ist in der Zitadelle, nicht wahr?«, meinte Ragnar. Ich nickte nur. Ragnar sah zurück, dort war niemand zu sehen.

»Es ist ein gutes Stück bis dorthin, aber wenn der Mann der beste Arzt ist ...« Er schaute hinüber zu mir und grinste. »Ich hoffe, du bist wieder gut zu Fuß, alter Mann!«, rief er und fing an zu rennen.

Rellin hatte mich noch nicht lange genug geschunden, um in meiner Ausdauer einen Unterschied zu machen, vielmehr hinderte mich mein Muskelkater doch mehr, als ich zugeben wollte, gegen Ragnar kam ich mir nur vor wie ein waidwunder Eber, während er den Hasen gab. Selbst Serafine war außer Atem, als wir durch das Tor der Zitadelle stürmten, was die Wachen dort sogleich in helle Aufregung versetzte.

Ein großes Durcheinander entstand, blanke Klingen zeigten auf uns, erst als ich keuchend und mir die Seite haltend, meinen Ring vorzeigte, legte es sich ein wenig, dann war Orikes heran, an seiner Seite Leandra, die schöner nicht hätte sein können, die mit hochgezogenen Brauen auf Angus starrte, auf Ragnar, dann auf mich, um sich dann wortlos abzuwenden und zu gehen.

»Also, Ihr seid Ragnar Hraldirsson«, meinte Orikes im Plauderton, als er mit blutigen Händen aus dem Raum heraustrat, in dem Angus auf einer kalten steinernen Platte lag. Orikes trat an ein Becken und gab mir mit einer Geste zu verstehen, dass ich für ihn pumpen sollte.

»Ja«, sagte Ragnar und bedachte den Stabsobristen mit einem undeutbaren Blick. »Der bin ich.«

»Hm«, meinte Orikes, während er seine blutige Robe abstreifte, sie fallen ließ und sich dann sorgsam die Hände wusch. »Der Ragnar, der vor fünfzehn Jahren mit seinem Schiff verschwand? Der letzte Sohn von Hraldir Erulfson?«

»Ja, genau der«, gab Ragnar ruhig zurück. »Was ist mit Angus?«

»Euer Freund wird leben, obwohl es ein Wunder ist. Ein wenig Ruhe wird ihm nicht schaden. Kann es sein, dass rohes Fleisch seiner Heilung förderlich ist?«

»Das mag sein«, gab Ragnar ungerührt zurück. »Aber er schätzt es auch gebraten.«

»Ist das so?«, sagte Orikes und wandte sich dann an mich. »Unsere Eule sagt, er sei ein Freund von Euch, Ser Roderic, und brachte ihn hierher, weil es Eurem Wunsch entsprach. Wusstet Ihr, dass er der Königssohn ist, der Anrecht auf den Thron von Krimstinslag hat?«

»Nein. Nicht mit Gewissheit.«

»Aber Ihr habt es geahnt. Eure Königin ist wenig erbaut darüber, und sie scheint Euren Freund Angus ebenfalls wenig zu schätzen.«

»Sie wusste von Ragnar.«

»Nicht genug, scheint mir.« Orikes seufzte. »Ihr wisst, dass Ihr die Lage damit noch verschlimmert. Die Varlande sind gute Verbündete, doch ob sie es bleiben, hängt davon ab, wer den Thron gewinnen wird.« Er sah zu Ragnar. »Diese Würde mag Euch zustehen, aber ich frage mich, ob Ihr genug Freunde habt, die sie Euch gönnen.«

»Wohl kaum«, meinte Ragnar ungerührt. »Meine Freunde begleiteten mich auf meiner Reise, zurück ließ ich nur meine Feinde. Also wird Angus leben. Dafür danke ich Euch, Stabsobrist.«

»Keine Ursache. Gewährt Eurem Freund zwei Tage Ruhe. Und ich hoffe bei allen Göttern, dass Ihr wisst, was Ihr da tut, Lanzengeneral.«

»Wieso denn ich?«, fragte ich überrascht.

»Ihr habt Ragnar zu Euch eingeladen, und alles andere folgt daraus.« Er warf mir einen scharfen Blick zu. »Der Kommandant hoffte, dass Ihr Ruhe halten würdet, und ich auch. Aber wie ich hörte, wart Ihr erstaunlich fleißig darin, Altes auszugraben und die Welt in Aufruhr zu versetzen. Glaubt mir, manchmal ist es besser, die Toten ruhen zu lassen.« Mit diesen Worten schritt er zur Tür hinaus und zog sie leise hinter sich zu.

»Ist er einer deiner neuen Freunde?«, fragte Ragnar.

»So genau weiß ich das nicht«, antwortete ich. »Bislang dachte ich es.«

»Askir ist mehr, als man sieht«, meinte Ragnar und trat zur Seite, als zwei Federn Angus auf einer Bahre heraustrugen. Sie brachten ihn in ein Quartier, wo er sich erholen konnte. »Achte darauf, dass du der Kaiserstadt nicht den Weg zu ihrem Ziel versperrst. Sie merkt es nicht, wenn sie dich niedertritt.«

Da man uns riet, Angus erst einmal die Ruhe zu gönnen, die er benötigte, gingen wir hoch zu meinem Quartier, die Wachen dort waren auch nicht erfreut, Ragnar passieren zu lassen, Angus hatte arg auf ihn geblutet; mit seinen anderen Wunden und dem Kettenmantel, der ihm in Fetzen von den Schultern hing, sah Ragnar durchaus erschreckend aus.

Ich hatte Orikes noch einmal aufgesucht, ihn gebeten, Ragnar Quartier bei mir zu erlauben. »Ich sagte schon, ich hoffe, dass Ihr wisst, was Ihr hier tut«, meinte er. »Ihr werdet für ihn geradestehen, Königssohn oder nicht, er bringt Unruhe in das Spiel.«

20. Ein neuer Auftrag

Es war wenig überraschend, dass Leandra jetzt Zeit für mich fand. Sie stand in meinem Zimmer wie eine lodernde Flamme aus kaltem Eis, in den Händen Steinherz, dessen rote Augen mir eine Genugtuung zu halten schienen.

»Verlasst uns«, gebot sie Serafine und Ragnar herrschaftlich, die mit mir hereingekommen waren, doch Ragnar schüttelte nur den Kopf und verschränkte die Arme vor der Brust.

»Ich bleibe. Er ist mein Freund.«

»Ich werde auch nicht gehen, Leandra«, sagte Serafine leise.

»Gut«, meinte Leandra knapp. »Dann nicht.« Sie sah mich mit violetten Augen an, in denen es weit hinten dunkel glühte.

»Ich dachte, du wärst mir treu ergeben«, eröffnete sie das Gefecht, was Ragnar schnauben ließ.

»Ich bin es«, teilte ich ihr müde mit und spürte den Schmerz, so kühl angegangen zu werden.

»Du zeigst nicht viel davon. Wenn dies wirklich der Königssohn ist, der als Letzter von Hraldirs Brut noch lebt, dann hätte ich es wissen sollen. Es wäre nützlich gewesen, ihn auf den Thron zu bringen. So aber erwischt es mich auf dem falschen Fuß, und was ich ausgehandelt habe, ist nun gefährdet.«

»Was hast du mit der Thronfolge der Varländer zu tun?«, fragte ich gereizt und begab mich hinüber zu meinem Bett, um Seelenreißer dort abzustellen.

Leandra drehte sich mit mir und schüttelte enttäuscht den Kopf. »Meinst du, ich bin untätig gewesen? Während du in alten Gräbern forschst und die Tempel erschütterst, habe ich meinen Teil geleistet. Ich bin dabei, Bündnisse zu schmieden, da kann ich es nicht gebrauchen, wenn du hinter meinem Rücken aktiv bist.«

»Leandra«, begann ich, doch sie hob erzürnt die Hand.

»Ich bin nicht hier, um mir anzuhören, was du sagen willst, sondern um einzufordern, was du mir versprochen hast: dass du treu der Krone Illians dienst! Du hast viel für uns geleistet, doch hier in Askir beginnt ein neues Spiel, eines, dessen Regeln du nicht kennst. König hast du nicht werden wollen, jetzt weiß ich auch, warum.« Der Blick, mit dem sie Serafine bedachte, war alles andere als freundlich und ließ mich wütend werden.

»Sie hatte darauf keinen Einfluss«, begehrte ich auf.

»Das sehe ich anders«, meinte Leandra kühl.

»Leandra, das ist ungerecht«, widersprach auch Serafine. »Er war dein, bis die Krone zwischen euch geriet.«

»Was dir zupass kam«, entgegnete Leandra kalt. »Oder willst du abstreiten, dass du froh darum gewesen bist? Nun«, sagte sie, wieder an mich gewandt und ohne Serafines Antwort abzuwarten, »die Krone hast du abgelehnt, also bist du nur Soldat. Soldaten befolgen Befehle und befassen sich nicht mit Diplomatie.«

Ich konnte ihr nicht ganz folgen. »Worauf willst du hinaus?«, fragte ich.

»Untätigkeit bekommt dir nicht, also bat ich den Kommandanten, dir eine Aufgabe zuzuweisen, die deinen Fähigkeiten entspricht und dich beschäftigt hält. Es gibt Nekromanten hier in der Stadt, und es scheint angebracht, dass du dich um sie kümmerst und dich heraushältst aus Dingen, von denen du nichts verstehst.«

Ich versuchte ruhig zu bleiben, sagte mir, dass es auch sie schmerzte. »Leandra«, begann ich. »Du irrst in vielen Dingen. Ragnar hier wird ...«

»Er soll tun, was er für richtig befindet«, meinte sie mit einem stolzen Blick zu ihm, der sie bislang nur wortlos beobachtet hatte. »Nichts anderes tue ich. Es gilt, einen Feind zu schlagen. Havald, das ist kein Spiel! Die Diplomatie folgt anderen Regeln als die Schlacht, ein Krieger war noch nie ein guter Diplomat.«

»Du verstehst nicht«, begann ich, doch sie fiel mir erneut ins Wort.

»Das Reich braucht deine Fähigkeiten, Lanzengeneral«, sagte sie. »Ich wünsche, dass du dich hier nützlich machst, aber störe mich nicht weiter. Du machst Wellen, wo ich die Wasser geglättet haben will.«

»Könntest du dich bitte von Steinherz lösen?«, bat ich sie eindringlich. »Es ist zu viel zwischen uns, als dass ...«

»Es *war* zu viel«, unterbrach sie mich eisig, während sie Steinherz fester umfasste. »Genau das macht es so schwer, dir zu verzeihen. Du hast deine Order, tue also den Dienst, den das Reich dir abverlangt.« Sie bedachte uns mit einem letzten hoheitsvollen Blick und ging hinaus.

Ich starrte ihr nur nach, es schmerzte, sie so fern zu sehen und mit dieser Eiseskälte.

»Sie meint es nicht so, Havald«, brach Serafine als Erste das Schweigen. »Die ganze Zeit hielt sie sich an Steinherz geklammert, als ob sie ohne das Schwert zerbrechen würde.«

»Sie war noch nicht einmal wütend«, meinte ich bedrückt. »Nicht ein einziger Funken lief an ihr entlang.« Ich seufzte. »Es lag nie in meiner Absicht, sie zu verletzen, das zumindest sollte sie wissen.«

»Sie weiß es«, sagte Serafine sanft. »Ich bin mir dessen sicher.«
Ich wollte nur, ich wäre es auch.

»Das ist die neue Königin von Illian? Die Maestra, von der man in der Donnerfeste erzählt, Leandra di Girancourt?«, fragte Ragnar ungläubig. »Was hast du gemacht? Sie aus deinem Bett geworfen?«

»Sie bot mir die Position an ihrer Seite an, doch ich lehnte ab«, sagte ich müde. »Aber sie schien das zu verstehen.«

»Aha«, meinte er und sah zu Serafine. »Die Krone ist das eine Ding, doch du hast sie auch als Frau verschmäht. Ein Wunder, dass sie dir nicht an die Kehle ging.«

»Ich hatte keine Wahl«, meinte ich und massierte mir die Schläfen.

»Du hast wählen müssen, und es wird Folgen haben«, meinte Ragnar. Er schaute zu Serafine, die bleich und still am Fenster stand. »Aber ich kann deine Wahl verstehen.« Er richtete seinen Blick auf mich. »Was meinte sie damit, dass du die Tempel erschüttert hast?«

»Wir fanden die Spuren einer alten Schandtat«, erklärte Serafine an meiner Stelle. »In Wahrheit war es kaum Havalds Schuld. Er war einfach nur zugegen.« Sie seufzte. »Niemand sprach bisher über das, was wir fanden. Wir selbst wissen es auch noch nicht einzuordnen. Wir erfuhren kürzlich, dass vor Jahrhunderten ein Nekromant, der mächtig genug war, selbst Askannon die Stirn zu bieten, aus einem Tempelbann entkam.«

»Und wer ist er?«, fragte Ragnar neugierig. »Hat man von ihm wieder gehört?«

»Nein«, antwortete ich. »Für einen Moment dachte ich sogar, es wäre der Nekromantenkaiser selbst, doch das Wirken dieses Nekromanten reicht noch weiter zurück. Er ist ein Stein in einem Mosaik, dessen Bild wir noch nicht sehen können.«

»Aber ihr wisst, wer dort entkommen ist?«

»Den Namen wissen wir noch nicht, nur dass er einer der ältesten und mächtigsten der verfluchten Seelenreiter ist«, sagte Serafine besorgt. »Ein Mann, den Askannon einmal besiegte, aber nicht erschlagen konnte. Anstatt selbst zu sterben, gab der Seelenreiter die Leben auf, die er gestohlen hatte. Man sperrte ihn deshalb unter dem Tempel des Göttervaters ein, in der Hoffnung, dass er dann dort sterben würde. Aus Rache über eine gerechte Bestrafung und aus Wahn befreite ihn ein Schüler der Eulen, den diese aus dem Turm geworfen hatten, nachdem er sich an einer Frau verging. Schlimmer noch, der Verfluchte entkam, ohne dass es jemand bemerkte. Es dauerte über achthundert Jahre, bis wir die Tat entdeckten.« Sie kam zu mir und setzte sich neben mich auf das Bett. »Wovon wir aber getrost ausgehen können, ist, dass er ein Teil des Ganzen ist. Askir ist das Ziel des Nekromantenkaisers, und dass hier ein Seelenreiter so lange unter Qualen gefangen war, kann kein Zufall sein. Er wird nicht eher ruhen, bis die Ewige Stadt vernichtet ist.«

»Da hat er viel zu tun«, meinte Ragnar und lachte bitter. »Was ihr mir von dem Verfluchten erzählt ...« Er seufzte. »Es hat wohl immer alles einen Anfang im Kleinen, den man nicht sofort sieht.«

»Wohl wahr«, sagte ich leise. »Da fällt mir noch etwas ein. Wir erhielten eine Warnung, dass ein Nekromant sich als Gesandter deiner Heimat tarnt. Wer es ist, wissen wir noch nicht, wir wollten uns darum noch kümmern.«

»Soll ich euch helfen, ihn zu erschlagen?«

»Nein«, sagte ich. »Du kennst diese Art von Feind nicht und weißt nicht, welche dunkle Magie er beherrscht, da hilft auch deine Axt dir kaum. Aber vielleicht kannst du mit gebotener Vorsicht herausfinden, wer es ist.«

»Da trifft es sich doch vorzüglich, dass wir bei meinen Landsleuten heute so viele gute neue Freunde gefunden haben«, meinte Ragnar bitter.

»Vielleicht kannst du die Wogen ja noch glätten. Wir wissen, dass der Verfluchte erst im Gefolge eures neuen Königs nach Askir kommen wird. Ein wenig Zeit bleibt uns also noch. Wenn du etwas herausfindest und uns nicht finden kannst, greife ihn nicht selbst an. Wende dich besser an Leandra.«

»Die Königin aus Eis? Warum sollte ich das tun?«

»Weil sie weiß, wie man einen Nekromanten stellt, und sie ein Bannschwert trägt. Sie ist nicht so, wie sie dir heute erschien.«

Er seufzte. »Ich sollte mich bei dir beschweren, Havald, dass du mich zu dir batest und ich jetzt in diesen Krieg verwickelt bin, doch in Wahrheit gibt es keinen Weg daran vorbei. Meine Kinder sollen leben und keine Sklaven sein. Also ist es auch mein Kampf. Und wenn es mich das Leben kostet, dann soll es eben so sein.«

»Besser ist, du bleibst am Leben und deinen Kindern ein guter Vater«, meinte ich. »Sei vorsichtig, denn alles, was man über die Seelenreiter hört, ist wahr, wenn nicht sogar noch schlimmer.«

»Ich will sehen, was ich herausfinden kann, aber Havald, ich will die Krone wirklich nicht, selbst wenn es dir nützen würde. Es ist zu viel verlangt.«

»Ich weiß das, Freund. Ich verstehe dich sehr gut.«

Er nickte und sah einen Moment lang in die ungewisse Ferne, dann straffte er die Schultern. »Ihr wollt sicherlich allein sein, und ich muss noch nach Angus sehen«, log er und ging zur Tür, doch mit der Hand auf der Klinke blieb er stehen. »Mehr Zeit mit dir wäre mir lieb gewesen. Ich denke, es gibt hier eine ganze Saga, die ich noch nicht kenne.«

»Später. Vielleicht wäre es doch besser, du gehst vorerst zurück zu deiner Frau«, schlug ich vor. »Wir werden den Nekromanten schon finden, und du wirst in Coldenstatt gebraucht. Und durch das Tor sind wir nur einen Schritt voneinander entfernt. Es wird sich Zeit finden für ein Gespräch und ein gutes Bier. Was wird aus Angus?«

»Ich bringe ihn so bald wie möglich zur Donnerfeste. Er soll sich dort erholen und mich um mein Weib beneiden, während ich zusehe, dass ich herausfinde, wer der Nekromant im Gefolge Varlands ist. Viel Glück und der Götter Segen für die Jagd, Havald!« Er verbeugte sich vor Serafine. »Ihr seid eine beachtliche Frau, dass Ihr den Wanderer habt fesseln können. Er hat großes Glück, dass ich bereits gefesselt bin!« Er grinste breit, zwinkerte mir zu und zog die Tür hinter sich ins Schloss.

»Er ist beeindruckend«, meinte Serafine. »Du hast recht, in vielen Dingen ähnelt er Angus, doch dann auch wieder nicht.« Sie seufzte. »Es tut mir leid, dass Leandra es so aufnahm. Du hast nicht wissen können, dass sie in Verhandlungen mit Varland steht. Oder hat sie dir etwas davon gesagt?«

»Nicht ein Wort. Aber es ist nicht Ragnar oder Angus ... Sie ist verletzt.«

»Das bin ich auch«, sagte Serafine und lehnte sich gegen mich. »Wir alle sind verletzlich, gerade gegenüber unseren Freunden.«

»Ich bin mir nicht sicher ...«

»Havald«, sagte sie leise und beugte sich zu mir hinüber. »Ich habe dich nicht gefragt«, flüsterte sie und ließ mich mit ihren Lippen jeglichen Widerspruch vergessen. Doch dann, als ich nach Atem rang, wich sie zurück und sah mich traurig an.

»Es ist zu früh, nicht wahr? Leandra steht noch immer zwischen uns.«

»Es ist nicht recht«, meinte ich zögernd. »Ein Mann geht nicht aus den Armen einer Frau zur nächsten. Es gehört sich nicht, es sollte Zeit vergehen. Schau, Finna, ich habe nicht gelogen, ich liebe oder liebte sie. Und sie mich ...« Ich fuhr mir durch die kurzen Haare. »Es ist verzwickt!«

Sie seufzte. »Ich kam vom Tod zurück und sah dich in ihren Armen. Ich riet mir, mich damit abzufinden. Du warst oft kühl zu mir. Ich hatte aufgegeben, aber vorhin kamst du herein und rührtest alles wieder auf. Was willst du, Havald?«

Ich überlegte. Was wollte ich? »Dass Leandra mir verzeiht. Und dir. Und uns ihren Segen gibt.«

»Darauf willst du warten? Auch wenn es nie geschieht?«

»Es ist nur recht.« Ich griff nach Seelenreißer und wollte aufstehen, aber sie hielt mich zurück. »Wohin willst du?«

»Leandra aufsuchen. Es ihr erklären.«

»Jetzt?« Sie schüttelte den Kopf und schien fast erheitert. »Nicht einmal die Götter selbst könnten es ihr jetzt erklären. Im Moment muss sie wütend auf dich sein, um sich von dir zu lösen.«

»Warum das?«, fragte ich erstaunt.

»Götter, bist du unbedarft. Wie alt bis du? Hast du wahrlich so wenig Erfahrung in der Liebe?«

»Woher soll ich sie haben? Ich liebte einst eine Frau, sie wurde alt und starb. Heute konnte ich mich nicht mal an ihren Namen erinnern. Nur der Schmerz, der bleibt. Leandra war die Erste, die ich danach zu lieben wagte. Sie wird so schnell nicht altern.«

»Götter«, sagte sie und sah mich sprachlos an. »Hast du es ihr auch so erklärt?«

»Ja, warum auch nicht? Es ist die Wahrheit.«

Sie stand auf und sah mich durchdringend an. »Wir sprechen gemeinsam mit ihr, nachdem etwas Zeit vergangen ist. Nicht ein Wort mehr vorher, bevor du noch mehr zerstörst! Götter, Havald, du bist wie die Axt auf einem groben Scheit!« Sie ging unruhig auf und ab und blieb dann stehen. »Kannst du nicht ein einziges Mal lügen?«, fragte sie. »Muss es denn immer die Wahrheit sein?«

»Ich kann mir Lügen nicht mehr merken«, erklärte ich ihr. »Die Wahrheit ist stets besser.«

»Aber man verabreicht sie in kleinen Dosen und nicht mit einer Axt!«, beschwerte sie sich. »Ich werde jetzt gehen, Havald, bevor ich noch an dir verzweifle. Wir treffen uns dann später wieder.« Mit diesen Worten stürmte sie hinaus und warf die Tür heftig hinter sich zu.

Am Fenster hinter mir gab es Bewegung. »Du erstaunst mich immer wieder, Havald«, sagte Zokora, die es sich auf dem Fenstersims bequem machte, als handelte es sich um einen breiten Sessel und nicht um sieben hohe Stockwerke, die sie fallen konnte.

»Wie lange bist du schon hier?«, fragte ich sie gereizt. Ich hatte wenig Lust, nun auch noch ihr Rede und Antwort zu stehen.

»Lange genug. Ich wollte nur nicht stören.«

»Danke«, gab ich bissig zurück. »Was willst du?«

»Dir mitteilen, dass Leandra nicht mehr weint und nun nur noch wütend ist. Das ist gut.«

»Das ist gut?«, fragte ich unverständig.

»Ja«, meinte Zokora. »Sie muss erst wütend sein, damit sie sich später selbst vergeben kann.«

»Sie sich?«, fragte ich erstaunt.

Zokora sah mich an und schüttelte dann den Kopf. »Siehst du es denn nicht? Es war ja auch ihre Wahl. Sie hätte ihren Auftrag und den Thron aufgeben können, um dir zu folgen, sie tat es nicht.«

»Wie hätte sie denn anders entscheiden können?«, fragte ich verblüfft. »Das Schicksal unserer Heimat lastet auf ihren Schultern!«

»Weil sie es so will. Nur deshalb!«, sagte Zokora und schien mir zuzuzwinkern, bevor sie sich nach hinten fallen ließ! Als ich erschreckt zum Fenster eilte und sie nicht zerschmettert im Garten liegend fand, hätte ich sie liebend gern erwürgt.

»Götter!«, rief ich. »Warum machst du das? Willst du mich nur ärgern?«

»Weil ich es kann!«, lachte sie von über mir, wo sie wie eine Spinne an der Wand hing. Bevor ich etwas sagen konnte, zog sie sich über die Dachkante hinweg und war aus meiner Sicht verschwunden.

Ich versuchte mich zu beruhigen und suchte dann Stabsobrist Orikes auf. In seinem Quartier war er nicht, also ging ich hinab zu seinem Amtszimmer. Dort fand ich ihn beschäftigt vor und musste lange genug warten, dass ich ruhiger wurde.

»Kommt herein«, meinte er, als er mir selbst die Tür öffnete.

Er wies mit der Hand auf einen einfachen Stuhl und setzte sich hinter seinen Schreibtisch. Ich sah mich in dem kargen Raum um, der es an Einfachheit mit einer Gebetszelle aufnehmen konnte. Eine Wand war vollends mit einem Regal für Bücher und Schriftrollen bedeckt, die andere zeigte eine große Karte mit den Grenzen des Alten Reichs, eine neuere, kleinere war daneben angeheftet und zeigte Illian und die anderen Reiche meiner Heimat.

Er folgte meinem Blick und lächelte. »Ein Geschenk der Elfen«, meinte er. »Habt Ihr schon mitbekommen, dass die Mauern Eurer Kronburg noch halten?«

»Nein«, sagte ich erleichtert. »Aber das ist gut zu hören. Wie ist die Lage dort?«

»Wenn ich nicht wüsste, dass Elfen zählen können, würde ich sagen, dass sie sich irren. Sie berichteten, dass die Kronburg mit Macht belagert wird und das Heer vor ihren Wällen mehr als dreißigtausend Mann umfasst. Es muss dort einen Fluss geben, der Eurer Kronstadt als Wehrgraben dient. Er ist voll von Leichen, und die Schergen Thalaks schlachten Eure Leute ab und stecken die Köpfe auf Pfähle. Aber Ihr wisst wohl selbst am besten, wie es dort aussieht.«

Ich sah ihn fragend an. »Eure Königin berichtete von einem Traum. Was die Elfen uns berichten, bestätigt jede Einzelheit, die Ihr Eurer Königin erzählt habt. Träumt Ihr öfter wahr? Ist es vielleicht gar ein Talent der Götter?«

»Wenn, dann war es nicht das meine, sondern das der Königin«, sagte ich leise. »Ich träumte immer nur von ihr.«

»Schade, es wäre sicherlich sehr nützlich gewesen.« Er betrachtete die Karte und atmete tief ein. »Die Mauern scheinen noch zu halten, und vielleicht stehen sie lange genug, bis Ihr Eure Legion dorthin führen könnt. Die Kronstadt muss gut gebaut sein, um solch einer Belagerung widerstehen zu können.«

»Wir hatten einen König, der gern baute, er tat nichts anderes, aber das tat er gut.« Ich verschwieg, dass er die Zinnen mit Blattgold belegen lassen wollte, weil er fand, dass sie damit so schön glitzerten.

Er nickte bedächtig. »Es zeigt sich der enorme Nutzen der Tore und unserer neuen Bündnispartner. Die Nachrichten gehen durch das Tor zur Donnerfeste, wie Ihr die alte Festung nennt, und von dort dann zu den Greifenreitern. Wir sind dabei, zu prüfen, wie wir am besten mit der Kronstadt Kontakt aufnehmen sollen, doch die Elfen sind vorsichtig und wollen nicht gesehen werden, zumal es mittlerweile auch dort unten Wyvern gibt. Aber wir sind guter Hoffnung, bald Nachrichten mit der Kronstadt austauschen zu können.«

»Das ist gut«, stellte ich fest. »Ich wollte nur, wir könnten mehr tun.«

»Wir tun bereits mehr, aber es zeigt sich noch nicht all zu viel davon. Die Greifenreiter der Elfen haben ihre Angriffe verstärkt, und seit den Geschehnissen auf den Feuerinseln scheinen jetzt auch mehr Elfen aktiv zu werden.« Er lachte leise. »Es mag sein, dass ihre Königin sogar zum Kronrat kommt, es wäre das erste Mal seit Jahrhunderten.«

»Kann denn jedes gekrönte Haupt dort sprechen?«, fragte ich verwundert.

»Sprechen schon, aber Sitz im Rat haben nur unsere Bündnispartner.« Er lächelte verschmitzt. »Da aber die Allianz zwischen dem Kaiserreich und den Elfen nie aufgelöst wurde, könnte man argumentieren, dass es gar kein neues Bündnis ist, sondern ein altes. Es hilft auch, dass die Elfen im Ratssaal ihren eigenen Platz haben. Es gibt dreizehn Logen dort, bislang wurden nur acht genutzt.«

»Dreizehn? Acht?«, fragte ich erstaunt. »Ich dachte, das Alte Reich bestünde nur aus sieben Reichen.«

»Acht, mit Askir«, bestätigte Orikes. »In den letzten Jahrhunderten hielten nur die sieben Reiche und wir dort Rat, doch einst war es ein Rat der Allianz, lange bevor Askannon den Vertrag mit den sieben Reichen schloss. Mit uns, den Elfen und Illian sind es jetzt zehn.«

»Für wen sind die drei anderen Logen?«, fragte ich neugierig.

Orikes lachte. »Nach allem, was ich weiß, wurden dreizehn Ratslogen im Kronsaal erbaut, weil es eine glückliche Zahl ist. Dreizehn Monde hat das Jahr, dreizehn Kriegerklans gab es einst. Die Zahl gilt seit Urzeiten als heilig, Ihr werdet sie überall finden.« Er beugte sich vor. »Ich lasse in den Archiven prüfen, ob das Volk der dunklen Elfen auch eine eigene Allianz mit dem Reich besaß, oder ob es durch die hellen Elfen vertreten wurde.

Eure Freundin, die Priesterin der Solante, sagt, sie weiß nichts von einer solchen Allianz, doch sie überlegt sich, eine einzugehen. Es ist nicht der Grund, warum ich Euch bat, herzukommen, aber vielleicht könnt Ihr anderweitig helfen.«

Mir war gar nicht bewusst gewesen, dass er mich hatte sprechen wollen, aber vielleicht hatte mich sein Bote verpasst. Oder er ging davon aus, dass es mir Leandra sagen würde. Was sie ja auch in gewisser Weise getan hatte.

»Wobei?«, fragte ich.

»Die Priesterin der Solante sprach beim Kommandanten vor und erklärte ihm, dass sie einer Allianz zugeneigt wäre. Sollte es dazu kommen, versprach sie, uns fünfzig Kriegerinnen zu schicken. Es stehen uns Tausende entgegen, und sie will uns fünfzig zur Verfügung stellen? Lanzengeneral, Ihr kennt sie am besten, was ist dieses Angebot in Wahrheit wert?«

»Stabsobrist«, sagte ich bedächtig. »Ich kenne nur Zokora. Doch ich sage Euch eines: Ohne sie hätte niemand von uns überlebt. Die Fülle ihrer Fähigkeiten ist atemberaubend und ihr Wissen größer, als man fassen kann.«

»Die hellen Elfen sind bereit, sich vollends auf unsere Seite zu stellen«, meinte Orikes. »Auch sie sind alt und verfügen über großes Wissen.«

»Es gibt einen Unterschied zwischen den beiden Rassen«, erklärte ich, während ich meine Gedanken ordnete. Warum bei Soltars Höllen hatte es Zokora nicht für nötig befunden, mir mitzuteilen, dass sie eine Allianz suchte? Doch, das hatte sie. Ich seufzte innerlich, als ich mich an ein Gespräch erinnerte, das noch im Hammerkopf stattgefunden hatte. Ich hatte nur nicht richtig zugehört.

»Seht, Stabsobrist, die hellen Elfen leben, als hätten sie alle Zeit der Weltenscheibe, was ja auch stimmt. Sie gehen alles sorgsam an, überlegen gründlich und entscheiden nach langer Abwägung der Dinge. Man könnte sagen, dass sie geduldig sind, doch das sind sie nicht. Sie haben es einfach nicht eilig. Was sie nicht heute tun, können sie auch morgen noch erledigen, was nicht heute fertig ist, hat auch noch ein Jahr Zeit.«

Er nickte. »Das ist die Art der Elfen«, meinte er lächelnd. »Es ist irritierend, das ist wahr, aber in diesem Krieg haben sie nicht gezögert.«

»Weil es ein Krieg ist, für den sie sich schon entschieden haben. Es geht darum, die Wiedergeburt eines Gottes zu verhindern, den sie vor langer Zeit besiegt haben.«

»Omagor, ich hörte davon. Der Elfengott, der unserem Namenlosen am nächsten kommt. Ich hörte auch schon Vermutungen, dass es derselbe Gott ist, oder ein Aspekt, wie Solante der von Astarte ist.«

»Nein«, widersprach ich voller Überzeugung. »So wie ich Zokora verstanden habe, ist er nicht der Gleiche. Nicht annähernd. Der Namenlose ist ein Kind des Göttervaters, Omagor ist es nicht.«

»Aber wenn der Göttervater Vater aller Götter ist …«

»Nein«, unterbrach ich ihn erneut. »Er ist der Vater *unserer* Götter. Glaubt mir, Stabsobrist, es gibt mehr von ihnen als die vier, die wir hier verehren. Aber das ist nicht der Punkt. Um auf die dunklen Elfen zurückzukommen: Obwohl sie genauso lange leben wie die hellen Elfen, leben sie anders. Zokora übertrifft an Ungeduld viele Menschen, die ich kenne, und sie ist geradezu begierig darauf, Dinge zu lernen und zu verstehen. Sie ist siebenhundert Jahre alt, aber ich bezweifle, dass sie jemals etwas auf den nächsten Tag verschob, das sie nicht am selben Tag noch erledigen konnte. Tatsächlich verstehe ich sie besser, fühle mich ihr näher als den hellen Elfen, die ich, wie Ihr wisst, ja auch sehr schätze. Wenn Zokora uns fünfzig Kriegerinnen geben will, dann werden es solche sein, die sich jeden Tag ihres langen Lebens geprüft und vorbereitet haben, die nicht nur im Kampf geübt sind, sondern auch in tausend anderen Künsten. Etwas anderes noch: Es gibt nicht mehr viele ihrer Art, jedenfalls nicht von denen, die dem Licht dienen. Wenn Zokora uns fünfzig ihrer Schwestern schicken will, dann ist das alles, was sie vertreten kann, und jede Einzelne von ihnen ist so viel wert wie eine ganze Lanze. Zokora ist eine Priesterin und keine Maestra, aber jede der Elfen versteht sich auf Magie und vor allem auf eins: Wissen.« Ich stockte und lachte dann leise, denn ich wusste jetzt, wie ich es ihm erklären konnte. »Seht es anders, Stabsobrist, nämlich so, als ob sie uns fünfzig Eulen schicken würde. Das beschreibt es noch am besten.«

»Ist sie wirklich so gut?«, fragte er mit offensichtlichem Unglauben.

»Sagen wir es so«, meinte ich mit einem feinen Lächeln. »Würden sie und Askannon sich persönlich in einem Wettstreit üben, könnt Ihr davon ausgehen, dass sie ihn zum Schwitzen bringen wird.« Und genau in diesem Moment hatte ich etwas verstanden, das Serafine mir gesagt hatte, und, ja, sie hatte recht damit. Der Kaiser lebte noch, und er hielt sich aus diesem Kampf nicht heraus, auch wenn er ein Spiel spielte, das ich nicht verstand.

»Meint Ihr?«, fragte er skeptisch.

»Ja«, bestätigte ich. »Ich bin mir dessen sogar sicher. Sagt, Stabsobrist, da wir vom Kaiser sprechen, war Askannon sein Name oder ein Titel?«

»Ein Titel und ein Name«, meinte Orikes. »In einer alten Sprache, wenn ich mich richtig erinnere. Der, der über den Ask gebietet. Das ist der mächtige Fluss, der durch unsere Stadt fließt. Es ist auch der Name des Hügels, auf dem die Zitadelle steht. Also einfach Herrscher über Askir.«

»Besaß er andere Namen?«, fragte ich.

»Hm«, meinte Orikes. »Es gibt sehr alte Aufzeichnungen, in denen er manchmal mit einem Namen belegt wird, dessen Ursprung sich auch mir nicht erschließt. Wenn es überhaupt ein Name ist ... Er hat mindestens vierzehn Silben und ist kaum auszusprechen, und obwohl ich gut in solchen Dingen bin, habe ich ihn mir selbst kaum merken können. Mein Lehrer an der Akademie vermutete, dass es in einer anderen Sprache eher kein Name, sondern eine Beschreibung ist. So, wie man mich Der-der-über-die-Regeln-und-die-Schriften-wacht nennen könnte.« Er zuckte mit den Schultern. »Das ist der Grund, weshalb wir die Reichssprache sprechen, denn manche dieser alten Sprachen sind wahre Zungenbrecher.«

»Und was bedeutet der Name?«

Er lachte. »Ich weiß nur, dass sich Gelehrte darüber schon immer stritten. Die Vermutung, die mir noch am meisten zusagt, wäre die, dass er kein Mensch, sondern ein Drache war. In den alten Legenden heißt es, dass sie solche Namen trugen. Es würde auch zu unserer Flagge passen, nicht wahr? Doch dem spricht einiges entgegen. Es gilt als belegt, dass er als Mensch geboren wurde, in einer Hütte nicht weit von hier. Dort steht heute noch ein Stein mit seinem Namen darauf. Dazu kommt, dass er sich eine Frau nahm und mit ihr ein Kind zeugte ...«

»Eine Tochter?«, fragte ich gespannt.

»Ja«, meinte er und sah mich überrascht an. »Woher wisst Ihr das?« Dann stutzte er und schüttelte den Kopf. »Ich kann mir denken, was Ihr hofft. Doch leider irrt Ihr hier. Sie ist es nicht. Aber es ist kein Wunder, dass Ihr davon nichts wisst, denn nach der Tragödie bat der Kaiser darum, dass nichts davon Erwähnung findet, und man hielt sich auch daran. Heutzutage wissen nur wenige, dass er einst eine Frau hatte, die mit ihm den Thron teilte.«

»Welche Tragödie?«, fragte ich.

Orikes' Augen verdunkelten sich. »Askannon war oder ist vielleicht der mächtigste Mensch, der je gelebt hat. Seine Frau kam ihm nahe, aber nicht an ihn heran. Ich weiß, dass sie klug war und sein Herz gewann, dass er sie auf einem Feldzug in ein fernes Land kennenlernte und auch sie eine mächtige Kriegerin war. So mächtig, dass sie dort verehrt wurde wie eine Königin oder gar eine Göttin. Aber es ist schwer, einen Kampf zu führen, wenn man hochschwanger ist und kurz vor der Niederkunft steht. Es war ein Anschlag auf den Kaiser, der Racheakt eines Nekromanten. An Askannon wagte er sich nicht heran, sehr wohl aber an die hochschwangere Kaiserin.« Orikes seufzte. »Die Unterlagen sind nur spärlich, meine Vorgänger respektierten wohl des Kaisers Wunsch, darüber wenig zu schreiben. Überliefert ist nur eines: Askannon kam zu spät an den Ort des Kampfes, er fand seine Frau dort vor, sie hatte den Seelenreiter und sein Heer noch erschlagen können, war aber tödlich getroffen worden und starb in seinen Armen.«

»Und die Tochter?«, fragte ich gebannt.

»Er wusste, dass es eine Tochter sein würde, aber sie wurde nie geboren.« Der Stabsobrist legte seine Hände übereinander und sah auf sie hinab. »Danach heißt es, wäre Askannon ein anderer gewesen. Ich las davon, er sei betrübt gewesen und hätte davon gesprochen, dass dies der Preis sei, den er hatte zahlen müssen, ein teurer Preis, selbst für alles das, was er schon erreicht hatte. Etwa vierzig Jahre später dankte er dann ab. Viele, die diese Geschichte kennen, sind der Meinung, dass sie der Grund ist, warum er ging, dass sein Herz gebrochen war und dass das, was er für die Menschen hier erreicht hatte, ihm keine Freude mehr brachte.« Er holte tief Luft. »Wisst Ihr, Lanzengeneral, was Askannon auszeichnete, war nicht seine ungeheure Macht, sein Wissen oder seine Krone. Jede Feder, die den Eid leistet, liest über ihn, gräbt in den alten Archiven, will wissen, wessen Vermächtnis man dient, wenn man den Eid der Federn leistet. Er war es, der uns ins Leben rief, die erste Feder, wenn man so will. Gerüstet, aber als Waffe nur Wissen und Gerechtigkeit. Nach allem, was ich von ihm weiß, ist es das, was ihn prägte: der Wunsch, Dinge zu verstehen und Gerechtigkeit in die Welt zu bringen. Denn beides gab es nicht, als er geboren wurde. Das Land wurde von einem Nekromanten beherrscht, der den dunkelsten Aberglauben stützte, und Gerechtigkeit war ein Wort, das niemand kannte. In manchen Dingen blieb der Kaiser stets ein einfacher Mensch. Er war immer ein Gelehrter und nie ein Krieger, er erfreute sich daran, dass das Land, die Künste und die Wissenschaften aufblühten und dass Frieden herrschte. Diese Freude wurde ihm mit diesem feigen Mord genommen, denn nach allem, was ich weiß, fand er niemals wieder seinen Frieden.« Er sah mir direkt in die Augen. »Ich bin ein Adept Borons, so wie es Euer Freund Varosch ist. Wenn ich in sieben Jahren meinen Dienst beende, werde ich als Priester in seinen Tempel gehen. Also kenne ich auch die Prophezeiungen. Es gibt auch eine in Borons Schriften. Wenn Ihr also die Tochter des Drachen sucht, dann kann ich Euch zu ihrem Grab führen, wo sie noch heute in ihrer Mutter ruht. Wenn sie gelebt hätte, wäre es verständlich, warum sie Kolarons Ende bedeuten sollte, aber sie starb noch im Leib der Mutter.«

»Das ist eine traurige Geschichte«, bekannte ich. Es erklärte aber auch, warum Askannon so viel Zeit mit der Tochter eines

Freundes verbracht hatte. Kein Wunder, dass Serafine ihn so sehr mochte.

Wenn er der war, für den ich ihn nun hielt, dann war auch das glaubhaft, was Orikes sagte: dass der mächtige Kaiser dieser Stadt im Grunde seines Herzens nie ein Krieger gewesen war.

»Gibt es Statuen von ihm?«, fragte ich.

»Eine. Sie steht vor der Kaiserbrücke, die Frau an seiner Seite ist seine Kaiserin. Sie hat diese Brücke entworfen.« Er lächelte ein wenig. »Ich sagte ja, sie war sehr klug. Alle anderen Statuen ließ er entfernen, nur diese beiden blieben stehen. Heute wissen viele nicht einmal, dass sie das alte Herrscherpaar darstellen.« Er atmete tief durch. »Wenden wir uns der Gegenwart zu, Ser Lanzengeneral. Wenn Ihr über Geschichte reden wollt, könnt Ihr mich gern nach Dienstschluss aufsuchen oder mit der Eule sprechen. Sie ist davon genauso besessen wie ich. Doch ich bat Euch aus einem anderen Grund her.«

»Ich soll Nekromanten jagen.«

»Ja. So ist es.« Er öffnete eine Mappe, die vor ihm auf dem Tisch lag, und nahm ein Blatt heraus. Es enthielt die Zeichnung einer Frau, die ich sehr wohl kannte.

Er schaute auf. »Ihr wolltet etwas sagen?«, fragte er.

Ich schüttelte den Kopf. »Wer ist das?«

»Das ist die Nekromantin Asela, eine Frau, die uns seit Jahren in der Verkleidung einer Kurtisane foppte und Zutritt zu höchsten Kreisen hatte. Auch einer unser Kommandeure fiel ihr zum Opfer. Nach seiner Beschreibung wurde dieses Bild gefertigt. Man sagt, ein Blick reiche aus, um ihr zu verfallen. Sie hat den Kampf in der Gildenhalle, den Angriff Kolarons auf Askir, als Einzige überlebt, seitdem ist sie spurlos verschwunden, doch wir sind sicher, dass sie noch ihr Unwesen treibt. Findet sie und schickt sie zu ihrem Gott. Früher war es ein Schutz, dass das Talent zum Seelenreiten seltener als das zur Magie war, doch jetzt, da wir wissen, dass dieser Verfluchte Kolaron eine Möglichkeit fand, andere Seelenreiter zu erschaffen, können noch Dutzende dieser Verdammten unentdeckt in der Stadt verweilen. Findet diese Verfluchten, jeden einzelnen von ihnen, stellt sie und reißt ihnen ihre schwarzen Seelen heraus und schickt sie heim zu ihrem verfluchten Gott. Eure Königin meint, Ihr hättet das Talent dazu! Es gibt zur Zeit nichts Wichtigeres als die Vorbereitungen des Kronrats. Wenn der Nekromantenkaiser unsere Pläne stören will, wird das Schlachtfeld der Kronrat selbst und die Diplomatenbälle sein, die dem vorangehen. Also werdet Ihr auch dort sein müssen. Ich habe eine Paradeuniform für Euch in Auftrag gegeben.« Er beugte sich etwas vor. »Es folgt noch eine Bitte, vom Kommandanten und auch von mir, eine deutliche Bitte, wenn auch noch kein Befehl. Die Diplomatie, so hat man uns versichert, ist nicht Eure Stärke. Überlasst sie denen, die dafür ausgebildet wurden. Ein falsches Wort kann mehr Schaden anrichten als zehn verlorene Schlachten.«

»Was ist mit Generalsergeant Rellin und meiner Ausbildung?«, fragte ich.

Orikes schüttelte den Kopf. »Sie kam zu mir und schwor, dass sie Euch nichts mehr beibringen könnte. Ihr müsst sie mächtig beeindruckt haben.«

Daran hatte ich so meine Zweifel.

»Kümmert Euch um Eure neue Aufgabe«, fuhr der Stabsobrist fort. »Findet Asela und jeden anderen Nekromanten, zerschlagt die Pläne unseres Feindes, brennt die Tempel des Namenlosen nieder, solltet Ihr welche finden, aber bitte, Lanzengeneral, haltet Euch vom Kampf der Worte fern.« Er erlaubte sich ein feines Lächeln.

»Ja, Ser«, sagte ich, stand auf und salutierte. Er erwiderte den Salut, stand ebenfalls auf und schob Aselas Bildnis näher zu mir herüber. »Vergesst das Bild nicht, damit Ihr sie auch erkennt. Das Glück der Götter mit Euch, Lanzengeneral.«

21. Dornen

Als ich zu meinem Quartier ging, kam mir Leandra entgegen, hinter ihr drei Bullen, die Kisten trugen. Als sie mich sah, hob sie ihr Kinn und blieb stehen.

Ich trat näher an sie heran, auch wenn ich nicht wusste, was ich sagen wollte.

Die drei Bullen blieben stehen, und nicht weit von uns befanden sich die Wachen vor der Tür des Kommandanten. Alles, was ich sagen würde, konnte von viel zu vielen Ohren gehört werden.

»Leandra«, sagte ich vorsichtig. »Gesetzt den Fall, dass wir uns so sehr lieben, dass wir nicht voneinander lassen können, und ich trotzdem wüsste, dass mein Schicksal nicht das eines Königs ist? Was würde es ändern? Du bist unsere Königin, der Mann der dich begehrt, sollte zusammen mit dir in einem Tempel knien ... eine Liebschaft ist unter deiner Würde.«

Sie sah mich mit ihren violetten Augen an, in denen es feucht schimmerte, und hielt Steinherz fester.

»Ist sie das?«, fragte sie kühl. »Sollte nicht die Königin entscheiden?«

»Unsere Königin ist ein Vorbild«, sagte ich einfach. »Könntest du dein Schicksal aufgeben und der Krone entsagen?«

»Nein«, sagte sie leiser. »Es ist meine Pflicht.« Sie sah mir tief in die Augen. »Du willst sagen, dass du auch nicht wählen kannst?«

»Wir haben beide längst gewählt, Hoheit«, gab ich ihr Antwort, trat näher an sie heran und griff nach ihrer Hand. Diesmal ließ sie es geschehen.

»Angenommen, es wäre so, Graf von Thurgau«, sagte sie leise, »würde ich darunter leiden. Aber wohl kaum mehr als schon jetzt.« Sie warf einen Blick zu den Soldaten, die taten, als wären ihre Ohren taub, und lächelte etwas gequält. »Willst du, dass sie Balladen über uns schreiben?«, flüsterte sie.

»Warum nicht?« Ich lächelte. »Du bist es wert. Ich will dir sagen, dass ich im Tempel von Soltar eine Botschaft erhalten habe.

Es ist wie mit allen Offenbarungen: Man versteht nur die eine Hälfte, und die wahrscheinlich falsch. Aber zwei Dinge scheinen deutlich: Ich werde vor Kolaron fallen, damit die Tochter des Drachen ihn später erschlagen kann. Danach ...« Ich griff ihre Hand fester. »Danach wird es eine neue Zukunft geben. Eine, die du mitgestalten kannst. Eine, in der du unsere Heimat aufbauen und ihre Wunden heilen kannst. Wenn ich mich von meinem Schicksal aber abwende – und darin waren die Worte meines Gottes eindeutig –, wird es diese Hoffnung nicht mehr geben.« Ich sah ihr in die Augen. »*Das* ist mein Schicksal, auch wenn ich mir anderes wünsche.«

»Du wirst sterben?«, fragte sie leise und klang nun nicht mehr so kühl.

Ich lachte verhalten. »Es ist das Schicksal jedes Menschen, und meines erreicht mich weitaus später als gedacht. Wenn ich schon sterben muss, dann fällt es mir leichter zu wissen, dass es eine Zukunft gibt, in der du weiterlebst und unser Land zu einer neuen Blüte führst.«

»Was ist mit Serafine?«, fragte sie so leise, dass selbst ich sie kaum vernahm.

»Jerbil liebte sie über den Tod hinaus, und ich liebe sie auch. Ich weiß nicht, ob es Bestimmung ist oder ob ich Einfluss darauf hatte. Aber auch meine Königin wird von mir geliebt. Auf die eine Art, die mir noch möglich ist.« Ich hielt nun ihre Hand mit beiden Händen. »Wenn Serafine nicht wieder lebendig geworden wäre, wenn es dieses Wunder nicht gegeben hätte, sag mir, was wäre anders? Du wärst dennoch Königin und mein Schicksal doch das gleiche wie jetzt?«

Langsam löste sie ihre andere Hand von Steinherzens Griff, ließ sie sinken und hielt meine Hände.

»Hast du mich getäuscht, als du von deiner Liebe zu mir sprachst?«, fragte sie leise.

»Nein«, antwortete ich schwer. »Es ist mir zu viel wert.«

Sie nickte. Dann griff sie an ihren Hals und zog eine feine Kette hervor, an der ein schwerer Ring hing, den sie sorgsam löste. »Eleonora sagte, sie wusste, dass du sie geliebt hast, obwohl du ihr diesen Ring zurückgegeben hast. Er war ihr Halt in schweren

Zeiten. Nimm ihn jetzt wieder entgegen, damit er dir ein Halt sein kann.«

Ich wollte niederknien, doch sie hielt mich auf.

»Nein«, flüsterte sie. »Bleib stehen, reich mir einfach nur die Hand.«

»Er ist zu klein für mich, sie hat ihn abgeändert«, sagte ich leise.

»Du vergisst, wer ich bin«, entgegnete sie und fuhr mit der flachen Hand über den Ring, der kurz aufglimmte und sich weitete. »Der Ring weiß noch, wem er einst gehört hat.« Einen Moment lang hielt sie ihn und zögerte, dann streifte sie ihn mir über den Mittelfinger meiner linken Hand. »Sei mein Paladin«, sagte sie mit feuchten Augen. »Und versprich mir, dass du ihn nicht zurückgeben wirst.«

»Ich verspreche es.«

Sie holte tief Luft, hob den Kopf, trat von mir zurück und ließ ihren Blick hoheitsvoll über die Soldaten schweifen, die verzweifelt taten, als wären sie gar nicht da.

»Dann wollen wir unserem Schicksal folgen«, sagte sie entschlossen. »Was Serafine angeht … gib mir bitte etwas Zeit.«

Ich verbeugte mich vor ihr, sie lächelte ein wenig, dann ging sie an mir vorbei. Die Soldaten mit den schweren Kisten folgten schweigend.

»Ich habe Vater gefragt, warum Ihr die Rose an Eurem Finger tragt, Roderic«, meinte sie, während sie zusah, wie ich ihr einen Sperling schnitzte.

»Was sagte Seine Majestät?«, fragte ich vorsichtig.

»Er sagte, dass ich die Blüte wäre, der betörende Duft, die Schönheit.«

»Damit hat er wohl recht.«

»Und Ihr wäret die Dornen.« Sie sah mich mit diesen wachen Augen an. »Was hat er damit gemeint?«

»Manchmal müssen Rosen stechen«, erklärte ich, »damit man ihre Blüte nicht zerstört.«

»Gibt es Rosen ohne Dornen?«

»Nur, nachdem sie geschnitten sind.«

Lange sagte sie nichts. »Findet Ihr es nicht auch traurig, dass eine Rose Dornen braucht?«, fragte sie dann.

»Ja, Hoheit. Sehr sogar.«

»Das ist ein schöner Sperling. Ich danke sehr dafür«, sagte sie artig und tat einen kleinen Knicks, als ich ihr den hölzernen Vogel reichte. Sie hielt ihn hoch und tat, als ob er fliegen würde. »Ich wäre lieber der Sperling als die Rose. Er kann fliegen, wohin er will, und braucht keine Dornen. Was ist mit Euch, Roderic?«

»Ja, Hoheit. Ich wäre lieber auch ein Sperling.«

»Was hält Euch hier?«

»Die Rose.«

Ich schaute ihr nach und wandte mich der Tür zu meinem Quartier zu, die sich in diesem Moment leise schloss. Ich drückte sie auf und fand mich Ragnar gegenüber, der zum ersten Mal, seit ich ihn kannte, betreten wirkte. Hinter ihm, auf einem Stuhl am großen Tisch, saß Serafine, den Kopf auf ihre Hände gestützt. Sie weinte.

»Ich wollte gerade gehen, Freund«, meinte Ragnar rau. »Ich war nur hier, um zu fragen, wo wir zusammen ein gutes Bier trinken können, ohne dass wir einem Varländer begegnen. Aber das hat auch später noch Zeit.«

Ich sah mich um. »War Zokora auch hier?«

»Die dunkle Elfe, vor der Angus sich fürchtet? Nein, ich habe sie nicht gesehen.«

Serafine hob den Kopf, wischte sich die Augen und lächelte verhalten. »Ragnar«, sagte sie. »Die *Silberne Schlange* ist ein guter Ort, um ein Bier zu trinken. Vielleicht sehen wir uns später dort. Sie befindet sich gleich rechts hinter dem Haupttor der Zitadelle.«

»Dann werde ich prüfen, ob die Kaiserstadt noch weiß, wie man Biere braut«, sagte Ragnar, nickte uns zu und ging.

»Ich habe dir gesagt, du sollst nicht mit ihr reden«, sprach sie, als sie aufstand und zu mir kam.

»Ich bin sehr schlecht darin, Befehle zu befolgen«, antwortete ich.

»Ich weiß«, seufzte sie und wischte sich über die Augen. »Leandra ist eben in meiner Achtung gestiegen. Es gibt nicht viele Frauen, die hören wollen, was du zu sagen hattest.« Sie nahm meine Hand, die nun den Ring der Rose trug. »Zu meiner Zeit gab es keine Paladine. Wie kam es eigentlich dazu?«

»Eleonoras Vater war als junger Mann sehr kränklich und litt unter seines Vaters Willkür. Ich war damals öfter in der Kronburg tätig, der alte König hatte Geschichten von mir gehört und falsch verstanden. Er befahl mir, den Prinzen in der Kriegskunst auszubilden und zu einem Mann zu machen. Er dachte wohl, es reicht, wenn man ihn oft genug zu Boden schlägt.«

»Und?«, fragte sie leise. »Hast du es getan?«

»Den Prinzen niedergeschlagen?« Ich lächelte. »Hin und wieder. Aber er war auch ohne das mehr Mann, als es sein Vater jemals war. Der alte König war ein übler Tyrann, der Einsicht meist mit Schwäche verwechselte. Der Prinz ging einen anderen Weg, und als er König wurde, bat er mich, sein Paladin zu sein. Später dann, als Eleonora geboren wurde, nahm er mich zur Seite und ließ mich seine Tochter tragen, die mit großen Augen zu mir aufsah, und ließ mich schwören, sie zu beschützen.«

»Darin hast du nicht versagt«, meinte Serafine, doch ich schüttelte den Kopf.

»Ich war nicht zur Stelle, als das Attentat geschah. Dass sie überlebte, war nicht mein Verdienst, nur ihr eigener. Mut war es, der sie leben ließ ... auch wenn es kein Leben mehr war. Als Kind war sie leichtfüßig und hat gern getanzt, war voller Fröhlichkeit und Leben. Es lastet noch immer auf mir, dass die Täter unerkannt entkamen.«

»Vielleicht ist auch diese Tat dem Nekromantenkaiser anzulasten«, spekulierte sie. »Wir wissen, dass er sehr langfristig plant.«

»Nicht jede Bosheit oder Machtgier findet in ihm seinen Anfang«, meinte ich. »Es gab auch ohne ihn genügend Intrigen an Illians Hof, auch Leandra hatte unter ihnen zu leiden.« Ich seufzte. »Sie bat darum, dass wir ihr ein wenig Zeit lassen«, sagte ich dann rau.

»Ich weiß«, antwortete sie. »Ragnar und ich haben gelauscht.«

»Die halbe Zitadelle wird es bereits wissen«, seufzte ich. »Doch es war eine Gelegenheit, die ich nicht verstreichen lassen wollte.«

»Ja«, sagte sie und schaute hoch zu mir. »Was hat sich bei Orikes ergeben? Ich war vorhin unten, um nach dir zu sehen, und hörte, dass du bei ihm seist. Die Schreiber sagten mir, es sei eine lange Sitzung.«

»Er hat mir zu tun gegeben«, antwortete ich, zog das gefaltete Blatt aus meiner Jacke und legte es offen auf den Tisch. »Wir sollen Asela stellen und töten und jeden anderen Nekromanten hier in der Stadt.«

»Hast du ihm nicht gesagt, dass sie keine Nekromantin mehr ist?«

»Nein«, sagte ich. »Frag mich nur nicht, warum. Ich selbst traue ihr noch immer nicht, aber ich wollte sie nicht verraten. Ich fühle noch immer ihren Schmerz, als der Gott sie davon erlöst hat, vielleicht deshalb, doch es bleibt noch immer zu viel offen. Wir wissen mit großer Sicherheit, dass sie eine Nekromantin *war*, und bis jetzt gab es niemals einen Hinweis darauf, dass die Götter solche Taten je verzeihen. Und doch hat Soltar sie nicht gerichtet, sondern geläutert ...«

Ich sah auf das Bild dieser wunderschönen Frau herab, es war die gleiche, die vor uns gestanden hatte, und doch war etwas anders. Die Lippen auf diesem Bild lächelten verführerisch. Die Asela, die ich gesehen hatte, schien nicht mehr zu wissen, wie das ging, hatte tiefere Falten und einen kühlen Blick, der alles andere als verheißungsvoll erschien. Sie war weit entfernt davon, verführerisch zu sein.

»Ich gebe dir in vielem recht«, sagte Serafine nachdenklich. »Sie ist es ohne Zweifel, und sie weiß Dinge, die nur sie wissen kann, aber vieles hat sich an ihr verändert. Alles, möchte ich fast sagen. Schau, Feltor betete zu Boron, Asela ging zum Tempel der Astarte, Balthasar war wie du: Wenn er überhaupt betete, dann ging er zu Soltar. Er hielt nicht viel von Göttern und meinte, dass die Menschen selbst gefordert seien, die Dinge zu richten. Asela hätte sich vor Astarte auf den Boden geworfen und weinend um Gnade gefleht. Ich kenne nur zwei Menschen, die so arrogant vor deinen Gott traten – du und Balthasar. Und jetzt Asela. Es sieht ihr gar nicht ähnlich. Und doch spüre ich die alte Freundschaft in ihr, aber seltsam verändert.« Sie sah an mir vorbei, in eine ferne Zeit. »Wir waren Freunde, Balthasar, Feltor, Jerbil, Asela und ich. Sie haben Askannon auf einer Mission begleitet, und als er auf dem Rückweg meinen Vater besuchte, lernten wir uns kennen. Balthasar war damals schon älter, über hundert würde ich meinen, aber Feltor und Asela waren junge Eulen; und sichtlich ineinander verliebt. Sie war ...« Serafine seufzte. »Es ist schwer zu beschreiben; man könnte sagen, dass sie als Eule am falschen Platz war. Sie hätte als Priesterin in Astartes Tempel gehört. Es fehlte ihr an Härte, sie war geduldig und lächelte viel ... Sie lachte gern. Beide waren in sie verliebt, doch Balthasar war zu zurückhaltend und dadurch gehemmt, dass sie, wie Feltor auch, seine Schülerin war. Feltor gewann ihre Hand, und später traten sie auch zusammen vor die Göttin und wurden ein Paar. Balthasar hielt die Rede. Sie wurden beste Freunde.« Sie sah zu mir hin. »Deshalb ist es auch so unglaublich, dass er oder einer der anderen zu Kolaron überlaufen sollte. Jetzt wissen wir, dass sie es nicht freiwillig taten. Balthasar war immer der Außenseiter. Ich bin sicher, dass er Asela liebte, aber er zeigte es nicht und verletzte niemals Grenzen. Auf eine bestimmte Art haben wir ihn auch geliebt, er war ein bewundernswerter Mann, ruhig und nachdenklich, aber mit einer Härte, die ab und zu durchschimmerte. Er war der Primus des Turms und nach Askannon der mächtigste Mann im Alten Reich, das wird man nicht ohne eine gewisse Härte. Asela hingegen war bereit, ihr letztes Hemd zu geben, wenn sie nur jemandem helfen konnte.« Sie hielt inne und grübelte ein wenig. »Erinnerst du dich, dass sie sagte, ihre Güte wäre ihr größter und einziger Fehler gewesen? Es ist seltsam, sie so reden zu hören, aber sie hat recht. Auf sich gestellt, hätte man sie nur ausgenutzt, was auch der Grund war, warum Feltor und Balthasar so auf sie achteten. Einen anderen kenne ich jetzt ebenfalls.« Sie seufzte. »Ich habe vorher nicht gewusst, dass dieser Erinstor sich an ihr vergangen hat. Ich hätte so etwas nie verziehen und selbst das Schwert geführt, um ihm den Kopf abzuschlagen.« Sie sah auf das Bild der Eule herab und schaute dann mit feuchten Augen zu mir auf. »Sie stand vor uns, ich weiß also, dass sie noch lebt. Aber all das, was sie einst war, ist nicht mehr. Sie lebt, und doch fühlt es sich an, als ob sie gestorben wäre. Ich will wissen, was geschah, und mich nicht mehr mit Worten abspeisen lassen. Sie ist die einzige von meinen Freunden, die noch lebt.«

»Von den Elfen abgesehen«, meinte ich.

»Ja. Aber es sind Elfen und so ganz anders als wir. Schau, Havald, Asela und ich vertrauten uns einander Dinge an … sie mir über Feltor und Balthasar, ich ihr über Jerbil. Wir tauschten Kleider und spielten den anderen Streiche, hielten die Schleier füreinander, als wir mit unseren Männern vor die Götter traten. Diese Art von Freundschaft ist selten, weil sie nicht aus Bedürftigkeit entstand, sondern einfach daraus, dass wir uns nahe waren. Ich will wissen, was geschehen ist.«

»Auch ich habe Fragen an sie«, sagte ich und schob das Bild zurecht, sodass ich Asela besser sehen konnte. »Sie weiß mehr über unseren Feind als jeder andere. Es muss ihr klar sein, dass uns dieses Wissen nützlich wäre. Warum teilt sie es nicht mit uns?«

»Gehen wir sie fragen«, sagte Serafine und stand auf. Ich schaute zum Fenster, es war schon lange dunkel. Ich hatte wenig Lust darauf, dort draußen herumzustreifen und im Dunkeln einen Schatten zu suchen. Es war genug für heute.

»Jetzt noch?«, fragte ich sie zweifelnd. »Es ist nicht mehr lange hin zur achten Glocke, und so leicht werden wir sie nicht finden können. Die ganze Stadt sucht nach ihr, warum denkst du, dass wir mehr Erfolg haben werden?«

»Weil es einen Ort gab, den wir alle liebten«, sagte sie. »Wenn sie nicht dort ist, können wir ihr sagen, dass wir sie sehen wollen, sie wird uns dann finden. Komm, Havald«, bat Serafine. »Es ist nicht weit von hier.«

22. Der Kaisergarten

»Was ist das für ein Ort?«, fragte ich sie, als ich an dem schweren schmiedeeisernen Gitter rüttelte, das in einen Park führte. Die Mauern um diesen Ort herum waren zu hoch und zu fest, um nur Blumen zu beschützen, doch durch die Stäbe sah ich lediglich einen kleinen offenen Bau in der Ferne sowie Bäume und Blumenbeete, die sich nur langsam davon überzeugen ließen, dass es bald Frühling war.

Serafine trat an das Gittertor heran. »Hilf mir hoch«, bat sie, und ich bot ihr meine Hand als Tritt. Mit einer flüssigen Bewegung zog sie sich geschickt auf die Mauer. Ich seufzte und sprang, ergriff die Kante und zog mich hoch, bis ich neben ihr saß.

»Das ist der Kaisergarten«, verkündete sie, lehnte sich an mich und ließ ihre Füße baumeln. »Als ich das erste Mal nach Askir kam, führte der Kaiser mich persönlich herum. Das war der Ort, den er mir als Erstes zeigte.«

»Wie alt warst du?«, fragte ich.

»Acht. Ein Kind und voller Neugier auf die große Stadt. Es war ein kurzer Besuch. Ich kam mit Vater hierher, und wir blieben nicht lange, doch auf unserer Hochzeitsreise kamen wir dann auch hier vorbei.«

»Was ist so wichtig an diesem Ort? Hätte es nicht anderes gegeben, auf das er stolz genug sein konnte, um es dir zu zeigen?«

»Schau, dieser Ort war ein Geschenk an ihn, jemand legte diesen Garten an, damit er Ruhe finden konnte. Von hier aus kannst du sehen, dass die Beete und Wege in einem Muster angelegt sind, das einem uralten Ritual folgt. Jeder Stein hier, jeder Grashalm, jede Blüte ist sorgsam gesetzt und erfüllt einen ganz bestimmten Zweck. Komm«, rief sie und sprang hinunter. »Ich zeige dir, wie es geht.«

Sie war fröhlich wie ein kleines Kind. Ich lächelte, als ich von der Mauer sprang.

»Der Weg fängt hier an«, informierte sie mich. »Man hetzt ihn nicht entlang, sondern man schreitet und lässt dabei seinen Gedanken freien Lauf. Siehst du den runden Bau dort in der Mitte?«

»Den Pavillon?«

»Ja. Er ist das Ziel, aber mit Hast erreicht man ihn nicht. Der Weg braucht seine Zeit. Komm, geh ihn mit mir.« Sie drehte sich um und strahlte mich an. »Es gibt nur die eine Regel: Man darf nicht reden.«

Sie hatte recht. Dieser Ort mit seinen hohen Mauern und den Blumenbeeten, den auch im kargen Frühling sorgsam gerechten Wegen, strahlte eine Ruhe aus, die einen berührte. Ich stellte ihn mir im Sommer vor, wenn alles blühte und die Luft warm war. Es musste dann noch schöner sein. Langsam gingen wir den verschlungenen Weg entlang, sie schien tief in Gedanken, und ich störte sie nicht darin. Der Pavillon kam mal näher, mal wich er vom Weg zurück, ein Ziel, das man nah glaubte, und das doch ferner war, als man es dachte. Wie das Leben auch.

Ich meinte nun zu wissen, wer der Ewige Kaiser war. Wenn ich recht behielt, hatten wir uns schon gegenübergestanden. Doch wer er wirklich war, blieb ein Rätsel. Ich wusste jetzt vieles von ihm, dass er Kriege geführt, mit Macht, Magie und Blut ein Reich vereint hatte, dem er tausend Jahre Frieden gab, dass er liebte und verlor und die Seelenreiter mit gutem Grund hasste. Und doch verstand ich ihn nicht. Es gab immer wieder Menschen, die ich wegen ihrer Güte bewunderte. Ich war dazu zu eigennützig, zu sehr auf mich bedacht. Es gab Dinge, die ich nicht tun würde, weil ich sie nicht ertragen konnte: die Berufung eines Priester etwa oder die eines Medikus, der immer wieder dem Leid anderer gegenüberstand und helfen konnte, die Pein aufzunehmen und zu tragen ... wie Devon, der Schiffarzt der *Schneevogel*, der unermüdlich in seiner blutigen Hölle unter Deck zu retten versuchte, was zu retten war, und auch mir das Leben wiedergab. Wo nahmen diese Menschen die Kraft her, ständig zu entsagen und sich in den Dienst anderer zu stellen? Nach dem, was ich über Askannon gehört hatte, hätte er Priester werden sollen oder Arzt. Als Serafine als Kind herkam, herrschte der Kaiser über ein Reich, in dem die Künste blühten und Frieden herrschte. Was war er für ein Mann, dass er Serafine als Erstes diesen Garten zeigte? Ich öffnete den Mund, um sie zu fragen, erinnerte mich dann aber an die Regel. Dafür war noch Zeit, wenn wir den Pavillon erreichten.

Wir gingen weiter, langsam und beständig. Unsere Schritte in der Stille und die Nacht, die Sterne auf Soltars dunklem Tuch – all das kam zusammen und brachte mich nach und nach zur Ruhe. Fast war ich überrascht, plötzlich die weißen Stufen des Pavillons vor mir zu sehen, und als ich meinen Fuß darauf setzte, fühlte ich, wie die Luft wärmer wurde, und über uns, in der flachen Kuppel, begann eine der magischen Kugeln sanft zu glühen und erlaubte mir den Blick auf steinerne Bänke und Tische und eine Gestalt in einer weiten, dunklen Robe und mit angezogenen Knien, um die sie ihre Hände geschlungen hatte.

Sie drehte den Kopf, sah ohne Überraschung auf zu uns und seufzte leise. »Finna«, meinte Asela ruhig, »warum störst du meine Ruhe?«

»Du hast uns lange kommen sehen«, meinte Serafine lächelnd und setzte sich ihr gegenüber auf die steinerne Bank. Ich tat es ihr gleich und stellte Seelenreißer neben mir ab. »Wenn du uns nicht sehen wolltest, hättest du uns leicht entgehen können.«

»Wohl wahr«, entgegnete Asela und setzte sich gerader hin. »Ich nehme an, ihr seid mit Fragen zu mir gekommen?«

»Ja«, sagte ich. »Ich erhielt den Auftrag, Euch zu stellen und zu richten.«

»Zu richten«, wiederholte sie mit belegter Stimme. »Für die Schuld, die ich auf meinen Schultern trage, müsstet Ihr das tausendmal tun, und es wäre noch nicht genug.« Sie lächelte ein wenig. »Nur zu, Lanzengeneral. Ihr findet mich in einem schwachen Moment. Ich habe keine Lust, mich noch dagegen zu wehren. Soll ich niederknien, um es Euch zu erleichtern?«

»Das wird nicht nötig sein«, meinte ich bedächtig. »Der Auftrag ist der, eine Nekromantin zu richten. Ihr seid nicht mehr verflucht. Askir will Euren Kopf, aber ich denke, er bleibt besser auf Euren Schultern. Euer Wissen über den Feind kann alles entscheiden.«

»Meint Ihr?«, fragte sie. »Ich kann Euch manche Fragen beantworten, aber ob Euch das nützt, bezweifle ich doch sehr.« Sie wies auf Kelche und eine Flasche auf dem Tisch, die ich vorher nicht gesehen hatte. »Mondtau Elfentropfen«, verkündete sie. »Wenn ich mich recht erinnere, hast du ihn gern getrunken, Serafine.«

Serafine nickte und griff nach der Flasche. Wir warteten schweigend, bis sie uns eingeschenkt hatte.

»Auf die Eulen, das Reich und unseren Kaiser«, prostete Asela und erhob ihren Becher. »Möge uns der Frieden erhalten bleiben.« Sie trank einen großen Schluck. »Ich hatte vergessen, wie er schmeckt. So süß, aber ohne dass er einem die Zähne verklebt. Also, ich habe noch etwas Zeit, stellt Eure Fragen.«

»Zuallererst«, begann Serafine, »was ist dir zugestoßen?«

»Da muss ich weit ausholen, Finna«, sagte Asela mit einem schiefen Lächeln. »Ihr wisst, dass es Orte gibt, an denen sich der Weltenstrom kreuzt?«

»Ja«, sagte ich.

»Auch, dass man den Weltenstrom verlagern kann, sodass diese Orte wechseln?«

Wieder nickten wir.

»Einer dieser Orte befand sich auf einer fernen kleinen Insel im Süden. Ein wahrhaft trostloser Ort aus Vulkangestein, fern von allem, am Ende der Welt. Eine kleine Insel, unbewohnt und karg, die man Thalak nannte. Ein einzelner Strang des Weltenstroms führte dorthin, gerade genug für Askannon, um dort ein Tor zu errichten. Diese Insel war so weit entfernt, dass Askannon dachte, dort würde nichts geschehen, was das Reich jemals berühren konnte.« Sie schüttelte den Kopf. »Es kam selten vor, dass er sich irrte, aber hier irrte er gewaltig.«

»Was ist mit dieser Insel?«

»Gleich. Zuerst zu einem Problem, das die Eulen hatten. Ihre Aufgabe war es, wie ihr ja wisst, Nekromanten zu jagen. Das Problem lag darin, dass wir manchmal welche fanden, die diese dunkle Gabe noch nicht verwendet hatten. Auch Kinder waren dabei. Wir wussten, dass die Träger der Gabe von ihr verführt werden würden, doch diese Kinder waren noch ohne Schuld. Also versuchten wir, die Gabe von ihren Seelen zu trennen, bevor sie schuldig wurden – und machten uns selbst schuldig dabei.

Denn in neunzehn von zwanzig Fällen starb das Kind.« Sie verzog das Gesicht. »Wie erklärt man Eltern, dass man vor ihren Augen ihre Kinder tötet, für Taten, die sie noch nicht begangen haben?«

»Oh«, meinte Serafine.

»Ja«, sagte Asela. »Oh. Das war keine Option. Es musste eine andere gefunden werden. Askannon war kein Mensch, der oft bei den Göttern um Rat ersuchte, aber in dieser Frage ging er zu den Tempeln und beriet sich mit den Priestern. Sie befanden, dass es nicht rechtens war, diese Kinder zu töten, aber man konnte sie auch nicht gewähren lassen. Wie gesagt: Die dunkle Gabe verführte in den meisten Fällen dazu, sie zu nutzen, wenn auch manchmal ohne Absicht.«

»Und diese ferne Insel war die Lösung?«, fragte ich.

»Ja. In Thalak sah er einen Ort, der sicher genug war, um Seelenreiter, die wir gestellt und gefangen hatten, hinzubringen und an ihnen zu erforschen, wie man die Gabe von ihnen löste. Es wurde dort eine Kolonie errichtet, eine Akademie. Speziell ausgebildete Soldaten, die Nachtfalken, wurden dorthin entsandt, und Gebäude wurden errichtet, die mit mächtiger Magie gesichert waren.«

»Eine Gefängniskolonie für die Verfluchten?«, fragte ich heiser.

»So ist es. Wir brachten alle dorthin, die wir fanden, ob schuldig oder nicht. Den Kindern versuchten wir zu zeigen, dass sie ihre Gabe nicht nutzen sollten, den Schuldigen ...« Sie schaute zur Seite. »An ihnen erforschten wir, wie man die Gabe von der Seele trennen konnte. Sie mochten schuldig gewesen sein, doch diesmal waren sie es, die litten, und wir waren es, die quälten. Zu einem guten Zweck.« Die letzten Worte spie sie bitter aus und nahm einen großen Schluck des Weins, als ob sie die Worte wegspülen wollte.

Ich konnte das Problem verstehen, aber auch, was die Lösung abverlangte. Gleiches mit Gleichem zu vergelten, war nicht immer gerecht. »Es ist etwas vorgefallen, nicht wahr?«

»Ja. Balthasar fand heraus, wie man es tun konnte, wie es möglich war, die dunkle Gabe von der Seele zu trennen. Es war ein

Zufall, eine Unterhaltung mit einem der Nachtfalken, die auf Thalak Dienst taten, wie viele von ihnen eine dunkle Elfe, die sich Wissen über die Magie ihrer Vorfahren bewahrt hatte. Die Antwort lag in der Blutmagie der dunklen Elfen, nicht in der Wissenschaft, sondern in Instinkt und Wollen. In dieser Blutmagie gab es ein Ritual, das der Reinigung diente. Das Ritual, leicht abgeändert, brachte dann die Lösung.« Sie nahm einen weiteren Schluck. »Aber es war zu spät. Sagt, was wisst ihr von Balthasar?«, fragte sie.

»Es geht hier nicht um ihn«, meinte Serafine ruhig.

»Wenn du meinst«, sagte Asela. »Ich wollte darauf hinaus, dass er nach Askannon selbst der Mächtigste im Reich war, über Jahre war er der Primus des Turms, und niemand kam an ihn heran. Desina hat das Talent dazu, aber noch ist sie nicht so weit.« Sie nahm einen weiteren tiefen Schluck. Erst jetzt fiel mir auf, wie oft sie das tat, ohne dass sich der Becher leerte. »Nun, alle Verfluchten auf der Insel zusammen hätten nicht die Macht besitzen sollen, ihn zu übermannen. Doch als er auf die Insel kam, um das Ritual an einem Verfluchten zu versuchen, fand er den Ort übernommen vor. Einer der Seelenreiter hatte es trotz aller Vorsicht und Bemühungen, trotz der mächtigen Magie, die diese Insel sicher machen sollte, geschafft, jeden freien Geist dort zu unterjochen. Auch Balthasar … Er wurde überrascht und überwältigt. Es dauerte nur einen Lidschlag, dann war Balthasar mit seinen ganzen Eiden und seinem Stolz die Kreatur eines Verfluchten, den wir als einen der Ersten auf diese verfluchte Insel gebracht hatten. Ein brutales Biest mit dem Aussehen eines zauberhaften Jünglings, verschlagen, bösartig und ungebildet, eine Bestie namens Kolaron, der tief im Süden im Land der Barbaren ein Reich gegründet hatte, als Askannon ihn fand. Es war die Zweite Legion, die dort einmarschierte, sein Reich zerschlug, und es war Balthasar, der diesem verfluchten Wesen einen Halsreif anlegte und seine Kräfte band.« Sie blickte zu Seelenreißer, der neben mir auf dem Boden stand. »Das war, bevor die Bannschwerter geschmiedet waren. Ohne sie war es sehr schwer, den Verfluchten die Seelen zu entreißen. Kolaron war eine Bestie, mit verschlagener Schläue ausgestattet, aber nicht mit Wissen oder viel Verstand. Vor Balthasar war er ein Wurm im Staub, etwas, das der Verfluchte dem Primus nie vergeben hat.« Sie sah uns bedeutsam an. »Mit den Kindern gab es einundzwanzig Nekromanten, die auf dieser Insel gefangen waren. Über hundertvierzig Jahre hatten wir diesen Kolaron dort sicher festgehalten, und dann das! Balthasar verstand nicht, wie es möglich war, dass dieser ungebildete Wurm ihn übermannen konnte.« Asela seufzte. »Doch es war, wie es war: Balthasar wurde zu seiner Kreatur. Das war der Anfang. Als Balthasar nach Askir zurückkehrte, berichtete er von seinem Erfolg, doch er war nicht mehr er selbst. Der verfluchte Seelenreiter machte sich alles zunutze, was Balthasar war und wusste, sein Wissen, sein Talent, auch die Menschen, die er liebte und die ihm vertrauten. Und Balthasar saß in sich selbst gefangen, unfähig, etwas zu tun, und musste zusehen, wie er selbst all das zerstörte, das er liebte. Als er das nächste Mal zur Insel zurückkehrte, begleiteten ihn Feltor und Asela. Es war weniger die Macht des Seelenreiters als Balthasars Magie, die nun im Dienst des Verfluchten stand, die Asela und Feltor überwältigte. Er selbst riss den Schutz von ihren Seelen und ermöglichte dem Verfluchten, Asela und Feltor zu übernehmen. Und damit auch ihr Wissen: Feltor hatte Untersuchungen geleitet, die bewiesen, dass man den Weltenstrom umleiten konnte, aber es mangelte ihm an Stärke, es dann auch zu tun. Also übernahm Balthasar die Aufgabe. Er erforschte den Weltenstrom gründlicher als jemals einer zuvor. Dann, als Askannon im Süden die Donnerfeste errichten ließ, kam Kolarons Stunde. Balthasar hatte herausgefunden, wie man den Strom umleiten konnte. Alle drei, Asela, Feltor und Balthasar, taten es zur gleichen Zeit an verschiedenen Orten und lenkten den Weltenstrom weg von Askir und hin zu dieser kleinen kargen Insel. Der Verfluchte fand die Gabe der Magie fast so nützlich wie die des Seelenreitens, er hatte sich die Seelen von Eulen gestohlen und besaß jetzt auch das Talent dafür. Vorher war er unwissend und ungebildet gewesen, jetzt aber besaß er plötzlich ein Wissen, das seine Welt und seine Pläne enorm erweiterte. Askannon hatte ihn von seinem Thron gestürzt und auf dieser Insel gefangen gesetzt, jetzt nahm er sich zurück, was er einst verloren hatte.

Ohne den Weltenstrom waren die Portale hier in Askir nicht mehr zu passieren, und die Kaiserstadt war plötzlich abgeschnitten von der Welt. Er wusste alles, was Feltor, Asela, Balthasar und all die anderen wussten, und folgte nun seinem Racheplan.«

»Was geschah dann?«, fragte Serafine leise.

»Es ist seltsam«, antwortete Asela fast schon flüsternd und bedachte sie mit einem langen Blick. »Der Kaiser ertrug unseren Verrat, den Verlust der Magie, das Ende seiner Pläne, ohne dass es ihn brach. Er dankte ab und rüstete sich zum Kampf. Und trat dem Verfluchten auf der fernen Insel allein gegenüber. All das ließ ihn nicht in die Knie gehen, und eine Weile lang schlug der Kaiser unsere Angriffe mühelos zurück, obwohl es gut zwei Dutzend Seelenreiter waren und auch wir mit ihm stritten. Kolaron verhöhnte ihn damit, dass er es war, der es so eingerichtet hatte, und prahlte damit, wie er die berühmte Zweite Legion, die ihm einst sein Land genommen hatte, in eine Falle geschickt hätte, und dass sie vollends vernichtet wäre.« Sie hielt einen Moment inne. »Es war gelogen. Es war nicht das Ende der Legion, sie kam nur nicht zurück. Einen Teil von ihnen nahm Balthasar mit nach Thalak, wo sie von Kolaron versklavt wurden, aber der größte Teil blieb und erschuf dann aus dem Staub das, was heute Eure Heimat ist, Ser General. Doch als ihm Balthasar unter Zwang des Verfluchten entgegenwarf, dass er es gewesen war, der das Erste Horn der Zweiten diesem kalten Schicksal überließ, dass er es gewesen war, der Serafine und auch Jerbil getötet hatte, da brach der Gram des Kaisers für einen Moment seine Macht – und er unterlag dem Ansturm der Magie, die auf ihn gerichtet war. Er verging, und dort wo er starb, hinterließ er einen Krater, der fast auch Kolaron verschluckt hätte. Nur durch Balthasar und die Hilfe der anderen überlebte der dunkle Fürst den Einschlag der Magie.« Sie sah Serafine traurig an. »Es muss ihm mehr an dir gelegen haben, als wir alle dachten, denn es war die Gewissheit deines Todes, die ihn brach.«

Serafine zog scharf die Luft ein. Ich hätte ihr gern gesagt, dass sich Asela hier täuschte und Askannon nicht vergangen war, doch nicht jetzt. Außerdem fiel es mir schwer, Asela vollends zu vertrauen. Wenn sie den Kaiser für tot hielt, würde es wohl kaum schaden. Vielmehr nagte eine andere Frage an mir.

»Sagt mir, wisst Ihr, warum die Eule Balthasar am Donnerpass den Strom der Magie wieder nach Askir lenkte? Er hat ihn doch von dort einst weggelenkt, nicht wahr?«

»Ja. Aber jetzt bereitete Kolaron den letzten Angriff auf seinen verhassten Feind vor, durch das Tor, das im Gildenrat entstand. Für dieses Tor brauchte er den Weltenstrom, denn selbst Kolarons Macht reichte nicht aus, um einfach so ein Portal über die halbe Welt hinweg zu öffnen.« Sie schüttelte den Kopf und lächelte gequält. »Es ist ironisch, dass Ihr es fast geschafft habt, Balthasar daran zu hindern, das zu richten, was er einst zerstört hat. Was ich Euch aber sagen kann, Ser Lanzengeneral, ist, dass Balthasar Euch zutiefst dankbar war, dass Ihr ihn aus dem Griff des Nekromantenkaisers befreit habt, denn im Moment seines Todes ließ der Verfluchte endlich seine Seele los. Er starb frei von diesem Joch.«

»Woher weißt du das alles?«, fragte Serafine.

»Kolaron prahlte damit, hauptsächlich um Feltor zu treffen, der immer noch hoffte, dass sein Mentor Balthasar einen Weg finden würde, um zu entkommen. Asela hingegen ... Sie war dem Nekromanten so sehr verfallen, dass wenig von ihr blieb.«

Sie nahm einen letzten tiefen Schluck aus dem vollen Kelch, setzte ihn ab, und er verschwand, als sei er nie dagewesen. Ich betrachtete meinen vollen Becher und dachte mir, ich könnte ja einen Schluck probieren, denn nach dieser Geschichte war mir wirklich sehr danach. Der Wein schmeckte vorzüglich – und verging mir auf der Zunge wie der Kelch in meiner Hand.

»Wenn Ihr einmal in vollen Zügen trinken wollt, ohne dann am Ende den Preis dafür zu zahlen, wendet Euch an mich«, sagte Asela, als sie sich erhob.

»Bleib«, bat Serafine. »Wir haben noch so viele Fragen!«

»Ein andermal«, sagte Asela und strich sich ihre Robe zurecht. »Tut jetzt etwas für mich. Findet heraus, wer dieser Seelenreiter war, der unter dem Tempel lag. Balthasar war Primus der Eulen, dennoch wusste er nicht, dass dort ein Verfluchter gebunden lag. Aber eines ist offensichtlich: Nicht mal ein Jahr, nachdem wir

Erinstor aus der Zitadelle verbannt hatten, ging der Aufstand auf Thalak los. Kaum hundert Jahre später verloren wir die Legion und den Weltenstrom, schließlich auch noch unseren Kaiser. Unter dem Tempel lag ein Nekromant, von dem es heißt, er wäre stark genug gewesen, Askannon zu widerstehen ... Er mag die Kraft besessen haben, auch Balthasar zu besiegen.«

»Es ist nicht Kolaron gewesen?«, fragte ich, und sie schüttelte entschieden den Kopf.

»Nein. Wir fingen diese Bestie hundertsiebzig Jahre früher ein. Kolarons herausragende Eigenschaft war neben seiner Schönheit Verschlagenheit und Schläue, aber alle Talente, die er je gestohlen hat, waren nicht genug, um sich mit Balthasar zu messen. Es muss ein anderer gewesen sein, einer, der ihm half.« Ihr Busen hob sich mit einem tiefen Atemzug, bevor sie weitersprach. »Jetzt wisst Ihr mehr. Sagt mir, Lanzengeneral, wird es Euch von Nutzen sein?«

»Das wird man sehen«, gab ich zurück.

Sie sah uns beide prüfend an. »Ich weiß nicht, ob man diesen Kampf noch gewinnen kann, aber es gibt eine alte Weisheit: Wenn du gegen einen kämpfst, den du nicht kennst, wirst du verlieren. Findet heraus, wer dieser Verfluchte war. Vielleicht kennen wir dann den Feind. Wie Erinstor ist Kolaron niemand, der all das aus eigener Kraft hätte erreichen können. Dass er jetzt nach dem Mantel eines toten Gottes trachtet, ist absurd, aber noch absurder ist, dass es ihm gelingen könnte.« Sie deutete eine Verbeugung an und wandte sich zum Gehen, doch dann hielt sie inne und sah zu uns zurück. »Das Tor, das ich Euch gezeigt habe ... Kennt Desina die Lage der Steine zu dem Ziel, das dort ausgelegt war?«

»Ja«, sagte ich. »Wir haben die Kombination aufgeschrieben.«

»Tut mir den Gefallen und haltet sie davon ab, dorthin zu gehen. Dieses Tor führt direkt in das Herz des Feindes, auf einen Hügel, auf dem einst ein alter Tempel stand, über einer Stadt, die Kolariste heißt, die Hauptstadt unseres Feindes. Weder Desina noch Eure Gefährtin Leandra sollten dieses Tor durchschreiten. Er würde es spüren, wenn sie es tun.« Sie erlaubte sich ein hartes Lächeln. »Es wäre schade, das Tor dem Feind zu verraten, denn er weiß nicht, dass es existiert. Ich fand es angebracht, Euch den Weg in seinen Hinterhof zu weisen, schließlich treibt er sich ja auch in unserem herum.«

»Das wird sich als nützlich erweisen«, meinte Serafine leise. »Musst du wirklich gehen? Es ist …«

»Ich weiß, wie es ist«, sagte Asela sanfter, als ich es von ihr kannte. »Aber ich habe noch zu tun. Es gibt noch einige Pläne des Feindes, von denen ich Kenntnis habe, und ich möchte sie stören, solange es noch geht. Wir sehen uns wieder, das verspreche ich.«

Mit einer Geste malte sie einen leuchtenden Kreis in die Luft, dahinter waren sonnengeflutete Felder zu sehen und eine fremde Stadt im Hintergrund. Sie nickte uns zu, schritt hindurch, der Kreis verging, und es war, als wäre sie nie da gewesen.

»War das ein Tor?«, fragte ich beeindruckt.

»Es scheint so, nicht wahr?«

»Ich dachte, dazu bräuchte man den Weltenstrom und feste Portale?«

»Offenbar nur dann, wenn man nicht Asela ist …« Serafine schüttelte erstaunt den Kopf. »Sie muss über die Jahre sehr an Macht gewonnen haben. Warum, bei allen Göttern, stellt sie sich nicht vollends auf unsere Seite?«

»Sie sagte es bereits. Weil sie eigene Ziele verfolgt.« Ich schaute sie an. »Hast du von dem Wein getrunken?«

Sie seufzte. »Nein. Ich vertraue ihr noch nicht genug.«

»Schade«, meinte ich. »Er war sehr gut. Sag, weißt du, wo die Kaiserbrücke ist?«

»In der Unterstadt am Hafen. Sie überspannt die Mündung des Ask, kurz bevor er in den Hafen fließt. Warum?«

»Ich will sie mir ansehen«, antwortete ich. »Orikes hat mir von ihr erzählt.«

»Aber nicht mehr heute.«

Ich schaute zu Soltars Tuch hinauf. »Nein. Heute nicht mehr.«

Als wir mein Quartier erreichten, zögerte ich, doch sie lächelte nur und gab mir einen keuschen Kuss auf die Wange. Die Wächter sahen streng geradeaus, nur einer gönnte sich ein leichtes Lächeln. Wir wünschten einander eine gute Nacht, dann trat ich ein, nur noch von dem Gedanken beseelt, endlich mein Bett zu finden.

Es war besetzt.

Ragnar lag in voller Größe, noch immer gerüstet und in seine Felle gekleidet, in ganzer Breite schräg über meinem Lager und schnarchte laut genug, um die Toten zu wecken.

Es gelang mir kaum, ihn zur Seite zu schieben, also nahm ich seine Axt in eine Hand, seinen Kragen in die andere, schleifte ihn aus dem Schlafgemach hinaus und legte ihn mitsamt der Axt im anderen Zimmer auf den Boden. Ich deckte ihn zu und ging zurück. Danach war ich den Göttern und den alten Baumeistern dankbar, dass die Tür gut genug schloss, um sein Schnarchen erträglich zu dämpfen.

23. Von Kronen und Schwestern

Der nächste Morgen begann damit, dass Ragnars Stimme fröhlich dröhnend ein Lied der Varländer sang, ich verstand die Sprache nicht genug, wusste aber, wie es ging, es hatte etwas mit einer Jungfrau zu tun, bösen Riesen und einem Helden, der diese erschlägt, um die Sera zu retten. Dann kam der längere Teil, in dem ausführlich berichtet wurde, wie sie dem Helden auf der Bettstatt ihre Dankbarkeit bewies. Doch die Riesen waren ihre Brüder, so tat sie nur, als ob sie ihm dankbar war, als er danach dann schlief, erstach sie ihn, riss ihm sein Herz heraus und verbrannte es in der Glut des Herds, um ihre bösen Riesenbrüder mit seinem Blut wieder zu erwecken!

Es war das, was man in den Nordlanden als muntere Weise verstand, was man sang, wenn man gute Laune hatte. Was sie grölten, wenn sie Kummer hatten, wollte ich gar nicht erst hören!

Ich hielt mir die Ohren zu, es nutzte nichts, was ein Varländer unter einem fröhlichen Morgengesang verstand, war genug, eine ganze Legion zu wecken.

Die Sonne war noch nicht einmal aufgegangen, heute Morgen war es auch nicht nötig, dass ich mich bei Rellin melden musste, ich hatte mich darauf gefreut, länger zu schlafen.

Benommen richtete ich mich auf und rieb mir den Schlaf aus den Augen, die Tür flog auf und ein nackter Ragnar stand tropfnass und breit grinsend im Rahmen.

»Ha!«, rief er. »Ich wusste, dass mein Gesang im Bad dich aufmuntern würde, alter Freund! Komm, ergreife den neuen Tag, es ist ein Geschenk der Götter! Man sollte ihn nicht im Bett verbringen!«

»Es ist noch dunkel, Ragnar«, versuchte ich es mit Vernunft.

»Es wird schon noch hell werden! Zudem klopft jemand an die Tür ... ich denke du solltest öffnen!«

Ich griff mir das Laken und tapste zur Tür, öffnete sie und sah mich Stabobrist Orikes gegenüber, der mich nicht allzu freundlich musterte. Zum ersten Mal, seit ich ihn kannte, sah er verschlafen aus und hastig angetan.

»Der Götter Gruß an diesem Morgen«, meinte ich höflich und wartete.

»Lanzengeneral«, meinte der Obrist kühl. »Ich soll Euch vom Kommandanten ausrichten, dass er wenig genug Schlaf hat und er es, wenn er einmal dazu kommt, nicht schätzt, wenn Ihr in Euren Räumen so laut schmutzige Lieder grölt, dass es ihn in seinem Bett nicht hält! Guten Tag, Ser General!«

Mit diesen Worten machte er auf dem Absatz kehrt und stapfte davon.

Ich schloss die Tür leise und lehnte die Stirn gegen das kühle Türblatt.

»Du siehst bedrückt aus, alter Freund«, meinte Ragnar mit einem Schlag auf meine Schulter, der mich fast in die Knie zwang. »Lass uns das Frühstück einnehmen, ich habe Hunger und es wird deine Laune heben!«

»Ich habe etwas herausgefunden«, meinte Ragnar anschließend in der Messe, wo er mit großem Appetit dem Frühstück zusprach. Ich hielt mich derweil an meinem Kafje fest, zum Essen hatte ich keine Lust.

»Und was?«, fragte ich.

»Hier!«, rief er als Antwort an mir vorbei und winkte, woraufhin die Hälfte der Soldaten in der Messe zu uns hinüberstarrte. »Hier sind wir!«, rief Ragnar fröhlich.

Ich drehte mich um und sah Zokora, Serafine und Varosch in die Messe kommen, die verdutzt zu uns herübersahen.

»Sie hätten uns auch so gefunden«, meinte ich zu Ragnar, der breit grinsend nickte.

»Das mag so sein. Aber jetzt weiß jeder, wo wir sind, und man wird sich fragen, wer du bist. Es schadet nicht, wenn man dich kennt.«

Es folgte einer gewissen Logik, doch manchmal, wie in diesem Moment, sah er die Dinge doch etwas anders als ich.

Varosch wartete, bis Zokora sich gesetzt hatte, und nahm dann

Platz. Während mich Serafine lächelnd begrüßte, warf Zokora Ragnar einen Blick aus dunklen Augen zu.

»Du hast falsch gesungen«, teilte sie ihm mit.

»Da habt Ihr recht«, lachte er. »Wenn ich richtig singen könnte, wäre ich ein Barde und kein Schmied! Aber wer braucht Barden, wenn es Schmiede gibt? Du bist die kleine Elfe, die Angus erschreckt?«

»Die. Bin. Ich«, gab Zokora in einem Ton zurück, den ich von ihr kaum kannte. Als ich sie so sprechen hörte, stellten sich mir die Haare auf und fast suchte ich schon einen Weg zur Flucht.

»Gut!«, grinste Ragnar. »Es schadet ihm wenig. Wie habt Ihr es angestellt?«

»Er tropfte mir in meinen Tee«, sagte Zokora kühl. »Ich sagte ihm, dass ich es nicht mag.«

»Mit einem spitzen Dolch an seinen Eiern«, lachte Ragnar so laut, dass es die halbe Messe hörte. »Ja, das soll helfen, Gehör zu erhalten … Oh«, sagte er dann und sah überrascht zu ihr hin, ihre beide Hände lagen ruhig um die Tasse, in die ihr Varosch gerade Tee einschenkte.

»Wie macht Ihr das?«

»Eine Klinge in der Stiefelspitze«, meinte Zokora mit einem feinen Lächeln. »Sie ist mitunter nützlich.«

»Ihr könnt sie wieder herunternehmen«, schlug er freundlich vor. »Es muss unbequem sein, so zu sitzen, und die Botschaft ist verstanden. Ich bin nicht Angus.«

»Warum dann dieses Gebaren?«, fragte Varosch mit einem Schmunzeln in der Stimme. »Ihr seid auch so nicht leicht zu übersehen!«

»Ich wollte wissen, wer sie ist«, lächelte er und sah zu Zokora hin. »Schöne Frauen reizen einen Mann dazu, etwas über sie herauszufinden. Es ist ein Wunder, dass er Euch nicht den Hof machte, Zokora aus dem Hause Ysenloh.«

»Er versuchte es«, lächelte sie. »Varosch unterhielt sich mit ihm, danach überlegte er es sich anders.«

»Ja«, meinte Ragnar freundlich. »Erklärt man es ihm deutlich genug, versteht er es am Ende.«

»Was muss man tun, um Euch zu überzeugen, hier nicht so laut herumzubrüllen?«, fragte Varosch.

»Nichts, außer es zu sagen. Es hat seinen Zweck auch schon erfüllt.«

»Es hatte einen?«, wollte Varosch wissen.

»Ja. Sie fragen sich, wer ich bin. Jetzt glauben sie es zu wissen ... Groß, breit und ungehobelt, ohne Anstand und wahrscheinlich auch ohne viel Verstand.« Er lächelte und zeigte makellose Zähne. »Gesehen wird man ohnehin, aber meist ist es besser, wenn man selbst bestimmt, was der andere sehen soll.«

»Denkt Ihr, dass das tatsächlich nötig ist?«, fragte Serafine überrascht.

»Ja«, meinte Ragnar leise. »Ich weiß jetzt, wer die Krone der Varlande tragen wird, und es ist ein kluger Zug. Es bindet mich in die Intrigen ein und lässt mich doch am Rand stehen. Also muss ich achtsam sein, denn wenn man mich unterschätzt, ist das nur von Vorteil.«

»Hat man einen Nachfolger für Hraldir gefunden?«, frage ich. »Wer ist es?«

»Eine junge Frau, kaum sechzehn Jahre alt. In neunhundert Jahren ist es erst das zweite Mal, dass man sich für eine Königin entschieden hat. Ihr müsst verstehen, in meiner Heimat nimmt man die Seras auf manche Art nicht ernst, auf andere dagegen wieder sehr. Ihr Name ist Vrelda Hraldirsdotter.«

»Hraldirsdotter?«, fragte ich erstaunt. »Deine Schwester? Ich wusste nicht, dass du eine hast.«

»Ich hatte es auch fast vergessen. Sie war gerade erst geboren, als ich ging. Ein kleines Ding, das auf meiner Hand Platz hatte.« Er schüttelte ungläubig den Kopf. »Und nun wird sie Königin!« Er sah zu mir. »Du musst zugeben, Havald, es war schnell entschlossen. Sie hat das Blut des Vaters und somit auch das Anrecht darauf. Und es wäre unhöflich, würde ich meine eigene Schwester fordern, um sie dann im Kampf zu erschlagen.«

»Was bedeutet das für uns?«, fragte ich.

»Es ändert nichts. Es war geplant, den Jarl Erlaf auf den Thron zu setzen, einen Mann, zu dem mir nichts Freundliches einfällt. Er verlor einst seine rechte Hand, als er mich erstechen wollte.

Was er tun wird, ist, Vrelda zur Frau zu nehmen und so die Krone an sich zu reißen. Wenn ich nun gegen ihn antrete, stelle ich mich gegen meine Schwester. Das gehört zu den Dingen, die ein Mann nicht tut.« Er brach sein Brot und tunkte einen Teil in seinen Kafje. »Es dürfte deine Königin erfreuen. Er ist der, auf den sie setzt.«

»Wie hast du das so schnell herausgefunden?«, fragte ich verblüfft.

»Täuschung und Intrigen«, meinte er. »Wenn man als Königssohn geboren wird, nimmt man es mit der Muttermilch zu sich. Sonst kommt man nicht dazu, eigene Kinder zu zeugen. Ich habe einen der Männer am Tor der Botschaft bestochen.«

»Sie sind bestechlich?«

»Jeder ist es, wenn man seinen Preis kennt. Er war der, der mich von hinten angriff. Er hat zwar laut genug gebrüllt, hätte aber den Schlag nicht führen dürfen, bevor ich mich umgedreht hatte. Ich bot ihm an, das auf sich beruhen zu lassen.«

»Das reichte, um ihn zu bestechen?«

»Ja«, meinte Ragnar. »Bei anderen braucht es Gold, bei ihm war es die Ehre. Jeder hat seinen Preis und seine Schwäche, man muss sie nur finden.«

»Was ist deine?«, fragte Zokora.

»Die braucht Ihr nicht zu kennen«, gab er ihr lächelnd Antwort.

Ich unterbrach das Geplänkel. »Wo ist sie, deine Schwester? Ist sie noch in Krimstinslag?«

»Ja.«

»Dann ist es erstaunlich, dass wir schon davon wissen. Die Nachricht allein müsste Tage brauchen.«

»Wohl kaum. Erinnert ihr euch an die alte Frau im Langhaus, die die Kohleschale für uns entfacht hat? Sie ist eine Feuerseherin und kann mit ihren Schwestern in der Kronstadt sprechen.«

»Ich dachte, das wäre nur eine Sage«, meinte ich überrascht. »So wie die von den Frostriesen oder den Eisschlangen.«

»Oder die vom Wanderer, der nicht sterben kann«, meinte Ragnar grimmig. »Eine ist so wahr wie die andere. Es gibt einen Grund, warum die Varlande niemals gefallen sind.«

»Bis Askannon euren König niederrang.«

»Ja!«, rief Ragnar und schlug sich auf das Knie. »Götter, hätte ich diesen Kampf gern gesehen, es muss ein Schauspiel ohnegleichen gewesen sein! Euer Kaiser war ein kluger Mann. Er wusste, was er bieten musste, um zu siegen.«

»Du meinst, der Kampf war gestellt?«, fragte ich.

»Natürlich. Nach allem, was ich weiß, reichte euer Kaiser mir kaum bis an die Brust. Wie sollte er da im Ringkampf gewinnen? Doch der Kampf war nur das Siegel zu einem Geschäft und zeigte meinem Vorfahren, dass der Kaiser es wagte, nackt gegen ihn in den Ring zu treten. Wir schätzen solchen Mut.«

»Vielleicht war es doch Euer Vorfahr, der den Mut besaß«, meinte Serafine lächelnd. »Es ist wahr, der Kaiser war nicht so groß wie Ihr, aber er konnte über jede Stärke verfügen, die er wollte. Einen kleinen Trick nannte er es.«

»Ihr kanntet den Kaiser?«, fragte Ragnar überrascht.

»Ja. Ich habe selbst gesehen, wie er ein Stück Stein mit bloßer Hand zu Staub zermalmte. Er sagte, man bräuchte nur den Stein zu überzeugen, dass man stärker sei. Muskeln seien nicht vonnöten, nur Wissen und die Kraft des Willens.« Sie lächelte. »Es mag dennoch sein, dass er und Euer Vorfahr einen Handel abschlossen, um die Varlande in das Reich zu holen. Aber ich bezweifle, dass Euer Vorfahr absichtlich unterlag.«

»Ihr mochtet diesen Mann und wart stolz auf ihn«, stellte Ragnar lächelnd fest. »Vielleicht war es so, vielleicht auch nicht. Die Wahrheit nahmen die beiden mit ins Grab.«

»Zurück zu diesem Jarl Erlaf«, sagte Varosch, der zusammen mit Zokora interessiert zugehört hatte. »Ihr sagt, es dürfte Leandra freuen, weil sie auf ihn setzt. Aber Ihr meint es nicht ernst. Warum?«

»Erlaf ist eine falsche Schlange. Kein Mann von Ehre, aber einer, der so tut, als habe er sie erfunden. Wenn man ihm den Rücken zudreht, ihm auch nur ein einziges Wort glaubt, wird man es bereuen. Außerdem ist er ein Feigling, und er ist käuflich. Mit ihm als König werden die Varlande bestimmt nicht gegen den Nekromantenkaiser ziehen, sondern sich mit Gold bestechen lassen. Deine Königin, Havald, mag klug sein, sie ist aber auch unerfahren. Erlaf ist ein falscher Hund, der die Hand beißt, die ihn füttert.« Er zuckte mit den Schultern. »Aber es ist getan, und wir können nur hoffen, dass er sich geändert hat und am Ende einsieht, dass es nichts bringen wird, wenn er sich von Kolaron verführen lässt.« Er seufzte. »Ich habe Vrelda nie wahrhaftig kennengelernt, was will man auch über einen Säugling sagen? Aber es schmerzt mich zu wissen, dass sie unter diesem Feigling liegen wird. Er wird ihr mehr als nur das Herz brechen.«

»Und man kann nichts tun?«, fragte Serafine.

»Wollt Ihr, dass sich Eure Königin wieder über Havald erzürnt?«, fragte er. »Aber nein, Vrelda ist meine Schwester, und ich kann sie nicht herausfordern, selbst wenn ich es wollte. Erlaf hingegen … Er wird sich hüten, mir einen Grund zu geben, bis er König ist. Wenn sie dann schützend vor ihm steht, sind mir ebenfalls die Hände gebunden. Wie ich sagte, das Problem, dass ich noch lebe, hat er rasch und überraschend geschickt gelöst.« Er sah zu mir und zeigte Zähne. »Fast hoffe ich, dass er der Nekromant ist, von dem du sprachst, doch ich glaube es nicht. Es wäre zu schön, um wahr zu sein.«

»Warum darfst du sie nicht fordern?«, fragte Zokora.

»Als Schwester hat sie Anrecht auf meinen Schutz, dafür muss sie auf mich hören. Es sei denn, sie wäre Königin. Dann kann sie meinen Schutz einfordern und muss mir nicht mehr gehorchen. Nur einer befiehlt dann über sie, ihr Mann.«

»Aber jeder andere darf sie fordern?«, fragte Zokora.

»Ja. Aber nicht sie selbst. Sie hat ein Anrecht darauf, dass jemand für sie kämpft. Ein Paladin, wie Havald hier. Bei uns heißt es anders. Es ist entweder ihr Merkesmann, ein Kämpfer, den sie selbst bestimmt, oder ihr Ehemann, der für sie in den Ring tritt. Oder einer ihrer Brüder.«

»Kann sie dich also dazu zwingen, für dich zu kämpfen? Dich damit in eine Falle locken?«, fragte Zokora.

»Ja und nein«, sagte Ragnar. »Die Ehre würde es verlangen, aber mein Ehrenpfand liegt bei Esire, meinem Eheweib. Sie hat mehr Anrecht auf meinen Schutz als meine Schwester, denn sie ist die Mutter meiner Kinder. Für sie würde ich jeden Kampf wagen. Für meine Schwester … nicht.« Er sah Zokora fragend an. »Warum sollte sie mich in eine Falle locken wollen? Erlaf hat mich ausgespielt, ich bin keine Bedrohung mehr für ihn.«

»Ragnarskrag«, erklärte Zokora. »Frolnirs Axt, vom Allvater geschmiedet, die Axt, die Welten spalten kann. Solange du die Axt trägst, bist du für diesen Erlaf eine Gefahr.«

»Wer war nun wieder Frolnir?«, fragte ich verwirrt.

»Der Herr der Riesen, dem ersten Geschlecht, noch älter als die Elfen«, sagte Zokora und sah mich prüfend an. »Du hast wahrlich ein Talent dazu, seltsame Freunde zu finden«, meinte sie. »Weißt du, dass er der Verbindung mit einem Riesen entstammen muss, wenn er diese Axt trägt?«

Ragnar antwortete an meiner Stelle. »Ja, ich habe es ihm gesagt. Seid Ihr sein Freund?«, fragte er dann höflich.

»Wenn ich das Wort recht verstehe, denke ich, dass es so ist«, antwortete Zokora kühl.

»Dann habt Ihr ohne Zweifel recht!«, lachte Ragnar. »So, ich bin gesättigt.« Er sah sich suchend um. »Wo finde ich jetzt ein Bier?«

»Hier nicht. Nicht zu dieser Zeit«, meinte Serafine.

»Auch nicht diese dünne Eselspisse, die Ihr Legionsbier nennt?«, fragte Ragnar enttäuscht.

»Auch die nicht, nein. Erst nach der sechsten Glocke. Sagt, Ragnar, was ist mit Angus? Wie geht es ihm?«

»Ich bringe ihn heute Abend in die Donnerfeste. Dort gibt es genug Wild, das er jagen kann, danach wird er wieder ganz der Alte sein«, meinte Ragnar. »Es ist manchmal von Vorteil, dass er ein Wolfsbruder ist.«

»Was bedeutet das?«, fragte Serafine.

»Dass Angus ein Werwolf ist«, erklärte Zokora und nippte gelassen an ihrem Tee. »Wusstest du das nicht?«

Serafine blinzelte. Ich auch. Varosch verschluckte sich an seinem Tee.

»Das ist der Grund, warum ihm die Donnerfeste so gut gefallen wird«, meinte Ragnar fröhlich. »Es gibt dort ganze Rudel von den Biestern! Sie werden ihn verehren.«

»Verehren? Warum das?«, fragte ich und tat, als wäre ich nicht überrascht.

»Weil er anders ist als sie. Er trägt das Blut des Winterwolfs in sich, seine Mutter lag bei einem solchen Wolf. In seiner menschlichen Gestalt«, fügte er hastig hinzu. »Er kann selbst bestimmen, wann und wie er sich verwandelt. Er hat es schon als Kind gelernt. In meiner Heimat ist jemand wie er fast schon ein heiliger Mann. Wäre er nicht mir gefolgt, hätte er es weit bringen können.«

»Es stört dich nicht, einen Werwolf als Getreuen zu haben?«, fragte ich verblüfft.

»Warum sollte es?«, fragte Ragnar erstaunt. »Von ihm weiß ich, dass er ein großer Krieger ist!«

»Die Werwölfe bei Euch ... sind sie anders?«, fragte Serafine.

»Ja«, erklärte Zokora. »Es gibt seltene wie Angus, bei denen es eine Göttergabe ist, aber die meisten von ihnen leiden an einer Krankheit, die man manchmal sogar heilen kann.« Sie lächelte. »Der Unterschied ist leicht zu erkennen. Die einen müssen den Mond anheulen, die anderen tun das nur, wenn sie es wollen.«

»Schön gesagt«, befand Ragnar. »Genau darin liegt der Unterschied.«

»Wie lange wusstest du es schon?«, fragte ich Zokora.

»Von Anfang an. Wie du.«

»Ich wusste es nicht«, widersprach ich.

»Dass du es nicht wissen wolltest, heißt nicht, dass du es nicht wusstest«, meinte sie, stand auf und sah zu Varosch hin, der sich ebenfalls erhob. »Ich bin immer fasziniert von dem, was du nicht sehen willst. Wenn du uns suchst, wir sind im Archiv.«

Ich entschloss mich, jetzt besser nicht zu fragen, was sie meinte. »Suchst du noch immer nach Furchtbann?«, fragte ich stattdessen.

»Nein«, sagte sie. »Ich habe etwas gefunden, das mich mehr interessiert. Der Archivar hat mir eine Abschrift des Vertrags besorgt. Er ist durchaus spannend zu lesen.«

»Der Vertrag von Askir?«, fragte ich.

»Genau der.«

»Er ist spannend zu lesen?«, fragte ich verwundert.

»Ja«, meinte sie und zeigte Zähne. »Wenn du liest, was nicht darin geschrieben steht.«

24. Der Handelsrat

»Weißt du, was mich verärgert?«, sagte ich, als Serafine und ich über den Zitadellenplatz gingen. Unser Ziel war der Hafen und die Kaiserbrücke. Ich wollte endlich etwas herausfinden.

»Du wirst es mir bestimmt gleich sagen«, meinte sie.

Ich schlug den Kragen meines Umhangs hoch, noch war es Morgen, und es wehte ein kühler Wind vom Hafen her. »So lange haben wir über Dinge gerätselt, doch es war alles schon bekannt.« Ich wies zum Turm der Eulen. »Dort gibt es bestimmt Aufzeichnungen über die Insel der Verfluchten. Und Stabsobrist Orikes unterstehen die kaiserlichen Archive. Der Kommandant müsste es auch wissen.«

Ein Ochsenkarren schien sich zwischen mich und Serafine drängen zu wollen, doch ich wich ihm aus, was mir einen erbosten Blick des Händlers einbrachte, ein langer dürrer Kerl, gar nicht wohlgerundet, mit einer Nase, die dem Schnabel eines Raben glich. Dabei hatte ich doch eher ihm einen Gefallen getan.

»Was ist mit dir?«, fragte Serafine lächelnd. »Du sagst auch nicht alles, was du weißt.«

»Weil ich oft nur vermute. Ich habe gelernt, dass man eine Vermutung erst prüfen soll, bevor man sie als Wissen von sich gibt.«

»Was willst du jetzt prüfen, Havald?«

»Ob Askannon noch lebt.«

»Ich hoffe es sehr, aber Asela hat ihn sterben sehen.« Sie seufzte. »So lange habe ich gehofft …«

»Ich bin auch schon gestorben«, meinte ich. »Ich lebe, weil ich dieses Schwert hier trage, und du weißt, wer es nachgeschmiedet hat und ihm die Magie verlieh.« Ich reichte ihr eine Silbermünze. »Das Bild darauf … Ich kenne diesen Mann. Ich habe mich nur lange geweigert, es zu sehen. Der Mann, der mir begegnet ist, ist weitaus älter, doch die Ähnlichkeiten sind deutlich. An der Kaiserbrücke soll es zwei Statuen geben, von ihm und seiner Frau. Wenn ich ihn dort sehe, werde ich wissen, ob ich mich täusche oder nicht.«

»Ich hoffe, es ist so, wie du sagst«, meinte sie leise. »Es war schon immer mein Glaube, dass er noch leben muss, doch dafür gibt es keinerlei Beweis. Als Asela sagte, dass sie ihn sterben sah ... Ich wollte die Hoffnung nicht aufgeben, aber es war schwer.« Sie sah zu mir. »Meinst du, dass es wahr ist? Dass die Nachricht von meinem Tod ihn so getroffen hat, dass er seinen Schutz vernachlässigte?«

»Ich weiß nicht, was mit Asela los ist«, antwortete ich. »Aber ich glaube nicht, dass sie Grund zur Lüge hat. Ich habe kürzlich erst gelernt, dass er beinahe eine Tochter gehabt hätte. Vielleicht warst du für ihn eine Art Ersatz.«

»Vielleicht«, sagte sie bedrückt. »Er sprach einmal davon, dass ich so alt sei wie seine Tochter es jetzt wäre.«

»Dein Vater war Gouverneur in Gasalabad«, erinnerte ich mich. »Ein kaiserlicher Beamter also. Kam er aus dem Land?«

»Nein. Er kam aus Askir und diente als Feder in den Legionen, bevor er zum Diplomaten wurde.«

»So siehst du nicht aus. Dunkle Haut, schwarzes Haar, eine glutäugige Schönheit. Und Serafine sah Helis zum Verwechseln ähnlich.«

»Es ist kurios, nicht wahr? Ich scheine mit mir selbst verwandt zu sein. Meine Mutter kam aus Bessarein, glaube ich jedenfalls. Mein Vater und auch der Kaiser sagten, ich hätte ihre Nase.«

»Nur die Nase?«, sagte ich. »Ich gebe zu, der Rest ist hässlich, aber deine Nase verdreht mir den Kopf!«

»Ach du!«, rief sie und schubste mich. »Hör auf ... Was ist?«

»Dort drüben«, meinte ich. »Siehst du den Kerl im grauen Umhang? Der gerade so tut, als gäbe es an dieser Mauer etwas Wundersames zu entdecken?«

»Ja. Was ist mit ihm?«

»Er hat uns verfolgt. Eben war noch ein anderer bei ihm.«

»Sollen wir uns mit ihm unterhalten?«, fragte sie und lockerte ihre Dolche in den Ärmeln.

»Ich bin dafür.«

»Ich hole ihn mir«, teilte sie mir mit. »Halte du nach dem anderen Ausschau.«

Ich nickte nur, mir lag auf der Zunge zu protestieren, sie zu bitten, auf sich achtzugeben, aber Serafine wusste meistens, was sie tat.

Sie löste sich von mir, und plötzlich hatte ich Mühe, mich nicht von ihr ablenken zu lassen, als ich nach dem anderen Kerl Ausschau hielt, denn so, wie sie jetzt ihre Hüften schwang, hatte ich sie noch nie gesehen. Mit einer Geste zog sie ihre Kapuze zurück, schüttelte das Haar aus, löste den Umhang ein Stück, legte auf kecke Weise den Kopf schief und ging direkt auf den Mann zu, der immer noch die Wand vor sich studierte.

»Sagt, Ser? Wollt Ihr ein Los kaufen, vielleicht für einen Kuss?«, fragte sie mit rauchiger Stimme und sah ihn mit weiten Augen hingebungsvoll an. Beinahe hätte ich mich verschluckt.

Der Mann sah hastig zu ihr. Er wusste, dass er entdeckt worden war, und schien etwas verwirrt.

»Nein ... Sera«, stammelte er überraschend höflich. »Danke, nein.«

»Wirklich nicht?«, fragte Serafine und schürzte ihre Lippen. Der Mann wandte sich ihr jetzt direkt zu. »Nein«, sagte er verlegen. »Ich bin vergeben. Nicht, dass Ihr mir nicht gefallen würdet ...« Er sah sich panisch nach Hilfe um. Ich folgte seinem Blick und bemerkte den anderen, der unauffällig näher kam.

Serafines Knie schoss hoch und traf den Mauerbewunderer in die Kronjuwelen. Als der keuchend niederging, schlug sie ihm den Griff eines Dolches zielgenau in den Nacken. Es sah aus, als sei der Mann einfach zusammengeklappt, so schnell ging es.

Der andere hörte auf, Unauffälligkeit vorzutäuschen, und kam herbeigerannt – an dem Hauseingang vorbei, in dem ich unauffällig herumstand.

Ich brauchte nicht mehr zu tun, als ihn am Hals zu packen und seinen Schwung zu nutzen, um ihn in die Mauer zu lenken und den Dolch aufzuheben, den er fallen gelassen hatte.

»In den Garten«, meinte Serafine, als ich mit dem zweiten Mann über der Schulter zu ihr kam, und wies auf eine kleine Gittertür, die offen stand und den Blick in einen kleinen Garten hinter einem Haus freigab. Ich griff den ersten beim Kragen und zog sie beide in den Garten. Dort kam eine junge Frau aus einer

Tür, sah uns und machte sehr schnell wieder kehrt, um Tür und Fensterladen ganz schnell und sicher zu verschließen.

Ein Eimer mit Regenwasser stand an der Seite, ich nahm ihn und schüttete ihn über unseren beiden Mordgesellen aus. Der, den ich gegen die Hauswand hatte rennen lassen, erwachte, sein Kamerad schlief selig weiter.

Prustend fuhr er hoch, die Hand an der blutüberströmten Nase, die ich ihm wohl aus Versehen gebrochen hatte.

»So könnt Ihr nicht mit uns verfahren«, empörte er sich, was mich ein wenig überraschte.

»Warum denn nicht, Ser?«, fragte Serafine und spielte bedeutungsvoll mit ihrem scharfen Dolch. »Ich dachte, es wäre üblich, so mit Leuten zu verfahren, die einen ermorden wollen.«

Ich stimmte ihr mit einem Brummen zu. »Allerdings hätte ich da noch ein paar Fragen. Zum Hängen braucht Ihr ja keine ganzen Knochen …« Der Mann wollte panisch aufspringen, doch ich griff ihn an der Kehle und drückte ihn zu Boden.

»Fangen wir damit an, wer Ihr seid. Einfache Halunken oder Sendboten des Seelenreiters?«

»Welcher Seelenreiter?«, fragte der Mann erschrocken. »Wir sind Agenten des Handelsrats und in höchstem Auftrag unterwegs! Um meinen Hals … an der Kette, mit der Ihr mich gerade fast erwürgt … um der Götter willen, seht dort nach … Wir sind keine Schurken!«

Agenten des Handelsrats? Was sollte das denn heißen? Tatsächlich trug er eine dünne Kette um den Hals. Ich zog sie hervor und riss sie ab, während er laut jaulte.

An der Kette hing eine Silbermünze mit gelochtem Rand. Sie war auf der einen Seite mit Askirs Drache geprägt und zeigte auf der Zahlenseite eine Waage, daneben ein Mühlrad und einen Kornsack. Ich reichte die Münze an Serafine weiter, die sie gründlich studierte und dann am Hals des anderen Mannes suchte und dort eine gleichartige Münze entdeckte.

»Ihr seid Händler?«, fragte ich erstaunt und zog den Mann etwas höher, um ihn bequemer an die Gartenmauer zu lehnen. »Was haben Händler mit uns zu tun?«

»Agenten des Handelsrats«, meinte er stolz, zog sich seine Jacke zurecht und wischte sich Blut von der Nase. Er funkelte mich wütend an, während er in seiner Jacke wühlte und mir dann ein gefaltetes Pergament vor die Nase hielt. »Wir sind in höchstem Auftrag tätig.«

»Der Kommandant hat Euch geschickt?«, fragte ich verblüfft, während ich das Pergament entfaltete.

»Natürlich nicht«, rief der Mann entrüstet. »Der Handelsrat regiert die Stadt! Der Kommandant befiehlt nur über das Militär.«

»Ich frage mich, ob er das auch weiß«, meinte ich und las das Schreiben, das in der Tat von einem Ser Pesserion unterschrieben war, der mit der Bezeichnung Ratsherr und dem Siegel eines Schlüssels zeichnete. Darin stand, dass der Handelsrat entschieden hatte, einen gewissen Ser Roderic von Thurgau unter Beobachtung zu stellen, da ihm Folgendes zur Last gelegt wurde: »Erzeugung eines Erdbebens, Erzeugung einer Flut, Vernichtung kaiserlichen Eigentums (Feuerinseln), Vernichtung kaiserlichen Eigentums (Schwertschiffe neun, Jagdboote vierzehn, Frachtschiffe zwölf), Vernichtung des Eigentums des Handelsrats (Frachtschiffe siebzehn) ...«

So ging es weiter ... Wagenladungen, Dockanlagen, Ladekräne. Die Liste erstreckte sich bis an den Rand des Bogens, wo nur noch Platz für eine Unterschrift und ein Siegel war. Man hatte sich sogar die Mühe gemacht, den Schaden zu beziffern. Demnach war ich für dreihundertachtzigtausend und vier goldene kaiserliche Kronen zur Rechenschaft zu ziehen. Und zwölf Silberstücke. Sowie neun Kupferstücke.

»Beachtlich«, meinte Serafine, die über meine Schulter linste. »Ich hätte nicht gedacht, dass man den Schaden so genau beziffern könnte.«

»Es ist nur der Schaden, den der Handelsrat erlitt und gemeldet bekam«, schnaubte der Mann und tastete vorsichtig seine Nase ab. »Natürlich werden noch weitere Ansprüche geltend gemacht, Folgeschäden wie entgangene Garantiezahlungen, Arbeitsausfälle durch Tote und Verletzte, solche Sachen. Sie sind schwer zu beziffern. Sollte die Pest in Janas ausbrechen, wird man die Kosten noch extra berechnen müssen.«

»Das ist möglich?«, fragte ich erstaunt.

»Es gibt eine Tabelle«, meinte der Mann gewichtig. »Erfahrungswerte, man trägt Alter und Geschlecht des Toten ein, seinen Stand, und daraus folgt ein Faktor, den man in eine andere Liste überträgt. Diese Zahl nimmt man und ...«

»Danke«, meinte ich und hob die Hand. »So genau wollte ich das nicht wissen. Ihr beide seid also im Auftrag des Handelsrats unterwegs, um uns zu beschatten?«

»Ja«, meinte er stolz. »Auch durch diesen üblen Angriff werden wir uns nicht davon abhalten lassen, unsere Bürgerpflicht zu tun! Ihr werdet noch lernen, dass man den Handelsrat und seine Vertreter nicht einschüchtern kann!«

Ich hielt ihm die Hand hin, er zuckte zurück und schlug sich den Schädel so hart an der Mauer an, dass ihm das Wasser in die Augen schoss und er kurzzeitig schielte.

»Ich wollte Euch nur aufhelfen«, erklärte ich freundlich. »Aber wenn Ihr darauf besteht ...«

Ich legte ihm die Münze und das Schriftstück auf die Brust, sah zu dem anderen, der noch immer friedlich schlief, und zuckte mit den Schultern. »Ihr braucht euch nun nicht mehr zu verstecken«, meinte ich freundlich. »Das erspart uns Missverständnisse. Sonst verwechseln wir Euch doch noch mit Mordgesellen und gehen nicht so sanft mit Euch um.«

»Sanft?«, rief er und schielte zu mir hoch. »Ihr habt mir meine Nase gebrochen, das nennt Ihr sanft?«

»Euer Kopf ist noch dran«, entgegnete ich. »Der Götter Segen mit Euch beiden. Ich hoffe, dass Ihr Euch alsbald erholt.«

Drei Schritte weiter konnte ich nicht mehr an mich halten und musste lachen, auch Serafine musste schmunzeln.

»Götter!«, meinte sie und schüttelte den Kopf. »Es ist nicht lustig, Havald, ganz und gar nicht. Aber diese beiden ...«

»Ich weiß«, schmunzelte ich. »Es gibt eine Tabelle ... Götter!« Ich schüttelte den Kopf. »Ich fürchte, er sagt auch noch die Wahrheit, dass es solche Tabellen wirklich gibt, die das Leben eines Menschen in Kupfer und Silber aufwiegen! Wer denkt nur so?«

»Du kennst die Antwort«, meinte sie. »Händler.«

Wir sahen zurück, dort neben dem Tor zum Garten stand der eine Agent und hielt sich ein Tuch an die Nase und sah uns böse hinterher.

Sie seufzte. »Sie sind besser als Seelenreiter ... es fragt sich nur, um wie viel!«

25. Die Kaiserbrücke

Wir gingen weiter, erreichten bald den Hafen und wandten uns dann nach links. Es dauerte nicht lange, bis wir bei der Kaiserbrücke ankamen. Sie spannte sich in flachem Bogen und ohne eine einzige Stütze fast siebzig Schritt weit über die Mündung des Ask und verband die beiden Hälften des kaiserlichen Hafens. Entsprechend war auch der Verkehr auf ihr.

Auf dieser Seite zierte die lebensgroße Statue einer jungen Frau die Brücke. Ich musterte sie neugierig. Wie die meisten Statuen war sie sorgsam angemalt; es schien fast, als würde sie leben, so gut hatte der Künstler sie eingefangen. Sie trug eine leichte Rüstung aus hellem Leder, mit einem leicht gekrümmten Schwert an ihrer Seite. Ihre langen schwarzen Haare waren offen und wehten in einem unsichtbaren Wind. Sie war nicht uns zugewandt, sondern der anderen Seite der Brücke, ein Lächeln auf den vollen Lippen, als ob sie ein Geheimnis kannte, das sie nicht verraten wollte. Wenn der Künstler sich an die Vorgaben gehalten hatte, war ihre Haut vom selben goldenen Ton wie die von Serafine und erinnerte mich auch ein wenig an Faihlyd, die Emira von Gasalabad. Ihr Alter fand ich schwer zu schätzen; es gab feine Falten an den Augen, die Haut besaß noch jugendliche Straffheit, doch wer immer der begnadete Künstler war, der diese Statue geschaffen hatte, er hatte etwas von ihr eingefangen, ein Mysterium und eine Weisheit, die man niemals in jungen Jahren erlangte.

Vielleicht hatte ich erwartet, eine Elfe vorzufinden oder irgendetwas anderes, doch sie war einfach nur eine junge Frau mit einem freundlichen Lächeln. Man konnte nicht einmal behaupten, dass sie eine besondere Schönheit gewesen war.

Orikes hatte sie klug genannt. Kluge Frauen besaßen oft einen ganz besonderen Reiz, den reine Schönheit nicht zu bieten hatte. Ich suchte nach einem Schild an dieser Statue, einem Namen, aber es war nichts zu finden.

Auch Serafine sah zu ihr hoch. »Ich wüsste gern, wer sie war«, meinte sie leise. »Es ist seltsam, dass hier ihre Statue steht und niemand ihren Namen kennt.«

»Orikes bot mir an, mir ihr Grab zu zeigen. Ich denke, dass wir dort einen Namen finden werden. Der Kaiser befahl, alles andere, das auf sie hinwies, zu entfernen. Ich frage mich, warum.«

Wir gingen weiter, ich sah noch einmal zurück und folgte ihrem Blick zu der anderen Statue, dem Mann in der weiten Robe eines Gelehrten, der lächelnd zu ihr hinübersah. Der Kaiser wirkte sehr jung auf mich, kaum dreißig Jahre alt, obwohl er damals schon seit Jahrhunderten regierte. Es fehlten ihm die tiefen Nasenfalten, die Wangen waren noch glatt, nur an den Augen hatte der Künstler sorgsam kleine Lachfalten in den Stein getrieben. In den Händen hielt der Kaiser einen Plan, und in einer Hand, die Kette um die Finger gewunden, hielt er dazu noch ein Lot. Aber es war der Ausdruck in seinem Gesicht, der mich anzog. Selten hatte ich eine Herrscherstatue gesehen, die solche Sehnsucht und Verletzlichkeit zeigte. Ich blickte zu der anderen Statue zurück, durch den Ask und siebzig Schritt Entfernung von ihm getrennt ... Sie war zu weit weg für ihn und auf immer unerreichbar.

Die Nase war unverkennbar, die Lippen ebenfalls, dennoch hatte ich Schwierigkeiten, die beiden Männer miteinander in Einklang zu bringen. In meinen Gedanken oder vor meinen Augen schienen sie zu verschwimmen, bis es mir zu viel wurde und ich leise fluchte. Dann aber, als ob ein Schleier zerreißen würde, sah ich den Kaiser vor mir stehen ... und in meiner Erinnerung einen Gelehrten namens Kennard, der zum *Hammerkopf* gekommen war, ohne Spuren der Witterung zu tragen. Kurz nachdem Balthasar den Weltenstrom erneut nach Askir geleitet hatte.

Ich nahm an, dass es ihm aufgefallen war. Kein Wunder, dass er gekommen war, um nach dem Rechten zu sehen.

»Was ist, Havald?«, fragte Serafine. »Du siehst ihn so konzentriert an.«

»Wenn ich einfach nur hinsehe, zerfasert das Bild«, versuchte ich ihr zu erklären. »Ich sehe noch immer dasselbe, aber es ist, als ob ich es zugleich vergessen würde. Aber wenn ich mich bemühe ... Finna, es ist derselbe Mann. Es ist der Gelehrte Kennard, der uns beim *Hammerkopf* begegnet ist. Du warst noch in Eiswehr gefangen, aber er ist der Mann, der uns die Namen der Soldaten des Ersten Horns nannte und die Schlüssel zum ersten Tor überreichte.«

Kaum hatte ich das gesagt, war es, als ob dieser seltsame Schleier endgültig zerreißen würde. Jetzt erkannte ich auf diesem Bild und auf den Münzen ohne Anstrengung denselben Mann.

Ich griff Serafine bei der Hand und zog sie zu mir heran. »Er war es, der mir den verfluchten Ring ansteckte ... und er gab mir die Warnung mit dem Pferd ... Wochen, bevor es geschah! Dein Freund, der Kaiser, hat mit meinem Geist gespielt und mich all das vergessen lassen, verdammt soll er dafür sein!« Ich schüttelte sie fast. »Niemand spielt mit meinem Geist herum!«

»Du tust mir weh«, sagte sie steif und bedachte mich mit einem zornigen Blick, ich ließ sie los, als hätte ich mir die Finger verbrannt. »Für das, was er tat, kann ich nichts, Havald«, sagte sie dann ruhiger und entspannte sich ein wenig. »Er wollte offensichtlich nicht, dass du ihn erkennen würdest, gut, ich kann verstehen, dass du wütend bist, aber hat es dir geschadet? Du hast dich doch zur rechten Zeit an das Pferd erinnert!«

»Das ist wahr«, sagte ich etwas ruhiger. »Es rettete dir das Leben!« Ich sah hoch zu ihm und schüttelte den Kopf. »Dennoch ... er hätte mir vertrauen können!«

»Er tat es wohl ... bedenke, was er dir gab«, sagte sie ruhig. »Er kannte dich ja nicht.«

Ich sah zu ihm hoch und grübelte, es war nicht ein Gesicht, das man an jeder Straßenecke trifft, und doch kam es mir vor, als hätte ich es schon des Öfteren gesehen. Aber das geschah mir immer wieder, manchmal erkannte ich Menschen wieder, die schon lange bei Soltar weilten.

Auch sein Standbild war sorgsam bemalt, doch dem Mann, den ich als Kennard kannte, hatte sein Leben die Farben ausgebleicht; was hier blondes Haar war, das der Kaiser offen trug, war bei Kennard grau gewesen, und die Falten, die ich an ihm sah, waren von tiefem Schmerz gegraben. Hatte er mir geschadet, fragte ich mich selbst. Wohl kaum.

Ich erinnerte mich an ihn, den Gelehrten, wie er ruhig dasaß, seine Pfeife rauchte, immer wieder schmunzelte, verhalten mit den Seras schäkerte ... die geschickte Art, wie er uns beeinflusste und auf Dinge hinwies ... und wie er seinen Abschied nahm. Ohne das, was er über meinen Geist gelegt hatte, erschienen so viele Dinge auf einmal klar.

»Serafine«, sagte ich leise, stockte dann. »Helis«, begann ich erneut, doch sie lächelte ein wenig und legte ihre Hand auf meinen Arm. »Nenne mich ruhig so«, sagte sie. »Du nennst mich sowieso die ganze Zeit schon Finna.«

»Wirklich?«, fragte ich überrascht. »Ich habe es nicht bemerkt!«

»Wie Zokora schon meinte, es ist faszinierend, was du nicht sehen willst«, lächelte sie. »Gut, was wolltest du mir sagen, Havald?«

»Dass er uns die ganze Zeit schon in die Irre führte!«, sagte ich erzürnt. »Was wollen wir wetten, dass Hochkommandant Keralos weiß, dass der Kaiser noch lebt? Wie sonst ist es zu erklären, dass ich die Legion einfach so erhielt? Dass wir die Unterstützung bekamen, die wir brauchten? Wir fanden Tore, die seit Jahrhunderten nicht mehr benutzt wurden, und überall, wo wir waren, fügte sich wie auf wundersame Weise das eine mit dem anderen zusammen. Er bestimmte jeden unserer Schritte!«

»Havald«, sagte sie leise. »Das mag zum Teil so sein. Doch vorher hast du dich über Soltar beschwert, dass er deine Schritte lenkt, jetzt soll es der Kaiser sein? Mag es nicht auch sein, dass es manche Dinge gibt, die wir oder ganz besonders auch du vollbrachten, ohne dass ein anderer geholfen hat? Askannon war ... ist ein Mensch mit ungeheuren Fähigkeiten, aber er ist kein Gott!« Sie las wohl meine Gedanken, denn sie lachte plötzlich und schüttelte den Kopf. »Nein Havald, jetzt verfalle nicht in einen Wahn! Er ist kein Gott!«

»Er könnte es sein!«, sagte ich mit belegter Stimme. »Er wird angebetet, als wäre er einer. Diese ganze Stadt ist sein Tempel ... was Kolaron erzwingen will, tut ein jeder Legionär aus freien Stücken, sie marschieren noch heute für den Kaiser in den Tod.«

»Da irrst du dich«, schmunzelte sie. »Jeder Bulle lernt so zu marschieren, dass er lebt. Wir leben alle lieber ... für uns und nicht einen Gott oder Kaiser! Gut, ich gebe dir den Punkt, vielleicht wäre es möglich, dass er zu einem Gott wird ... wenn der Nekromantenkaiser dieses Ziel verfolgt, und sogar Zokora fürchtet, dass er es erreicht, dann mag es für Askannon auch möglich sein. Aber wenn du ihn von Angesicht zu Angesicht gesehen hast ... als du Nerton ansahst, bist du in Ehrfurcht fast erstarrt ... wie wir alle; hattest du dieses Gefühl auch bei dem Mann, den du als Kennard kennst?«

»Nein«, gab ich zu. »Doch das will wenig heißen ... ich ahnte auch nicht, wie machtvoll er war, selbst Seelenreißer tat es nicht.«

»Bist du sicher?«, lächelte sie. »Du hast schon immer von ihm gesprochen, als ob du ihn bewunderst, woher kam das?«

»Nicht von seiner Macht«, berichtete ich sie. »Es war eine Art von Ruhe, eine Abgeklärtheit in dem Mann, als ob er jede Prüfung schon bestanden hätte und auf solche Fragen, die mich noch quälen, schon lange eine Antwort hätte.« Ich dachte an den Gelehrten zurück und nickte langsam. »Er wirkte auf mich wie jemand, der den Frieden gefunden hat, nach dem wir alle suchen. Das habe ich an ihm geschätzt und insgeheim bewundert ... sonst nichts.«

Sie sah nachdenklich drein, dann zur Kaiserin zurück. »Sie wurde ermordet, mit seinem Kind in ihr. Er wurde von Balthasar verraten, seine Träume und Pläne zunichte gemacht, gab seinen Thron auf und lief auf diesen fernen Inseln in eine Falle, die ihn, auch wenn wir jetzt wissen, dass er es überlebte, bestimmt geschadet und geschwächt hat. Ich muss an Asela denken, sie erlebte ähnlich schlimme Dinge, in ihr fühlte ich eine kalte Wut und einen ungeheuren Zorn, einen kalten Willen. Sie ist angespannt wie ein Bogen, kurz bevor er bricht. Wenn es so ist, wie du sagst, hat Askannon einen anderen Weg gefunden, kennt die Ruhe, die Asela verwehrt ist. Ich bin froh darum, denn was Asela nunmehr treibt, ist fast so mörderisch wie unser Feind.« Sie sah wieder hoch zu ihrem Kaiser und lächelte ein wenig. »Ich kenne ihn so, wie er hier steht ... allerdings meist nicht so fröhlich und zugleich auch weniger verletzlich und offen. Ich habe nie verstanden, warum er sich hier so zeigte, vielleicht, weil es den Mann zeigt, den *sie* kannte.«

Ich sah auf den Sockel der Statue, suchte dort nach einem Zeichen, aber auch hier fehlte jede Inschrift. In Askir war der Mann noch heute allgegenwärtig, aber es gab nur eine Statue von ihm, und sie trug nicht einmal den Namen.

»Wer immer diese Statuen erschuf, er war begnadet«, sagte ich bewundernd. »Sie halten fast noch Leben in sich, und auch noch in tausend Jahren wird jeder, der die beiden hier stehen sieht, verstehen, um was es geht, er hatte recht damit, keine Namen zu vergeben, sie sind nicht nötig.«

Sie sah mich seltsam an, dann lächelte sie ein wenig.

»Manchmal, Havald, überraschst du mich doch. Wenn du ihn wiedersiehst, kannst du es ihm selbst sagen, ich denke, er wird sich darüber freuen.«

»Er war es selbst?«, fragte ich erstaunt.

»Schau nicht so«, lachte sie. »Er sagt, die wahren Künstler wären jene, die Meißel und Hammer brauchen und solches vollbringen. Er hingegen bräuchte nur das Bild in den Stein zu pressen, wie es war, es bräuchte wenig genug an Kunst.«

»Er belog dich, Finna«, sagte ich leise. »Ich schnitze selbst … die Kunst liegt nicht darin, wie man Meißel oder Messer führt, das ist Übung und kommt mit der Zeit. Die Kunst ist, das Bild zu *sehen*, das man schaffen will, die Finger folgen dann nur noch dem vorgegebenen Weg. Je klarer man das Bild vor dem inneren Auge sieht, umso klarer man mit diesem Bild bestimmen kann, was der Betrachter sehen und auch *fühlen* soll, desto größer ist die Kunst.«

Sie sah nachdenklich zu dem Bildnis hoch und nickte dann. »Du magst damit sogar recht haben«, meinte sie dann. »Wie ist es mit dir? Du schnitzt, das weiß ich, aber was ist mit den frohen Künsten? Jerbil hat gesungen und auf der Flöte gespielt.«

»Darin, wie auch in anderen Dingen, unterscheiden wir uns wohl beträchtlich. Wenn mir Seelenreißer nicht mehr hilft, halte ich Kolaron ein Ständchen«, versprach ich ihr lachend. »Wenn es auch sonst nichts gibt, das bringt ihn ganz gewiss ins Grab!«

Sie lachte leise. »Ich spiele einiges an Instrumenten, und meine

Stimme, sagte man, sei gut erträglich, möchtest du mich auch einmal singen hören?« Es klang ein wenig ängstlich, wie sie es sagte.

»Gerne«, gab ich ihr leise Antwort. »Aber nur zu einem Zeitpunkt, an dem ich es auch würdigen kann ... trage ich, wie so oft, finstere Gedanken in mir herum, wäre es verschwendet.«

»So soll es sein«, lächelte sie. »Ich werde den passenden Moment abwarten, um dir zu singen. Bis dahin ... was tun wir jetzt?«

»Wir sollen Seelenreiter jagen«, sagte ich mit einem letzten Blick zum Kaiser hin. »Also bereiten wir uns darauf vor.«

»Und wie?«

»Zwei Dinge ... wir überlegen uns, wie ein Verfluchter uns am besten schaden kann und sehen nach, ob es nicht einer gerade dort versucht. Das andere ist schwerer ... Orikes teilte mir mit, dass wir uns demnächst auf vielen Bällen wiederfinden werden, da zur Zeit das meiste, was hier in Askir geschieht, dort entschieden wird.«

»Verflucht«, meinte sie bestürzt. »Ich brauche neue Kleider!«

Sie sah zu mir hin und schlug mir gegen den Arm. »Höre auf zu lachen, Havald, es ist mir wichtig!«

»Ja«, gab ich schmunzelnd zu. »Ich wollte nur, dass das, was ich tun muss, so leicht wäre, wie neue Kleider zu finden.«

»Was soll das sein?«

»Ich muss tanzen lernen.« Ich hielt die Hand hoch. »Was ich jetzt nicht hören will, ist, welch begnadeter Tänzer Jerbil war!«

»Nein«, lachte sie. »Er hatte gleich drei linke Füße ... es müssen zumindest drei gewesen sein, so oft, wie er mich trat!« Sie legte ihre Stirn in Falten. »Ich muss Leandra aufsuchen«, meinte sie überraschend und sah aus, als wollte sie auf der Stelle losstürmen.

»Warum sie?«, fragte ich Serafine.

»Sie hat schon neue Kleider erhalten«, erklärte sie mir. »Also muss sie wissen, wo ich einen Schneider finden kann, und was das richtige Kleid für die entsprechenden Anlässe ist ... Götter ... ich glaube, ich brauche auch noch Schuhwerk!«

Nekromanten, Attentäter, Priester eines dunklen Gottes, Sklavenhändler, Wyvern und Kriegsfürsten, Flutwellen und Schiffsuntergänge, jede nur denkbare Gefahr hatte Serafine mit einer bewundernswerten Gelassenheit gemeistert ... ich konnte sie nur sprachlos ansehen.

»Der Emir gab uns allen neue Kleider«, meinte ich verwirrt. »Warum hat sie neue machen lassen, vor allem, wann? Ich habe davon nichts bemerkt!«

»Du hast auch nicht bemerkt, dass unsere Gewänder aus Bessarein für Askir ungeeignet sind. Was meinst du, was geschieht, wenn ich hier mit freiem Bauch auf einem Ball erscheine?«, teilte sie mir entnervt mit. »Zudem ... die letzten fünf Mal, dass wir sie sahen, trug Leandra jedes Mal ein neues Kleid!«

»Nein«, widersprach ich. »Gestern, als ich sie das letzte Mal gesehen habe, trug sie sogar ihre alten Sachen, die sie anhatte, als sie den Hammerkopf betrat!«

Sie blieb stehen und musterte mich mit einem ungläubigen Blick.

»Havald«, lachte sie. »Es sah so *aus*. Aber glaube mir, alles von der Frisur bis hin zur Stiefelspitze war neu! Gut, die Stiefel nicht«, stellte sie richtig, »die sind aus Drachenleder und unzerstörbar. Aber der ganze Rest!«

Ich ergab mich in diesem Kampf. »Gut, wenn du es für nötig hältst«, meinte ich und hob geschlagen die Hände. »Brauchst du Gold? Ich beziehe Sold, habe ich gehört.«

Sie stand da und blinzelte.

»Das Haus des Adlers erhielt seine beschlagnahmten Vermögenswerte zurück«, teilte sie mir mit. »Hast du das vergessen?«

Nein, hatte ich nicht. Ich hatte nur nichts davon gewusst.

»Das macht uns zum zweitreichsten Haus in Bessarein. Auch wenn Janas nun in Trümmern liegt, es wird nicht lange dauern, dann ist es wieder aufgebaut. Aber selbst, wenn uns das in Bedrängnis brächte, mein Bruder Armin, du erinnerst dich, dein Diener? Er ist jetzt der Mann von Faihlyd! Und *sie* ist wahrscheinlich die reichste Frau in den sieben Reichen. Also brauche ich kein Geld.« Sie runzelte die Stirn. »Was mich daran erinnert, dass ich schauen sollte, was aus den Geldanlagen wurde, die Jerbil und ich hier in Askir tätigten, als wir auf Hochzeitsreise waren!«

»Sag doch, du hast genug«, meinte ich etwas pikiert.

»Nein. Ich *brauche* kein Geld«, erklärte sie. »Du verstehst es nicht! Es ist einfach: Ich gehe zur besten Schneiderin hier in Askir. Ich erkläre ihr, wer ich bin, dass ich zur Herrschaftsfamilie der Emira von Gasalabad gehöre, die demnächst *Kalifa* sein wird. Dann erwähne ich, dass ich auf ein paar diplomatische *Bälle* gehen werde, wo man mich fragen wird, bei wem ich meine bezaubernden Kleider habe machen lassen. *Dann* reden wir darüber, ob die Schneiderin sich ausreichend bemüht, sodass sie mir die Kleider schenken *darf*!«

Sie sah meinen Blick und seufzte.

»Havald«, meinte sie. »Du brauchst dringend jemanden, der dir die Feinheiten der höheren Gesellschaft erklärt!«

»Aber wenn du zu Leandra willst … sie ist doch im Moment nicht gut auf uns zu sprechen?«

»Das ist etwas anderes. Dass ich Kleider für die Bälle brauche, ist ein Notfall! Das ist *wichtig*! Sie wird es verstehen.«

Sie stellte sich auf die Zehenspitzen, gab mir einen raschen Kuss und eilte davon.

26. Die Dornen einer Rose

»Ihr braucht *was*?«, fragte Orikes überrascht. Es war noch immer früh am Morgen, vor der dritten Glocke. Direkt nach unserem Besuch der Kaiserbrücke waren wir zur Zitadelle zurückgekehrt, woraufhin Serafine sich sofort aufmachte, Leandra zu suchen.

Dafür hatte ich Stabsobrist Orikes abgefangen, gerade als er sein Arbeitszimmer verlassen wollte.

»Eine Art Berater für gesellschaftliche Feinheiten«, erklärte ich Orikes. »Jemand, der mir erklärt, warum unter den Tellern immer vier dieser Tücher liegen, oder warum Diener immer von links bedienen. Diese Sitten sind mir neu.«

»Damit Ihr bei jedem Gang ein sauberes Schoßtuch habt, um Flecken zu vermeiden, und Euer Schwertarm frei bleibt, auch wenn Ihr esst. Es ist nichts dabei.«

»Ich führe Seelenreißer links«, erklärte ich.

»Ich verstehe, warum Ihr jemanden braucht«, seufzte er. »Was braucht Ihr noch? Ihr sprach von mehreren Dingen, als Ihr mich überfallen habt.«

»Eine Sera, die mir die hiesigen Tänze beibringt. Auf Bällen wird getanzt, nicht wahr?«

»Ja«, meinte er und machte sich eine Notiz. »Eine Sera wäre unschicklich, aber es gibt Tanzlehrer dafür.«

Ich sah zweifelnd drein.

»Die besten sind aus Aldane, ich kann auch nichts dafür«, meinte er dann. »Es scheint eine Vereinbarung zu sein, wir bestimmen über Handel und Geschäft, sie über Kultur und das, was man tragen soll.«

»Aber ich brauche nicht fünf Uniformen, wenn ich auf fünf Bälle gehe?«, fragte ich, nur um sicherzugehen.

»Warum, bei Borons Handschuh, solltet Ihr mehr als eine Paradeuniform brauchen? Nun gut, Ihr bekommt zwei, falls eine Flecken abbekommt ... aber die sollten reichen. Ich glaube, ich besitze auch nur eine.«

»Ich wollte nur sichergehen. Dann brauche ich Zugang zu Eurem obersten Spion. Auf diesen Bällen sind Hunderte von Leuten ... ich will wissen, wer sie sind und welche Leichen sie im Kerker liegen haben.«

Orikes blinzelte. Nach der Begegnung mit den Agenten des Handelsrats war ich zu dem Entschluss gekommen, dass es an der Zeit war, selbst einige Maßnahmen zu ergreifen. Ein Gespräch mit Orikes schien mir dazu ein geeigneter Anfang, auch wenn er wenig erfreut darüber war, dass ich ihn so plötzlich überfiel.

»Wir haben nicht die Angewohnheit, unsere Bürger und die Gäste unserer schönen Stadt auszuspionieren«, teilte mir der Stabsobrist erhaben mit.

»Ihr sagt, es gibt keinen unauffälligen Mann mittleren Alters im Rang eines ... sagen wir Obristen der Federn, der sorgfältig jedes noch so kleine Gerücht zusammenträgt, abgleicht und sorgsam in Mappen niederschreibt, die Bilder, Skizzen, Zeugenaussagen, falsche Wechsel, peinliche Geständnisse und anderes enthalten?«

»Nein«, sagte Orikes und blinzelte nicht einmal dabei.

»Dann brauche ich Zugang zu seinen Unterlagen«, meinte ich.

Er blinzelte erneut. »Ich werde sehen, was ich tun kann. Euer erster Ball ist heute. Die Aldaner geben ihn, und ich nehme an, Ihr wollt als Erstes wissen, wen Ihr dort antreffen werdet.«

»Das wäre nützlich. Aber es geht mir um den Handelsrat. Ich will wissen, wer darin sitzt, wer mit wem Inzucht betrieben hat, wer wen gekauft hat, und wer es ist, der andere für sich sprechen und den Hals riskieren lässt. Welcher Sohn in einem Haus der Lüste Schulden hat, wer wen geschwängert und dafür bezahlt hat, dass ein anderer der Vater ist, wer lieber Flöte spielt als Geige ... all das.«

So oft wie in der letzten Zehntelkerze hatte ich ihn noch nie blinzeln sehen.

»Flöte spielt?«, fragte er verwundert.

Ich zeichnete die Form einer Geige in die Luft. »Die meisten Männer lieben diese Form«, erklärte ich ihm geduldig. »Andere spielen lieber Flöte ...«

»Oh«, meinte er, als er verstand, und hüstelte ein wenig. »Den Begriff kannte ich noch nicht.«

»Wie nennt man hier die Flötenspieler?«, frage ich neugierig. Plötzlich schien ihm sein Stuhl unbequem. »Man nennt sie Astartebrüder«, meinte er und errötete tatsächlich ein wenig.

»Aber Astarte hat nur Schwestern.«

»Eben.«

»Oh.« Gut, das lag auch nahe. »Ich brauche weiterhin die Zusage, dass Ihr auf meinen Wunsch begnadigt, ohne weitere Fragen zu stellen.«

»Wen und wofür?«, fragte er, und ich schaute ihn nur an.

Er seufzte. »Ich muss den Kommandanten fragen, aber ja, solange Ihr es nicht übertreibt. Sonst noch etwas?« Er wirkte leicht gereizt.

»Die Handelsverträge der Reiche findet man wohl im kaiserlichen Archiv?«

»Ja.«

»Die Geheimverträge?«

»Gibt es nicht.«

»Wenn es sie gäbe, wo wären sie zu finden?«

Er seufzte. »Ich werde mich darum kümmern.«

»Ein Letztes noch. Ich brauche von den erlauchten Gästen dieser Bälle die Namen derer, die Waschweiber sind.«

»Hat das auch zu tun mit ...?«, fragte er zögerlich und wurde wieder rot.

»Nein. Ich meine solche, die das, was sie hören, ungeprüft und unverblümt binnen einer halben Kerze einer Hundertschaft erzählen. Am besten solche, die behaupten, es alles selbst herausgefunden zu haben. Solche, die sich gut dafür eignen, Gerüchte in die Welt zu setzen.«

»Ich verstehe«, sagte er. »Ich werde ihre Namen auflisten.« Er sah mich prüfend an und nickte. »Ich verstehe, was Ihr wollt, Lanzengeneral«, sagte er. »Ob Nekromanten oder nicht, sie sind wie feindliche Spione, und genauso fängt man sie auch.«

»Das ist die Idee dahinter.«

»Hm«, meinte er bedächtig. »Habt Ihr Erfahrung in dem Bereich?«

Jetzt war es an mir zu seufzen. Ich hielt die linke Hand hoch und zeigte ihm den Ring der Rose. »Vor Eleonora diente ich fast dreißig Jahre lang ihrem Vater als Paladin des Reichs. Ein Paladin eines Tempels verteidigt seinen Glauben. Ein Paladin eines Königs verteidigt ihn und sein Reich gegen innere und äußere Feinde. Auch am Hof.«

»Erklärt mir eines, Lanzengeneral. Alles, was ich von Euch weiß, spricht für einen eher einfachen Mann, der geradlinig denkt und handelt, der klare Regeln mag und lieber nach Weiß und Schwarz sortiert. Ich hielt mich für einen guten Menschenkenner. Wieso habe ich mich in Euch geirrt?«

»Ihr haltet mich für einfach?«

»Nicht im Geist«, beeilte er sich zu sagen. »In dem, was Ihr vom Leben wünscht.«

»Dann habt Ihr Euch in nichts getäuscht«, meinte ich. »Aber bislang ist noch niemand, der je ein Pferd verlor, auf einem Wunsch dann heimgeritten.«

Er spielte mit dem Federkiel in seiner Hand, schien nicht einmal zu bemerken, dass er Tropfen auf seine Notizen brachte.

»Was ist geschehen?«

»Pflichten, Stabsobrist. Ich wurde daran erinnert, dass es nicht nach meinen Wünschen geht.«

Er lachte kurz auf. »Ich werde tun, was ich kann. In der Angelegenheit Eures ... gesellschaftlichen Beraters ... wendet Ihr Euch am besten an Rellin. Sie hat einen jungen Mann in der Legion, an dem sie schier verzweifelt.«

»Und der soll mir nützlich sein?«

»Er besitzt nicht das geringste Talent zum Kriegshandwerk, aber das, was Ihr wollt, bietet er in hohem Maße. Es ist fast eine Schande, dass er es sich so sehr wünscht, ein Bulle zu sein.«

»Wir werden sehen«, meinte ich. »Noch eines. Gibt es irgendwo ein Zimmer, in dem ich arbeiten kann, ohne Gefahr zu laufen, dass mir ständig jemand über die Schulter sieht?«

»Probiert es drei Türen weiter bei der Zweiten Legion«, meinte Orikes mit einem feinen Lächeln. »Ich hörte, dort wäre der Amtsraum eines Generals frei.«

Doch es war an der Tür der Dritten Legion, an der ich klopfte, ich wollte noch mit Rellin sprechen. Jemand rief »Herein!«, ein Korporal sah irritiert auf. Ich hatte mich noch nicht wieder umgezogen, trug also keine Uniform.

»Was wollt Ihr hier?«, fragte er mich barsch.

»Ich suche Generalsergeant Rellin.«

»Wie Tausende andere auch«, meinte er und griff nach einem Blatt und einer Feder. »Sagt mir, was Ihr wollt, und ich werde fragen, wann sie Zeit für Euch hat.«

»Gut«, sagte ich, aus irgendeinem Grund war ich verärgert. »Teilt ihr mit, dass Lanzengeneral von Thurgau von der Zweiten Legion sie sprechen will, sagt ihr, es ginge um die Schwächen der Bullen.«

»Guten Morgen, Lanzengeneral«, schmunzelte Rellin, als sie die Tür hinter uns schloss. »Musstet Ihr ihn so erschrecken?« Sie wies auf einen Stuhl, den ich mir nahm, und setzte sich hinter ihren Schreibtisch.

»Ich bin im Moment nicht sonderlich gut gelaunt«, teilte ich ihr mit und spielte mit dem Ring der Rose.

»Wenn Ihr Uniform tragen würdet, wäre Euer Empfang ein anderer gewesen«, teilte sie mir mit. »Der Mann kann nichts dafür, ich habe zu viel zu tun, als dass er jeden vorlassen darf.«

»Es war keine Beschwerde über den Korporal«, seufzte ich. »Er hat mit meiner Verstimmung nichts zu tun. Ich hoffe, ich störe nicht zu sehr?«

»Das kommt darauf an. Wenn das, was Ihr dem Korporal gesagt habt, nicht nur ein Vorwand war, dann bekommt Ihr von mir alle Zeit der Welt.«

»Es war kein Vorwand. Es geht mir um die Schwächen der Legion.«

»Ihr könnt Euch jetzt meiner Aufmerksamkeit sicher sein. Welche Schwächen habt Ihr entdeckt?«

»Ich frage Euch.«

Sie musterte mich sorgfältig. »Warum geht Ihr mit diesen Fragen nicht zu Lanzenobrist Miran? Sie kommandiert die Dritte.«

»Man fragt keinen Offizier, wenn es um die Wahrheit geht. Sie kennen sie meist nicht.«

»Sie ist ein guter Kommandeur und wahrlich nicht blind«, verteidigte Rellin ihre Kommandeurin, doch ich winkte ab.

»Das denke ich auch nicht. Ein Offizier sieht nur das, was er sehen soll. Was das ist, bestimmt der Unteroffizier.« Ich beugte mich vor. »Oder ist es nicht so, dass Ihr es als Eure Aufgabe anseht, Probleme zu lösen, bevor Miran davon erfährt?«

»Doch«, sagte sie langsam und musterte mich erneut, diesmal noch eindringlicher.

»Also ... teilt mir die Schwächen der Bullen mit.«

»Sie haben keine«, sagte sie. »Wahrhaftig nicht. Seit über tausend Jahren arbeiten wir daran, jegliche Schwächen auszumerzen. Es gibt keine Rüstung auf dieser Welt, die an die eines Bullen heranreicht. Jede Schnalle sitzt dort, wo sie sitzen soll, die Rüstung rostet nicht, die Stiefel eines Infanteristen werden auf dem Markt für drei bis vier Gold gehandelt ... *nachdem* sie ein Jahr getragen worden sind. Jeder Infanterist ist darin geübt, fünf Aufgaben zu übernehmen, die sich überlappen, fällt ein Offizier, gibt es vier, die seine Aufgabe übernehmen können. Mir fällt wahrlich nichts ein, was noch im Argen läge ... außer dem menschlichen Problem, dass es immer wieder Menschen geben wird, die sich überschätzen oder überschätzt werden. Schlechte Führung ist das Problem jeder Truppe, aber auch hier achten wir sehr darauf, die Schwächen zu erkennen. Deshalb ist unsere Ausbildung so lang und hart. Andere Länder drücken ihren Leuten einen Spieß in die Hand und behaupten dann, er wäre ein Soldat. Wir wollen, dass unsere Leute überleben ... es ist ein alter Spruch der Legion: Wir marschieren nicht, um für den Kaiser zu sterben, wir tun es, um zu siegen. Mit den niedrigsten Verlusten, die nur möglich sind.«

»Hm«, meinte ich. »Das Reich lag, wie man mir immer wieder sagt, seit tausend Jahren im Frieden. Woher kommt die Kampferfahrung?«

»Geht in die Ostmark und fragt Hochmarschall Hergrimm, ob er das Wort Frieden kennt«, meinte sie grimmig. »Unsere Legionen sind ständig in der Ostmark im Einsatz. Seitdem sie gegründet wurde, rennen die Barbaren gegen sie an. Am Anfang waren es ungebildete Wilde, die mit Knüppeln bewaffnet auf uns zugestürmt kamen. Jetzt tragen sie erbeutete Rüstungen, schmieden selbst die Waffen und lernen von uns, wo sie können. Sie sind nicht dumm. Aber anstatt lesen zu lernen, lernen sie zu kämpfen. Glaubt mir, General, jeder Bulle hat reichlich Erfahrung im Kampf. Die Ostfront ist alles andere als unwichtig. Vor etwa zweihundert Jahren wurde die Festung Brandenau genommen. Die Barbaren fielen über Rangor bis nach Aldane ein, raubten, plünderten und mordeten, verwüsteten ganze Städte ... Wir haben davon gelernt, sie leider auch. Es dauerte drei Jahre, bis wir die Festung zurückerobert hatten.« Sie seufzte. »Die Feste Brandenau ist eine befestigte Stadt. Die Ostmark hat mehr Truppen, als wir besitzen, fast vierundzwanzigtausend Mann. Alle Reiche unterstützen sie, sie ist unser Schild gegen die Barbarei. Die Festung spiegelt das wieder. Neben den Truppen, die dort liegen, gibt es auch Zivilpersonen, die Frauen der Soldaten, Kinder, Händler ... als die Barbaren aus der Festung vertrieben wurden, ließen sie nur die jungen Frauen am Leben ... die, die mit ihren Kindern schwanger wurden.«

»Ich nehme an, es gibt nach solchen Überfällen auch Strafexpeditionen?«

»Ja.«

»Und es geschah noch nie, dass die Legion auszog, um die Barbaren zu verfolgen und sie diese nicht mehr fanden?«

»Es geschieht zu oft. Warum?«

»Ich würde das eine Schwäche nennen, Generalsergeant.« Ich beugte mich etwas vor. »Ich sah noch nie Soldaten, die in einer schweren Rüstung so behände sind wie Bullen. Ich denke, Ihr habt recht, und es sind die besten Soldaten auf dieser Weltenscheibe. Aber jedes Kleinkind rennt ihnen davon. Wäre ich der Feind, würde ich Berührung mit den Bullen um jeden Preis vermeiden. Ich würde kleine Gruppen nutzen, vierzig, fünfzig Mann. Ich würde in der Nacht angreifen, die Bullen in den Baracken überraschen, Brunnen vergiften, Nachschublinien zerstören, sie in die Irre und in Hinterhalte locken, kurz, ich würde alles tun, um ihre Moral zu zerstören, sie zu verwirren, zu demoralisieren und, wenn möglich, verhungern oder verdursten zu lassen. Aber eines würde ich niemals tun. Mich ihnen im Kampf stellen!« Ich fixierte sie mit meinem Blick. »Die Bullen sind der beste Amboss, den ich je auf einem Schlachtfeld sah. Eine Frage nur, Generalsergeant ... wo, bei allen Höllen Soltars, ist der Hammer? Wo ist die Reiterei?«

»Götter«, meinte sie bestürzt. »Was ist denn in Euch gefahren?«

»Wollt Ihr es wirklich wissen?«

»Sonst hätte ich es nicht gefragt.«

»Dann hört zu. Die Götter sind der Meinung, dass ich gegen einen falschen Gott kämpfen und *verlieren* soll. Meine Königin hat mich in eine Pflicht genommen, der ich mich fast vierzig Jahre lang entzogen habe. Die Pflicht: Schütze den Thron und zerstöre die Feinde Illians.«

»Kurz und bündig«, meinte sie.

»Ja«, knirschte ich. »Schütze und zerstöre. Nicht ... tue dabei niemandem weh oder trete niemandem auf die Füße! Schütze und zerstöre. Hochinquisitor Pertok ist Euch ein Begriff?«

»Ja, sicherlich«, sagte sie verwundert. »Jedes Kind in Askir weiß von ihm.«

»Er hat die gleiche Aufgabe wie ich. Nur, dass ich jeden Ritter des Reiches zum Schutz der Krone rufen kann.«

»In Illian«, ergänzte sie.

»In Illian, da habt Ihr recht. Das führt zum dritten Auftrag. Ich kommandiere die Zweite Legion, ihr Auftrag ist der gleiche. Schütze das Land, die Menschen und den Glauben, und zerstöre die Feinde des Reichs!«

»Worauf, Ser General«, sagte sie ganz leise, »wollt Ihr hinaus? Warum sagt Ihr das mir? Ich bin der Generalsergeant der Dritten Legion, solltet Ihr nicht besser mit Kasale reden?«

»Sie ist in Gasalabad, Ihr seid hier. Ihr habt das Wissen, das ich brauche, also frage ich Euch. Die Frage lautet: Welche Schwächen haben die Legionen?«

»Die, die Ihr genannt habt«, sagte sie jetzt ohne weiteres Zögern. »Ihr habt darin recht ... mehr noch, die Barbaren verwenden mehr und mehr der Taktiken, die ihr aufgezählt habt. Mit zunehmendem Erfolg.«

»Was kostet die Ausbildung eines Bullen?«

»Über das ganze Jahr, mit Verpflegung, Ausrüstung und allem anderen?«

»Genau das.«

»Fast zwölfhundert Goldstücke. Aber wir sind es wert«, fügte sie noch rasch hinzu.

»Daran habe ich keinen Zweifel.« Das war die Wahrheit. »Aber nicht, wenn Ihr nur dort herumsteht, wo der Feind nicht ist.« Ich sah ihr direkt in die Augen. »Ich habe immer wieder gehört, dass es nur der Zweiten gestattet sein wird, in den Krieg zu ziehen. Das mag sein. Aber der Krieg wird auch hierher kommen, Generalsergeant. Ich sage Euch eines: Die sieben Reiche sind nur Kartenhäuser. Hätte ich ein Jahr, fünftausend Männer und hunderttausend Goldstücke, in fünf Jahren hätte ich, vielleicht bis auf Askir, das gesamte Reich gewonnen. Für Askir selbst bräuchte ich noch einmal zehn Jahre ... nur würde ich die Reichsstadt nicht belagern ... ich würde einen Handel mit dem Rat abschließen und sie *kaufen*! Doch wisst Ihr was, Generalsergeant? Der Feind hat nicht fünftausend, sondern fünfhunderttausend Soldaten! Er plünderte die Schätze von zwei Dutzend Nationen, er hat nicht fünf Jahre Zeit, sondern fünfhundert! Der Krieg kam vor fast dreißig Jahren an die Grenzen meiner Heimat. Das Land ist jetzt verwüstet, nur noch die Kronstadt stemmt sich dem Feind entgegen. Vor ihren Mauern lagert ein Heer, das größer ist als alle Truppen, die die sieben Reiche zusammenziehen können ... doch es ist nicht die Hauptmacht, denn diese ist schon lange unterwegs! Hierher, Generalsergeant! Jetzt sagt mir nur noch eines: Der Ansturm der Barbaren an der Ostmark ... habt Ihr den Eindruck, er wäre verzweifelter geworden?«

»Ohne Zweifel, Lanzengeneral. In den letzten zehn Jahren hat er sich um ein Vielfaches verstärkt.«

»Habt Ihr jemals von einem Schwertleutnant mit Namen Mendell gehört? Er diente bei den Seeschlangen.«

»Nein«, sagte sie. »Müsste ich ihn kennen?«

»Die Antwort wäre Ja. In einer halben Kerze hat er mir alles erklärt, was man über diesen Krieg wissen muss. Warum die sieben Reiche fallen werden. Er ist für die Kaiserstadt gefallen. Für uns alle hier. Das Schicksal eines Soldaten. Aber das bedeutet, er starb auch für Euch, Rellin. Ihr seid selbst Soldat ... sagt mir, was haltet Ihr davon, sinnlos zu sterben?«

»Ihr geht zu weit«, sagte sie kühl. »Ich bin der Generalsergeant der Dritten Legion. Kasale wird es vielleicht ertragen müssen, Euren rauen Worten zuzuhören, ich muss es nicht. In dieser letzten Zehntelkerze habt Ihr Vorwürfe erhoben, Andeutungen gemacht, seid fast schon laut geworden und habt mir einen Zorn gezeigt, der eines Generals nicht würdig ist. Ich werde dem Kommandanten von dieser Unterredung berichten.«

»Gut«, sagte ich und stand auf. »Tut das. Offensichtlich stört es Euch nicht, sinnlos Euer Leben *neben* eine Waagschale zu werfen. Es wird Krieg sein, Rellin. Im Krieg sterben Menschen, manche vor ihrer Zeit. Wenn Ihr die Nachricht erhaltet, dass Euer Sohn gefallen ist, ohne dass es jemand Nutzen brachte, werdet Ihr dann nicht auch zornig sein? Wird der Zorn sich gegen mich richten, weil ich recht behalten habe, oder gegen Euch selbst, weil Ihr nicht hören wolltet?«

»*Das*«, sagte sie, während die Adern an ihrem Hals pochten, »war weitaus zu viel. Wenn Ihr nicht Eure Uniform tragen würdet, wenn ich es nur könnte, würde ich Euch dafür fordern!«

»Aber ich trage keine Uniform«, sagte ich ganz ruhig. »Wenn es Euch danach ist, dann schlagt ...«

Weiter kam ich nicht, sie stürzte sich auf mich wie eine Löwenmutter. Ich lernte Weiteres über Generalsergeant Rellin, sie kämpfte wie ein Straßenjunge, mit allem, was sie hatte, jeden Trick, den sie je lernte, ohne Rücksicht auf sich und irgendetwas, nur ein Ziel gab es in ihren Augen: mich vor ihr auf dem Boden zu sehen.

Gestern noch hätte sie gewonnen. Gestern noch hätte es wenig Grund gegeben, warum ich gewinnen musste. Ein paar Beulen, vielleicht gebrochene Knochen, so zornig wie sie war, Rellin war kein Mörder. Sie hätte mich zu Brei geschlagen und dann vor die Türe werfen lassen. Es wäre nicht das erste Mal, dass mir solches widerfahren wäre.

Doch jetzt hatte ich einen Grund. Und einen Vorteil. Seelenreißer schützte mich nicht vor Schaden oder Schmerzen, er heilte mich nur. Schmerzen war ich gewohnt, und ich hatte gelernt, damit auch umzugehen. Also nahm ich, was sie mir entgegenwarf, auch wenn ich laut fluchte, als ihr Knie beim dritten Anlauf doch den Weg zwischen meine Beine fand ... lernte ein halbes Dutzend neuer Tricks und einen Griff, der einem den Rücken brechen konnte, den ich wahrhaft beeindruckend fand ... dafür, dass sie kaum mehr als die Hälfte meines Gewichts wog, war es fast unglaublich, was sie mit meinen armen Knochen anstellte. So dauerte es überraschend lange, bis ich sie in die Ecke ihres Zimmers gedrängt, am Hals und einem ausgerenktem Arm ein gutes Stück über dem Boden an der Wand hielt.

Die Lage wurde auch dadurch noch erschwert, dass ich grob geschätzt vier Schwerter und drei Spieße in meinem Rücken fühlte, es mochten auch mehr sein.

»Tut mir einen Gefallen, Rellin«, flüsterte ich in ihr Ohr, während sie mir so hart gegen mein linkes Knie trat, dass es mir die Tränen in die Augen trieb. »Teilt Euren tapferen Soldaten mit, dass es Euer Privatvergnügen ist, was hier geschieht.«

Ich ließ ihr etwas Raum, sie konnte den Kopf leicht wenden, und ich sah, wie ihre Augen sich weiteten, als sie die rund zwei Dutzend Bullen sah, die sich mit zornigen Gemütern in ihr Arbeitszimmer drängten.

»Mein Vorschlag ist der, dass Ihr ihnen sagt, dass das, was sie hier sehen, nie geschehen ist und sie ihre Arbeit tun sollen. Wir unterhalten uns dann weiter ... und danach, wenn Ihr es dann noch wünscht, werde ich zum Kommandanten gehen und ihn bitten, mich abzulösen. Ihr könnt das glauben, Generalsergeant, denn es ergäbe keinen Sinn für mich, weiterhin das Kommando zu führen.«

»Lasst mich herunter«, forderte sie kalt, ich nickte und ließ sie los, zurücktreten konnte ich nicht, dafür waren die Spieße doch zu spitz.

Sie quetschte sich an mir vorbei, wischte Blut von ihrer Nase ab und funkelte die Soldaten an. »Raus!«, befahl sie. »Tut Eure Arbeit draußen, während der *Lanzengeneral* mir erklären wird, woher er diese Griffe lernte, die er auf mein Bitten hin mir zeigte!«

»Seid Ihr sicher, Generalsergeant?«, fragte ein Leutnant der Dritten, der mich ansah, als wolle er dort weitermachen, wo Rellin eben aufgehört hatte.

»Sonst würde ich es nicht sagen«, fauchte sie und wies mit dem linken Arm zur Tür. »*Raus!*«

Wir warteten, bis die Tür zugezogen wurde, dann fluchte sie, bedachte mich mit einem Blick, der mich in Rauch hätte verwandeln sollen, rammte ihre rechte Schulter gegen die nächste Wand und fluchte erneut.

»Wartet«, sagte ich und trat an sie heran, sie wollte ausweichen, doch ich war schneller, hielt sie und renkte ihr die rechte Schulter wieder ein.

Sie sparte sich den Dank, sah mich wütend an und befingerte ihre aufgeplatzte Lippe.

»So. Ihr wolltet das *Gespräch* fortsetzen und mich überzeugen. Versucht es. Dann werde ich darauf warten, zu hören, dass Ihr entlassen wurdet!«

Ich nahm mir den einen heilen Stuhl, der noch geblieben war, setzte mich und tastete mit der Zunge nach dem losen Zahn und war froh, dass er noch fest genug saß, um nicht gleich ganz herauszufallen. Angus mochte ein zersplitterter Zahn nach einer Nacht der Jagd wieder nachwachsen, aber bei Zähnen waren selbst Seelenreißers Heilung enge Grenzen gesetzt ... es dauerte lange und tat zum Heulen weh!

»Warum habt Ihr mir nicht einfach eine Ohrfeige gegeben?«, fragte ich Rellin. »Ihr seid eine Frau, das hätte den Regeln entsprochen.«

»Wollt Ihr mich verarschen?«, rief sie aufgebracht. »Ihr sprecht vom sinnlosen Tod meines Sohns ... soll ich Euch dann einen Kuchen backen?« Ihre Augen weiteten sich. »Ihr habt es darauf angelegt, nicht wahr?«, fragte sie.

»Ja«, gab ich Antwort und wischte mir das Blut vom Auge ab. »Glaubt mir, ich habe Grund, es zu bereuen.« Ich sparte mir das Lächeln, meine Lippen fühlten sich nicht besser an, als ihre aussahen.

»Warum?«, fragte sie ruhiger und sah mich suchend mit dem Auge an, das nicht angeschwollen war.

»Es geht um Euren Sohn«, sagte ich ruhig. »Er ist Euch wichtiger als Ihr es Euch selbst seid. Uniform oder nicht, ich glaube nicht, dass es klug ist, einen Lanzengeneral anzugreifen. Als Ihr eben gegen mich gegangen seid, gab es da etwas, das Ihr nicht getan hättet, um zu gewinnen?«

»Ihr habt Euer Schwert nicht angefasst, also keine Klingen«, sagte sie.

»Und wenn ich Euren Sohn in Wahrheit mit dem Tod bedroht hätte?«

»Nichts«, sagte sie grimmig. »Es gäbe nichts, das ich nicht versucht hätte.«

Ich betrachtete die Bisswunde an meiner Hand und zog den kleinen Finger gerade, der ungesund abstand. Es knirschte vernehmlich, und schwarze Ränder drückten sich in meine Sicht.

Ich stand mühsam auf und ging ans Fenster, öffnete es und zog die kühle frische Luft wie ein Verdurstender in mich hinein.

»Macht Platz«, sagte sie ruppig, ich trat zur Seite und sah zu, wie sie sich durch das Fenster erbrach, bevor sie hechelte wie ein Hund. Oder wie ich.

Sie wischte sich den Mund ab, warf mir einen mörderischen Blick zu, und trat an ihren Schreibtisch, der umgestürzt in einer Ecke lag, zog die Schublade auf und atmete erleichtert auf, als sie die Flasche unversehrt vorfand. Sie nahm einen tiefen Schluck, zischte, als der Kornbrand die aufgeplatzten Lippen traf, hielt mir die Flasche hin, ich nickte dankend und trank.

»Ihr wollt mir etwas zeigen«, sagte sie dann. »Das habe ich verstanden. Gebt her!«

Ich reichte ihr die Flasche, und sie trank erneut. »Nur weiß ich noch immer nicht, was!«

»Gesetzt den Fall, Ihr wärt nicht Generalsergeant Rellin, sondern eine Bäckersfrau, und Euer Sohn wäre kein Leutnant bei den Bullen, sondern eben Bäcker. Nicht in Askir, sondern in einem kleinen Dorf irgendwo nahe einer Grenze. Würdet Ihr nicht hoffen, dass das Reich, dem Ihr Eure Steuern zahlt, Euren Sohn mit allem verteidigt, was es hat? Würdet Ihr nicht erwarten, dass es alles tut, um Euch und Euren Sohn zu schützen? Oder wäre es Euch genug, wenn Ihr erfahrt, dass das Reich leider nicht zur Stelle sein kann, wenn das Dorf angegriffen wird, weil der Handelsrat noch streitet, ob die Legion marschieren darf? Es ist teuer, wenn die Legion marschiert ... und so ein kleines Dorf ist weniger wert als die nächste Stadt, wo man auch noch an den stationierten Soldaten in den Schenken ein hübsches Sümmchen verdienen kann.« Ich beugte mich vor und nahm ihr die Flasche wieder ab. »Kurz, könnt Ihr mir erklären, warum Ihr als Mutter es für richtig erachtet, einen Lanzengeneral nach besten Kräften zu verdreschen, aber es für richtig befindet, die Legion, und mit ihr Euren Sohn, mit den Händen hinter den Rücken gebunden, in den Kampf marschieren zu lassen und ihm zu sagen, dass es halt die Regeln sind?«

Ich nahm einen kräftigen Schluck, stieß mit dem Flaschenhals gegen den lockeren Zahn und fluchte laut. »Euren Sohn gegen mich zu verteidigen, brachte Euch dazu, jeden Trick zu verwenden, den Ihr kanntet, ob gestattet oder nicht. Daraus schließe ich, dass Ihr Euren Sohn mehr liebt als das Reich. Wie die Mütter anderer Söhne oder die Söhne anderer Mütter, die das Reich zu schützen hat.«

»Gebt mir meine Flasche wieder«, fauchte sie und riss sie mir aus den Händen. Ihr eines Auge war nun zur Gänze zugeschwollen, dafür blitzte das andere umso zorniger.

»Hättet Ihr es mir nicht einfach sagen können?«

»Habe ich. Aber ich wiederhole es gerne, vielleicht versteht Ihr es diesmal. Schützen und zerstören. Das sind keine leeren Worte für mich. Für mich macht es wenig Unterschied, ob ich Euren Sohn schütze oder ein Kind, das mir am Herzen liegt. Es ist mir egal, wen oder was ich zerstören muss, damit das Kind, das mir im Herzen noch am wichtigsten ist, frei leben kann.« Ich sah sie eindringlich an. »Ich hatte das Gefühl, dass es nur Worte waren, die Ihr gehört habt, Generalsergeant. Worte reichen nicht aus, um eine Lektion zu lernen. Man muss es *fühlen*. Euer Kaiser selbst hat mich heute an diese Lektion erinnert, ich hatte sie selbst vergessen ... oder wollte mich ihrer nicht mehr erinnern. So ist es auch mit Askir und seinen stolzen Truppen. Auch mit

Euch. Ihr prahlt mir davon, dass es die besten Soldaten sind, die es jemals auf dieser Weltenscheibe gab, aber solange sie nicht *fühlen*, was es bedeutet, all die zu *schützen*, für die sie ihre Rüstung tragen, dann sind sie keinen Kupfer wert ... geschweige denn zwölfhundert Gold.«

»Ihr habt ein Kind?«, fragte sie leise.

»Keines, das noch lebt, und das letzte Kind, das mir am Herzen lag, habe ich sterben lassen. Weil ich nicht mehr bereit gewesen bin, den Preis zu zahlen.«

Ich ging mühsam hin zur Tür.

»Ich gebe Euch eine Kerze Zeit, Generalsergeant. Bis dahin sagt Ihr mir, ob Ihr wünscht, dass ich das Kommando niederlege, oder ob Ihr zum Rapport erscheint mit einer Liste all der Vorschläge und Änderungen, die es bei den Legionen braucht, dass diese Bäckersfrau in diesem kleinen Dorf nicht ihren Sohn verliert.«

»Ich ... ich gehöre nicht zur Zweiten«, sagte sie erneut.

»Habt Ihr es immer noch nicht verstanden?«, fragte ich leise. »Es ist mir egal. Welche Nummer sie auch trägt, jede Legion ist nur ein Werkzeug. Ich weiß nicht, wie es Euch ergeht, aber wenn ich verteidige, was ich liebe, dann nutze ich jedes Werkzeug, das ich finden kann. Dann frage ich nicht, wem es gehört.«

»Wartet«, bat sie. »Ihr habt da etwas gesagt, was meintet Ihr damit, dass der Kaiser Euch erinnerte?«

»Ihr kennt die Kaiserbrücke?«

»Ja, natürlich.«

»Ich lernte kürzlich, dass der Mann eine Liebe hatte, die er verlor. Heute sah ich ihr Standbild und das seine.«

»Die Statuen auf der Kaiserbrücke?«, meinte sie erstaunt. »Das ist das Herrscherpaar?«

»Ja. Dann wisst Ihr, was ich meine. Seht in sein Gesicht. Die ganze Stadt ist blind. Seit Hunderten von Jahren fragt Ihr Euch, warum er gegangen ist, dabei hat er es Euch gezeigt. Es dürfte der eine Ort in Askir sein, den jeder schon zumindest einmal sah, man kommt nicht umhin, diese Brücke zu benutzen. Ich weiß nicht, was geschehen ist, entweder weiß es niemand mehr, oder es will mir niemand sagen. Doch eines ist gewiss: Er versäumte es, den Preis dafür zu zahlen, den es kostet, das zu schützen, was man liebt ... und fand heraus, dass, wenn man darin dann versagt, der Preis danach so hoch geworden ist, dass man ihn nicht bezahlen kann.«

Ich zog die Tür auf und sah den Mann, der als Einziger im Vorraum stand. Ich schaute zurück zu Rellin.

»Ich habe dieselbe Lektion lernen müssen, es ist mir unbegreiflich, warum ich sie vergessen konnte. Nur eines weiß ich. Diesmal zahle ich vorher jeden Preis, bevor es nachher dann zu spät ist.«

Ich zog die Tür vor ihren Augen zu und drehte mich um.

27. Das Herz des Feindes

»Von Thurgau«, sagte der Kommandant mit steinernem Gesicht. »Begleitet mich auf einen Gang, wir müssen reden.«

Ich nickte. »Es kommt mir recht. Es ist besser, ich bewege mich, als dass mir die Glieder steif werden.«

Keralos wies mit der Hand höflich auf die Tür, die vom Vorzimmer aus zum Gang führte.

»Hatte Rellin Hilfe?«, fragte er und musterte mein zerschlagenes Gesicht.

»Nein.«

»Schade, dass es keinen höheren Rang mehr gibt für sie ... ich würde sie befördern. Aber sie drohte mir zu desertieren, wenn ich sie zum Offizier ernennen würde.« Ich öffnete ihm die Tür, sah dahinter ein Meer von Gesichtern, die uns einen Gang öffneten.

»Sagt, von Thurgau«, meinte er im Plauderton, als er die Hände hinter dem Rücken verschränkte und ging, als wären all die Bullen gar nicht im Gang. »Wie habt Ihr sie herausgefordert? Sie lässt sich üblicherweise nicht zum Zorn bewegen.«

»Ich fand den wunden Punkt. Darf ich fragen, wo Orikes ist? Ich hätte gedacht, er wäre jetzt dabei.«

»Nein«, sagte er und warf mir einen undeutbaren Blick zu, während wir durch das Tor im Hauptbau schritten. »Er hat anderes zu tun, als für Euch die Puppe zu geben. Er hat mir berichtet und mich gewarnt ...« Er sah entlang der Zitadellenwand, bis sein Blick an Rellins offenem Fenster hängen blieb. »Wir unterschätzten nur die Geschwindigkeit, mit der Ihr Euch bewegen könnt. Was habt Ihr dort getan?«

»Askannon, so hörte ich, war von Brunnen fasziniert, wollte wissen, wie es sein kann, dass Wasser aufwärts fließt.«

»So«, meinte er. »Das habt Ihr gehört. In drei Tagen gibt es einen Botschaftsball bei dem Reich Xiang. Sie schätzen es, wenn man so mit ihnen spricht. Ich nicht. Sagt mir klar und deutlich, was Ihr erreichen wollt.«

»Nicht was. Wen. Euch.« Ich sah mich um, offenbar wusste man es besser, als in Hörweite zu bleiben. Ich sah einige Bullen der Ersten Legion, die taten, als wären sie nur zufällig in der Nähe, aber niemanden in unmittelbarer Nähe. »Rellin ist eine der wenigen Personen, die Ihr wahrhaftig schätzt, Orikes und Desina gehören noch dazu ... es mag andere geben, aber von diesen weiß ich, dass Ihr ihnen zuhört. Mir nicht. Ihr, Kommandant, seid es zu sehr gewohnt, Euren Willen zu haben. Ihr seid zu weit entfernt, Ihr braucht es auch. Ihr könnt keine toten Soldaten sehen, keine Kinder die um ihre Mütter weinen. Es dürfen nur Zahlen sein, Figuren, Striche und Pfeile auf den Karten.«

Er zeigte wenig genug an Regung, seine Augen waren kühl.

»Welchen Vorwurf macht Ihr mir genau?«

»Dass Ihr verwaltet, nicht befehlt. Und dass Ihr zu sehr an den Regeln hängt ... dabei seid Ihr es, der sie ändern kann.«

»Ich halte mich an Askannons Gesetze«, antwortete er steif. »Das ist mein Auftrag, Lanzengeneral. Wollt Ihr auch mich reizen?«

»Nein. Ich verstehe sogar Euren Standpunkt«, lenkte ich ein wenig ein. »Sagt, besitzt Ihr ein magisches Talent?«

Keralos sah mich überrascht an. »Was soll die Frage? Vor allen Dingen, was soll sie jetzt, nach diesen Worten?«

»Ich will Euch etwas zeigen, das ich selbst noch nicht gesehen habe, das Euch aber Verständnis bringen wird. Doch es geht nur, wenn Ihr kein Talent besitzt. Wäret Ihr zum Beispiel eine Eule ... dann wäre das, was ich Euch zeigen will, der Tod. Für uns beide. Also ... besitzt Ihr magisches Talent?«

»Nein«, sagte er ruhig. »Mein Talent ist, dass ich niemals etwas vergesse. Bevor Ihr fragt.«

»Dann werdet Ihr auch nicht vergessen haben, dass es in Gasalabad einen Mann gab, den man Hüter des Wissens nannte. Er besaß das gleiche Talent wie Ihr ... und gehörte zu denen, die ich bewundere.«

»Er starb bei einem Bad. Das Wasser war wohl zu heiß, sein altes Herz nahm es ihm übel ... er schlief ein und wachte nicht mehr auf.« Er sah mich fragend an. »Ich denke, Ihr habt ihn nicht erwähnt, um mir zu drohen?«

»Ich Euch?« Jetzt war es an mir, überrascht zu sein. Vielleicht auch beleidigt. »Denkt Ihr, das wäre mein Plan?«

»Man denkt an allerlei, wenn man erfährt, dass jemand seine Freunde benutzt, um einen zu erreichen«, meinte Keralos in kühlem Ton. »Welche Botschaft sollte die Prima der Eulen mir senden? Oder habe ich sie noch nicht empfangen?«

»Keine Botschaft für die Eule«, sagte ich lächelnd und bereute es, als meine Lippe wieder aufplatzte. »Sie versteht schon lange, um was es geht.«

»Ihr sprecht in Rätseln. Aber gut. Ihr wollt mir etwas zeigen, wenn es mir Verständnis bringen wird, nehme ich mir die Zeit dafür. Wie weit ist es?«

»Wir müssen die Straße zum Händlerviertel nehmen, danach ist es nur ein kleiner Schritt.«

Die Wachen am Portal in Desinas Haus stellten keine Fragen, auch wenn ich in ihren Augen tausend von ihnen sah. Ich wandte mich an den Lanzenleutnant, der das Tor im Keller bewachte.

»Wird das Portal in diesem Moment benutzt? Erwartet Ihr jemanden, der bald kommen wird?«

Er schüttelte den Kopf und schielte unsicher hinüber zu meinem Begleiter, dem Kommandanten.

»Beantwortet die Frage, Lanzenleutnant«, meinte dieser kühl. Der Leutnant salutierte hastig.

»Nein, Sers. Nur die Eule benutzt das Tor, und sie kündigt es vorher an. Sie wird erst heute Abend zurückerwartet.«

»Gut«, sagte ich. »Stellt Eure Leute um das Tor auf. Wenn wir hindurchgegangen sind, werdet Ihr mit Eurem Leben dafür sorgen, dass niemand in das Tor hineinsieht. Wenn jemand anders als der Kommandant und ich aus diesem Tor herauskommt, tötet, was immer es auch ist. Ohne das geringste Zögern. Selbst wenn es Eure Mutter ist.«

»Aber ...«

»Was sollte Eure Mutter hier zu tun haben, Leutnant?«, fragte ich müde. »Sie wird es also nicht sein. Aber jemand oder *etwas*, das Euch denken lassen könnte, sie wäre es. Ist das deutlich genug?«

»Erwartet Ihr so etwas?«, fragte Keralos.

»Nein. Ich hoffe nicht. Ich weiß nur, dass manche unserer Feinde aussehen können wie Freunde.«

Er schaute mich lange an, dann wandte er sich an den Leutnant. »Euren Schwertgurt, Leutnant, bitte.«

Der Leutnant löste hastig das Schwert von seinen Hüften und reichte es dem Kommandanten, der sich den Gurt umlegte und den Offizier dann mit einer Geste wegschicken wollte. Ich hielt ihn zurück.

»Besorgt uns ein Sehrohr. Nein, besser zwei. Jetzt!«

Der Leutnant salutierte und rannte los. Keralos sah ihm nach und bedachte mich dann mit einem durchdringenden Blick.

»Ihr seid noch immer sicher, dass Ihr meine Zeit nicht verschwendet?«

»Ja.«

»Wollt Ihr mir noch immer nicht sagen, worum es geht?«

»Nein, noch nicht.« Ich blickte auf sein Schwert herab. »Wenn wir es brauchen, sind wir schon verloren.«

»Es ist mir lieber so«, sagte er. Ich konnte ihn verstehen. »Ich hoffe, Lanzengeneral«, sagte er, während wir auf den Leutnant warteten, »dass dies nicht verspricht, zu einem schlechten Possenspiel zu werden! Ihr habt mich in ein Problem gestürzt, das ich noch heute lösen muss. Am einfachsten ließe es sich mit Eurem Kopf auf meinem Tisch lösen, das ist Euch doch bewusst?«

»Ja«, sagte ich unbewegt. »An manchen Tagen löse ich solche Wünsche aus.«

Er musterte mich gründlich. »Ihr scheint darin Erfahrung zu besitzen, und doch tragt Ihr ihn noch auf den Schultern. Wie das?«

»Weil ich Euch ein Geschäft anbieten werde.«

»Und welches?«

»Es ist ganz einfach. Ich biete Euch an, dass ich für Euch einen Preis bezahlen werde ... und Euer Teil der Abmachung wird es sein, dass ich genau das tue.« Er wollte etwas sagen, doch ich unterbrach ihn.

»Wartet«, bat ich ihn. »Es wird gleich klarer.«

Er musterte mich gründlich. »Um was geht es hier?«

»Ich sagte schon, ich will Euch etwas zeigen.«
»Und was?«
»Etwas, von dem ich mir erhoffe, dass es unsere Lage verdeutlicht und Ihr mich anhören werdet, wenn ich Euch um etwas bitte.«
Er nickte knapp.
Da kam auch schon der Leutnant zurückgeeilt, hielt uns zwei Sehrohre entgegen, salutierte und ging hastig davon. Ich wartete, bis er um die Ecke war, bückte mich und legte die Steine neu aus. Dann bat ich den Kommandanten in das Achteck hinein. Einen Moment zögerte er, dann straffte er die Schultern und stellte sich neben mich. Ich nahm eine Laterne vom Haken an der Wand, entzündete sie und sah ihn fragend an. »Bereit?«
»Wenn ich wüsste, wofür ... aber gut, ja.«
Ich ließ den mittleren Stein fallen, und es knackte in meinen Ohren. Kühle, feuchte Luft umhüllte uns, und der schwarze Stein um uns herum war feucht und glitschig.
»Wo sind wir?«, fragte der Kommandant, der sich neugierig umsah, während ich nach einer Tür suchte und sie mit Seelenreißers Hilfe fand. Sie war gut im Stein verborgen. Bevor ich sie öffnete, sah ich herab. Dort lagen Steine, und wie ich vermutete, führten sie nicht zu Desinas Haus zurück. Ich merkte mir die Kombination, sammelte die Steine ein und legte sie neu aus. Dann drückte ich gegen die verdeckte Tür. Es knirschte, als sie sich widerwillig öffnete. Der Grund dazu zeigte sich gleich darauf im Schein der Laterne. Die Tür führte in einen großen runden Raum aus schwarzem Basalt, gut dreißig Schritt in der Breite, aber nur vier in der Höhe. Was geknirscht hatte, waren alte braune Knochen in den vermoderten Resten einer Robe in Schwarz und Gold. Das war nicht der einzige Tote hier. Spuren dieses alten Schlachtens gab es an diesem Ort genug, man konnte noch gut sehen, wo die Priester zusammengetrieben und dann erschlagen worden waren. Es mochte Jahrhunderte her sein, aber für mich roch es noch immer nach Tod. Eine schwere Tür aus Gold und Silber hatte einst den Raum geschützt, jetzt war sie eingeschlagen, und die Edelsteine herausgebrochen. Auch Teile der goldenen Verkleidung fehlten.

Dahinter kamen ein Gang und eine Treppe, die mit Knochen und herabgestürztem Mauerwerk überzogen war. Ich benötigte Seelenreißers Hilfe, um uns den Weg hindurchzubahnen. Der Kommandant half mir nicht, ich bat ihn auch nicht darum. Er studierte die Steinzeichnungen an den Wänden und die alten Knochen.

Die Treppe führte in die Ruine eines Tempels. Das Dach war eingestürzt, die Säulen umgeworfen, als wären sie nur Kienspäne, das Standbild einer mir unbekannten Gottheit lag zerschmettert auf der Seite. Auf morschen und verrosteten Speeren um den Tempel herum steckten hier und da noch immer braune Köpfe. Alles, was man hier sah, war von dichtem Grün überwachsen, selbst die Gebeine waren mit Moos bedeckt, und um die Speere rankten sich Pflanzen.

Langsam traten wir aus dem Schatten der Ruine heraus. Ein rötlicher Himmel mit fernen Schlierenwolken kündete vom nahen Sonnenuntergang, die Luft war warm und drückend und trieb mir sogleich den Schweiß auf die Haut.

Der Tempel war auf einem Tafelberg erbaut, der wie ein Finger in die Höhe ragte. Um ihn herum erstreckte sich dichtes Grün. Fremdartige Vögel sangen, und vor uns huschte ein rotgrüner Drache, kaum größer als mein Unterarm, in das dichte Unterholz, das diesen Berg erobert hatte.

Vor uns erstreckte sich ein Tal, eingefasst von grünen Wällen aus Vegetation und Gestein, darin eine dunkelbraune, gelbe oder rote Stadt mit fernen Dächern, rauchenden Schloten, die über der Stadt einen Dunst erzeugten, Türmen und Kastellen, breiten und schmalen Straßen, während über uns eine Wyvern schrie.

Die Stadt hatte das Tal erobert, so weit das Auge reichte. Es war keine Ordnung zu erkennen, die Straßen liefen wirr durcheinander, selbst mit bloßem Auge konnte man sehen, dass auch die Häuser übereinander gebaut worden waren. Nicht weit entfernt wand sich eine breite Straße durch das Gewühl der Stadt, und auf ihr bemerkten wir fremde Bestien, die Wagen zogen, zusammen mit Sklaven, die unter den Schlägen ihrer Aufseher zuckten. Auch ein Trupp Soldaten marschierte dort. Sie trugen stolz ein Legionsbanner vor sich her und waren mit schwarzen

Rüstungen aus gehärtetem Leder gewappnet. Über der Stadt kreisten Dutzende, vielleicht Hunderte Wyvern in einem Tanz, der sie hoch und wieder herab führte, aber immer im Kreis. Die feuchte Luft trug den Geruch von Kohle, Schwefel und den modrigen Gestank der fremden Stadt mit sich. In der Ferne, am weiten Ufer eines mächtigen Flusses, der sich wie brauner Schlamm in weiten Bögen durch das Tal ergoss, türmte sich ein mächtiges Bollwerk, das aussah, als hätte ein wahnsinniges Kind so lange Burgen und Festungen ineinandergestapelt, bis daraus ein steiler Kegel entstanden war, tausendfach mit Burgen, Türmen und Wehranlagen überwuchert. Um diesen Kegel kreisten die meisten Wyvern sowie drei grün-goldene Drachen.

Dieser eine Blick offenbarte eine lebende Masse aus Mensch, Stein und Bestien, die dieses Tal auf Meilen füllte, ein Stein gewordenes Ungetüm, in dem in jeder Ritze Leben herrschte. Es quoll geradezu heraus, krabbelte auf dem Stein der Stadt herum wie Ameisen auf ihrem Bau.

Ich setzte mein Sehrohr an und spähte tiefer in die ferne Stadt hinein. Jetzt konnte ich erkennen, dass das, was ich für Straßen gehalten hatte, in Wirklichkeit eher Straßenschluchten waren, entstanden, als man neue Häuser auf die alten gesetzt hatte. Es war ein Gewirr aus Brücken, Stangen, Pfeilern und schweren Seilen und Dächern, das einen Schritt höher schon wieder der nächsten Lage als Baugrund diente.

Ähnlich wie die Kronfeste des Feindes waren auch die anderen Türme in der Stadt in die Höhe gewuchert, ohne Zweck und Plan und doch einer Fügung folgend, mit Zinnen, Kastellen, und Plattformen, auf denen es von Wyvern nur so wimmelte. Die ganze Stadt erschien mir wie ein wildes Ding, das sich alles einverleibte und dabei keinem Plan zu folgen schien, außer dem, wie ein lebendes Wesen unter einem Gedanken vereint in Höhe und Breite zu wachsen.

Der breite braune Wasserlauf, der die Stadt zerteilte und doch wieder von unzähligen Brücken jeder Art bezwungen wurde, entsprach weniger einem Fluss als einem fließenden See und war ungefähr fünfmal so breit wie der Gazar, das mächtigste Gewässer, das ich jemals gesehen hatte. Er wälzte sich wie ein Ungeheuer durch die Stadt, breit, mächtig und träge, seine Fluten glichen eher gelbem Schlamm als Wasser. An seinen Ufern wurden unter Dutzenden von Schloten gelbbraune Ziegel gebacken, die der fremden Stadt ihre Farbe gaben. Auf dem breiten Rücken des Ungeheuers ritten Kähne, Barken und Schiffe wie Insekten. Erst als ich durch das Glas ein Schiff betrachtete, das an jeder Seite vier Reihen schwarzer Ruder trug, die es wie eine Raupe über die gelbbraune Masse drückten, verstand ich, dass an jedem dieser Ruder sechs Mann schwitzten, und ich erkannte das wahre Ausmaß dessen, was ich sah. Zu dem Geruch nach Schwefelbrand und Moder gesellte sich noch die Stimme dieser Stadt, ein fernes Brummen oder Brausen aus Wagenrädern, Schreien und dem Klang der Essen, dem Knarren der Schiffe auf dem Fluss und den anderen Tönen, die jeder Stadt eine Melodie gaben. Hier war es eher ein dumpfes Brausen und Grollen wie von einem Ungeheuer, das im Schlaf schnaubt. Zur linken Seite floss der Fluss in ein Meer und drückte seine gelbe Farbe, so weit man mit dem Glas sehen konnte, in das tiefe Blau des Wassers und verwandelte vor der breiten Mündung die weißen Wellenfahnen in trübe, braune Wipfel. Mächtige Mauern erhoben sich zu beiden Seiten der Mündung und schützten den großen Hafen. Auch in der Mitte des Flusses erhob sich ein gewachsenes Kastell aus Türmen und Plattformen. Krumme Finger wucherten in die Mündung hinein und waren von einem Wald aus stacheligen Käfern umlagert, die ich erst verspätet als die schwarzen Schiffe erkannte, die der Feind uns entgegensandte.

»Götter«, hauchte der Kommandant und sah sich staunend um. »Was ist das? Was sehen wir hier?«

»Man sagte mir, diese Stadt würde den Namen Kolariste tragen. Was wir sehen, Ser, ist das Gesicht, das Herz des Feindes.«

»Woher wusstet Ihr davon?«, fragte er so leise, dass ich ihn kaum verstand.

»Ich wusste es nicht, ich habe es nur geahnt. Seht, Kommandant, ich habe einen Streiter des Alten Reichs getroffen, der noch unter dem Kaiser selbst gegen diesen Feind gezogen ist. Damals wurde er besiegt, doch er erhob sich wieder. Diese Person erschien mir als jemand von ungeheurer Macht, und obwohl sie voll Zorn ist und auf Rache drängt, ist sie zugleich verzweifelt, weil sie die Hoffnung verlor, dass ihre Rache Erfüllung findet.«

»Diese ... Person ... zeigte Euch den Weg hierher?«, fragte er erstaunt. Die Art, wie sich seine Augen zusammenzogen, sagte mir, dass ich Aselas Namen auch direkt hätte nennen können. Wie viele Streiter des Alten Reichs gab es noch in Askir? »Habt Ihr nicht gedacht, es könnte eine Falle sein?«

»Dass wir hier stehen, verdankt Ihr Santer, Ihr könnt Euch bei ihm für das Missgeschick bedanken, das ihm widerfuhr. Sonst hätte auch ich zuerst vermutet, dass es eine Falle ist. So aber habe ich mich gefragt, was so wichtig sein kann, dass wir es sehen sollen. Jetzt weiß ich es. Es erklärt den Verlust der Hoffnung.«

»Ja«, sagte er und sah lange auf diese Stadt hinab. »Dieser Anblick kann einem die Hoffnung schwinden lassen.« Er seufzte. »Und dieser Ort?«, fragte er. »Er ist von dieser Stadt umwachsen, eingewuchert.« Er tippte mit der Fußspitze gegen eine der rostigen Stangen, welche die Schädel hielten. »Es gab einen Kampf, das ist leicht zu erkennen, aber wenn der Nekromantenkaiser ihn gewonnen hat, warum hält er sich dann von hier fern?«

»Ich weiß es nicht. Wir sollten uns noch ein wenig umsehen, vielleicht finden wir die Antwort.«

Wir gingen um den alten Tempel herum, stiegen über Steine und gefallene Säulen, und als wir die Rückwand erreichten, durch die eingestürzten Wände traten und sahen, was hinter diesem Hügel lag, war die Antwort leicht zu finden.

Mächtige Ketten, jedes einzelne Glied dreimal größer als ich, verrostet und von Pflanzen überwuchert, lagen wild versprengt entlang des Abhang, das eine Ende jeweils in mächtige Blöcke aus Basalt versenkt.

Die, die diese Ketten gesprengt hatte, war dennoch nicht entkommen. Als ob sie uns spüren könnte, hob sie den Kopf und sah uns mit ausgebrannten Augenhöhlen an. Die breiten Schwingen waren verkrüppelt und würden nie mehr wie Orkane die Winde schlagen. Drei der Ketten hatte sie gesprengt, der vierten hatte sie ein Bein geopfert, diese Kette hielt noch immer braune Knochen von der Größe eines Hauses. Ihre Haut war von einem blassen Türkis, mit Gold und Silber gesprenkelt. Jede Schuppe glänzte im Abendrot wie ein frisch poliertes Juwel. Der lange Hals war zierlich und weich geschwungen, das mächtige Haupt schlank und grazil.

Geblendet und verstümmelt, ihrer Schwingen und eines Beins beraubt, war sie dennoch eine Kreatur von ungeheurer Schönheit, von Grazie und Eleganz. Ich spürte etwas von ihr herüberwehen, obwohl sie gut vierhundert Schritt von uns entfernt gefangen lag. Sie hatte *entschieden*. Nicht für uns, sondern für die, die sie hier quälten und gefangen hielten. Es war nur noch nicht so weit, dass sie ihre Entscheidung in die Tat umsetzten konnte.

Vor ihr, von zwei mächtigen, schlanken Pranken gehalten, lag die letzte Kette, die fünfte, die in weitem Bogen zu dem schlanken Hals führte und ihn in einer kalt geschmiedeten Fessel hielt.

Ich folgte dieser letzten Kette, die gut doppelt so dick und schwer war wie die, die sie schon gesprengt hatte. Mit dem Blick auf das Fundament des Bergs, auf dem dieser Tempel stand, drehte ich mich um und suchte das Gesicht der Figur, die im Tempel zerschmettert auf dem Boden lag. Der Kopf war noch zu erkennen, doch man hatte ihn seiner Züge beraubt, nur eine Ecke eines Lächelns war noch vorhanden. Ich ließ meinen Blick weiterwandern, sah die steinernen Girlanden, die Blumen, die Fresken, die die Wände schmückten, den flachen, überwucherten Teich in der Mitte und Eschen, die in den Fugen wuchsen. Fast konnte ich den alten Tempel in seiner Pracht sehen, offen mit freitragenden Säulen und ohne ein Dach. Und eine Göttin voller Anmut, der man keine schlagenden Herzen oder Tiere zum Opfer brachte oder Geschmeide und Juwelen, sondern nichts als Blumen. Ein leichtes Beben unter meinen Füßen und ein Grollen wie von einem Gewittersturm ließen mich wieder zurücksehen zu ihr.

Die mächtige Kette klirrte nicht einfach nur, als sie sich bewegte und auf uns zuhinkte. Die rostigen Eisenglieder ließen den Berg erzittern, als sie unter ihrem Gewicht tiefe Kerben in den Stein schlugen. Ich war wie gebannt, konnte und wollte mich nicht bewegen. Dem Kommandanten erging es ähnlich; seine Hand umklammerte das Schwert, doch hier würde es ihm wohl genauso wenig nützen, wie mir meine eigene fahle Klinge.

An den Rändern des verbrannten Felds, das durch die Begrenzung dieser Kette abgemessen wurde, türmten sich die Gebeine unzähliger Soldaten in Resten von schwarzen Rüstungen, Knochen von Pferden oder Kriegsbestien, Trümmer von Turmwagen und Katapulten oder Speerschleudern. Ein Schlachtfeld, auf dem sich nach Hunderten von Jahren noch immer Platz für neue Tote fand.

Als sie näher kam, sah ich hier und da in diesen schillernden Schuppen Spitzen stecken, dort sogar ein Schwert, das in die Fuge zwischen zwei Schuppen getrieben worden war wie ein Nagel in eine Scheunenwand.

Vor uns wuchs trotz des schweren Gewichts der Kette der schlanke Hals in die Höhe, weite Nüstern, in die ein Schlachtross hätte reiten können, nahmen unsere Witterung auf. Dann war sie so nah heran, dass ihr Atem unsere Umhänge zum Flattern brachte.

Ehrfurcht und Staunen ... kein Hass und nur wenig Angst, sagte eine weiche Stimme in meinen Gedanken. Die gepanzerten Lippen verzogen sich zu einem wehmütigen Lächeln. *Das ist letzthin selten geworden. Könnt Ihr mir einen Gefallen tun? Sucht jeder eine schöne Blume und legt sie mir auf den Altar. Sie werden mir Trost und Hoffnung geben, sonst könnt Ihr nichts mehr für mich tun. Doch dann eilt Euch, Ihr dürft nicht zu lange hier verweilen.«*

»Wisst Ihr, was das für Blumen sind?«, fragte ich leise den Kommandanten, als ich ehrfürchtig eine weit verzweigte Blüte, die ineinanderverschachtelt und -verdreht in tiefstem Blau und Gold glänzte, während der innere Teil in einem feurigen Rot erstrahlte, in die zerbrochene Schale legte.

»Ja«, meinte der Kommandant mit belegter Stimme und legte seine Blüte sorgsam neben die meine. Er sah zurück zu *ihr*, die zu lächeln schien, als sie ihren Kopf absenkte und aus unserem Blick verschwand. »Es sind Orchideen ... sie wachsen nicht bei uns, es ist zu kalt für sie. Diese Blume nennt man Feuerherz, ist die Blüte geschlossen, hat sie die Form eines Herzens in Gold und Blau und Silber ... öffnet sie sich, blüht sie in feurigen Farben auf.«

Er wischte sich den Schweiß von der Stirn, sah hinüber zu der fremden Stadt. »Es heißt, schenkt man sie jemandem, öffnet sie sich, wenn man es ehrlich meint und schließt sich, wenn man täuschen will.« Er sah auf die Schale herab, die neben Überresten anderer Gaben nun auch unsere Blumen hielt. »So gesehen, scheinen wir es ehrlich zu meinen.«

Über uns schrie wieder eine Wyvern, die Nacht brach schneller als gewohnt herein.

»Wir sollten gehen«, schlug ich vor, er nickte und wir stiegen diese halb zerfallene Treppe herab, mit Seelenreißer schlug ich einen Brocken frei, der mit lautem Grollen die Treppe wieder füllte.

Ich zog die Tür hinter mir zu und griff nach dem Beutel mit den Steinen. »Wartet«, bat der Kommandant. »Kennt Ihr den Weg zu einem Ort, an dem wir in Ruhe miteinander reden können?«

»Vertraut Ihr mir so weit, dass ich Euch auf einen Kafje einladen darf?«

»Ich bin mit Euch durch dieses Tor gegangen«, sagte Keralos und schüttelte halb erheitert, halb verzweifelt den Kopf. »Ich muss vom Wahn befallen gewesen sein!«

»Danke«, sagte ich zu Asala, als sie uns den Kafje in den Garten brachte. Hier war es wärmer als im Feindesland, doch die Hitze war trocken, so empfand ich sie eher als angenehm denn als eine Belastung. Meine Haushälterin tat einen tiefen Knicks und zog sich würdevoll zurück, diesmal hatte sie sich geweigert, irgendeine Form von Überraschung zu zeigen, als wir aus dem Keller kamen.

Ich schenkte dem Kommandanten ein, der zuerst tief einatmete, dann einen Schluck nahm, bevor er wohlig seufzte und sich auf dem Stuhl bequem nach hinten lehnte und den Kragen seiner Uniform löste.

»Ich hatte vergessen, wie es im Sommer in Gasalabad riechen kann … Desina hatte recht, Ihr habt einen schönen Garten, Lanzengeneral.«

»Ihr wart schon einmal hier?«, fragte ich höflich und schenkte mir selbst ein, während ich mich umsah, ob nicht doch irgendein

Ohr zu nahe war. Wenn, dann waren Taruk oder Asala bessere Spione, als ich dachte. Es reichte schon vollauf, wenn sie Armin berichteten, wer heute hier mein Gast gewesen war.

»Vor langer Zeit.« Er sah sich in unserem Garten um, betrachtete lange das Meer der Blüten, das so sorgsam angelegt worden war. »Die Blumen dürften ihr gefallen. Habt Ihr eine Vermutung, wer sie ist?«

»Ich denke, ich weiß, *was* sie ist, Kommandant.«

Er sah mich fragend an.

»Eine Göttin, denke ich. Wir kennen sie nur nicht. Aber vielleicht ist sie die Lösung eines Rätsels.« Ich schmunzelte ein wenig. »Sie dürfte unbestreitbar die Tochter eines Drachens sein!«

Er lachte kurz. »Wir brauchen auch kaum zu raten, was geschieht, wenn sie die letzte Kette sprengt«, meinte er. »Aber meint Ihr, es wäre so einfach? Dann bräuchten wir kaum mehr zu tun, als zu warten, bis es so weit ist. Nur, dass diese Kette noch lange halten wird!«

»Ihr kennt also die Prophezeiung?«

Er seufzte. »Ich erhielt gestern Nacht noch Besuch. Von den höchsten Priestern unserer Götter ... aus irgendeinem Grund wirkten sie fast aufgeschreckt.« Seine Augen bohrten sich in mich. »Ich brauche wohl nicht weit zu schauen, um den Grund zu sehen.«

»Ihr irrt. Ich war nur zufällig zugegen und habe nichts getan.«

»Ja. Und ich bin der Kaiser!«

»Auszuschließen wäre es nicht«, meinte ich schmunzelnd, und er sah mich überrascht an. »Zu den Worten Soltars zurück ... ich glaube mittlerweile, dass man sie niemals für bare Münze nehmen darf! Wir werden wissen, was er meint, wenn es so weit ist. Nicht einen Augenblick früher.«

»Ja, mag sein«, stimmte er mir zu. »Hinterher ist man ja immer schlauer. Wer *sie* ist, interessiert mich dennoch, ich werde Orikes anweisen, in den Archiven zu suchen. Wenn er dafür noch Zeit finden wird!« Er trank noch einen Schluck und setzte dann die Tasse ab. »So, von Thurgau. Abgesehen davon, dass ich danach wohl in diesem Garten nicht mehr willkommen wäre, welchen Grund gibt es noch zu übersehen, dass Ihr Euren Kopf verlieren solltet?«

»Warum eigentlich«, fragte ich unschuldig, während ich einen Schluck der schwarzen Brühe trank, die mir nirgendwo auf der Weltenscheibe besser schmeckte als hier. Selbst meine zerschlagenen Glieder schienen weniger zu schmerzen.

»Was Ihr von Orikes gefordert habt, lässt den Rückschluss zu, dass Ihr Euch außerhalb der Gesetze stellen wollt. Gesetze sind das, was Askir groß machte und selbst Ihr müsst Euch diesen beugen! Da wird Euch auch eine Begnadigung nicht helfen, Ihr werdet sie für Verrat wahrlich nicht bekommen!«

»Sie ist nicht für mich«, schmunzelte ich. »Ich kenne Euch noch nicht genug, um zu wissen, wie uneinsichtig Ihr seid. Die Begnadigung ist für Generalsergeant Rellin. Ungeachtet dessen, dass ich es herausgefordert habe, dürfte es wohl strafbar sein, einen General anzugreifen.«

»Ich hingegen hörte, ihr wäret nur in ein Gespräch vertieft gewesen. So soll Rellin es gesagt haben«, lachte der Kommandant. »Von einem Angriff weiß ich nichts. Und selbst wenn, bin ich sicher, dass Ihr ihn verdient habt. Genug davon. Ihr wolltet mein Gehör, jetzt habt Ihr es. Sagt mir, was Ihr wollt.«

»Königin Eleonora von Illian schickte Maestra di Girancourt hierher, weil sie von Askir Rettung für ihr Land und ihre Untertanen erhoffte. Sie starb mit dieser Hoffnung in ihrem Herzen. Doch so, wie die Dinge stehen, ist Askir, wie es ist, dem nicht gewachsen.«

»Der Anblick von vorhin ...«

»Meint Ihr *sie* oder diese Stadt?«

»Die Stadt. Ihr habt recht, es ist genug, jede Hoffnung fahren zu lassen. Askir ist noch weitaus größer, aber ...«

Ja. Aber. Askir beeindruckte mich noch immer, doch diese ferne Stadt brodelte geradezu vor Leben. Ich konnte nicht einmal erahnen, wie viele Menschen dort lebten. Zudem ... die ganze Stadt war auf eine Art so falsch, dass ich es kaum glauben wollte, dass es Menschen waren, die in ihr lebten, nur war es ohne Zweifel so. Ameisen bauten auf diese Art, Menschen nicht, sie suchten Abstand voneinander, krabbelten nicht beständig dicht auf dicht über einander hinweg. Trotz der Wärme in unserem Garten fröstelte ich.

»Ihr fragt Euch, wie man gegen einen solchen Feind bestehen kann?«, fragte ich, und er nickte.

»Nicht so wie Askir *ist*«, teilte ich ihm mit. »Und das ist es, in kurze Worte gepackt: Ich will, dass Askir fähig ist, die Hilfe zu leisten, die sich meine Königin vom Alten Reich erhoffte. So wie es im Moment ist, ist es ein Wunder, dass der Feind das Alte Reich noch nicht genommen hat.«

»Die Mauern und die Legionen werden halten«, sagte er steif. Irgendwann musste ich mir einmal die Zeit nehmen, die Außenmauern der Stadt anzusehen, es musste einen Grund geben, warum niemand jemals in Erwartung zog, dass sie fallen könnten.

»Um die Mauern und die Legionen mache ich mir wenig Sorgen, Kommandant. Doch sie sind nur ein kleiner Teil dessen, was es braucht. Die anderen Teile, die, die fehlen, sind es, die mir Sorgen bereiten.«

»Und was schlagt Ihr vor?«

»Das alte Reich muss wieder auferstehen. Eleonora hatte recht. Askir ist die einzige Macht, die gegen diesen Nekromanten bestehen kann, aber nur so, wie es *war*, nicht, wie es ist.«

Ich hielt die Tasse Kafje noch in der Hand, die Tasse war aus feinem Porzellan, so dünn, dass das Licht hindurchschimmerte und die blauen Blumen und Fabeltiere fast lebendig erscheinen ließen. Diese Tassen waren, wie so vieles hier, ein Geschenk des Emirs. Sie waren so wertvoll, dass man für ein paar von ihnen ein Schlachtross kaufen konnte. Sie kamen aus dem fernen Xiang, einem fast unbekannten Reich im Südosten, von dem ich, bevor wir nach Askir aufbrachen, nicht das Geringste gewusst hatte. Vielleicht hatte ich mich eben doch getäuscht, und Askir war nicht das einzige Reich, das gegen Thalak bestehen konnte. Ich nahm mir vor, mich dringend mit Zokora zu unterhalten. Götter ... wenn ich alles tun wollte, was ich nun plante, brauchte ich jemanden, der mir alleine schon dabei half, mir zu merken, mit wem ich über was noch sprechen sollte!

»Askir, wie es war, ist vergangen«, riss mich Keralos aus meinen Gedanken, als ich nicht weitersprach. »Wir sind an das gehalten, was es heute ist.«

Ich sah ihn nachdenklich an.

»Mag sein, dass genau hier der Irrtum liegt ...«

Die Erleichterung war dem Leutnant deutlich anzusehen, als wir aus dem Tor kamen, doch zu meiner Überraschung trat er mit einer Tenet vor, und hob die Hand, um uns den Weg zu versperren, während hinter ihm drei Armbrustschützen ihre geladenen Waffen hielten, nach oben gerichtet für den Moment, doch eine deutliche Drohung.

»Sagt mir«, sprach der Leutnant und fixierte mich mit einem sowohl entschlossenen als auch ängstlichen Blick, »welchen Auftrag gabt Ihr mir, bevor Ihr gegangen seid?«

»Meint Ihr den, Eure Mutter zu erschießen?«, fragte ich, und er nickte erleichtert und salutierte vor uns, während hinter ihm die Armbrustschützen hastig ihre Bolzen von den Waffen nahmen.

Während wir zur Zitadelle hinaufgingen, sah ich zu Desinas Haus zurück, dort hatte man damit begonnen, es wiederherzurichten. »Dieser Leutnant eben ...« meinte ich. »Ihr solltet ihn befördern lassen, er dachte mit.«

»Das war auch mein Gedanke«, sagte er und warf mir einen nachdenklichen Blick zu. »Haltet Ihr diese Gefahr für gegeben? Dass jemand unsere Gestalt annehmen könnte?«

»Ich kenne zumindest eine Person, die aussehen kann, wie sie will. Ich weiß nicht, ob es ein Talent ist oder eine Form der Magie, aber was einer kann, können meist noch andere.«

»Hm«, nickte er. »Ihr habt Asela schon gefunden nicht wahr? Wir suchen sie schon seit diesem Angriff, wenn sie Form und Aussehen ändern kann, dann erklärt es, warum wir sie noch nicht gefunden haben. Erklärt Ihr mir auch, warum Ihr sie nicht erschlagen habt?«

»Weil sie dem Feind nicht mehr dient und auch kein Nekromant mehr ist.«

Er musterte mich zweifelnd. »Ihr glaubt ihr das?«

»Ich hatte meine Zweifel. Doch sie trat vor Soltar und ließ sich von dem Gott richten.«

»Die gequälte Seele, von der Bruder Jon sprach?«

»Genau die.«

»Ihr hattet Eure Order, von Thurgau.«

»Eine Nekromantin zu erschlagen. Ja, ich weiß. Wenn ich diese Nekromantin finde, werde ich es auch tun.«

»Ihr seid spitzfindig!«, warf er mir vor und schüttelte den Kopf. »Wenn Ihr Euch täuscht, sie doch noch ein falsches Spiel spielt, dann könnte es all das gefährden, über das wir vorhin gesprochen haben.«

»Das ist mir bewusst.«

»Und doch geht Ihr die Gefahr ein?« Er schüttelte ungläubig den Kopf. »Das Unternehmen, von dem wir sprachen, soll es gelingen, muss sich, ohne dass etwas sperrt, eins in das andere fügen. Der kleinste Fehler und nicht nur Euer Plan ist verloren, sondern alles, für das Askir jemals stand. Es hilft mir wenig, dass Ihr anbietet, dafür dann geradezustehen, ich werde um meinen Teil wissen.«

»Es wird für alle das Beste sein.«

Er nickte. »So sieht es aus. So habt Ihr mich auch überzeugt. Nur ob es so ist, das muss sich erst noch weisen. Zu denken, man könne besser entscheiden, als es andere tun, und dieses Denken anderen aufzuzwingen, ist nicht nur der erste Schritt zur Tyrannei, es ist bereits Unterdrückung!« Er schüttelte etwas erheitert den Kopf. »Obwohl ich sicher bin, dass man es so noch nie versuchte ...«

»Es muss nicht so weit kommen. Wenn Vernunft den Tag gewinnt, wird es nicht nötig sein.«

»Ja«, sagte er schwer. »Wenn.«

»Gut, dass Ihr keine Uniform getragen habt, so konntet Ihr sie nicht vollbluten«, meinte der Kommandant, als wir die Zitadelle erreichten und den Salut der Torwachen erwiderten.

Vom Tempelplatz her läuteten die Glocken die dritte Stunde ein, es war noch immer früh am Tag, auch wenn es mir bereits jetzt vorkam, als währte er eine Ewigkeit. »Ich vermute, Rellin wartet auf Euch in der Verwaltung der Dritten. Zieht euch um, bevor Ihr sie aufsucht. Gewöhnt Euch daran, diese Uniform zu tragen.«

»Ich habe es nicht vergessen«, sagte ich und log nur ein wenig dabei, es wäre mir bestimmt noch eingefallen.

»Orikes teilte mir mit, Ihr wollt Euch in Eurem Arbeitszimmer in der Zweiten einrichten?«

»Ja«, nickte ich. »Es gibt zu viel zu tun, ich brauche einen Ort, an dem ich planen kann.«

»Kennt man Euch eigentlich schon dort?«, fragte er mit leichtem Lächeln.

»Ich denke, man wird mich kennenlernen. Kommandant ... wie nötig ist es, dass Kasale in Gasalabad verbleibt? Ich brauche sie hier.«

»Wollt Ihr die Zweite Legion kampfbereit haben, dann lasst sie dort, wo sie ist. Ihr habt mit ihr ein großes Glück ... sie war maßgeblich daran beteiligt, dass Ihr die Legion erhalten habt.«

»Es war nicht die Entscheidung des Kaisers?«, fragte ich verblüfft.

»Des Kaisers?«, fragte er und schien erstaunt. »Die Magie des Rings ist eindeutig, dennoch war ich nicht bereit, Euch einfach so zu vertrauen, nein, es war Kasale, die darauf drängte, Euch sehr ernst zu nehmen. Ihr habt sie mit dem Zeichen beeindruckt, das ihr dort an der Wehrstation hinterlassen habt.«

»Ich meinte nicht den Ring«, sagte ich. »Was hat er selbst dazu gesagt?«

»Seitdem er abdankte und verschwand, hat ihn niemand mehr gesehen«, sagte Keralos. »Ich dachte das wüsstet Ihr?«

»Ihr seid sein Statthalter in Askir, ich dachte ...«

Er schüttelte den Kopf. »Ich halte mich an seine Gesetze, mehr an Leitung habe ich nicht von ihm. Glaubt mir, niemand wäre glücklicher als ich, wäre er wieder hier! Habt Ihr die Hoffnung gehabt, er regierte doch insgeheim?«

»Ja«, gab ich unverblümt zu.

Er schien etwas erheitert. »Ich fürchte, Ihr müsst Euch an mich halten, Ser General. Ich hoffe nur, dass er noch lebt ... obwohl ich denke, dass, wenn er noch lebte, ihn die Geschehnisse der letzten Wochen schon längst aus seinem Versteck gelockt hätten.«

»Er lebt, Kommandant. Ich habe ihn selbst gesehen.«

Er sah mich traurig an und schüttelte den Kopf. »Wenn Ihr wüsstet, wie oft jemand meint, ihn gesehen zu haben, und doch war es immer eine Täuschung. Es gibt wenig, was ich mehr wünsche, als ihn vor mir stehen zu sehen, denn wenn er noch lebt, gäbe es noch Hoffnung.«

Ich sah ihm nach, wie er davonging. Hatte er es noch immer nicht verstanden? Hoffnung macht man sich selbst. Es gab immer einen Weg.

28. Von Eulen und Regen

Als ich, zerschlagen und von meinem Blut befleckt, die Tür der Zweiten Legion aufstieß, fand ich den Vorraum eher noch voller als beim letzten Mal. Ich ignorierte den neugierigen Blick und trat an die Schranke heran, die den Vorraum teilte, dahinter saß ein Schwertsergeant an seinem Tisch und sah mich unwillig an.

»Du warst doch schon mal hier?«, stellte er fest und sah auf meine Hand herab. »Immer noch keine Akte, wie ich sehe? Es bleibt dabei ... ohne eine solche bist du hier falsch!«

»Zudem hilft es nicht, dass du nach einer Prügelei hier hereinstolperst. Bist du betrunken?«, fragte sein Tischnachbar und wies mit dem Federkiel zur Tür. »Am besten verziehst du dich ganz schnell, bevor du dich hier auch noch erbrichst, wenn, dann wirst du wünschen, nie hereingekommen zu sein!«

»Ist Generalsergeant Rellin von der Dritten bereits hier?«, fragte ich, und er sah mich misstrauisch an.

»Ja«, sagte er dann. »Sie wartet auf den General. Was willst du von ihr?« Er musterte mich, und dann weiteten sich seine Augen. »Sie hatte ein ... Gespräch mit ihm«, meinte er dann deutlich leiser, offenbar war ihm das Kupfer endlich in den Sack gefallen, und er war darauf gekommen, dass es einen Zusammenhang zwischen meinen Beulen und den ihren geben könnte. Hastig hob er mir die Schranke an, dass ich durchtreten konnte, und wies mit einer Geste zur linken Tür dahinter.

»Delter!«, fragte der Korporal erstaunt. »Was macht du da?«

»Danke, Sergeant«, meinte ich höflich, nickte dem Korporal zu, der jetzt erst zu ahnen schien, wer vor ihm stand, und betrat das Kommandeurszimmer der Zweiten Legion.

Rellin war schon da, sie hatte sich neu eingekleidet, militärische Haltung angenommen und stand in der Mitte des Raums.

Mein Amtsraum war deutlich größer als der des Generalsergeanten und besaß drei schmale Fenster, die in die dicke Mauer gebrochen waren. Ein Schreibtisch stand an der fernen Wand, mit einem bequemen Stuhl dahinter, vor dem Schreibtisch befanden sich an den Seiten je zwei Stühle. Direkt gegenüber der Tür stand noch ein zweiter Schreibtisch, der des Adjutanten. Die Wandflächen waren mit Regalen vollgestellt, hinter dem Stuhl des Generals hing das Beeindruckendste in diesem Raum: die Fahne der Legion. Sie glich der, die wir im Hammerkopf gefunden hatten, nur war leicht zu erkennen, dass diese hier nie im Feld geführt worden war.

Sie war etwa eine Mannshöhe hoch und anderthalb lang, von blutroter Farbe, und in der linken oberen Ecke prangte der imperiale Drache. Am oberen Rand lief eine Reihe Wappen entlang. Die Stickerei des schnaubenden schwarzen Bullen in der Mitte war bis ins kleinste Detail ausgearbeitet. Zwischen seinen Hörnern trug er in Gold die kaiserliche Zahl II, und unter seinen silbernen Hufen war das Motto der Legion eingestickt:

> Für Askir, den Kaiser und die Pflicht,
> Wo wir stehen, da weichen wir nicht.

Die blutrote Fahne erschlug den Raum, und fast konnte man meinen, das Schnauben des Bullen zu hören. Ihn hinter meinem Rücken zu wissen, störte mich ein wenig, und ich nahm mir vor, die Fahne ins Vorzimmer zu verlegen. Von der Decke hingen andere Wimpel und Flaggen, die der geschlagenen Gegner und gewonnenen Feldzüge. Ich sah hoch zu ihnen und fand, dass auch sie an den Wänden im Vorzimmer besser aussehen würden.

Der Raum war frisch gelüftet und gekehrt, der Boden glänzte wie poliert. Hinter dem Schreibtisch und neben der Fahne ging es durch eine Tür in weitere, mir unbekannte Räumlichkeiten.

Rellin nahm Haltung an, salutierte aber nicht, denn dazu hätte ich eine Uniform tragen müssen.

»Generalsergeant.« Ich nickte ihr zu, als ich das erste Mal hinter dem Schreibtisch Platz nahm und mich sofort fragte, wie alt der Stuhl bloß war. Er knarzte bedenklich unter meinem Gewicht. Ich wies mit einer Geste auf die Stühle. »Zieht einen heran und macht es Euch bequem«, sagte ich und zog die unterste Lade des Schreibtischs auf. Eine tote Spinne lag darin, sonst nichts. Ich hätte vorher in der Messe etwas trinken sollen, denn jetzt plagte mich der Durst.

Sie tat wie gebeten und sah mich offen und direkt an.

»Habt Ihr Eure Wahl getroffen?«, fragte ich sie.

»Viel an Wahl habt Ihr mir ja nicht gelassen«, meinte sie mit einem schiefen Lächeln. »Es machte schnell die Runde, dass Ihr mit dem Hochkommandant verschwunden seid; dass Ihr jetzt hier sitzt, bedeutet, dass er bereits entschied.« Sie hielt eine lederne Mappe hoch, die gut zwei Finger dick war. »Hier sind die Vorschläge, die Ihr haben wolltet«, sagte sie, stand auf und reichte mir die Mappe.

Ich brach das Siegel, wickelte die Schnur ab, öffnete sie und blickte auf einen Stapel eng und sorgsam beschriebener Blätter.

»Was habt Ihr getan?«, fragte ich sie erstaunt. »Habt Ihr vierzig Federn gleichzeitig diktiert?«

»Nein, Ser«, entgegnete sie. »Ich habe in ein Regal gegriffen und sie herausgeholt. Es gibt immer welche, die sich Gedanken machen und Vorschläge unterbreiten. Zweimal im Jahr treffen sich die Generalsergeanten der Legionen, nehmen diese Vorschläge zur Hand und prüfen sie sorgfältig. Die, die wir für nützlich halten, werden dann in dieser Mappe zusammengefasst.« Sie sah mich mit ihrem Auge direkt an. »Ihr seid nicht der einzige Soldat, der denken kann.«

Ich hob die Mappe an – sie enthielt bestimmt fünfzig oder sechzig Seiten – und ließ sie wieder sinken.

»Warum wurden sie nicht umgesetzt?«, fragte ich.

»Weil sie dem Vertrag des Kaisers widersprechen.«

»Nennt ein Beispiel.«

»Wie man die schwere Reiterei bei den Legionen einrichten könnte. Nicht als eigenen Klan wie einst die Bären, sondern als Bestandteil der Legion. Was es an Ausrüstung und Versorgung bräuchte. Solche Dinge. Ein anderer Vorschlag enthält Ideen für leichte Wurf- und Speermaschinen. Wie Ihr sagt, wir sind der Amboss, doch bislang dienen wir nur dazu, dass der Feind sich die Zähne an uns einrennt, wir hätten gern lieber selbst einen harten Biss.«

Ich blätterte in den Papieren, erkannte Zeichnungen von Steigbügeln und leichten Wagen und nickte dann, bevor ich die Mappe wieder schloss.

»Ich werde sie mir ansehen«, sagte ich. »Vielen Dank, Generalsergeant.«

Sie blieb sitzen. Ich sah sie fragend an.

»Bei der letzten Sitzung spielten wir in der Halle der Akademie drei Nächte lang ganze Schlachten durch ... Es war bedrückend, dann am vierten Tag zu erwachen und zu wissen, dass nichts davon geschehen würde. In der Ostmark ist es, wie Ihr vermutet habt, am deutlichsten zu sehen. Der Marschall stellt uns auf die Wälle und belässt es dann dabei. Wir müssen Positionen halten ... die Barbaren wissen, dass sie eine Übermacht brauchen, aber sie finden sie auch oft genug. Es gibt eine Redewendung bei den Bullen: Ein Bulle stirbt nie allein, es wird immer eine Lanze sein.«

Ja. Die schwere Infanterie hatte darin auch keine Wahl, fliehen konnte man in diesen Rüstungen wohl nicht.

»Sagt, General, Ihr habt nach dem Ansturm der Barbaren gefragt. Warum?«, unterbrach sie meine Gedanken.

»Nun, ich fragte mich, warum die Barbaren so gegen die Ostgrenzen drücken. Die einfachste Antwort scheint mir, dass Thalaks Armeen marschieren und die Barbaren vor sich hertreiben.«

»Es wäre eine unliebsame Erklärung. Doch müssten wir nicht dann schon seine Truppen sehen? Es ist ein weiter Weg, gewiss, aber ...«

»Der Nekromantenkaiser hat Zeit, er hat Jahre, um seine Ziele zu erreichen, er wird Kastelle bauen lassen, vielleicht auch Straßen. Die Versorgung dürfte schwierig sein, er wird sie sichern, vielleicht in Winterlagern bleiben, um dann im Frühjahr weiter vorzustoßen.« Ich sah auf meine Hände herab, auf den Generalsring und den der Rose. »Wir werden Gewissheit haben, wenn wir sein Banner sehen. Sagt, was sagen die Barbaren?«

»Nichts«, meinte sie mit kühler Stimme. »Am Anfang kam es öfter vor, dass wir verhandeln wollten, aber sie brachen so oft die Übereinkunft, dass wir keinem Wort mehr Glauben schenken.«

»Wo bringt Ihr die Gefangenen hin? Vielleicht ...«
Sie schüttelte den Kopf.
»Es gibt keine Gefangenen mehr. Auf beiden Seiten nicht«, sagte sie hart. »Sie gefangen zu nehmen, hat sich als Fehler erwiesen, man kann keinem Einzigen vertrauen!« Sie sah mich eisig an. »Ich sagte doch, Ser General, dass in der Ostmark Krieg ist ... keine Seite zeigt dort noch Gnade!«

»Mit den Stämmen ziehen oft auch Frauen und Kinder ... was geschieht mit ihnen?«, fragte ich leise.

»Wenn sie unsere Dörfer verwüsten, lassen sie nur die Frauen leben, die sie geschändet haben, sonst fällt alles unter ihrer Klinge, sei es nun Mann, Mutter, Kind oder auch nur der Hund.«

»Was tut die Legion?«

»Wir schänden keine Frauen ... wenn es doch geschieht, gibt es ein Tribunal.«

»Also lasst Ihr Frauen und Kinder gehen?«

»Das habe ich nicht gesagt«, meinte sie kalt. »Ach, es gefällt Euch nicht?«, fragte sie bitter, als sie mein Gesicht sah. »Es ist Krieg. Die Legion kämpft unter dem Befehl des Marschalls ... und diese Order gilt schon lange.«

»Ihr erschlagt ihnen die Kinder?«, fragte ich bestürzt.

»Sie die unseren auch«, gab sie hart zurück »Reden ist nicht mit ihnen, was bleibt uns also übrig? Man kann auch den Frauen nicht vertrauen, sie fügen sich nicht der Sklaverei, und freigeben kann man sie nicht, sie sind wie wilde Tiere.«

»Das ist kein Krieg«, stellte ich bestürzt fest. »Das ist nur Schlachten!«

»Ja«, sagte sie hart. »Doch wenn wir sie nicht schneller schlachten, als sie nachwachsen, überrennen sie uns! Es ist mir lieber, wenn sie es sind, die geschlachtet werden.« Sie beugte sich vor. »Es ist zu spät für eine Änderung, es ist seit Jahrhunderten zu spät. Es gibt keinen einzigen Barbaren, ob Mann, Frau oder Kleinkind, der nicht in Blutfehde zu der Ostmark steht.«

Götter, dachte ich verbittert. Wie konnte es nur dazu kommen? Wenn man dem Gegner die Kinder erschlägt, gibt es wahrlich niemals Frieden! »Was sagen die Priester dazu?«

»Die wenigen, die es dort gibt? Sie beten. Das ist alles. Die

Boronpriester sagen, es sei nicht gerecht und verweigern uns den Segen für den Kampf, doch eine Lösung nennen sie uns nicht.«

»Wie hoch sind die Verluste? Übers Jahr gesehen?«

»Im Schnitt vierhundert Legionäre, fast zweitausend von den Ostmarktruppen, ein Vielfaches an Barbaren ... jedes Jahr werden es mehr, und von Verlusten der Bevölkerung will ich gar nicht reden!«

Sie sah mich fast schon trotzig an. »Ich weiß nicht, was Ihr bezweckt, aber glaubt mir, dort jedenfalls könnt Ihr nichts ändern.« Sie nickte in Richtung der Mappe hin. »Versucht es besser hiermit, auch wenn ich meine Zweifel habe, ob es gelingt.«

Ihr Ton machte klar, dass sie Weiteres hierzu nur widerwillig sagen würde. Also nickte ich nur, es ergab wenig Sinn, ein totes Pferd zu reiten. Etwas anderes fiel mir ein.

»Generalsergeant, Stabsobrist Orikes sagte mir, Ihr wüsstet jemanden, der sich in gesellschaftlichen Belangen gut auskennt. Was könnt Ihr mir darüber sagen?«

»Der Stabsobrist wird Leutnant Stockfisch meinen«, sagte sie und lächelte. »Er ist in allem, was das Militär angeht, nichts anderes als ein Unheil, das darauf wartet, dass es geschieht. Er hat die Seele eines Soldaten und den Willen«, sie zuckte mit den Schultern, »aber es gelingt ihm nichts! Er ist ein Problem, und ich suche schon länger nach einer Möglichkeit, ihn aus dem Dienst zu entfernen. Aber er ist mit dem halben Handelsrat verwandt und kennt jeden, der etwas zu sagen hat.«

»Was ist so schlimm an ihm?«, fragte ich. »Wenn er doch den Willen hat ...?«

»Er ... er ist schwer zu beschreiben. Er vergisst wesentliche Dinge.« Sie lachte leise. »Vor vier Tagen hielt er den Appell für die Vierte Lanze ab und vergaß sein Schwert. Einmal sollte er das Meldereiten üben, versäumte es aber, seinem Pferd den Sattel aufzulegen, und ließ somit auch die Satteltaschen mit der Meldung zurück. Er ist ganz fürchterlich *bemüht* ...« Sie schüttelte den Kopf. »Ich bin seit über zwanzig Jahren Soldat, aber jemand wie er ist mir noch nicht untergekommen.«

»Danke«, sagte ich. »Ihr habt mir genügend Arbeit gegeben, das wäre vorerst alles. Schickt mir diesen Stockfisch zur ersten Kerze nach der vierten Glocke. Oder wird das zu einem Problem?«

»Nein, Ser, Lanzengeneral, Ser!« Rellin erhob sich, machte auf dem Absatz kehrt und marschierte zur Tür hinaus. Ich wartete, bis sie gegangen war, und öffnete neugierig die Tür hinter meinem Rücken. Sie führte in einen kleinen Raum mit einem dieser schmalen Fenster, einem Feldbett, einem Nachttisch und einem Schrank. Durch eine weitere Tür gelangte ich zu einem steinernen Abort. Ich ging, nachdem ich mich erleichtert hatte, nahm Rellins Mappe mit und öffnete die Tür zur Schreibstube. Der Sergeant dort sprang so hastig auf, dass ihm fast der Stuhl umfiel.

»Die Zweite hat eine lange, stolze Tradition«, sagte ich und deutete auf die kahlen Wände der Stube, während mich zwei Dutzend Rekrutenaugen neugierig musterten. »Seht zu, dass die Flagge hier angebracht wird, und schmückt mit den Wimpeln an den Decken die Wände, damit man sieht, was die Legion geleistet hat!«

»Ay, Ser!«

»Sagt mir Euren Namen.«

Wenn die Legionäre ihre schweren Rüstungen trugen, erkannte ich aus irgendeinem Grund auf der Brustplatte den Namen, bei Uniformen war das jedoch nicht der Fall.

»Lamert, Ser!«

»Gut, Lamert. Eine Feder wird demnächst Unterlagen für mich bringen. Ihr nehmt sie persönlich an und haftet dafür, dass sie ungeöffnet in meine Hände gelangen. Ich bin zur ersten Kerze nach der vierten Glocke wieder da.«

»Ay, Ser!«

Jeder im Raum starrte mich wie ein gebanntes Häslein an, ich spürte ihre Blicke in meinem Rücken, als ich den Raum verließ. Götter, falls ich jemals so jung gewesen war, konnte ich mich nicht mehr daran erinnern.

Ich ging hoch zu unseren Quartieren, klopfte an den Türen der anderen, doch niemand war da, also suchte ich meine Räume auf und fand dort, auf dem Bett sorgsam ausgelegt, eine Uniform vor. Sie unterschied sich von der normalen durch eine weiße Jacke, goldene Knöpfe mit einem eingeprägten Drachen und einen verzierten Kragen, hoch genug, um mir jede Luft abzuschnüren, dazu ein Schwertgehänge, das mit silbernen und goldenen Fäden durchsetzt war und fast so viel wie Seelenreißer wog. Dazu noch weiße Handschuhe aus dünnem Leder, sowie blank polierte Stiefel und wahrhaftig, eine kurze Lanze, die mit Gold und Edelsteinen besetzt war. Ich sah das Ding kopfschüttelnd an. Wenn es dafür gedacht war, auf Bällen herumgetragen zu werden, dann war das die nächste Regel, die ich brechen würde. Ich zog an der Klingelschnur und bestellte einen Krug Wasser bei der Ordonnanz.

Im Bad ließ ich das Wasser ein und musterte mich im Spiegel, es war nicht gar so schlimm, wie ich befürchtet hatte, aber heute Abend würde man die Spuren wohl noch deutlich sehen. Nach dem Bad kleidete ich mich an, fand dann den bestellten Krug auf dem Tisch stehend vor, trank einen tiefen Schluck, öffnete die Mappe und begann zu lesen.

Die Art, wie die Tür aufgestoßen wurde, erinnerte mich an Leandra, doch es war Desina, die zornig vor mir stand. Fast erwartete ich, Blitze über sie huschen zu sehen, darin unterschieden sich die beiden Maestras jedoch deutlich. Nicht aber in der Art, mich mit den Augen einzufrieren.

»Könnt Ihr mir erklären, was Ihr Euch dabei denkt, diese verfluchte Schlange entwischen zu lassen?«, fauchte sie, während sich hinter ihr die Tür mit einem lauten Schlag schloss, ohne dass eine Hand sie berührt hätte.

»Guten Morgen, Prima«, sagte ich höflich, als ich mich erhob. »Ich denke, Ihr sprecht von Asela?«

»Von wem denn sonst?«, knirschte sie. »Ihr seid ihr auf den Leim gegangen! Ich habe sie vor mir gesehen, und ich schwöre Euch, sie ist dem Nekromantenfluch ganz und gar erlegen. Ich weiß nicht, wie sie Euch hat täuschen können, aber bei mir gelingt ihr das nicht. Wo ist sie, Lanzengeneral?«

»Jedenfalls nicht hier«, sagte ich und wies mit der Hand auf einen Stuhl. »Bitte setzt Euch erst und ...«

»Und beruhigt Euch?«, schnaubte sie. »Ich will mich nicht beruhigen! Ich dachte, Ihr wärt weiser! Wie konntet Ihr sie Euch nur entgehen lassen?«

»Gut«, sagte ich und seufzte. »Einen Moment, ich will Euch etwas zeigen.«

Ich zog Seelenreißer aus der Scheide. Ihre Augen weiteten sich, und sie hob die Hände in einer raschen Geste, die einen leichten Wind erzeugte.

Ich erstarrte in der Bewegung. »Meint Ihr wirklich, ich würde Euch etwas antun?«

»Woher soll ich wissen, dass sie Euch nicht übernommen hat?«, fragte sie.

»Wohl wahr«, gab ich zu. »Ich will nur etwas verdeutlichen.« Ich senkte Seelenreißer und presste die Klinge mit leichtem Druck in den Stein des Bodens und steckte sie dann wieder in die Scheide.

»Seht Ihr die Kerbe hier?«

Sie sah hinab und nickte. »Was hat das mit Asela zu tun?«

»Zweimal bereits hat sie mit blankem Finger Seelenreißer zur Seite geschoben. Er hat sie nicht verletzt. Bei einem Nekromanten reicht die kleinste Berührung, um die Seelen zu befreien, aber bei ihr reagierte das Schwert überhaupt nicht. Trotzdem hätte es sie zumindest schneiden sollen. Das tat es nicht. Mir sagt das, dass es mir schwerfallen dürfte, gegen sie zu bestehen. Was sagt es Euch?«

Wieder wehte dieser sanfte Wind, und ich fühlte, wie *etwas* seine Spannung verlor.

»Ihr sagt mir, dass Ihr sie nicht verletzen könnt?«, fragte sie überrascht.

»Seelenreißer schneidet auch den besten Stahl. Ich denke, dass Asela nicht dumm ist und dass sie mir damit etwas gezeigt hat.«

Sie nickte langsam. »Es gibt eine Form der Magie, die eine Trennung zwischen zwei Oberflächen schafft, einen Schild, wenn Ihr so wollt. Es gab einige wenige Eulen, die das so gut beherrschten, dass sie diese Schicht von Magie über ihre Haut legen konnten.«

»Sera Helis sagt, dass Asela seit damals erheblich an Macht gewonnen hat. Siebenhundert Jahre sind eine lange Zeit.« Ich sah sie neugierig an. »Asela indes zeigte sich beeindruckt von Eurem Talent, Maestra. Wie habt Ihr den Kampf gegen sie überstanden? Ihr habt doch auch gegen sie gefochten.«

»Mit der Götter Glück und Hilfe«, seufzte sie, entspannte sich und ließ sich jetzt doch ganz und gar nicht damenhaft auf den Stuhl fallen. »Was schmunzelt Ihr?«, fragte sie.

»Es ist nichts. Ich denke gerade, wie jung Ihr seid.«

»Oh, puh!«, sagte sie und blies sich eine Strähne aus dem Gesicht. Puh? »Ich höre das dauernd und denke mir, es wird sich von allein geben.« Sie sah mich aus grünen Augen an. »Der Kommandant hat mir von Eurem kleinen Ausflug berichtet. Ich glaube, ich sollte mir das selbst einmal ansehen.«

»Besser nicht.«

»Und warum nicht?«

»Asela meinte, dass Kolaron Eure Macht entdecken würde.«

»Und Ihr glaubt ihr?«

»Ihr wart nicht dabei, als sie vor Soltar trat. Er bestrafte sie nicht, sondern gab Ihr seine Gnade. Er ist nicht Boron, der vielleicht anders entschieden hätte, doch ich zweifele daran, dass er sich von einer Nekromantin hätte täuschen lassen oder ihr gar eine Gnade erwiesen hätte. Was auch immer sie ist, eine Nekromantin ist sie nicht. Nicht mehr jedenfalls.«

»Genau das stört mich«, meinte Desina und schob ihr Haar aus dem Gesicht. »Es gab noch nie einen Hinweis darauf, dass man sich von dem Fluch befreien kann. Wenn man eine Seele stiehlt, ist man vor den Göttern verflucht und ganz und gar verloren.« Sie griff unter ihre Robe und legte mir ein Blatt Papyira auf den Tisch. »Hier. Ich hörte, Ihr wolltet dieses Bild.«

Ich nahm es und sah es mir an. Es zeigte einen jungen Mann mit Locken, schmalem Gesicht und Augen, die zu weit auseinanderstanden. »Der Eulenschüler Erinstor. Ich habe sein Bild in den Archiven kopiert.«

»Ihr seid eine gute Zeichnerin«, merkte ich an, doch sie schüttelte den Kopf so heftig, dass die roten Locken flogen.

»Ein Trick, nicht mehr. Ich lege die Blätter übereinander und teile ihnen mit, dass sie nur eines seien, dann trenne ich sie wieder und verstärke bei der Kopie den Eindruck, den das erste Blatt hinterließ. Eine Übung des ersten Zirkels, damit man leichter lernen kann. Es ist einfach.«

»Für Euch.«

»Ja«, sagte sie und seufzte. »Ich weiß genau, was Ihr meint. Ich hänge an einer Prüfung für den vierten Zirkel fest, und ich bin sicher, dass es eigentlich ganz einfach sein müsste! Wenn ich nur wüsste, wie es geht!«

Sie war so lebhaft, dass mir kaum etwas anderes übrig blieb, als über sie zu schmunzeln.

»Lacht Ihr nur«, sagte sie missgelaunt und warf trotzig ihr Haar zurück. »Mich jedenfalls treibt es fast in den Wahnsinn!«

»Darf ich fragen, um was es sich bei dieser Prüfung handelt?«

»Ich soll es in eine Schale regnen lassen. Aber woher nehme ich das Wasser?«

Ich dachte an den Dschungel zurück, wo ich einem Drachen eine Blüte gegeben hatte. Dort war die Luft so schwül gewesen, dass es kaum einen Atemzug gedauert hatte, bis ich durchtränkt gewesen war. »Ist das Wasser in der Luft nicht genug?«, fragte ich sie.

Sie blinzelte und sah mich erstaunt an. »Götter! Was bin ich dumm!«, rief sie ganz aufgeregt. »Ihr habt recht! Man muss es gar nicht *erzeugen*, es ist schon da!« Im nächsten Moment tat sie eine Geste – es drückte in den Ohren –, dann ergoss sich ein kleiner Sturzbach auf den Tisch. Hastig brachte ich das Bildnis in Sicherheit.

»Ha!«, meinte sie, griff nach dem Krug und schüttete noch mehr Wasser auf den Tisch. Sie stellte den Krug wieder ab und wischte mit der Hand über die Pfütze. Wieder gab es diesen Druck, und das Wasser verschwand vom Tisch, als wäre es nie da gewesen.

»Götter!«, rief sie aufgeregt. »Es ist in der Tat ganz einfach. Warum nur bin ich nicht darauf gekommen?«

Sie sprang auf, umarmte mich, bevor ich etwas sagen konnte, und sprang zur Tür. Dort drehte sie sich um. »Ich muss zurück, ich will sehen, was ich jetzt herausfinden kann. Und was Asela anbelangt, ich will, nein, ich *muss* sie sehen, muss mich mit eigenen Augen überzeugen!«

Sie riss die Tür auf. Dort stand Serafine, die Hand zum Klopfen erhoben, und schaute verblüfft drein.

»Wisst Ihr, dass er klug ist?« Desina strahlte Serafine an, umarmte auch sie heftig und rannte davon, bevor Serafine so recht verstand, wie ihr geschah.

29. Stockfisch

Serafine schaute Desina hinterher und kam dann herein.

»Du siehst aus, als hätte sie dich verwirrt«, meinte sie.

»Sie kam herein, machte mir Vorwürfe, dass ich Asela leben ließ, dann verursachte sie einen Regenguss, rannte hinaus und nennt mich auch noch klug.« Ich schüttelte den Kopf. »Kein Wunder, dass ich verwirrt aussehe.«

»Gab sie dir auch diese Beulen?«, fragte sie erheitert.

»Das war Rellin. Sie wurde wütend, als ich ihr unterstellte, dass sie wohl ihren eigenen Sohn sterben ließe, bevor sie irgendwelche dummen Regeln brechen würde.«

»Oh«, meinte sie. »Ein Wunder, dass sie dich am Leben ließ«, schmunzelte sie.

Ich musterte sie prüfend: Sie schien bei bester Laune und sah irgendwie verändert aus. Sie nahm sich den Stuhl, den die Eule eben erst benutzt hatte, und setzte sich mir gegenüber. »Und?«, fragte sie mit einem Lächeln.

»Ein neues Kleid?«, wagte ich mich vor, und sie lachte. »Nein. Leandra hat mir die Haare neu gelegt, und wir haben einen Schwatz gehalten.«

»Hat sie? Habt ihr?«, fragte ich erstaunt. Ich wusste gar nicht, dass Leandra so etwas konnte. »Die Haare sehen gut aus«, beeilte ich mich zu sagen. Serafine besaß eine dichte Mähne aus rabenschwarzem Haar, das im Licht glänzte und mich schon immer fasziniert hatte. Sie war beim Kampf im Wolfstempel nicht dabei gewesen und hatte somit ihr Haar auch nicht verloren. Es war erst wenige Wochen her, sowohl bei Zokora als auch bei Leandra kamen die Haare erst langsam wieder zurück. Zokora schien es nicht zu stören, doch Leandra missfiel es sehr.

»Was sollst du auch anderes sagen?«, meinte Serafine und lachte. Sie sah die Zeichnung auf dem Tisch. »Wer ist der Mann?«

»Der Eulenschüler Erinstor.«

»Warum willst du wissen, wie er aussah? Er ist gewiss seit Langem tot.«

»Woher will man das noch wissen? Wenn es einen gibt, der eine Möglichkeit fand, lange zu leben, kann es auch noch andere geben.«

»Gut«, sagte sie. »Das ist ein Grund.« Sie studierte die Zeichnung. »Die Augen stehen weit auseinander, er sollte leicht zu erkennen sein.« Sie tippte mit dem Finger auf Rellins Mappe. »Und das?«

»Rellins Vorschläge dafür, wie man die Regeln brechen sollte. Es geht um den Vertrag von Askir. Die Bullen sind sehr gute Infanterie, doch ohne Unterstützung sind sie nicht gut genug. Sie können nur verteidigen, für einen schnellen Angriff sind sie ungeeignet.« Ich stand auf, ging ruhelos umher. »Was mir auffällt, wenn wir durch Askir gehen, ist, dass nichts hier zeigt, dass die Stadt um ihr Überleben kämpft. Die Leute scheinen nicht zu wissen, dass sie sich im Krieg befinden.« Ich wandte mich ihr zu. »Du hast die Anklage gesehen, die dieser Agent des Handelsrates bei sich trug. Er denkt, der Handelsrat regiert, und dieser wiederum meint, es ginge nur um Gold!«

»Ich kann nichts dafür«, protestierte sie. »Also schau mich nicht so an.«

»Ja«, gab ich zu. »Ein Sturm zieht auf, und die Leute tun, als wäre nichts. Ich habe es Rellin schon gesagt. Mit fünftausend Leuten würde ich das ganze Reich einnehmen können. Es steht auf brüchigen Füßen und kann keinem widerstehen.«

»Vielleicht unterschätzt du sie«, sagte Serafine bedächtig. »Zumindest die Truppen in der Ostmark wissen, was es heißt, im Krieg zu stehen. Sie würden ihr Ziel verfehlen, wenn hier die Menschen in den großen Städten des Reichs vor Angst zitterten!«

»Weißt du, dass sie dort ohne Gnade schlachten?«, regte ich mich auf. »Rellin erzählte es mir eben, sie geben einander keine Gnade und erschlagen sogar noch die Kinder! Es ist nicht richtig, so zu kämpfen und zudem eine Verschwendung ... sie verbauen sich die Lösung des Problems!«

»Ja«, sagte sie ruhig. »Ich weiß davon.«

»Woher?«, fragte ich sie überrascht.

»Ich war lange genug Soldat«, meinte sie mit einem Schulterzucken. »Wenn ich wissen will, was wo geschieht, gehe ich in eine Schenke, in der Soldaten trinken, höre zu und spiele Würfel oder Karten ... Es braucht meist nicht lange, bis man unauffällig Fragen stellen kann. Soldaten schwätzen gerne und prahlen mit dem, was sie überlebt haben.«

»Damit werden sie nicht prahlen«, meinte ich.

»Damit nicht«, stimmte sie mir zu. »Darüber wird nur leise geredet. Kannst du dir einen Menschen denken, der ein Kind sieht und nicht weiß, dass man es schützen muss und nicht erschlagen darf? Weißt du, wie oft sich diese Männer in ihre eigenen Schwerter stürzen oder wahnsinnig werden? Oder gar desertieren? Ich hörte, dass vor knapp dreihundert Jahren, als der Befehl zum ersten Mal erging, sich eine ganze Lanze weigerte! Nicht einer der Soldaten war bereit dazu!«

»Gut!«, sagte ich. »Wenn Befehle gegen die Ehre gehen oder gegen den Willen der Götter, dann ist jeder aufgerufen, für sich selbst zu entscheiden.«

»Dafür wurde jeder Zehnte aus der Reihe gezogen, und seine Kameraden mussten ihn erschlagen.« Sie sah mich fast schon flehend an. »Havald, diese Soldaten stehen im Sold, es ist ihre Arbeit und ihr Leben. Sie müssen Befehle befolgen! Hast du noch nie einen Befehl befolgt, der dir zuwider war?«

»Doch«, sagte ich bitter. »Ich habe es auch stets bereut! Ich verstehe nur nicht, dass diese Befehle gegeben wurden!«

»Die Legionen in der Ostmark waren schon immer dem Marschall dort unterstellt. Einer von ihnen gab diesen Befehl«, teilte sie mir mit. »Seitdem gibt es kein Zurück mehr. Dennoch, obwohl es immer wieder geschieht, versucht man es zu vermeiden. Auch hat mittlerweile der Marschall seine eigenen Truppen, die diese Strafangriffe führen.«

Sie stand auf und kam zu mir. »Können wir nicht über etwas anderes sprechen?«, bat sie. »Ich würde gerne wissen, ob es stimmt, dass du für fast zwei Kerzenlängen mit dem Kommandanten verschwunden bist, um dann in trauter Eintracht mit ihm auf dem Zitadellenplatz gesehen zu werden.«

Sie hatte recht. Rellin auch. Alles konnte ich nicht ändern ... zuerst nur das, was notwendig erschien, danach würde das Weitere schon folgen. Herauszufinden, was es mit den Barbaren und der Ostmark auf sich hatte, erschien mir aus irgendwelchen Gründen wichtig, doch nicht jetzt.

»Asela hat uns dieses Tor gezeigt und gesagt, es würde ins Herz des Feindes führen. Wir gingen dorthin, der Kommandant und ich.« Ich suchte nach meiner Pfeife, stopfte sie und zündete sie an. Es half mir, mich zu beruhigen. »Wir fanden dort die Hauptstadt des Feindes vor, ein riesiges Ungetüm, das mehr einem Ameisenbau gleicht als einer Stadt der Menschen. Etwas ist dort am Werk, das seltsam und fremd ist.«

»Fremd? Wie meinst du das?«

»Wie ich es sagte. Die Häuser sind von Menschenhand errichtet, und es leben Menschen darin. Doch der Plan des *Lebens* dort ist aus einem Geist entstanden, der nicht menschlich ist. Es macht mir Angst.«

»Dir?«

»Ich habe oft Angst«, meinte ich. »Es ist sinnvoll, Angst zu haben. Es beflügelt die Gedanken ... und die Füße.« Ich zog an meiner Pfeife und blies den Rauch nach oben, um ihm nachdenklich mit meinem Blick zu folgen. »Es half mir, ihn zu überzeugen, dass, wenn Askir diesen Krieg gewinnen will, wir die Regeln ändern müssen. Die Gesetze von heute gelten für den Frieden. Das muss sich ändern.« Ich zuckte mit den Schultern. »Ich glaube, der Anblick dieser Stadt überzeugte ihn, dass etwas getan werden muss.«

»Was hast du vor?«

»Vielleicht gar nichts«, teilte ich ihr mit. »Es kommt darauf an, wie der Kronrat entscheidet.«

Sie sah mich fragend an.

»Wenn sie nicht in unserem Sinne entscheiden, wenn die Allianz zerbricht, dann müssen wir sehen, wie wir gegen den Feind bestehen, nicht wahr? Es schadet wohl kaum, sich darüber schon im Vorfeld Gedanken zu machen.« Jetzt wollte ich aber etwas anderes wissen. »Sag, was war das für ein Schwatz, den du mit Leandra hattest?«

»Wir sprachen über dich.«

»Und?«

»Und nichts. Als Erstes wurden wir uns über deine Fehler einig.« Sie lachte. »Tatsächlich sprachen wir mehr über Kleider als über dich.«

Ich musterte sie. »Kannst du tanzen?«

»Natürlich kann ich das, es ist nicht schwer. Wenn der Mann das Talent zum Führen hat, kann jede Frau ihm folgen.«

»Und wenn nicht?«

»Dann sucht man sich einen Mann, der tanzen kann.«

»Könntest du es mir beibringen?«, fragte ich hoffnungsvoll.

Jetzt schmunzelte sie. »Vieles mag beim Alten geblieben sein, vor allem hier in Askir«, antwortete sie. »Doch bei Tänzen ist es anders, sie ändern sich stetig.«

»Orikes sagte mir, es gäbe Männer, die darin unterrichten«, grollte ich.

»Siehst du. Da ist das Problem doch schon zum größten Teil gelöst!«

»Ich weiß nicht«, sagte ich. Ich sah sie nachdenklich an und erinnerte mich an etwas, das sie nach dem Überfall auf uns behauptet hatte. »Finna, ich kann Hilfe gebrauchen, ich habe kaum angefangen, und schon wächst es mir über den Kopf. Wärst du bereit, der Legion wieder beizutreten? Ich brauche einen Adjutanten.«

»Nein«, sagte sie entschlossen. »Ich habe dem Kaiser bereits ein Leben gegeben und erhielt durch Soltars Gnaden ein neues, das ich für mich behalten will.«

»Und wenn wir die Regeln ändern?«

»Wie?«

»Ihr seid fleißig gewesen heute Morgen«, meinte Orikes etwas säuerlich, als wir bei ihm vorstellig wurden. Er wies auf einen Stapel Akten, die sich auf seinem Schreibtisch türmten. »Ich bin vollends damit ausgelastet, für Euch die Unterlagen zusammenzustellen, die Ihr angefordert habt. Was wollt Ihr diesmal, Lanzengeneral?«

»Ich will Sera Helis als meinen Adjutanten. Ich vertraue ihr, und sie hat das Wissen und die Fähigkeiten, die ich brauche.«

»Dem steht nichts im Wege«, antwortete er und musterte sie.

»Ich nahm mir die Freiheit, die Dienstakte von Stabssergeant Serafine Konai zu lesen. Es bleibt nur zu prüfen, ob sie es auch wirklich ist.«

»Das ist nicht der Punkt«, sagte ich. »Ich will sie als meinen Adjutanten, doch mit der Möglichkeit, den Dienst zu verlassen, wenn sie es möchte, ohne dass die Umstände, unter denen sie diese Entscheidung trifft, hinterfragt werden.«

»Hm«, sagte er. »Was sagt Ihr dazu, Sera Helis?«

Sie warf mir einen Blick zu. »Dass ich diesmal ein anderes Leben plane als den Dienst in der Legion. Solange Havald mich dort braucht, bin ich bereit, die Uniform zu tragen. Doch wenn das nicht mehr gegeben ist … wenn er fällt …« Sie schluckte. »Dann will ich gehen können, denn dann haben die Legionen so viel von mir genommen, dass ich sie nicht mehr ertragen könnte.«

Orikes sah sie lange an, dann nickte er und wandte sich an mich. »Ein Adjutant sollte einen gewissen Rang innehaben. Wäre der eines Stabsmajors genug?«

»Ja«, sagte ich, als Serafine überrascht blinzelte. »Ich denke, das wäre passend.«

»Gut«, sagte er. »Ich werde den Bescheid selbst erstellen. Wenn ich es einfach nur in Auftrag gebe, wird man denken, dass ich mich irre, und den *Fehler* ändern wollen.« Er schmunzelte. »Willkommen zurück, Major.«

»Das ist alles?«, fragte sie überrascht.

»Es wäre anders, wenn der Kommandant nicht vorhin hier gewesen wäre, um mir mitzuteilen, dass das, was der Ser Lanzengeneral will, der Ser Lanzengeneral auch bekommen soll«, gab er Antwort. Sein Tonfall ließ klar erkennen, dass er wenig erfreut darüber war. Er bedachte mich mit einem scharfen Blick. »Regeln und Gesetze haben einen Grund«, sagte er. »Boron ändert seine Meinung auch nicht ständig.«

»Er ist ein Gott«, meinte ich. »Ihm ist zuzutrauen, dass er es auf Anhieb richtig macht. Menschen irren. So ist es nun mal. Doch wenn sie Fehler erkennen, sollten sie diese doch ändern können, nicht wahr?«

»Ich verstehe nur nicht, wie Ihr den Kommandanten dazu

habt bewegen können, Euch freie Hand zu geben. Es ist mehr als ungewöhnlich.«

»Stabsobrist, Ihr kennt den Kommandanten weitaus länger als ich. Solltet Ihr ihm nicht darin vertrauen, dass er weiß, was er entscheidet? Noch eins: Wie viele Lanzengeneräle hat die Kaiserstadt?«

»Euch allein.«

»Sagt, ist Euch noch gar nicht in den Sinn gekommen, dass ich jetzt nach dem Kommandanten der höchstrangige Offizier der Kaiserstadt bin? Ich bin sein Stellvertreter.«

Seine Augen weiteten sich. »Das habe ich in der Tat noch nicht bedacht! Bis jetzt bin ich es gewesen!«

»Stört Euch daran nicht. In fast allem werdet Ihr es bleiben. Es brennt Euch auf der Zunge herauszufinden, was den Kommandant bewogen hat, seine Meinung über mich zu ändern, nicht wahr?«

»Ja«, sagte er grimmig. »Das sollte Euch nicht wundern.«

»Ich fragte ihn, welchen Grund er dafür hat, dass er mich nicht ernst nimmt.« Ich stand auf. »Wenn Euch ein solcher Grund einfällt, teilt ihn mir ruhig mit.«

»Mir fallen tausend Gründe ein«, meinte er bitter. »Wenn ich weiß, ob einer gültig ist, werde ich mich melden! Eines noch. Zur fünften Glocke wird Euch ein Ser Afente aufsuchen, um Euch das Tanzen beizubringen. Er bringt zwei Musikanten mit. Einer der Räume in der Fechthalle ist für Euch bereitgestellt.«

»Danke, Stabsobrist«, sagte ich höflich.

»Der Götter Segen, Sera, Ser«, wünschte uns Orikes, und wir gingen.

Kaum hatten wir den Raum verlassen, zischte Serafine: »Götter! Was hast du mit Keralos getan? Ihm das Schwert an die Kehle gehalten?«

»Nein«, gab ich ihr genauso leise Antwort. »Ich zeigte ihm das Schwert, das ein anderer ihm an die Kehle hält, und stellte ihm in Aussicht, dass ich es dort wegnehmen werde.« Ich lachte leise. »Du solltest mir dankbar sein.«

»Wieso?«, fragte sie misstrauisch.

»Du brauchst jetzt keine neuen Kleider. Eine Paradeuniform ist genug.«

Sie blieb stehen und sah mich ungläubig an. »Du meinst, ich soll dir dankbar sein, dass ich mich nicht vor dem Spiegel in schöne neue Kleider zwängen und zurechtmachen muss? Dass ich Stiefel tragen werde und keine Schuhe mit bestickter Seide? Kein Puder auflegen und die Wangen röten muss?« Die Art, wie sie mich ansah, gefiel mir nicht.

»So in etwa«, sagte ich vorsichtig.

»Du bist ein hoffnungsloser Fall, Havald«, sagte sie und schüttelte den Kopf. »Ich weiß nicht, ob ich weinen oder lachen soll. Besser, ich gehe jetzt.«

»Warum? Wohin willst du gehen?«, fragte ich überrascht. »Ich hoffte ...«

»Ich komme wieder. Ich gehe nur zum Zeugwart, um meine Ausrüstung zu beziehen. Dort werde ich dann Helme anprobieren, bis ich einen finde, der mir passt.« Sie bemerkte meinen verständnislosen Blick. »Darf ich nicht auch ein wenig eitel sein? Was meinst du, was mit meinem Haar geschieht, wenn ich schwere Helme anprobiere?«

»Oh.«

Sie seufzte, trat an mich heran und gab mir einen schnellen Kuss. »Wenn es das einzige Opfer ist, das der Kaiser von mir verlangt, will ich zufrieden sein. Ich komme zu dir, sobald ich fertig bin.«

»Stofisk ist mein Name, Ser. Nicht Stockfisch!«, verbesserte mich der Leutnant höflich, aber bestimmt.

Es war kurz nach der vierten Glocke gewesen, als es an der Tür zu meinem Amtsraum klopfte. Die Fahnen waren verschwunden und die Flagge auch, sie zierten jetzt die Schreibstube und lenkten mich nicht weiter ab. Ich hatte auf Serafine gehofft, also rief ich freudig »Herein«, aber ich wurde enttäuscht.

Der Leutnant war ein großer Mann, kaum kleiner als ich, doch die Götter hatten ihm einen Streich gespielt. Sein Gesicht glich in vielem dem eines Pferdes, und auch wenn er die Größe dazu haben mochte, fehlte es ihm an Breite. Er war einer dieser langen Kerle, die sich hinter einem Baum verstecken konnten und vielleicht der erste Bulle, den ich jemals sah, dem es an Muskeln fehlte. Wenn der Zeugwart für ihn eine Rüstung im Lager gefunden hatte, dann war das ein Wunder. Mir Stofisk in schwerer Plattenrüstung vorzustellen, gelang mir nicht, es kam mir nur lächerlich vor.

Um sein Problem zu erkennen, reichte nur ein Blick. Er hatte sich viel Mühe gegeben, sich herauszuputzen. Die Stiefel glänzten frisch poliert, er war tadellos rasiert, sein kurzes Haar lag ihm frisch geölt in Wellen auf dem Kopf, die Uniform saß perfekt, und diesmal hatte er sein Schwert auch nicht vergessen. Aber die Kragen an den kaiserlichen Hemden waren angeknöpft und abnehmbar, damit man sie leichter waschen konnte. Den Kragen an seinem Hemd hatte er vergessen, und sein Hals war jetzt schon vom Brokatstoff des Jackenkragens rot gescheuert.

Abgesehen davon, dass er mir vorkam wie ein Stock, der leicht brechen konnte, und von dem Kragen, gab es wenig auszusetzen, tatsächlich machte er einen besseren Eindruck auf mich, als ich erwartet hatte. An Selbstvertrauen jedenfalls mangelte es ihm nicht, denn er begegnete meinem Blick mit einer Ruhe, die ich bewundernswert fand.

»Stofisk also«, sagte ich und wies mit seiner Akte auf einen Stuhl. »Ihr wisst um Euer Problem?«

»Ja«, sagte er. »Ich eigne mich nicht fürs Militär.«

»Hm«, sagte ich und sah in seine Akte hinein. Sie war eng geschrieben und enthielt einiges, das ich nicht verstand. Danach musste ich Serafine fragen. Doch einen Mann nach dem zu wiegen, was jemand anders auf ein Papyira geschrieben hatte, lag mir sowieso nicht.

»Könnt Ihr mit dem Schwert umgehen?«

»Ich bin zweimal beinahe Schwertmeister der Dritten Legion geworden.«

»Warum nur beinahe?«

»Das erste Mal vergaß ich meine Handschuhe und erlitt einen üblen Schnitt. Das zweite Mal stand ich Schwertmajor Blix gegenüber, und er war besser.«

»Hm, warum habt Ihr nicht einen Kameraden gebeten, Euch Handschuhe zu leihen?«

»Es war mein Fehler, Ser.«

Aha, dachte ich und unterdrückte ein Schmunzeln. Die Antwort gefiel mir, er war wohl niemand, der sich aus der Verantwortung schleichen würde. »Welche Laster plagen Euch?«

»Ser?« Er sah mich fragend an.

»Trinkt Ihr, ergebt Ihr Euch der Frucht des Mohns oder den Reizen schöner Frauen?«

»Nein, Ser. Ich trinke nur in Maßen, mag es nicht, mir den Geist zu vernebeln, und kein Mohn für mich. Und schöne Frauen? Schaut mich an.«

»Ihr seid reich und habt Verbindungen in dieser Stadt.«

»Ja«, nickte er, und obwohl er sich Mühe gab, neutral zu klingen, war die Bitterkeit herauszuhören. »Von der letzten Frau, der ich den Hof machen wollte, bekam ich zu hören, dass genügend Gold auch ein Pferd gut aussehen ließe.«

»Hm«, sagte ich, lehnte mich zurück und musterte den Stockfisch genauer. »Was haltet Ihr davon, in meinen Stab zu wechseln?«

»Es ist für mich die letzte Gelegenheit, mich zu beweisen. Generalsergeant Rellin teilte mir mit, dass man überlegt, mir mein Patent zu entziehen. Meinen Rang als Offizier«, fügte er hinzu, bevor ich fragen konnte.

»Wie kam es, dass Ihr Offizier geworden seid?«

»Zum größten Teil durch Einfluss, Ser«, gestand er. »Ich wollte es so sehr, dass ich nicht verstand, dass es ein Fehler war, es kaufen zu wollen.«

»Ich wusste nicht, dass es möglich ist, ein Offizierspatent zu kaufen.«

»Ist es auch nicht«, meinte er betreten. »Allerdings kennt Ihr meine Mutter nicht.«

»Wer ist sie?«

»Die Gräfin Stofisk. Das Handelshaus?« Er sah meinen Blick. »Ihr kennt das Handelshaus Stofisk nicht?«, fragte er ungläubig.

»Sollte ich?«

»Nach dem Bankhaus von Baron Corten hat es den größten Einfluss hier in dieser Stadt.« Er schaute betreten zu Boden. »Er ist mein Vater, Ser.«

»Wer? Baron Corten?«

»Ja«, sagte er und wurde rot. Er sah, dass ich nicht verstand. »Sie lieben es, sich aneinander zu messen.«

»Und warum ...« Ich brach ab, es ging mich wirklich nichts an.

»Sie sind von Kindheit an einander versprochen«, erklärte er, und seine Ohren glühten. »Aber sie sagt, er muss zugeben, dass er sie liebt, bevor sie mit ihm in den Tempel geht. Er hingegen beharrt darauf, sie solle einsehen, dass er in Geldgeschäften besser ist als sie.«

Ich räusperte mich. Das sollte man wohl besser nicht vertiefen. Der arme Kerl sah aus, als ob er darauf wartete, dass der Boden sich auftat, um ihn zu verschlingen.

»Eure Eltern sind also von Adel«, stellte ich fest. »Wie das? Ich dachte, in Askir gäbe es keinen.«

»Die meisten Handelshäuser heiraten anderswo in den Adel ein, um sich einen Vorteil zu erkaufen. Bei der Familie meiner Mutter war es so, und es war auch der Grund, weshalb sie dem Baron versprochen wurde. Er stammt aus altem aldanischen Adel. Er nahm es meiner Mutter übel, dass sie dachte, er verstünde nichts von Geld, also hat er das Bankhaus hier gegründet.«

Damit hätten wir einen anderen Grund gefunden, warum der Leutnant es nicht leicht hatte. Er trug sein Herz auf der Zunge.

Ich unterdrückte einen Seufzer. »Denkt Ihr, Ihr könnt mir in meinem Stab dienlich sein?«

»Ay, Ser!«, sagte er. »Dessen bin ich mir sicher!«

Jetzt war ich überrascht.

»Wie könnt Ihr dessen sicher sein?«

»Ich kenne das Protokoll«, teilte er mir voll Eifer mit. »Nicht nur das des Militärs, ich weiß mich auch in jeder Gesellschaft zu bewegen. Ich spreche neun Sprachen fließend, auch Medari und den Hauptdialekt, den sie dort sprechen.«

»Wo?«, fragte ich verwirrt.

»Im Reich Xiang. Medari ist dort die Sprache am Hof, doch

zum größten Teil spricht das Volk Aniri. Es gibt dort noch Hunderte von Dialekten, aber mit diesen beiden kommt man aus.«

»Was befähigt Euch noch?«, fragte ich, obwohl allein schon die Sprachen von großem Vorteil waren.

»Ich habe an der Akademie der Künste hier in Askir studiert und natürlich an der Militärakademie.«

Natürlich.

»Ich spiele auch das Spinett und die Laute«, fügte er hinzu.

»Das lernt man an der Militärakademie?«, fragte ich erstaunt.

»Nein, Ser. Dort bestand ich mit Auszeichnung im Bauwesen. Wälle, Festungen und Minenbau.«

»Also könnt Ihr Karten lesen und auch Gebäudepläne?«, fragte ich ihn.

»Ay, Ser. Selbstverständlich, Ser!«

»Leutnant, ich werde es mit Euch versuchen.« Ich wies auf den anderen Schreibtisch. »Sagt Sergeant Lamert, er soll Euch einen zweiten Schreibtisch besorgen, den er neben den dort hinstellen soll. Aber vorerst ...« Ich beugte mich etwas vor. »Stellt Euch vor, ich wäre ein Schweinehirte, hätte keinerlei Wissen über das gesellschaftliche Gefüge dieser Stadt und müsste heute Abend auf einem Botschaftsball glänzen. Sagt mir, was ich wissen muss.«

»Ihr wollt es mit mir versuchen, Ser?«, fragte er ganz aufgeregt.

»Ja«, seufzte ich. »Wenn Ihr mir beweist, dass Ihr meine Fragen hört!«

»Ay, Ser, selbstverständlich, Ser! Ein Schweinehirte auf einem Botschaftsball? Es ist ein Scherz, nicht wahr? Oder wollt Ihr mich nur prüfen?«

»Wenn Ihr wollt, dann seht es so.«

»Oh«, sagte er. »Ich fürchte, das wird schwer ...«

Irgendwie hatte ich das auch vermutet.

Einmal in Fahrt gekommen, plapperte der Leutnant fröhlich und mit leuchtenden Augen daher. Ich stellte zwei Dinge fest: Er trug auch das Herz und die Geheimnisse anderer auf der Zunge, und er war die Goldgrube, die ich brauchte. Schon jetzt war ich beim zweiten Federkiel und hatte einen Krampf in meiner Hand. Ich hoffte nur, dass ich meine Notizen später dann auch lesen konnte.

Als Serafine hereinkam, sprang der Leutnant hastig auf und salutierte.

Ich hingegen sah sie nur sprachlos an, denn sie trug ihre neue Uniform. Wie bei den Bullen üblich, trug sie einen geteilten Reitrock, der Schwertgurt betonte ihre Taille und der Kragen ihren langen Hals ... bei den Göttern, sie brauchte wahrlich keine neuen Kleider!

Sie nahm sich eine Mappe mit Rellins Vorschlägen und setzte sich still an den anderen Schreibtisch. Nur ab und zu schaute sie amüsiert zum Leutnant herüber, der fröhlich weiterplapperte, von der Heirat einer Cousine mit einem alten Mann, der noch auf dem Weg aus dem Tempel an Altersschwäche gestorben war, und dem Gerücht, dass der Messwein vorher die Hand der Braut passiert hatte, die einen großen Ring getragen hatte und ...

Ich begann mich langsam zu fragen, ob man unseren Leutnant Stockfisch in die Legionen abgeschoben hatte, damit er kein Unheil anrichtete. Es schien mir, dass, wenn jemand in der feinen Gesellschaft Askir noch keine Leiche im Keller liegen hatte, es nur daran lag, dass der Mord noch nicht geschehen war. Aber auch das hätte Stockfisch vermutlich schon vorher gewusst.

»Wo, bei allen Göttern«, lachte Serafine, als wir kurz vor der fünften Glocke zur Fechthalle hinübergingen, »hast du diesen Leutnant her?«

»Er ist mir in den Schoß gefallen. Niemand sonst will ihn haben.«

»Der Mann ist brandgefährlich«, sagte sie kopfschüttelnd. »Soll ich dich wirklich zum Tanzunterricht begleiten?«, fragte sie. »Es gibt das eine oder andere, das ich noch in Erfahrung bringen möchte.«

Ich zögerte. »Es wäre mir lieber.«

Es zeigte sich, dass ihre Anwesenheit vonnöten war. Am Anfang war es nicht so schlimm, auch wenn mir dieser Ser Afente auf

Anhieb missfiel. Er trug einen dicht bestickten Wams, kurze Pluderhosen, die hoch unter den Schritt geschoben waren, und seine langen Storchenbeine waren in grüne Strümpfe gekleidet, die gestickte gelbe Rosen trugen. Ein Kranich mit dem Gepluster eines Pfaus. Zudem besaß er eine hohe nasale Stimme und eine Art, auf einen herabzublicken, die schwer zu ertragen war. Er schien ein wichtiger Mann zu sein und gab an, schon Prinzen unterrichtet zu haben. Er zählte eine Reihe Namen auf, von denen ich nur dank unseres Stockfischs einige kannte.

All das war zu ertragen, bis er bei einem Schwenk zu einer Musik, die mir in den Ohren schmerzte, an meinen Hintern fasste und mich zu sich heranzog. »So!«, meinte er in seiner Fistelstimme. »So ta-« Weiter kam er nicht.

»Havald!«, rief Serafine und zerrte an meinen Armen. »Lass den armen Mann doch leben!«

»Mir an den Arsch zu fassen, gehört wohl kaum zum Tanz!«, schäumte ich, während sich Serafine gegen mich stemmte und der Aldaner hastig floh. Die beiden Musikanten folgten ihm mit angstvollen Blicken auf dem Fuße.

»Havald«, versuchte Serafine mich zu beruhigen, während sie zugleich im höchsten Maße erheitert schien. »Er wollte nur deine Haltung verbessern!«

»Wenn du mich loslässt, verbessere ich ihm seine gleich am Hals!«, schnaubte ich.

»Dann sollte ich dich fester halten«, sagte sie lachend und gab mir einen Kuss.

30. Der Ball

Viel später zog ich die Uniform an und fand heraus, wie sehr sie einem den Hals einengte. Serafine teilte mir mit, dass wir, obwohl Leandra auch auf dem Ball erwartet wurde, nicht mit ihr gehen konnten. Sie war eine Königin mit eigenem Gefolge, auch wenn es zur Zeit noch ›geliehen‹ war. Wir hingegen standen für die Kaiserstadt, also mussten wir getrennt von ihr erscheinen. Wie schnell sich manches hier herumsprach, zeigte Stockfisch, der uns begleitete. Als wir in der Kutsche saßen, die uns die wenigen Schritte bis zur Botschaft bringen sollte, informierte er mich, dass es bereits die Runde machte, dass ich diesen Ser Afente fast erwürgt hatte.

»Er ist ein Astartebruder«, sagte unser Leutnant wohlgemut. »Aber das muss er auch sein.«

»Was?«, fragte ich ungehalten, während Serafine nur mühsam ein Lachen unterdrückte

»Ein Astartebruder«, teilte mir der Leutnant munter mit. »Sonst würden ihn die Väter wohl kaum ihre Töchter unterrichten lassen. Jedenfalls wird es Eurem Ruf nicht schaden.«

»Welchem Ruf?«

»Eurer Bekanntheit«, antwortete er. »Euer Ruf ist wie bare Münze, er muss sorgsam gehortet werden, damit er zum richtigen Zeitpunkt zum Wechsel werden kann. So bewegt man hier Dinge. Gold haben sie ja alle genug. Ich habe gehört, dass Ragnar Hraldirsson Euer Freund ist.«

»Ja«, sagte ich. »Doch wenn Ihr mich auffordern wollt, die Freundschaft nicht zu pflegen, vergesst es lieber gleich.«

»Nein, Ser«, sagte er ernsthaft. »Nichts läge mir ferner. Ich wollte sagen, haltet Euch an ihn, er weiß, wie man dieses Spiel zur Vollendung spielt.«

»Ragnar?«, fragte ich erstaunt.

»Ja«, meinte er mit glänzenden Augen. »Die Art, wie er seinen Freund, diesen Angus, herausschlug, ist bereits Stadtgespräch. Oh …« Er sah mich an. »Es war die Rede von einer

Sera und einem Ser, die den Prinzen begleitet haben. Wart das etwa Ihr?«

»Ja«, seufzte ich.

»Dann nehmt Euch vor den Seras in Acht«, teilte er mir fröhlich mit. »Sie werden sich wie Seeschlangen um Euch winden, um Euch in ihre Falle zu ziehen!«

»Das«, meinte Serafine eisig, »glaube ich wohl nicht.«

»Er bräuchte einen harten Stock, um sie abzuwehren«, meinte der Leutnant, der offenbar gern eine deutliche Warnung übersah. »Ich habe mich über den Lanzengeneral kundig gemacht und wollte wissen, was man sich so von ihm erzählt. Das Gerücht besagt, er hätte Eure Königin selbst gekrönt, wäre ihr Liebhaber gewesen und hätte in Bessarein sogar eine Tändelei mit Prinzessin Marinae gehabt, mit der er Tage ohne Aufsicht verbracht hätte. Ihr Kind ist wohl nicht von ihm, aber man fragt sich, wie gut er die Emira kennt. Die Varländer wiederum genießen einen gewissen Ruf bei den Seras, und auch dieser färbt auf ihn ab, weil er doch gleich mit zweien befreundet ist. Von diesem Angus hört man in Aldane, er wäre bei den Seras ein Tier im Bett und ... Was ist?«, fragte er erstaunt. »Was seht Ihr mich so an?«

»Havald wollte sagen«, meinte Serafine hastig mit einer Hand auf meinem Arm, »dass er diese Art von Gerüchten nicht schätzt. Er ist der Paladin der Königin und wäre gezwungen, jeden zu fordern, der das Gerücht einer Liebschaft zwischen ihm und seiner Königin weiterträgt. Welches«, fügte sie mit Nachdruck hinzu, »außerdem nicht der Wahrheit entspricht. Auch die Gerüchte aus Bessarein sind nicht wahr. Er hat die Prinzessin vor Sklavenhändlern gerettet und ist nur gut mit der Emira und ihrem Gemahl befreundet.«

»Also war es eine Heldentat? Gut! Es sollte kein Problem sein, die Gerüchte zu verändern. Wenn er ihr Paladin ist, erklärt es die Vertrautheit, die man den beiden nachsagt, und bringt zudem eine Prise unglücklicher Liebe hinein. Die Barden werden es mögen.«

Ein Geräusch löste sich aus meiner Kehle. Serafine hielt mich fester am Arm.

»Leutnant«, sagte sie höflich, »nehmt einen wohlgemeinten

Rat von mir an. Wenn ich mich räuspere, verlasst den Pfad des Gesprächs unverzüglich, denn Ihr steht dann bereits auf dünnem Eis.«

Er sah sie erstaunt an. »Danke für den Rat. Wollt Ihr andeuten, dass der General ...« Serafine räusperte sich laut.

»Oh«, meinte Stockfisch und war still.

Den Einfluss des Königreichs Aldane erkannte man recht gut, als unsere Kutsche sich vor der Botschaft in die Schlange einreihte, gut vier Dutzend Kutschen warteten hier mit unruhigen Pferden; als ich die Tür öffnete und mich herauslehnte, sah ich weiter hinten noch mehr Kutschen stehen, dort tranken die Kutscher oder rauchten ihre Pfeifen, während die bewaffneten Eskorten, ihrer Pflicht entledigt, Würfel spielten oder anderweitig die Zeit totschlugen.

Auch wir hatten vier Eskorten, Bullen der ersten Legion, die auf ihren Pferden neben der Kutsche einherritten. Ich schmunzelte bei dem Anblick, offenbar gab es doch Gelegenheiten, bei denen die schwere Infanterie fest im Sattel saß.

Während wir warteten und immer wieder nur einen Schritt vorankamen, hatte ich die Muße, das Sattel- und Rüstzeug der Soldaten zu betrachten, schließlich wandte ich mich an Serafine.

»Sag, kennst du diese Art von Rüstungen?«, fragte ich sie.

Sie nickte lächelnd. »Gefallen sie dir?«

»Sie sind für den Kampf zu Pferde gedacht«, stellte ich fest. »Ich mag die Schuppenlage an Rücken und Bauch und die verstärkten Bein- und Wadenschalen, die Schutz mehr nach außen gerichtet ... die Innenseite, ist es Kette?«

»So ist es. Die Kette liegt zwischen zwei Lagen aus ausgewähltem Leder. Es vermeidet, dass es scheuert.«

Je länger ich Rüstung und Sattelzeug betrachtete, umso mehr beeindruckte mich die Ausrüstung unserer Eskorte. Ich sah noch weitere Laschen an dem Sattelzeug und fragte danach, was dort hingehörte. Hier ein Kurzbogen aus Stahl und dort Lanzenspitzen. Das Schwert, das die Soldaten trugen, war leicht gekrümmt ... für den Schlag aus dem Sattel heraus, während man vorbeiritt, und mit der Schärfe zu schneiden, was der Schlag nicht vollbrachte. Mit der Rüstung eines Bullen hatte diese nicht viel Ähnlichkeit, vielmehr kam sie mir in einem so hohen Maße durchdacht und entwickelt vor, dass es mich schier erstaunte.

Schwere Reiterrüstungen waren eine Kunst, entgegen ihrem Namen durften sie nicht schwer sein, bei jeder Unze mehr erlahmte das Pferd ein wenig schneller.

»Ich sah noch nie solche Rüstungen«, teilte ich jetzt Serafine beeindruckt mit. »Wie kommt es, dass unsere Eskorte diese Kunstwerke trägt, wo Reiterei doch fast nicht mehr genutzt wird?«

»Es gab eine Menge Reiterei im alten Reich«, sagte sie. »Die Einhörner, Jagdkavallerie mit Bogen, in der nur Frauen dienten, dann die Bären, die schwere Kavallerie, und zuletzt auch noch die Greifenreiter, Elfen, die auf Greifen flogen; Leandra trägt noch immer eine solche Rüstung, die kaum mehr wiegt als Leder.«

»Ja. Ein königlicher Schatz«, stimmte ich ihr zu. »Stammen die Rüstungen unserer Eskorte von den Bären?«

»Nein«, sagte sie. »Es gibt noch eine andere Kavallerie ... die Drachenreiter.« Sie schmunzelte, als sie meinen Gesichtsausdruck im Schein der kleinen Laterne sah, die in der Kutsche hing und uns dürftig Licht spendete.

»Sie reiten keine Drachen«, lachte sie. »Die Leibgarde des Kaisers ist so ausgerüstet. Man nennt sie Drachen, weil sie das Zeichen Askirs auf den Brustplatten tragen. Du musst sie schon gesehen haben, sie tragen einen roten Federbusch auf ihren Helmen. Und scharlachrote Umhänge.«

Daran konnte ich mich nicht erinnern. »Es gibt sie noch?«

»Es gibt noch vierundzwanzig von ihnen, die Leibgarde des Hochkommandanten.«

»Woher weißt du solche Dinge?«, fragte ich erstaunt.

Sie lachte. »Ich stelle Fragen«, grinste sie.

Das tat ich jetzt auch.

»Wie schwer sind sie? Die Rüstungen?«

»Nicht schwerer als dein Kettenhemd, Havald«, sagte sie. »Sie sind aus einem ausgesuchten Stahl, der hier in der Arsenalschmiede gefertigt wurde.«

»Was denkst du, gibt es noch mehr dieser Rüstungen?«

Sie zuckte die Schultern. »Hier sind vier. Es wird noch andere geben, aber nicht sehr viele. Aber du besitzt eine solche Rüstung, Havald.«

»Bitte?«, fragte ich erstaunt. »Wo soll sie sein? Bei den Geschenken des Emirs?« Wenn es so war, dann konnte ich mich verfluchen. Die Rüstungen der Bullen hinderten meine Art zu kämpfen, sie machten mich zu langsam für Seelenreißers Blitzattacken oder seine schnelle Abwehr; wie es war, zerrte er mir oft genug die Muskeln.

»Erinnerst du dich, dass Kasale dir in Gasalabad bereits eine Generalsrüstung bringen ließ? Es ist die gleiche Rüstung, wie die, die der Major hier trägt …« Sie schmunzelte ein wenig. »Die Bullen marschieren, das ist wahr, aber ein General hat das Privileg zu reiten … und eine Infanterierüstung auf einem Pferd ist zumindest für den Gaul keine gute Idee.«

»Götter«, fluchte ich. »Du willst sagen, dass diese Rüstung in dieser verfluchten Kiste liegt? Die, die wir von Gasalabad bis hierher geschleppt haben? Die, die in meinen Räumen steht?«

»Ja«, sagte sie und lachte leise. »Ich dachte, dass du sie nicht tragen willst, weil du grundsätzlich ungern Rüstung trägst. Bei der Gelegenheit, der rostige Fetzen, den du Kettenhemd nennst, ist eine Schande für die Augen jedes Zeugwarts.«

»Sie half mir oft genug und ist über hundert Jahre alt«, protestierte ich.

»So sieht sie auch aus! Sie ist mehr geflickt als alles andere!«

Ich zog es vor, darauf nichts zu antworten.

»Meinst du, dass diese Rüstungen noch immer gefertigt werden können?«

Der größte Nachteil eines Bullen war seine Unbeweglichkeit, die er dem Gewicht seiner Rüstung schuldete. Eine Rüstung, die leichter war, in der man reiten konnte und die dennoch ähnlich guten Schutz versprach, eröffnete ganz andere Möglichkeiten.

Sie zuckte mit den Schultern. »Das weiß ich nicht. Aber wenn du es wünschst, kann ich es in Erfahrung bringen.«

Die Kutsche bewegte sich wieder einen Schritt nach vorne,

um dann wieder anzuhalten, dabei schaukelte sie wie ein Boot auf hoher See.

Wenn das so weiterging, konnte man mich bald wie einen Hund am Fenster hecheln sehen, die Enge der Kutsche und das beständige Schaukeln drohten mir den Magen zu heben.

Stockfisch räusperte sich.

Wir sahen ihn an, er hob abwehrend die Hand.

»Nichts, ich will nur sagen, dass, da die Sera keine Röcke trägt, es möglich wäre, die letzten Schritte zu gehen ...«

»Das sagt Ihr jetzt, nachdem wir hier so lange schon gewartet haben?«, fragte ich ihn ungläubig, während die Kutsche erneut vier Schritt vorfuhr und dann wieder anhielt.

»Bei dem Gerede über Rüstungen nahm ich eben erst die Stiefel der Stabsmajorin wahr ... erst da kam mir der Gedanke.«

»Ich dachte, es gehört zum Protokoll!«

»Nein, es ist nur, um die Tanzschuhe der Seras zu schonen.«

»Gut«, sagte ich, öffnete die Tür und sprang heraus. »Dann lasst uns gehen.« Ich bedachte den armen Leutnant mit einem harten Blick. »Ich bin nicht überreichlich mit Geduld gesegnet, wenn Euch anderes einfällt, das man nicht tun *muss*, so sagt es in Zukunft besser gleich!« Ich klappte Serafine die Kutschenstufen auf. »Siehst du«, sagte ich zu ihr, »deine Stiefel sparen uns Zeit!«

Sie verharrte mitten in der Tür und sah mich an.

»Sie machen keinen schlanken Fuß«, teilte sie mir hoheitsvoll mit und verschmähte die Hand, die ich ihr reichte.

»Oh doch«, widersprach der Leutnant höflich. »Sie zeigen eine schlanke Linie, mehr noch, Euren guten Geschmack. Sie sind das Werk von Meister Breckert, nicht wahr?«

»Ihr kennt ihn?«, fragte Serafine neugierig.

»Sicher. Er ist der beste Uniformschneider in den sieben Reichen, sogar manche Aldanen lassen bei ihm fertigen. Sera, Euer Geschmack, so wie auch Eure Uniform, ist höchst erlesen«, meinte er galant. »Ihr werdet reichlich begehrliche Blicke ernten.«

»Meint Ihr?«, fragte sie lächelnd. »Ist der Unterschied erkennbar?«

»Für das geschulte Auge schon«, flötete Stockfisch. »Niemand, der ein Auge für solches hat, wird sie mit dem plumpen Werk eines kaiserlichen Armeeschneiders verwechseln können. Wie habt Ihr Meister Breckert überreden können? Es heißt, er wäre auf Monde hin stets ausgebucht? Ich selbst musste vier Tage auf meine Uniform warten, dabei gehört seine Schneiderei zur Hälfte meinem Vater!«

»Ich sagte ihm, dass ich die Wahl hätte zwischen einem Kleid von Sera Herones oder einer Uniform von ihm ...«

»Ja«, nickte Stockfisch ernsthaft. »Das wird ihn beflügelt haben!«

Serafine wandte sich zu mir und strahlte mich an. »Havald!«, rief sie gut gelaunt. »Unser Leutnant hier ist ein wahrer Schatz! Kann ich ihn behalten?«

»Tut mir leid, Sera«, meinte Stockfisch und deutete eine Verbeugung an. »Sosehr ich Euch auch verehre, mein Herz gehört der Legion, und Ihr wisst ja, was man sagt.«

Stockfisch hatte etwas an sich, das ich mochte. Meistens. Ich tappte hinter den beiden her und überlegte, ob ich ihn zurück in die Baracke schicken sollte, als ein Ruf aus einer der Kutschen ertönte.

»Julus!«, rief eine ältliche Matrone ganz aufgeregt, sie hatte sich mit wogendem Busen durch das enge Kutschenfenster gezwängt und wedelte mit einem knallgelben Fächer, sodass er sie auch sehen möge ... »Julus Stofisk! Welche Überraschung ... komm her, mein Junge ... wen hast du denn da mitgebracht?«

»Tante Ersin!«, lächelte der junge Mann und verbeugte sich formvollendet. »Stabsmajor Helis aus dem Haus des Adlers zu Janas, durch Heirat mit der Emira Faihlyd verwandt, Lanzengeneral Graf Thurgau, Träger des Ordens der Rose und Paladin von Illian, Gräfin Odenil ... ich erzählte Euch von ihr«, log er flüssig weiter. »Sprach davon, wie gut der Stahl ist, den ihre Minen in Rangor aus der Erde bergen und davon, dass sie den Herzog Haltar kennt ...« Er beugte sich etwas vor und tuschelte laut genug, dass sie es auch hören konnte. »Es heißt, sie hätte ihm bei einem Tanz die Konzession für eine Schwefelgrube aus der Tasche gezogen!«

»Alte Geschichten, mein Junge«, strahlte sie. »Alte Geschichten ... damals war ich jung und schön!« Ihre grauen Augen musterten Serafine und mich sehr aufmerksam. »Auch wenn man es nicht glauben will, ich war einst so schlank wie Ihr, Stabsmajor.«

»Und habt Euch kaum verändert«, meinte Stockfisch mit einem Lächeln, woraufhin sie lachte.

»Kommt näher, Lanzengeneral!«, sagte sie und winkte mich heran. »Ich will mir Euch näher ansehen ... man hört so viel von Euch!«

»Tut man das?«, fragte ich, und Serafine trat mir auf die Füße. Die Stiefel mochten schlank sein, doch der Absatz war fest und hart genug.

»Das ist wahr«, meinte Stockfisch und sandte mir einen Blick zu, der deutlich warnend war. »Leider sind die Gerüchte vollends falsch, jemand fiel auf einen üblen Scherz hinein ...«

»Wirklich?«, fragte die Gräfin. »Ich hörte es von Baronetta Elinde ...«

»Ihr kennt sie ja«, meinte der Leutnant lächelnd. »Sie meint es gut, ist nur etwas übereifrig. Sie glaubt zu leicht, was man sich erzählt. Wenn Ihr wissen wollt, was wahr ist, wendet Euch an mich ...«

»Dann erzähle, junger Mann«, lachte sie.

»Ach nein, nicht heute«, lächelte der Leutnant. »Wie wäre es, wenn ich morgen Abend zum Tee kommen würde? Ihr könntet ein paar Freundinnen einladen ... bevor die noch in dieselbe Falle tappen wie die arme Elinde.«

»Zur sechsten Glocke dann!«, nickte sie begeistert. »Bringe deine Freunde mit ...«

»Das wird nicht gehen, Tante«, meinte Stockfisch arg betrübt. »Es ist Krieg, und sie haben beide viel zu tun ... ich als junger Leutnant habe es da einfacher, etwas Zeit freizuschinden ... bis morgen dann, Tante, ich freue mich sehr, Euer Tee ist schon immer einen Aufwand wert gewesen!« Er sah zu mir hin. »Er kommt aus Xiang«, teilte er mir vertraulich mit. »Und jede Löffelspitze wird gegen Gold gewogen!«

Er tat einen Kratzfuß.

»So gerne ich verweilen will, die Pflicht ruft, dies ist Dienst und kein Vergnügen, Tante ... obwohl es eine Freude ist, Euch so überraschend anzutreffen.«

»Überraschend?« Sie sah zu mir hin und zwinkerte mir zu. »Er weiß ganz genau, dass ich es mir nicht entgehen lasse, einen Ball der Aldanen zu besuchen ... die Unterhaltung dort ist ungeheuer erheiternd!«

»Sie meint die Intrigen auf dem Ball«, erklärte der Leutnant flüsternd, als wir uns der Hörweite der Sera entzogen hatten. »Ihr solltet mich bald darüber unterrichten, welche Gerüchte Ihr verbreitet sehen wollt. Was sie angeht, seid vorsichtig mit ihr, Ser General«, fuhr er dann fort. »Sie ist eine Dolcette, eine Künstlerin darin, andere lebend auszuweiden, während sie noch lächeln müssen.«

Ich sah zu der Matrone zurück. »Was sagt Ihr?«, fragte ich entsetzt.

»Auf gesellschaftlicher Ebene«, erklärte der Leutnant in ernstem Ton. »Wenn sie es sich in den Kopf setzt, macht sie ihre Ziele unsichtbar.« Er sah meinen fragenden Blick. »Sie sorgt dafür, dass man einen nicht mehr sehen will ... es schließen sich dann tausend Türen, und meist folgt der Ruin, weil niemand mehr mit einem Handel treiben wird. Die Töchter finden keinen Ehemann und die Söhne keine Frauen. Für manche ist das schlimmer als der Tod ... Soltar verheißt immerhin die Wiedergeburt, so gnädig ist die Tante nicht.«

»Oh«, sagte ich und sah zu der Matrone zurück, die sich gerade wieder durch das Fenster in das Innere der Kutsche zwängte ... sie bemerkte meinen Blick und winkte mir fröhlich mit dem Fächer zu.

»Das«, sagte Serafine leise, »ist das Schlachtfeld, vor dem Leandra dich warnte.« Sie sah zu dem Leutnant hin, dessen Fröhlichkeit vollends verschwunden war. »Ich glaube, Havald«, sagte sie, »dass es überaus klug von dir war, den Leutnant in deinen Stab zu rufen.«

»Danke, Sera«, sagte Stofisk und verbeugte sich leicht vor ihr.

»Es war deine Idee, Finna«, meinte ich dazu; während sie mich noch erstaunt ansah, wandte ich mich dem Leutnant zu. »Es ist kein Spiel, nicht wahr?«

»Nein«, sagte dieser ernst. »Das ist es nicht. Nicht, wenn ein Wort reicht, um ganze Familien in den Ruin zu treiben, ihnen die Zukunft und die Ehre zu nehmen … das gab es oft genug, dass einer einen solchen Ball verließ, sich von der Eskorte ein Schwert lieh, um sich dann hineinzustürzen, manchmal rettet es dann noch die, die man liebt. Seid über alle Maßen vorsichtig, Ser Lanzengeneral. Ich hörte, dass man einen Sündenbock für die Flut sucht und dass die Wahl auf Euch gefallen sei.«

»Gibt es hier solche, die Ihr liebt?«, fragte ich im Plauderton.

»Ja«, sagte der Leutnant. »Nicht viele, aber ja. Warum?«

»Ihr könntet ihnen raten, dass ich kein Sündenbock bin. Wer darin irrt, braucht sich meist kein Schwert zu leihen.«

Serafine zog scharf die Luft ein, und der Leutnant blieb stehen, sah mich sehr nachdenklich an.

»Sehr doppeldeutig«, stellte er fest und musterte mich nachdenklich. »Wisst Ihr denn, mit wem Ihr es hier zu tun habt?«

»Nein«, sagte ich. »Wohl kaum. Was sie nicht verstehen, Ihr aber verstehen solltet, ist, dass es für mich nicht von Belang ist, wer sie sind. Nicht für den Nekromantenkaiser, und auch nicht für mich.«

»Ich verstehe nicht …«

»Ja, erkläre es«, meinte Serafine fast schon kühl. »Denn ich verstehe auch nicht, was du sagen willst. Willst du diesen Leuten drohen?«

»Nein«, teilte ich den beiden mit. »Ich drohe nicht. Ich mag es nur nicht, wenn man mir droht. Ich werde dann sehr leicht uneinsichtig. Ich denke dann, dass der, der einen Streit mit mir sucht, wer es auch sein mag, sich nicht beschweren kann, bekommt er ihn dann auch.«

»Ich werde Euren Rat beherzigen«, sagte der Leutnant nach einer langen Pause.

»Und ich den Euren«, lächelte ich. »Wenn es hilft, Streit zu vermeiden, ist es mir mehr als recht.« Ich wies auf eine Kutsche, aus der eine junge Sera unserem Leutnant aufgeregt zuwinkte. »Jemand ruft Euch heran, also, stellt uns vor. Ich verspreche auch zu lächeln.«

Der Ballsaal war ein großer Raum von bestimmt drei Stockwerken Höhe und in regelmäßigen Abständen von Säulen eingefasst. Auf der rechten Seite, auf der wir uns befanden, gingen zwischen jedem Säulenpaar zwei Türen auf einen kleinen Balkon hinaus, der in etwa zwei Schritt Höhe in den kleinen Garten hinter dem Haus hineinragte. Dort fand sich auch das, was ich bald dringend brauchen würde: frische Luft.

An der Wand uns gegenüber waren Spiegel angebracht, die dem Raum noch zusätzliche Größe verliehen. Am einen Ende gab es eine Plattform, auf der ein Orchester gesetzte Stücke spielte, am anderen Ende führte eine kleine Treppe in den Raum herab, sodass Neuankömmlinge von allen gut gesehen werden konnten. Drei Kronleuchter hingen von der Decke, Dutzende Kerzenständer standen herum. Die Kerzenflammen und die gedrängte Masse an geladenen Gästen ließen den Raum sehr schnell warm und stickig werden. Dutzende Sorten von Parfüm mischten sich nicht immer vorteilhaft mit dem Geruch von Puder und Schweiß. Kurz nachdem wir hier angekommen waren, hatte ich mir den Platz an diesem Balkon gesichert und die hohe Tür halb geöffnet. Ohne frische Luft wären mir bald die Knie weich geworden. So taten sie mir nur weh vom langen Stehen.

Serafine hatte mich für den Moment im Stich gelassen; eine Frau in mittlerem Alter hatte sie geschickt in ein Gespräch verwickelt und unauffällig beiseitegezogen. Dem war vorausgegangen, dass Stofisk eine Nachricht erhielt: Jemand wollte ihn sprechen.

Die Art des Angriffs entsprach dem eines Paars von Wölfen, das ich einst dabei beobachtet hatte, wie es ein Opfer von der Herde trennte, nur ungleich eleganter durchgeführt. Die Sera hatte Serafine geschickt so weggedreht, dass ich nicht mehr in ihrem Blickfeld stand, und um mich herum hatte sich eine Lücke gebildet, die der andere Wolf zielsicher nutzte.

Ich stand da und hielt ein Kristallglas mit einem Getränk in der Hand, das schäumte und in der Nase kribbelte. Am Boden des Kelchs wartete eine gefüllte Kirsche darauf, meine »Zunge zu erfreuen«, wie es der Diener ausgedrückt hatte, der uns das Getränk aufdrängte. Ich wusste noch nicht, ob er gelogen hatte, denn jedes Mal, wenn ich daran nippte, hatte ich mit dem Niesreiz zu kämpfen. Ein Bier wäre mir wahrhaftig lieber gewesen. Der Blick, den diese Sera über Finnas Kopf hinweg dem Mann zuwarf, der sich jetzt unauffällig näherte, und eine gewisse Ähnlichkeit dieser Sera mit jemand Bestimmtem, ließen mich ahnen, wer nun hier vor mir stand.

»Also, Ihr seid der Lanzengeneral«, sprach er mich an. Er war um die fünfzig, besaß eine gewisse Leibesfülle, und seine Kleidung war beinahe einfach. Er folgte nicht der aldanischen Mode, sondern trug Stiefel, Hose, Hemd und eine Jacke aus gutem Stoff, alles maßgeschneidert, aber ohne diese Art der Bestickung, die einem die Tränen in die Augen trieb.

Ich deutete eine Verbeugung an. »Baron Corten, nehme ich an.« Ich wies mit meinem Glas auf Serafine und die Sera. »Ein vorzügliches Manöver, Baron«, meinte ich mit einem Lächeln. »Aber es wäre gar nicht nötig gewesen.«

»Hm«, meinte der Baron und lachte dann. »Es beweist, dass man sich für schlauer halten kann, als man es ist.« Er hob seinen Kelch an die Lippen und tat, als würde er trinken. »Es geht um meinen Sohn«, sagte er und schmunzelte, als er mich blinzeln sah. »Ich dachte, Ihr würdet Direktheit schätzen, aber wenn Ihr wollt, können wir auch über das Theater reden, um ein wenig warm zu werden. Ich hörte, Baron di Cortia hätte Euch dazu eingeladen und Ihr hättet abgesagt?«

»Das ist richtig«, sagte ich. »Doch wir können auch gern direkt zum Punkt kommen.«

»Da es wohl das *Lamento des Buro* war, das an diesem Abend gegeben wurde, zeigt es, dass Ihr klug in solchen Dingen seid«, meinte er. »Ich habe nur eine Frage an Euch, Lanzengeneral: Warum habt Ihr meinen Sohn in Euren Stab berufen?«

»Weil er dort bestens aufgehoben ist«, gab ich zur Antwort, nippte an meinem Glas und musste niesen.

»Die Götter mögen Euch Gesundheit geben«, wünschte er mir freundlich. »Meint Ihr das ernst?«

»Ja. Er hat seine Befähigung bereits bewiesen.«

»Er ist eine sehr kluge Wahl«, meinte er. Er sah mich sorgsam an. »Ihr wisst, dass man Euch anklagen will?«

»Ja«, antwortete ich und fragte mich, worauf er hinauswollte.

»Stimmt es, dass Legionen dort auf der Insel waren, die gegen Aldane gezogen wären, wenn der Vulkan nicht ausgebrochen wäre?«

»Ja. Zwei volle Legionen, die sich am nächsten Tag eingeschifft hätten.«

»Habt Ihr den Vulkan zum Ausbruch gebracht, um diese Legionen zu vernichten?«

Ich hielt seinem Blick stand. »Nein. Das lag nicht in meiner Macht, und ich hätte es auch nicht getan. Es wäre schwer geworden, aber es hätte sich ein anderer Weg gefunden, diese Truppen zu besiegen.«

Er nickte bedächtig. »Sagt mir, was Ihr über meinen Sohn denkt.«

»Er ist verschwendet an die Legion, aber ich bin dankbar, dass er meinen Stab ergänzt.«

»Was überzeugt Euch an ihm, Ser General, wenn ich das fragen darf?«

»Seine Aufrichtigkeit. Er stand mit geradem Rücken vor mir und gab seine Fehler zu.«

Er blickte an mir vorbei zu der Sera, die mit einem charmanten Lächeln Serafine erneut beschäftigte, als sie zu mir kommen wollte.

»Er hat den Mut dazu«, sagte er leise. Er tat erneut, als würde er trinken, und nickte mir dann zu. »Es war mir eine Freude, Euch kennenzulernen.«

Ich deutete eine leichte Verbeugung an. »Das Vergnügen war auf meiner Seite.«

Ich sah ihm nach, während er gemächlich davonging, dann war auch schon Serafine heran.

»Diese beiden«, meinte sie empört, während sie ein Lächeln auf ihre Lippen legte, »sind ein eingespieltes Paar! Sie hat mich abgefangen wie die schwere Reiterei!«

»Ich habe es bemerkt«, lachte ich. »Ich denke, sie sind nur in Sorge um ihren Sohn.«

Sie schaute der Sera nach, die tat, als würde sie dem Baron

nicht die geringste Aufmerksamkeit schenken. »Weißt du, wer unser Stofisk ist?«

»Ich denke schon.« Ich entdeckte einen Blumenkübel, wurde das sprudelnde Gesöff los und fischte die Kirsche heraus. Sie schmeckte in der Tat göttlich.

Die Musik im Hintergrund brach ab, dann fiel mir fast der Kelch aus der Hand.

»Götter!«, hauchte ich. »Sie ist wunderschön.«

»Ja«, sagte Serafine mit einem seltsamen Unterton in ihrer Stimme. »Das ist sie wohl.«

»Die Königin von Illian, Maestra di Girancourt. Zokora von Ysenloh, Priesterin der Solante. Varosch von Illian, Adept des Boron, nebst Gefolge!«, tönte die sonore Stimme von der Tür, durch die Leandra hereinschwebte, in einem weißen Kleid, das so tief ausgeschnitten war, dass ich um jeden ihrer Atemzüge bangte, und ihre Rundungen derart betonte, dass sie keinem Mann in diesem Raum entgehen konnten. Varosch trug die Roben eines Adepten des Boron und Zokora ein langes schwarzes Kleid. Ihnen folgten vier elegant gekleidete Herren, die mir vollkommen fremd waren.

»Hast du Zokora schon einmal in einem Kleid gesehen?«, fragte ich Serafine fassungslos.

»Das ist Eure Königin?«, hauchte Stofisk von der Seite her. Er war gerade von hinten herangekommen.

»Ja«, sagte ich und hob den leeren Kelch zum Gruß, als Leandra zu mir hinsah. Sie schenkte mir ein feines Lächeln, das nicht leicht zu erkennen war, und neigte hoheitsvoll den Kopf, als der Botschafter der Aldaner und seine Tochter sie begrüßten. Mir fiel auf, dass die Tochter die Hand verbunden hatte und ihr ein Finger fehlte. Sie trug den Kopf stolz erhoben, doch in ihren Augen lag eine Wachsamkeit, die sie von den meisten anderen hier unterschied.

»Kein Wunder, dass sie so erfolgreich ist«, meinte der Leutnant leise und ließ mich zu ihm hinschauen. »Es ist das erste Mal, dass ich sie sehe«, fügte er fast entschuldigend hinzu.

»Ist sie das?«, fragte ich ihn. »Erfolgreich, meine ich?«

»Erfolgreich in dem Sinne, dass ihre Bekanntheit wächst und

sie als Gast gern gesehen ist. Oh, da ist Baronet von Freise«, meinte er und wies auf einen schlanken Mann, der von einer jungen Frau auf einem Stuhl mit Rädern daran in den Ballsaal geschoben wurde. »Die blonde Frau ist die Bardin Taride vom Silbermond.« Er sah zu mir und Serafine. »Ihr solltet beide kennenlernen. Er ist der Neffe von Herzog Haltar, dem Regenten von Aldane, und hat das Ohr des Prinzen. Es heißt, er sei sein engster Berater. Und die Bardin …« Er lächelte. »Sie verfügt über die Magie einer schönen Frau und eine elfengleiche Stimme. Seit dem Angriff Thalaks auf den Ständeball sind die beiden Helden.»

Ich sah mir das Pärchen an. Der Baronet war bleich und abgemagert, ein großer Mann mit breiten Schultern, der von seinen Wunden noch nicht genesen war. Obwohl er in diesem Stuhl saß und sie ihn schob, schien das Sitzen ihn schon anzustrengen, doch seine auffällig blauen Augen waren wach, und ihnen schien kaum etwas zu entgehen. Er war, wie die meisten Aldaner hier, kostbar gekleidet, aber sein teures Wams war ihm zu groß geworden. Von der Bardin hatte ich bereits gehört. Ich besaß sogar einen dünnen Band mit Gedichten, die aus ihrer Feder stammten. Ihre Poesie hatte mich schon mehr als einmal fast zu Tränen gerührt.

Viele der Seras hier trugen gewagte Kleider, aber ihres war das atemberaubendste. Als sie sich jetzt vorbeugte, um dem Baronet etwas zuzuflüstern, konnte man kaum etwas anderes tun, als zu hoffen, dass sie nicht aus ihrem Kleid herausfiel. Warum es nicht geschah, gehörte wohl zu den Geheimnissen, die schöne Frauen haben.

Stofisk eilte davon, um das Paar in unsere Richtung zu lotsen.

»Er scheint wirklich jeden hier zu kennen«, stellte ich fest und zog mir einen der Diener herbei, der mir sofort ein Tablett mit gefüllten Kelchen vor die Nase hielt. Ich stellte meinen leeren darauf ab. »Guter Mann«, sagte ich ihm, »besorgt mir einen Becher Bier.«

Er sah mich beinahe entsetzt an, nickte aber und eilte eilfertig von dannen.

»Was habt Ihr mit ihm gemacht?«, fragte eine tiefe Stimme

höflich. Ich sah zu dem Baronet herab, der dem Diener nachsah und dann zu mir hochlächelte. »Er sieht aus, als hättet Ihr ihn erschreckt.«

»Ich sagte ihm, er soll mir ein Bier besorgen.«

»Oh«, meinte er und lachte leise. »Ja, das hat ihn sicherlich erschreckt!«

»Die Bardin Taride vom Silbermond, Baronet von Freise, Lanzengeneral Graf von Thurgau, Stabsmajor Helis aus dem Haus des Adlers«, stellte Stofisk uns vor.

Ich wollte der blonden Frau freundlich zunicken, als ich etwas spürte, das dem glich, das ich heute Morgen bei der Statue des Kaisers gefühlt hatte. Etwas, das mich zwang, es nicht vollständig wahrzunehmen.

Ich setzte ein Lächeln auf, während mir nach Weinen zumute war. Welche bessere Tarnung gab es für einen Nekromanten, als sich als eine Bardin auszugeben? Sie erfuhr viel und hatte, wie man hier sah, Zugang zu den besten Kreisen. Aber die Gedichte, die ich gelesen hatte, besaßen zu viel an Seele, um von einer Verfluchten zu stammen. Die Folgerung war, dass die echte Bardin tot oder ihre Seele übernommen worden war. Ich zwang mich, ihren Gruß höflich zu erwidern, während ich überlegte, wie ich sie in den Garten locken konnte. Ich wollte sie nicht vor allen Gästen erschlagen. Zugleich stemmte ich meinen Willen dem Trugbild entgegen, denn ich wollte wissen, welche Fratze sich unter ihrer Schönheit verbarg, und wie bei der Statue des Kaisers gelang es mir letztlich. Ich seufzte erleichtert auf.

Ihre Augen schnellten zu mir herüber. Die Frau besaß sehr gute Instinkte, doch für sie war die Gefahr gebannt. Ich beugte mich zu Serafine hinüber.

»Die Bardin ist eine Elfe«, flüsterte ich ihr zu, und Serafine nickte und strahlte mich an. »Ich weiß«, sagte sie genauso leise. »Sie ist Imras Schwester!« Sie zog mich näher an sich heran, sodass sie leiser sprechen konnte. »Bald, in ein paar Hundert Jahren, wird sie die Königin der Elfen sein.« Bei den Elfen wurde der Königsthron, oder das, was bei ihnen der Königswürde entsprach, in den allermeisten Fällen über die weibliche Linie weitergegeben. Könige hatte es wohl auch gegeben, vor allem in

Kriegszeiten, aber sie waren fast noch seltener als bei den Menschen die Königinnen, obwohl es bei diesem Kronrat gleich zwei geben würde. Nachdem die Magie sie nicht mehr tarnte, wirkte Taride nicht sehr verändert, allerdings waren jetzt die feinen Linien ihres Gesichts deutlicher zu erkennen. Das, was ich für den Zauber eines Nekromanten gehalten hatte, war nur der Versuch einer schönen Frau, etwas weniger auffällig zu sein. Während Imra mit jeder Faser als Elfenprinz zu erkennen war, schien das Taride völlig abzugehen. Außer ihrer Schönheit gab es wenig, das ihr Erbe verriet.

Bevor unser Tuscheln zu unhöflich wurde, trat Serafine an Taride heran, die sie ihrerseits musterte, als würde sie eine Erinnerung jagen. »Taride«, sagte Serafine mit einem warmen Lächeln. »Vielleicht erinnerst du dich an mich, als Kinder haben wir zusammen gespielt. Ich war mit dir und deinem Bruder befreundet.«

»Serafine!«, entfuhr es der Bardin. Es bewies, dass man zumindest die hellen Elfen überraschen konnte. Sie öffnete ihre Arme. »Wie kann das sein?«

»Das ist eine lange Geschichte«, sagte Serafine und zog die Bardin auf den Balkon hinter mir, wo die beiden sofort die Köpfe zusammensteckten und zu flüstern begannen.

Wir drei sahen zu den Frauen, dann lachte der Baronet leise, während Stofisk sehr nachdenklich wirkte.

»Und schon wurde sie mir gestohlen«, meinte der Baronet und musterte nun mich genauer. »Die Männer kann man wenigstens verwarnen, bei den Seras muss man hilflos leiden.«

Ich deutete eine Verbeugung an. »Ich kann Euch gut verstehen«, gab ich mit einem Lächeln zurück. »Mir geht es nicht viel anders.«

Stofisk sah von mir zu Baronet von Freise und zurück, dann lachte er. »Nun habt Ihr Euch gegenseitig verwarnt, dann kann ich ja gehen«, sagte er. »Ich werde darauf achten, dass Euch niemand zu nahe kommt.«

Der Baronet lachte. »Tut mir leid, Ser General«, sagte er mit einem entwaffnenden Lächeln. »Es mag unhöflich gewesen sein, aber es erspart viel an Missverständnissen.« Er sah zu der Bardin, und die Art, wie sie seinen Blick erwiderte, zeigte mir, dass sie sich nahestanden.

»Wisst Ihr, was sie ist?«, fragte ich leise.

Seine Augen zogen sich zusammen. »Wenn ich es nicht wüsste, was würdet Ihr dann sagen?«

»Eine schöne Frau.«

»Ja«, seufzte er. »Ich weiß, was sie ist, aber ich werde mich davon nicht beirren lassen. Ich bin für jeden Atemzug dankbar, den ich in ihrer Nähe verweilen darf.« Er sah meinen Blick und lachte. »Wir Aldaner tragen das Herz auf der Zunge, wenn es um solche Dinge geht. Wir sind hoffnungslos Astartes Zauber verfallen. Ich hoffe, es ist Euch nicht peinlich. Außerdem ...« Er schmunzelte ein wenig. »Sobald ich wieder gehen kann, werden wir vor die Göttin treten, es ist ein offenes Geheimnis.«

»Meine Glückwünsche, Baronet«, sagte ich und meinte es ehrlich. Vielleicht verspürte ich auch einen gewissen Neid.

»Danke«, meinte er, und sein Blick wurde forschender. »Ich habe von Euch gehört. Di Cortia zeigte sich von Euch beeindruckt, und mein Cousin hätte Euch gern gesehen. Darf ich fragen, warum Ihr die Einladung abgelehnt habt?«

»Ich musste in dringender Angelegenheit aufbrechen, es blieb mir keine Zeit.«

»Zu den Feuerinseln, um Eure Königin zu retten«, meinte er. »Eine Entschuldigung, die jeder Prinz akzeptiert. Da das *Lamento* gegeben wurde, hat man es Euch nicht krummgenommen.«

»Erklärt mir eins, Baronet«, fragte ich höflich. »Wenn jeder das *Lamento* zu vermeiden sucht, warum wird es dann gegeben?«

»Es entsprang der Feder eines meiner Vorfahren, und er bestimmte per Dekret, dass es einmal im Jahr für zehn Tage gespielt werden müsste.« Er schüttelte schmunzelnd den Kopf. »Eine Form von Willkür, die gerade noch erträglich ist. Wie empfindet Ihr Askir?«, fragte er.

»Groß.«

Er lachte. »Ich hörte, Ihr wärt sehr direkt, und das scheint auch zu stimmen.« Er blickte zu beiden Seras und seufzte. »Was denkt Ihr, was ist der nächste Zug des Nekromantenkaisers?«

Nach dem, was ich gehört hatte, hatte er gegen einen Nekromanten gekämpft und mitgeholfen, den Angriff auf Askir abzuwehren. Er zumindest schien die Bedrohung ernst zu nehmen.

»Ich gehe davon aus, dass er wild entschlossen ist, Askir zu nehmen«, sagte ich leise. »Wäre ich an seiner Stelle, hätte ich Truppen den langen Weg über Land geschickt, vor Monaten, vielleicht schon vor Jahren. Doch über eine Landstrecke ist die Versorgung schwer und ungewiss, zumal das Land auf dieser Route ihm ebenfalls unbekannt sein sollte.« Zumindest zeigten die Karten auf dem Schiff, das wir geentert hatten, weiße Flecke. »Wenn er ernsthaft gegen uns vorgehen will, bleibt ihm nur eines zu tun: Er muss einen Hafen für sich gewinnen. Nur drei bieten sich dazu an, Askir selbst, was er vorerst nicht wagen wird, der von Janas, der allerdings von der Flut verwüstet ist, und ...«

»Aldar«, ergänzte der Baronet. »Auch wir haben schwere Schäden von der Flut davongetragen, doch in drei bis vier Wochen wird der Hafen wieder nutzbar sein. So weit denken wir gleich, auch der Prinz und mein Vater teilen diese Befürchtung. Ihr kennt den Feind ganz gut, wie wird er vorgehen wollen?«

»Ich kann auch nur raten. Ohne Truppen wird er hier nicht siegen, und noch einmal ein solches Tor zu öffnen, wird ihm nicht gelingen. Er hat die Eulen verloren, die er dazu braucht. Er hat nur zwei Möglichkeiten, über See oder über Land. Die Feuerinseln hat er verloren, also werden wir den Feind als Nächstes im Osten zu Gesicht bekommen, oder im Südosten von Bessarein, was ich als unwahrscheinlich erachte, da er durch die Wüste marschieren müsste, und eine Wüste hat schon immer mehr Truppen gefressen als die Berührung mit dem Feind.«

»Also muss er durch die Ostmark.«

»Ja. Dort ist, wie ich hörte, der Ansturm der Barbaren stärker als je zuvor. Etwas treibt sie den Reichsgrenzen entgegen ...« Der Diener war zurückgekehrt und hielt mir mit steinernem Gesicht ein Tablett mit einem Bierhumpen entgegen, der zwischen den schmalen Kelchen wie ein Barbar im Tempelchor wirkte. Ich nickte dankend und trank einen Schluck, gut genug und nicht verwässert.

»Da packt mich fast der Neid«, schmunzelte der Baronet,

wurde aber sogleich wieder ernst. »Also durch die Ostmark, sagt Ihr?«

»Davon gehe ich aus.«

»Und dann nach Aldane und Aldar, weil er mit dem Hafen dort über See die Versorgung erneuern und Truppen einschiffen kann.« Er seufzte. »Es ist schlimm, es kommen zu sehen. Ihr seid nicht der Erste, der das denkt, auch mein Vater ist davon überzeugt, dass es sich so abspielen wird. Die Weiße Flamme – Ihr wisst von dem Kult, nehme ich an – ist zur Zeit sehr rührig. Ein Aufstand in Aldane käme den Nekromanten gerade recht.«

»Es ist der günstigste Weg, eine Stadt zu nehmen. Wie ist die Lage in Eurer Kronstadt?«

»An der Oberfläche ist es ruhig, doch im Dunklen gärt es. Es ist schwer zu glauben, dass ein Aberglaube solchen Einfluss haben kann.«

»Ja«, sagte ich, griff in meine Jacke und entnahm ihr zwei Blätter. »Habt Ihr einen dieser beiden Sers schon einmal gesehen?« Ich tat es mehr, weil sich die Gelegenheit anbot, als dass ich ernsthaft darauf hoffte.

»Wer sind sie?«, fragte der Baronet, während er die Blätter studierte.

»Der Schönling ist der Feind, Kolaron Malorbian. Manchmal ist es erschreckend, dass man nicht hinter die Gesichter blicken kann.« Die Zeichnung war nach Nataliyas Beschreibung angefertigt worden.

»In der Tat«, meinte er. »Und der andere?«

»Ein Eulenschüler aus alter Zeit. Er sollte schon lange tot sein, aber das gilt auch für mich.«

»Wie ist sein Name?«

»Erinstor.«

»Wisst Ihr«, sagte er dann langsam, »Ihr habt diese Bilder dem Richtigen gezeigt. Ich besitze ein sehr nützliches Talent. Was ich einmal gesehen habe, vergesse ich nicht mehr.«

Das Talent schien es häufiger zu geben, auf jeden Fall war es nützlicher, als mit Vögeln reden zu können. Oder Blumen. Er reichte mir die Blätter zurück. Ich war nicht überrascht, dass er keinen erkannte.

»Dieser Eulenschüler ... Was hat er getan?«

»Einen uralten Nekromanten befreit, der unter einem Tempel gefangen lag.« Seine Augen weiteten sich, und ich hob rasch die Hand. »Kein Grund zur Sorge, Baronet«, beeilte ich mich zu sagen. »Das Verbrechen ist schon vor langer Zeit geschehen und wurde kürzlich erst entdeckt.«

»Das ist es nicht«, sagte er leiser. »Bei den Worten Nekromant und Tempel fiel mir etwas ein, das ich als Kind gehört habe, als mein Vater sich mit der Königin unterhielt. Sie gingen beide davon aus, dass niemand sie hörte. Ich war damals noch ein Kleinkind, kein Grund also, dass ich mich daran erinnern würde. Sie wussten noch nicht, dass ich dieses Talent besitze.«

»Wollt Ihr davon erzählen?«

Er seufzte. »Es ist eine Familienschande, wenn Ihr so wollt, denn der Nekromant, um den es hier ging, war einst Rogamon, der König von Aldane. Es gab damals noch zwei Nertontempel, einen hier, wo später Askir entstand, der andere weiter südlich, näher an Aldar. Askannon brachte den Nekromanten hier zu diesem Tempel und ließ ihn von den Priestern binden, ursprünglich auch, um den Mann von Aldar fernzuhalten. Es hieß, dass dieser Nekromant in Seelen flüstern und mit seiner Stimme eigene Gedanken verdrängen konnte, wenn man im Geist nicht gefestigt war.«

Ich spürte, wie mein Herz zu pochen begann.

»Könnt Ihr mir mehr darüber berichten? Es scheint der gleiche Mann zu sein.«

»Ich hatte es befürchtet«, sagte er und schüttelte den Kopf. »Aber mehr weiß ich nicht. Taride ist eine Bardin mit einem umfangreichen Wissen über die Geschichte. Wir könnten sie fragen.«

Er hob die Hand, um die Aufmerksamkeit der Bardin auf sich zu lenken, und die beiden Seras traten heran.

»Taride«, meinte er. »Der Lanzengeneral erzählte mir von einem Nekromanten, der in einem Tempel des Göttervaters gefangen lag. Ich weiß nur, dass es König Rogamon war. Weißt du mehr darüber zu berichten?«

Die Bardin nickte langsam. »Ja. Aber nicht gern, denn diese

Geschichte berührt auch mich und geht mir nahe. Aber wenn es hilfreich ist.«

»Das wissen wir nur, wenn wir sie gehört haben«, meinte ich.

»Gut«, sagte sie mit einem Seufzer. »Ich spare mir die Verse und erzähle sie euch so. Ich bin nicht in der Stimmung, sie zu singen.«

»Das dürfte reichen«, sagte ich, während Serafine an meine Seite trat.

»Mein Vater, müsst Ihr wissen«, begann sie ihre Geschichte, »war für unser Volk ein großer Mann. Er stammte aus der Linie eines Helden, der unser Volk von einer fernen grünen Küste hierher geführt hatte. Sein Name war, wie sein Vorfahr, Talisan, und er war nicht nur ein großer Krieger, sondern auch der größte unserer Barden. Zugleich war er ruhelos und glich darin mehr den Menschen als dem hohen Volk. Er durchstreifte die Lande in der Verkleidung eines Barden.« Sie lächelte. »Er traf auf seiner Wanderung einen jungen Gelehrten mit einem außerordentlichen Talent zur Magie, und sie freundeten sich an. Mein Vater war es, der diesen jungen Mann die Grundzüge der Magie lehrte. Zu seinem Erstaunen übertraf dieser ihn bald darin. Wie er später sagte, war es nicht allein Macht, die dieser junge Mann besaß, sondern auch eine besondere Art des Denkens. Er erkannte Dinge und Zusammenhänge, die es ihm erleichterten, die Magie tiefer zu verstehen als jeder andere.«

»Askannon, nehme ich an?«, sagte ich.

»Wer sonst? Nun, der Gelehrte fand Anstellung an König Rogamons Hof, der damals über Aldane herrschte. Es stellte sich heraus, dass dieser König ein Nekromant war und nach der Seele des Gelehrten gierte. Es kam zu einem Kampf, den Askannon gewann, und mit dem Kampf gewann er so auch Aldanes Krone. Doch der König war zu mächtig, um einfach so erschlagen zu werden. Askannon brachte ihn zu einem fernen Tempel des Göttervaters und ließ ihn dort in Ketten legen. Doch es gibt Gerüchte, dass der Seelenreiter von dort entkam und seither nur an seine Rache denkt. Askannon hatte ihn nicht nur besiegt, sondern auch jeden aus seiner Linie erschlagen, auch jeden anderen Nekromanten, dessen er habhaft werden konnte.«

»Ich dachte, er hätte den Prinzen leben lassen?«

»So sagt man, doch das ist gelogen. Er ließ einen aus der Familie leben, der unberührt von diesem Fluch war, einen fernen Verwandten. Askannon beging den Fehler, seinen alten Feind zu vergessen. Jahrhunderte lag der in Ketten und wurde von Tag zu Tag geschwächt, während Askannon von Triumph zu Triumph eilte – bis er Astartes Segen erhielt und das Weib fand, das zu ihm passte.« Sie schmunzelte. »Kaiserin Elsine war in vielen Dingen sein Gegenstück, eine Frau von außerordentlicher Klugheit und Gelehrsamkeit, zugleich aber auch eine Kriegerin, die tief im Süden über ein kleines Reich herrschte. Man verehrte sie dort als Göttin oder Halbgöttin, und wie Askannon auch, blieb sie von der Zeit unberührt. Sie traten zusammen vor die Göttin, und mein Vater Talisan übergab die Braut dem Kaiser. Ich war damals gerade erst geboren. Serafine hat den Kaiser erst danach kennengelernt, als dieser schon verloren hatte, was er am meisten liebte.«

Serafine nickte nur.

»Zu diesem Zeitpunkt war der Nekromant im Tempel schon lange entkommen. Der Kaiser bemerkte, dass jemand im Verborgenen seine Pläne störte. Damals stand die Kaiserin kurz vor ihrer Niederkunft, eine falsche Meldung lockte den Kaiser von ihrer Seite weg, und jemand überfiel sie in ihrem Sommersitz. Mein Vater war bei ihr, da der Kaiser sie nicht ohne Schutz zurücklassen wollte, und obwohl die Kaiserin hochschwanger war, kämpften sie Rücken an Rücken gegen dunkle Magie und eine Übermacht. Als es offenbar wurde, dass sie nicht bestehen konnten und die Kaiserin so schwer verletzt war, dass es keine Hoffnung mehr gab, bat sie meinen Vater um zwei schwere Dienste. Zum einen, dass er sie nicht lebend in die Hand des Feindes fallen lassen dürfte, und zum anderen, dass er sich retten sollte, damit Askannon davon erfahren und Rache üben konnte.«

»Ihr meint …«, begann ich atemlos, und sie nickte.

»Mein Vater kehrte lebend, aber gebrochen zurück. Er erzählte darüber nur das Nötigste, und bald tat er sich mit Askannon zusammen, um den zu suchen, der dieses Verbrechen begangen hatte. Doch es war umsonst, wer auch immer es gewesen war, von ihm fehlte jede Spur. Auch die Kaiserin wurde nie gefunden.«

»Bitte?«, fragte ich überrascht. »Ich dachte, es gäbe ein Grab hier in Askir?«

»Einen Ort des Gedenkens«, berichtigte Taride. »Mehr ist es nicht.«

»Orikes ist fest davon überzeugt, dass sie dort liegt«, wandte ich ein, doch sie schüttelte traurig lächelnd den Kopf.

»Ich weiß es von meinem Vater selbst. Er kehrte an Askannons Seite zu dem Ort zurück. Sie war verschwunden. Mein Vater dachte, dass der Feind ihren Körper gestohlen hatte, um den Kaiser nur noch mehr zu quälen. Ihr Sarkophag ist leer, nehmt mein Wort darauf.«

»Kann die Kaiserin also überlebt haben?«, fragte ich und fühlte, wie mein Puls zu rasen begann.

»Nein«, sagte die Elfe traurig und schüttelte den Kopf. »Es gab einen Grund für den Gram meines Vaters, denn er hatte ihren letzten Wunsch erfüllt. Jahrhundertelang waren mein Vater und der Kaiser Freunde, und obwohl Askannon verstand, stand diese Tat fortan zwischen ihnen. Es vergingen weitere Jahre, in denen der Kaiser versuchte, wieder Freude an seinem Leben zu finden, doch es fiel ihm schwer. Dann plötzlich versiegte der Weltenstrom, nahm Askir die Magie und uns Elfen den größten Teil unserer Macht und unseres Lebenswillens. Jetzt erst fand Askannon heraus, dass König Rogamon entkommen war, und wusste nun, wer der Feind gewesen war, der ihm Frau und Kind genommen hatte. Mein Vater und der Kaiser trennten sich, mein Vater sollte in den neuen Kolonien eine Spur verfolgen, während Askannon dem Verfluchten selbst entgegentreten wollte. Doch dazu kam es nicht, denn sie wurden erneut getäuscht. Mein Vater geriet in einen Hinterhalt. Er unterlag dem Nekromanten und den dunklen Elfen, die sich nach dem Lichtkrieg meinem Vater angeschlossen hatten und jetzt erneut Verrat begingen. Nur eine von ihnen hielt ihm noch die Treue. Sie nahm das Schwert, das Ihr nun tragt, Graf von Thurgau, von seinem Leichnam und brachte es zu einem Ort, von dem sie wusste, dass der Verfluchte dort noch nicht hinkam, dem neu gebauten Tempel Soltars in einer kleinen Stadt der Menschen, die Kelar hieß.«

Im Hintergrund klirrten die Gläser, plätscherten die Gespräche, spielte leise die Musik, gab es bunte Kleider und lachende Gesichter. Sie schienen mir plötzlich weit entfernt, als ob sich eine dunkle Wand zwischen uns befand.

»Götter«, hauchte Serafine. »Das ist eine traurige Geschichte.« Sie schüttelte den Kopf. »All die Zeit, in der ich den Kaiser kannte und er mit mir scherzte oder spielte, trug er diese Last.«

»Er mochte dich sehr, Serafine«, meinte Taride leise. »Mein Vater auch, sonst hätte er wohl kaum gestattet, dass wir Freunde wurden. Wir waren alle Kinder, und es war nicht mehr als ein Augenblick, dennoch bewahre ich die Erinnerung in meinem Herzen.« Sie lächelte traurig. »Als der Kaiser nach Askir zurückkehrte, schien sein Lebenswille vollends gebrochen.«

»Er kam zurück, nachdem er versuchte, den Nekromanten zu stellen?«, fragte ich nach.

Sie nickte. »Ja, aber nur kurz. Obwohl er selbst krank und erschöpft schien, nahm er sich die Zeit, mir sein Beileid über den Tod meines Vaters auszudrücken. Es hatte ihn wohl auch schwer getroffen; auch wenn am Ende etwas zwischen ihnen gestanden hatte, waren sie doch über Jahrhunderte hinweg Freunde gewesen.«

»Sagte er etwas über einen Kampf mit diesem Seelenreiter?«, fragte ich neugierig.

»Ja«, nickte sie. »Dass es eine Falle gewesen wäre, um ihn dazu zu bringen, die zu erschlagen, die er liebte. Er müsse nun einen anderen Weg suchen, um den Gegner anzugehen.«

Hier hatten wir jetzt den Beweis, dass Askannon den Hinterhalt auf Thalak überlebt hatte. Nicht, dass ich daran Zweifel gehegt hatte.

»Wie meinte er das?«, fragte Serafine. »Wieso sollte der Kaiser die erschlagen, die er liebte? Das ergibt so gar nicht Sinn.«

»Das weiß ich nicht«, antwortete Taride. »Er ließ mir nicht viel Gelegenheit, ihn dazu zu befragen. Nur Tage später ordnete er seine Geschäfte, ließ die Prinzen kommen und dankte ab.«

»Er ließ die Prinzen kommen?«, fragte der Baronet erstaunt.

»Ja«, nickte Taride. »Er wollte das Reich geordnet hinterlassen.«

»Und die Belagerung Askirs, von der man so viel hört?«, fragte von Freise.

»Fand so nicht statt. Eine Scharade, angetrieben auf der einen Seite vom Stolz der Prinzen, die nicht Bittsteller oder Empfänger von Almosen sein wollten, und auf der anderen Seite vom Kaiser selbst, dem es recht war, wenn die Welt nicht wusste, warum er ging.«

»Also ist es eine Lüge, dass sich Aldane selbst befreit hat«, meinte der Baronet.

»Ja. Eine Lüge, die noch größer wird, wenn man bedenkt, welches Ungeheuer einst das stolze Aldane mit Schwert, Blut und dunklen Gaben vereint hat. Dass Aldane sich in seinem neuen Stolz auf das Königreich besinnt, das von diesem Unheiligen erschaffen wurde, und Askirs Erbe von sich weist, ist in meinen Augen mehr als nur ein schlechter Scherz!«

Der Baront schüttelte ungläubig den Kopf. »Warum hast du mir das bislang noch nicht erzählt?«, fragte er mit rauer Stimme.

»Ich glaubte nicht, dass du es hören wolltest«, antwortete Taride sanft. »Es ist lange schon Vergangenheit.« Sie bedachte ihn mit einem liebevollen Lächeln. »Warum sollte ich dir deinen Stolz nehmen? Aber ich denke, dass dein Vater davon weiß.«

Ich seufzte. Je mehr ich von diesen Dingen erfuhr, umso tiefer wurde meine Traurigkeit sowie die Gewissheit, dass all das niemals hätte geschehen dürfen.

»Entschuldigt«, bat Leutnant Stofisk höflich, der auch herangekommen war. »Ich hoffe, ich störe nicht allzu sehr.«

»Was gibt es, Schwertleutnant?«, fragte ich, erleichtert, von den düsteren Gedanken abgelenkt zu werden.

»Ich bat die Bardin und den Baronet nicht ohne Grund zu Euch«, sagte Stofisk höflich und deutete vor den beiden eine leichte Verbeugung an. »Eure Stimme, Taride vom Silbermond, findet überall Gehör, und der Lanzengeneral will Euch beauftragen, eine Ballade zu schreiben, die der Wahrheit näher kommt als das, was zurzeit verbreitet wird.«

Taride bemerkte meinen Blick und lachte. »Wusstet Ihr davon?«

»Jetzt ja«, sagte ich mit einem Blick zu Stofisk.

»Es sollte ein Meisterwerk werden«, schlug Stofisk mit einem gewinnenden Lächeln vor. »Ich werde Euch die Informationen überlassen, die Ihr verarbeiten sollt. Sagt mir nur Euren Preis.«

»Ein Meisterwerk?«, fragte Taride lächelnd. »Eines, das man im ganzen Reich singen soll? Dreißig goldene Kronen sollten es schon sein.«

»Es dürfte auch Euren Ruhm mehren«, bemerkte Stofisk höflich, während ich sprachlos zusah.

»Nicht, wenn Ihr verhandeln wollt«, meinte die Elfe. »Dann versagt mir meine Stimme. Verhandeln lässt sie heiser werden.«

Stofisk wusste, wann er geschlagen war und deutete eine Verbeugung an.

»Gewiss, Ihr werdet das Gold erhalten, wenn ich Euch die Geschichte bringe, die Ihr erzählen sollt.« Er hielt ihr die Hand hin, und sie schlug ein. »So soll es sein.«

Serafine lachte leise. »Siehst du, Havald. So geht man gegen Gerüchte an!«

Wir unterhielten uns noch ein wenig, bevor die Bardin den Baronet aus dem Saal schob. Der Mann war sichtlich erschöpft, und gegen Ende glänzten seine Augen fiebrig. »Was genau ist mit ihm geschehen?«, fragte ich Stofisk, als sie außer Hörweite gelangten.

»Er forderte Meister Rolkar zum Duell mit dem Schwert und gewann wertvolle Zeit für die Eule, den Plan des Feindes zu stören«, erklärte der Leutnant voller Bewunderung.

»Meister Rolkar?«

»Einer der Agenten des Nekromantenkaisers.«

»Feltor«, flüsterte Serafine mir zu. »Es muss Feltor gewesen sein. Der Baronet hat Glück, dass er noch lebt.«

»Wie gut waren diese alten Eulen wirklich?«, fragte ich sie, während wir uns etwas im Saal bewegten. Ich sah zu Leandra hin, die mit einem dicken Mann plauderte, während andere im Kreis um sie herum standen und sie begafften.

»Wie gut wird man, wenn man die besten Lehrer hat und lange lebt?«, fragte Serafine.

Wohl sehr gut, dachte ich.

»Askannon selbst zeigte ihnen, wie man Schwert und Magie miteinander verwebt.« Sie lachte leise. »Weißt du, dass Askannon für sich den Schwertkampf neu erfand? Es heißt, er habe lange die besten Kämpfer studiert und dann Berechnungen angestellt, wie man jeden Schlag verbessert, schneller wird und zur Abwehr stets die perfekte Beinstellung findet.«

»Ich glaube alles«, widersprach ich, »nur das nicht. Den Schwertkampf kann man nicht berechnen, er ist Sache des Gefühls und der Erfahrung!«

»So ist es auch mit der Musik und der Poesie«, teilte sie mir ernsthaft mit. »Und doch kann man sie berechnen!«

Nun, auch daran hegte ich so meine Zweifel.

Der nächste Teil des Abends verlief zunächst ruhig. Hauptsächlich stand ich mir die Beine in den Bauch und sah zu. Ab und an kam jemand vorbei und gesellte sich zu uns, doch meist nur, um Höflichkeiten auszutauschen, meistens mit Serafine. Irgendwann eröffnete Leandra den eigentlichen Ball, und ein hochgewachsener blonder Mann führte sie zum Tanz. Stofisk entführte Serafine, und nach einigen Takten der Musik glitt er mit ihr hinüber zu Leandra und ihrem Partner, während andere Paare folgten.

Auf der anderen Seite des Saals sah ich Zokora zu mir herübersehen und kurz mit Varosch sprechen, dann steuerten die beiden auf mich zu. Vielleicht roch Zokora, was jetzt geschehen würde. Zuzutrauen wäre es ihr, aber die beiden kamen zu spät.

Der dicke Mann, der vorhin mit Leandra gesprochen hatte, befand sich auf einmal neben mir. Ich glaubte nicht, dass er wusste, wer ich war. Er tupfte sich mit einem Tuch die Stirn ab und glotzte Leandra an.

»Man nennt sie Königin ohne Land«, sagte er vertraulich. »Sie ist verzweifelt auf der Suche nach Hilfe für ihr Reich, das längst besiegt am Boden liegt.«

»Ach, wirklich?«, meinte ich.

»Man sagt, Magnus Thorson in Gasalabad wäre der Erste gewesen, der ihr die Röcke hob. Er brauchte ihr nur zu versprechen, dass er sich beim König für sie einsetzt. Das kann er sich jetzt sparen, wo Hraldir nur noch Asche ist. Seht Ihr den blonden Mann, der mit ihr tanzt?«

»Ich sehe ihn«, knurrte ich, schon jetzt versucht, ihm das grobe Maul zu stopfen. Doch der dicke Mann war taub oder zu sehr entrückt, um die Warnung zu verstehen.

»Das ist Baron Wirten aus Rangor. Er will ihr drei Wagenladungen Schwerter versprechen. Er hat eine Wette laufen, dass er der Nächste ist, der ihr an die Euter geht. Wenn er auch noch zwischen ihre Beine kommt, wäre das ihm die paar alten Schwerter wert.«

Die Tür zu dem kleinen Balkon flog nicht schnell genug zurück, und sie zerbarst mit lautem Krachen, als der Mann im Bogen über die Brüstung in den kleinen Garten flog. Ich war stolz auf mich, denn er lebte noch. Er bewies es, indem er lauthals schrie.

Es war, wie man hier wohl sagte, ein Skandal. Leandra hielt sich erst mit steinernem Gesicht zurück, während Stofisk versuchte, noch zu retten, was zu retten war. Er sprach von einem Unglück, einem Missgeschick, allerdings hatten mich genügend Zeugen dabei gesehen, wie ich den dicken Mann an Hals und Hose gepackt und über den Balkon geworfen hatte.

Ich wollte mich nicht weiter dazu äußern, und schweigend bahnten wir uns durch die Menge einen Weg, während alle herumstanden und dumm glotzten und oben auf der Bühne Graf Altins, der Botschafter der Aldaner, dem Orchester hastig den Befehl zum Weiterspielen gab.

Leandra hielt es dann doch nicht mehr. Sie kam herangestürmt, an ihrer Seite der blonde Mann, der ein gewinnendes Lächeln zeigte.

»Wenn Ihr mir erlaubt, teuerste Blume einer Königin«, säuselte er, während er sich tiefen Einblick in das Tal ihres Busens verschaffte, »werde ich das für Euch in Ordnung bri...«

Es mag sein, dass die Götter manche Prüfungen schicken, um die Beherrschung eines Mannes zu testen, aber ich hatte wenig

Lust, jetzt eine solche Prüfung zu bestehen. Im nächsten Moment hingen Serafine und Varosch an meinen Armen und zerrten mich zur Seite, während Zokora nur die Augenbraue hob.

»Ich habe dich unterschätzt«, meinte sie zu mir. »Das war ein wahrhaft guter Schlag!«

»Wie konntest du das tun?«, fauchte Leandra mich an, nachdem man mich regelrecht aus der Botschaft getragen hatte. Aldanische Gardisten eilten herbei, doch sie waren klug genug, Abstand zu halten.

»Baron Wirten hat es verdient«, presste ich hervor, während ich Varosch und Serafine abzuschütteln versuchte. Sie hingen fest wie Kletten.

»Wer soll das sein?«, fragte Leandra eisig.

»Der blonde Mann, mit dem du eben getanzt hast. Der in deinen Busen gefallen ist.«

»Was ist mit ihm?«, fragte sie in einem Tonfall, der mir Frostbeulen versprach.

»Er hat mit dem dicken Mann gewettet, dass er der Nächste ist, der deine Röcke hebt.«

»Dem Mann, den du über den Balkon geworfen hast?«, fragte sie, während ihre Augen sich langsam weiteten.

»Ja.«

»Der Botschafter von Ibsiss?«

»Wenn es der ist, ja. Wirten sagte dem Dicken, dass es die Schwerter wert wäre, wenn er dir dafür an die Euter gehen und zwischen deine Beine kommen könnte.«

Ich hatte lange genug gelebt, um eine gute Ohrfeige schätzen zu lernen. Es lag eine gewisse Kunst darin. Diese jedoch war nicht zu übertreffen, es gab nicht die geringste Warnung, und sie schlug ein wie Blitz und Donner ... wortwörtlich, denn Leandra war nun in tausend kleine Funken gehüllt, die mehr und mehr an Helligkeit und Dichte gewannen. Ich sah neben den Funken auch noch Sterne und schüttelte mich benommen. Hätten Varosch und Serafine mich nicht gehalten, wäre ich zu Boden gegangen.

»Havald«, presste sie zwischen ihren Zähnen hervor, »wie kannst du nur?«

»Warum schlägst du ihn?«, fragte Zokora ruhig. »Er war es doch nicht, der diese Wette einging! Oder willst du jeden Boten erschlagen, der dir schlechte Nachricht bringt?«

»Havald hat es schon immer gehasst, wenn ich auf solche Bälle ging«, schäumte Leandra. »Er sagt ...«

»Er sagt nichts als die Wahrheit«, unterbrach Zokora sie in ruhigem Ton. »Also, was wirfst du ihm vor? Ich dachte, er wäre dein Paladin, und es wäre sein Amt, deine Ehre zu verteidigen.«

»Willst du damit sagen, dass es wahr ist?«

»Ja«, sagte Zokora ruhig. »Hörst du mir nicht zu?«

»Eine Wette? Er hat gewettet, dass er bei mir liegen wird?«, flüsterte Leandra, während sich ihre Augen weiteten und feucht wurden. Ich sprang zu ihr, Serafine und Varosch hielten mich nicht mehr. Sie weinte in meinen Armen und trommelte mit beiden Fäusten gegen meine Brust. In irgendeinem Winkel meines Verstands dachte ich, dass es wohl doch gut war, zwei Paradeuniformen zu besitzen.

Irgendwann war es vorbei, Leandra zog schniefend die Nase hoch und sah zu mir auf.

»Ich liebe dich«, sagte sie einfach. »Doch jetzt lass mich los.«

Ich trat vorsichtig zurück, schlug mir einen Funken an meinem Ärmel aus. Sie stand kerzengerade da und sah in den Eingang der Botschaft zurück.

Von einem auf den anderen Moment hüllte ein wahres Blitzgewitter Leandra ein und ließ ihre Kleider und die Perücke wehen, während sich über ihrem Kopf Blätter in einem Wind drehten, der schneller und schneller wurde und dunkler dabei, während neben uns ein Blitz einschlug, der uns fast zu Boden warf.

Auf dem Absatz drehte Leandra sich herum, und als sie den Fuß auf die Treppe der Botschaft setzte, brach der Stein unter dem Einschlag von tausend kleinen Blitze.

»Havald!«, schrie Serafine über den Wind mir zu. »Halte sie zurück, sonst ...« Was sonst, hörte ich nicht mehr. Ich hatte schon vieles gewagt, und oft genug auch Angst gehabt, aber mich in diesen Gewittersturm zu werfen, der nur noch entfernt meiner Königin glich, verlangte mehr.

Ich rannte in sie hinein und warf sie um, hielt sie, während die Blitze zuckten.

»Leandra!«, schrie ich über den Sturm, der durch den Eingang fegte. »Höre auf! Sonst bringst du uns noch um!«

Ein gleißender Donnerschlag fegte durch mich hindurch und ließ einen der Flügel der Eingangstür zerbersten, dann war es vorbei.

Die Gardisten der Aldaner waren geflohen, was für ihre Klugheit sprach. Varosch stützte mich und schlug kleine Brände auf meiner Jacke aus, während Zokora und Serafine Leandra aufhalfen, die still weinte.

Ihre Eskorte und die unsere eilten herbei und hielten die Gaffer zurück, die aus der Botschaft stürmten, während unser Major kurzerhand die nächste Kutsche stahl und sie heranfuhr. Wir stiegen alle ein, der Major gab den Kutschpferden die Zügel, und wir rollten wie die wilde Jagd davon, die Eskorte hinterher.

»Es tut mir leid«, sagte Leandra reumütig, während sie sich mit dem Ärmel ihres Kleids die Augen wischte, und Zokora ihre dünnen Schuhe auszog und aus dem Fenster warf, um sich dann bequem in Varoschs Armen zurückzulegen.

»Es wird schon wieder werden«, sagte ich und mühte mich, mein Gesicht nicht allzu deutlich zu verziehen, als mein Rücken das Polster der Kutsche berührte, es fühlte sich noch immer an, als würde er brennen.

»Das meinte ich nicht«, sagte Leandra leise, während Serafine mir vorsichtig den linken Ärmel aufschnitt. »Obwohl mir auch das leidtut«, fügte sie hinzu, als ich durch die Zähne zischte, während Serafine die Spur des Blitzes offenlegte.

»Ich habe etwas von der Salbe übrig, die ich das letzte Mal gemischt habe«, sagte Zokora. »Ich gebe sie dir nachher.«

»Danke«, sagte ich, doch mein Augenmerk war auf Leandra gerichtet, die noch immer weinte.

»Ich wollte es nicht einsehen, Havald«, gestand sie. »Aber du hast recht gehabt, und ich bin es leid, dass man mir mit falschen Worten schöntut und auf den Busen glotzt!« Sie griff nach oben und riss sich die Perücke ab, warf sie mit einer Geste des Abscheus Zokoras Schuhen hinterher. »Niemand nimmt mich ernst ... und ich schloss die Augen davor! Götter!«, fluchte meine Königin, während im Dunkel der Kutsche gut sichtbar feine Funken über sie liefen, aber auch gleich wieder verblassten. »Hätte ich Steinherz dabeigehabt und das gewusst, ich hätte ihn selbst erschlagen«, grollte sie. »Nur passt Steinherz nicht zu meinem Kleid!«

»Es ist ein schönes Kleid«, versuchte ich sie aufzumuntern ...

»Nur, dass es zu viel von dir zeigt.«

»Ach, Havald!« Leandra lachte, obwohl noch immer Tränen über ihre Wangen Spuren zogen, schüttelte dann den Kopf. »Danke für das Lob und auch den Tadel, Havald«, seufzte sie und schnäuzte sich erneut die Nase. »Du bist wahrlich unvergleichlich!«

»Vergiss es nicht ständig«, mahnte Serafine leise. »Es ist das zweite Mal, dass du ihn mit einem Blitz bedienst!«

»Als ob ich das nicht wüsste!«, knurrte Leandra. »Aber wenn ich wütend bin ... ich bekomme nur freundliche Worte und Verbeugungen, Andeutungen und Komplimente. Meist über meine Schönheit ... Götter!«, fluchte sie. »Ich bin es leid!« Sie lehnte sich gegen die Polster und schloss müde die Augen. »All die Anstrengung, alles, was wir durchgestanden haben, war vergebens. Sie werden uns nicht helfen, Havald.«

»Askir wird es tun«, meinte Serafine überzeugt. »Nicht wahr, Havald?«

»Ja. Der Kommandant steht zu seinem Wort«, antwortete ich. »Ich bin sicher, auch die anderen Reiche werden folgen ... man muss es ihnen nur so erklären, dass sie es verstehen.«

»Sie verstehen gar nichts«, fuhr Leandra auf. »Es ist, als ob sie direkt vor einer Mauer stünden. Sie hören gar nicht zu!«

»Es ist schon gut«, sagte ich, froh darüber, dass sie nicht mehr weinte und nicht mehr allzu wütend war. »Wir werden einen Weg finden.«

Meiner Erfahrung nach, hörten die meisten Menschen zu, wenn sie eine Klinge an ihrem Hals verspürten. Ich wüsste nicht, warum das nicht auch für gekrönte Häupter gelten sollte.

Ich hatte Glück gehabt, im Vulkan hatte mich Leandra mehr versengt, mit Zokoras Salbe und frischen Verbänden und einem ordentlichen Schluck Kornbrand ging es mir rasch besser.

Die Nachricht von den Geschehnissen auf dem Botschaftsball hatte sich sehr schnell verbreitet, Zokora legte mir gerade Verbände über die Salbe, als es an der Tür klopfte. Ein Soldat der Federn stand dort; es überraschte niemanden, dass Orikes mich sprechen wollte.

Trotz der späten Glocke fanden wir den Stabsobristen hellwach vor, allerdings schien er nicht besonders erfreut, uns zu sehen. Während ich ihm Bericht über die Geschehnisse auf dem Ball erstattete, was seine Laune nicht verbesserte, wurde er von Zokoras Anblick abgelenkt, die seine Bücherwand studierte. Da das Kleid sie zu stören schien, hatte sie es zwischen ihren Beinen hochgebunden, sodass ihre Waden frei zu sehen waren. Als sie sich auf die Zehenspitzen stellte, um nach einem Buch zu greifen, sah der Stabsobrist hastig zur Seite und wandte sich wieder mir zu. »Das hat Euch enorm geschadet«, teilte er mir mit. »Wo ist Eure Königin?«

»Sie hat sich zurückgezogen.«

»Verständlich. Götter!«, seufzte er. »Hättet Ihr das nicht diskreter erledigen können? Duelle sind nicht gern gesehen, aber unter manchen Umständen ... Alles wäre besser gewesen als das! Gut«, meinte er dann und atmete tief durch. »Das Reich hat Schlimmeres überstanden, letztlich kam niemand ernstlich zu Schaden, auch wenn Baron Wirten eine Protestnote eingereicht hat. Er sagt, Ihr hättet ihm sein Korsett zerbrochen.«

Ich hatte Mühe, nicht laut aufzulachen.

»Leutnant Stofisk wird helfen, die Wogen zu glätten«, meinte ich, noch immer erheitert. »Er hat sich als ein Geschenk der Götter erwiesen, der Mann ist unbezahlbar.«

»Stofisk?«, fragte Orikes überrascht. »Wir reden hier von demselben Mann, der zu einem Marsch ohne seine Stiefel antrat?«

Davon hatte ich noch nichts gehört, aber es klang doch sehr nach ihm.

»Bislang hat er noch nichts vergessen. Ich bin sehr zufrieden.«

Orikes sah kopfschüttelnd wieder zu Zokora, die sich gerade barfuß auf einen Stuhl stellte, um einen Band aus dem hohen Regal zu ziehen.

»Sera!«, bat er steif. »Könntet Ihr meine Bücher in Ruhe lassen? Sie sind unermesslich wertvoll!«

»Ich nehme das hier mit«, teilte sie ihm freundlich mit und zeigte ihm den Band.

»Anartes Abhandlung über die Reichsgesetze?«, fragte Orikes verwundert. »Was wollt Ihr damit?«

»Euer Kaiser benutzte es als Referenz. Ich will wissen, worauf er sich genau bezieht«, meinte Zokora und sprang elegant vom Stuhl. »Ihr bekommt es zurück.«

»Ich ...«, begann er.

»Tut ihr den Gefallen«, bat ich.

Orikes seufzte. »Wenn der Kommandant nicht ... Gut«, gab er sich dann geschlagen. »Gebt gut darauf acht, denn es gibt nur noch zwei Exemplare von diesem Buch.«

Zokora schien ihn nicht zu hören, sie hatte sich im Schneidersitz auf dem Stuhl niedergelassen und begann hier und jetzt zu lesen.

Ich schloss die Tür meines Quartiers, legte mich auf mein Bett, fluchte und wälzte mich auf die Seite. Nur noch wenige Tage bis zum Kronrat. Irgendwie mussten auch die noch zu überstehen sein.

Eine Kerzenlänge vor der zweiten Glocke klopfte es an der Tür. Schlaftrunken wickelte ich mir die Decke um, tapste zum Eingang und sah mich Santer und Desina gegenüber.

»Der Götter Segen mit Euch«, meinte Santer. »Dürfen wir eintreten?«

Wortlos ließ ich sie herein. Sie sahen sich im Raum um.

»Was ist geschehen?«, fragte ich die beiden und griff nach der Flasche Kornbrand, die Varosch mir vorhin vorbeigebracht hatte.

»Wir wurden vorhin zu zwei Leichenfunden gerufen«, sagte Santer ernst. »Wir kehren gerade von dem zweiten zurück. Beide weisen die gleichen Merkmale auf. Sie sind fast bis zur Unkenntlichkeit verbrannt, und ihre Köpfe wurden von einer ungewöhnlich scharfen Klinge mit einem Schlag abgetrennt. Trotz allem konnten wir feststellen, wer sie waren. Es sind Baron Wirten und Graf Jasen.«

Ich ahnte, wer der zweite Mann war. »Der Botschafter von Ibsiss?«

»Ja«, sagte die Eule. »Sie wurden beide in ihren Häusern erschlagen, gerade als sie sich anschickten, ins Bett zu gehen. Die Frauen und die Dienerschaft wachten von einem Donner auf. Ich muss Euch das fragen: Habt Ihr damit irgendetwas zu tun?«

»Nein«, sagte ich gefasst. »Natürlich nicht.«

»Ihr könnt Euch denken, wie das aussieht«, meinte Desina grimmig. »Man zeigt mit dem Finger direkt auf Euch und auf Eure Königin. Sie hat insoweit Glück, dass auch sie es vorzog, in der Zitadelle zu nächtigen, und wir bestätigen können, dass sie diese nicht verlassen hat. Aber sie ist eine Maestra, und man wird ihr unterstellen, dass sie Magie verwendet hat, um diese Tat zu begehen.«

»Was geschieht jetzt?«, fragte ich.

»Es ist bereits geschehen. Zwei Vertreter des Handelsrats haben im Namen des Kaisers Anklage gegen Euch und Eure Königin erhoben. Dafür wurde sogar Hochinquisitor Pertok geweckt. Wir trafen ihn bei dem zweiten Opfer. Es gibt keine Anzeichen dafür, dass jemand den Schutz um die Zitadelle durchbrochen hat, auf magische oder andere Weise. Also wird der Hochinquisitor die Anklage ablehnen, doch der Schaden ist bereits angerichtet.«

»Aber wenn wir beweisen können …«, begann ich, doch Santer schüttelte den Kopf.

»Es wird keine Verhandlung geben«, sagte er. »Desina spricht davon, was die Leute denken werden. Ihr seid ein General und der Liebhaber Eurer Königin.« Er hob rasch die Hand. »Wartet, ich berichte nur, was die Leute denken, und behaupte nicht, dass es so ist.«

»Es ist schon gut«, meinte ich müde. »Ich werde heute niemanden mehr aus einem Fenster werfen. Sprecht weiter.«

»Es ist schon alles gesagt«, meinte Santer. »Das Gerücht wird lauten, dass der Kommandant Euch und Eure Königin deckt und sogar lügt, um Euch zu schützen. Das Einzige, das etwas hilft, ist, dass Graf Jasen noch auf dem Ball äußerte, er wolle sich bei Eurer Königin entschuldigen. Er schien ernsthaft betreten. Es heißt jetzt aber, Ihr hättet das nicht rechtzeitig erfahren.«

»Jetzt weiß ich es«, sagte ich leise. »Ich bereue nicht, dass ich ihn über den Balkon befördert habe, aber dass er starb, das tut mir leid. Vielleicht ... vielleicht könnten die Königin und ich zum Tempel Borons gehen und die Probe ablegen?«

»Wollt Ihr Euch und Eure Königin öffentlich demütigen?«, fragte Santer ruhig. »Ihr wisst doch, wie solche Wahrheitsproben sind. Es kommt immer mehr zutage, als man möchte.«

Ich nickte betreten, denn damit hatte er unbestritten recht.

»Nun«, sagte Desina und wandte sich zur Tür. »Wir dachten, Ihr solltet es wissen. Was immer Ihr an gutem Willen vorgefunden habt, ist jetzt vertan. Wir hier – das heißt, der Kommandant, Santer und ich, einige andere und auch Orikes – wissen, wer Ihr seid und was Ihr bereits getan habt, um dem Feind zu schaden. Aber jetzt ... jetzt wird es schwer.« Sie öffnete die Tür und sah zurück zu mir. »Es tut uns leid.«

31. Handelspolitik

»Es ist eine Herausforderung«, meinte Leutnant Stofisk, doch er schien sie nicht zu fürchten, vielmehr lag in seinen Augen ein gewisser Glanz.

»Meint Ihr wirklich, Ihr könntet noch etwas ändern?«, fragte Serafine skeptisch. Mittlerweile gab es dort an der Tür zwei Schreibtische, die sich gegenüberstanden, von meinem Platz aus, sechs Schritte weiter, hatte ich beide im Überblick. Zwischen uns stand ein weiterer großer Tisch. Auf diesem hatte ich eine Karte der Kaiserstadt mit Belegnägeln festgemacht, darauf ausgebreitet und mit Gewichten beschwert, die Karte von Aldar, der Kronstadt der Aldanen. Noch ergaben die Linien nicht viel Sinn für mich, doch das hatte ich fest vor zu ändern.

Auch an den Wänden hatte sich einiges getan. An der Wand zwischen den Fenstern hingen die Karten der sieben Reiche, ihnen gegenüber eine größere der Ostmark und noch größere Karten von Letasan und Illian, so gefaltet, dass man den Bereich von der Donnerfeste bis hin zur Kronstadt und etwas darüber hinaus gut sehen konnte.

Auf meinem Schreibtisch stapelten sich die Mappen und Unterlagen, eine schwere stählerne Kassette stand mit geöffnetem Deckel neben ihm auf dem Boden, alleine schon das kunstvolle Schloss nahm einen großen Teil der Kassette ein; den Schlüssel dazu besaß ich nicht, wenn ich fertig war, so wünschte es Orikes, sollte ich die Unterlagen wieder sorgsam in die Kassette packen und den Deckel mit Druck verschließen, er schnappte daraufhin ein.

Schon die erste Akte bot faszinierenden Lesestoff, aber im Moment hörte ich Serafine und Stofisk zu.

»Etwas ändern?«, meinte Stofisk. »Das auf jeden Fall. Es ist ja die Kunst, aus einer Niederlage einen Gewinn zu ziehen.« Er sah zu mir hin und dann schnell wieder weg, als er meinen Blick auf sich ruhen sah. »Es ist eine Schande, dass Graf Jasen ermordet wurde. Er ist eigentlich ein Ehrenmann gewesen. Immerhin, er bestätigte, dass der General nicht ohne Grund gehandelt hat, und auch in Askir dürfen Männer noch die Ehre von Frauen verteidigen. Jetzt habe ich es eingerichtet, dass man sich erzählt, der General hätte bei dem Fenstersturz gegenüber dem Graf Gnade walten lassen. Er hätte das Recht auf ein Duell gehabt, aber da der General ein tödlicher Kämpfer ist, wäre dies einem Mord gleichgekommen. So kann man sich jetzt die Frage stellen, warum der Lanzengeneral den Graf ermorden sollte, wo es doch eine erlaubte Möglichkeit gab, Graf Jasen zu Soltars Tor zu befördern. Bei Baron Wirten ist es anders. Als er zu Soltar ging, atmeten einige Mütter auf, der Mann war ein Schürzenjäger ohne jede Moral, doch ob seiner Verbindungen zu den Erzminen in Rangor dennoch angesehen … man verdiente Gold mit ihm und sperrte die Töchter weg. Graf Altins konnte den Mann nicht leiden, aber er war wichtig. Dass der General ihn niederschlug, brachte ihm mehr Applaus als Schelte. Vor allem von den Müttern. Ohne die Morde wäre bereits heute Morgen wieder alles ins Lot gebracht.«

»Auch das Gewitter der Königin?«, fragte Serafine erstaunt.

»Besonders das«, strahlte Stofisk. »Man hat Eure Königin belächelt. Sie beging einen deutlichen Fehler bei ihrem Eintritt in die Politik: Sie schien die Bittstellerin und unerfahren. Dass sie klug ist, bemerkten nur wenige, denn ihr fehlte es noch an Wissen um die Zusammenhänge im Reich. So sah man nur ihre Schönheit und Verletzlichkeit, das zieht Raubtiere an. Gut, dass bei den Aldanen mittlerweile der Baronet von Freise die Entscheidungen trifft.«

»Warum er und nicht der Graf?«, stellte Serafine die Frage, die auch mir gekommen wäre.

»Graf Altin war, sagen wir, etwas stur und altmodisch. Wenig beweglich … Ihm fehlte es an einer gewissen Eleganz des Denkens. Baron von Freise ist da ganz anders. Mit ihm ließ es sich gut reden. Ich sage Euch, er hat noch eine große Zukunft … wenn er wieder genesen wird.«

»Und was habt Ihr mit ihm besprochen?«

»Was auf dem Ball geschehen ist, natürlich«, entgegnete der junge Leutnant voller Eifer. »Der Ball wurde ja noch vor Sonnenaufgang beendet. Das erlaubte mir, den Eingang der Botschaft im weiten Umfeld zu zerstören.«

»Zu zerstören?«, fragte ich ungläubig.

»Ja. Natürlich«, nichte Stofisk eifrig. »Wir sind in Askir, hier ist Magie nicht nur Angst einflößend, sondern auch bewundernswert! Jetzt, zu dieser Kerze, wo die wichtigsten Personen am Frühstückstisch sitzen, wird der Tratsch die Runde machen, der das Geschehene am meisten aufbläht: Dass ein Orkan die Front der Botschaft heimsuchte, Blitze tausendfach in den Hof einschlugen, begleitet von einem Donner, der die Welt erschütterte.« Er rieb sich tatsächlich vor Begeisterung die Hände. »Ihr solltet den Hof der Botschaft sehen ... er ist vollständig verwüstet!«

»Ist das nicht unglaubwürdig?«, fragte Serafine, während ich nur fassungslos den Kopf schüttelte.

Stofisk schüttelte den Kopf. »Aber nein! Jetzt, da es hell ist, kann ja jeder sich die Spuren der Nacht betrachten, man wird einfach sagen, dass bei Dunkelheit die Spuren nicht so deutlich zu sehen waren, und erst das Licht des Tages sie zum Vorschein brachte! Ist das nicht wunderbar?«

»Ist es das?«, fragte ich skeptisch. »Wie das?«

»Wer außer einer Königin und einer Maestra soll einem Nekromantenkaiser gegenübertreten? Was außer magischer Macht kann den dunklen Kräften widerstehen? Ist es nicht der Traum eines jeden, den Göttern gleich über die Blitze zu gebieten? Was ist das für eine Königin, die nur eine Geste braucht, um jemanden niederzustrecken, der es wagte, ihr den Respekt vorzuenthalten, den sie verdient? Und wer könnte mutiger sein als der General, der sich in das Blitzgewitter warf, um Ihre Majestät davon abzubringen, den beiden Schurken ihre gerechte Strafe zukommen zu lassen?«

Serafine fing an zu kichern, und ich schüttelte nur den Kopf.

»Mit etwas Geschick«, fuhr der Leutnant breit grinsend fort, »baut man so auch das Fundament für den nächsten Zweifel: Hätte die Königin die beiden auf der Stelle mit dem Blitz erschlagen, hätte man *ihr* keinen Vorwurf machen können, sondern ihr noch Beifall zollen müssen. Echte Königinnen dürfen das … Solche Taten muss man als Zeichen rechtschaffenen Zorns sehen, der nur denen zusteht, die rechtschaffen zornig sind! Wieder kommt die Frage auf: Wenn sie es denn hätte tun dürfen und dann doch nicht tat, warum sollte sie es später tun? Oder, wenn Ihr Euch in die Blitze wagtet, um sie abzuhalten, warum solltet Ihr dann später noch nach Rache sinnen? Diese selbstlose aufopfernde Tat, Ser General, ist übrigens ein Beweis für Eure Tapferkeit, Ehre und selbstlosen Mut.«

Zudem auch dafür, dass Blitze schmerzhaft waren!

»Äh, ja«, meinte ich. »Werden diese Gerüchte schon verbreitet?«

»Noch nicht«, sagte Stofisk, und sein Grinsen verfiel. »Das wird ein hartes Stück Arbeit. Zum einen müssen sich die Gäste des Balls in ihrer Erinnerung einig werden … das allein ist schwer … aber auch hier kann man einiges bewirken. Wusstet Ihr, dass Ihr den Graf mit einer Hand durch die geschlossenen Türen des Balkons befördert habt? Der Graf wog bestimmt fünf Steine, es beweist, hättet ihr ihn töten wollen, wäre es geschehen, bei solch heldenhafter Stärke gibt es keine Zweifel.«

So schwer war mir der Graf nicht vorgekommen.

»Ich sprach heute Morgen schon mit dem Großmeister der Bardeninnung. Ihnen unterstehen auch die Tafel- und Wandersinger, genau auch wie die Spielleute auf den Märkten. Ich versprach ihm einen gewissen Anreiz dafür, dass die Tafelsänger die richtige Geschichte verbreiten … Es wird blutige Knöchel geben, aber das ist der Preis der Dinge.« Er sah mich an. »Kommen wir zum nächsten Punkt … die Anklage, die man beim Handelsrat nun gegen Euch vorbereitet … Ihr und Eure Königin habt den Vulkanausbruch hervorgerufen, der Janas und Umland und selbst Aldar verwüstete.«

»Haben wir nicht!«, begehrte ich auf.

»Wir wissen das«, meinte Stofisk beruhigend. »Aber sonst weiß niemand so genau, was Ihr dort getan habt! Ich brauche etwas, das dem Gerücht entgegensteht, eine Heldentat, etwas, das außergewöhnlich ist … Ihr habt nicht zufällig etwas dort getan, das besser klingt, als ganze Länder mit Flut und Beben zu zerstören?«

Serafine fing an zu kichern; je mehr sie es zu unterdrücken suchte, desto mehr verlor sie an Beherrschung, dann brachen die Reihen, und sie lachte glockenhell auf.

»So lustig ist es nicht«, grollte ich und warf unserem Leutnant, der Serafine fasziniert betrachtete, einen warnenden Blick zu.

Sie schüttelte den Kopf und rang nach Atem.

»Nein, lustig ist es nicht«, stimmte sie mir zu und kämpfte wieder um Luft. »Es hört sich nur so absurd an.« Sie wischte sich die Tränen aus den Augen und zwang sich zur Ruhe. »Reicht es, wenn die Königin den Kommandeur der feindlichen Streitkräfte, einen Nekromanten und Kriegsfürst des Feindes, der eben gerade beschlossen hatte, Aldane zu verwüsten, mit einem Blitz erschlagen hat?«

»Das ist eine gute Idee«, nickte Stofisk begeistert. »Der Kriegsfürst ist mit dem Vulkan vergangen, er wird nichts anderes sagen können!«

»Stofisk«, sagte ich ruhig.

»Ay, Ser?«

»Es ist keine Idee. Es ist die Wahrheit.«

»Oh. Einen Nekromanten? Kriegsfürst? Mit einem Blitz?«

»Ja«, sagte ich. »Mit einem Blitz. Nur um dies auch klarzustellen ... hätte die Königin es tatsächlich so gewollt, würde von der Botschaft nichts mehr stehen.« Zur Not hätte ich mit Seelenreißer nachgeholfen, er fand tragende Balken leichter als geschmiedeten Stahl.

»Wahrhaftig? Das ist ja großartig! Meint Ihr, dass man es einrichten kann, dass sie es demonstriert?«

»Stofisk.«

»Ja?« Er sah mich aufmerksam an.

»Nein.«

Seine Freude schwand ein wenig. »Vielleicht auch nur ein kleiner Blitz?«

»Nein.«

Der Leutnant seufzte. »Das ist schade. Aber gut. Zurück zu diesem Kriegsfürsten. Als sie ihn erschlug, gab es dafür Zeugen? Jemand, der wichtig ist? Weiß man vielleicht auch den Namen des Verfluchten?«

»Der Name des Verfluchten war Celan«, sagte ich. »Reicht Euch als Zeuge der Prinz der Elfen?«

»Prinz Imri, den Taride schon besungen hat? Es gibt ihn wirklich?«

»Allerdings.«

»Götter!«, rief er aufgeregt. »Jetzt habe ich wirklich etwas, womit ich arbeiten kann! Was haltet Ihr davon, dass es auf dieser Insel andere Nekromanten gab und vielleicht auch Priester dieses Gottes, die versuchten, die Macht des Vulkans zu verwenden, um den Kriegsfürst wiederzubeleben, und Soltar sie dafür strafte?«

»Kommt auf den Boden zurück, Leutnant«, knurrte ich. »So einen Schwachsinn wird niemand glauben. Der Vulkan brach aus, weil es eben so war. Niemand, auch keine Horde Priester, kann einen Vulkan ausbrechen lassen!«

»Aber Ihr müsst zugeben, es hört sich besser an, als wenn Ihr es wart! Wie lange dauerte es nach dem Vulkanausbruch, bis ihr die Insel verlassen habt? Gab es dramatische Momente, vielleicht, als ihr vor der Lava geflüchtet seid?«

»Wir haben die Insel *vor* dem Ausbruch verlassen, Kerzenlängen vorher. Auf dem Rücken von Greifen!«

»Kann das dieser Elfenprinz bestätigen?«

»Ja.«

»Gut! Wahrhaftig wunderbar! Nur wie bringen wir ihn hierher, dass er darüber aussagt?« Ich öffnete den Mund, doch er winkte schon wieder ab. »Ich werde mit Taride reden, sie soll es in das Epos einbauen, das ist genauso gut!« Er strahlte uns an. »Ihr werdet sehen, das wird wunderbar! Jetzt müsst Ihr nur noch den wahren Mörder finden, und Askir wird Euch zu Füßen liegen!«

»Ihr meint das ernst?«, fragte ich verwundert.

»Aber ja! Ihr werdet sehen!«

»Warum habe ich den Eindruck, dass Ihr Eure Freude daran habt?«, fragte Serafine schmunzelnd.

»Weil es so ist!«, grinste Stofisk. »Endlich kann ich meine Fähigkeiten vollends in den Dienst des Kaiserreichs stellen! Zudem wird die Meinung oft verfremdet, es ist ein Vergnügen, es für einen hehren Zweck zu tun! Ich habe noch eine Idee ... ist es möglich, sich einen Greifen von den Elfen zu leihen und es so einzurichten, dass man Eure Königin auf dem Rücken dieses edlen Tiers über Askir fliegen sieht? Oder jemand, der so aussieht?«

»Stofisk«, meinte ich, »Ihr seid brandgefährlich.«

»Ich weiß.« Er strahlte. »Ich bin nur froh, dass es endlich jemand zu schätzen weiß! Nun, was kostet es, einen Greifen bei den Elfen zu leihen?«

»Nichts. Sie besitzt ihren eigenen Greifen.«

»Wahrlich? Fabelhaft! Ist er hier? In den Stallungen vielleicht? Wird er sich mit ihr zeichnen lassen? Ist er zahm und kann auf dem Tempelplatz zur Schau gestellt werden?«

»Das, Leutnant, wäre eine ganz und gar schlechte Idee! Vergesst sie sofort wieder.«

»Aber ...«

»Nein.«

»Ay, Ser!«, sagte der Leutnant. »Aber es ist über alle Maßen schade.«

»Glaubt mir, Leutnant, das ist es nicht.«

Es schien ihm schwerzufallen, die Idee loszulassen, aber er fügte sich. »Dann nicht«, seufzte er. »Jetzt brauchen wir nur noch den Nekromanten, dann ist alles vollbracht.«

»Welchen genau?«, fragte ich und wusste nicht, ob ich erheitert sein sollte oder verzweifelt.

»Den, der den Baron und den Grafen umgebracht hat, um einen heimtückischen Anschlag auf den Ruf Eurer edlen Königin zu begehen. Am besten richtet man ihn öffentlich hin, auf dem Marktplatz.« Seine Augen strahlten. »Ich sehe es schon vor mir: Eure Königin, wie sie auf ihrem Greifen heranfliegt, absteigt, zu ihm schreitet und ihn mit einem Schlag ihres Schwerts köpft! Nicht, weil er ein Seelenreiter ist, oh nein, sondern weil es ihr Privileg ist, die zu strafen, die respektlos zu ihr sind, und er ihre Gnade ungeschehen machte!«

»Welche Gnade noch mal?«, fragte ich, von all seinen Worten nunmehr doch verwirrt.

»Sie ließ die Schuldigen leben, habt Ihr das vergessen?« Er

sah besorgt zu mir hin. »Die Königin kann doch mit einem Schwert umgehen und besitzt auch eines, das man schärfen kann? Vielleicht könnt Ihr ihr Eures leihen?«

»Sie kann, sie hat, und es ist auch über alle Maßen scharf!«, grollte ich ungehalten. Er schien es nicht zu merken, auch als sich Serafine räusperte.

»Gut!«, rief er. »Der Nekromant wird hingerichtet, damit ist dann das Problem gelöst!«

»Stofisk, dazu müssten wir ihn erst finden!«

»Das ist kein Problem«, strahlte Stockfisch. »Ich habe seine Adresse hier.«

»Ich habe das doch richtig verstanden?«, fragte Desina fassungslos. »Er hat seine Mutter gefragt?«

Wir hatten das Glück gehabt, sie im Turm vorzufinden, und sie sah verschlafen aus; offenbar hatten wir sie geweckt. Jetzt standen wir vor ihrer offenen Tür, unter einem Vordach, das uns vor dem Regen schützte, und tranken im Stehen Tee, den Santer herausgebracht hatte. Einen Moment fragte ich mich, warum sie uns nicht hereinbat, denn im Turm sah es recht gemütlich aus. Aber dann erinnerte ich mich daran, dass nur Eulen dieses Gebäude betreten durften.

»Ja«, antwortete Serafine erheitert. »Es geht um Geschäfte. Sein Vater betreibt ein Bankhaus in der Stadt, und Baron Wirten lieh sich Geld von ihm. Offenbar empfand Corten den Baron als hohes Risiko und ließ ihn bespitzeln. Der Spion sah, wie Wirten nach Hause kam, und bald darauf, wie ein Mann das Haus verließ. Er fiel dem Spion auf, weil er sich unter einer Robe mit Kapuze verbarg, obwohl es nicht kalt war oder regnete.«

»Und?«, fragte Desina verständnislos. Mir war es auch nicht anders ergangen.

»Die Mutter unseres Leutnants wiederum betreibt ein Handelshaus, und beide, Wirten und Jasen, unterhielten mit ihr Geschäfte. Sie ließ sie ebenfalls bespitzeln«, erklärte Serafine. »Beide diesmal. Bei Wirten sah der Spitzel noch, wie der Mann sich verstohlen um eine Ecke schlich. Das war seltsam genug, um in dem Bericht Niederschrift zu finden. Bei Graf Jasen sah ein anderer Spitzel, wie der Mann in der Robe das Haus des Grafen betrat, als würden ihn die Gardisten am Tor gar nicht bemerken. Wie der Mann herauskam, bekam er nicht mit, er hörte nur den Donner und dann die Schreie der Bewohner.«

»Ein Mann in einer Robe also«, sagte Desina. »Davon gibt es Tausende.«

Der Wind trieb einen Regenschauer in unsere Richtung und ließ das dünne Kleid der Eule wehen. Im Hintergrund hörten wir, wie die Tempelglocken zur dritten Glocke schlugen. Bevor ich ihr antwortete, zog ich meinen Umhang enger, denn es war doch ein wenig kühl.

»Aber nicht die roten Stiefel mit dem gelben Aufsatz und den silbernen Blütenstickereien. Es gibt nur einen Schuhmacher in der Stadt, der solche Stiefel anfertigt«, sagte ich und seufzte, während ich unwillkürlich auf Serafines Stiefel herabsah. »Es scheint, dass Meister Breckert drei Kunden für diese Stiefel hatte. Einen Graf Wittmar, der Mann ist nahezu hundert Jahre alt und geht an Stöcken. Die andere ist eine junge Frau, eine gefragte Kurtisane.«

»Asela?«, fragte die Eule. »War sie es also doch?«

»Nein. Sie nicht«, seufzte ich. »Eine andere. Diese Sera ging zur fraglichen Zeit ihrer Arbeit nach und verwöhnte einen Höfling aus Sertina.«

»Wer ist der Dritte?«

»Ein Händler aus Rangor«, erklärte Serafine. »Er war auch auf dem Ball. Ein Mann namens Helgs, der vor einigen Jahren mit gewagten Spekulationen Aufsehen erregte und so Zutritt zur feinen Gesellschaft fand.«

»Allerdings hat sich Baron Corten, der Vater unseres Leutnants, schon immer gewundert, wie dieser Helgs das vollbracht hat. Cortens Berechnungen nach hätte er Verluste machen müssen und nicht Gewinne. Dann erinnerte er sich, dass Helgs ihm eine Zahlung in Gold geleistet hatte, und ging in seinen Schatzkeller, um zu sehen, ob er das Gold noch besaß. So war es auch. Das Metall ist etwas unreiner als das des Kaisers und besitzt einen rötlichen Schimmer. So wie dieses Gold hier.« Ich hielt ein Geldstück hoch, das wir auf dem Schiff in der Schmugglerbucht gefunden hatten. Es trug das Wappen Thalaks und glänzte rötlich im trüben Licht.

Santer lachte. »Ich mag es kaum glauben, aber die Beweiskette scheint mir stimmig.« Er schüttelte den Kopf. »Wie hat dieser Leutnant das vollbracht?«

»Er traf sich mit seiner Mutter zum Frühstück«, sagte ich grimmig. »Die bat dann den Vater dazu, und eins ergab das andere.«

Die beiden Eulen wechselten einen Blick.

»Ich fühle mich etwas nutzlos«, meinte Santer.

»Fragt mich mal«, knurrte ich.

»Also seid Ihr hergekommen, damit wir diesen Nekromanten stellen«, meinte Desina und lächelte erfreut.

»Das auch.«

»Aha«, sagte sie und sah mich prüfend an. »Was noch?«

»Wir müssen ihn lebend bekommen. Dazu braucht es eine Art magische Fessel. Ich wollte fragen, ob Ihr wisst, ob es so etwas gibt und wo man es finden kann.«

»Ihr wollt ihn befragen«, stellte Santer fest und nickte zufrieden. »Es wird auch Zeit, dass wir diesen Verfluchten einmal die Zunge lockern, vielleicht führt er uns zu anderen seines Schlags.«

»Ja, das auch. Danach aber muss er noch leben.«

»Warum?«

Ich seufzte. »Damit meine Königin auf ihrem Greifen eine Runde über dem Richtplatz drehen kann, um dann hoheitsvoll abzusteigen und den Nekromanten mit ihrem Bannschwert zu richten. Damit sie eine Heldin ist und die Gunst der Stadt gewinnt. Darum.«

Die beiden Eulen sahen mich entgeistert an. Ich konnte es ihnen nicht verdenken.

»Wäre es nicht besser, den Nekromanten zu beobachten, um zu sehen, ob er mit anderen Kontakt aufnimmt?«, fragte Santer Serafine, als wir die breite Rampe zum Zeughaus hinuntergingen. Desina war nicht mit dabei, sondern befand sich auf dem Weg zu Hochinquisitor Pertok, um mit ihm die Verhaftung abzustimmen.

»Das haben wir auch überlegt, aber die Zeit dazu haben wir nicht.«

»Ich dachte, nichts ist so schnell wie ein gutes Gerücht?«, fragte Santer erheitert.

»Das mag sein«, befand Serafine, »aber es geht ja nicht um das Gerücht allein. Die Meinung ist es, die sich ändern muss.«

»Habt Ihr Euch schon an die Tore gewöhnt, Santer?« fragte ich ihn.

Er schüttelte den Kopf. »Ich misstraue ihnen noch immer, aber das hilft mir nicht weiter. Desina ist fasziniert von diesen Toren, und es bleibt mir nichts anderes übrig, als sie zu begleiten. Ich kann sie ja schlecht allein gehen lassen.« Er seufzte. »Das Schlimme ist, ich sehe ein, wie nützlich die Tore sind. Morgen werden Desina und ich uns nach Olmenhort begeben, einer alten Festung in der Ostmark, keine dreißig Meilen von Brandenau, dem Sitz des Marschalls, entfernt. Der Kommandant wünscht einen genaueren Bericht über die Lage, um zu sehen, ob man dort Truppen abziehen kann. Wenn es nach Desina geht, werden wir alle Tore erforschen, die es noch gibt. Aber es existieren kaum noch Torsteine. Im Tor im Turm der Eulen gibt es ein Fach mit Steinen, aber viele sind es nicht ... Was habt Ihr, Lanzengeneral?«

»Ich habe etwas vergessen«, erklärte ich. »Es hätte mir früher einfallen sollen.«

»Was?«, fragte Serafine.

»Ihr seht es gleich.«

Wie ich gehofft hatte, war an einem der drei offenen Schalter der alte Veteran zu finden, der wieder zu dösen schien. Ich ging zu ihm hin und klopfte an die Lade. Er öffnete ein Auge.

»Nur die Ruhe, ich bin wach«, meinte er. »Ihr tragt meine Rüstung nicht, Lanzengeneral«, teilte er mir vorwurfsvoll mit und setzte sich gerader hin.

»Ihr wusstet, wer ich bin?«, fragte ich

»Was denkt denn Ihr?«, grinste er. »Was ist es, das Ihr braucht?«

»Habt Ihr jemals etwas von einem Torbuch gehört, Korporal?«

»Hm«, meinte er und kratzte sich am Kopf. »Mir scheint, da wäre etwas, aber ...«

»Die Generalskisten!«, platzte Serafine heraus. »Im Zeughaus der Zweiten gab es mal einen Brand, und eine wurde beschädigt. Wir mussten sie neu packen, und dort drinnen befand sich ein Buch, das von Askannon selbst gesiegelt war. Ich war selbst Zeugwart«, meinte sie, als der Korporal sie seltsam musterte.

»In der Zweiten, ja?«

»Auch wenn Ihr es nicht glaubt«, gab Serafine zurück.

»Ich glaube es«, meinte der Korporal und schwang sich von seinem Stuhl. »Heutzutage glaube ich fast alles. Und wenn die Zweite Soldaten rekrutiert und über einen Lanzengeneral verfügt, warum nicht auch über einen Zeugwart? Schließlich wäre damit der wichtigste Posten schon besetzt. Nur, dass man einen guten Zeugwart im Offiziersdienst verschwendet, ist mir unverständlich!«

»Ich wurde dazu gezwungen«, meinte Serafine lächelnd, und der Veteran stieß ein kurzes Lachen aus.

»Also, Major, wie sehen diese Kisten aus?«

»Sie sind aus schwarzem Ebenholz, mit Bändern aus Silber und Stahl besetzt und besitzen ein Siegelschloss, für das man den Ring des Generals braucht.«

»An die erinnere ich mich, wir haben davon nicht allzu viele. Wartet hier, ich bin zugleich zurück ... Halt!« Er schwenkte herum wie ein Ballistenturm. »Zeigt mir Euren Ring!«

Ich hielt ihn ihm folgsam hin, er murmelte etwas zu sich selbst und eilte in ungleichen Schritten aus seinem Schalterraum nach hinten.

Etwas später kam er mit einer flachen Kiste wieder, nicht viel größer als zwei Folianten.

»Hier«, meinte er und schob die Kiste durch die Ladenöffnung. »Versucht Euer Glück damit.« Er wies auf das kaiserliche Siegel. »Drückt Euren Ring dort hinein.«

Ich tat wie geheißen, es klickte leise, und der Deckel sprang auf.

Alle hielten den Atem an, als ich den Kastendeckel anhob, doch zuerst schien nichts Besonderes in dieser Kiste zu sein. Ein

Sehrohr, kleiner als die, die ich bislang kannte, was ich praktisch fand; eine kleine Dose aus Messing mit einem Magnetstein darin; eine kleine Röhre aus Messing, deren Zweck sich mir nicht erschloss, und zwei Bücher, daumendick, aber nicht größer als die Innenfläche meiner Hand. Darunter eine Karte und etwas anderes, das ich nicht erkennen konnte. Ich griff das erste Buch, schlug es auf und stöhnte.

»Götter«, fluchte ich, »wie soll man diese Schrift denn lesen? Sie ist so klein, dass sie einem vor den Augen verschwimmt!« Ich musterte den Titel. »Kaiserliches Heeresgesetz«, stand dort in ebenmäßigen Lettern geschrieben.

»Da kann ich aushelfen, Lanzengeneral«, sagte der Zeugwart und zog eine Lade auf, der er ein weiteres Döschen aus Messing entnahm. Er öffnete es, klappte die Linse auf, die sich darin befand, und legte sie auf den Text, der darunter größer wurde.

Das zweite Buch war mit einem Siegel und einer Schnur verschlossen; ich brach das Siegel und schlug es auf. Es war groß genug geschrieben, ergab aber auf den ersten Blick nur wenig Sinn. Auf jeder Seite waren zwei Blöcke von Zahlen zu finden, drei Zahlen auf der linken und neun oder manchmal zwölf Zahlen auf der rechten.

»Das ist das Torbuch«, meinte Santer. »Desinas Buch ist dicker, aber genauso verschlüsselt. Die Zahlen links enthalten Koordinaten für die kaiserlichen Karten, rechts stehen die Nummern für die Steine, die man auszulegen hat.«

Ich nickte und nahm die letzten beiden Dinge heraus: eine gefaltete, fein gezeichnete Karte, die das Reich in seinen alten Grenzen zeigte, und ein elegant geformtes Stück Elfenbein mit einer goldenen Spitze daran, das Serafine laut die Luft einziehen ließ.

»Ich habe davon gehört!«, rief sie ganz aufgeregt. »Darf ich?« Ich nickte amüsiert. Sie war wie ein Kind am Namenstag. Sie bat den Zeugwart um ein Blatt, und als sie es bekam, setzte sie die goldene Spitze auf das Papyira – und ein feiner schwarzer Strich erschien.

»Götter«, sagte Santer ergriffen. »Ich wette, Orikes gäbe seine rechte Hand dafür.«

»Dann würde es ihm wohl nichts mehr nützen«, lachte Serafine und strahlte mich an. »Ist das nicht großartig? Eine Feder, die ewig schreibt!«

»Ja«, sagte ich. »Großartig.« Ich verstand ihre Aufregung nicht. Gut, man sparte sich die Gänse und das Tintenfass, aber ich fand das Sehrohr weitaus nützlicher.

Ich verstaute den Inhalt der Kiste in meinen Taschen, gab Serafine die seltsame Feder, die Karte und auch den Magnetstein und schob die Kiste wieder dem Zeugwart hin.

»Die Kiste könnt Ihr behalten«, meinte ich. Er strahlte und bedankte sich, als hätte ich ihm einen Gefallen getan.

»Sonst noch etwas?«, fragte der Korporal und sah Santer und mich an. »Ihr beide habt mir schon Arbeit genug gemacht ... wobei ich mich nicht erinnere, dir diese Rüstung ausgegeben zu haben, Santer.«

»Die Eule fand sie in dem Turm. Ich bin jetzt ihr Adjutant, Kjarl.«

»Hmpf«, brummte der Veteran, doch er lächelte dabei. »Bei den Seeschlangen warst du immer schon verschwendet, bei den Eulen ... naja, wenigstens haben wir jetzt wieder eine!« Er sah zu mir hin und schmunzelte. »Wenn Ihr wieder vorhabt, einen Blitz aufzuhalten, überlasst es unserem Santer hier, wenn ich mich nicht sehr täusche, ist seine Rüstung für solches gemacht!«

»Der Korporal war mein Schwertausbilder«, erklärte Santer uns lächelnd. »Seitdem meint er am besten zu wissen, was gut für mich ist. Ein Blitz ist es nicht!«

»Wenn du es sagst!«, grinste der Mann. »Kann ich sonst noch etwas für euch tun?«

»Wir brauchen Fesseln für einen Seelenreiter. Magische Fesseln. Wir wissen, dass es so etwas gab.«

»Will die Eule nicht im Turm danach suchen, wenn sie jetzt schon Rüstungen ausgibt?«

»Es gibt dort keinen Zeugwart mehr, Kjarl. Es würde zu lange dauern; wenn du nichts findest, müssen wir suchen, aber wir hofften, du könntest uns helfen.«

»Ich bin der beste Zeugwart der Legionen, vielleicht mit Ausnahme des Majors hier«, sagte Kjarl, »aber wenn du Wunder erwartest, wirst du etwas warten müssen.« Er zog die Gittertür auf und winkte uns herein. Hier standen ein mit Kladden überladener Schreibtisch und ein altersschwacher Stuhl; in der Ecke vor der Gittertür, die zum Lager weiterführte, befand sich ein kleiner eiserner Ofen, darauf eine Kanne aus getriebenem Kupfer.

»Tee ist in der oberen Schublade«, meinte der Korporal, als er die Lade hinter uns schloss. »Zeig Manieren, Santer, und mach dem Major einen Tee. Ich bin noch in dieser Woche wieder zurück.« Er griff sich einen Korb aus Draht und humpelte davon.

»Wollt Ihr Tee?«, fragte Santer Serafine, die lächelnd den Kopf schüttelte.

»Ihr seid mit vielen hier sehr vertraut, Santer«, sagte ich, als ich dem Zeugwart nachsah. »Stört es Euch nicht? Zu große Vertrautheit ist nicht immer gut.«

»Solange der Respekt gewahrt bleibt, stört es mich nicht«, sagte Santer. »Es ist mir fast lieber so, denn seitdem ich diese silberne Eule trage, gibt es einige, die vor mir kriechen. Das kann ich noch weniger gebrauchen.«

»Hier, Havald«, sagte Serafine leise und wies auf einen Kasten, der an der Wand hing. In ihm befanden sich vier silberne und eine goldene Münze. »Die Auszeichnungen des Korporals, ein Wunder, dass er keinen höheren Rang innehat. Es ist beeindruckend. Die Münzen bringt man an der Brustplatte an.«

»Er sagt, er ist genau da, wo er sein will«, meinte Santer. »Es gibt hier einen Lageroffizier, aber der weiß es besser, als sich mit dem alten Kjarl anzulegen. Dies ist sein Reich, und ich gönne es ihm.«

»Erzählst du wieder alte Geschichten?«, meinte der Zeugwart, als er zu uns zurückgehumpelt kam. »Glaubt ihm kein Wort, Lanzengeneral. Alles gelogen, bis auf die Geschichte, dass ich mit einem Schlag einen Drachen erschlug.« Er grinste breit. »Allerdings war der nicht länger als mein Arm.« Er stellte den Korb ab, der eine Stange, ein Halsband aus Metall und eine starre Fußfessel enthielt.

»Wann wart Ihr denn im Süden, Korporal?«, fragte ich, und

der Zeugwart erstarrte in seiner Bewegung, um mich dann misstrauisch anzusehen. »Woher wollt Ihr denn wissen, dass ich im Süden war?«

»Ihr habt es mir eben selbst gesagt«, meinte ich. »Der Drache.«

»Götter«, fluchte Kjarl. »Ich und mein loses Maul. Dabei habe ich so oft damit angegeben, ohne dass jemand die Verbindung zog!« Er musterte mich. »Die neun Steine an Eurem Ring hätten mir eine Warnung sein sollen. Dennoch, ich kann Euch darüber nichts sagen.«

»Wie Ihr sagt, es sind neun Steine. Ich kann mich auch an den Kommandanten wenden, doch ich würde lieber darauf verzichten.«

Er zögerte und schaute dann zu Santer. »Santer, tust du mir den Gefallen und gehst etwas spazieren? Major, Ihr vielleicht auch?«

»Das wird nicht nötig sein«, sagte ich. »Sagt mir, wo Ihr diesen Drachen gesehen habt.«

»Es ist fast vierzig Jahre her«, antwortete Kjarl mit einem Blick, der in die Ferne gerichtet war. »Als mein Leutnant nach Freiwilligen suchte und mir Todessold anbot, wusste ich, dass ich sowohl dumm als auch gierig war.«

»Todessold?«, fragte ich.

»Der zehnfache Sold für die Dauer des Einsatzes, und Auszahlung des normalen Solds für die vereinbarte Dienstzeit des Soldaten an die Hinterbliebenen«, erklärte Serafine, und Santer nickte.

»Genau das«, bestätigte Kjarl. »Wir schifften uns ein. Es war kein Schwertschiff, sondern eine Galeasse, und bis zu den Ruderluken mit Vorräten beladen. Der Auftrag war geheim, aber wir wussten bald, worum es ging. In den tiefen Süden nämlich, um dort alte Karten zu überprüfen. Eine junge Feder hatte das Kommando, ein zäher Bursche, der nichts durchgehen ließ. Wir überquerten das Meer der Stürme und wären beinahe abgesoffen, und einige hatten sogar Angst, wir würden über die Kante der Weltenscheibe fallen. Wir waren fünf Wochen unterwegs, ohne auch nur ein einziges Mal Land zu sehen. Dann erblickten wir Land voraus, einen dichten Dschungel und darin die Ruinen einer alten Stadt. Das musste man der Feder lassen: Sie wusste, wie man Karten liest. Nach all den Jahrhunderten war der Hafen so weit versandet, dass wir gerade so an den alten Steinen anlegen konnten. Zwei Gruppen wurden zusammengestellt, eine sollte die alte Stadt erforschen, die zweite Gruppe sollte sich ins Inland wagen. Einer dieser verdammten Drachen biss mir in den Arm, deshalb wurde ich der Gruppe zugeteilt, die diese Stadt erforschen sollte. Unsere Aufgabe war einfach. Der Leutnant der Federn führte uns, er hatte Karten dabei, die uns durch die Ruinen zu bestimmten Orten lenkten. Einer war eine Pyramide in der Mitte der Stadt, dort kletterten wir bis zur Spitze hinauf, und oben gab es ein kleines Haus aus Stein, das mit einer Stahlplatte verschlossen war und mit drei Siegeln. Der Leutnant besah sich diese Siegel, machte eine Notiz, dann ging es weiter. Der nächste Ort war ein Turm, wieder gab es eine Tür mit Siegeln, der dritte Ort war eine kaiserliche Wehrstation, wo er uns draußen warten ließ. Der vierte war ein alter Turm am Hafen, doch der war eingestürzt, und wenn es dort auch eine solche Tür gegeben hat, fanden wir sie nicht. Das war es. Wir kehrten zum Schiff zurück und warteten auf die andere Gruppe. Als sie nach zehn Tagen nicht zurückgekommen war, legten wir ab und fuhren zurück. Abgesehen davon, dass ich beinahe am Fieber starb, war es einfach verdientes Gold. Aber nicht für die dreißig Mann, die im Dschungel blieben.«

»Ein Land jenseits des Meers der Stürme?«, fragte ich.

Der Korporal nickte. »Genau das.«

»Und eine Ruinenstadt des Alten Reichs?«

»Das habe ich nicht gesagt.«

»Nein, Ihr habt nur eine kaiserliche Wehrstation erwähnt.«

Er seufzte. »Ja. Es gab kaiserliche Gebäude dort, aber die Stadt selbst war fremdartig, mit Gebäuden, die mit steinernen Götzen und Ungeheuern verziert waren, und breiten Straßen. Und überall Pyramiden mit vielen, vielen Treppen.«

»Wie groß war diese Stadt?«

»Ich würde sagen, etwa so groß wie Rangor oder Aldar. Aber niemand lebte mehr dort, obwohl die Brunnen noch immer klares Wasser führten. Und seltsame Hunde gab es, geschuppt und mit Flügeln.«

»Vartramen?«, fragte ich erstaunt, und der Zeugwart nickte.

»So hat der Leutnant der Federn sie genannt. Verflucht schlaue Biester, sie stahlen unseren Proviant. Wart Ihr schon mal dort?«

»Nein. Fahrt fort.«

»Es gibt nicht viel mehr zu sagen. Ich war fast vier Monate weg, der Todessold hat sich für mich ausgezahlt. Genug für ein kleines Haus in der Außenstadt, das war es dann.«

»Danke, Korporal«, sagte ich.

Eine verlassene Stadt mit kaiserlichen Gebäuden auf der anderen Seite des Meers der Stürme? Versiegelte Türen und Vartramen? Es sagte mir nicht das Geringste. Außer, dass ich jetzt wusste, woher der Nekromantenkaiser seine Jagdhunde bezog.

Der Korporal schnippte mit den Fingern. »Eines fällt mir noch ein. Wir haben die Stadt natürlich auch so durchstreift, und mit ein paar Kameraden durchsuchten wir den alten Marinestützpunkt. Sogar die Möbel waren noch da, wenn auch verrottet. Und ein Schild am Strand, das besagte, dass der Landgang außerhalb der Stadt Kalliste verboten war.«

»Kalliste hieß die Stadt?«

»So scheint es.«

»Hm.« Ich sah auf seinen Korb hinab. »Was habt Ihr uns mitgebracht?« Ich hob das Halsband heraus, das sehr dem ähnelte, das ich selbst auf der Feuerinsel um meinen Hals gespürt hatte.

»Ehrlich gesagt«, meinte der Korporal, offenbar froh darum, über etwas anderes sprechen zu können, »weiß ich es gar nicht so genau. Im Turm der Eulen werdet Ihr wahrscheinlich mehr finden. Das hier habe ich aus einem verstaubten Winkel gezogen, der einigen Kram für die Nachtfalken enthält. Da sie die Aufgabe hatten, die Verfluchten zu stellen, dachte ich, ich sehe dort mal nach. Ich glaube, ich war seit Jahrhunderten der Erste, der dort herumgeschlichen ist.« Er hob die Stange an. Sie war hohl, und an einem Ende befand sich eine silberne Kette, die eine Schlinge bildete. »Mit so etwas fängt man wilde Tiere, aber hier sind Runen an der Stange. Das Halsband ...« Er zuckte mit den Schultern. »Die Fußfesseln sind aus Silber, etwas angelaufen, deshalb sind sie so dunkel. Auch mit Runen versehen. Fußfesseln aus Silber ergeben keinen Sinn, außer sie wären für besondere Gefangene. Das ist alles, was ich habe. Ob es etwas nützt, weiß ich nicht.«

Santer kratzte sich am Kopf. »Irgendwie stelle ich es mir schwierig vor, einen Nekromanten festzuhalten, während wir in aller Ruhe ausprobieren, was geschieht.«

»Wollt Ihr den Kram mitnehmen?«

»Ja«, sagte Santer. »Wir werden herausfinden, wozu es taugt. Ich zeichne gegen.«

Während er das Warenbuch zeichnete, wandte ich mich noch einmal an den Zeugwart. »Wisst Ihr, wie viele Reiterrüstungen der Drachen es noch gibt?«

»Es kommt darauf an, wer sie trägt, wie viele Teile passen ... mehr als elfhundert, weniger als neunzehnhundert. Brustpanzer haben wir mehr, da sie kaum mehr verwendet werden.«

»Hm« sagte ich. »Stellt Euch vor, Ihr befändet Euch mit Eurer Lanze in einer Wehrstation in einem fernen fremden Land, die von einer Legion des Feindes angegriffen wird.«

»Ein unangenehmer Gedanke«, meinte er und bedachte mich mit einem scharfen Blick. »Ist es schon so weit?« Als er keine Antwort erhielt, nickte er und seufzte. »Also gut. Ich stelle es mir vor. Worauf wollt Ihr hinaus?«

»Nehmt an, Ihr könntet auf magische Art und Weise etwas aus Eurem Zeughaus zu Euch holen, um es dem Gegner schwer zu machen, was wäre das?«

»Egal was?«, fragte er und schmunzelte.

»Sagen wir, es müsste von zwei bis vier Packpferden getragen oder gezogen werden können.«

»Also doch nicht ganz so magisch«, stellte er fest. »Aber wenigstens wisst Ihr, wen man fragen sollte. Folgt mir, damit ich Euch staunen lassen kann.«

Der Korporal nahm eine Laterne vom Haken und entzündete sie mit einem Kienspan am Ofen. »Ich hoffe, Ihr seid gut zu Fuß«, grinste er. »Das, was Ihr sucht, finden wir nur in den tiefsten Tiefen.«

»Götter«, staunte ich, als es die vierte weite Rampe hinunterging, die wie eine Wendeltreppe die Stockwerke des Lagers verband. »Wie groß ist dieses Zeughaus?« Schon seit wir die erste Rampe nahmen, war ich für die Laterne des Zeugwarts dankbar, um uns herum war es vollends dunkel, nur durch Seelenreißer konnte ich die großen Hallen ahnen, die von der Rampe aus zu betreten waren.

»Sieben Stockwerke hat es«, erklärte der Zeugwart stolz. »Und je tiefer es geht, umso größer werden die Hallen. Ihr findet hier alles, General, von Booten bis zu Schlitten, alles, was je ausprobiert, gebaut und dann vergessen wurde, sowie Beutegut und Rüstungen und Waffen. Geschenke fremder Reiche, Tribute, alles, was irgendwann von Wert gewesen ist. Vielleicht sollte man aussortieren, was nicht mehr zu brauchen ist, aber wer will diese Arbeit tun? Also liegt es hier und sammelt Staub ... für den Fall, dass ein General kommt, der schlau genug ist, die richtigen Fragen zu stellen.«

Auf der fünften Rampe blieb er stehen und öffnete ein schweres Tor mit einem der vielen Schlüssel, die er bei sich trug.

»Hier unten stehen die Fuhrwerke«, teilte er uns mit. »Sie die Rampe hochzubekommen, wäre ein gutes Stück Arbeit, aber alles, was jemals hier hineinkam, kommt auch wieder hinaus.«

Hinter dem Tor lag ein großer Raum, von dem weite dunkle Gänge wegführten.

»Havald!«, sagte Serafine und wies auf den Boden, ich nickte, ich hatte es schon gesehen. In einem großen Achteck, bestimmt zwanzig Schritte im Durchmesser, führten handbreite goldene Bahnen zu Eckpunkten, die faustgroße Vertiefungen enthielten. Ich hatte so etwas schon einmal gesehen, im Keller des Gasthofs zum Hammerkopf, ein Frachttor, wie Kennard uns erklärte. Ich nahm an, dass sie wie die anderen Tore mit Torsteinen zu bedienen waren, nur dass wir für diese Tore keine besaßen.

»Nützlich«, meinte Santer dazu. »Vor allem, wenn es direkt in das Zeughaus führt!« Er schmunzelte ein wenig. »So falsch lagt Ihr mit Eurer Frage also nicht, General! Ich werde Desina fragen, ob sie irgendwo große Torsteine gefunden hat.«

Der Korporal sah uns fragend an.

»Es ist ein magisches Portal«, erklärte ich und hätte mir auf die Zunge beißen wollen, es war noch immer ein Geheimnis. Vielleicht auch nicht.

»Wie das im Haus der Eule?«, fragte der Korporal. »Es gibt die wildesten Gerüchte darüber«, grinste er. »Mehr über die Edelsteine, die es braucht, sie zu bedienen, als über die Tore selbst«, fügte er dazu. »Ein einziger von ihnen macht wohl einen Mann reich fürs Leben.«

»Oder bringt ihn an den Galgen«, meinte Santer trocken.

»Oder das«, gab der Korporal zu und öffnete ein letztes Tor zu einer Halle. Er hielt die Laterne hoch, sodass wir die Leuchtgloben unter der Decke sahen.

»Es gibt wohl eine Möglichkeit, sie zum Leuchten zu bringen, nur weiß niemand, wie es geht … wir müssen uns also mit der Laterne begnügen.«

Die Halle war mit Fuhrwerken vollgestellt, die meisten von ihnen mit Planen bedeckt, Einspänner, Zweispänner, sogar Sechser- oder Achterzüge gab es hier. In allen Formen und Größen, offen, geschlossen, einige ganz normal erscheinend, andere wieder mit Aufbauten versehen, die keinen Sinn ergaben. Kjarl führte uns an einer ganzen Reihe Wagen vorbei, die wie Boote aussahen und dann, in der Ecke, blieb er vor einer Reihe Fuhrwerke stehen, die unter Planen verborgen waren.

Er zog eine Plane herunter, wedelte den Staub zur Seite und hob die Laterne an, damit wir besser sehen konnten.

»Das hier«, meinte er. »Es gibt acht davon. Eine Wehrstation des Kaisers, belagert von einer Feindlegion? Dann will ich diese haben und auf die Wälle stellen, glaubt mir, kein Feind will dann noch dort belagern.« Er wies mit der Laterne auf das Wappen an den Wagen. »Es gehörte den Bibern, den kaiserlichen Pionieren, die hatten jede Menge solches Zeug.«

Es waren Arbalesten, oder leichte Ballisten, die auf einem Wagen mit hochklappbaren Seitenwänden angebracht waren. Nur dass diese Bolzenwerfer aus Metall waren, ähnlich den Ballisten auf den neuen Schwertschiffen. Es gab Kurbeln daran und lange Hebel, ein verwirrendes Geflecht an Zügen aus Draht, die über Rollen liefen. Dort, wo sich der Schaft der Balliste befand, waren auf der Oberseite mit Streben versehene Schienen angebracht.

Er öffnete einen langen Kasten, der neben der Arbaleste auf dem Wagenboden stand, und entnahm ihm einen Stapel metallener Bolzen, die gut anderthalb Schritt lang waren. Eine Klammer hielt jeweils fünf von ihnen zusammen. Er wuchtete den Stapel zwischen die Schienen auf dem Schaft der Arbaleste und ließ ihn nach unten fallen, die Spange löste sich und fiel scheppernd zu Boden.

Er lehnte sich gegen einen Hebel, der zur Seite stand, und quietschend schwenkte der Bolzenwerfer herum, bis er in das Dunkel rechts von uns zeigte.

»Wenn Ihr jemanden wahrhaftig erschrecken wollt, dann braucht Ihr diese hier.« Er wies auf den Stapel Bolzen, der in den Schienen lag. »Wie Ihr seht, passt hier noch ein weiterer Stapel, zehn Bolzen also.«

Er winkte Santer heran. »Hilf mir mal aus, setz dich in diese Schale.« Die Eule tat, wie ihm geheißen, und der Zeugwart zeigte ihm, wo er die Füße auf Pedale setzen sollte.

»Fang an zu strampeln, Santer«, grinste Kjarl, und als Santer strampelte, begann sich ein großes schweres Rad zu drehen. Von diesem Rad getrieben, bewegte sich langsam eine lange Stange hin und her. Der Zeugwart trat nun hinter den strampelnden Santer, der so tief saß, dass er fast lag, und zog an einem langen Hebel.

Eine Kralle fuhr nach oben, ergriff die daumendicke Sehne aus gedrehtem Draht und zog sie nach hinten, es klackte, einer der Bolzen von dem Stapel fiel nach unten, ein hartes Klacken folgte, dann löste sich mit einem harten Schlag ein Bolzen und schlug krachend und Funken sprühend an der fernen Wand ein. Die Kralle fuhr den Schaft entlang, hob sich, fing die Sehne wieder ein, fuhr zurück, und der nächste Bolzen fiel in die Vertiefung.

»Götter!«, entfuhr es mir.

»Du kannst aufhören zu strampeln«, meinte der Zeugwart zu Santer. Der wälzte sich von dem Sitz herunter und massierte seine Oberschenkel, während er sich staunend diese mörderische Waffe besah.

»Es braucht dazu einen kräftigen Mann wie Santer«, meinte

der Zeugwart. »Aber dann kann man diese Bolzen so schnell verschießen, dass der Feind gewiss nicht weiterstürmen will! Kommt mit, ich zeige euch etwas.«

Er führte uns zu der Wand, die gut vierzig Schritt entfernt war, und fuhr mit seiner Hand den Krater entlang, der frisch aus dem alten Stein geschlagen war.

»Wenn der Feind in mehreren Reihen marschiert«, fuhr er leise fort, »dann durchschlägt dieser Bolzen sie alle bis zum letzten Mann. Diese Bolzen fliegen über zweihundert Schritt weit und sind noch immer tödlich. Sie durchschlagen auf hundert Schritt sieben Handbreit Eiche ... das dürfte Santer etwas sagen.«

»Zwei Handbreit ist das übliche Maß für eine verstärkte Bordwand an einem Schwertschiff«, erklärte Santer und sah beeindruckt aus. »Diese Bolzen würden sie durchschlagen wie einen Käse.«

»Es gibt sie auch noch kleiner?«, fragte ich den Zeugwart.

»Ja. Aber auch die kleinen brauchen zwei Männer, um sie zu bewegen. Sie sind verflucht schwer.«

»Varosch wird es lieben«, lächelte Serafine. »Gebe ihm so einen Bolzenwerfer, und er wird den Wyvern das Fürchten lehren!«

»Sie brauchen Pflege«, wandte der Zeugwart ein, während er uns zurück zu dem Fuhrwerk führte. »Kräftige Männer, die den Ladehebel bedienen, sie müssen an tausend Stellen eingefettet werden, es braucht Pferde und diese Bolzen ... die müssten im Arsenal neu gefertigt werden, ich weiß, dass wir nicht viele davon haben. Aber sind sie erst einmal in Stellung, marschiert kein Feind mehr in das Schussfeld hinein. Solange man noch Bolzen hat. Diese Dinger verbrauchen sie mit erschreckender Geschwindigkeit.« Er nahm den obersten Bolzen aus der Arbaleste heraus und hielt ihn mir hin.

Der Bolzen war schwer, die Spitze mit drei Schneiden versehen, die noch immer glänzten, wo sie geschliffen waren, auch wenn überall ein leichter Flugrost darauf lag.

»Ich denke, dass jeder dieser Bolzen bestimmt vier Silber kosten wird«, fuhr der Zeugwart fort. »Ein teures Vergnügen.«

»Kann man auch normale Bolzen mit ihnen verschießen?«, fragte ich und gab ihm den Bolzen zurück.

»Die Sehne ist aus geflochtenem Stahl und wird von diesen Federn hier gespannt, glaubt mir, Lanzengeneral, einen normalen Schaft wird sie zerfetzen.« Er sah zu der Waffe hin. »Die Sehnen sind die nächste Schwierigkeit, ich glaube nicht, dass noch jemand weiß, wie sie geflochten wurden. Aber wenn Ihr eine Waffe wollt, Lanzengeneral, die den Feind das Fürchten lehrt, hier habt Ihr sie.«

»In der Tat«, stellte ich beeindruckt fest. »Doch Ihr sagt, es fehlt an Bolzen?«

»So ist es. Ich habe nach ihnen gesucht, doch alle, die ich gefunden habe, befinden sich auf diesem Wagen. Die Kiste ist allerdings halb leer, mehr als dreißig sind es nicht.«

Ich sah zu Serafine hin.

»Ich werde mich darum kümmern«, versprach sie. »Doch das wird dauern.«

»Es bestätigt eines«, sagte Santer nachdenklich, als wir nach oben gingen. »Die Eule sagt es immer wieder, die Macht Askirs war nicht auf Magie gegründet, sondern auf Wissen.« Er seufzte. »Ich wollte, wir wüssten, was wir alles vergessen haben.«

Der Zeugwart zeigte mir noch die kleineren Bolzenwerfer, die auch Bolzen mit Holzschaft verschießen konnten, Waffen von der doppelten Reichweite einer Armbrust, eine solche hatten wir in der Donnerfeste gefunden. Varosch war betrübt gewesen, sie zurückzulassen, nun, jetzt wusste ich, wie ich ihm einen Gefallen tun konnte.

Schließlich aber fanden wir auch das, was ich gesucht hatte. Sauber aufgereiht lagen sie in den Regalen, Armbrüste mit jeweils zwei Bögen, die gleichzeitig mit einer Kurbel gespannt werden konnten.

»Wie viele habt Ihr noch von diesen?«, fragte ich, während ich eine dieser Waffen in meinen Händen wog, die kaum schwerer war als eine normale Armbrust.

»Etwas mehr als fünfhundert«, teilte mir der Zeugwart mit.

»Ich denke«, sagte ich, »das dürfte reichen.«

»Sag«, fragte Serafine, als wir das Zeughaus verließen, »was hast du mit diesen Waffen vor?«

»Es wird brauchen, bis die Legion marschiert«, antwortete ich, während meine Gedanken rasten. »Aber das bedeutet nicht, dass wir untätig sein müssen. Eine kleine schnelle Einheit, gut ausgerüstet, am besten noch beritten, kann beim Feind enormen Schaden anrichten. Denn zumindest eines haben die Legionen des Feindes mit den unseren gemein, sie sind unbeweglich wie ein Stein. Wir bräuchten nur noch jemanden, der gewitzt und verschlagen genug ist, dem Feind ein ordentlicher Dorn zu sein.«

»Wir könnten Orikes fragen«, schlug sie vor.

»Das wird nicht nötig sein.« Ich dachte an einen gewissen Schwertmajor, den ich in Aldar kennengelernt hatte. »Ich weiß schon, wen man dafür nehmen kann.« Ich seufzte. »Doch das ist für später. Jetzt gilt es erst, uns einen Nekromanten zu erhaschen.«

32. Helgs

Der Kaufmann Helgs wohnte in einem der Häuser, wie sie für Askir üblich waren: von viereckigem Grundriss, mit insgesamt zwei Stockwerken und mit hohen, glatten Außenwänden, die erst im ersten Stock kleine Fenster aufwiesen, die zu einem Innenhof hin offen waren. Das Tor zum Hof und dem Durchgang, von dem aus man in das eigentliche Haus gelangte, bestand aus stahlverstärkten Eichenbohlen.

»Er hat vier Wachen, einen Koch, drei Diener und zwei Sklavinnen«, las Santer von einem Schreibbrett ab.

»Ich dachte, Sklaverei wäre in Askir untersagt?«, fragte ich erstaunt. Santer nickte.

»Das ist sie auch. Aber nicht in den anderen Reichen. Gerade in Rangor ist es noch verbreitet, sie haben für ihre Minen einen großen Bedarf an ihnen. Wenn sie die Sklaven mit nach Askir bringen, sind uns die Hände gebunden. Sie haben hier das Recht, sich freizukaufen, aber mehr können wir nicht tun.«

»War das zu deiner Zeit auch so?«, fragte ich Serafine, doch sie schüttelte den Kopf. »Des Kaisers Gesetz galt damals für alle Reiche.«

»Woher bekommen sie die Unglücklichen?«

Santer zuckte die Schultern. »Manchmal von den Barbaren. Meist sind es Verbrecher, die sich so von kleineren Vergehen freikaufen. Oft aus Bessarein, dort ist es noch üblich, dass Eltern ihre Kinder verkaufen, wenn sie diese nicht ernähren können. Die meisten weiblichen Sklaven kommen von dort her.«

Die Seras aus Bessarein wurden oft wegen ihrer Schönheit geschätzt. Wahrscheinlich, dachte ich bitter, kaufte man sie nicht zur Feldarbeit.

»Es ist eine Schande«, unterbrach Desina leise. »Aber wir sind nicht wegen der Sklaven hier.« Sie sah zu Santer hin. »Fahre fort.«

»Helgs besitzt ein Kontor im Hafen«, nahm Santer den Faden wieder auf. »Dort arbeiten neun weitere für ihn, außerdem unterhält er Verbindungen zu den Banden am Hafen. Und er benutzt hin und wieder zwei Knochenbrecher, um Schulden einzutreiben.« Er klappte das Leder wieder vor und sah über die Straße zu dem Haus des Händlers. Wir standen auf dem Dach eines Hauses gegenüber; den Bewohnern war diskret nahegelegt worden, für die nächste Zeit auf des Kaisers Kosten einen Urlaub in der Außenstadt zu nehmen.

Neben Serafine, Santer, Desina und mir war auch ein kleiner Korporal der Seeschlangen anwesend, Fefre, der Freund Santers. Fefre hatte eine Tenet Seeschlangen dabei. Zusammen mit einer Tenet der Bullen sollten sie den Ansturm wagen. Wenn wir wussten, wie und wann. Es war die vierte Glocke, Mittag, und die Sonne meinte es gut mit der Stadt, aber nicht mit uns, denn die Wolken und der Regen des Vormittags wären uns lieber gewesen.

»Ein unangenehmer Geselle«, stellte Desina fest. »Aber davon gibt es viele. Er wäre eher aufgefallen, wenn er sich anders verhalten hätte. Was wissen wir von den Bediensteten?«

»Nicht besonders viel«, sagte Santer und blätterte durch die Seiten. »Einer seiner Diener wurde dreimal verhaftet, er war in Schlägereien verwickelt und hat einmal einem Schuldner ein Bein gebrochen. Er kam mit dreißig Peitschenhieben davon, seitdem war er entweder gesetzestreu oder vorsichtig. Hier haben wir etwas. Der Koch. Man hat ihn schon zweimal bei Versammlungen gesehen, die in dem Verdacht standen, Gottesdienste für den Namenlosen zu sein, doch jedes Mal, wenn wir zugegriffen haben, gab es einen anderen Grund für die Zusammenkunft. Einmal eine Orgie, das zweite Mal war es ein verbotener Wettkampf mit Klingen.«

Ich schaute wieder zum Haus des Kaufmanns. Jetzt, wo sich die Aufgabe stellte, dort schnell einzudringen und den Verfluchten zu überraschen, musste ich zugeben, dass die Bauweise ihren Zweck erfüllte.

»Ist er in seinem Kontor?«, fragte ich.

»Ja«, meinte Santer. »Er hat die Angewohnheit, mittags eine Pause zu machen. In etwa einer halben Kerzenlänge wird er nach Hause kommen.«

Fefre nickte. »Wir haben die Wahl, in sein Haus einzudringen, und zu hoffen, dass er es nicht bemerkt, wenn er das Tor öffnet, oder ihn auf der Straße abzupassen. Er hat immer zwei Wachen dabei, ihnen sind nur Lederknüppel gestattet, aber es gibt eine Anzeige gegen einen von ihnen, weil man ein Kurzschwert bei ihm fand. Aber keiner weiß, welche Kräfte der Verfluchte besitzt, und wenn wir ihn auf der Straße greifen, besteht die Gefahr, dass Bürger zu Schaden kommen. Das ist der Grund, weshalb wir hier auf ihn warten«, erklärte der Korporal. »Am Hafen herrscht zu großes Gedränge, hier ist es ruhiger.«

»Wir könnten auf Sera Zokora warten«, schlug Serafine vor. »Sie besitzt ein Blasrohr und Pfeile mit einem Schlafgift, das sich auch gegen Verfluchte schon als hilfreich erwies.«

»Sie ist ein hochgestellter Gast. Orikes wäre ungehalten, würde ihr etwas geschehen«, widersprach die junge Eule. Sie sah zu mir hin. »Gleiches gilt für Eure Königin. Sie und die Sera Zokora sind zu wichtig für die Kaiserstadt, als dass wir sie gefährden sollten. Dennoch ist es eine gute Idee, ihn zu betäuben.« Desina sah grübelnd zu dem Haus hinüber, dann auf die Straße hinab, in der mäßiger Betrieb herrschte. »Ich werde ihn auf der Straße stellen«, entschied sie. »Da drüben«, sagte sie und wies mit ihrer Hand den Ort. »An der Ecke. Die Schützen sollten ein gutes Schussfeld haben. Zwei Bullen, die sich auf diese Bank dort setzen und Würfel spielen und in ihrer Pause zechen. Der Krugverkäufer ... Seht Ihr ihn?«

Ich nickte, ein älterer Mann mit einer Krücke, der neben einem Karren stand und den Passanten seine Krüge anpries. »Gebt ihm Gold und kauft ihm seinen Karren und diese dreckige Robe ab. Wir tauschen ihn gegen einen Soldaten aus. Im Karren kann er seine Armbrust unterbringen.«

»Wie willst du ihn betäuben?«, fragte Santer.

»Ein Donnerschlag«, erklärte sie. »Es ist ein sehr lauter Donner, so laut, dass er ihn für einen oder zwei Lidschläge lang betäubt und niederwirft. Es wird auch die Leute auf der Straße treffen, aber damit sind sie aus dem Schussfeld.« Sie sah zu mir. »Wir werden uns auf ihn werfen, ihn festhalten und versuchen, ihm diese Fesseln anzulegen. Alle. In der Hoffnung, dass eine von ihnen helfen wird. Wenn nicht, dann seid Ihr und Euer Schwert gefordert. Ich verstehe, warum eine Hinrichtung sinnvoll ist, aber ich habe auch nichts dagegen, ihn tot auf dieser Straße zu sehen.«

»Gut«, sagte ich. »Ich muss dazu nur in der Nähe sein.«

»In dem Hauseingang dort drüben?«, fragte Santer. »Dort solltet Ihr nicht auffallen.«

»Was ist mit Euch, Prima?«, fragte ich. Desina in ihrer blauen Robe schien mir auffällig genug.

»Er wird mich nicht sehen«, sagte sie mit einem Lächeln.

»Magie?«, fragte Serafine interessiert.

»Nein, Können.«

»Gut, aber warum diese Umstände?«, fragte Fefre.

Wir sahen ihn erstaunt an. Der Korporal grinste breit und griff in seinen Köcher, zog einen Bolzen heraus, der statt einer Spitze einen bleiernen Kegel trug.

»Die wirken fast immer, es sei denn, er hat einen dünnen Schädel. Dann wirken sie auch, nur anders.«

»Und wenn Ihr ihn verfehlt?«, fragte Serafine.

»Es ist unwahrscheinlich, aber es mag passieren«, entgegnete der kleine Korporal. »Aber wir werden nicht alle daneben schießen. Ich habe zehn Seeschlangen dabei. Wir nageln ihn an den Boden, in jedem Gliedmaß ein Bolzen oder drei, wenn er dann noch zuckt ...« Er hob die Schultern. »Nun, dann kann der General ihn ja immer noch rasieren.«

»Hat auch schon jemand in Erwägung gezogen, dass er kein Verfluchter ist?«, fragte Serafine.

»Ich kann das erkennen, wenn ich nahe genug an ihn herankomme«, meinte Desina.

»Wie nahe?«, fragte ich.

»Bis auf einen Schritt, vielleicht auch zwei, aber nur wenn ich ihn berühre, kann ich mir sicher sein.«

»Dann gebt einfach ein Zeichen, wenn Ihr sicher seid, Prima«, sagte Fefre. »Überlasst den Rest dann unseren Bolzen. Er ist ein Verfluchter und wird es überleben.«

»Gut!«, sagte Desina. »Dann machen wir es so. Das Zeichen wird der Donner sein, der hilft auch gegen seine Wachen.

Stopft Euch etwas in die Ohren und öffnet den Mund, wenn es so weit ist.«

Ich stand in dem Hauseingang, eine alte Robe übergeworfen, und tat, als würde ich hierher gehören. Von dort, wo ich stand, konnte ich Desina nicht sehen, aber die Ecke, an der sie den Nekromanten abfangen wollte, war keine fünf Schritt entfernt. Wo sie sich verstecken wollte, konnte ich nicht mal raten, aber sie schien zu wissen, was sie tat.

Auf dem Dach des Hauses gegenüber erkannte ich Serafine. Sie sollte mir ein Zeichen geben, wenn es fast so weit war. Ich fragte mich, wie lange es noch dauern würde, und schaute hoch zu ihr. Sie winkte ... Dann gab es einen gewaltigen Donnerschlag, der Staub und Dreck die Straße entlangtrieb und mich wie ein Baumstamm traf. Ich taumelte auf die Straße vor, wusste fast nicht mehr, wohin ich sollte und was ich überhaupt dort wollte. Als ich wieder verstand, was vor sich ging, bemerkte ich vor mir Desina, die mit einem Knie auf der Brust des Verfluchten kniete und ihm in aller Ruhe die drei Fesseln anlegte. In weitem Umkreis regten sich langsam die Passanten. Auch die beiden Bullen, die auf der Bank die Kartenspieler gegeben hatten, schienen noch recht unsicher auf den Füßen.

Der Kaufmann Helgs lag auf dem Boden, sah aus wie ein gespicktes Schwein und rührte sich kein bisschen. Einer seiner Wächter lag noch auf dem Boden, der andere krabbelte im Kreis umher, als würde er etwas suchen. Dann war Santer heran und zog den Verfluchten mit einer Hand auf die Beine, eine Kutsche fuhr heran, Santer warf ihn hinein und stieg selbst ein, ehe die Kutsche davonraste. Nur eine Blutlache und ein paar stumpfe Bolzen blieben zurück.

Immer noch benommen, folgte ich der Eule in das Haus, in dem wir Stellung bezogen hatten. Als ich die Tür hinter mir schloss, regten sich auf der Straße die ersten Passanten, während eine Tenet Bullen in das Haus des Händlers eindrang, um es zu sichern und zu untersuchen.

Desina schlug ihre Kapuze zurück, strahlte mich an und bewegte ihren Mund.

»Was?«, rief ich.

»Ich sagte, das lief nach Plan!«, schrie sie und lachte. Serafine kam die Treppe herunter, stocherte mit einem Finger in ihrem linken Ohr und grinste über beide Backen.

Das Lachen verging uns, als wir im Haus des Händlers einen Kellerraum fanden, der nach altem Blut stank. Desina wurde blass im Gesicht und wäre gefallen, hätte Fefre sie nicht aufgefangen. Ich tat es nicht, denn ich hatte selbst mit meiner Übelkeit zu kämpfen.

In der Mitte des Kellerraums stand ein Altar aus dunklem Stein. Ein dunkles Schimmern pulsierte um ihn herum, als ob es einem Herzschlag folgte, und mit jedem Takt krümmten sich Tentakeln aus Rauch und Schwärze um die Gliedmaßen des Kindes herum, das auf dem Stein lag und noch zuckte – obwohl es nicht mehr leben durfte.

»Lanzengeneral«, flüsterte die Eule. »Könnt Ihr ...«

Ich nickte grimmig und zog Seelenreißer. Als sein fahler Stahl Rauch, Kind und schwarzen Stein durchschlug, fühlte ich *etwas*, das mit einem unhörbaren Schrei zurückzuckte und in den Trümmern des Steins verschwand, während uns eisige Kälte umspülte.

»Sergeant?«, wandte sich Desina an den einen Bullen im Eingang des Kellers. »Schickt einen Boten zum Tempel Soltars. Wir brauchen hier einen Priester, der *das* vertreiben und reinigen kann!«

»Ich glaube, das hier reicht vollends als Beweis«, meinte Desina etwas später zu Hochinquisitor Pertok, der mit einem halben Dutzend Federn zum Haus des Kaufmanns gekommen war. Mit unbewegtem Gesicht musterte der alte Mann Keller, Altar und die Kindsleiche.

»In der Tat«, sagte er und trat von dem Eingang zurück. »Ich erlaube jedes Verhör, bis hin zum alta're'vita.«

»Was ist das?«, fragte ich Serafine leise, während wir dieses unglückliche Haus verließen.

»Veränderung des Lebens«, erklärte Serafine. »Die Folter.«

Sie schaute zu mir hoch. »Normale Verhöre dürfen schmerzhaft sein, aber keinen dauerhaften Schaden anrichten.«

»Wie rücksichtsvoll«, stellte ich fest. Ich hatte es oft genug anders erlebt: dass selbst beim geringsten Verdacht scharfe Messer und glühende Zangen zum Einsatz kamen. Ich hielt wenig von der Folter, unter solchen Qualen hätte ich selbst zugegeben, ein Sendbote des Namenlosen zu sein.

»Nein«, sagte Serafine hart. »Nicht in diesem Fall.«

»Der Verfluchte lebt«, berichtete mir Desina etwas später, als wir wieder in der Zitadelle waren. »Die Scharfrichter bereiten ihn einen Tag lang vor, morgen beginnt dann die eigentliche Befragung. Wenn Ihr nichts dagegen habt, werden wir Pertok die Lösung des Falls zuschreiben. Er ist einverstanden und wird nichts anderes sagen, solange er nicht direkt danach gefragt wird. Als Adept Borons wird er nicht lügen, aber wir wollen von Euch und Eurer Königin ablenken. Was den Verfluchten selbst angeht, werden sich die Hohepriester der Tempel überzeugen, dass er tatsächlich ein Seelenreiter ist, und Zeugnis darüber ablegen. Wir sind noch auf der Suche nach einem anderen Mann, von dem wir eine Beschreibung haben. Er kehrte in den letzten Monaten oft bei Helgs zu später Stunde ein und ging mit ihm in den Keller. Wir haben nur eine grobe Beschreibung von ihm, er soll hager sein und eine lange Nase haben, wie ein Schnabel, so hat man uns gesagt.« Sie seufzte. »Davon gibt es Tausende.«

Irgendwo regte sich eine Erinnerung, doch ich konnte sie nicht greifen. Die Eule sprach schon weiter. »Bis auf den Koch wusste offenbar niemand, was dort unten geschah. Als wir die Bediensteten des Hauses dorthin führten, brachen sie zusammen. Das ist glaubhaft. Der Koch ... Nun, der Hochinquisitor ist sehr interessiert an einem Gespräch mit ihm. Man wird sehen, was daraus wird.« Sie nickte mir zu. »Wir werden Euch weiter auf dem Laufenden halten. Der Götter Segen mit Euch, Lanzengeneral.«

»Bitte wartet einen Moment«, sagte ich. »Ihr könnt Nekromanten erkennen und habt auch diesen Verfluchten erkannt?«

»Ja. Der Fluch ist gegen den Willen der Götter gerichtet, also stört er das Gefüge der Magie.«

»Wie das? Der Fluch stammt von dem Namenlosen, man mag ihn hassen, aber er ist einer unserer Götter ...«

»Ja, Lanzengeneral«, erklärte sie. »Schaut, jede Seele ist Bestandteil der Magie. Ich kann es nicht anders ausdrücken. Selbst ein Sandkorn trägt etwas von dem in sich, was der Schöpfung zugrunde liegt. Alles fügt sich ein in den Plan der Götter. Solange jemand, der die verfluchte Gabe besitzt, sie nicht verboten nutzt, geschieht nichts, das den Fluss des Weltenstroms stört. Es ist, als ob Ihr einen runden Stein in ein langsam fließendes Gewässer werft: Es strömt um ihn herum, ohne sich viel zu kräuseln. Wenn Ihr nun aber harte Fesseln mit Dornen und mit Blut sowie weitere Steine an diesen ersten Stein bindet und ihn ins Wasser werft, bietet er mehr Widerstand und hinterlässt im Strom eine Spur von Blut. Dieses Kräuseln und die Blutspur sehe ich. Die Gabe zu besitzen, ist nicht der Fluch an sich, sie verführt nur dazu, sie auch anzuwenden. Doch sobald das geschehen ist, hinterlässt man im Weltenstrom eine Spur von Blut und Dunkelheit.«

»Hm. Wärt Ihr da nicht besser geeignet, die Nekromanten zu jagen, als wir?«, gab ich zu bedenken. »Ich kann sie nicht erkennen, sondern finde sie meist erst dann, wenn sie mich finden wollen.«

»Ja«, sagte sie sehr ernst. »Das ist auch meine Aufgabe. Aber die Nekromanten wissen, dass eine Eule sie erkennen kann. Wie ich schon sagte, muss ich nahe an einen heran. Es ist eine feine Spur, leicht zu überdecken, und wenn ich sicher sein will, muss ich ihn berühren, was auch für mich eine Gefahr darstellt. Sie brauchen sich nur fern von mir zu halten und können ungesehen bleiben. Vergesst nicht, sie bemerken es, wenn ich sie erkenne, und was ist, wenn ich mitten in einer Menge einem begegne? Ich bin noch nicht so gut, dass ich einen Verfluchten überwinden kann und zugleich andere vor ihm zu schützen vermag. Man kann ja nie wissen, welche Kräfte sie besitzen.«

Ich schaute sie an, eine junge Frau mit roten Haaren, Sommersprossen und einem viel zu ernsten Gesichtsausdruck, mit klaren grünen Augen, die diesmal nicht unter ihrer Kapuze verborgen waren.

»Und wenn Ihr unsichtbar wäret?«

Sie lachte. »Ich weiß, dass es möglich sein soll, nicht gesehen zu werden, doch diese Magie hat sich mir noch nicht erschlossen, Lanzengeneral. Wenn ich es vermag, werde ich es nutzen, aber bis dahin ...«, sie deutete einen Knicks an, »werdet Ihr mich sehen.«

»Das ist wahr«, sagte ich mit einem Lächeln. »Aber wenn man nicht weiß, was man sieht? Wir haben von einem Nekromanten Kenntnis erhalten, der im Gefolge der Varlande zu finden sein soll. Ihr habt sicher recht: Wenn ihm eine Eule in ihren Roben gegenübersteht, wird er auf der Hut sein. Aber was ist, wenn ihn eine junge Frau mit einem Lächeln und einer Blume begrüßt, um ihn in Askir willkommen zu heißen?«

Sie sah mich lange an. »Die Robe ist meine Rüstung, Lanzengeneral. Geht Ihr ungerüstet in einen Kampf?«

»Ihr sollt nicht kämpfen, Maestra. Es reicht, wenn Ihr ihn findet, lächelt und ihm eine Blume übergebt.«

Sie nickte langsam. »Der Trick wird nur einmal gelingen«, sagte sie.

»Für den Nekromanten reicht es. Vrelda ist eine junge Frau, es ist passend, sie mit Blumen zu begrüßen, meint Ihr nicht?«

»Sie wird mit dem Schiff kommen, und man wird sie unten am Hafen empfangen. Es sollte möglich sein ...« Sie schaute mir in die Augen. »Ich werde es versuchen, Lanzengeneral. Seid mit Eurem Schwert zur Stelle, wenn es so weit ist. Doch jetzt habe ich anderes zu tun. Der Götter Segen mit Euch, Lanzengeneral.«

»Und mit Euch, Prima«, sagte ich und verbeugte mich vor ihr.

33. Das Wort des Kaisers

Am Nachmittag – ich war so in die Akten vertieft gewesen, dass ich nicht merkte, wie die Kerzen herunterbrannten – klopfte eine Feder an die Tür: Stabsobrist Orikes wollte mich und Serafine sehen. Wir gingen ein paar Türen weiter, wo eine Feder für uns die Tür öffnete und uns durchwinkte.

»Ich hörte, Ihr seid hart bei der Arbeit«, meinte Orikes zur Begrüßung und wies auf die Stühle. Wir nahmen Platz, und er selbst schenkte uns Kafje ein. Davon hatte ich bereits so viel getrunken, dass mein Magen vernehmlich gluckerte, also kam es auf einen weiteren auch nicht mehr an. Ich nahm es als gutes Zeichen.

»Es ist überraschend, was Eure Akten alles enthalten, Stabsobrist«, sagte ich und nahm mit Dank die Tasse entgegen.

»Ich dachte nicht, dass sie jemals Verwendung finden würden«, meinte Orikes. »Da wir von Akten sprechen: Hier sind Eure Unterlagen, Stabsmajor«, sagte er und schob eine Mappe zu Serafine hinüber. »Ihr müsst nur unterzeichnen.«

Serafine las den Dienstvertrag sorgfältig durch, zog die magische Feder heraus und unterzeichnete.

Orikes entging das nicht. »Götter!«, entfuhr es ihm. »Wo habt Ihr die gefunden?«

»Havald gab sie mir«, antwortete sie. »Schaut nicht so gierig, Stabsobrist, ich gebe sie nicht her.«

Orikes seufzte. »Es hätte mich auch verwundert. Also, wo habt Ihr sie gefunden?«

»In einer Generalskiste«, ließ ich ihn wissen. »Warum habt Ihr uns rufen lassen?«

»Um Euch zu informieren, was geschieht. Die Emira von Gasalabad und ihr Gemahl kamen um die Mittagszeit durch Euer Tor in Gasalabad, um am Kronrat teilzunehmen. Ich soll Euch ausrichten, dass sie Euch heute Abend in der Botschaft erwarten. Es ist kein offizieller Empfang; sie baten darum, dass Ihr unauffällig erscheint. Auch Eure Königin, Sera Zokora und der Adept des Boron sind eingeladen.«

Es war eine Weile her, dass wir Faihlyd und Armin gesehen hatten, und die Umstände waren nicht die besten gewesen. Ich war froh zu hören, dass sie uns sehen wollten.

»Es ist die letzte Woche vor dem Kronrat, und wir bekommen mehr und mehr zu tun. In den nächsten Tagen werden die gekrönten Häupter eintreffen. Königin Vrelda von den Varlanden wird morgen erwartet, sie reist mit dem Schiff an. In Aldar gibt es noch Probleme mit der Weißen Flamme, die eine Abreise des Prinzen verzögern. Die Prima des Turms will sehen, ob man nicht auch für ihn ein Tor nutzen kann.«

Dann, dachte ich, sollte man sie warnen, dass das Tor im Zeughaus in Aldar nicht zu benutzen war, doch Orikes sprach schon weiter. »Am Abend wird dann der König von Rangor erwartet. Bis auf Prinz Tamin sind auch die anderen schon unterwegs und werden in den nächsten Tagen eintreffen. Übermorgen gibt es dann noch eine Hinrichtung, der alle beiwohnen wollen.« Er seufzte. »Solche Hinrichtungen sind selten, denn dem Kaiser gefiel es nicht, dass der Tod zum Volksfest wird. Ab und an jedoch findet ein solches Spektakel statt. Übermorgen wird der Mörder Joakin hingerichtet, ein Fall, der seit Wochen die Gemüter bewegt, er allein wird den Tempelplatz schon füllen, und es bietet sich an, den Verfluchten bei dieser Gelegenheit zu seinem dunklen Gott zu schicken. Für den Fall, dass Königin Leandra davor zurückschrecken sollte, könntet Ihr es vielleicht tun oder dem Scharfrichter Euer Schwert leihen.«

Ich dachte an Steinherzens kalte Augen. »Sie wird es tun.«

»Was Leutnant Stofisk angeht ... Sein Plan scheint Wirkung zu zeigen. Die Stadt brodelt vor Gerüchten. Wie es ausgeht, müssen wir abwarten. Ich hörte, dass der Leutnant heute Abend zum Gnadenstoß ansetzen will. Man flüstert bereits darüber, was im Keller dieses Helgs vorgefunden wurde. Hat der Leutnant etwas damit zu tun?«

»Nein«, sagte ich. »Wir haben ihm gegenüber nichts davon erwähnt.«

»Was nicht heißt, dass er es nicht weiß. Ich sehe langsam, dass wir Stofisk am falschen Ort eingesetzt haben.«

»Es ist wie mit der magischen Feder des Majors«, meinte ich mit Blick zu Serafine. »Ich gebe ihn nicht wieder her.«

»Das kann ich mir denken«, meinte Orikes, sah auf seine Notizen herab und schob sie zusammen. »Ich erwähnte bereits, dass König Kesler von Rangor erwartet wird. Ich erhielt heute Nachricht, dass fremde Truppen in Rangor gesichtet wurden.«

Ich hatte so etwas befürchtet, doch es jetzt bestätigt zu hören, war ein Schlag. »Wie steht es um Rangors Truppen?«, fragte ich. »Können sie Gegenwehr leisten, oder wird es zu einer Belagerung kommen?«

»Weder noch«, meinte Orikes ernst. »Noch ist es nicht vollends bestätigt, aber bislang sieht es so aus, als ob eine Legion des Nekromantenkaisers unbehelligt durch Rangor zieht und mit Gold bei den Bauern die Versorgung bezahlt. Es gibt keine Meldungen von Kämpfen. Wenn es stimmt, zieht diese Legion ungehindert westwärts.«

»In Richtung Aldane?«, fragte Serafine. Orikes nickte.

»Wie ist sie ungesehen durch die Ostmark gekommen?«, fragte ich.

Er sah zu mir auf. »Das ist eine gute Frage, nicht?«, meinte er grimmig. »Die Ostmark ist nicht wie die anderen Reiche. Es gibt dort Festungen, von denen aus wir gegen die Barbaren vorgehen, aber es gibt keine gesicherte Grenze. Zur Zeit sind zwei der Festungen hart umkämpft, was es schwierig macht, Streifen auszuschicken. Dennoch ist es schwer vorstellbar, dass die Späher des Marschalls eine ganze Legion des Feindes übersehen könnten.«

»Und weder König Kesler noch dieser Marschall ...«

»Marschall Hergrimm«, fügte Orikes ein.

»... haben von dieser Legion berichtet?«

»Genau so ist es.« Orikes nickte grimmig. »Das lässt nicht viel Hoffnung für den Kronrat übrig, nicht wahr?« Der Stabsobrist sah zu mir hinüber. »Ihr hattet wohl recht, Lanzengeneral, der Gegner ist weit davon entfernt, sich geschlagen zu geben. Wir haben Meldung erhalten, dass vor der Küste Bessareins schwarze Schiffe gesichtet worden sind, ob sie Teil einer größeren Flotte sind, weiß niemand zu sagen, der Seeverkehr dort ist fast vollends zum Erliegen gekommen. Also, General von Thurgau, es sieht aus, als ob wir Vorbereitungen dafür treffen müssten, dass der Kronrat sich nicht einig wird.«

»Welche Vorbereitungen?«, fragte Serafine.

»Der Vertrag von Askir bestimmt darüber, wie die Legionen verwendet werden, und begrenzt sie auf tausend Mann«, erklärte ich. »Doch wenn die Allianz zerbricht, gilt auch der Vertrag nicht mehr. Und darauf will ich uns vorbereiten.«

»Bis zum Kronrat selbst wird sich nichts ändern, aber wenn eintritt, was wir befürchten, dann haben wir wenigstens schon vorgeplant. Auch der Kommandant ist der Ansicht, dass dies notwendig ist, und widerwillig schließe ich mich dem an.«

»Daher also dein Interesse an der alten Ausrüstung und den alten Akten«, bemerkte Serafine.

Ich nickte. »Vor allem brauchen wir schwere und leichte Reiterei, Schützen, Späher und Mineure. So wie die Legionen zur Zeit aufgestellt sind, sind sie nicht für den Krieg zu gebrauchen. Ich will auf das Schlimmste vorbereitet sein.«

»Was wäre das?«, fragte Serafine. »Was denkst du, was geschehen kann?«

»Wir treffen Vorbereitungen dafür, dass die anderen Reiche sich gegen Askir stellen und Askir selbst belagert wird.«

»Wir hoffen, dass Aldane nicht fällt und auch Bessarein und die Varlande zu uns stehen, aber wenn die Weiße Flamme Erfolg hat, kann es leicht geschehen, dass dieser Fall eintritt«, ergänzte der Obrist.

»Götter!«, sagte Serafine. »Denkt Ihr wirklich, dass es so schlimm steht?«

»Noch können wir hoffen, dass es nicht so weit kommt«, antwortete ich.

»Ja«, sagte der Stabsobrist. »Das bringt mich zu meinem letzten Punkt. Ihr wolltet sehen, wo der Kronrat tagt. Ich kann es Euch jetzt zeigen.«

Zwei Bullen öffneten uns die schwere Tür, und wir betraten den Ort, an dem die Geschicke der bekannten Welt entschieden wurden. Ich hatte ihn mir anders vorgestellt.

»Ich dachte, es wäre größer«, gab ich zu, als ich mich langsam umsah.

»Das denken viele, vor allem, wenn man die Gildehalle in Askir kennt.«

Die Halle war vielleicht zwanzig Schritt im Durchmesser. Als Eingang diente nur die goldverzierte Tür mit dem Drachen des Alten Reichs, durch die wir gekommen waren. Ihr genau gegenüber stand ein Thron, ein massiver Sessel aus altersdunkler Eiche, mit Leder bezogen und breiten Armlehnen ohne weitere Verzierungen. Dort, wo das Holz zu sehen war, wand sich ein goldener Drache, doch im Vergleich zu anderen Thronen erschien er mir fast bescheiden.

Wie der Stabsobrist gesagt hatte, gab es dreizehn Logen in dem Saal, zu gleichen Teilen links und rechts vom Eingang, die letzte befand sich hinter dem Thron. Auch sie waren nicht so geräumig, wie ich gedacht hatte: In jeder Loge gab es einen schweren Sessel und sechs Stühle. Die Halle war vier Stockwerke hoch, und uns gegenüber zeigten Fenster zum Innenhof der Zitadelle und gaben dem Raum Licht. Schlanke Säulen trennten die Logen voneinander. Die hohe Decke war kunstvoll mit dem Schöpfungsakt der Götter bemalt. Unwillkürlich sah ich zu der schattenhaften Figur, die etwas abseits stand ... der Namenlose, der zumindest in diesem Gemälde nicht sonderlich zufrieden wirkte. Der Boden der Halle war von einem gewundenen Muster aus weißem Marmor und schwarzem Obsidian durchzogen, das ich schon von anderen kaiserlichen Bauten kannte.

Über den offenen Logen hingen Flaggen, die der Kaiserstadt, die der sieben Reiche und auch die von Illian. Wenigstens das hatte Leandra erreicht: Sie mochte keine Stimme im Rat besitzen – ob sie eine bekommen würde, sollte sich ja hier erst entscheiden –, aber wenn sie vor den Kronrat trat, dann als Gleichgestellte.

Langsam ging ich tiefer in den Raum hinein, meine Schritte hallten in der Stille.

»Die Halle ist ein Meisterwerk kaiserlicher Baukunst«, sagte Orikes. »Eine Stimme ist überall gleich laut zu hören ...«

»Ich war schon einmal hier«, sagte Serafine. »Es muss als

Kind gewesen sein, aber ich kann mich nicht mehr so genau daran erinnern.«

Langsam ging ich weiter, bis ich vor dem Thron stand. Das Leder zeigte Spuren von Abnutzung, schien aber nicht brüchig oder alt.

»Ich dachte, der Kronrat tagt ohne den Kaiser?«, fragte ich und wies auf den Thron. »Wieso wirkt er so benutzt?«

»Bevor Askannon abdankte, hielt er hier Gericht und Hof oder besprach sich mit den Gesandten«, erklärte der Stabsobrist. »Warum sollten wir den Thron entfernen? Er ist noch immer unser Kaiser.«

Wohl wahr.

»Es liegt mächtige Magie auf diesem Raum«, fuhr Orikes leise fort. »Niemand weiß so genau, was der Kaiser hier gewoben hat, es dient wahrscheinlich dem Schutz des Rats. Die Eule jedenfalls sagt, dass es sie fast erblinden lässt, wenn sie diese Halle betritt.«

Hinter dem Thron des Kaisers sah ich etwas, das das Muster des Bodens unterbrach, eine Art goldenes Siegel, das dort eingelassen war, im Durchmesser etwa einen Schritt. Ich trat näher und sah es mir an. Es war ohne Zweifel eine elfische Arbeit und zeigte den Lebensbaum der Elfen, unter dem zwei Drachen ruhten. In dem Gewirr von Ranken und Blättern schien mir noch mehr verborgen, aber meine Augen tränten, als ich versuchte zu erkennen, was es war. Gesichter vielleicht?

Ich beugte mich herab und klopfte dagegen: Das Gold war dick und massiv, dennoch kam es mir so vor, als gäbe es darunter einen Raum.

»Was verbirgt sich darunter?«, wollte ich von Orikes wissen, während Serafine sich das Siegel ebenfalls besah.

»Das weiß niemand«, antwortete der Stabsobrist. »Der Kaiser hat es mit eigener Hand gelegt, als er den Thronsaal errichten ließ. Die vorherrschende Meinung ist, dass es sich nicht öffnen lässt. Es gibt keinen erkennbaren Mechanismus. Ich kenne nur einen, der anderer Ansicht ist. Er sagt, es wäre ein Schloss.« Der Stabsobrist zuckte mit den Achseln. »Er ist ein Dieb und sieht die Dinge auf seine Art.«

»Wie läuft der Kronrat ab?«, fragte ich.

»Er tagt drei Tage lang. Die Herrscher und ihre Berater betreten den Raum zur dritten Glocke, dann wird die Tür dort verschlossen und bleibt es sechs Kerzen lang.«

»Entweder haben alle Herrscher Blasen aus Stahl, oder es gibt Aborte«, stellte ich fest.

Orikes schmunzelte. »Hinter jeder Loge gibt es ein kleines Bad und einen Abort. Und die Regel, ihn nur allein aufzusuchen. Der Sinn dieser Halle ist es, dass es keine Gespräche im Verborgenen gibt. An den ersten beiden Tagen werden die Vorschläge unterbreitet und diskutiert, am letzten Tag wird dann der Beschluss gefasst.« Er sah sich in der Halle um. »Deshalb wird die Hauptarbeit zur Zeit von den Diplomaten der Reiche geleistet, denn wenn sie sich hier beraten, bleibt den Herrschern nicht viel Zeit. Die Beschlüsse müssen einstimmig sein. Sie müssen nicht für alle Reiche gelten, auch Vereinbarungen zwischen zwei Reichen werden hier getroffen, und dann braucht man nur diese beiden Stimmen. Die anderen können sich enthalten, aber es darf keine Gegenstimme geben.«

»Offen auf den Tisch gelegt«, stellte ich fest. »Euer Kaiser war ein Träumer, wenn er dachte, dass das so funktioniert.«

»Ab und an sind sie sich einig«, meinte Orikes. »Aber es gibt auch noch einen anderen Zweck des Rats. Ein Ratsmitglied kann gegen ein anderes Anklage erheben. Wenn das geschieht, bleibt die Tür verschlossen, bis ein einstimmiges Urteil gefällt ist. Einmal kam es vor, dass es neun Tage dauerte. Dass es hier nur Wasser gibt, beschleunigt eine Einigung.« Er schmunzelte. »Ich habe gehört, dass sie damals alle auf dem Boden geschlafen haben und die Entscheidung nur deshalb fiel, weil sie zerschlagen und sehr, sehr hungrig waren.«

»Ein Ratsmitglied erhebt Anklage, und die Tür bleibt zu, bis entschieden ist?«

»Genau das.«

»Niemand darf gehen?«

»Niemand *kann* gehen. Die Tür schließt sich durch die Magie des Kaisers. Nicht einmal eine Ramme würde sie öffnen. Genau das Gleiche geschieht auch am letzten Tag des Kronrats.«

»Und alle müssen einig sein?«

»Ja.« Orikes sah sich in der hohen Halle um. »Es gibt das Sprichwort, dass ein Kompromiss ein Brot wäre, das niemandem schmeckt, aber alle nährt. Nach diesen neun Tagen waren sie wohl hungrig auf das Brot.«

»Wird alles niedergeschrieben?«

»Ja.« Er wies auf flache eiserne Schalen, die in jeder Loge seitlich nahe der Wände standen. »Aber alles wird, bis auf das, was einstimmig beschlossen wird, danach in diesen Schalen verbrannt.«

»Alles? Versucht niemand, dabei zu betrügen und Aufzeichnungen mit nach draußen zu nehmen?«

»Es wäre schmerzhaft«, meinte Orikes mit einem Lächeln. »Denn die Magie der Halle verbrennt es spätestens dann, wenn man sie verlässt.«

Ich schüttelte ungläubig den Kopf. »Es muss den Herrschern zuwider sein, derart gegängelt zu werden. Was ist, wenn sie lügen? Fangen sie dann an zu stottern?«

»Nein«, meinte Orikes. »So weit geht es dann doch nicht. Wenn allerdings eine Anklage erhoben wird, nehmen oft die Hohepriester unserer Götter an der letzten Sitzung teil. Sie sind imstande zu erkennen, wenn jemand lügen sollte.«

»Wie hat er die Herrscher nur dazu gezwungen, sich auf all das einzulassen?«, wunderte sich Serafine.

»Es steht im Vertrag«, sagte Orikes. »Er wird nichtig, wenn sie sich nicht daran halten.«

Langsam drehte ich mich zu ihm um. »Was sagt Ihr?«, fragte ich ihn ungläubig.

»So ist es mit Verträgen«, meinte er. »Hält man sich nicht daran, gelten sie nicht mehr.«

»Was gilt dann?«, fragte ich.

Serafine sah zu dem Thron, und ganz langsam entstand ein Lächeln auf ihrem Gesicht, dann blickte sie staunend zu mir. »Das ist es, Havald!«, sagte sie. »Das ist es, wovor Kolaron Angst hat! Wenn der Vertrag nichtig wird, gilt wieder das Wort des Kaisers!« Sie drehte sich zu Orikes um. »Ist es nicht so, Stabsobrist?«

»So ist es. Es gilt das Wort des Kaisers.«

34. Der Preis der Macht

Wir kehrten in meinen Amtsraum zurück, dort studierte ich die Karten.

»Serafine«, fragte ich. »Wo genau liegt noch mal Rangor?«

»Es ist eines der sieben Reiche«, seufzte sie. »Das weißt du doch, nicht wahr?«

»Ja, ja«, sagte ich. »Aber wo genau liegt es?«

Sie schmunzelte. »Dann muss ich deine Kenntnisse wohl auffrischen. Das Alte Reich liegt an der Westküste des Kontinents Ser'en'al, dem friedlichen Land, wie die Elfen es einst nannten. Hier.« Sie trat an die Karte heran, die den größten Teil des Alten Reichs zeigte.

Ich schnaubte. »Friedlich, ja?«

»Über tausend Jahre Frieden, Havald«, antwortete sie ernst. »Dass die Elfen es so nannten, war Ironie, denn hier fanden in Wirklichkeit ihre großen Schlachten statt. Aber unter Askannon herrschte Frieden.«

Ich winkte ab. Frieden hatten wir schon lange nicht mehr. »Schon gut. Erkläre weiter ...«

Sie fuhr mit dem Finger herauf, bis sie ein Land berührte, das auf der Karte einem zerklüfteten Bärenkopf glich. »Wenn wir von Norden nach Süden gehen, gibt es hier die Eislande. Dort leben Menschen, aber es sind mehr Barbaren und versprengte Stämme, Wilde, wenn du so willst. Dann kommen die Varlande, deren Territorium aus einem großen Tal besteht, das sich zwischen die Ausläufer der Götterberge quetscht.« Sie fuhr mit dem Finger die Linien ab, die wohl für Gebirge standen. »Dann kommt hier die Götterklamm, wie sie die Varländer nennen. Dieses Gebirge ist über vier Pässe passierbar, hier, hier, hier und hier, und trennt Aldane von den Varlanden. In der nordwestlichsten Ecke von Aldane, zu Füßen dieses mächtigen Gebirges, liegt Askir.«

Sie legte ihren Finger auf das Symbol des Drachen und lächelte mich an. »Da sind wir.«

»Das habe ich schon mitbekommen«, meinte ich, was den wackeren Stofisk an seinem Tisch dazu brachte, ein Auflachen zu ersticken.

»Askir ist, wie du ja schon weißt, auf ehemaligem Aldanerland erbaut. Südlich von Aldane liegt Bessarein. Hier liegt Rangor«, sie deutete auf einen Streifen Land, der sich wie ein Band von Osten bis fast ganz zur westlichen Küste erstreckte. »Wie ein Keil von Ost nach West zwischen Aldane und Bessarein getrieben, die Spitze erreicht fast die Westküste und ist seit Jahrhunderten ein Streitpunkt zwischen Rangor und Aldane. Zwanzig Meilen nur, und Rangor hätte einen Hafen, aber Aldane will ihnen das Land nicht geben. Es hätte zur Folge, dass der Teil Aldanes, der an Bessarein grenzt, abgetrennt wäre.« Ich musterte die gestrichelte Linie, sie schien nah an Aldar heranzureichen.

»Wie viele Meilen sind es?«

»Nicht mehr als sechzig von dort nach Aldar.«

Nahe. Sehr nahe.

»Gut. Weiter.«

»Also haben wir an der Westküste die Varlande, Askir, Aldane, Rangor und Bessarein. Ein Teil der Grenze zwischen Rangor und Bessarein besteht aus einem Fluss und einem Gebirgslauf. Der Fluss heißt Ra'za, der Fluss der Sonne, und das Gebirge wird Kal'tese genannt, die Todesschlucht.«

»Elfen«, meinte ich. »Ein Gebirge nach einer Schlucht zu nennen, sieht ihnen ähnlich. Das sind vier der Reiche und Askir ...«

»Ich kann selbst zählen«, sagte sie. »Sei nicht immer so ungeduldig! Die Ostreiche liegen im Osten, wie man sich ja denken kann. Von Norden aus sind es Sertina, die Ostmark und Ibsiss, darunter noch ein Teil von Rangor. Wobei die Ostmark wie ein seitlich liegendes Tau oder ein Pilz mit schmalem Dach geformt ist. Siehst du, wie sie zwischen den anderen Reichen und den Barbarenlanden liegt? Die Ostmark ist seit jeher der Schutz des Reichs.«

Ich nickte. Sie schien auch mit fast allen verbunden.

Ich fuhr mit dem Finger die Grenzen dieses langen, schmalen Keils, der Rangor war, entlang. Das Land war wie eine Lanzenspitze, von Gebirgen eingefasst, die an der Ostmark, Ibsiss und Aldane vorbeiführte, um dann den Westen zu bedrohen. »Und hier irgendwo treibt sich eine Legion des Feindes herum?«

»Wenn die Berichte stimmen.«

Irgendwie hatte ich daran wenig Zweifel.

Es klopfte an der Tür. Eine Feder stand dort und salutierte. Leandra, Zokora und Varosch baten um unsere Anwesenheit.

Wir trafen uns in Zokoras Quartier. Sie saß auf dem Bett und las in einem kleinen schwarzen Buch, während Varosch ihr die Schultern massierte. Es war das erste Mal seit einiger Zeit, dass ich sie hier aufgesucht hatte, und die Anzahl an Büchern, Folianten und Rollen, die in weitem Kreis um ihre Bettstatt verteilt lagen, war beachtlich.

Leandra war auch da, trug wieder ihre alten Sachen, die Rüstung mit dem Greifen. Sie stand aufrecht da, und ich spürte in ihr eine neue Entschlossenheit, die mir gefiel.

»Ich soll dir von Ragnar ausrichten, dass er und Angus morgen wiederkommen, um seine Schwester zu begrüßen.«

»Danke. Ich werde sehen, dass ich ihn abpassen kann.«

»Ich hörte auch, es wäre heute doch noch einiges geschehen«, fuhr sie fort. Serafine und ich berichteten ihr von Stofisk und seinem Plan, von dem Nekromanten, und davon, dass Stofisk vorschlug, dass sie auf ihrem Greifen fliegen sollte, um dann den Nekromanten zu erschlagen.

Leandra blinzelte nicht einmal.

»Teilt Orikes mit, dass ich es tun werde«, ließ sie uns wissen und wandte sich anderem zu. »Faihlyd und Armin sind in Askir eingetroffen und wollen uns zum Essen einladen.«

»Orikes hat es uns eben mitgeteilt.«

»Gut, dann lasst uns gehen.«

Die Botschaft des Kalifats lag nahe bei den anderen in der Hochstadt und war ein weites Areal. Wieder gab es eine hohe Mauer, hinter der sich ein Stück des Wüstenstaats verbarg, ein Palast mit goldenen Dächern, offenen Gängen und weiten Gärten – ganz und gar ungeeignet für den kühlen Frühling Askirs.

Ein einzelner Gardist öffnete uns das Tor und bat uns herein, er schien in seinen dünnen Hosen zu frieren. Wie sie es von uns gewünscht hatten, waren wir unauffällig gekommen, zu Fuß, und in unscheinbare Roben gehüllt.

Es war Armin, der uns in der Halle der Botschaft mit einem Lächeln begrüßte. Dennoch erschien er mir ungewohnt ernst.

Das große Gelände wirkte wie ausgestorben, nur einige Gardisten der Leibgarde waren zugegen und machten sich nützlich, indem sie Möbelstücke umhertrugen. An einer Stelle auf dem verzierten Boden gab es eine Blutlache, die gerade von einem Soldaten aufgewischt wurde. Armin führte uns im Bogen um sie herum.

Die privaten Räume, zu denen er uns führte, waren mit schweren Vorhängen verhängt, gleich drei Kohleschalen brannten dort und spendeten Wärme, und als wir hereinkamen, erhob sich Faihlyd, schickte die Wachen hinaus und begrüßte uns herzlich. Aber auch ihr war anzusehen, dass sie nicht glücklich war.

»Es ist schön, Euch alle zu sehen«, sagte sie mit dieser Stimme, die mich schon immer fasziniert hatte. Sie sprach leise und füllte dennoch jeden Raum.

»So ist es, Esseri«, meinte Armin und nahm neben ihr auf der anderen Seite eines niedrigen Tisches auf einem Kissen Platz. Auf unserer Seite gab es weitere Kissen, der Tisch war mit Schalen, Schüsseln und Tellern vollgestellt, Reis und Fleisch mit Soßen, Früchte und anderes, ein Festmahl, das den Gaumen reizte. Die Stimmung war jedoch eindeutig gedrückt, und ich erkannte das Herrscherpaar kaum wieder.

Leandra bemerkte es auch und fragte: »Was ist geschehen?«

»Essera Falah ist in Janas an der Pest gestorben«, teilte Faihlyd uns mit. Götter, dachte ich, so war es also doch die Pest.

»Oh«, sagte Leandra mit echter Betroffenheit. »Das tut mir leid, ich werde für sie beten.«

»Sie war eine beeindruckende Frau«, fügte ich hinzu. »Die Welt wird sie vermissen.«

»Ich fühle mit dir, Schwester«, sagte Serafine leise und griff über den Tisch hinweg, um die Emira leicht an der Hand zu berühren. »Es tut mir unendlich leid für Euch. Helis erinnert sich an sie, sie war die größte aller Löwinnen.«

»Danke«, sagte Faihlyd tapfer. »Es bedeutet mir viel, dass du das sagst.«

»Nenn eine Tochter nach ihr, und sie wird dich an sie erinnern«, meinte Zokora und lud sich den Teller voll.

Faihlyd sah fast empört zu Zokora hin, die sich nicht stören ließ.

»Sie lebte ein langes, erfülltes Leben, und Soltar wird sie willkommen heißen«, sagte Armin hastig, der sich sehr wohl noch an Zokora erinnern konnte. »Doch es ist nicht unsere einzige Sorge.«

»Welche Sorgen plagen Euch denn noch?«, fragte jetzt ich. Ich wies mit einer Geste auf die prunkvolle Umgebung hin. »Ihr seid hier, das spricht dafür, dass Ihr Kalifa sein werdet. Aber ich habe noch nichts Offizielles darüber gehört.«

»Es ist beschlossen«, sagte sie mit rauer Stimme. »Niemand wird es wagen, sich noch gegen mich zu stellen. Das ist genau das Problem. Es geht die Geschichte um, dass Ihr, Havald Bey, als Engel Soltars und in meinem Auftrag Janas bestraft habt, weil es sich gegen mich auflehnte. Jetzt wütet dort auch noch die Pest. Tausende sind schon gestorben, und es werden immer mehr. Was einst die stolze Stadt des Turms war, ist nun eine Stadt der Toten. Wir sind dem Rat der Priester gefolgt und haben die Stadt abgesperrt. Unsere Bogenschützen erschießen jeden, der sie verlassen will. Wer von den Soldaten erkrankt, legt Rüstung und Waffen ab und geht in die Stadt hinein, um zu helfen, solange er noch lebt. Ja, ich werde Kalifa sein, aber man hat mir bereits einen neuen Titel verliehen: Herrscherin der Pest.« Sie sah auf ihre Schale herab und stellte sie beiseite. »Wir sind gekommen, wie ich es Euch versprach. Ich werde im Kronrat für Euch sprechen, aber der Preis ... der Preis ist viel zu hoch.«

Als sie wieder aufsah und den Schleier zurückschlug, sah ich neben einer neuen tätowierten Träne unter ihrem Auge auch echte Tränen.

»Ich hatte mir vorgenommen, eine gute Herrscherin zu sein, Krieg und Zwietracht in Bessarein zu beenden, und ich dachte, man würde mich lieben. So war es doch, nicht wahr?«, sagte sie traurig und sah Hilfe suchend zu Armin hin.

»Ja«, bestätigte er leise. »Sie liebten die stolze Löwin, und sie werden es auch wieder tun.«

»Ich glaube nicht mehr daran«, entgegnete Faihlyd mit belegter Stimme. »Ohne den weisen Rat meiner Großmutter fühle ich mich verloren.« Sie sah mich mit ihren dunklen Augen an. »Ich will wissen, ob Ihr es wart, die Janas verwüstet habt? Habt Ihr es getan, um mir zu Diensten zu sein?«

»Nein«, widersprach ich überrascht. »Niemand hätte das vermocht. Der Vulkan brach aus, als wir die Insel schon verlassen hatten. Nur die Götter gebieten über so etwas.«

»Seid Ihr sicher?«, fragte sie. »Habt Ihr es auch nicht aus Versehen ausgelöst?«

»Wir haben nichts getan, das diese Folgen hätte haben können«, erklärte Leandra ruhig. »Es gab eine mächtige Magie dort, die den Vulkan seit Jahrhunderten oder noch viel länger gefangen hielt. Hoheit, ich schwöre Euch, als wir gingen, war diese Magie vollends unverändert und genauso mächtig wie zuvor. Ich kann Euch nicht beschreiben, wie stark diese Macht war, dagegen sind meine eigenen bescheidenen Kräfte nicht mehr als ein Sandkorn in der Wüste. Wir waren es nicht, Hoheit, ich schwöre es auf Steinherz, wenn Ihr wollt.«

»Ja, schwört!«, forderte Faihlyd, und Leandras Augen weiteten sich.

Sie stand auf, zog Steinherz aus der Scheide und streckte auf bedrohliche Weise die Klinge von sich. »Ich schwöre auf Steinherz, dass nichts, was wir taten, diesen Ausbruch hervorgerufen hat, bei Boron, Soltar und Astarte!« Steinherzens Klinge leuchtete leicht auf, weiter geschah nichts, außer dass Leandra das Schwert wieder in die Scheide rammte und hart neben sich auf den Boden stellte.

»Bist du zufrieden, Faihlyd?«, fragte Serafine kühl. »Dachtest du wirklich, sie würden so weit gehen?«

»Entschuldigt«, sagte Armin hastig. »Wir wollten sicher sein.«

»Nein«, meinte Faihlyd und legte eine Hand auf seinen Arm. »Entschuldige dich nicht, Gemahl. Sie hätte an meiner Stelle den gleichen Schwur gefordert. Sie hat ihn selbst angeboten. Jeder von ihnen versteht, warum ich sicher sein will.« Sie sah uns nacheinander an. »Kein gekröntes Haupt besitzt Freundschaft im Übermaß. Freunde aber kann man direkt angehen und zur Rede stellen, ihnen in die Augen sehen und sie befragen, und sie werden ehrlich zu dir sein. Freunde nehmen es dir auch nicht übel, wenn der Schmerz aus dir spricht. Freunde entzweit so etwas nicht. Sind wir Freunde?«

»Bei meinem Volk heißt es, Freunde wären die, die am leichtesten mit ihrem Dolch an deine Kehle kommen«, sagte Zokora kühl. »Ich denke, wir alle spüren den kalten Stahl. Es kommt darauf an, wie tief du schneiden willst, Faihlyd.«

»Gar nicht«, sagte Faihlyd. »Es liegt eine harte Weisheit in Euren Worten, Essera. Aber ich will keinen Dolch führen müssen, wenn ich meine Freunde zu einem Essen einlade.« Sie sah sich in dem prunkvoll eingerichteten Raum um. »Als wir ankamen, gingen die Diener und der Botschafter zur Tür heraus. Einer der Botschaftswächter bat um Verzeihung, dass er mir nicht treu dienen könne, und stürzte sich vor meinen Augen in sein Schwert. Er hat Familie in Janas gehabt. Ich habe nur noch jene, die mich fürchten, und euch. Niemand anders würde noch ein Mahl berühren, von dem ich esse.«

Mir war unbehaglich zumute. Ich hatte in letzter Zeit zu oft Tränen gesehen, und Faihlyd, die man noch vor Kurzem als die Hoffnung Gasalabads bezeichnet hatte, so zerstört zu sehen, schmerzte mich. Jetzt war sie nicht mehr die Herrscherin über das größte der sieben Reiche, sondern nur ein trauriges und verängstigtes Kind. Sie war vor Kurzem erst sechzehn Jahre alt geworden.

»Ich hörte kürzlich ein Gerücht«, begann ich zögernd, während meine Gedanken rasten. »Es geht darum, dass Leandra den Kriegsfürsten Celan auf dieser Insel erschlug, und Priester des Nekromantenkaisers versucht hätten, die Macht des Vulkans dazu zu nutzen, den Kriegsfürsten wiederzubeleben, damit er die Truppen des Verfluchten gegen die sieben Reiche führt. Doch so etwas werden die Götter wohl kaum dulden. Nur einer herrscht über das Leben und den Tod, und es mag sein, dass Soltar diesen Frevel mit Feuer, Flut und Beben strafe.«

Faihlyd hob den Kopf und sah mit Tränen auf den Wangen zu mir. »Ist das wahr?«, hauchte sie.

Ich zuckte mit den Schultern. »Wer will das wissen? Wir ließen den Kriegsfürsten tot zurück. Es gab Priester des Nekromanten auf der Insel, und wer weiß, zu welchem Frevel sie bereit waren? Es scheint nichts zu geben, das sie nicht wagen würden. Es wäre ein Grund für einen Gott, sie zu bestrafen. Dieser Frevel hätte es verdient. Und Janas ...« Ich seufzte. »Es ist ein offenes Geheimnis, dass sie mit den Piraten paktierten. Ich weiß nur eines: Der Ursprung der meisten Übel ist beim Nekromantenkaiser zu finden, und vielleicht hat er diesmal seine Macht überschätzt.«

Faihlyd sah zu Varosch. »Was sagt Ihr, Adept des Boron?«

Varosch ließ seinen Löffel sinken und bedachte mich mit einem langen Blick. »Ich kann in seinen Worten keine Lüge finden.«

So also kann man mit der Wahrheit lügen, dachte ich betreten. Doch Faihlyd so zerstört zu sehen tat mir weh, und in einem war ich mir mittlerweile sicher: Was auch immer auf den Feuerinseln geschehen war, uns war es nicht anzulasten.

Die Emira schniefte, setzte sich aufrecht hin, wischte sich die Tränen ab und verschmierte dabei ihre Wimperntusche. »Ich werde einen heiligen Krieg ausrufen«, teilte sie uns entschlossen mit und hob das Kinn. »Diese Ausgeburt der tiefsten Höllen wird vor meinen Stiefeln im Staub liegen und wimmern!«

»Wenn ich Euch sage, dass es einen Weg gibt, Eure Rache zu erhalten, was wäre es Euch wert?«

Ihre Augen bohrten sich in die meinen, die Verletzlichkeit von eben war verschwunden, als wäre sie nie gewesen.

»Was wäre der Preis, Havald Bey?«

»Ihr müsstet Euer Haupt neben den Göttern auch noch vor einem anderen beugen.«

»Dafür versprecht Ihr mir die Rache?«

»Ich werde dafür sterben, dass Ihr sie erlangt.«

Niemand sagte etwas, als sie mich sorgsam musterte, es war, als hätten wir alle sogar mit dem Atmen aufgehört.

»Warum?«, fragte sie dann leise.

»Der Kronrat wird das Ende der Allianz verkünden, denn

schon jetzt haben die Ostmark und Rangor den Vertrag gebrochen.«

»Götter!«, fluchte Faihlyd. »Diese feigen Hunde einer falschen Schlange und eines dummen Esels! Wie blind sind sie? Sie müssen doch wissen, dass wir getrennt nicht bestehen können!«

Sie schüttelte fassungslos den Kopf. »Wenn die Allianz zerbricht, was soll dann werden?«

»Dann gilt das Wort des Kaisers.«

»Aber es gibt keinen Kaiser mehr.«

»Darum geht es, Emira.« Ich zögerte einen Moment, dann sprach ich es aus. »Es braucht eine neue Allianz, ein neues Reich.«

»Und einen neuen Kaiser«, sagte sie rau. Sie sah mich durchdringend an. »Wollt Ihr nach der Krone greifen? Soll ich vor Euch knien?«

»Um der Götter willen, nein!«, wehrte ich erschrocken ab. »Es muss jemand sein, dessen Anspruch auf die Krone nicht bezweifelt werden kann!«

»Wer soll das sein?«, fragte Armin grimmig. »Ich wüsste niemanden, auf den das zutrifft.«

»Ich schon.« Ich dachte an eine Sera, die jedes Anrecht darauf hatte. »Ich gebe Euch mein Wort. Am dritten Tag des Kronrats werden wir einen Kaiser haben.«

Lange sah Faihlyd mich prüfend an. »Meine Großmutter hielt viel von Euch, und ich verdanke Euch viel. Ohne Euch wäre meine Liebe, mein Leben und auch meine Krone verwirkt gewesen.« Sie tauschte einen Blick mit Armin, dann nickte sie entschlossen. »So sei es. Wenn es einen Kaiser gibt, dann wird mein Schwur der sein, dass ich mein Haupt vor ihm beuge und mit ihm gegen diesen Nekromantenkaiser in die Schlacht ziehe. Ich schwöre es bei der Liebe, der Gerechtigkeit und dem Leben.«

»Oh, Götter«, hauchte Armin. »Esseri, was habt Ihr getan?«

Ich sah auf den Ring der Rose herab, dann begegnete ich Armins Blick. »Das, was nötig ist.«

Es war spät, als wir gingen, den Kopf voll von düsteren Gedanken. Wie man es auch drehte und wendete, keines der Reiche konnte Kolaron allein trotzen. Es brauchte eine neue Allianz, so viel war sicher, eine, die enger zusammenhielt, und Truppen, die unter einem einzigen Befehl stehen mussten.

»Wie konntest du?«, fragte Leandra auf dem Weg zurück. »Dies ist ein Versprechen, von dem du doch nicht weißt, ob du es halten kannst!«

»Er meinte jedes Wort«, sagte Varosch rau. »Er meint es so und will sein Versprechen halten.« Er sah zu mir hin. »Du solltest es ihr sagen.«

»Was?«, fragte Leandra, während Serafine die Augen schloss.

»Havald wird von dir das Gleiche fordern«, sagte Zokora ruhig. »Nur wenn sich jeder beugt, kann es so geschehen, wie er versprach. Jeder ... also auch du.«

Leandra blieb stehen und sah mich mit ihren violetten Augen an. »Ist das wahr? Forderst du den gleichen Schwur von mir?«

»Ja«, sagte ich. »Aber du hast ihn schon geleistet. Auf Steinherz hier.« Ich hob die linke Hand mit dem Ring der Rose. »Auch ich tat es bereits. Ich schwor, das Reich und den Thron von Illian gegen jede Gefahr zu schützen. Dies ist der Weg.«

»Bist du dir sicher, Havald?«, fragte Serafine leise. »Weißt du, was du da tust?«

»Nein«, sagte ich. »Ich weiß nur eines: Dass ich den falschen Gott zerstören werde.«

»Es bleibt dir keine andere Wahl«, meldete sich Zokora zu Wort. »Du wirst es tun müssen. Leandra.«

»Das ist leicht gesagt«, fuhr Leandra auf und bedachte die dunkle Elfe mit einem zornigen Blick. »Was würdest denn du in meiner Lage tun?«

»Oh«, meinte Zokora und lächelte ein wenig. »Ich habe es schon längst getan. Ich versprach mein Haupt zu beugen, dafür erhält mein Volk einen Weg zurück ins Licht.« Sie sah hoch zu den Sternen und dem schwach leuchtenden purpurnen Band, das im Süden die Nacht beherrschte. »Alleine dieser Anblick ist es wert.«

Später, in der Zitadelle, kam Serafine noch mit in mein Quartier. Sie schloss die Tür und sah mich dann lange an. »Ich weiß nicht, warum ich dir folge, Havald«, sagte sie dann leise. »Dies hat mit der Liebe nichts mehr zu tun. Ich fühle sie noch immer, doch jetzt habe ich Angst vor dir. Du bist mir unheimlich geworden.«

»Ja«, seufzte ich. »Ich kann es sehen. Ich weiß auch, wie du dich fühlst, mir geht es nicht viel anders.«

»Du bist dir selbst unheimlich?«, fragte sie erstaunt, und ich schüttelte den Kopf. »Nein. Ich kenne mich, ich weiß, was zu tun ist. Es ist Zokora, die mich erschreckt. Es ist, als ob sie von Anfang an das Muster kannte, das sich mir jetzt erst langsam enthüllt.«

»Wann?«, fragte sie. »Seit wann denkst du, dass sie all dies schon wusste?«

»Seitdem wir im Hammerkopf über Hunde gesprochen haben«, meinte ich rau. »Sie ist die Hohepriesterin der Solante, verfügt über altes Wissen und mächtige Gaben, vielleicht sah sie deshalb so vieles schon so früh. Ich weiß nur, dass ich sie nicht fragen werde, es führt zu nichts, sie wird mir eine wahre Antwort geben, aber keine, die ich verstehen kann.«

»Du meinst wahrhaftig, das ist der Weg?«, fragte sie.

»Ich sehe keinen anderen.«

»Dann will ich hoffen, dass dich Soltar wahrhaftig lenkt«, sagte sie leise. »Der Götter Gnade mit dir, Havald ... und gute Nacht.«

Sie sah mich ein letztes Mal an und trat dann durch diese Tür, ließ mich allein zurück.

Ich ging zum Fenster und blickte hoch zu Soltars Tuch. Ich suchte und fand den Leitstern, den er den Menschen gegeben hatte, um ihnen auch in der Nacht den Weg zu weisen.

Dann nahm ich Papyira und Feder und fing an, lange Briefe zu schreiben, die ich mehrfach siegelte, zuletzt mit dem Ring der Rose. Wenige Momente, nachdem ich den Klingelzug betätigt hatte, stand ein Sergeant der Federn vor mir und nahm die Briefe entgegen.

Seine Augen weiteten sich, als er sah, an wen ich das oberste Schreiben adressiert hatte; es trug ein Siegel mehr. Doch er sagte nichts, sondern stand nur gerade da und versprach, die Briefe gleich weiterzuleiten.

Es war jetzt lange nach der ersten Glocke, viel Schlaf würde ich bis zum Morgen nicht mehr bekommen. Ich hätte ihn mir auch ganz sparen können, denn wieder lastete ein Alb schwer auf mir. Es war ein Mühlrad, auf dem wir marschierten, in einer langen Reihe, ich, Serafine, Leandra, all die anderen. Und wir marschierten diesem anderen Rad entgegen, das uns wie Korn zerrieb. Ich wachte schweißgebadet auf, noch bevor es dazu kam, und saß schwer atmend in meinem Bett.

35. Familienbande

Den Morgen über las ich weiter Akten, die mehr und mehr ein Bild ergaben, das ich zutiefst verabscheute. Kurz nach Mittag wurde die Tür aufgerissen; wir waren alle so in die Arbeit vertieft, dass wir zusammenzuckten.

»Ho, Havald!«, brüllte Ragnar, als wären es nicht acht, sondern hundert Schritt von der Tür zu meinem Schreibtisch. »Sie haben das Schiff gesichtet, meine kleine Schwester ist bald da. Komm, lass sie uns ansehen!«

»Sofort«, gab ich zur Antwort, tat die Akten in die Kassette und schlug den Deckel zu. Als ich nach Seelenreißer griff, sah ich Stofisk, wie er mich bittend ansah.

»Leutnant«, sagte ich barsch zu ihm. »Wenn Ihr meint, Ihr könntet Euch hier ausruhen, irrt Ihr. Ihr kommt mit!«

Sein breites Grinsen erhellte fast den ganzen Raum, Serafine sah schmunzelnd von ihm zu mir und lachte leise – und wich dann geschickt Ragnars langem Arm aus, als er sie zu sich heranziehen wollte.

»Ich bin im Dienst«, meinte sie.

»Denkt Ihr, dass ich nach der sechsten Glocke mehr Erfolg haben werde?«, fragte Ragnar und wackelte mit den Augenbrauen.

»Nein«, entgegnete sie lachend. »Dann wird mir ein anderer Grund einfallen!«

Drei Gruppen warteten auf die Königin der Varlande, als ihr Schiff das Hafentor passierte. Zum einen waren es die Varländer, die in ihre besten Tücher und Felle gekleidet und mit polierten Waffen dort standen, ein bunter und unruhiger Haufen, in dem die Trinkhörner herumgingen und es viel zu lachen gab. Dann edel gekleidete Abgesandte des Handelsrats, die sich über Kornpreise unterhielten und mögliche Gewinne. Eine junge Frau mit schwarzen Haaren und in einer Tracht gekleidet stand scheu daneben und hielt einen Korb Rosen. Wenn man zu ihr hinsah, lächelte sie tapfer und suchte sich eine Stelle, an der sie möglichst im Erdboden verschwinden konnte.

Dann gab es da noch uns: Serafine, Ragnar, Stofisk und mich. Ich hatte Orikes erwartet, vielleicht sogar den Kommandanten, doch der Leutnant klärte mich auf.

»Es ist der Handelsrat, der die Stadt regiert. Zusammen mit den Ständen.«

»Warum nennt man ihn Handelsrat, wenn er eigentlich der Stadtrat ist?«

»Askir wird offiziell noch immer vom Kaiser regiert«, erklärte der junge Mann. »Es war ursprünglich die Ständevertretung, die Gesandte vor den Kaiser schickte, um die Belange der Stadt zu regeln, doch über die Jahrhunderte hat es sich so ergeben. Der Kommandant befiehlt dem Militär, die Inquisitoren achten auf die Gesetze und der Rat darauf, dass die Stadt reich wird ... und er mit ihr.«

»Gelingt das?«, fragte ich.

»Dass sie reich werden? O ja.«

»Und die Stadt?«

»Lass mich es dir erklären, Havald«, meldete sich Ragnar zu Wort. »Schau, die Leute brauchen Gold in der Tasche, damit sie etwas kaufen können. Der Trick ist, ihnen Löhne zu zahlen und ihnen dann etwas zu verkaufen, das ihnen den Lohn wieder aus der Tasche zieht. So arbeiten manche sogar ohne Lohn, ohne es zu bemerken.«

»Das ist hart gesagt«, meinte Stofisk, »aber wahr.«

»Es ist einer der Gründe, warum ich Askir nicht mag«, meinte Ragnar grimmig. »Es interessiert hier nicht, ob jemand lebt oder stirbt, solange man an ihm verdient.«

Das Schiff der Königin trug an Bug und Heck den Drachenkopf und war so groß, dass es zwei Masten besaß. Vier weitere Schiffe begleiteten das königliche Schiff, diese glichen den Drachenbooten, die ich bereits kannte. Alle fünf Schiffe waren voll von Menschen, Krieger der Varlande mit Äxten, Schilden, Schwertern und Speeren, außerdem Frauen in festlichen Gewändern, Kinder und – ich stutzte – gut ein Dutzend Ziegen.

Hinten am Ruder des Königsschiffs, von sechs grimmig blickenden Kriegern umgeben, stand eine junge schlanke Sera in einer einfach geschnittenen Robe aus königlichem Rot, mit einem eisernen Reif um die Stirn und mit einem Schwert, das sie wie Leandra auf dem Rücken trug.

An ihrer Seite stand ein Mann, ein schwarzer Bär mit wildem Haar, kostbaren Gewändern und mit einem Schwert bewaffnet; der rechte Arm endete in einem Haken. Er stand ein wenig hinter ihr, und die Art, wie er seine Brauen zusammenzog, zeigte mir, dass er das nicht mochte.

Es war eine wahre Invasion der Varländer, und die meisten taten, als wären sie auf dem Weg zu einem guten Fest. Wie ich sie kannte, war das nicht sehr abwegig.

»Sie sieht aus wie ihre Mutter«, meinte Ragnar leise. »Alfrede war das einzig Gute im Haus meines Vaters. Obwohl er sie fast jede Nacht schlug, hatte sie oft ein Lächeln für mich und brachte mir auch manchmal Bücher. Einmal ließ er sie auspeitschen, weil sie für mich sprach, als ich es ihm wieder nicht recht getan hatte.«

»Lebt sie noch?«, fragte ich leise.

»Nein. Ich habe nachgefragt. Hraldir ließ sie vor Jahren von vier Ochsen zerreißen. Sie hat ihm widersprochen, als er Erlaf Vreldas erstes Blut als Gastgeschenk anbot«, sagte Ragnar kalt.

Ich wusste auch, wie es Ragnars leiblicher Mutter ergangen war. Sie kam als Geschenk an seines Vaters Hof, fesselte eine Weile die Aufmerksamkeit des Königs, aber als sie mit Ragnar schwanger war, verlor sie die Gunst sehr schnell. Nach Ragnars Geburt wurde sie weitergegeben an einen Günstling seines Vaters, danach verlor sich ihre Spur.

Sosehr es dem Reich auch nützen würde, Ragnar auf dem eisernen Thron zu sehen, ich verstand, warum er das nicht wollte.

Wo die Schiffe anlegen würden, war leicht zu erkennen: Ein Teil des Kais war frei, und dort stand eine Tenet der Seeschlangen in geputzten Rüstungen, um die Leinen anzunehmen.

Ich sah zu dem Blumenmädchen. Kurz schaute sie zu mir hinüber und straffte die Schultern.

Es schien zuerst, als ob eine wilde Horde Askir erobern wollte, doch als alle an Land gegangen waren, fand sich eine Ordnung. Am leichtesten waren die Würdenträger zu erkennen, daran, wie viele goldene Ketten oder Ringe sie trugen, oder indem man sie von Vrelda als Mittelpunkt abzählte.

Das Blumenmädchen trat vor und reichte mit einem tiefen Knicks jedem eine Blume. Die Königin lächelte, dankte und hob die Rose an, um an ihr zu riechen.

Einige der tapferen Krieger schienen nicht weniger gerührt, andere machten anzügliche Bemerkungen, wieder andere schienen nicht zu wissen, was sie davon zu halten hatten. Dann war der Korb leer, und die junge Frau trat rasch zur Seite. Schließlich trat ein runder Mann in kostbaren Roben vor und begrüßte die Gesandten der Varlande, lobte Vreldas Schönheit und hieß sie in Askir willkommen. Zwei Jungen brachten eine Kiste aus getriebenem Gold heran, sie ließ sie öffnen, sah hinein und nickte dankend. Die Rose, dachte ich, hatte ihr besser gefallen.

Der Jarl Erlaf – es konnte kein anderer sein – bot ihr den Arm, und sie schritten voran, dann fiel der Blick der Königin auf Ragnar. Einen Moment lang stockte sie. Der Jarl erkannte ihn nun ebenfalls, und seine Miene verdüsterte sich noch mehr. Er wollte nach Vrelda greifen, doch sie entwand sich ihm, stürzte auf uns zu – und warf sich Ragnar an die Brust.

»Ich habe dich sofort erkannt, Ragnar.« Sie strahlte ihn an. »Meine Mutter hat mir viel von dir erzählt, ich weiß, dass du mir helfen wirst!«

»Vrelda«, grollte der Jarl, als er näher kam und uns allesamt mit einem kalten Blick bedachte. »Euer Verhalten ist einer Königin nicht würdig!«

»Lasst sie ihren Bruder begrüßen«, riet ein älterer Mann mit breiten Schultern und grauem Bart. »Auch eine Königin darf das!« Er lachte und sah uns prüfend an. »Dennoch, Majestät, hat Erlaf recht. Man erwartet uns. Ladet Euren Bruder in die Botschaft ein für morgen Nacht. Er soll kommen, damit Ihr mit ihm sprechen könnt.«

»Kommst du, Ragnar?«, fragte Vrelda, während Erlaf Ragnar mit hasserfüllten Blicken bedachte.

»Gern«, sagte Ragnar rau. »Du bist prächtig gewachsen«, sagte er dann leise. »Ein Ebenbild deiner Mutter, wie ich sie kannte. Sie war eine gute, kluge Frau, und du kommst nach ihr.«

»Danke«, entgegnete sie. »Sie hat auch gut von dir gesprochen.«

»Jarl Tivstirk hat recht, wir sollten nicht hier im Hafen verweilen«, meinte sie und warf mir, Serafine und Stofisk einen prüfenden und zugleich fragenden Blick zu. Stofisk trat vor, um sich zu verbeugen. »Wir ...«, begann er, doch Erlaf ignorierte ihn und griff rüde nach Vreldas Arm. »Kommt«, grollte er. »Ihr haltet alles auf.«

Ihr entfuhr ein leiser Schmerzenslaut, und sie schaute fast entschuldigend zu Ragnar, der seine Fäuste ballte, dann wurde sie vom Jarl beinahe von den Füßen gerissen. Selbst bei der Gesandtschaft des Handelsrats verursachte das überraschte und einige betretene Blicke, doch die Varländer taten, als wäre nichts geschehen.

»Das«, stellte Stofisk fest, »ist selbst für einen Barbaren aus dem Norden mehr als ungehobelt. Oh«, sagte er dann rasch und sah zu Ragnar auf. »Entschuldigt ... ich ...«

»Spart es Euch«, bat Ragnar rau. »Ihr habt recht.«

Wir blieben, wo wir waren, und sahen der Meute nach, wie sie mit Grölen und Gelächter ihre Landsleute begrüßte und sich dann wie ein wilder Haufen in die Stadt ergoss. Die Gesandten des Handelsrats schienen ebenfalls enttäuscht, so war es wohl nicht geplant gewesen. Sie berieten sich kurz, Sänften wurden herbeigebracht, dann gingen auch sie, nur das Blumenmädchen stand noch dort, hob eine der Rosen, die auf dem Boden lagen, auf und kam zu uns, um sie Serafine zu reichen, die artig danke sagte.

»Ich hätte Euch fast nicht erkannt, Prima«, begrüßte Serafine sie, doch Desina nickte nur. Ihr Lächeln sah gezwungen aus.

»Das war der Sinn der Sache«, sagte sie gepresst und schaute zu mir. »Der Plan ist gelungen, doch ich wünschte, es wäre nicht so. Ich dachte, Asela wäre das, was dem Namenlosen auf dieser Welt am nächsten kommt. Die Bosheit in ihr war wie eine dunkle Woge, aber der hier ... Er ist wie ein Abgrund, ein endlos tiefes Loch, das alles aufsaugt, was strahlt, und in die Dunkelheit entführt. Ich glaube fast, die Berührung allein reicht schon, um mich in ihn hineinzuziehen. Noch schlimmer ist, dass er mich bemerkt hat. Er hat keine Angst, denn sein Lächeln hat mich herausgefordert.«

»Wer ist es?«, fragte ich.

»Der ältere Mann mit dem grauen Haar. Er scheint ein Berater der Königin zu sein.«

»Jarl Tivstirk«, grollte Ragnar. »Ich kenne ihn von früher. Er versteht sich auf das Spiel der Macht. Goldene Zunge und kalte Klinge.« Er sah traurig zu mir hin. »Havald, ich dachte, sie würde mich unberührt lassen, aber Blut erkennt Blut, und ich sehe ihre Mutter in ihr. Ich schulde es Königin Alfrede, dass Vrelda nicht so endet wie sie.«

»Was willst du tun?«, fragte ich ihn.

»Ich werde morgen Abend Erlaf und Tivstirk erschlagen und jeden, der dann nicht vor Vrelda kniet«, meinte er.

»Das wird dir nicht gelingen«, sagte ich. »Wir wurden vor der Macht des Seelenreiters gewarnt.«

»Eine Warnung, die ich wiederholen will«, sagte Desina leise. »Ihr habt nicht gespürt, was ich gespürt habe. Er wird sich nicht kampflos ergeben. Wie wollt Ihr die schützen, die Ihr liebt?«

»So weit wird es nicht kommen. Ragnarskrag wurde von einem Gott geschmiedet, auch ein Verfluchter wird einem Schlag von ihm nicht widerstehen.«

»Was, Ragnar, willst du tun, wenn ein Blick von ihm dich zwingt, Vrelda zu erschlagen? Oder mich?«

»Das wird nicht geschehen«, schwor er lauthals, um sofort darauf unsicher zu werden. »Das ist nicht möglich, oder?«

»Mir ist es beinahe so ergangen«, sagte ich. »Ein Blick, und ich hätte beinahe alles verraten, was ich liebte.«

»Aber habt Ihr nicht gestern einen von ihnen ohne Mühen ergriffen?«, fragte er überrascht. »Ich habe so etwas gehört.«

»Es gibt Verfluchte, die alt sind und ausgestattet mit der Verschlagenheit von Jahrhunderten. Und es gibt solche, die vom Nekromantenkaiser mit einem Ritual erst zu Verfluchten gemacht werden. Der hier, Ragnar, ist einer von den alten, der andere ist kaum mehr als ein Kind.«

»Was sollen wir tun?«, fragte Desina. »Ich gestehe, ich bin

nicht sonderlich erpicht darauf, mich mit ihm zu messen. Asela und Feltor haben mir eine Lektion erteilt. Man darf sie nicht unterschätzen.«

»Ich werde jemanden fragen, der sich darauf versteht«, sagte ich.

»Zokora?«, fragte Serafine, doch ich schüttelte den Kopf.

»Sie meine ich nicht. Ragnar, willst du ein Stück des Wegs mit mir gehen?«

»Warum nicht?«, sagte er und schaute sich im Hafen um, bis sein Blick auf die Schiffe seiner Heimat gerichtet blieb. »Hier gibt es nichts, was mich noch hält.«

Ich wandte mich an Serafine, die Eule und den Leutnant. »Wir sehen uns später.«

»Der Götter Segen mit Euch«, sagte Desina und sah mich forschend dabei an. »Doch unternehmt nichts auf eigene Faust«, mahnte sie.

»Das werde ich nicht tun«, versprach ich ihr und wandte mich an Serafine. »Ich brauche noch immer diese Vorschläge zur Ausrüstung der Legion, wie wir sie besprochen haben. Ich komme dann später zur Zitadelle zurück.« Ihr Blick sagte mir, dass sie sehr wohl erkannte, dass ich mit Ragnar alleine sein wollte. Gefallen fand sie daran keinen.

»Dann gibt es noch genug für uns zu tun«, meinte sie, nickte mir zu und ging mit Stofisk im Schlepptau, dem anzumerken war, dass er sich auf die Zunge biss.

»Willst du mich davon abhalten, eine Dummheit zu begehen?«, fragte Ragnar, als wir gemeinsam durch den Hafen gingen. Er lachte leise, als ein Händler fast erschreckt zur Seite wich und ihn mit großen Augen ansah. »Bedenke, dass es nur dann eine Dummheit ist, wenn es misslingt.«

Wir gingen die Straße entlang, mein Ziel war der Garten, den Serafine mir gezeigt hatte.

»Vielleicht. Ragnar, lass uns von Angus sprechen.«

»Von Angus?«, fragte er verwundert. »Ay, Angus. Er ging auf die Jagd und kam gesund und munter zurück. Er lief mit den Wölfen, aber glücklich ist er nicht.«

»Angus ist loyal zu dir, nicht wahr?«

Ragnar nickte. »Bis in den Tod. Er ist ein guter Freund.«

»Ist er geeignet für den eisernen Thron?«

»Angus?« Er sah mich prüfend an. »Wie soll ich das sagen? Havald, wenn man auf einem Thron sitzt, wächst man in ihn hinein, im Guten oder im Schlechten. Oder man stirbt in ihm. Angus ist ein guter Mann, aber er ist es gewohnt, Befehle zu befolgen statt sie zu geben.«

»Und Vrelda?«

Er seufzte. »Wie lange haben wir sie gesehen? Zehn Atemzüge lang? Sie kommt mir vor wie ihre Mutter, die klug war und zugleich auch schlau … und grundlos mutig. Sie hätte Hraldir nicht widersprechen dürfen. Sie muss zäh sein und stark, denn dieses Tier Erlaf liegt schon seit Längerem bei ihr und versucht sie zu schwängern, und sie ist noch nicht gebrochen. Sie trägt meines Vaters Schwert. Ich frage mich, wie es dazu kam. Dem Jarl ist das jedenfalls nicht recht.«

»Ist ihr Schwert auch gottgeschmiedet?«

Er lachte. »Das hätte Hraldir gerne so gehabt. Nein, es ist einfach eine sehr gute Klinge aus Himmelseisen, mit einer langen Geschichte. Es ist ein Symbol, nicht mehr. Vielleicht kann Vrelda damit umgehen, doch es ist zu schwer für sie, nach einer Zehntelkerze wäre sie ermüdet. Auf der anderen Seite«, befand er, »dauern Kämpfe meistens nicht so lang.«

Wir gingen weiter, ich überließ ihn für eine Weile seinen Gedanken und folgte meinen eigenen.

»Du willst also Angus an Vreldas Seite sehen?«, fragte er dann unvermittelt.

»Das Reich braucht einen Verbündeten, auf den es sich verlassen kann. Du sagst selbst, dass man auf Erlaf nicht bauen kann.«

»Wie wahr. Also müsste Vrelda Angus zum Mann nehmen. Und Angus müsste diese Frau vergessen, von der er dauernd erzählt.«

»Elgata?« Das hatte ich ganz vergessen. Vielleicht auch, weil ich seine Liebesbeteuerungen nicht hatte ernst nehmen können.

»Ja, so heißt sie. Sie ist ein Lanzenkapitän in der kaiserlichen

Marine. Er scheint es ernst zu meinen mit ihr, ich höre kaum etwas anderes von ihm«, sagte Ragnar.

Ich unterdrückte einen Seufzer. »Für eine Königswürde wurde schon ganz anderes vergessen.«

»Auch wahr. Aber Angus denkt nicht so.«

»Er wäre für Vrelda besser als der Jarl, das ist gewiss.«

»Havald«, sagte er ruhig. »Erinnere dich daran, dass es meine Schwester ist, die wir hier wie eine Kuh verschachern. Sie verdient meinen Respekt und auch deinen.«

»Hast du denn gegen Angus etwas einzuwenden? Meinst du, er wäre deiner Schwester kein guter Gemahl?«

»Doch«, seufzte er. »Es wäre auch die angemessene Belohnung für seine Treue. Er ist ein guter Mann und würde sie achten. Er liebt und schätzt die Weiblichkeit. Vielleicht kann er sie mit der Zeit auch lieben und diese Elgata vergessen. Er wird es tun, wenn ich ihn darum bitte. Nur ob Vrelda ihn will ... Es wäre leicht in die Wege zu leiten. Vrelda müsste Erlaf fordern, er könnte nicht zurückweichen, denn das würde ihn seinen Ruf kosten. Dann müsste Vrelda Angus als ihren Krieger auswählen und ihm ihre Hand versprechen, wenn er ihren Willen mit dem Schwert durchsetzt. Doch Erlaf ist nicht nur gerissen, er ist auch ein guter Kämpfer, selbst mit nur einer Hand. Er hat das alles lange vorbereitet, und es wird viele geben, die auf ihn setzen. Wie deine Königin.«

»Ich glaube nicht, dass sie noch so denkt«, meinte ich. »Wenn sie sehen würde, wie er mit deiner Schwester umgeht, würde sie Blitze schleudern.«

Er lachte laut. »Auch wenn sie mir manchmal wie aus Eis vorkommt, ist sie doch eine wahre Königin! Wenn du sie siehst, sage ihr, dass es ihr nicht steht, wenn sie bittet, vielmehr sollte sie es sein, um die man wirbt. Und wenn ihr jemand den Respekt nicht erweist, den sie verdient, soll sie ihn ruhig mit einem Blitz bestrafen.«

Wir hatten den kleinen Garten erreicht. Ich zerrte am Tor, doch es war noch immer fest verschlossen. Durch die Gitter sah ich den Garten und die ersten Sprösslinge, die sich aus der Krume schoben. Ich dachte an eine gewisse Sera in Ketten, die in einem fernen Land gefangen lag. Sie hätte diesen Garten sicher geliebt.

»Was weißt du von Drachen?«

»Ich?« Ragnar lachte. »Ich habe mal einen Eiswurm gesehen, und in Coldenstatt vor vier Jahren einen echten Drachen, der über uns hinwegflog. Es gibt sie also noch, mehr kann ich dazu nicht sagen.«

Ich schaute durch das Gitter des Tors zu dem Pavillon, er schien leer zu sein, doch das konnte, wie ich wusste, täuschen.

»Ragnar, wie gut bist du mit deiner Axt?«

»Es ist Ragnarskrag, da fragst du noch? Sie kann Welten spalten, wenn es sein muss. Oder auch Verfluchte.«

Ich dachte mehr an eine Kette.

Ich schaute ihm in die Augen. »Sei morgen Abend vorsichtig, wenn du sie siehst, aber frag sie, ob sie lieber Angus statt diesen Erlaf haben will. Wenn sie zustimmt, werden wir eine Lösung finden. Und Angus ... Frag ihn auch. Erzähl ihm von deiner Schwester und wie der Jarl sie behandelt hat.«

»Du kennst Angus, es wird ihn erzürnen.«

»Frag ihn, ob er König werden will an Vreldas Seite, und sie, ob sie den Mann als König will, der ihrem Bruder bis über den Tod hinaus die Treue hielt.«

»Ich werde es tun«, sagte Ragnar ruhig. »Was spielst du für ein Spiel?«

»Die Allianz wird zerbrechen, und eine neue muss geschmiedet werden, sonst können wir gegen Kolaron nicht bestehen. Ich brauche die Krieger deines Landes in Coldenstatt. In Eis und Schnee gibt es niemanden, der ihnen gewachsen ist.«

»Wir sind seit fünfzehn Jahren Freunde, alter Mann«, sagte Ragnar bedächtig. »Du hast mir das Leben gerettet und mir ein neues gegeben. Du hast mir auch den Schlüssel zu meinem Glück überreicht.«

»Um das ich dich beneide, Freund.«

»Ja, ich weiß«, sagte er einfach. »Ich werde tun, was du verlangst. Weil ich dir vertraue. Aber wenn es so geschieht, wie du es willst, achte darauf, dass weder Vrelda noch Angus oder auch ich Grund zur Reue haben werden.«

»Ich kann es nur versuchen, versprechen kann ich es nicht.«
»Mehr kann ich nicht fordern.«
»Findest du den Weg zurück?«, fragte ich ihn, und er lachte.
»Ich finde meinen Weg überallhin«, meinte er und sah in den Garten. »Du willst noch bleiben?«
»Ich hoffe, hier jemanden anzutreffen.«
»Gut«, sagte er. »Sobald ich zurückgekehrt bin, werde ich dir berichten. Der Götter Wohl mit dir, alter Freund.«
»Und mit dir.«

36. Balthasar

Ich sah Ragnar nach, wie er davonging. Er schien in Gedanken versunken. Dann zog ich mich über das schwere Gittertor und schritt den Pfad entlang. Er brachte mir auch diesmal Ruhe, zugleich aber eine tiefe Traurigkeit.

Als ich am Pavillon ankam, sah ich Asela dort sitzen, vor ihr ein Spielbrett auf dem Tisch, einen Wein für sie und einen Humpen Bier für mich. Er mochte nichts sein außer Trug und Magie, doch das kühle Nass war mir willkommen.

»Ihr wart fleißig, Lanzengeneral«, sagte sie und hielt mir zwei Spielsteine entgegen; ich wählte schwarz. Sie drehte das Brett herum. »Warum schwarz?«

»Ich bin es gewohnt zu verteidigen. Der Angriff liegt mir nicht.«

Sie sah mich prüfend an, dann tat sie ihren ersten Zug. »Ist das so?«, sagte sie zweifelnd, als ich meinen ersten Bauer zog. Ich wusste, dass sie nicht das Spiel meinte. »Ihr habt etwas vor, das nur schwer gelingen kann.«

»Ich brauche Eure Hilfe, Maestra«, sagte ich leise und besah mir ihre Stellung. Selten hatte ich eine Sera gesehen, die so angriffsfreudig und überlegt agierte. Sie presste meine Flanke mit einem Geschick, das mich beeindruckte, und schien überraschend weit vorauszuplanen. Einmal wäre ich fast hereingefallen.

»Wobei?«, sagte sie und zog den nächsten Stein.

»Bei allem.«

»Reicht es nicht, wenn Ihr Eure Freunde in Euer Netz einwebt?«, fragte sie.

»Vielleicht will ich Euch als Freund gewinnen.«

»Damit Ihr mich für Eure Pläne binden könnt? Nein, danke. Ihr ahnt nicht, was ich denen angetan habe, die ich Freunde nannte. Oder die ich liebte.«

»Ihr wart nicht Ihr selbst. Wollt Ihr nicht die Waagschale heben? Nicht dem, was Ihr an Schlechtem getan habt, Gutes entgegensetzen?«

»Gutes?«, fragte sie und nahm einen Bauer. »Was ist gut an einem Krieg? Wisst Ihr, dass ich Euch beobachtet habe? Ihr seid noch mehr ein Getriebener als ich.«

»Was ist mit der Rache, die Ihr Euch wünscht?«

Sie schlug meinen Priester, bedrohte eine Festung und öffnete die Flanke für die Reiterei.

»Rache ist ein Wahn. Sie muss einer sein, weil man sie braucht, um das Unmögliche zu versuchen. Es gelingt nur mit Besessenheit. Aber sie bringt niemanden zurück und schmeckt wie Asche.« Sie schaute vom Spielbrett auf. »Ich fürchte, ich bin nicht mehr dem Wahn verfallen, Lanzengeneral. Soltar zeigte mir eine Gnade, deren Größe ich erst langsam verstehe. Dafür seid jetzt Ihr besessen.«

Da ging meine linke Festung, die Flanke war nun aufgerissen, die Königin bedroht.

»Ist es Besessenheit, wenn man weiß, was nötig ist, um zu gewinnen?«

»Ihr glaubt, Ihr könnt gewinnen? Das ist nicht Besessenheit, das ist Wahn!«

»Und doch ist es so. Ich weiß, wie wir gewinnen können«, teilte ich ihr mit. »Es ist wie mit diesem Spiel. Es kommt darauf an, welche Figuren auf dem Feld bestehen, und wie man sie nutzt. Die meisten verlieren, weil sie denken, dass eine Figur mehr Wert besitzt als eine andere, doch wenn man gewinnen will, gilt das nicht. Das Spiel gewinnt nicht der, der die meisten Figuren übrig hat, sondern der, der den feindlichen König fällt.«

Sie schaute auf das Brett, das jetzt schon reichlich schwarze Steine eingebüßt hatte.

»Und Ihr denkt wirklich, Ihr könnt gewinnen?«

»Ja.«

Sie musterte das Spielfeld. »Ihr sagt, Ihr versteht Euch nicht auf Strategie. Was ist mit diesem Spiel?«

»Es ist ein Spiel.«

»Ich sage Euch etwas, Lanzengeneral. Wenn Ihr diese Schlacht gewinnt, will ich mir anhören, was Ihr von mir wollt.«

»Nein.« Ich sah ihr in die Augen. »Nehmt von meinen verbliebenen Steinen einen vom Feld. Wenn ich dann gewinne, fordere ich einen Dienst von Euch. Oder nehmt zwei von meinen Steinen … Wenn Ihr dann verliert, erneuert Euren Eid den Eulen gegenüber und schließt Euch dem Kaiser wieder an.«

»Nichts würde ich lieber tun. Doch der Kaiser ist tot. Ich habe ihn sterben sehen.«

»Er ist nicht tot, und Ihr habt ihn nicht sterben sehen. Ihr habt nur gesehen, dass er nicht mehr anwesend war.«

Sie schaute mich an, dann auf das Brett, nahm meine letzte Festung und den zweiten Priester und stellte sie beiseite. »Ich lasse Euch die Königin, weil Ihr sie ohnehin verlieren werdet.«

Sie nahm sie mit dem dritten Zug.

Ich lehnte mich zurück. »Desina braucht Eure Hilfe mehr als jeder andere. Nun, da Ihr Euren Eid erneuern werdet, sagt Ihr mir, was Ihr an ihr fürchtet?«

»Wollt Ihr nicht ziehen?«, fragte sie.

»Es ist nicht nötig.«

Schweigend sah sie auf das Feld, studierte es sehr lange, dann weiteten sich ihre Augen.

»Wo habt Ihr das Spiel gelernt?«, fragte sie dann leise, den Blick immer noch auf das Brett gerichtet.

»Im Soltartempel zu Kelar.«

»Ihr hattet einen guten Lehrer.«

»Wisst Ihr, Maestra«, sagte ich. »Es war etwas Seltsames an diesem Priester. Obwohl er längst bei Soltar weilen sollte, habe ich das Gefühl, dass ich ihn noch öfter getroffen habe. Zum anderen … Ich bin mir nicht sicher, ob ich überhaupt jemals sein Gesicht gesehen habe.«

»Das ist seltsam, in der Tat«, sagte sie, tat eine Geste, und das Spielbrett verschwand.

»Sagt, was Ihr von mir wollt.«

»Was ist mit Euch und der Prima?«

»Sie ist Balthasars Tochter. Er hat die Tochter des Gildenmeisters verführt. Sie liebte ihn, und er missbrauchte sie für die Zwecke Kolarons. Als er ging, wusste ich, dass sie nicht überleben würde, und auch, dass die Tochter sterben sollte. Doch ich tat nichts dagegen.« Ihre Hände ballten sich zu Fäusten, ein blaues Licht schimmerte auf und verschwand dann wieder. »Ich schäme mich vor Ihr.«

»Habt Ihr nicht genug an Eurer eigenen Schuld zu tragen?«, fragte ich sie. »Was belastet Ihr Euch mit einem Gewicht, das auf Balthasars Seele ruht?«

»Das ist das Problem. Nur der Tod befreit von Kolarons Macht.«

»Ich verstehe nicht. Ihr sitzt vor mir und lebt. Ihr seid auch kein Geist, ich fühle Eure Wärme und Euren Atem.«

»Ihr habt Balthasar getötet, doch sein Eid band seinen Geist hier. Bevor er ging, musste er das in Ordnung bringen, was er einst zerstört hat. Dazu brauchte er Asela, denn sie allein war noch übrig, um den Ort zu erreichen, an dem der Weltenstrom hier in Askir sich kreuzte. Aber der Turm verwahrt sich gegen die Verfluchten, und so musste auch Asela sterben, um von dem Fluch befreit zu werden.«

Ich blinzelte. »Somit wären beide tot, Balthasar und Asela?«

»Nein. Ihr habt nicht zugehört. Es ist sein Geist und ihr Körper.«

Ich saß da und starrte sie an. »Ihr seid ... er?«, fragte ich leise, als ich das Ungeheuerliche verstand.

»Und sie.« Sie lächelte traurig. »Ihr Wissen, ihre Erinnerung und ihr Talent. Ich löste ihre Seele auf dieselbe Art wie die, mit der ich die Verfluchten befreite, und ließ alles zurück, das sie je war, bis auf ihre Seele, die zu Soltar ging.«

»Warum habt Ihr mir das gestanden?«

»Zwei Gründe. Ein General sollte wissen, wer seine Truppen sind. Auch, damit Ihr versteht, was Ihr von mir fordert. Und ich von Euch: Ich will Euer Wort, dass Desina es nur von mir erfährt, Ihr werdet niemandem davon erzählen. Das ist mein Preis, Lanzengeneral.«

Ich sah keinen Grund zu zögern. »Ihr habt mein Wort.«

»Gut. Dann habt Ihr auch das meine.« Sie lächelte ein wenig. »Es ist nicht nötig, den Eid zu erneuern, denn er bindet mich noch immer. Einzig Kolarons Wille war stärker, doch der Tod befreite mich von ihm.« Sie seufzte. »Leider gibt es keinen anderen Weg.«

»Das ist nicht richtig. Zokora weiß, wie man Kolarons Bann brechen kann.«

»Die dunkle Elfe?«

»Sie ist Priesterin der Solante. Es gibt offenbar ein Ritual, das den Willen an die Göttin bindet, und dieser Bann ist stärker als jeder andere. Wenn man ihn dann wieder löst, ist man von jeder Art Bann befreit. So hat sie auch Nataliya befreit. Wenn Ihr wahrhaftig Balthasar seid, solltet Ihr wissen, wer sie ist.«

»Nataliya«, hauchte sie. »Götter ... Ich habe so vielen Übles angetan. Dass sie von Kolarons Bann erlöst wurde, erleichtert mich, doch auch vor ihr werde ich mich schämen.«

»Wohl kaum«, sagte ich hart. »Sie ist gestorben.«

»Wie? Wie konnte jemand Stein erschlagen?«

»Sie starb, damit ich leben konnte.«

»Oh«, sagte sie und lächelte ein wenig traurig. »Schämt Ihr Euch also auch?«

»Ich habe es nicht so mit dem Schämen«, sagte ich knapp und log dabei. »Es gibt zu vieles zu tun, um mich damit aufzuhalten.«

»Also zum Geschäft?«, sagte sie.

»Ja. Fangen wir mit den Fragen an.«

»Das könnte etwas dauern«, befand sie. »Aber fragt.«

»Wer ist die Sera in der Gestalt eines Drachen dort am Tempel?«

»Habt Ihr ihr Blumen gegeben?«, fragte Asela.

»Ja. Wer ist sie?«

»Ich weiß es nicht. Kolaron prahlt damit, dass er sie in diese Ketten legte, aber es geht das Gerücht, dass er es tat, als sie wie tot vor ihm lag, um sie ihrer Seele zu berauben. Als sie erwachte, entkam er nur mit Mühe ihrem Zorn. Ich fand sie so vor, wie Ihr sie saht, nur war sie noch mit allen Ketten gebunden. Sie roch Kolarons Pest in mir und ließ mich nie nahe genug heran, um mehr über sie zu erfahren. Verständlich, da ich große Anstrengungen unternahm, sie für meinen Herrn zu erschlagen.« Sie schmunzelte ein wenig. »Sie ist der Grund, warum Kolaron nach dem Mantel eines toten Gottes trachtet, ein lebender war ihm zu stark.«

»Ist sie eine Göttin?«, fragte ich überrascht. Allein schon die

Tatsache, dass sie ein Drache war, brachte mich zum Staunen, denn von ihrer Art gab es nicht mehr viele.

»Was ist ein Gott?«, fragte Asela nachdenklich. »Ein mächtiges Wesen, an das man glaubt? Sie ist eine der Alten. Entscheidet Ihr, was sie ist.«

»Sind das die Alten gewesen? Drachen?«

»Es kommt nicht auf den Körper an«, meinte sie. »Sie können sein, was immer sie wollen.«

»Was ist mit den anderen Drachen, die ich um Kolarons Festung kreisen sah? Sie dienen ihm, sind sie auch ...«

»Kolarons Drachen?« Sie lachte. »Sie ähneln den wahren Drachen so sehr wie Euch die Ratten in der Gosse.«

Ich grübelte ein wenig, bevor ich die nächste Frage stellte. »Es war Askannon, der die Tore schuf, richtig?«

Sie nickte und schaute mich dann prüfend an. »Ihr seht aus wie jemand, der einen Apfel sucht und eine Zitrone findet. Passt Euch die Antwort nicht?«

»Ich dachte, etwas verstanden zu haben, aber es passt nicht. Wenn Askannon dieses Tor geschaffen hat, dann ergibt alles keinen Sinn.«

»Von welchem Tor sprecht Ihr?«

»Dem zu dem alten Tempel mit dem Drachen.«

»Nein«, sagte sie. »Dieses Tor habe ich erschaffen. Kürzlich erst. Um Euch einen Weg zu Kolaron zu weisen. Meint Ihr wirklich, er ließe ein Portal bestehen, das direkt vor seine Haustür führt?«

»Ihr habt dieses Tor erschaffen?«, fragte ich und spürte, wie mein Puls raste.

»Ja. Es ist nicht schwer, wenn man weiß wie. Desina könnte es auch.«

»Aber sie weiß nicht wie.« Ich sah sie an. »Balthasar ...«

»Asela, bitte«, unterbrach sie mich. »Es ist seltsam, aber ich werde mehr und mehr zu ihr. Es ist nicht die Seele allein, die einen Menschen prägt, sondern auch der Körper, in dem man steckt, die Erinnerungen und das Leben.« Sie lächelte ein wenig. »In gewissem Sinn ist es eine Erleichterung, dass ich sie nicht vollends getötet habe.« Sie verschränkte ihre Hände vor sich.

»Habt Ihr noch weitere Fragen, oder lasst Ihr mich jetzt gehen?«

»Wie kann ich Euch erreichen?«

Sie lächelte. »Gebt mir den Schattenhüter.« Sie bemerkte meinen Blick und lächelte. »Euer Schwert. Es hat viele Namen.«

Ich zögerte kurz.

»Es ist nicht einfach, zu vertrauen, nicht wahr?«

Ich legte Seelenreißer vor ihr auf den Tisch. Fast zärtlich fuhr sie mit der Hand darüber, und *etwas* geschah.

»Ihr habt es sehr verändert«, sagte sie, als sie die Hand wegnahm. »Selbst Askannon wäre erstaunt, die Klinge so vorzufinden. Wenn Ihr wollt, dass ich Euch höre, dann berührt sie einfach und denkt an mich. Ich werde dann sehen, ob ich Zeit für Euch finde.« Sie stand auf. »Ich werde helfen, wo ich kann, General, aber auf meine Art.«

»Ihr ...«, begann ich, doch sie war schon nicht mehr da.

37. Kriegsrat

Kaum war ich in der Zitadelle angekommen, fing Serafine mich ab. »Orikes erwartet uns«, teilte sie mir zur Begrüßung mit. »Bist du die ganze Zeit mit Ragnar im Gespräch gewesen?«

»Nein. Ich habe auch noch Asela getroffen und sie davon überzeugt, uns zu helfen. Hast du die ganze Zeit hier gewartet?«

»Ich gab einem unserer Bullen den Auftrag, nach dem General Ausschau zu halten und es mir zu melden«, verkündete sie. »Ich bin jetzt Stabsmajor, das macht das Leben leichter.«

»Weißt du, was Orikes will?«, fragte ich, als wir dem Gang zu seiner Schreibstube folgten.

»Nur, dass es uns nicht gefallen wird.«

»Dieser Tivstirk ist entkommen«, grollte Orikes, kaum dass ich die Tür hinter uns geschlossen hatte. »Ich habe ihn verfolgen lassen, obwohl ich davon ausging, dass er mit den anderen zur Botschaft gehen würde. Aber auf halber Strecke verloren wir ihn. Meine Agenten sagen, auf einmal wäre er nicht mehr da gewesen.«

»Verdammt«, fluchte ich.

»Ja. Wir brauchen ihm keine Falle mehr zu stellen. Jetzt stellt er uns eine.«

»Wir können nur hoffen, dass es seine Pläne durcheinanderwirft«, sagte Serafine.

Orikes warf ihr einen Blick zu. »Vielleicht.« Er fuhr sich über das kurze graue Haar. »Erinnert Ihr Euch an die Legion, die in Rangor gesichtet wurde? Wir haben jetzt die Bestätigung: Es ist eine feindliche Legion, und sie marschiert auf Aldane zu.«

»Wie lange noch, bis sie die Stadt erreicht?«

»Sie müssen durch einen Pass … Es gibt einen Weg, der sie danach in weitem Bogen an Aldar heranführt. Dann wären es sechs Tage. Oder sie gehen durch den Eisenpass nach Aldar, dann wären es kaum mehr als vier, vielleicht auch fünf.«

Ich wollte etwas sagen, doch er hob die Hand.

»Hört mich erst an, Lanzengeneral. Seitdem die Flut Aldar erreichte, ist die Verbindung dorthin unterbrochen. Doch heute Morgen traf ein Meldereiter ein und berichtete von einem Aufstand, den es in Aldar geben soll, davon, dass der Kult der Weißen Flamme dahinterstünde. Von dem Prinzen wissen wir, dass er sich in der Kronburg befindet, doch viel mehr nicht, nur dass dort Trommeln zu hören sind, die die Menschen in einen Tanz und Wahnsinn treiben. Diese Nachrichten sind bestürzend genug, dass der Kommandant entschieden hat, Euch dorthin zu schicken. Ihr habt schon oft bewiesen, dass Ihr die Pläne des Feindes durchkreuzen könnt.«

»Aber das durchkreuzt jetzt meine Pläne«, fluchte ich.

»Ich bin sicher, der Kommandant bedauert dies«, meinte Orikes mit einem knappen Lächeln. »Seht es als einen Vertrauensbeweis, Ser Lanzengeneral, der Kommandant wies mich ausdrücklich darauf hin, dass Ihr frei verfügen könnt.«

»Was sagte er genau?«

»Dass Ihr tun sollt, was auch immer nötig ist, damit der Prinz zum Kronrat hier nach Askir kommt. Verlieren wir die Stadt, können wir sie uns wieder holen; verlieren wir den Prinzen, verlieren wir Aldane.«

Das war deutlich genug.

»Wie weit ist es nach Aldar?«

»Etwas über dreihundert Meilen über Land. Fast das Dreifache die Küste entlang. Wenn man ein guter Reiter ist und die Pferde nicht schont, ist der Landweg der schnellere, aber die Eule sagt, sie hätte drei Tore nach Aldar oder in die Nähe gefunden.«

»Stabsobrist, welche Legion ist am besten für einen Einsatz geeignet?«

»Wenn Ihr die Wahrheit wissen wollt: keine. Die Dritte wäre frei, doch drei ihrer Lanzen sind an anderen Orten stationiert, hier in Askir sind es auch nicht mehr als siebenhundert Mann.« Er seufzte. »Selbst mit einem schnellen Marsch kann die Dritte Aldar nicht rechtzeitig erreichen. Selbst wenn, stünde sie dann einer Übermacht gegenüber.«

»Es war ein Fehler, die Legionen auf tausend Mann zu beschränken«, flüsterte ich. Götter, dachte ich verbittert, wie gelingt es diesem Nekromanten nur, uns beständig auf dem falschen Fuß zu finden!

»In Friedenszeiten nicht«, widersprach Orikes. »Die Legionen sind zur Verteidigung von Askir gedacht, nicht für einen Angriffskrieg, und mit den Mauern, die wir haben, reichen sie auch dafür aus.«

Ich sollte mir diese hochgelobten Mauern vielleicht selbst einmal ansehen, dachte ich und überlegte fieberhaft.

»Die Friedenszeiten sind vorbei«, knurrte ich.

»Ja«, nickte Orikes. »Wir rekrutieren auch bereits.« Er hob hilflos die Schultern und ließ sie wieder fallen. »Es braucht Zeit, um einen Legionär auszubilden; damit, einem Bauern sein Soldgold in die Hand zu pressen, ist es nicht getan.«

Wohl wahr.

»Was immer in Aldar geschieht, kann kein gutes Ende finden«, stellte ich das Offensichtliche fest. »Welche Truppen haben wir dort stehen?«

»Die Zweite Lanze der Dritten unter Schwertmajor Blix und die Achte Lanze der Fünften unter Lanzenleutnant Paltus. Wendis ist zur Sicherung der Basis eingeteilt, zuzüglich zwei Lanzen Seeschlangen und die Besatzungen der Schiffe, die im Hafen lagen, als die Flut Aldar ereilte. Vielleicht noch einmal dreihundert Mann.«

»Schiffe?«

»Nur eines, das die Flutwelle einigermaßen überstanden hat, die Meteus, aber die Hafenausfahrt ist von einem Wrack versperrt. Man arbeitet fieberhaft daran, sie freizubekommen.«

»Was ist mit der Flotte, die man vor Janas gesichtet hat?«

»Sie könnte bereits jetzt in der Nähe von Aldar sein und wird zu einem Problem werden, wenn man die Flucht übers Meer versucht.«

Es war jetzt kurz vor der sechsten Glocke.

»Gebt mir Zeit zur Planung und meldet dem Kommandanten, dass wir nach Aldar gehen. Noch in dieser Nacht, auch wenn ich noch nicht genau weiß, wann.«

Zurück in meinem Amtsraum, wandten Serafine und ich uns den Karten zu. »Wenn der Feind den kürzesten Weg nimmt, kann man den Karten entnehmen, welcher das wäre?«

»Dafür sind sie gemacht«, sagte Serafine und fuhr mit dem Finger eine Linie entlang. »Hier. Da steht es. Der Eisenpass. Über ihn erreichen die in Rangor geförderten Eisenschweine Aldar, von wo sie in alle Welt und auch nach Askir verschifft werden. Es sind schwere Karren, die hier den Pass bezwingen, also wird er für die feindliche Legion kein Hindernis darstellen.«

»Eine Festung dort wäre nett«, merkte ich an, doch sie schüttelte den Kopf.

»Die kann ich dir nicht geben, Havald, aber hier sind zwei Wehrstationen eingezeichnet. Schau, sie beherrschen die Schlucht, in die der Pass hineinführt.«

Ich beugte mich vor. »Die engen Linien hier? Ich dachte, sie stehen für Höhen.«

»Es ist eine Schlucht zwischen diesen beiden Höhen.«

Ich folgte den Linien bis zum Pass. »Serafine, verstehe ich das richtig? Der Pass geht in diese Schlucht über, und die ganze lange Strecke kommt man nicht mehr aus ihr heraus? Das sind wie viele Meilen?«

»Fünf oder sechs.«

Ich richtete mich gerade auf. »Der Kriegsfürst, der diese Legion kommandiert, wird den Weg nicht nehmen. Zeig mir den anderen.«

»Über den Weberpass? Das wäre gut zwei Tage länger.«

»Ja. Aber kein Offizier wird so dumm sein, seine Truppen durch eine solche Schlucht zu führen! Deshalb stehen diese beiden Wehrstationen da. Man braucht hier keine Festung. Ein paar Lanzen Armbrustschützen hier oben, und die ganze Feindlegion wird sterben.«

»Ihr habt sicher recht, Ser Lanzengeneral«, mischte sich Stofisk ein, erhob sich von seinem Schreibtisch und trat an die Karte heran. »Aber dieses ganze Gebiet liegt noch auf der Seite von Rangor.«

»Und?«, fragte ich ihn.

»Wir dürfen keine Truppen dorthin schicken, das ist im Vertrag festgelegt. Wenn dort wirklich eine Feindlegion anmarschiert kommt, wird der gegnerische General ...«

»Kriegsfürst. Sie nennen es Kriegsfürst.«

»Gut. Der Kriegsfürst wird wissen, dass die Strecke frei ist. Wie ist diese Legion überhaupt dorthin gekommen?«

»Es sieht aus, als hätte Rangor sich mit dem Nekromantenkaiser geeinigt. Die Legion marschiert unbehelligt durch das Land, sie plündert nicht, sondern kauft Verpflegung von den Bauern.«

»Ein Geschäft mit Rangor?«, fragte der Leutnant. »Ihr meint, das Reich hat die Allianz verraten? Das wird die Eisen- und Stahlpreise enorm in die Höhe treiben!«

»Leutnant«, sagte ich kühl. »Wenn Ihr auch nur ein Wort darüber verliert, nähe ich Euch persönlich die Lippen zu! Mir scheint, Eure Eltern haben genug an Gold, um sich dieses Geschäft entgehen zu lassen.«

»Gewiss, General«, sagte er rasch. »Ich kann schweigen wie ein Grab; ich habe nur laut gedacht. Aber seht, wenn es wirklich so ist und diese Legion auch noch von Rangor versorgt wird, dann weiß dieser General ... Kriegsfürst, dass dort keine Truppen sind. Zumindest keine aus Rangor. Und alle anderen Truppen, die wir haben, sind zu weit entfernt, um diese Wehrstationen zu erreichen. Wenn sie überhaupt noch stehen.«

»Auf die Dächer kommt es nicht an«, sagte ich, tief in Gedanken. »Es sind die Mauern, die wir brauchen, und die werden gewiss noch stehen.«

Ich zog das Torbuch aus meiner Jacke und sah mir die Zahlenreihen an. »Ich brauche von der Wehrstation Länge, Breite und Höhe«, teilte ich Serafine mit. »Wo kann ich sie finden?«

»Ich glaube, du meinst die Quadranten und die Geländehöhe«, korrigierte sie mich und fuhr mit dem Finger an den Rand der Karte und von dort wieder zu der Markierung zurück. »Versuche es mit zwei-drei-eins, vier-neun-zwei und eins-sieben-zwei-eins.«

Ich blätterte das Buch durch und schüttelte enttäuscht den Kopf. »Nein. Ich habe nur zwei-zwei-neun, vier-neun-drei und eins-sechs-neun-neun. Verflucht, es wäre zu schön gewesen!«

»Havald«, sagte Serafine schmunzelnd. »Schau.« Sie bewegte

den Finger ein Stück weiter. »Es gibt zwei Wehrstationen dort. Diese hier hat ein Tor.«

»Eines dieser magischen Portale, die es angeblich geben soll?«, fragte Stofisk neugierig.

Ich schaute ihn drohend an.

»Man erzählt überall davon ... Vor allem, dass man jetzt nicht mehr so weit marschieren muss!« Er zuckte mit den Schultern.

»Wir sind in Askir, Ser General. Hier wird ein Geheimnis zusammen mit dem Bier verkauft! Macht Euch keine Gedanken. Von hundert Geheimnissen, die man so dahertratscht, ist meist nicht eines wahr!«

»Manche sind es, aber für alles, was Ihr hier hört, gilt die gleiche Warnung wie eben.« Ich legte einen Finger an meine Lippen und vollführte eine eindeutige Geste.

Er nickte heftig. »Ich mochte Näharbeiten noch nie sonderlich.«

»Gut. Vergesst es nicht.«

»Du willst Lanzenobristin Miran und die Dritte durch das Tor dorthin schicken«, stellte Serafine fest.

»So etwa ist der Plan«, bestätigte ich. »Wenn der Feind sich in der Schlucht befindet und unsere Armbrustschützen auf der Höhe, ein Felssturz, um sie einzuschließen, dann ist es egal, ob der Feind zehntausend Mann besitzt oder nicht!«

»Hat der Leutnant eben nicht gesagt, dass der Vertrag es verbietet?«

»Ich hörte von Kasale, dass das Land um diese Stationen noch immer Askir gehört.«

»Mag sein. Aber wenn wir dort den Feind angreifen, brechen wir auf jeden Fall den Vertrag.«

Ich besah mir diese engen Linien, die eine lange Schlucht sein sollten. »Ich sehe es so«, meinte ich zu ihr. »Der König von Rangor sagte nichts davon, dass die Legion durch sein Land zieht, dafür sagen wir nicht, dass wir sie dort begraben werden.« Ich schaute sie an. »Denn ich glaube nicht, dass der Vertrag vorsieht, dass man feindliche Legionen nicht zu erwähnen braucht.«

Vielleicht tat uns Rangor damit sogar einen Gefallen.

»Und was, wenn der Feind doch den langen Weg nimmt?«, fragte Serafine. »Durch den Weberpass?« Ich folgte ihrem Finger bis nach Aldar: keine passenden Schluchten oder Hohlwege, nur eine Brücke über einen Fluss. Nicht genug.

»Dann werden wir die Legion an Aldars Mauern bekämpfen müssen. Ich sage ja auch, dass er nicht durch die Schlucht marschieren wird. Er kann nicht so dumm sein. Aber wenn ...«

»Nein«, sagte der Kommandant entschieden. »Wir werden den Vertrag nicht als Erster brechen.« Er stand wie üblich am Fenster und hatte sich meine Ausführungen in Ruhe angehört.

»Wenn wir es nicht tun, ist es leicht möglich, dass wir Aldar verlieren«, gab ich so ruhig zurück, wie ich konnte.

Er drehte sich um. »Ich weiß, warum Ihr die Regeln brechen wollt und vielleicht sogar müsst.« Er sah mich direkt an. »Zwei Gründe gebe ich Euch, es nicht zu tun: Zum einen belastet es Euren eigenen Plan, wenn man uns etwas vorzuwerfen hat. Es reicht, wenn auf dem Kronrat die Finger erhoben werden, und ich will nicht, dass man auch noch mit ihnen auf uns zeigt. Zum zweiten ... es ist vielleicht alles schon zu spät, und wir haben Aldar bereits verloren. Solange wir nicht wissen, ob Prinz Tamin, der Herzog oder Baronetta Levin noch leben und zu Askir stehen, werden wir keine Legionen schicken.«

»Aber, Ser!«, begann ich. »Ich finde ...«

»Lanzengeneral«, unterbrach er mich müde. »Ihr habt mich dann von Eurem Plan überzeugt, *wenn* es so kommt, wie Ihr befürchtet. Wir haben die Rekrutierungen verstärkt und versuchen auch Veteranen neu anzuwerben. Wir durchkämmen die Zeuglager nach den Dingen, die Ihr braucht. All das für den Fall, dass das geschieht, was Ihr befürchtet. Aber bis es so weit ist, halten wir uns an die Gesetze des Kaisers.« Ich wollte wieder etwas sagen, doch er hob die Hand und sah mich kühl an. »Glaubt mir, ich treffe diese Entscheidung nicht leichtfertig, und ich bin mir der Kosten wohl bewusst. Die Legionen werden nur dort marschieren, wo es ihnen erlaubt ist. Wenn wir uns nicht daran halten, zerstört Ihr die Basis Eures eigenen Plans.« Er schaute mir direkt in die Augen. »Es geht nicht nur darum,

Befehle zu erteilen, von Thurgau. Manchmal muss man sie auch befolgen. Ihr mögt recht haben, und ich bin nur ein Verwalter, der wenig von Krieg versteht. Aber hier müsst Ihr Euch beugen. Geht nach Aldar, findet heraus, was dort vor sich geht, und bringt Prinz Tamin lebend her. Danach ... danach sehen wir weiter.«

»Ay, Ser, Kommandant, Ser!«, sagte ich, salutierte und machte auf dem Absatz kehrt.

»Er ist stur«, knirschte ich, als ich die Tür zu meinem Quartier aufstieß.

»Oder du bist es«, sagte Zokora zur Begrüßung. Sie saß auf meinem Bett, las ein Buch, während Varosch auf dem Boden neben ihr Armbrustbolzen aussortierte. »Der Götter Segen mit euch«, begrüßte uns der Adept des Boron mit einem Lächeln.

»Was tut ihr denn hier?«, fragte ich etwas ungehalten.

»Wir hörten, dass ihr nach Aldar reisen wollt. Dort soll es Trommeln geben, die die Kronburg zum Schweigen bringen. Varosch meinte, man könne euch nicht allein gehen lassen. Dem stimme ich zu, also kommen wir mit.«

»So«, sagte ich und sah zu Varosch. »Stimmst du dem auch zu, Varosch?«

»Jetzt schon«, bestätigte er.

»Ich dachte, du darfst nicht lügen.«

»Die Wahrheit, Havald, ist ein weites Feld«, meinte er mit einem Lächeln.

»Es gibt ein Ritual des Omagor, in dem ein Priester Seelentrommeln rührt«, erklärte Zokora und schloss das Buch. »Es ist eines seiner mächtigeren Rituale und versetzt die Opfer in einen tanzenden Wahn. Es lässt sie so lange tanzen, bis sie sterben und ihre Seelen Omagor geopfert werden. Es beginnt und endet in der Dämmerung und dauert selten länger als zwei Nächte. Also haben wir nicht viel Zeit.«

Ich seufzte.

»Ich will nur noch meine Rüstung anziehen, dann brechen wir auf.«

»Gut«, sagte Zokora und stand auf. »Dann gehen wir vor und

warten am Tor auf dich. Ich will mich noch etwas mit der Eule unterhalten.«

Wie Serafine vermutet hatte, war die Rüstung, die Kasale mir vor so langer Zeit hatte bringen lassen, eine, wie sie der Klan der Drachen einst trug. Sie war leicht, bequem, und sie passte auch. Kasale hatte gutes Augenmaß, oder jemand hatte ihr meine Maße verraten. Es gab nur eines, das ich an ihr auszusetzen hatte. Jemand hatte sie mühevoll so poliert, dass sie wie ein Spiegel glänzte. Serafine hatte gekichert, als sie mich darin sah, und auch Leandra, die gekommen war, um uns das Glück der Götter zu wünschen, hatte gelacht.

»Du siehst darin aus wie der strahlende Held aus den Legenden«, hatte sie gemeint und sich dann vorgebeugt, um mir einen raschen Kuss auf die Wange zu geben. »Bist du sicher, dass ich nicht mitkommen soll?«

»Du wirst hier gebraucht. Wir wissen noch nicht, wie lange es dauern wird, und du musst bald diesen Nekromanten hinrichten«, erinnerte ich sie, und sie verzog das Gesicht.

»Ich wollte, ich müsste es nicht tun.«

»Dann lass es jemand anderen tun und verlese nur das Urteil«, riet ich. »Hast du die Elfen erreicht? Werden sie dir Steinwolke noch rechtzeitig bringen?«

»Die Nachricht wurde gesendet, aber ich weiß nicht, ob sie es tun. Zur Not muss Stofisk darauf verzichten ... vielleicht hast du recht, und ich sollte nur dort stehen und das Urteil verkünden. Es wird sowieso eine Angelegenheit, die mich in meinen Träumen jagen wird. Diesen Joakin, der dort hingerichtet wird, wollen sie mit Blei ausgießen, da er ein Giftmischer sein soll. Ich mochte Hinrichtungen noch nie, und diese verspricht, zu einem Volksfest zu verkommen.«

»Alle gekrönten Häupter werden daran teilnehmen, um dem Gesetz Askirs Respekt zu erweisen. Das gilt auch für dich.«

»Und dennoch ...« Sie seufzte. »Ich wollte, es gäbe einen Weg daran vorbei.«

Ich konnte sie verstehen.

»Nur scheint der Leutnant zu wissen, was er tut«, meinte Serafine. »Die Stimmung hat sich bereits geändert, jetzt seid ihr beide die Helden in der Geschichte.«

»Helden haben einen Nachteil«, meinte Leandra leise. »Sie können ihre Geschichte meist nicht mehr selbst erzählen.«

»Die Rüstung steht Euch gut«, meinte Santer lächelnd, als wir die Zitadelle verließen. Orikes hatte Desina unterrichtet, und sie war schon am Tor im Keller ihres Hauses. Santer wollte uns dorthin begleiten, da er anschließend mit ihr zu einer Festung in der Ostmark wollte. »Ihr wirkt so strahlend darin.«

»Mir wäre lieber, sie wäre schwarz wie Zokoras Rüstung, oder zumindest dunkel wie die Eure«, knurrte ich, als wir die Straße entlangeilten. Es war kurz vor der siebten Glocke. Wenn Zokora recht behielt und in Aldar dieses schwarze Ritual ablief, dann konnten wir es noch rechtzeitig schaffen.

»Und wenn die Sonne scheint, würde sie Euch kochen«, entgegnete Santer. »Ich weiß davon ein Lied zu singen.«

»Schau, Havald«, meinte Serafine und wies zur linken Seite hin, wo ein Gerüst errichtet war, an dem Haus, in dem man uns den Hinterhalt gelegt hatte. »Sie bauen es schon wieder auf.«

Santer sah uns fragend an, und wir erzählten ihm von der Begebenheit.

»Es gab zwei weitere Angriffe dieser Art«, teilte er uns mit. »Einer ging gegen die Eule ... und zeigte nur, wie sehr man Desina unterschätzte, ein anderer gegen einen Obristen der Fünften, der daran beinahe verstarb, er liegt jetzt im Krankenquartier und ringt um sein Leben.« Er wies zur Straße hin, wo nicht weit entfernt eine Tenet der Bullen Streife ging. »Es zwingt uns, die Streifen zu verstärken und uns nirgends sicher zu fühlen. In jedem Anschlag wurden Zivilisten brutal abgeschlachtet, etwas, das Unruhe unter die Bevölkerung bringt. Was uns schadet, nützt dem Feind.«

»Es ist eine schmutzige Art, einen Krieg zu führen«, meinte ich, und Santer nickte bedächtig.

»Es wird auch niemals anders sein.«

38. Astartes Gnade

Das abgebrannte Haus hatte sich verändert. Eine Tenet Bullen war jetzt hier stationiert und hatte sogar ein Wachhaus aufgebaut. Außerdem waren in den alten Mauern selbst in der Nacht Lichter zu sehen und Stimmen zu hören, sowie Handwerker, die den Schutt nach draußen brachten und auf große Karren luden. Man hatte eine Rampe zur Kellerwand aufgeschüttet und dort die Wand durchbrochen, sodass man nicht mehr über Treppen musste; das Tor lag nun fast ganz offen. Dafür hatte man Schutzwälle errichtet, bei zweien von ihnen standen sogar leichte Arbalesten. Offenbar waren ungebetene Gäste nicht erwünscht.

»Das Tor macht das alte Haus zu einem wichtigen Ort«, erklärte Santer, als er mit uns hinunter in den Keller ging. Dort fanden wir Desina im Gespräch mit unserer dunklen Elfe, die beiden ignorierten uns zuerst. Varosch hingegen nickte uns bedächtig zu. Er war voll gerüstet und trug seine geliebte Armbrust mit gleich drei Köchern voller Bolzen an seinem schweren Packen. Als Scharfschütze war er kaum zu schlagen, und ich war ehrlich froh, Zokora und ihn dabeizuhaben.

»Wir haben uns über die Götter unterhalten«, sagte Desina schließlich. »Es ist überaus interessant, was sie über Solante zu sagen weiß. Wusstet Ihr, dass der Name auch ›Vor dem Licht‹ bedeutet?«

»Nein«, gab Santer Antwort. »Das war mir bislang unbekannt.«

»Nun, es ist jetzt auch nicht weiter wichtig«, meinte sie. Sie musterte Serafine und mich. »Seid ihr bereit? Es gab einen Diebstahl in der alten Schmiede am Arsenalplatz, und es kann ein magisches Gerät gewesen sein, das gestohlen wurde. Santer und ich sollen den Diebstahl untersuchen. Bedenkt man, dass wir noch heute in die Ostmark wollen, bleibt uns dafür nicht viel Zeit.«

»Jetzt, da Havald auch erschienen ist, können wir ja gehen«, teilte Zokora ihr mit. Ich öffnete den Mund, doch sie hatte recht. Warum sollten wir noch zögern?

»Nun gut«, meinte Desina. »Seid ihr so weit?«
»Ich denke schon.«

Wir traten durch die Tür und stellten uns in dem goldenen Muster auf. Sie hatte die Steine schon ausgelegt, nur den letzten hielt sie noch in der Hand.

»Wo schickt Ihr uns hin?«, fragte ich eher aus Neugier, als sich Desina vor das Achteck kniete und sich anschickte, den Stein fallen zu lassen.

»Direkt ins Zeughaus im Marinestützpunkt von Aldar«, teilte sie mir mit einem Lächeln mit. »Dort solltet Ihr sicher sein.«

»Götter! Nein!«, rief ich noch, doch es war schon zu spät ...

Von einem Torchurchgang war normalerweise kaum etwas zu spüren, aber diesmal verhielt es sich anders. Ein dumpfer Donnerschlag erschütterte unsere Sinne, erdrückte uns und ließ mir Blut aus der Nase schießen, während meine Augen fast zu platzen schienen. Ich sah bunte Lichter und dann ein blaues Leuchten, das uns umhüllte. Das dumpfe Grollen ließ den Boden unter uns erbeben, und blaue und grellweiße Blitze tanzten schmerzhaft auf meiner Haut und liefen über geschmolzene Wände.

Wir wurden wie von einer mächtigen Faust unsanft auseinandergetrieben und gegen die Wand geschleudert, die unter meinen Hände fast zu glühen schien.

Zwischen uns ließ die Druckwelle ein in eine blaue Robe gehülltes Skelett zusammenbrechen, es fiel in Teilen vor unsere Füße, während das andere Skelett – halb getrocknete Sehnen, halb verbrannte Knochen – den Kopf drehte und mit glimmenden Augen zu uns aufsah. Die knochige Hand riss das halb geschmolzene Schwert aus der eigenen verbrannten Brust und warf es hastig beiseite, als ob es brannte. Dann hob das Wesen zu einer Geste an, und ich hörte unsere Schreie, als das Ungeheuer *etwas* aus uns herauszog und sich in Sekundenschnelle verbrannte Haut und fast zu Staub zerfallenes Fleisch erneuerte, während ich in mir eine dunkle Angst verspürte und eine ungeheure Schwäche mich zu Boden drückte.

»Ha!«, rief die Frau in den zerfetzten schwarzen Roben, noch während ihre weißen Haare Farbe zurückgewannen und sich ein

Loch in ihrer Wange schloss. »Ich wusste es! Irgendwann kommt ein Idiot daher und ... nicht doch!«, sie wirbelte herum und hielt in ihrer Hand den Bolzen, den Varosch abgeschossen hatte. »So leicht ist es nicht!« Dann weiteten sich ihre Augen.

»Aber so«, keuchte Zokora und ließ ihr Blasrohr sinken. »Tu etwas, Havald!«, herrschte sie mich an.

Die Schwäche breitete sich immer mehr aus, doch die Benommenheit wich langsam. Ich zwang meine Hand an meine Seite, und Seelenreißer sprang mir begierig entgegen ... Aber die Frau stand zu weit entfernt. Langsam bewegte sich ihre Hand zu dem kleinen Pfeil in ihrem Nacken, während Varosch neben mir vergeblich versuchte, seine Armbrust neu zu spannen. Es fehlte ihm die Kraft dafür, es kam mir so vor, als alterte er im Takt eines Lidschlags.

Ich war zu schwach, um auch nur auf allen vieren zu kriechen, also tat ich das, was übrig blieb: Ich ließ mich vornüber fallen, auf die Knochen der Eule, die seit so vielen Jahren diesen Verfluchten hier gefangen gehalten hatte. Seelenreißer fiel mit mir nach vorn, rutschte über den geschwärzten Stein und berührte die Unheilige fast mit der Spitze.

Fast.

»Göttin«, keuchte Zokora erzürnt. »Und du willst unbesiegbar sein?«

Die Nekromantin hatte den Pfeil nun zwischen ihren Fingern und zog daran, ihre blauen Augen voller Hass auf mich gerichtet ...

»Gnadenbringer«, rief Serafine keuchend. Ich schaute zu ihr. Sie lag nicht weit von mir, das Gesicht vor Angst und Schmerz verzerrt, die Hand ausgestreckt nach dem halb geschmolzenen Schwert der toten Eule. »Das Schwert ... ist *Astartes Gnade*!«, hauchte sie.

Für sie war das Schwert zu weit entfernt, doch ich konnte es greifen. Ich erinnerte mich an das, was ich während unseres früheren Aufenthalts in Aldar durch das kleine Fenster gesehen hatte: die Eule, die das Schwert in den Brustkorb der Verfluchten zu versenken suchte, während diese sich verzweifelt dagegen wehrte.

Also ergriff ich dieses andere Schwert, halb geschmolzen, wie es war, schlanker und leichter und jünger als das meine, mit einem Griffstück aus schwarzem Eisen und mit eingelegten goldenen Bahnen, im Knauf das Zeichen der Liebe, das alte Symbol Astartes.

Kaum hatte ich es berührt, fiel die Schwäche von mir ab. Die Verfluchte hatte den Pfeil gezogen, doch noch wirkte Zokoras Gift. Die blauen Augen weiteten sich nur langsam, als ich mich grimmig erhob und ihr das Schwert ins dunkle Herz rammte.

Zum ersten Mal erlebte ich, dass ein Bannschwert versagte. Während ich noch den alten Stahl in die Brust der Unheiligen gepresst hielt, schmolz die Klinge wie tropfendes Wachs in meinen Händen. Ungläubig sah ich den grimmigen Triumph in den Zügen der Verfluchten aufkommen! Wie konnte es nur sein, dass diese Verfluchte sogar noch von göttlichem Stahl unberührt blieb? Kannten diese unheiligen Fähigkeiten denn keine Grenzen?

Deshalb also hatte sich die Eule hier geopfert, das Ungeheuer mit Magie gebunden, war das Bannschwert halb geschmolzen! Sollte denn jetzt das Opfer der Eule umsonst gewesen sein? Ein grimmiger Zorn erfüllte mich, und ich griff das Schwert noch fester.

Stahl glühte auf und sprühte Funken, als ob er in einer Esse geschmiedet werden würde, blaue Blitze liefen über mich, die Verfluchte und Astartes Schwert. Die Klinge *wusste*, was sie war und sein sollte, kannte ihre Aufgabe und kämpfte nicht weniger gegen die Verdammnis an als ich. Vor meinen Augen sah ich, wie die Klinge sich neu formte und entstand. Was eben noch geschmolzen und verbogen war, erstrahlte in einem blauen Licht, das dem Stahl das Glühen nahm und ihn fahl schimmern ließ, die Klinge zog sich gerade, alte Runen erschienen auf ihrem Blatt, die ihren Namen buchstabierten, *Der Göttin Gnade werde ich genannt, ich bin Astartes Unterpfand*.

Ob die Verfluchte es als Gnade empfand, wagte ich zu bezweifeln. Als das Glühen auch an Gnades Spitze dem kühlen Leuchten wich und sich die letzte Rune auf dem Blatt bildete, spürte ich die grimmige Genugtuung der Klinge, und sie zuckte vor und hoch. Ein Ruck fuhr durch die Verfluchte, die mich mit Unglauben und wachsendem Schrecken ansah. Ihr Mund weitete sich zu einem Schrei ... dann war es zu spät für sie.

Dutzende, nein, Hunderte von Seelen wurden jetzt befreit, und die Art, wie es geschah, ließ auch mich mit offenem Mund dastehen und ehrfürchtig staunen.

Ein Leuchten erfasste die Verfluchte, schien sie von innen zu durchdringen. Aus dem Schrei wurde ein blaues Licht, das ihrem aufgerissenen Mund entwich, und um sie herum drehten sich die befreiten Seelen in einem Mahlstrom, der die Verfluchte zu zerreißen schien. Erst als die Unheilige ganz und gar zu blau schimmerndem Staub zerfallen war, lösten die Seelen sich von ihr und schossen empor zur brandgeschwärzten Decke dieser kleinen Kammer.

Keuchend kniete ich vor ihr, noch immer auf Gnade gestützt.

»Götter«, flüsterte Serafine. »Was ist eben hier geschehen?«

Sobald ich es wusste, würde ich es ihr sagen, ich verstand es selbst noch nicht. Ich blickte auf das Schwert herab, das kalt und kühl in meinen Händen lag, als wäre es nie zerstört gewesen.

»Ich glaube, dass sie sich gerade neu geschmiedet hat«, antwortete ich krächzend und schluckte heftig.

»Sie?« fragte Varosch, während mich Zokora nachdenklich aus dunklen Augen musterte.

Ein heftiges Kribbeln, fast wie ein Funkenschlag, betäubte meine Hand, und ich ließ mit einem Fluch die Klinge fallen. Sie fiel hell klingend auf den Boden und blieb zu Serafines Füßen liegen. So viel zu Dankbarkeit, dachte ich und musste mich zwingen, nicht wie im Wahn zu lachen. Ich sah auf meine Hände herab, eben noch hatte es sich angefühlt, als ob heißer Stahl sie mir verkohlte, doch nur eine breite Blase blieb in meiner linken Hand zurück.

Als Serafine wie in einem Traum und mit ungläubigem Blick die Hand ausstreckte, sprang Gnade hoch und in ihre Hand. Ein letztes Schimmern lief über den Stahl, dann erst verschwand das blaue Leuchten, und es wurde dunkel im Raum.

Doch nur für einen Moment, denn ein kleiner Ball aus Licht erschien über unseren Köpfen: Zokoras Licht, das im Vergleich zu sonst nur glimmte. In dem feinen Staub, der von der Unheiligen geblieben war, lag eine kleine schwarze Scheibe, entzweigesprungen, und während ich noch hinsah, zerfiel sie ganz.

»Das«, meinte Zokora und lehnte sich erschöpft gegen die geschmolzene Wand, »*war* überraschend!« Sie sah zu Serafine und schüttelte ungläubig den Kopf. »Die Götter müssen wahrlich auf unserer Seite stehen. Ein Bannschwert, gerade dann, wenn man es braucht!«

»Woher hast du es gewusst?«, fragte mich Varosch schwer atmend und spannte mühsam seine Armbrust. Ich war froh zu sehen, dass das äußerliche Zeichen dieser Schwäche ihn wieder verlassen hatte: Er war wieder so jung wie zuvor. »Du wolltest Desina noch daran hindern, den letzten Stein fallen zu lassen. Wieso?«

»Serafine und ich haben dieses Tor bereits entdeckt«, teilte ich den beiden mit. Ich wischte mir das Blut von meiner Nase und den Staub aus dem Gesicht, streckte die Hand aus, und Seelenreißer sprang mir entgegen. Ich deutete müde mit der Hand zu dem Fenster aus dickem Quarz, das in Zokoras Licht kaum zu erkennen war. »Durch dieses Fenster haben wir den Kampf der beiden hier gesehen.« Vorsichtig trat ich zur Seite, sorgsam bemüht, nicht weitere Knochen der Eule zu zerbrechen. »Die Eule hat die Verfluchte hier in diesem Tor gehalten, und bis zuletzt schien mir noch Leben oder zumindest Wille in ihr.«

»Bis wir kamen«, meinte Serafine, die mit einem Ausdruck des Staunens das Schwert studierte. »Sie muss die Linien des Tors zerstört haben, um der Unheiligen die Flucht zu verwehren. Ich kann sie sehen, diese Eule, das Schwert berichtet mir von ihr. Anis war ihr Name, und sie war erst zwanzig Jahre alt, als ihr Schicksal sie ereilte.«

»Wir können ihr nur alle dankbar sein«, krächzte ich und nahm einen Schluck aus meiner Wasserflasche. »Habt ihr gesehen, wie lange es gedauert hat? Götter, war diese Verfluchte mächtig!«

»Das ist uns aufgefallen«, meinte Zokora und bedachte mich erneut mit diesem seltsam prüfenden Blick.

»Desina wird von ihr erfahren wollen«, meinte Varosch leise.

Ich sah auf die braunen Knochen herab. Sie war eine zierliche

Person gewesen. Was brachte einen dazu, sich derart zu opfern und sich selbst Jahrhunderte der Verdammnis aufzuerlegen? Glaube, Pflicht, Liebe und Hoffnung. Woher der Gedanke kam, wusste ich nicht zu sagen, aber das war es wohl, das Menschen zu so etwas befähigte. Fehlte auch nur ein Teil, dann war es nicht genug. Sorgsam schob ich die Knochen zusammen und legte die schwere Robe über ihnen aus. Wo sie nicht verbrannt und geschmolzen war, hatte sie die Zeit bemerkenswert gut überstanden.

»Sie wird einen Tempeldienst erhalten«, verkündete Serafine mit rauer Stimme. »Und wenn es das Letzte ist, das ich in diesem Leben tue.«

»So ist es richtig«, meinte Varosch, der mittlerweile auch aufgestanden war. Er trat an die Tür, die innen mit Stein verkleidet war. Zum Teil war er gesprungen und geschmolzen und gab den Blick frei auf den Stahl, der uns den Weg versperrte. »Soltar wird sie in Gnade empfangen ... aber zuerst müssen wir hier heraus.« Er sah zu mir. »Ist die Tür verriegelt oder nur verzogen?«

»Verriegelt. Mit schweren Riegeln, die wir nicht sprengen können.« Ich sah mich um, das Muster zu unseren Füßen war mit zwei tiefen Kerben zerstört: Durch dieses Tor kamen wir nicht mehr zurück. Dafür lagen hier noch Torsteine aus. Ich merkte mir die Kombination und sammelte sie ein, bis auf einen, der zersprungen war.

»Vielleicht kann uns Seelenreißer helfen«, sagte ich und zog erneut mein Schwert. »Er ist scharf genug, um stählerne Rüstungen zu zerschneiden.«

»Rüstungen vielleicht«, meinte Varosch, »aber dieser Stahl hier ist eine Handbreit dick.«

Nichtsdestotrotz setzte ich Seelenreißer dort an, wo sich die Riegel befinden mussten. Langsam drang die Klinge ein – und wirkte beinahe beleidigt, dass ich sie derart missbrauchte.

»Es scheint zu gehen«, stellte Varosch fest.

»Ja«, meinte ich keuchend. »Aber es wird lange dauern, und mir ist aus irgendwelchen Gründen schwach zumute. Es ist nicht die dunkle Macht der Verfluchten, etwas anderes lässt mich an Kraft verlieren.«

»Es ist die Luft«, meinte Zokora gedämpft, da sie sich den Ärmel ihrer Robe vors Gesicht hielt. »Sie ist alt und verbraucht. Mir ist nicht recht, was wir hier atmen, die Luft ist vom Staub der Toten erfüllt.«

»Oh«, meinte ich und musste sogleich niesen. Dieses Wissen hatte ich jetzt nicht gebraucht.

Etwas schlug mit lautem Scheppern von außen gegen die Tür, und ich fuhr zurück, beinahe hätte ich mich an Seelenreißer geschnitten. Hinter dem Quarz war Licht zu sehen und undeutlich ein Gesicht. Dann folgten schwere Hammerschläge. Dennoch dauerte es seine Zeit, bis die Tür in ihren Angeln protestierte und frische Luft zu uns hereindrang.

39. Vom Gericht der Götter

»Es wundert mich gar nicht, dass Ihr es seid«, brummte der Zeugwart und betrachtete mit gerunzelter Stirn das Regal in dem kleinen Vorraum. Es war umgefallen und hatte Dutzende von Helmen über den Boden verteilt. »Der Schlag hat das gesamte Zeughaus erschüttert und mich von meinem Lager geworfen. Ich bin vor Schreck fast tausend Tode gestorben, bis ich es wagte, hineinzusehen – und Euch erkannte.«

Er spähte vorsichtig durch die halb geöffnete Tür in den Torraum und nickte befriedigt. »Wenigstens habt Ihr die Eule erlöst, wer immer der arme Kerl auch gewesen ist.«

»Sie hieß Anis«, sagte Serafine. »Könnt Ihr die Gebeine in eine gute Kiste packen?«

»Ja, und ich werde es mit Ehrfurcht tun«, meinte der Schwertsergeant und musterte neugierig Varosch und Zokora, bevor er sich mir zuwandte und eine Augenbraue hob.

»Das ist eine hübsche Rüstung«, stellte er dann fest. »Auch wenn sie etwas staubig ist. Soll ich sie Euch schnell aufpolieren?«

»Nein«, grollte ich.

»Es würde ja nicht lange dauern. Ihr seht alle aus, als wäre ein Walross über Euch gerannt.«

»Ein Walross hat keine Füße, folglich rennt es nicht«, klärte Zokora den Mann auf. »Du stehst im Weg.«

Über dem Zeughaus lag das Quartier, das ich vor wenigen Wochen kurz bezogen hatte, aber wir sparten es uns, dorthin zu gehen. Es gab hier neben dem Lager auch einen Pumpenraum, in dem wir uns Staub, Blut und Dreck abwaschen konnten. Zwei Seeschlangen wechselten sich an den Pumpen ab und füllten beständig neue Eimer. Wir erfuhren, dass sauberes Wasser rar geworden war, deshalb bat man uns, mit dem Wasser sparsam umzugehen.

Serafine nutzte die Gelegenheit, um im Zeughaus eine Scheide für Astartes Gnade zu finden. Die alte war verbrannt und unter ihren Händen zerfallen.

»Das Schwert rief mich in dem Moment, als wir ankamen«, berichtete sie mir, während sie ihre Haare ausbürstete und ich mich wusch. »Ich verstand zuerst nicht, was ich da hörte.« Sie lächelte. »Ich beginne zu verstehen, wie verschieden diese Schwerter sind. Sie scheint etwas von ihren Trägerinnen zurückbehalten zu haben und wirkt lebhaft, fast verspielt und kindlich.«

Nicht, als sie die Verfluchte richtete, dachte ich dazu, von Gnade war da nichts zu spüren gewesen, nur eine grimmige Entschlossenheit. Zumindest wusste ich jetzt, was man unter einem heiligen Zorn verstehen konnte.

»Was es alles gibt! Ein Bannschwert von heiterem Gemüt?«, meinte Varosch lächelnd. »Nun gut, mir ist die Welt im Moment sowieso schon zu dunkel. Was sind ihre Fähigkeiten?«

»Ich weiß es noch nicht«, meinte Serafine und legte die Hand an Gnadenbringers Heft. »Schutz und eine innere Kraft, würde ich meinen. Und eben das, was der Name sagt. Gnade.«

»Aber nicht für die Verfluchten«, ergänzte Zokora, die bereits wieder aussah, als hätte es diesen Kampf nie gegeben. Nur die geplatzten Äderchen in ihren Augen wiesen noch darauf hin.

»Nein, für die Verfluchten nicht«, bestätigte Serafine. »Für sie kennt Astarte keine Liebe.«

»Sie hat noch eine andere Fähigkeit«, fügte ich hinzu, als ich ein frisches Hemd anzog. »Sie beißt nach ihrem Träger.«

»Sie beschwerte sich bei mir, dass nicht ich es war, die sie führte. Sie ist für eine Frau bestimmt ... was nicht verwundert, bedenkt man, wem sie geweiht ist. Eher ist es verwunderlich, dass sie es zuließ, dass du sie führtest!«

»Sie hatte wenig Wahl.«

»Doch, die hat sie. Denn jetzt beschwert sie sich bei mir!«

»Warum das?«, fragte ich erstaunt.

»So, wie ich es verstehe, wirft sie mir mangelnde Unschuld vor ... und will mir nicht dienen.« Sie seufzte. »Ich werde Gnade zusammen mit den Gebeinen der Eule beim Tempel der Astarte abgeben, sollen die doch eine Jungfrau finden, die bereit ist, Astartes Gnade in einem Krieg zu führen!«

»Eine Jungfrau?« Ich schüttelte nur fassungslos den Kopf.

»Ja«, seufzte Serafine. »Darin ist sie sehr strikt.«

»Alles gut und schön«, sagte ich und nahm meinen Packen wieder auf. »Wir sind hier und haben etwas zu tun.«

»Ich bin sicher«, meinte Serafine, »dass Lanzenmajor Wendis erfreut sein wird, dich zu sehen.«

»Ja. Richtig. Er wird mich vermisst haben wie einen faulen Zahn.«

Als wir gingen, fragte ich mich, ob es wirklich Zufall war, dass wir vergessen hatten, Desina von dem zerstörten Tor hier zu berichten, oder ob Astartes Gnade auf uns gewartet hatte, damit wir sie in den Tempel brachten. Einem Bannschwert traute ich mittlerweile alles zu.

Im Inneren des Zeughauses gab es nur wenige Spuren der Flutkatastrophe. Es roch feucht und muffig, und es gab auch feuchte Stellen, doch die stabilen und gut gefügten Mauern hatten dem Wasser getrotzt. Doch als wir das Zeughaus verließen, bot sich uns ein Bild der Verwüstung. Keine vier Schritt von der Tür entfernt, ragte uns der Rammsporn eines Schwertschiffs entgegen, das sich mit einem anderen verkeilt hatte und zerschmettert worden war. Die Baracke, in der Blixens Lanze untergebracht gewesen war, stand nur noch in den Fundamenten, auch andere Gebäude waren in Mitleidenschaft gezogen worden oder zur Gänze zerstört, nur die alten kaiserlichen Bauten waren fast unberührt geblieben.

Die Kommandantur stand ebenfalls noch fest, die Tore waren eingedrückt, doch die Mauern hatten gehalten. Ein zerbrochenes Jagdboot lag an einer der Mauern, als hätte ein Riese es dort hingeworfen, und überall zeigten sich Spuren der Katastrophe, obwohl selbst in der Nacht die Seeschlangen mit Räumarbeiten beschäftigt waren.

Der Hafen bot ein erschreckendes Bild. Wild waren die Schiffe ineinandergeschoben worden, verkeilt und gesunken, die Masten wie Zunderholz gebrochen. Die Hafenmauer kam mir ebenfalls verändert vor, dann erkannte ich, dass aus einer der Mauern ein Tor herausragte, als hätte man es noch zuschieben wollen. Das war jedoch nicht gelungen, und so hatte es der Flut wenig entgegensetzen können.

Mir schauderte bei dem Gedanken, was das Wasser in Janas angerichtet haben musste; die Feuerinseln lagen keine sechzig Meilen von der Hafenstadt entfernt.

War die Verwüstung im Hafen selbst schon schlimm, sah es an Land noch schlimmer aus. Auf der anderen Seite des Hafenbeckens, gegenüber des Marinestützpunkts, hatten sich Fachwerkhäuser befunden, die meisten von ihnen üble Kneipen und Spelunken, mit ein paar Lagerhäusern dazwischen. Die wenigsten der Häuser standen noch, und keines davon war unbeschädigt. Der größte Teil war wie Kartenhäuser in sich zusammengefallen.

Ein beißender Geruch lag in der Luft, und der Grund war leicht zu erkennen: Auf der anderen Hafenseite hatte man einen großen Scheiterhaufen errichtet. Ich zog das Sehrohr aus der Tasche, sah hinüber und konnte erkennen, wie zwei Männer mit Tüchern vor dem Mund eine aufgeblähte Leiche ins Feuer warfen.

Hier und da gab es Bewegung in den Ruinen. Ich sah einen, der mit einer Axt eine Kiste aufschlug, und dort hinten prügelten sich zwei Frauen um etwas, das ich nicht erkennen konnte. Als ich zuletzt von hier zu den Feuerinseln aufgebrochen war, war Aldar auch in der Nacht erleuchtet gewesen. Es hatte ein Übermaß an Fackeln und Laternen gegeben, jetzt war die Stadt in weiten Teilen dunkel.

Was ich nicht sah, war einen der Gardisten, die zuvor mit eiserner Hand die Ordnung aufrechterhalten hatten, aber abgesehen davon, dass man die Ruinen plünderte, gab es kaum Zeichen eines Aufstands. In Richtung Stadt war der Himmel gerötet, was auf viele Brände hindeutete. Keine Brandglocke läutete, und die Tore und die Wälle waren dunkel.

Ein einziges Schwertschiff lag im Stützpunkt dort vor Anker, wo es liegen sollte und schien unversehrt. Es war die *Meteus*, die meine *Lanze* aus der Seenot gerettet hatte. Sie schien seetauglich genug, doch damit sie ausfahren konnte, müsste man erst noch das Wrack eines anderen Schiffs bergen, das vor dem Bug des Schwertschiffs gekentert im Wasser lag.

Es mochte grundsätzlich möglich sein, aber für den Moment

war es wohl hoffnungslos, den Prinzen übers Meer in Sicherheit bringen zu wollen.

Über mir hörte ich ein Krächzen und sah hoch. In der Nacht waren die Krähen schwer zu erkennen, aber es gab genug von ihnen, und sie stritten sich mit den Möwen um die Beute. Aber seit wann flogen sie in der Nacht?

Ich sah dem Schwarm nach, dann schob ich das Sehrohr zusammen, und wir suchten Lanzenmajor Wendis auf.

Der Wall, der den Stützpunkt vom Rest der Stadt trennte, besaß zwei niedrige Türme mit Zinnen für die Armbrustschützen. Der linke dieser Türme war beschädigt, auf dem rechten standen wir und sahen mit unseren Sehrohren in die dunkle Stadt hinein, während Lanzenmajor Wendis mir berichtete, was sich hier zugetragen hatte.

Trotz der späten Stunde war der Major noch im Dienst gewesen, als wir die Kommandantur aufsuchten, doch er glich nicht mehr dem Mann, den ich vor weniger als drei Wochen zum letzten Mal gesehen hatte. Dieser Major Wendis war unrasiert, besaß Augenringe, und seine Uniform sah aus, als habe er des Öfteren darin geschlafen. Die Flut hatte das Waschhaus weggetragen und sauberes Wasser war rar, nur ein Brunnen war nicht von der Flut verseucht worden; es musste zum Trinken reichen, zum Waschen und zur Wäsche war es zu kostbar.

Die grimmigen Falten in seinem Gesicht und die Art, wie er in die Ferne schaute, zeigten, wie sehr er sich verändert hatte.

»Die Warnglocke überraschte jeden, sie hängt seit Jahrhunderten im Vorzimmer, und wir hatten vergessen, dass es sie gab. Als sie zu läuten anfing, wussten wir zuerst nicht, was es bedeutete. Als wir es verstanden, ließ ich alle Kranken hoch zum Zeughaus bringen, es hat Mauern, die einer Festung gleichen, und von dem einen Tor abgesehen, nur eine schmale Tür aus Stahl und weniger als ein Dutzend schmale Fenster im Erdgeschoss. Wir gaben den Alarm weiter an die aldanische Marine, doch die reagierte vorerst nicht, erst später versuchten sie dann, das Seetor zu schließen. Doch man hatte es nicht gepflegt und auch keine jährlichen Übungen abgehalten, deshalb wusste niemand genau, was nun zu tun war, und dann, als sie es endlich angingen, zeigte sich, dass eines der Tore klemmte.« Er wies auf die Verwüstung im Hafen und seufzte. »Ihr seht, was daraus folgte.«

Wendis holte tief Luft, bevor er weitersprach. »Es gibt ein Buch, das uns sagt, was man im Fall einer Katastrophe tun soll. Wir haben an vieles gedacht, so auch daran, Sandsäcke zu füllen und Tür und Tor des Zeughauses damit zu verstärken; was ich zu spät las, war der Rat, die Brunnen abzudecken. Wir haben hier drei von ihnen und die Pumpe im Zeughaus, doch es gelang uns nur noch, einen abzudecken. Die Flut kam, noch bevor die Soldaten das letzte Brett vernagelt hatten, und riss sie mit. Das war am späten Abend, kurz nach Sonnenuntergang. Ein tiefes Grollen lief der Flut voraus, und als die Wasser durch das Seetor drängten, zitterte der Boden unter unseren Füßen. Die Seemauer ließ die Flut auflaufen und staute sie, dafür war das Wasser, das durch das Tor brach, umso höher. Es schwemmte einfach alles weg. Hier«, er wies auf das zerschmetterte Schiff vor der fernen Wallanlage, die den Hafen von der Stadt trennte. »Bis dorthin, wo das Wrack jetzt liegt, war alles von der Flut bedeckt, überall trieben Trümmer und hilflose Körper. Als die Flut dann endlich zurückwich, ließ sie Verwüstung und Tod zurück, nur wenige haben hier im Hafen überlebt.«

Ich konnte fast sehen, wie diese schwarze Flut sich in den Hafen ergoss.

»Wie ging es weiter?«, fragte ich leise.

»Es blieb uns nach der Flut nicht viel anderes übrig, als die Tore zu verschließen und uns hauptsächlich um uns selbst zu kümmern. Für den Moment hat man den Hafen aufgegeben, hier ist kaum jemand geblieben, außer den Toten, die noch überall zu finden sind.«

»Und in der Oberstadt?«

»Bis auf diese Stelle dort, wo das Schiff die Bresche schlug, hat der Wall zum Hafen hin gehalten und so die Stadt zum größten Teil geschützt, dort war die Lage zunächst nicht ganz so grimmig. Zuerst hielt die Garde noch die Ordnung. Brot und Wasser wurde ausgegeben, Plünderer wurden gehängt, und die Priester halfen, heilten oder erteilten den letzten Segen.«

Wendis stützte sich mit beiden Händen auf die Zinnen und seufzte. »Wir dachten bereits, das Schlimmste wäre ausgestanden, doch gerade, als wir anfingen, hier im Hafen aufzuräumen, krochen die Fanatiker der Weißen Flamme aus ihren Löchern. Sie verbreiteten das Gerücht, die Katastrophe wäre Schuld des Prinzen, weil sein verfluchtes Elfenblut den Zorn der Götter über uns gebracht hätte.« Er hielt kurz inne und holte tief Luft. »Die Prediger der Weißen Flamme riefen dazu auf, dass jeder sich um sich selber kümmern sollte. Sie verlasen Listen mit Namen von Leuten, die Ketzer, Ungläubige oder Feinde des stolzen Reichs Aldane, Hexen oder Zauberer, im Dienst von Unheiligen oder gar selbst Nekromanten sein sollten. Man stachelte die Meute auf, sich an diesen zu vergreifen, da nichts, was sie besäßen, redlich verdient wäre, und sie selbst das Leben nicht verdienten!«

»Was tat die Garde?«

»Am Anfang versuchte sie noch, der Weißen Flamme Herr zu werden, doch wenn sie kamen, um die Prediger des Kults zu verhaften, schrien diese von Willkür, Ungerechtigkeit und dem Versuch, die Wahrheit zu verbergen und dem Volk zu nehmen, was ihm zustände. Sie stachelten die Meute auf, legten falsches Zeugnis ab, berichteten von grausamen Übergriffen der Garde und von anderen schlimmen Dingen und umgaben sich dann noch in Borons Namen mit dem Mantel der Gerechtigkeit. Ihr könnt Euch denken, dass die Menschen auf der Liste, zu deren Mord die Prediger aufstachelten, genau jene waren, die Vernunft bewiesen oder dazu gestanden hätten, die Ordnung aufrechtzuerhalten.« Wendis schüttelte traurig den Kopf. »Mir schienen diese Predigten zu durchsichtig und zu dumm, als dass man sie hätte glauben können. Ich dachte, dass jeden Moment jemand verstehen müsste, was hier geschah, und diese falschen Prediger von ihren Kisten zerren würde. Doch weit gefehlt, einem blinden Tier gleich, wandte sich die Masse genau gegen jene, die versuchten, hier noch Ordnung zu halten und zu helfen.«

»Warum, in Borons Namen, habt Ihr nichts unternommen?«, fragte Varosch entsetzt.

Wendis schüttelte den Kopf. »So einfach war das nicht, zuerst hatten wir hier genügend mit uns selbst zu tun und erfuhren dann auch noch zu spät, was in der Oberstadt geschah. Unsere Befugnisse enden hier an diesem Tor, es blieb uns nichts anderes übrig, als ohmächtig zuzusehen.«

Götter, dachte ich betroffen. »Wie ging es weiter?«

»Es war kein Aufstand im üblichen Sinne«, sprach der Major weiter. »Hier war nicht das Ziel, die Macht neu zu verteilen, es galt nur, alles zu zerstören, das Halt und Ordnung gab. Es brauchte nicht lange. Adelige, reiche Kaufleute, Mitglieder des Magistrats, jeder, der mehr besaß, als die Meute auf der Straße, war nun für schuldig befunden und wurde unter lautem Gejohle aus seinem Haus gezerrt und auf der Straße von dem Pack ermordet. Anschließend wurden die Häuser von allem geplündert, was man tragen konnte, dann verging man sich an den Frauen, ließ sie leben oder erschlug sie, bevor das nächste Haus gestürmt wurde, oftmals unter dem Vorwand, es *könnte* jemand dort wohnen, der sich der Ketzerei schuldig machte. Glaubte man den Predigern der Weißen Flamme, war die gesamte Herrschaft von dunklen Mächten verdorben. Nur der Kult selbst gäbe Schutz vor all dem Unheil.« Er schüttelte ungläubig den Kopf. »In gewissem Sinne war das richtig, denn nur, wenn man das Symbol der Weißen Flamme offen sichtbar trug, war man sicher vor der Meute.«

»Der Prinz, der Herzog, was ist mit ihnen?«, fragte ich und fürchtete das Schlimmste.

»Das ist schwer zu sagen. Die Kronburg wird belagert, dort findet Ihr die Meute jetzt. Sie schreien und tanzen dort zum Takt der Trommel vor den Toren, reißen sich mit Fingernägeln das eigene Fleisch vom Körper oder beschmieren sich mit Kot, es ist wie in einem schlimmen Traum.«

»Du sagst, sie tanzen zu dem Schlag einer Trommel und sind dem Wahn verfallen?«, fragte Zokora.

»Genau so ist es.«

»Sagen oder rufen sie etwas?«

»Nichts, das man verstehen könnte.«

»Gut«, meinte Zokora knapp. »Fahrt fort.«

Wendis sah mich fragend an, ich nickte nur. »Im Rest der Stadt gelten kein Gesetz und keine Ordnung mehr, die Leute plündern, stehlen, rauben und morden, vergehen sich an allem, das schwächer ist als sie.« Er schüttelte ungläubig den Kopf. »Die Menschen in der Stadt sind wie Tiere, die nur noch ihren dunkelsten Instinkten folgen. Die Meute ist zu einer Bestie geworden, die sich nur noch selbst zerfleischt.«

»Was ist mit den Tempeln?«, fragte Varosch.

»Wer konnte, rettete sich hinter die Mauern von Borons Tempel, die stark sind und noch am besten zu verteidigen. Die anderen Tempel jedoch wurden aufgegeben und bereits geplündert. Auf den Stufen des Boron-Tempels stehen Adepten mit Keulen, Schwertern und Armbrüsten, sie zögern nicht im Geringsten, jeden zu erschlagen, der ungebeten Fuß auf diese Stufen setzt. Niemand will den Zorn Borons auf sich ziehen, selbst die Prediger der Weißen Flamme halten Abstand.«

»Dabei ist die Weiße Flamme selbst ein Ritual des Gottes«, meinte Varosch bitter. »Es zeigt nur deutlich, dass der Kult ihm nicht dient, sooft es auch behauptet wurde.«

»Was ist mit den anderen Glauben?«, fragte ich erschüttert. »Ist es wirklich so, dass man Astarte und Soltar nicht fürchtet, und nur Boron die Meute in die Schranken weist?«

»Die Priesterinnen der Astarte mieden jeden Kampf und flohen dann zum Haus des Brudergottes. Doch nicht jeder Schwester gelang die Flucht; was mit ihnen dann geschah, ist zu bitter, um es zu beschreiben. Was Soltars Haus angeht, schien es erst so, als könne man es ungehindert plündern, doch dann kam niemand mehr heraus, der seinen Fuß über die Schwelle setzte. Seitdem hält man auch dort Abstand.«

Ich sah über der Stadt mehr als einen roten Schein am Himmel leuchten; was auch immer dort noch brannte, wurde nicht gelöscht. Keine Ordnung, Prediger, die dazu aufriefen, jedes Gesetz von Gott und Mensch zu brechen, sich gegen alles zu stemmen, was Friede und Ruhe bringen konnte. Es übertraf bei Weitem alles, was Stabsobrist Orikes befürchtet hatte.

»Wie lange dauerte es, bis es so weit kam?«, fragte ich leise.

»Es begann am vierten Tag nach der Flut ... dann dauerte es

kaum länger als einen Tag, seitdem ist es so, wie Ihr es seht ... die Menschen sind wie Tiere, und wenn einer sich aus diesem Stand erheben will, wird er von den anderen zerrissen.«

»Ihr seid immer noch Barbaren und dem Tier zu nah«, meinte Zokora, doch selbst sie klang bedrückt. »Was ihr euch an Zivilisation erschaffen habt, ist nicht mehr als eine dünne Tünche, und euer Geist genießt es, nicht zu denken.«

Ich hätte gerne widersprochen, doch im Moment fehlte mir das Argument.

»Wie lauten Eure Befehle, General?«, fragte Wendis jetzt. Ich starrte hinüber zu der Stadt.

»Varosch«, sagte ich leise. »Du kennst die Worte deines Herrn. Was sagt er über die Verlorenen, Verfluchten und solche, die das Land verderben? Wie geht die Stelle von der Weißen Flamme noch genau?«

»*Und allen, die sich an mir vergehen, an meinem Gesetz, an meinen Brüdern und Schwestern, an denen, die unter meinem Schutz nun stehen, denen sei gesagt, wenn ihr euch erhebt gegen meinen Befehl und meine Ordnung, dann werden meine Engel ausziehen und den Garten jäten, und alles, was in dunklen Ecken wuchert, meinem Blick offenlegen und mit dem Licht der reinen weißen Flamme läutern, bis nur noch der Gerechte vor mir besteht*«, intonierte Varosch mit einer Stimme, die zuerst rau klang und dann einen Widerhall erhielt, der die Worte seines Gottes weit in diesen dunklen Hafen trug.

»Nun«, sagte ich. »Diese Worte werden wohl kaum im kaiserlichen Heeresgesetz zu finden sein, aber mir erscheinen sie als ein guter Rat. Lanzenmajor, lasst zur zweiten Glocke jeden antreten, der noch gehen und auch kämpfen kann. In voller Ausrüstung und mit so vielen Armbrüsten, Bolzen und Fackeln, wie Eure Seeschlangen tragen können. Wir werden uns Borons Worte auf die Fahnen schreiben, seinem Befehl folgen und diese Stadt läutern ... mit genau dieser Weißen Flamme, von der er spricht.«

»Aber ... was ist mit dem Vertrag?«, fragte Wendis erschrocken.

»Er wurde bereits gebrochen«, teilte ich dem Major mit und hoffte, dass ich meiner sicher klang. Ich war es nicht, denn die

Ungeheuerlichkeit meines eigenen Befehls lastete schwer auf meinen Schultern. »Und nun sagt mir, Lanzenmajor, wo, bei allen Höllen, ist Kurtis Blix zu finden?«

»Dort«, antwortete Wendis und wies auf die Stadt. »Er ist es, der mit seinen Leuten dort herumschleicht und beobachtet und Meldung bringt. Ihm verdanken wir, dass wir wissen, was dort geschieht.«

»Seht zu, dass ich ihn bald sprechen kann.«

Er nahm Haltung an und salutierte. »Ay, Ser, Lanzengeneral, Ser. Zur zweiten Glocke werden wir bereit sein, für die Götter und den Kaiser!«

Er gab seinem Adjutant ein Zeichen und eilte die Treppe hinunter, ließ uns hier oben zurück.

»Du willst dies wirklich tun?«, fragte Serafine heiser. »Du weißt, was es bedeutet, solcherart vorzugehen? Nicht alle können schuldig sein.«

»Ich vertraue auf Boron. Was geschehen ist, können wir nicht wissen, doch wir werden richten, was sich uns zeigt. Wir haben einen Vorteil«, sagte ich und sah hoch zum Firmament, wo die Sterne klar und deutlich zu sehen waren. »Die Götter sind auf unserer Seite, und Boron wird uns leiten.«

»Ich vertraue auf meinen Gott, aber wie willst du das erreichen?«, fragte Varosch zweifelnd, während Zokora mich nur mit einem nachdenklichen Blick bedachte.

»Indem ich jeden daran erinnere, dass es so ist«, erklärte ich mit harter Stimme. »Wir werden durch diese Straßen ziehen und Borons Worte rufen. Varosch, wenn die Soldaten angetreten sind, wirst du diese Worte mit ihnen üben. Sie sollen sie laut und im Chor aufsagen, wenn wir marschieren, wieder und wieder, bis sie an nichts anderes denken werden. Diese Worte sollen sie hören, wenn sie das Schwert erheben oder die Bolzen fliegen lassen, sie sollen sie *fühlen*, wenn sie einen Plünderer auf frischer Tat ertappen, oder einen, der auch nur auf den Boden spuckt, wo Boron es verbietet.«

»Göttin«, sagte Zokora beeindruckt. »Was bist du schlimm! Mit solchen Worten auf den Lippen wird sich jeder der Soldaten für einen Diener Borons halten!«

»Sie werden es *sein*! Sie werden auch leicht erkennen können, wer zu strafen ist! Jeder kennt Borons Gesetze, sie sind klar genug, um uns als Richtschnur zu dienen. *Raubt nicht, stehlt nicht, mordet nicht, legt nicht falsches Zeugnis ab vor meinen Augen, was ehrlich ist, besteht vor meinem Blick, was falsch ist, das wird keine Gnade finden!* Einfach genug ... Nach diesen Worten werden wir handeln. Wer still zur Seite steht und nichts tut, den lassen wir dort stehen. Wer plündert, mordet, schändet oder sich anderweitig gegen Borons Wort vergeht, den werden wir auf der Stelle erschlagen.«

Ich wandte mich an Serafine, vielleicht auch an ihr Schwert. »Gnade für die, die es verdienen, der Götter Zorn für die, die sich gegen ihre Gesetze stellen.«

»Es gibt auch noch das Kriegsrecht«, erinnerte mich Serafine leise. »Es ist ebenfalls eine Richtschnur, eine, die sorgsam überlegt ist. Damit könntest du ...«

»Ich kenne dieses Kriegsrecht nicht, von mir aus soll es den Frieden wahren, wenn wir fertig sind. Aber zuerst läutern wir diesen Kult mit der wahren Flamme Borons. Dies ist kein Krieg, Serafine, es ist ein Aufstand gegen unseren Glauben, und wir wissen, wer dahintersteckt. Wenn du mehr brauchst: *Meine Liebe gilt allem, das lieben kann, doch jene, die nicht wissen, was ein Herz erweicht, zertretet, denn sie sind verloren für alle, selbst für die Götter, bis auf Einen. Dieser Eine soll sein Gezücht bekommen, es steht ihm zu, also schickt es ihm mit Schwert und Flamme.*« Ich holte tief Luft. »Aus den Büchern Astartes, vom Himmlischen Gericht, wo Astarte für die Toten spricht und Gnade rät. Gnade, für jeden, der dieser Gnade fähig ist. Ich will jeden, der für diesen Kult predigt, tot im Staub vor meinen Füßen sehen!«

»Ich wusste nicht, dass du so fanatisch sein kannst«, sagte Serafine unglücklich.

»Ich bin es nicht«, widersprach ich. »Ich weiß nur, dass man manchmal Feuer mit Feuer bekämpfen muss, und dass manche Dinge getan werden müssen, auch wenn man es nicht will.« Ich sah zu Varosch hin, der still stand und tief in Gedanken auf seiner Unterlippe kaute, dann zu Zokora und Serafine zurück.

»Gebt mir einen Rat, was ich anderes oder Besseres befehlen

kann, und ich werde ihn in Erwägung ziehen. Wie das Kriegsrecht, von dem du sprachst. Doch auch wenn ich es nicht kenne, sagt mir mein Verstand, dass es sich nicht sehr von dem unterscheiden wird, was ich hier plane. Aber die Worte eines Gottes sind mehr als trockene Befehle in einem alten Buch und vermögen einen Soldaten weitaus besser anzutreiben. Also«, sagte ich und bedachte sie alle mit einem scharfen Blick. »Habt Ihr einen Rat für mich?«

»Vergiss die Gnade nicht«, meinte Serafine leise. »Um mehr bitte ich nicht.«

»Dem schließe ich mich an«, sagte jetzt auch Varosch. »Mein Gott schätzt diese Eigenschaft der Schwester, und auch Soltar kennt sie. Du hast heute mehr die Bücher zitiert, als ich es je von dir hörte, ich gebe dir dafür ein anderes Wort meines Gottes: *Wo keine Gnade zu finden ist, herrscht auch keine Gerechtigkeit.*«

»Dafür brauche ich euch«, sagte ich leise. »Hindert mich daran, zu irren.«

»Erwarte dies nicht von mir«, sagte Zokora. »Solante sagt: *Für solche, welche die Dunkelheit verbreiten, soll gelten, dass sie erhalten, was sie säen, schickt sie in die Nacht!*« Sie zeigte weiße, scharfe Zähne. »Ich finde das gerecht, und kürzer.« Zokora lächelte auf eine Art, die meine Nackenhaare steigen ließ. »Ihr wisst, ich verstehe Gnade nicht so ganz ... darum überlasse ich es euch, sie mir zu zeigen.«

40. Schlachtplan

Der frühe Morgen fand uns in der Messe der Hafenkommandantur. Zum einen nahmen die Soldaten dort ihr Frühstück ein und beobachteten uns mit neugierigen Blicken, zum anderen war dort genügend Platz, um vier Tische zusammenzustellen, auf denen insgesamt acht Karten einen Blick aus Greifensicht auf die alte Stadt erlaubten.

Diesmal verstand sogar ich, was diese Karten zeigten; so genau waren sie gezeichnet, dass man sie an den Rändern übereinanderlegen konnte, als Wendis dann auch noch aus einer Lade kleine Klötzchen nahm und damit Tore, Wälle, Tempel und wichtige Gebäude markierte, offenbarte sich mir die Stadt auf neue Weise.

»Wir üben Seeschlachten auf diese Art«, erklärte er und hielt das Modell eines Schiffes hoch. »Es muss auch irgendwo noch Zinnfiguren geben, die unsere Soldaten zeigen, doch ich fand sie nicht.«

»Es reicht mir«, sagte ich. »Wenn wir zur Kronburg müssen, dann geht es hier entlang über die Brücke und dann diese weite Straße hoch ...«

Serafine räusperte sich, während Wendis überraschendes Interesse an seinem dampfenden Kafje entwickelte.

»Havald«, sagte Serafine leise. »Das ist die Stadtmauer und keine Straße.«

»Hmmm ... hier sind Treppen eingezeichnet ...«

»Sie führen zu dem Wehrgang hoch.«

Ich musterte die Karte. »Dann ist der Wehrgang diese schmale Doppellinie?«

»So scheint es zu sein.«

Ich folgte dieser Doppellinie, sah dann zu Major Wendis hin. »Ist es möglich, dass der Wehrgang durch offene Türme läuft und nicht unterbrochen ist?«

»Das kann ich mir kaum denken«, gab der Major zurück.

»Und doch ist es so«, rief eine Stimme, die ich kannte, als zwei

Personen zu uns traten, die sich von verdreckten Roben befreiten.

In diesen Roben und mit dem von Ruß, Dreck und anderem verborgenen Gesicht hätte ich Kurtis Blix kaum wiedererkannt, geschweige denn die Frau an seiner Seite. Das musste Sanja Grenski sein, Blixens Stabssergeant. Beide warfen nun weitere verdreckte Kleider ab, unter den Fetzen kam die Rüstung der Seeschlangen zum Vorschein, einen Bullen so gerüstet zu sehen, war eine Überraschung.

»Irgendein König kam auf die Idee, dass es dienlich wäre, auf dem Wall reiten zu können; dafür waren die Durchgänge zu niedrig, also ließ er die Türme durchbrechen oder auf Wallhöhe abtragen«, sprach Blix nun weiter. »Es heißt, er wäre einmal dort entlanggeritten, dann, auf dem Weg eine Treppe herab, stürzte er vom Pferd und brach sich beide Beine, danach soll er es gelassen haben.« Er salutierte vor mir und nickte den anderen zu. »Ich sehe kein neues Schiff im Hafen, seid ihr vier mit einem Greifen gekommen?«

»Zumindest ähnlich überraschend!«, meinte Zokora mit einem schmalen Lächeln und lieferte sich mit Grenski ein Blickduell.

Blix löste die Schnallen seiner beschmutzten Rüstung und reichte sie an einen Schwertkadetten, der damit davoneilte, ein anderer Kadett hielt ihm einen Becher Kafje hin, den er dankbar entgegennahm. Die Hand, die diesen Becher hielt, war zu blutig für einen Kratzer, sein Blut war es wohl kaum.

»Ich deute all dies so, dass wir nun doch etwas unternehmen werden«, stellte er jetzt grimmig fest.

»Das könnt Ihr so sehen, Blix«, meinte Wendis säuerlich. »Der General gedenkt, die Stadt zu ›läutern‹.«

»Der Major berichtete mir von Euren Unternehmungen in der Stadt, er sagt, es gäbe keine Ordnung mehr, und die Menschen wären wie Tiere, und um die Kronburg hätte sich der größte Teil des Packs versammelt und verfiele dort dem Wahn.«

»So war es auch. Jetzt ist es anders. Ihr werdet wenig finden, das Ihr ›läutern‹ könnt.«

»Was meint Ihr?«, fragte ich den Schwertmajor überrascht.

»Die Lage hat sich in den letzten Tagen sehr verändert. Es gibt kaum noch einen, der irgendetwas tut, ob im Sinne Borons oder nicht.«

»Das müsst Ihr mir erklären.«

»Die ersten Tage war es schlimm, die Leute sind übereinander hergefallen wie die wilden Tiere. Doch dann wurde es ruhiger, das ist der Grund, warum wir heute die Lage erforschten. Was wir fanden, ist nicht weniger erschreckend. Jetzt seht ihr auf den Straßen nur noch wenige, und die laufen ziellos umher oder fallen hin, um dann zu sterben. Die, die sich in die Häuser haben retten können, sitzen an den Fenstern oder hinter verrammelten Türen, versucht man sie anzusprechen, stieren sie zurück, sie sabbern wie die kleinen Kinder und manchmal beflecken sie sich sogar selbst. Aldar ist zu einer Stadt geworden, die auf den Tod wartet.«

Die Beschreibung des Schwertmajors ließ mich frösteln, nichts, was ich je erlebte, passte zu dem, was er beschrieb.

»Also gibt es keinen Feind?«, fragte Serafine leise. »Nur hilflose Menschen, die ihren Geist verloren haben?«

»In den meisten Fällen ja. Und dann, wenn man denkt, man würde gar nicht wahrgenommen, stürzt sich plötzlich jemand auf einen und fletscht die Zähne wie ein Tier. Grenski und ich mussten vorhin einen erschlagen, ich schwöre, der Kerl hat nicht verstanden, dass er starb.«

»Was ist mit den Predigern? Sind sie auch derart befallen?«

»Wir sahen nur noch einen, der durch die Straßen ging, er schien mir klar im Kopf und sah sich an, was um ihn herum geschah, als wolle er prüfen, dass alles so verläuft, wie von ihm gewünscht.«

»Die Straßen sind sonst menschenleer?«, fragte ich nach.

»Weit gefehlt«, sagte Blix grimmig. »Menschen gibt es auf den Straßen noch genug, sie liegen da und sterben oder sind schon tot.« Er schüttelte ungläubig den Kopf. »Es ist wie in einem Albtraum, man wandert durch die Straßen, wo Leute sein sollten, oder Kinderlachen. Doch überall liegen die Menschen sterbend auf den Straßen, manche regen sich noch ein wenig, will man ihnen helfen, stieren sie einen an, als wüssten sie gar nicht, was man von ihnen will.«

Er sah auf seine blutbefleckte Hand. »Könnt Ihr uns für einen Moment entschuldigen? Wir wollen uns waschen, es wird nicht lange dauern.«

»Ja. Selbstverständlich. Wir haben noch Zeit, bis wir ausrücken werden.«

Die beiden nahmen ihren Abschied, ich sah ihnen nach und versuchte zu verstehen, was sie uns berichtet hatten.

»So viel zu der Weißen Flamme«, sagte Varosch bitter. »Es scheint, sie verbrennt sich selbst.«

»Wo liegt darin der Sinn?«, fragte Wendis unverständig. »Wenn es so ist, wie Blix uns sagt, dann stirbt die ganze Stadt vor unseren Augen ... wem soll das nützen?«

»Der Sinn liegt darin, dass es jemandem von Nutzen ist, dass genau das hier geschieht«, sagte ich mit rauer Stimme. »Ich hörte von unbestätigten Gerüchten, dass Truppen Thalaks im Lande wären. Wenn es sie gibt, und sie hierher marschieren, ergibt es einen Sinn, denn zur Zeit könnten sie einmarschieren und die Stadt nehmen, ohne dass irgendjemand Widerstand zu leisten vermag.«

»Wenn es so ist, was nützt ihnen eine Stadt voll Toter?«, sprach Wendis aus, was ich mich selbst schon fragte.

»Vielleicht nützt es ihnen, wenn es Aldar nicht mehr gibt.« Ich schüttelte fassungslos den Kopf. »Eine Handvoll, und das ist das Ergebnis? Wofür braucht der Feind noch Truppen, wenn ihm so etwas gelingt!« Ich wandte mich an Zokora. »Weißt du, welche Art von Magie solches bewirken kann?«

»Im Kleinen gibt es vieles«, sagte sie ruhig. »Nur, um eine ganze Stadt so zu verwirren, bräuchte es eine ungeheure Macht. Wäre der Nekromantenkaiser imstande, solches mit seiner Magie auszurichten, bräuchte er den Mantel eines toten Gottes nicht!« Sie schüttelte den Kopf. »Nein, Havald, die Lösung liegt hier abseits der Magie.«

»Und was soll dies sein?«, fragte Wendis ungehalten.

Sie sah ihn aus dunklen Augen an. »Wenn ich alles weiß, das es zu wissen gibt, darfst du vor mir niederknien und mich fragen. Bis es so weit ist, bin ich nur Priesterin und nicht die Göttin selbst!«

Ich seufzte und stützte meine Hände auf die Karte. »Es scheint, dass dieses Mal der Plan verfiel, noch bevor wir ins Feld gezogen sind.«

»Sei froh darum«, meinte Serafine rau. »So bleibt es dir erspart, die Last dafür zu tragen, dass du Aldar geläutert hast. Für einen Gott mit Feuer und Schwert ins Feld zu ziehen, ihn die Spreu vom Weizen trennen zu lassen, ist meistens ungerecht. Es sind die Schuldlosen, die zu oft die Klinge spüren, denn die Schuldigen halten sich versteckt.«

»Es schien die richtige Wahl«, meinte ich müde.

»Jetzt ist sie es nicht. Sei froh darum. Fasse einen neuen Plan. Dafür bist du der General.« Ihr Stimme klang betont neutral, ich sah zu ihr hin, doch sie sagte nichts weiter.

Ein neuer Plan. Ich wandte mich wieder Karte und Wehrgang zu.

»Wie breit ist dieser Wehrgang?«

»Vier Mann können an der engsten Stelle Seite an Seite marschieren«, erklärte Paltus, der Lanzenleutnant, der die Achte Lanze anführte, dies war das erste Mal, dass er etwas sagte. Klein und stämmig, war er mit Unscheinbarkeit und einer ruhigen Art verflucht, die ihn leicht vergessen machen konnte. Bislang hatte er nur zugehört, sich schweigend alles angesehen.

Ich folgte mit der Spitze meines Dolches dem weiten Bogen dieser Mauer, bis hin zum Stadtwall und an diesem entlang bis zur Wallanlage der Kronburg. Dort verharrte die Spitze meines Dolchs, um dann, in einem weiteren weiten Bogen, zum Nordtor seine Spur zu ziehen. Dort drückte ich die Karte mit der Spitze ein und starrte auf die Linien.

»Major Blix meint, man könne dort oben reiten.«

»Was hast du vor, Havald?«, fragte Varosch und besah sich diese Karte.

»Diese Wallanlagen münden in die der Kronburg, es ist der einzige Weg zur Kronburg hin, der den Graben überquert. Wenn sie klug waren, hat der Wehrgang dort einen Fallboden, der den Angreifern den Weg zum Burggraben weist, aber es ist ein Weg in die Burg hinein.«

»Und hinaus«, sagte Serafine. »An den Wahnsinnigen vorbei.«

»Euer Auftrag ist es, den Prinzen zu retten, nehme ich an«, sagte Blix, der gerade wiederkam, sein Sergeant war nirgendwo zu sehen. Er selbst hatte sich sorgfältig gereinigt, sein kurzes blondes Haar war nass, und er trug eine einigermaßen saubere Uniform. Zumindest war er nicht mehr mit Blut besudelt.

»Ich habe etwas für Euch«, sagte er dann und zog aus einem Beutel eine Kette mit Anhänger hervor und legte dies auf die Karte vor uns. Es war das Symbol der Weißen Flamme.

»Wir nahmen es einem dieser Prediger ab«, erklärte er. »Vielleicht ist es möglich zu erkennen, welche Art von Magie darauf liegt.«

Zokora beugte sich vor und berührte das Symbol, um dann den Kopf zu schütteln.

»Es liegt keine Magie darauf«, teilte sie uns mit.

»Jedes Mal, wenn ich einen Prediger sah, der Unheil stiftete, hielt er dieses Symbol in seiner Hand«, widersprach Blix ungläubig. »Es *muss* Magie darauf liegen.«

»Ich irre nicht«, sagte Zokora kühl. »Es ist Fokus, ein Ziel für Magie, nicht die Magie selbst«, erklärte sie. »Es macht es Priestern leichter, deswegen gibt es Symbole.«

»Ich weigere mich, dieses Predigerpack Priestern gleichzusetzen«, meinte Blix mit kühler Stimme.

»Es bleibt die gleiche Art des Wirkens.«

»Also hilft es uns nicht weiter«, stellte ich fest und musterte Blix. »Wie viele dieser Prediger gibt es?«

»Kaum mehr als ein Dutzend, würde ich meinen. Die meisten sind vor der Kronburg zu finden und feuern die Meute dort an … Dort ist der Wahn schon so weit fortgeschritten, dass sich manche selbst zerfleischen … Die Meute dort ist seit Tagen ohne Nahrung, dafür tanzen sie sich tot!«, berichtete Blix bitter.

»Es mag der Wahn sein, doch er ist nicht sinnlos«, sagte Zokora bitter. »In den alten Träumen wird es beschrieben und das Dunkle Fest genannt. Das Vieh wird zusammengetrieben und in Ekstase gebracht, dann tanzt es und verfällt dem Wahn, bis keine Kraft mehr in ihnen ist, um dann zu sterben.«

»Das Vieh?«, fragte Blix.

»Die Menschen«, erklärte Zokora knapp. »Der Sinn liegt darin, den zu stärken, der das Ritual für sich abhält, es muss dort einen dunklen Priester geben, der seine Kräfte für einen Angriff sammelt.«

»Ein Angriff dort wäre sinnlos«, sagte Blix. »Die Meute besitzt keinen Rammbock oder Ähnliches, sie sind auch schlecht bewaffnet.«

»Wie viele sind es, die vor den Toren tanzen?«, fragte ich.

»Mehrere Hundert, denke ich, doch täglich sterben mehr. Die meisten haben schon seit Tagen nichts mehr getrunken oder gegessen. Die Erschöpfung bringt sie um.«

»Es ist ein Opfer an ihren dunklen Kaiser, und zugleich zieht einer ihrer Priester dort die Macht der Seelen an sich. Es wird nicht lange dauern, dann fällt die Burg«, erklärte Zokora kühl.

»Sie haben nichts, um die Tore zu durchbrechen«, widersprach Blix erneut.

»Wozu braucht es einen Rammbock, wenn es ein Gedanke tut?«, sagte Zokora und sah mit glühenden Augen zu mir auf. »Es gibt dort ganz sicher einen dunklen Priester, und ich bin verpflichtet, ihn zu stellen und seinem dunklen Gott zuzuführen. Der Priester muss noch schwach sein, was nicht wundert, wenn er den Nekromanten anbetet, noch ist dieser nicht in Wahrheit ein Gott. Doch heute um Mitternacht, spätestens morgen, wird er das Ritual beenden und die Tore aufbrechen; was von seiner Herde dann noch lebt, wird er wie eine Flut von Wahnsinn in die Kronburg treiben ... Was dann noch steht, ist leichte Beute.«

»Herde?«, fragte Blix kühl. »Ihr meint die Bürger dieser Stadt.«

»Herde, Vieh, Menschen ... für den dunklen Priester macht es keinen Unterschied. Diese Menschen vor der Kronburg sind schon so gut wie tot. Sie zu erschlagen, wäre ihnen eine Erlösung.« Sie warf einen Blick in die Runde. »Was schaut ihr so? Ich sage, wie es ist. Legt dem Nekromantenkaiser diese Schuld zu Füßen, nicht mir.«

»Ich verstehe nur eines nicht«, sagte ich. »In der Kronburg sind Soldaten, warum stürmen sie nicht aus und drängen diese Meute zur Seite? Wenn sie dem Wahn verfallen sind, können sie ja wohl kaum Widerstand bieten?«

»Das kann auch ich Euch nicht erklären«, sagte Blix. »Ich sandte bereits zwei meiner Leute dorthin, das Einzige, was wir in Erfahrung brachten, ist, dass dort Trommeln zu hören sind und die Leute tanzen, bis sie sterben. Als ich sie näher an die Kronburg schickte, kamen meine Leute nicht mehr zurück.« Er sah auf zu mir. »Was wir wissen, General, ist teuer und mit Blut erkauft.«

Paltus sah auf. »Wer waren sie?«, fragte er leise.

»Anris und Melinus«, gab Blix zurück.

»Gute Männer«, sagte Paltus, und Blix nickte nur.

Aus der Messe drang das Geräusch der Soldaten, als sie aufstanden, um sich zu rüsten und vorzubereiten, viel Zeit blieb mir nicht mehr für den neuen Plan, eine halbe Kerze noch, vielleicht auch weniger. Ich starrte auf die Karte.

»Wie viele Menschen leben hier?«

»Etwas über siebzigtausend.«

Eine große Stadt. Fast dreimal größer als es Kelar einst gewesen war.

»Niemand rührt sich? Sie sitzen nur in ihren Häusern?«

»Und sabbern vor sich hin«, fügte Blix hart hinzu. »Nur die vor der Kronburg tun mehr.« Er sah missbilligend zu Zokora hin. »Die Herde. Sie tanzt. Wenn Ihr sie alle schlachten wollt, werden wir durch Blut waten. Und sammeln sie sich gar und stürzen sich auf uns ...«

»Die Gefahr besteht, Havald«, warf Zokora ein. »Wer immer es auch ist, der dieses Ritual abhält, hat die Menschen in seinem Bann, er kann sie auf deine Truppen lenken wie eine wilde Herde. Dass er die Tore noch nicht sprengte, bedeutet nicht, dass er noch keine Macht gesammelt hat. Dies ist ein Priester, der daran glaubt, dass der Nekromantenkaiser den Mantel eines toten Gottes trägt. Er wird ein Nekromant sein und zumindest Teile priesterlicher Macht besitzen. Götter, Havald, entstehen oder erwachen dadurch, dass man an sie glaubt.«

Ich nickte, dann sah ich Serafines Blick.

»Ich weiß«, sagte ich müde. »Gnade. Ich habe es nicht vergessen. Lanzenmajor, Ihr sprecht von einem Buch. Habt Ihr es da?«

»Hier«, sagte der Major und zog es unter seinem Wams hervor. Ich nahm es und blätterte darin ... sah Seite um Seite an Vorschlägen, was man wie wo sichern sollte, wie man Nahrungsmittel verteilt ... Ich reichte es dem Mann zurück. »Habt Ihr es gelesen?«

»Ja.« Der Major lächelte etwas verschämt. »Ich konnte manchmal nicht schlafen und trieb mich mit meinen Versäumnissen ...«

»Gut. Sofern es Sinn ergibt, geht danach vor, auch wenn es keine kaiserliche Stadt mehr ist.« Ich sah auf. »Wer es noch nicht weiß, der Kult der Weißen Flamme dient nur dem Nekromantenkaiser. Auf diese Art findet der Feind mit Talent begabte Menschen und unter dem Vorwand, sie in diesen Mordbränden zu läutern, stehlen Nekromanten ihnen dann die Seelen. Es gibt Berichte von feindlichen Truppen hier im Land, ich denke, sie werden nach Aldar vorstoßen wollen ... all dies hier ergibt nur dann einen Sinn, wenn es jemanden erleichtern soll, die Stadt zu nehmen. Das werden wir verhindern.« Ich sah auf die Karte herab und traf meine Entscheidung.

»Fünfzig Marinesoldaten werden hier im Stützpunkt bleiben und ihn schützen. Der Rest wird mit uns kommen. Zwei Lanzen Bullen und zwei Lanzen Seeschlangen. Die Stärke der Seeschlangen ist ihre Treffsicherheit mit ihren Armbrüsten, die der Bullen der Nahkampf. Im Zusammenspiel liegt für uns der Sieg. Wir werden hier den Hafen räumen, all die zusammentreiben, die hier noch zu finden sind. Wer ein Zeichen der Weißen Flamme trägt, bekommt dieses abgenommen, und alles, was als Waffe dienen kann. Gibt er dann nicht Ruhe, verstößt er weiterhin gegen Borons Gebot, dann werdet ihr ihn erschlagen.«

Ich sah in die Runde, steinerne Gesichter blickten zurück.

»Zuerst läutern wir den Hafen, dann, wenn uns der Rücken frei ist, arbeiten wir uns vor zum Tempelplatz. Wir besetzen die Tore zu den anderen Vierteln, schließen sie und läutern den Platz, lösen den Ring der Verblendeten um Borons Tempel. Die Stadt ist durch Wälle in sechs Gebiete aufgeteilt, mit der Kronburg und der Hochstadt sind es sieben. Blix, ich hörte, Eure Leute seien erfindungsreich und hinterhältig, meint Ihr, Ihr könntet über die Wehrgänge die Tortürme erreichen und am Tempelplatz die Tore schließen und sie halten?«

»Ohne Zweifel«, sagte Blix. »Die meisten werden es gar nicht bemerken. Zudem haben sie nichts, was sie gegen die Tore verwenden können. Die Tore stammen noch aus der Zeit des Alten Reichs und sind sehr stabil.« Der Schwertmajor sah nachdenklich auf die Karte herab. »Ihr wollt die Stadtgebiete nacheinander nehmen, und jedes Mal, bevor Ihr ein neues Gebiet räumt, es von den anderen abschneiden.«

»Dies ist die Idee dahinter. Doch für den Anfang will ich den Tempelplatz für uns gewinnen und mir ein Bild machen, wie die Lage dort ist. Danach werden wir dann weitersehen. Wenn alles gelingt, werden wir die Unterstadt klären, und es bleibt nur noch die Hochstadt und die Kronburg übrig. Wir brauchen Bürger, die bereit sind mitzuhelfen. Wir haben nicht genügend Leute. Behandelt also solche, die nicht dem Wahn verfallen scheinen, mit Respekt und Höflichkeit. Teilt jedem mit, der es hören will oder auch nicht, dass wir in Borons Auftrag marschieren, und es nicht darum geht, die kaiserliche Flagge hier erneut zu hissen.«

»Wenn wir jemanden finden, der noch klar denken kann«, meinte Wendis und schien unglücklich dabei.

»Was ist mit Gefangenen?«, fragte Blix. »Sollten wir nicht versuchen, einen dieser Prediger in unsere Hände zu bekommen?«

»Wofür?«, fragte Zokora erstaunt.

»Vielleicht erfahren wir etwas über ihre Pläne?«

»Es sind Fanatiker. Sie werden euch nicht lebend in die Hände fallen wollen. Sind Seelenreiter unter ihnen, kommt dich der Versuch, sie zu ergreifen, viel zu teuer.« Sie schüttelte den Kopf. »Erschlagt sie. Jeden Einzelnen. Solante wird dich dafür segnen.«

Blix sah mich fragend an. Ich zögerte einen Moment, dann nickte ich.

»Erschlagt sie. Auf der Stelle.«

»Habt Ihr noch weitere Befehle?«, fragte Lanzenleutnant Paltus, während er Zokora prüfend musterte.

Ich schüttelte den Kopf. »Nein, das war es. Versucht unsere Verluste so gering wie möglich zu halten.«

»Darin sind wir gut«, meinte Paltus mit einem leichten Lächeln. »Sie werden uns wenig genug entgegensetzen können.«

»Ein Nekromant kann reichen, Lanzenleutnant«, teilte ich ihm knapp mit. Ich sah in die Runde. »Nutzt die Armbrüste der Seeschlangen weidlich ... und haltet sie aus dem Nahkampf heraus. Den Rest überlasse ich euch, ihr seid kaiserliche Offiziere und wisst selbst am besten, was zu tun ist.«

»Eines noch«, ergänzte Varosch. »Die Seeschlangen sollen immer zu dritt und zugleich auf einen dieser Prediger zielen ... und dann direkt auch auf den Kopf.«

»Gibt es einen Grund dafür?«, fragte Blix interessiert.

»Ja. Vorhin fing eine Verfluchte meinen Bolzen mit der bloßen Hand. Aber auch sie haben nur zwei Hände.«

»Ihr habt bereits einen Nekromanten erschlagen?«, fragte Blix verblüfft. »Wann geschah denn das?«

»Es war das Erste, das wir taten«, sagte Zokora kühl. »Man könnte sagen, sie hat auf uns gewartet.«

Ja. So könnte man es sagen. Ich wusste nur, dass ich sie so bald nicht vergessen würde.

»Soll ich die Worte Borons noch immer mit den Soldaten üben?«, fragte Varosch. Ich überlegte kurz und nickte dann.

»Aus anderen Gründen«, sagte ich. »Man kann hoffen, dass es ihnen helfen kann, sich nicht selbst zu verlieren.« Ich sah in die Runde. »Was die Frage aufbringt, warum wir hier nicht so befallen sind, wie die Leute in der Stadt.«

»Wissen wir dies, so wissen wir die Lösung«, meinte Zokora. »Was ich noch raten kann, ist, dass man nichts trinken oder essen soll, was in der Stadt zu finden ist.«

»Warum?«

»Es ist nicht Magie, also ist es etwas anderes«, erklärte sie. »Es ist nicht hier zu finden, aber in der Stadt. Es ergibt Sinn, also wäre es dumm, nicht danach zu handeln.«

»Dann tut es.« Ich sah die Offiziere an. »Ihr habt sie gehört, so soll es sein. Volle Rationen für die Soldaten, und an diese sollen sie sich halten ... Ich will nicht, dass wir auch wie Tiere werden und verdummen!«

In der Ferne läutete nur eine Glocke, die von Borons Haus, es beruhigte mich, den Klang zu hören, hieß es doch, dass der Tempel noch nicht verloren war. Hier im Stützpunkt schlug eine alte Schiffsglocke die Zeit. Ich stand mit Wendis, Serafine, Varosch und Zokora auf dem Platz vor dem Zeughaus, in der Rüstung eines Generals der legendären Zweiten Legion, und sah zu, wie vier kaiserliche Lanzen vor mir Aufstellung nahmen, um meinem Befehl zu folgen. Die Weiße Flamme war nur der Vorbote des Feindes, vielleicht würden wir bald Thalaks Truppen gegenüberstehen.

Als die Offiziere Meldung gaben und Lanzenmajor Wendis vortrat, um die Befehle zu erläutern, stand ich nur da und tat, als ob ich sicher wüsste, was zu tun wäre. Tatsächlich war ich weit davon entfernt. Dann trat Varosch vor und sprach von Borons Weißer Flamme, übte mit den Soldaten den Text, genügend kannten ihn wenigstens zum Teil, sodass es nicht sehr lange dauerte, bis Seine Worte im Chor gerufen wurden und mir einen kalten Schauer über den Rücken trieben.

»Für Boron, Askir und den Kaiser«, lautete nun der Schlachtruf aus den rauen Kehlen, und als fast zweihundert Bullen mit ihren Waffen auf die Schilde schlugen, war es wie ein Donnerhall. So oder so ... das Sterben nahm jetzt seinen Anfang.

41. Schafe und Wölfe

Als die Bullen im gleichen Schritt durch das Tor marschierten, war der Aufprall der gepanzerten Stiefel genug, um sie im Stein der Hafenmole zu spüren. Dass die Schritte mir ein wenig zu kurz erschienen, hatte einen Grund, die Legion lernte so zu marschieren, immer im gleichen Schrittmaß. Zudem erlaubte der kurze Schritt den Soldaten, besser das Gleichgewicht zu halten. Zumindest das hatte ich von Rellin gelernt.

Noch bevor wir weit gegangen waren, sah ich, dass die kaiserlichen Offiziere meinen Plan ergänzten, neben der Achten, die den Kern bildeten, fanden sich Gruppen von zweimal drei Soldaten der Seeschlangen und Bullen zusammen, um seitlich auszuschwärmen und die Flanke zu sichern, ein Teil von ihnen löste sich direkt, um das Hafentor zu sichern.

Den Hafen hatten die falschen Priester aufgegeben, vielleicht, weil er nach der Flut Thalaks Flotte vorerst nichts mehr nützen würde. Wer hier im Hafen noch lebte, fügte sich geduldig unseren Befehlen, als wir sie zusammentrieben.

»Sie sind wie Schafe«, stellte Wendis unruhig fest.

So war es auch. Keiner hatte sich gewehrt, jetzt standen sie dort, wo vor Kurzem noch der Markt gewesen war, und sahen uns mit großen Augen an.

Varosch winkte einen von ihnen zu sich, folgsam kam der Mann heran.

»Wie heißt du?«

»Altim.«

»Gut, Tim, was tust du hier?«

»Ich weiß es nicht.«

»Was hast du getan, als man dich fand?«

»Ich suchte etwas.«

»Was war es?«

»Ich weiß es nicht.«

»Hast du Hunger oder Durst?«

»Das kann ich nicht sagen ...«

»Gehe zu dem anderen dort und setze dich neben ihn«, gebot Varosch dem Mann, der sich brav umdrehte, zu dem anderen ging und sich dort setzte. Varosch folgte ihm.

»Warum sitzt du hier?«

»Das weiß ich nicht.«

Danach gab Varosch es an ihm auf und versuchte sich bei anderen, mit gleichem oder ähnlichem Erfolg. Er kam zurück und schüttelte den Kopf.

»Sie wissen nicht mehr, was sie wollen, oder ob es etwas gibt, das sie tun sollen. Ein Schaf weiß mehr von sich als diese Leute.«

»Schafe haben einen Vorteil«, sagte Zokora und rümpfte die Nase. »Sie wissen, wie man sich nicht selbst befleckt!«

Da es keinen Widerstand gab, war der Hafen schnell gesäubert. Währenddessen untersuchte Zokora die Brunnen hier im Hafen, die meisten waren durch Salzwasser verunreinigt, bei einem, der es nicht war, zögerte sie, nippte noch zweimal und schüttelte dann den Kopf.

»Mir scheint, als wäre etwas nicht in Ordnung, aber es ist nichts, das ich erkennen kann. Ich habe mein Licht auch in den Brunnen hineingeschickt, das Wasser scheint klar und nichts treibt darin. Es müsste gut sein, doch ich traue diesem Wasser nicht.«

Die Kelle, die sie hielt, enthielt klares kühles Wasser ... Ich hätte gerne etwas getrunken, doch jetzt sah es nicht mehr so verlockend aus.

Es mochten vielleicht dreihundert sein, die nun hier saßen, und nur eine Handvoll von ihnen zeigten sich vom Wahn unberührt, darunter auch die zwei, die vorhin diesen Scheiterhaufen gefüttert hatten. Einen winkte ich mir heran, er kam widerwillig, doch er kam.

»Ich sah vorhin Euch und Euren Freund, wie ihr Leichen auf dem Scheiterhaufen verbrannt habt. Gab Euch jemand dazu den Befehl?«

»Nein, Ser«, gab er Antwort. »Wir können sie ja nicht liegen lassen, sie blähen sich auf, und wenn sie platzen, verbreiten sie die Pest.« Er warf einen Blick hinüber zu den anderen, die still dort saßen. »Bekämen wir mehr Hilfe, wäre es besser, aber keiner von denen versteht, was man ihnen sagt. Doch wir haben für jeden gebetet, den wir in die Flammen warfen!«

»Das habt Ihr gut getan«, lobte ich ihn. Er schien mir nicht befallen, und wir brauchten Leute, die fähig waren, Sinnvolles zu tun und zu helfen.

»Was bleibt uns anderes auch übrig«, meinte er rau. »Irgendjemand muss den ersten Schritt ja tun!«

Mit dem Mann konnte man sich unterhalten, dachte ich und überlegte mir meine nächste Frage, als Zokora näher kam und sie für mich stellte.

»Wisst Ihr, warum Ihr nicht so seid?«, fragte sie und wies auf die »Schafe«. Der Mann sah die dunkle Elfe ängstlich an und wich dann vor ihr zurück.

»In der Götter Namen, bleib mir mit deiner Hexerei vom Hals«, fluchte er und führte hastig das Zeichen Borons aus.

»Sie ist keine Hexe, sie ist eine Priesterin der Astarte, nur mit anderem Namen«, versuchte ich, ihn zu beruhigen.

»Ist sie das?«, fragte der Mann skeptisch. »Deshalb trägt sie auch Rüstung und ein Schwert? Weil sie jedem ihre Liebe schenkt?«

Ich seufzte.

»Beantwortet ihre Frage, Ser, dann geht sie wieder.«

»Ich bin keine Hexe«, erklärte Zokora kühl.

»Warum dann glühen Eure Augen und seht Ihr wie eine Elfe aus?«, meinte der Mann verärgert und wandte sich an mich. »Wer oder was sie ist, ist mir egal, haltet sie fern von mir, ich bitte Euch!«

Ich seufzte.

»Beantwortet doch einfach nur die Frage!«

»Was anders bei uns ist, warum wir nicht so sind wie sie? Woher soll denn ich das wissen! Fragt doch die Hexe dort!« Er zog den Rotz hoch und wollte sie bespucken, doch Zokora hob den Finger an. Der Mann erstarrte.

»Schlucke«, sagte sie leise, als sie ihm wie eine Raubkatze auf Beutesuche näher kam.

Er schluckte.

»Zokora ...«, begann ich und sah mich hastig um, doch niemand schenkte uns Beachtung. Der Blick, den sie mir zuwarf, ließ auch mich meine Worte sorgsam überdenken.

»Was hast du gegessen?«

»Pökelfleisch von einem Schiff, das auf mein Haus geworfen wurde.«

»Was hast du getrunken?«

»Bier aus einem Fass, das ich gefunden habe.«

»Sonst etwas?«

»Nein.«

»Gut. Siehst du, so schwer war es doch nicht«, sagte sie und ließ den Finger wieder sinken. »Willst du mich immer noch bespucken?«, fragte sie mit einem Lächeln, das jenem einer Katze glich, die Beute machen wollte.

Als Antwort warf er ihr nur einen Blick voller Angst und Panik zu und rannte davon, so schnell ihn seine Beine trugen.

»Zokora ...«

»Was?«, fauchte sie mich an. »Er wollte mich bespucken! Hätte ich ihn erschlagen sollen?«

»Das nicht, aber ...«

»Der Mann lebt, kein Haar habe ich ihm gekrümmt, was willst du mehr, zudem haben wir die Antwort ... es muss etwas im Wasser sein!«

»Warum im Wasser und nicht in der Nahrung?«

»Weil es nur wenige Brunnen gibt, von denen viele trinken, dafür isst nicht jeder dasselbe.« Sie seufzte. »Manchmal, Havald, meine ich, du kannst nicht denken.«

»Aber du hast doch die Brunnen überprüft?«

»Und fand nichts ... was nicht heißt, dass dort vorher nichts gewesen ist.« Sie wies mit ihrem Kopf auf Wendis hin, der gerade zu uns kam. »Gehe und spiele General, nur höre auf, an mir zu zweifeln!«

Wir folgten dem stählernen Schutzwall der Bullen meist schweigend, acht von ihnen liefen nahe bei uns, die Schilde bereit, um uns zu schützen. Ich fand heraus, dass mein Teil nun darin bestand, zu überleben und bereit zu sein, neue Befehle zu geben. Doch die brauchte es vorerst nicht, also blieb uns nichts, als langsam zu folgen, während die Soldaten ihre Arbeit taten.

»Es scheint zu leicht«, meinte Serafine leise, als wir hinter der achten Lanze durch das Tor zum Tempelplatz marschierten.

»Beschwöre es nicht«, gab ich genauso leise zurück, während Varosch zum hundertsten Mal überprüfte, ob sein nächster Bolzen auch richtig in der Rinne seiner Armbrust lag.

Zum größten Teil war es, wie Blix beschrieben hatte, manchmal standen die Bürger nur herum, es reichte dann, sie sanft zur Seite zu schieben, doch manchmal griffen sie uns an. Zum ersten Mal geschah dies, als wir die letzte Straße vor dem Tempelplatz passierten.

Vor uns hoben Bullen ihre Schilde, was mir den Blick versperrte, dann hörten wir Schreie und harsche Befehle. Danach machte ein Bulle eine kurze Meldung, eine Gruppe von sechs oder sieben Bürgern hatte sich wie wild auf die kaiserlichen Soldaten gestürzt, angetrieben von einem dieser Prediger, der sich wohlweislich in Entfernung hielt. Nicht weit genug, denn er wurde gleich viermal von einem Bolzen getroffen und starb auch auf dem Fuß. Was wenig erfreulich war, weil sein Tod die Raserei der Bürger nicht beendete, sie gaben nicht eher auf, als bis sie gleich zweimal totgeschlagen waren. Als wir weitergingen, marschierten wir durch Blut; ein Bild, das mir für einen Albtraum blieb, war das von einer schlanken Frauenhand, über die schwere Stiefel hinwegmarschierten.

»Sie haben es geübt, auch deshalb dieser kurze Schritt«, teilte mir Serafine leise mit. »Marschieren die Legionen, halten sie nicht an. Einzeln ist ein Legionär nichts wert, jeder Soldat braucht seinen Nebenmann, alleine deshalb übt man, immer in dem Schritt zu bleiben.«

Ich nickte nur, kein Wunder, dass die Bullen diesen Ruf besaßen, es musste für den Gegner erschreckend anzusehen sein. Und dennoch, immer wenn schwere Stiefel über einen toten Körper marschierten, dachte ich ans Beten. Doch was sollte ich dem Gott schon sagen? Dass ich bereute, hier zu sein? Ich hatte meine Wahl getroffen, dies war nur die Folge.

Als wollten die Götter die Schlachterei nicht sehen, zogen von See her schwere Wolken auf, bald war der Himmel dunkel, und Blitz und Donner gaben uns Geleit, während schwerer Regen unsere Rüstungen glänzen ließ und das Blut, das wir vergießen mussten, wie rote Bäche von uns spülte.

Auch wenn Wendis protestierte, hielt ich es nicht lange hinter den Schilden aus, ich sah zu wenig, und es machte mich schnell mürbe.

Also drängte ich mich irgendwann nach vorne vor. In die erste Reihe ließ man mich nicht, dennoch sah ich so mit eigenen Augen, wie mein Befehl Umsetzung fand.

Es war das eine, zu hören, dass die Menschen hier wie Tiere wären, ein anderes, es mit eigenen Augen wahrzunehmen. Einmal versuchte ein junger Mann mit hervortretenden Augen, sich durch ein stahlbewehrtes Schild zu beißen und knurrte dabei wie ein wilder Hund, bei einer anderen Gelegenheit sah ich ein Mädchen auf der Straße sitzen, das uns mit leeren Augen ansah, während sie an ihrer eigenen Hand nagte wie ein Hund. Langsam verstand ich, was Zokora uns hatte sagen wollen, warum sie diese Menschen als verloren empfand. Manchmal, selten nur, fanden wir jemanden durch die Stadt irren, ohne uns Beachtung zu schenken.

Die Reichsstadt besaß eine Vorliebe für Papyira und Berichte, ich war sicher, dass es eine Feder gab, die sorgsam aufschrieb, wie viele wir an diesem Tag erschlugen; welche Zahl dann dort auch stand, es war zu viel ...

Einmal erbrachte uns ein Prediger den Beweis, dass es Nekromanten unter ihnen gab, er floh nicht, sondern stellte sich uns entgegen, und öffnete dann den Mund, um uns eine dunkle Wolke entgegenzuschicken. Ein Dutzend Armbrustbolzen schlugen in ihn ein und warfen ihn zu Boden. Doch ein Soldat, der dieser schwarzen Wolke nicht rechtzeitig ausgewichen war, verlor seinen linken Fuß, der wie ein Stück Holz verdorrte.

Mit Seelenreißer in der Hand eilte ich zu dem toten Prediger und schnitt ihn mit meiner fahlen Klinge, doch nichts geschah, er war schon tot.

»Es ist wie bei deinem Schwert«, teilte Zokora mir mit, während sie und Varosch die Dächer der Häuser um uns herum beäugten. »Der Tod kostet ein Leben, ein Seelenreiter opfert eine Seele dafür, dass er wieder heilen kann. Hat er nicht genug gestohlen, stirbt er letztlich auch.«

Danach nahm Paltus die Warnung ernster. Der Nächste, der uns wie ein Prediger erschien, starb in einer Wolke von Armbrustbolzen, bevor er mehr tun konnte, als auch nur zu blinzeln.

Als die Tempel vor uns lagen, erblickte ich die größte Gruppe der Verblendeten, gut zweihundert Mann waren es, die sich um Borons Haus scharten und wie ein Rudel Wölfe heulten. Als sie uns sahen, ergriff ein kleiner Teil die Flucht, der Rest stürzte sich auf uns wie wilde Tiere. Als diesmal die Bullen vor mir ihre Reihen schlossen und Wendis mich fast mit Gewalt nach hinten zog, protestierte ich nicht mehr.

Es eine Schlacht zu nennen, war zu viel, Gemetzel traf es eher, doch wir verloren einen weiteren Mann, dieser wurde aus den Reihen gezogen und niedergeworfen. Als wir ihn zurückzogen, war es bereits zu spät, ein abgebrochenes Stück Holz war ihm durch sein Helmvisier getrieben worden.

Die dunklen Wolken, Donner, Blitz und Regen, die Feuer die hier und dort erst langsam unter dem Regen erloschen, gaben dem Schlachten etwas, das mir unwirklich erschien, zumal ich nur die Schreie hörte und kaum den Kampf mit eigenen Augen sah. Nur die blutigen Schwerter oder die tropfenden Spitzen der kurzen Lanzen, die auf und nieder fuhren.

Doch nicht nur Schreie hörte ich, immer wieder wiederholten wir die Worte Borons, es wurde zu einem Gebet, das mehr und mehr an Inbrunst gewann, je mehr Blut um unsere Stiefel rann. Ich selbst fand mich dabei, die Worte aufzusagen … doch der Trost war nur gering. Diese vom Wahn befallenen Bürger waren nicht der Feind, sondern frühe Opfer. Es half nicht, ihren Tod als Gotteswerk zu sehen.

Als sich der stahlbewehrte Wall der Bullen vor mir öffnete und ich die Tempelstufen vor mir liegen sah, war es kurz nach der dritten Glocke. Den Tempelplatz zu säubern, hatte weitaus länger gedauert, als ich zu fürchten wagte.

Erst waren es nur wenige, die den Tempel Borons verließen, dann wurden es immer mehr, die über seine Schwelle traten und sich ungläubig umsahen. Letztlich waren es Hunderte, die über diese Schwelle traten, die lachten oder weinten, oder nur still und betroffen besahen, was die letzten Tage angerichtet hatten.

Doch der Mann, der als Erstes auf die Tempelstufen trat, war mir bekannt. Bruder Recard wurde er genannt, und er war der oberste Priester dieses Tempels, in den wenigen Wochen, seitdem ich ihn das letzte Mal gesehen hatte, schien er mir um Jahre gealtert.

Drei Kerzenlängen hatte unser Weg bis hierhin gedauert, und auch jetzt ging es mir zu langsam. Doch hier war zu viel zu tun, der Tempelplatz war das Herz der Stadt, wir konnten nicht einfach weiterziehen.

Mein Plan, die Stadt zu läutern, mochte immer noch gelingen, doch vielleicht nicht schnell genug, um weiteres Unheil zu verhindern. Zokora drängte immer mehr in mich, sie fürchtete, dass der Priester bald genügend Macht besitzen könnte, die Tore der Kronburg zu sprengen. Es brauchte wieder einen neuen Plan.

Vor nicht allzu langer Zeit hätte ich es nicht für nötig befunden, dass eine Tenet vor diesem Tempel Haltung bewahren sollte, jetzt standen vierhundert Mann in sauberen Reihen und senkten den Kopf, als Bruder Recard von den Stufen aus uns dankte und mit dem Segen Borons belegte.

Die Verletzten und den Soldat, dem der Nekromant den Fuß verdorrt hatte, brachten wir in den Tempel, wo man sie versorgen würde.

Während wir uns mit Bruder Recard besprachen, griffen schwere Streifen weitere Plünderer auf. Unter anderem war ein Mann dabei, der die blutigen Roben einer der Priesterinnen Astartes trug und irre lachte. Er lachte noch, als er seinen Kopf verlor.

Hier auf dem Tempelplatz standen drei der sieben Kornspeicher der Stadt, wir fanden sie fast unangetastet vor. Wenn ich recht behielt und diese Prediger die Stadt zur Übernahme vorbereiten wollten, dann ergab es einen Sinn. Abgesehen von den Bäckereien in den Tempeln selbst, gab es noch vier weitere hier am Platz. Nachdem die Gebäude sicher waren, wurden dort die Öfen wieder angeheizt. Doch vorerst plünderten wir nun selbst die großen Gasthöfe, die hier am Platz zu finden waren.

Als wir jedoch vom großen Brunnen auf dem Platz Wasser ziehen wollten, war es Zokora, die uns daran hinderte, sie hatte einen Schluck genommen und gleich wieder ausgespien.

»Ist es das Wasser?«, fragte ich sie.

»Wie ich vermutet habe, der Wahn kommt nicht nur von Magie«, erklärte sie und spülte ihren Mund mit starkem Wein. »Das Wasser ist vergiftet, bei dieser Probe konnte ich sogar die Art des Giftes erkennen.« Sie spie aus und sah hinüber zu dem Haufen der Toten, die unweit von Borons Tempel zusammengetragen wurden. Dort sollte ein Scheiterhaufen entstehen, um sie zu verbrennen. »Es erklärt den größten Teil von dem, was wir nicht verstanden. Wer von dem Wasser trinkt, wird geistig träge, vergisst, dass er einen eigenen Willen besitzt. Sagt man ihm, was er tun soll, tut er es, sagt man ihm nichts, sitzt er herum und wartet.«

»Kein Wunder dann, dass die Leute noch immer in den Häusern sitzen und nichts tun«, bemerkte Varosch angewidert.

»Ja. Doch wenn man zu viel von dem Gift erhält, verliert man alles an Kontrolle und folgt dem Tier in einem selbst. Es mag sein, dass sie dennoch vom Wahn zurückkommen können, gibt man ihnen Zeit, bis das Gift den Körper verlässt.« Sie sah zu mir hin. »Wir sollten nachsehen, ob die Prediger, die wir erschlagen haben, Gifte oder Pulver bei sich tragen. Vielleicht gibt es ein Gegengift, und es ist möglich, die Opfer noch vom Wahn zu retten.«

Dort lagen sie, die Bürger dieser Stadt, vergiftet, den Geist verwirrt und dann von uns erschlagen, obwohl es vielleicht noch Hoffnung für sie gegeben hätte.

Die heilige Quelle in Borons Tempel war nicht vergiftet worden, alleine schon der Segen des Gottes hielt das Wasser rein, doch ob sie für jeden hier am Platz genügen würde, war noch nicht abzusehen. Aber im Moment kam es mir vor, als hätte ich noch nie Kostbareres getrunken.

Von Blix erfuhr ich, dass die Prediger wohl wussten, was wir hier taten, aber keine Anstrengungen dagegen unternahmen. An den Toren hatte es nur geistig verwirrte Bürger gegeben, die sich ihre Fäuste oder Köpfe an den Toren blutig schlugen.

Mehr und mehr glaubte ich, dass es diese Truppen Thalaks geben musste und sie auf Aldar zumarschierten. Als Blix berichtete, dass seine Späher die Stadttore ebenfalls weit offen vorgefunden hatten, war ich mir dessen so sicher, wie ich sein konnte, ohne die Truppen selbst zu sehen.

All dies hier dauerte mir zu lange. Die Tore zum Tempelplatz waren geschlossen und schienen für den Moment sicher, doch der Rest der Stadt lag noch immer in der Hand der Weißen Flamme.

Nur einmal hatten wir einen Prediger lebend ergreifen können, aber auch nicht lange, obwohl er geknebelt und gefesselt war, gelang es ihm, seine Zunge zu verschlucken. Aber er hatte einen Beutel dabei, der noch Reste eines grauweißen Pulvers enthielt, Zokora kostete vorsichtig davon und spülte danach ihren Mund mehrfach mit starkem Wein, bevor sie nickte.

»Es ist dem Gift sehr ähnlich, das ich kenne. Es wirkt langsam und hält lange an. Es ist meist nicht tödlich, dennoch wird es gut drei Nächte dauern, bis die Wirkung verfliegt.«

»Hat er ein Gegengift dabei gehabt?«

Sie schüttelte nur den Kopf.

Drei Nächte.

»Dann will Thalak die Stadt nicht voller Toter, sondern wehrlos«, stellte ich fest. Und ich hatte richtig vermutet: Jeder, den wir erschlagen hatten, hätte also noch Hoffnung auf ein Leben haben können.

Dies war kein Krieg, wie ich ihn kannte, wo sich Schlachtreihen gegenüberstanden. Dies war Heimtücke und Verrat!

»Wir haben nicht genug Männer, um die Wahnsinnigen zusammenzutreiben und so lange festzusetzen«, stellte Wendis mit düsterer Miene fest. »Zudem haben wir gesehen, dass sie in ihrem Wahn gefährlich sind.«

»Es bedarf der Bürger dieser Stadt«, stellte ich fest. »Sie müssen helfen, wir sind zu wenig.«

Ich suchte Bruder Recard auf und besprach mich mit ihm. Auch er war sehr bestürzt und versprach, die Priesterschaft auszusenden, um die Menschen dazu anzuhalten, die Ordnung wiederherzustellen und die gröbste Not zu lindern. Ich reichte ihm die Probe von dem Gift, und er gab mir ein wenig Anlass zur Hoffnung, denn er meinte, dass mit Gebeten und der Gnade der Götter manche noch gerettet werden konnten. Er schlug vor, die vom Wahn Betroffenen in kleinen Gruppen in den Tempel zu bringen, sodass Borons Gnade sie berühren konnte, in Gebet und Demut würde der Gott sie läutern. Und jene richten, die eines Verbrechens schuldig waren.

Varosch schmunzelte ein wenig, als er davon hörte.

»So bekommt Bruder Recard auch die in seinen Tempel, die ihn sonst achtsam meiden.«

Sollte der Gott jene strafen, die er für schuldig fand, Hauptsache, er löste den Wahn von diesen Bürgern, wir brauchten dringend Hilfe.

Danach nahm ich mir Lanzenmajor Wendis zur Seite und erklärte ihm, was ich von ihm wollte, übertrug ihm das Kommando bis auf die zweite Lanze der Dritten Bulle, die mit mir kommen sollte und wies ihn an, unter den Bürgern Aldars nach Freiwilligen zu suchen.

Vorher aber predigte Bruder Recard von den Stufen des Tempels, erklärte den Bürgern, die vom Wahn verschont geblieben waren, was wir nun vom Plan der Weißen Flamme wussten. Dass die Prediger selbst im Dienst des Nekromantenkaisers standen, und was mit den Seelen der Kinder geschehen war, die von der Weißen Flamme angeblich geläutert worden waren. Selbst, als sie es von einem Priester Borons hörten, wollten die Menschen es erst nicht glauben ... dann aber sah ich den gerechten Zorn aufkommen. Als er vom Gift erzählte, veränderte sich das Bild.

Das Wesentlichste an einem Aldanen war sein übermäßiger Stolz. Zu erfahren, dass sie übertölpelt worden waren, vergiftet und verblendet, rief einen Zorn herbei, der fast so erschreckend war wie dieser Wahn. Eines war gewiss, jetzt hatten wir die Freiwilligen, die wir brauchten. Es lag jetzt bei Lanzenmajor Wendis, die erzürnten Bürger daran zu hindern, selbst durch die Straßen zu stürmen, um die Prediger zu erschlagen.

»Alles, was wir an Erfolg erhoffen können, hängt daran, ob und wann diese Truppen hier erscheinen werden«, erklärte ich Schwertmajor Blix, den ich mir als Nächstes zur Seite nahm. »Was es an Obrigkeit noch gibt, werden wir in der Kronburg finden, und wir müssen handeln, bevor das Ritual vollzogen werden kann. Selbst wenn uns das gelingt, können wir nicht sicher sein, ob die Stadt imstande ist, gegen Thalaks Truppen auszuhalten. Ich habe Lanzenmajor Wendis den Befehl übertragen, er soll die Stadt von den Wahnsinnigen und den Predigern für uns säubern, ich brauche jetzt Euch und Eure Lanze dafür, die Kronburg zu erreichen und den Prinzen aus der Stadt zu bringen.«

»Wenn es diese Truppen gibt.«

»Ja«, sagte ich und sah mich um, ließ meinen Blick über den Tempelplatz schweifen, wo es immer noch den einen oder anderen gab, der hilflos umherzuirren schien. »Wenn es diese Truppen gibt. Doch ich kann nicht auf einen Irrtum hoffen. Wir müssen handeln, als wäre es gewiss.«

»Also wollt Ihr die Stadt ihrem Schicksal überlassen?«

»Es ist ihr eigenes Schicksal. Die Stadtmauern, so hörte ich, seien hoch und fest. Drei Nächte, Blix, dann erwachen die Menschen hier aus ihrem Wahn. Sie werden schwach sein, doch das wird sich geben. Unter der richtigen Führung kann es möglich sein, dass die Stadt besteht. Doch erscheint der Feind früher vor unseren Toren, sehe ich nicht, wie man die Stadt noch halten kann. Wir wollen hoffen, dass wir diese drei Nächte haben. Hält die Stadt dann lang genug, kann es sein, dass wir sie verstärken können.«

»Wie?«, fragte Blix ungläubig. »Wollt Ihr Soldaten mit Greifen in die Stadt fliegen lassen?«

Eher dachte ich an das Tor im Zeughaus. Es gab dort keinen Rückweg, doch in diese Richtung tat es ja noch seinen Dienst.

»Vielleicht auch das. Aber mein Befehl ist eindeutig ... der Prinz soll in Sicherheit gebracht werden.« Ich wies mit der Hand hoch zu den Wällen. »Wir werden über den Wehrgang gehen und so versuchen, die Kronburg zu erreichen. Das ist der erste Schritt, den Rest werden wir dann sehen.«

»Gut«, sagte Blix mit einem schnellen Lächeln. »Ich werde meine Leute sammeln, Grenski wird erfreut sein zu hören, dass es Arbeit gibt, sie ist gelangweilt, und das ist nicht gut für mich.«

Ich sah ihm verwirrt nach.

»Wir müssen den dunklen Priester vor der Kronburg stellen!«, drang Zokora jetzt in mich. »Dies ist der erste Schritt, nichts anderes!«

»Ja, er muss erschlagen werden. Wir werden sehen, ob wir ihn finden und dann, *wie* wir ihn erschlagen.«

»Es dauert mir zu lange, Havald«, teilte sie mir ernsthaft mit. »Ich werde ihn selbst suchen und zu seinem dunklen Gott entsenden ... und du wirst mich nicht daran hindern können.«

»Aber ich kann dich bitten, damit zu warten.«

Sie sah mich mit Augen an, in denen es dunkel glühte. »Ich gebe dir noch zwei Glocken, ist er dann nicht tot, gehe ich alleine auf die Jagd.«

»So soll es sein«, sagte ich und sah mich nach Serafine um, sie war nirgendwo zu sehen.

Ich fand sie tief im Gespräch mit der Hohepriesterin der Astarte, die Gnade in ihren Händen hielt, zudem stand vor Serafines Füßen eine gut gefügte Kiste, welche die Gebeine der Eule enthielt.

Als sie mich sah, verabschiedete sich Serafine von der Priesterin, die nun nachdenklich das Bannschwert in ihren Händen wog und zu uns hinübersah.

»Fiel es dir schwer, sie abzugeben?«, fragte ich sie leise, als wir den Tempel verließen.

»Nein. Ich sagte doch, sie war nicht für mich bestimmt ... ich hielt sie nur, wie ich es auch bei Seelenreißer tat.« Sie lachte jetzt sogar. »Gnade ist mir zu naiv, wenn man dies von einem Schwert so sagen kann.« Sie legte eine Hand auf meinen Arm. »Genug von ihr. Wie geht es dir, und was folgt nun?«

»Mir geht es gut genug«, gab ich ihr Antwort. »Was jetzt ansteht, ist die Erfüllung unseres Auftrags.«

Der Lanzenmajor schien wenig glücklich damit, dass ich mit der zweiten Lanze gehen wollte. »Ihr seid der General«, sagte Wendis ernsthaft. »Ihr solltet hier beim Tempel bleiben, sodass die Leute Euch sehen können.«

»Warum? Wem soll das nützen?«, fragte ich erstaunt.

»Damit sie alle wissen, dass es jemand gibt, der weiß, was zu tun ist, und die Entscheidung trifft.«

Ich sah zu den Tempelstufen hin, sie waren im Moment leer, aber ich verstand, was Wendis meinte, mir selbst wäre es auch recht gewesen, dort jemanden zu sehen, der mir sagte, was richtig war und was nicht.

»Haltet Euch an Euer Buch«, gab ich ihm Antwort. »Was ich davon sah, zeigte mir, dass der Rat darin wohlüberlegt ist.«

»Aber ich bin nur für den Seekrieg ausgebildet!«, protestierte er und sah so traurig drein, dass ich an mich halten musste, um nicht zu schmunzeln.

Etwas wollte ich noch wissen, bevor wir gingen. Ich lief hinüber zu Soltars Tempel, wo ein hagerer Mann der Oberpriester war, er schenkte mir wenig Beachtung, er stand nur dort und sah zu, wie die Toten aus dem Tempel gebracht wurden. Ich trat an einen dieser Toten heran, der von zwei Priesterschülern getragen wurde. Es gab keine Wunde an ihm zu sehen.

»Wisst ihr, was geschehen ist?«, fragte ich den Priesterschüler, der an den Füßen zerrte. Es ergab für mich keinen Sinn, dass der Gott es zunächst eine Zeit lang erlaubte, dass sein Tempel geplündert wurde, bevor er einschritt.

»Der Hohepriester hat es uns erklärt. Einer der Plünderer streifte dem Gott die Kapuze vom Gesicht. Ein jeder, der ihn danach sah, wurde sofort durch Soltars Tor gerufen, bis der Hohepriester dem Gott die Kapuze wieder gerichtet hat.«

Boron zeigte sein Gesicht unverhüllt, Astarte zeigte sich einmal im Jahr vor allen Gläubigen sogar in ihrer ganzen Schönheit, nur bei Soltar war es verboten, das Gesicht des Gottes anzusehen. Ich hatte nie verstanden, dass er es so hart strafte, es ergab für mich so einfach keinen Sinn.

42. Köstlichkeiten

Zur vierten Glocke erklangen wieder alle Tempelglocken, es musste der Weißen Flamme eine Warnung sein, doch nach wie vor geschah nichts Neues in den Straßen, eher schien es so, als wären es weniger Wahnsinnige, die noch die Stadt durchstreiften.

Wir nahmen unseren Abschied von Wendis und Recard und suchten dann die nächste Treppe zum Wehrgang hinauf.

»Kein Wunder, dass er stürzte«, meinte Blix und musterte die breite, aber steile Treppe. »Für ein Pferd sind solche Stufen ungeeignet. Was ist der Plan, Lanzengeneral?«

Ich sah zurück zu seinem Sergeant, Grenski trieb die zweite Lanze wie ein Hirtenhund, nur dass dieser nicht so farbig fluchen konnte. Nach dem Vorgeschmack, den ich von Rellin erhalten hatte, war ich beeindruckt, mit welch scheinbarer Leichtigkeit die Bullen diese steile Treppe nahmen.

»Wir folgen dem Wehrgang bis hin zur Kronburg, dort muss es eine Verbindung geben, ist sie passierbar, haben wir den Zugang zu der Burg. Danach sehen wir dann weiter.«

»Vorher müssen wir diesen dunklen Priester finden«, beharrte Zokora. »Sonst ist alles vergebens, was du erreichen willst.«

»Er ist nur ein Priester«, versuchte ich abzuwiegeln, ein Fehler, wie sich zeigte.

»Er will Omagor dienen und mit allem, was er tut, holt er den Gott ein Stück mehr zurück in unsere Welt!«, fauchte sie fast schon. »Nehme ihn jetzt nicht zu leicht!«

»Du hast einen von ihnen auf den Feuerinseln überwältigt«, erinnerte ich sie. »Das schien mir kein sonderliches Problem.«

»Der hielt auch nicht eine Herde tagelang im dunklen Tanz gefangen!«

»Zokora«, fragte ich vorsichtig, als wir den Wehrgang erreichten und uns nordwärts hielten. »Befürchtest du, dass wir ihm unterlegen sind?«

Sie zögerte kaum merklich. »Nein«, sagte sie dann standhaft. »Solante ist bei mir, ich kann auf sie vertrauen!«

»Musst du es tun, oder reicht es, wenn er stirbt?«

»Er muss sterben, das ist alles.«

»Dann lasse mich es tun«, bat ich sie und sah bedeutsam auf ihren noch immer flachen Bauch herab.

»Es ist meine Pflicht«, beharrte sie, doch diesmal war es Varosch, der ihr Antwort gab.

»Es gibt andere Pflichten, die du hast, Zokora«, sagte er sanft, und obwohl sie sich zuerst wehrte, nahm er sie in die Arme und hielt sie, während wir wegsahen und weitergingen.

»Warum ist sie so besorgt?«, fragte Blix leise.

»Wir dürfen diesen Priester nicht unterschätzen. Sie hat recht, er ist gefährlich.«

»Wenn es ihn gibt.«

»Schwertmajor«, sagte ich genauso leise wie zuvor, Zokora besaß sehr scharfe Ohren, und ich wollte nicht, dass sie uns hörte. »Ihr kennt sie nicht, sonst wüsstet Ihr, dass zu irren nicht ihre Gewohnheit ist.«

Der Wehrgang war breiter, als ich dachte, nur dort, wo Türme waren, wurde es schmal. Wir fanden den einen oder anderen Toten hier oben, aber es blieb ruhig, und wir trafen nicht auf Widerstand. Von diesem Wall aus konnte man tief in die Stadt blicken, der Regen hatte die meisten Brände für uns gelöscht, jetzt, da die schweren Wolken sich wieder etwas verzogen hatten, die Schindeln durch den Regen wie frisch gewaschen glänzten, war es befremdlich, die Stadt so ruhig zu sehen. Von hier aus sah man auf den Straßen vereinzelt Leichen liegen, es regte sich kaum etwas, wenn, dann war es ein Hund. Hinter den Fenstern sah ich ab und an Gesichter, die ängstlich schauten, doch niemand traute sich hinaus.

Einmal sahen wir auf der Straße etwas, das uns stocken ließ, zwei Männer fraßen an der Leiche einer Frau wie Hunde, mit blutigen Mäulern und einem Knurren, das wir bis hier herauf hören konnten.

Auf mein Zeichen hin trat Varosch an die Brüstung heran, segnete den Bolzen, stützte die Waffe auf die Brüstung und atmete ganz langsam aus.

Mit einem lauten Schlag schoss der Bolzen aus der Schiene, das Geräusch ließ den einen Menschenhund aufsehen, so fuhr ihm der Bolzen geradewegs zwischen die Augen. Er brach zusammen, fiel über die Leiche der Frau, der andere stutzte nur kurz und biss dann in den Arm des anderen hinein.

»Ein guter Schuss«, stellte Stabssergeant Grenski unbewegt fest. »Ich hoffe, Ihr könnt ihn wiederholen.« Mit steinernem Gesicht legte Varosch einen zweiten Bolzen auf und schoss, danach lag auch der andere still.

Wir gingen weiter.

Die Schritte der schwer gerüsteten Lanze hallten mir in meinen Ohren überdeutlich laut, doch es war nur schwer zu vermeiden ... und die, die wir auf den Straßen fanden, reagierten nicht darauf.

An einem Ort hatten ein paar der Bürger den Mut aufgebracht, ihre Häuser zu verlassen. Wir sahen eine Gruppe von ihnen, wie sie einen einkesseln und beruhigen wollten, der knurrte wie ein Tier, so laut, dass wir es hier oben hörten, doch niemand von ihnen schaute zu dem Wehrgang auf.

»Wenn wir diesen Priester finden, wie ist dann der Plan?«, fragte mich Blix, als wir in der Ferne Trommeln hörten. Doch es war Zokora, die ihm Antwort gab.

»Irgendwo wird ein dunkler Priester mit Seelentrommeln stehen. Den müssen wir erschlagen.«

»Natürlich!«, rief Blix. »Ich frage mich, warum ich darauf noch nicht gekommen bin.«

Sie hob eine Augenbraue an. »Genau das habe ich mich gerade auch gefragt.«

Ich ignorierte das Geplänkel. »Weiter sollte Eure Lanze nicht heran. Wir wissen noch nicht genau, was diese Trommeln bewirken, also lasst Eure Leute hier Stellung beziehen. Wenn die Trommeln verstummen, sollen sie uns in die Kronburg folgen, aber erst dann.«

»Grenksi ...«, wandte sich Blix an seine Stabssergeantin.

»Ich weiß, Ihr geht mit dem General«, sagte sie. »Und ich mit Euch.« Grenski winkte einen bulligen Schwertsergeanten heran. »Avron«, teilte sie ihm mit. »Ihr habt den General gehört. Wartet hier und rückt vor, wenn die Trommeln verstummen.«

»Ay, Stabssergeant«, grinste Avron und zeigte kräftige Zähne. »Wir machen Pause, bis es nicht mehr trommelt, ich denke, das bekommen wir noch hin.«

»Und was tun wir gegen die Trommeln?«, fragte ich Zokora, als wir langsam weitergingen.

»Was soll mit ihnen sein? Wir hören einfach nicht hin.«

»Und wie?«, fragte Blix. »Ich schwöre, ich spüre sie in meinen Knochen!«

Sie seufzte und griff an ihren Gürtel, wo sie ihre Tasche öffnete und etwas aus einem gefalteten Papyira auf ihre Hand schüttete, um sie mir hinzuhalten. Dort lagen kleine schwarze Objekte. »Ihr nehmt jeder eine dieser Schalen in den Mund, sie sind gesegnet und mit Solantes Runen versehen. Solange ihr sie im Mund habt, werdet ihr die Trommeln nicht hören.«

Auch Blix sah zweifelnd auf diese Dinger in ihrer Hand. Sie erinnerten mich an etwas, an das ich mich nicht erinnern wollte. »Könnten wir uns nicht einfach etwas in die Ohren stopfen?«

»Diese Trommeln berühren die Seele, da hilft es nicht, sich die Ohren zuzuhalten. Auch wenn mir Menschen von Natur aus ohnehin halb taub zu sein scheinen.«

»Wenn Ihr es sagt«, meinte Blix galant und deutete eine Verbeugung an. »Ich habe immerhin den ersten Teil verstanden. Was sind das für Schalen?«

»Runenweberspinnen«, sagte Zokora.

Götter, dachte ich angeekelt, das kann doch nicht ihr Ernst sein!

»Lecker«, lachte Blix. »So etwas wollte ich schon immer kosten!«

»Ich weiß, dass sie köstlich sind und angenehm zwischen den Zähnen knirschen, aber ihr solltet sie nicht essen, wenn ihr nicht schlafen wollt«, erklärte Zokora ernsthaft, während sogar Grenskis Mundwinkel zuckten.

»Gut«, sagte Varosch und schmunzelte ein wenig, »dass du uns daran erinnerst.«

»Es gibt sie auch kandiert«, meinte Zokora. »Aber die sind mir ausgegangen.«

»Danke«, meinte Serafine höflich. Vorsichtig betastete ich die Schale. Wenigstens waren keine Beine mehr daran. Die anderen schienen wenig Scheu zu haben, nur ich stand noch da und zögerte. Götter, dachte ich, wie ich Spinnen hasse!

»Havald?«, fragte Serafine. Ich weiß nicht, wie es mir gelang, aber ich nahm die Schale in den Mund. Sie kribbelte auf der Zunge – und die Trommeln waren nicht mehr zu hören.

»Dasch wirkt schogar«, stellte Blix verblüfft fest.

»Natürlich«, meinte Zokora. »Sonst hätte ich sie euch ja nicht gegeben.«

Vorsichtig folgten wir dem Wehrgang weiter. Die Trommeln wurden lauter und begannen an meinem Gemüt zu zerren. Sie folgten keinem Takt, waren mal lauter, dann leiser, waren mal ein Flüstern, dann ein lauter Schlag, der in mir zu vibrieren schien. Ich hatte wohl zu wenig geschlafen, denn mehr und mehr suchte mich eine ungeheure Erschöpfung heim. Was wir hier versuchten, schien mir wenig sinnvoll, sollten doch die Götter untereinander streiten und mich in Ruhe schlafen lassen.

Zokora, die uns voranging, hob die Hand und zeigte in die Ferne. Dort hinten, nahe dem Zugang zur Kronburg, stand ein Mann, unberührt von den Trommeln, und schaute auf den Paradeplatz herab.

Er trug keine Rüstung oder Uniform, nur eine dunkle Robe, und hatte uns noch nicht bemerkt. Neben ihm lagen zwei Wachposten auf dem Boden. Sie schliefen nicht; dunkle Flecken breiteten sich unter ihren Köpfen aus.

Auf mein Zeichen trat Varosch an die Brüstung, legte an und schoss. Der Prediger brach zusammen, fiel vornüber und lag still.

»Danke«, sagte ich.

Varosch nickte. »War mir ein Vergnügen.«

Wir folgten weiterhin dem Wehrgang und stießen auf einen Teil des Stadtwalls, in den der Wehrgang überging. Hier befand sich ein breiter, runder Turm, gut zwanzig Schritt im Durchmesser, und darauf standen zwei alte Katapulte, das Holz rissig und die Riemen und Taue brüchig.

»Was ist denn hier geschehen?«, fragte ich.

»Das kann ich Euch sagen, General«, meinte Blix bitter. »Sie haben die Katapulte nicht mehr gewartet oder ersetzt, sondern sie einfach stehen lassen. Sie wurden nie gebraucht, wofür sollte man sie auch instandhalten? Das Geld schien ihnen sinnvoller in diesen Prunkbauten angelegt, oder in eine dieser neuen Burgen, die man hier so liebt.«

»Ja, sicher«, sagte ich grimmig. »Wie sinnvoll, sieht man ja!«

Wir kamen an der Stelle an, wo der Wehrgang sich, durch eine Zugbrücke getrennt, mit dem der Kronburg verband. Dort drüben, gut zehn Schritt entfernt, war der Wehrgang der Kronburg von einem kleinen Torhaus abgeriegelt, zusammen mit der hochgezogenen Zugbrücke, die so versenkt im Stein lag, dass sie keinen Halt bieten konnte.

Links und rechts des Torhauses gab es kleine Balkone, dort erkannte ich jeweils zwei Armbrustschützen in den Farben der Aldaner. Sie lagen halb auf der Brüstung, halb auf ihren Waffen und schliefen friedlich.

Ich gähnte und war versucht, es ihnen gleichzutun. Zokoras Kopf schnellte herum.

»Es ist nichts«, beruhigte ich sie. »Ich bin nur müde.«

»Ich sehe nicht, wie wir hinüberkommen können«, stellte währenddessen Varosch betroffen fest und kratzte sich am Kopf. »Hat jemand einen Wurfanker dabei?« Er sah uns fragend an, doch wir schüttelten den Kopf.

»Es gibt immer einen Weg«, meinte Zokora und schwang sich auf die Außenseite des Wehrgangs.

»Was hast du vor?«, fragte ich sie. Zuerst schien sie nicht antworten zu wollen, doch dann sprach Varosch leise ihren Namen. Sie hielt inne, schaute zu ihm zurück und dann auf uns herab.

Sie deutete hoch zum steilen Dach des Wehrgangs. »Wenn ich von dort oben abspringe, verlängert es den Sprung.«

»Sie ist verrückt«, stellte Blix fest. »Ich glaube, ich mag sie irgendwie.«

»Der Dachfirst ist so steil, dass du dort keinen Anlauf nehmen kannst«, warnte Serafine. »Ein falscher Schritt, und du stürzt ab!«

»Ich habe nicht vor, einen falschen Schritt zu tun«, meinte Zokora und zog sich auf das Dach hinauf.

»Warte!«, rief ich, doch sie hielt sich an etwas fest, das ich gar nicht sehen konnte, und sprang dann wie eine Katze hoch, um die Kante mit einer Hand zu greifen. Ich selbst hielt mich an einem Balken fest und beugte mich nach außen, um das Geschehen verfolgen zu können.

»Zokora!«, rief ich hinauf. »Es muss einen anderen Weg geben!«

»Den wird es geben«, rief sie zurück. »Aber uns fehlt die Zeit! Schau!« Sie hob die Hand und wies gegen den bewölkten Himmel. Dort sah ich Wyvern über der Kronburg kreisen und auch dort niedergehen. »Während wir hier reden, töten diese Wyvernreiter jeden, den sie finden können.« Sie ging ein Stück zurück und drehte sich dann zu uns um. »Es sind nur ein paar Schritte«, sagte sie und lächelte zu mir hinab. »Schau einfach nicht hin.«

»Ja! Zehn Schritte! Kein Mensch und auch kein Elf springt so weit! Und dort unten sind Speere im Wasser! Du ...« Was auch immer ich sagen wollte, ich vergaß es, als sie unter ihrem Kettenhemd ihr Totem herausholte. Ich hätte schwören können, dass sie mir zuzwinkerte, bevor sie es küsste. Später wusste ich nicht mehr, ob meine Augen mich tatsächlich täuschten, aber für einen Moment erschien es mir, als ob dort nicht Zokora stand, sondern eine große geisterhafte Katze mit dunklen Augen, die weiße Zähne zeigte, sich zusammenkauerte, losrannte – und sprang!

»Götter!«, rief Varosch, als er sah, wie sie in unmöglich weitem Bogen über den Abgrund sprang, doch es war nicht die Katze, die dort flog, sondern eine menschliche Gestalt. In dem Moment, als sie gesprungen war, hatte sie sich schon zurückverwandelt.

»Ich glaube, ich mag sie nicht nur, ich fange an, sie zu lieben«, stellte Blix fest, was ihm eine hochgezogene Braue von Grenski einbrachte und einen Blick von Varosch, der leicht zu deuten war.

Ein solcher Sprung hatte meist eine harte Landung zur Folge, und als Zokora an der Brüstung des linken Balkons aufkam, hörten wir alle ihr dumpfes Stöhnen, als der Aufprall ihr den Atem nahm. Für einen langen Moment befürchteten wir alle, sie könnte sich nicht rechtzeitig fangen, doch dann zog sie sich über die Brüstung, krabbelte – dieses eine Mal ohne ihre übliche Eleganz – über einen der schlafenden Soldaten hinweg und verschwand im Torhaus. Kurz darauf rasselte die Brücke herab.

»Wie hast du das gemacht?«, fragte Serafine fassungslos, als uns Zokora grinsend entgegenkam. Varosch und sie hatten beide die Katze nicht sehen können, nur ich hatte mich weit genug herausgelehnt, um das Dach im Auge zu haben.

»Ich habe mir die Kraft meines Totems geborgt«, meinte sie mit einem feinen Lächeln und schien nicht einmal außer Atem. »Wollt ihr mich noch weiter bestaunen, oder helft ihr mir jetzt endlich, diesen Priester zu erschlagen?«

Kaum drüben angekommen, zerrte sie uns zur Seite, den Wehrgang entlang, und wir stiegen und sprangen über schlafende Verteidiger, bis wir den Ort sahen, von dem die Trommelschläge kamen.

Es war eine Wehrplattform direkt über dem Tor der Kronburg. Darauf stand der dunkle Priester, ein dunkler Elf im schwarzen Ornat Omagors, still und unbeweglich, den schwarzen Stab mit dem Totenkopf darauf in Richtung Kronburg ausgestreckt, vor ihm ein Paar Trommeln, die aus schwarzem Holz bestanden, auf dem schwach leuchtende Runen auszumachen waren. Welches Wesen das Trommelfell geliefert hatte, wollte ich erst gar nicht wissen. Er schlug nicht selbst, die Schlegel aus fahlem Gebein tanzten auf dem Fell, ohne dass eine Hand sie führte.

Zokora hatte recht behalten: dass das Tor der Kronburg noch immer verschlossen war, hatte ihn wohl nicht behindert.

Hinter ihm befanden sich die Zinnen des Tors, dahinter der Burggraben mit seinen spitzen Lanzen im Wasser. Weiter hinten konnte ich einen Teil des Paradeplatzes einsehen, dort lagen Hunderte auf dem Boden, ein paar wenige bewegten sich noch hier und da, doch der größte Teil von ihnen lag still.

Vor ihm lag der Hof der Burg, in dem vier Wyvern kauerten, die sich gerade an gerüsteten Kriegspferden und zwei Gardereitern gütlich taten, die sie mit überraschendem Geschick mit

Zähnen und Klauen von den Rüstungsteilen befreiten, bevor sie Stücke aus ihnen herausbissen. Andere Rüstungsteile, Blutlachen, ein einsames Hinterbein mit Huf und eine Hand, die noch immer eine Axt hielt, zeigten, dass der Festschmaus schon ein wenig länger andauerte.

Während ich den schwarzen Priester beobachtete, kam in mir erneut eine ungeheure Müdigkeit auf. Ich gähnte und lehnte mich gegen die Zinnen, im nächsten Moment fuhr ich auf und blickte in Zokoras rot glühende Augen, während ich mir meine brennende Backe hielt.

»Schau nicht auf die Trommeln«, fauchte sie leise. Neben mir rutschte Blix zu Boden; ich hielt ihn gerade noch fest, bevor er hart aufschlug. Varosch fing auch schon Sergeant Grenski auf. Ich versetzte Blix einen harten Schlag ins Gesicht, seine Augen öffneten sich nur kurz, dann schlief er wieder.

Zokora schob mich zur Seite, griff ihm in den Mund, schaute hinein und schüttelte dann den Kopf. »Er hat sie aufgegessen«, beschwerte sie sich. »Wofür habe ich ihn denn gewarnt?«

Ich hatte meine Zweifel, dass er sie freiwillig gegessen hatte. Grenski hatte ihre nur im Fallen ausgespuckt, und war dann auf sie gefallen.

»Hast du noch mehr von diesen Schalen?«, fragte ich die dunkle Elfe.

»Eine noch.« Zokora sah auf die beiden Soldaten nieder und schüttelte den Kopf. »Doch die will ich lieber behalten, sie sind auch für andere Dinge nützlich.«

»Kannst du sonst noch etwas für die beiden tun?«

»Ich lege sie so hin, dass sie nicht ersticken, und lasse sie dann schlafen. Sie werden erwachen, wenn wir den Priester erschlagen haben. Warum sind sie nur mitgekommen?«

»Sie waren vielleicht neugierig oder wollten helfen?«, schlug Varosch vor, als Zokora die beiden kaiserlichen Soldaten auf die Seite legte.

»Sie waren wenig hilfreich«, stellte Zokora trocken fest, stand auf und schaute zu dem Priester hin. »Gut. Er ist in tiefer Trance, sonst hätte er uns schon bemerkt. Aber wenn wir diesen Wehrgang nehmen, um zu ihm zu gelangen, wird er uns entdecken.

Wir müssen schnell und entschieden vorgehen, sonst überleben wir es nicht.«

»Also gut«, sagte ich. »Wie machen wir es?«

»Er steht mit dem Rücken zum Wassergraben«, meinte Serafine. »Ich glaube, ich weiß, wie ich ihn überraschen kann.«

»Das allein bringt uns nichts«, gab Zokora zu bedenken. »Wir müssen ihn auch noch von den Trommeln lösen, sonst setzt er ihre Kraft gegen uns ein.«

»Reicht es, wenn ich ihn zu uns herüberwerfe?«, fragte Serafine grimmig.

»Ja.« Zokora nickte. »Das sollte reichen.«

»Wie ist also der Plan?«, fragte ich.

»Varosch setzt ihm einen Bolzen in die Stirn, Serafine holt ihn, und wir schlagen auf ihn ein«, meinte Zokora. »Wenn wir das lange genug tun, wird er sterben.«

»Ich habe den Bolzen gesegnet«, meinte Varosch und nahm Maß.

»Finna«, fragte ich, »wie willst …«

»Dann los«, sagte Zokora und zog ihr schwarzes Schwert. Varoschs Armbrust erklang, der Bolzen flog davon, und mit einem ungewohnt hellen Gleißen schlug er dem Priester in die Schläfe ein.

Zugleich nahm Serafines Gesicht einen harten Ausdruck an, sie schloss die Augen und ballte die Fäuste. Unter mir hob sich das Wasser mit überraschender Geschwindigkeit aus dem Graben, formte sich zu einer Hand, die den Priester so schnell ergriff, dass er kaum mehr dazu kam zu reagieren. Genauso schnell, wie sie ihn ergriffen hatte, warf ihn die Hand mit Wucht auf den Wehrgang zu unseren Füßen, so hart, dass ich hörte, wie ihm die Knochen brachen.

Er lag dort, nass und blutend und zerschmettert, einen Bolzen quer durch den Schädel, und rührte sich nicht mehr. Wir sahen uns gegenseitig an.

»Das war einfach«, stellte Varosch grinsend fest.

Offenbar war der Priester jedoch ganz anderer Ansicht, denn er hob den Kopf vom Boden, während eine dunkle Wolke sich um ihn sammelte, die dicht und dick war wie Morast. Selbst Seelenreißer drang nicht schnell genug hindurch, um ihm den Kopf abzuschlagen. Vielmehr schien es mir, als duckte er sich in aller Ruhe unter meinem Schlag hindurch. Er zog sich nahezu gemächlich den Bolzen aus dem Kopf, der in seiner Hand aufglühte und als Asche davontrieb; nur die Spitze fiel herab.

»Einfach, meint ihr?«, fragte er im Plauderton und lachte.

Ein Windstoß warf uns alle vier zurück, drängte Varosch und Zokora gegen die der Kronburg zugewandte Wand, mich warf er fast über die Brüstung. Ich konnte mich gerade noch halten und sah dann zu meinem Schrecken, wie Serafine an mir vorbei in die Tiefe stürzte.

Die Wahl war einfach. Ich ließ Seelenreißer fallen und griff nach Serafine, doch ich bekam nur ihren Saum zu fassen, der unter meinen Händen riss; mit aufgerissenen Augen stürzte sie in den Wassergraben hinab, in dem sie Dutzende von spitzen Speeren erwarteten.

Nicht einen Ton hatte sie von sich gegeben, als sie fiel. Vielleicht wäre ich jetzt selbst auch hinabgestürzt, doch ein harter Schlag riss mich herum und von der Brüstung herunter, sodass ich auf dem Boden liegen blieb und stumpfsinnig den Priester anstierte.

Er hatte sich teilweise in Rauch verwandelt, der um ihn wogte, darin glühten dunkel seine Augen, mit der einen Hand hielt er Zokora am Hals gepackt, die sich mit beiden Händen an dem Arm aus Rauch verkrallte. Ihre Klinge hatte sie verloren, und so wie ihre Augen aufquollen, schien er nicht weit davon entfernt, ihr das Genick zu brechen. Damit nicht genug: Wo er sie hielt, überzog Raureif ihre dunkle Haut, und mit jedem Lidschlag schien sie dem Tod näher. Mit der anderen Hand holte der verfluchte Priester nun aus, ich riss die Arme zur Deckung hoch, dennoch traf mich der Schlag mit der Wucht eines Pferdehufs und schleuderte mich zurück. Zugleich warf er Zokora wie eine Puppe zur Seite, wo sie hart auf die Brüstung traf, herabrutschte und dort wie zerbrochen liegen blieb, während Raureif und Eis sich um sie formte und sie gefangen nahm.

»So nicht!«, rief der Feind und bleckte die Zähne, aus leerer Luft formte sich in seiner rechten Hand ein Schwert aus Dunkelheit und Rauch. Ich warf mich zur Seite, fast zu spät, denn schon sein erster Schlag ließ meine Brustplatte klingen und eine Spur von Kälte auf meiner Haut zurück.

Hinter ihm kroch Varosch zu seiner Armbrust, doch er erreichte sie nicht. Eine Geste des Priesters, und er flog zurück, während auch er von Raureif überzogen wurde. Doch diesen einen Moment hatte der Priester zum Adepten des Boron hingesehen, und das gab mir die Gelegenheit, die ich brauchte. Ich sprang ihn von hinten an und versuchte ihn zu packen, ihn zu halten, das Genick zu brechen, irgendetwas ... Doch es war, als bestünde er aus solidem, kaltem Eis; meine Finger rutschten von ihm ab, ohne ihm im Geringsten zu schaden, zugleich suchte mich eine ungeheure Kälte heim. Dann traf mich ein Rückhandschlag von ihm so fest, dass ich trotz der Rüstung meine Rippen knirschen hörte und mir der Atem stockte.

Diesmal zerschnitt mir sein Schwertstreich fast den Hals. Ich spürte die eisige Kälte, als die Klinge zu nah an mir vorüberzog.

»Seht die Macht unseres Gottes, Fehlgeleitete!«, rief der Mann und breitete die Arme aus, während dunkle Schlieren aus ihm entsprangen, die sich zu etwas formten, das auf unsägliche Art ein falsches Leben in sich trug und mich gierig musterte, etwas, das direkt den Höllen des Namenlosen zu entspringen schien.

Noch war es nicht vollständig ausgeformt, doch jetzt schon erfüllte es mich mit einem namenlosen Schrecken, der mir die Glieder schwer und eisig werden ließ, mit einer Angst, die mir den Atem raubte und die Gedanken nahm. Etwas in mir schrie und tobte, hieß mich, *irgendetwas* zu tun, doch ich stand nur da und sah stumpfsinnig zu, wie mein Schicksal sich zu erfüllen drohte.

Dann erblickte ich etwas hinter ihm, das mich erleichtert lächeln ließ. Nichts, das wir bis jetzt getan hatten, hatte den Mann erschüttert, aber mein Lächeln ließ ihn stocken.

»Mensch!«, lachte er. »Willst du mir weismachen, dass dort etwas ist? Der Trick ist so alt, dass deine Vorfahren noch Pelz trugen, als ...«, begann er, doch weiter kam er nicht. Seelenreißers Klinge fuhr durch seinen Hals, der Priester stand noch da, der dunkle Rauch zwischen seinen Händen verwehte im Wind, eine dünne rote Linie zog sich quer über seinen Hals, während er ganz allmählich verstand, was vorgefallen war.

Dann, mit einem Ausdruck ungläubigen Entsetzens im Gesicht, griff er an seinen Hals, doch es war zu spät. Ein wahrer Strom von Seelen entwich ihm, während er zu Boden fiel und sein Kopf vor Zokoras Füßen aufschlug, von der das Eis rasch zurückgewichen und dann ganz verschwunden war.

Auf der Brüstung, klatschnass und tropfend, doch am Leben, stand Serafine, mit einem harten Ausdruck im Gesicht und Seelenreißer in ihren Händen.

»So!«, sagte sie mit grimmiger Zufriedenheit. »Das wäre dann getan.« Dann weiteten sich ihre Augen, als Seelenreißers Gabe in sie fuhr. Hastig eilte ich zu ihr, hielt sie und hob sie von der Brüstung herunter, während sie zitterte, ihre freie Hand sich in meine Rüstung verkrallte und ein fahles Leuchten um sie herum entstand und fast so schnell, wie es gekommen war, auch schon wieder erstarb. Während ich sie hielt, verschwanden Kratzer und kleine Wunden von Gesicht und Händen, dann war es vorbei, und sie seufzte, während ich hastig Seelenreißer aus ihren Händen nahm. Das Schwert schien zufrieden, als es in die Scheide fuhr.

»Ist es immer *so*?«, fragte sie ehrfürchtig, während ich sie weiter hielt.

»Oft genug«, sagte ich leise. Ich wusste, wovon sie sprach, ich hatte es tausendmal erlebt. »Götter, ich glaubte dich verloren!«

»Havald«, sagte sie leise und lächelte ein wenig. »Wenn es um Wasser geht, brauchst du dich nicht um mich zu sorgen.«

Auch Varosch und Zokora, von denen das Eis vollständig geschwunden war, regten sich wieder. Wir lösten uns voneinander, ich ging zu Zokora, während Serafine sich um Varosch kümmerte. Zokora lehnte meine Hilfe ab und stand allein auf, ihr schien wenig zu fehlen, nur ihr linker Arm hing seltsam verdreht herab. Sie sah mit dunklen Augen zu mir hoch, fast, als ob sie mir einen Vorwurf machen wollte, und eilte dann zu Varosch.

»Es ist nichts«, sagte er zu ihr, während er sich mühsam erhob. »Nur ein paar blaue Flecken. Der Kerl schlug fester zu, als ein Maultier tritt!« Er sah auf die Reste des Priesters herab und schüttelte dann den Kopf. »Ich kann fast nicht glauben, was soeben hier geschah. Das ist der Diener eines falschen Gottes, und dass er solche Macht erhält, empfinde ich als ungerecht.«

»Das trifft es nicht, Varosch«, sagte Zokora und nahm den blutig tropfenden Kopf des Priesters an den Haaren und hielt ihn hoch, um ihn sich anzusehen. »Was dein Gott dir gibt, Varosch, ist ein Geschenk. Die Macht dieses Unheiligen hier hingegen ist gestohlen. Von anderen Göttern und den Seelen, die ihnen zugesprochen sind.« Dann warf sie den Kopf nachlässig über die Brüstung ins Wasser.

43. Die Prinzengarde

»Habe ich etwas verpasst?«, fragte Blix von der Seite und rieb sich benommen den Schädel, während sich neben ihm Grenski aufrichtete und sich umsah.

»Nur einen Verfluchten«, meinte Serafine und kicherte.

»Wir müssen weiter«, meinte Varosch und sah mit Abscheu auf den kopflosen Körper herab. Der Mann hatte die zierliche Statur der dunklen Elfen besessen, kaum zu glauben, welche Kräfte er entwickelt hatte.

»Ja«, stimmte Zokora ihm zu. »Wir haben noch genug zu tun«, meinte sie und rammte ihre linke Schulter gegen eine Mauer, um sich das Gelenk wieder einzurenken.

»Holt Eure Lanze heran und folgt uns dann«, wies ich Blix an und spuckte die Schale aus. Es mochte sein, dass sie uns geholfen hatte, aber Spinnen waren gar nicht mein Fall. Mochten sie auch noch so köstlich sein.

Serafine und Varosch eilten bereits los, ich hinterher, noch während hinter den Mauern ein Hornsignal gegeben wurde. Wir rannten in das Torhaus, dort die enge Treppe herab, hinunter zum Hof, wo die Wyvern waren. Als ich die Tür dort unten aufstieß, erhoben sie sich gerade in die Luft, bis auf eine, die den Kopf auf dem langen Hals zu uns herumschwenkte und weit das Maul aufriss.

Der Gestank, der mir entgegenschlug, war schon schlimm genug, doch hinten in ihrem Rachen loderte eine kleine Flamme …

»Zurück!«, rief ich und wollte die Tür vor ihrer Flamme schließen, doch die anderen drängten gegen mich, und es vergingen wertvolle Momente, in denen die Wyvern mich fixierte und einen angestrengten Gesichtsausdruck bekam … von der Seite her kam das Geräusch von stahlbewehrten Hufen, zu spät verstand das Biest die Gefahr, dann war der schwer gepanzerte Reiter heran, die Lanze tief und fest eingerückt und nahm das Biest auf seine Spitze, gerade als das erste Feuer kam.

Nur heiße Luft umspülte uns, während das Feuer neben uns am Stein kleben blieb und tropfte, die Wyvern selbst wurde zurückgerissen, der Reiter ließ die Lanze los und ließ sein Schlachtross geschickt über den geschuppten Körper springen, dann riss er die Zügel herum und brachte sein Ross vor uns zum Stehen, während im Hintergrund ein Hornsignal ertönte und hinter ihm eine weitere Wyvern zu Boden fiel, die von gut einem Dutzend Bolzen getroffen war. Die erste Wyvern zuckte noch einmal kurz und lag dann still, während noch immer Feuer aus ihrem Rachen auf die Pflastersteine tropfte.

Gegenüber diesen Ungetümen und dem Geruch von Schwefel tänzelte das Schlachtross nervös und stieg, doch der Reiter hielt es ohne Mühe, während er das reich verzierte Visier hochschob und uns mit blitzenden blauen Augen und einem weiten Lächeln begrüßte.

»Ich bin Tamin«, lachte er. »Ich nehme an, Ihr seid der General, der mich hat retten sollen?«

»Ihr kommt zur rechten Zeit«, rief ein anderer Reiter in schwarzer Rüstung, der neben dem Prinzen nun sein Pferd zügelte, durch das offene Visier erkannte ich Baron di Cortia, der seine Zähne zu einem breiten Grinsen bleckte. »Eine hübsche Rüstung habt Ihr da.«

»Danke«, antwortete ich ungehalten. »Darf ich fragen, warum Ihr aufgesessen seid?«

Es war der Prinz, der mir die Antwort gab. »Wir erhielten eben Nachricht, dass der Feind gerade durch das Osttor einmarschiert! Noch hält er ordentliche Reihen, Lanzengeneral, einen besseren Zeitpunkt wird es nicht geben, ich schwöre, wir werden durch sie fahren, wie die Sense durch die Ähren! Greift Euch einen Gaul aus unserem Stall und reitet mit uns, das darf man nicht versäumen!«

Mehr und mehr schwer gerüstete Reiter fanden sich im Burghof ein, bis vor Pferden in schwerem Rüstzeug kaum noch Platz zum Stehen war.

»Prinz«, rief ich über den Lärm zu ihm hinauf. »Wir sind hier, um Euch in Sicherheit zu bringen! Findet Ihr es klug ...«

»Nachher!«, rief er mir zu und zog sein Schwert und wies mit ihm auf die Zugbrücke. »Für Aldane und die Götter!«, schrie er, als die Brücke mit lautem Rasseln vor ihm fiel.

»Tamin!«, riefen die Ritter daraufhin zurück, gaben ihren Pferden die Sporen und ritten im Galopp davon, und die Hufe donnerten auf dem dicken Holz, sodass einem die Ohren dröhnten.

Ich sah ihnen hinterher, auf manchen dieser Lanzen flatterten noch Wimpel im Wind, und jede einzelne dieser Rüstungen glänzte im Sonnenlicht, als wäre sie ganz frisch poliert. Wie der Sturm ergossen sie sich über den Paradeplatz, ritten die Trommel nieder, teilten sich, um die herumliegenden Körper zu umreiten, und verschwanden auf der anderen Seite aus der Sicht, nur der Donnerhall der Hufe hallte noch zurück.

Serafine lehnte an der halb verkohlten Tür des Torturms und hielt sich die Hand vor ihren Mund, während ihre Schultern zuckten. »Das ...«, meinte sie dann mit halb erstickter Stimme, »... ist, was ich eine erfolgreiche Rettung nenne, Ser General!«

Selbst Varosch lachte leise und schüttelte seinen Kopf, während auf der anderen Seite des Hofs noch eine letzte Wyvern vom Himmel fiel.

»Wollen wir uns Pferde nehmen, Havald?«, fragte Zokora, auch sie schien ein Lächeln zu verbergen.

»Später«, sagte ich und zog meine Pfeife hervor. »Erst warten wir auf Blixens Lanze.« Ich lockerte eine der Schnallen, der letzte Hieb des Priesters hatte eine Delle in meinen Brustpanzer geschlagen, sie drückte unangenehm in meine Seite. Abgesehen davon konnte ich eine Pause vertragen, ich fühlte mich wie ein getretener Hund. Auch Varosch und vor allem Zokora sahen mitgenommen aus, doch sie taten, als wäre es nichts weiter.

»Wenigstens haben wir nun eines gelernt«, kicherte Serafine, der es von uns allen noch am besten ging.

»Was wäre das?«, fragte ich und zog scharf die Luft ein, als eine meiner Rippen knirschte.

»Wenn diese Wyvern Feuer speien, bereitet es ihnen angestrengte Magenschmerzen!«, prustete sie. »Habt ihr das Gesicht der Bestie gesehen, als sie würgte?«

Ich tat erst so, als würde es mich nicht berühren, doch dann hielt ich es auch nicht mehr aus und lachte trotz der schmerzenden Rippe mit.

Es dauerte nicht lange, bis Blix den Treppenabgang herunterrannte, seine Lanze stürmte hinterher, ich fragte mich nur, wie die Bullen über die schmale Brüstung bei dem Fallboden gekommen waren.

»Diese Aldanen«, beschwerte sich Schwertsergeant Avron und musterte die tote Wyvern mit sichtlichem Interesse. »Es hätte nicht viel gefehlt und sie hätten die Kronburg gegen *uns* verteidigt!«

»Im Moment kämpft Prinz Tamin mit seiner Garde gegen Soldaten Thalaks, die durch das Osttor einmarschieren«, sagte ich als Begrüßung. »So weit ist es nicht, kaum mehr als drei Viertel einer Meile ... wir werden ihn dort unterstützen.«

»Ay, Ser!«, meinte Blix und drehte sich um, die Lanze war nicht versammelt, stand wie ein wilder Haufen herum, doch es schien ihn nicht zu stören.

»Grenski!«, bellte er. »Macht diesem Haufen Beine ... schneller Marsch zum Osttor!«

»Ay, Ser!«, rief sie zurück. »Ihr faulen Hunde habt ja lange genug geschlafen, wollen wir mal mal sehen, ob ihr euch auch noch bewegen könnt!«

Diesmal waren es die stählernen Stiefel der Legion, die über die Brücke dröhnten. Die Bullen verfielen in einen schnellen Trott, noch immer im gleichen Schritt, doch diesmal deutlich schneller.

Als wir dem Osttor näher kamen und die Kampfgeräusche lauter wurden, fing ich an, diesen Prinzen Tamin zu verfluchen, denn es offenbarte sich sehr schnell, wie die Lage wirklich war.

Schwere Reiterei ist wie ein Hammer, der auf einen Fußsoldaten niederfährt, so gepanzert wie die Pferde waren, durchbrachen sie die feindlichen Reihen mit Leichtigkeit. Dafür ist die schwere Reiterei gedacht. Ein Fußsoldat, der sie auf sich zurasen sieht, wird denken, dass seine letzte Kerze brennt, oft ist es dann auch so, dass die Linien brechen, weil die Moral versagt ... aber auch nur, wenn es genügend Raum für die Flucht gibt.

Aber, gepanzert oder nicht, ein Pferd ist nicht so dumm, wie man vielleicht denken kann, gegen eine Wand aus Spießen getrieben zu werden, behagt ihm nicht. Egal, wie sehr man sich bemüht, ihm diese Klugheit auszutreiben, wird es doch nie ganz gelingen.

Der Feind hatte uns fünf Lanzen geschickt, nein, verbesserte ich mich in Gedanken. In Kriegszeiten war eine Lanze tausend und eine Tenet hundert Mann, also war es eine halbe Lanze. Fünf mal hundert Mann, in schwarzen Lederrüstungen, mit Schwert, Schild und langen Spießen. Nur die ersten zwei Tenets waren von dem Reiteransturm aufgebrochen worden, dreihundert Mann hielten noch die Formation und rückten nun nach vorne auf. Ganz dort hinten, nahe dem offenen Tor, sah ich drei der Feinde auf Pferden sitzen, und einer von ihnen trug die weiß geprägte Lederrüstung eines Kriegsfürsten … und auch wenn es fast vierhundert Schritt waren, schien es mir, als ob sich unsere Blicke kreuzten.

Di Cortia hatte nur insoweit recht, als der Ort dem Feind ungelegen kam, kam man durch das Osttor in die Stadt, öffnete es sich zu einer breiten Straße, die auf beiden Seiten von Gebäuden eingefasst war und den feindlichen Truppen kaum Platz ließ auszuweichen. So dicht gepackt, wie die feindlichen Soldaten marschierten, war die schwere Reiterei in sie gefahren wie die Axt in einen Block aus Holz. Doch blieb man beim Beispiel dieses Holzklotzes und nannte die Reiterei die Axt, dann war sie in einer Wand von Spießen im zweiten Holzklotz stecken geblieben.

Ein gutes Kriegspferd ist selbst eine Waffe, es lernt, die stahlbewehrten Hufe zu benutzen, sogar das Horn auf seiner Stirnpanzerung lernt es einzusetzen. Doch hat es keinen Raum, um sich zu bewegen, ist es am falschen Ort … und genau dies war hier geschehen.

Der erste Ansturm hatte die schwere Reiterei tief in den Feind getrieben, ohne ihn durchbrechen zu können. Und als sie ihren Schwung verloren, tat der Feind das, was man mit Reiterei so macht … man schneidet die Sehnen der Pferde und zieht die Reiter von ihrem Rücken herab.

Ich schätzte die Anzahl der aldanischen Reiter auf etwas unter zweihundert, als sie aus der Kronburg geritten waren, jetzt standen nur noch etwas über hundert, nur zwei knappe Dutzend ritten noch, darunter auch der Prinz und der Bannerträger der Aldanen. Schlimmer noch, der Feind hatte sich sichtlich von der Überraschung erholt und war dabei, die Reiterei einzukesseln.

Blix erfasste die Lage genauso schnell wie ich, er wartete nicht auf mein Kommando, sondern rief gleich den Befehl zum Sturm, und was eben noch ein unordentlicher Haufen Bullen war, der im schnellen Schritt hierherhetzte, schloss sich zu einer festen Formation, die in den kurzen Schritt verfiel, Visiere wurden geschlossen und verriegelt, und dann begann der Kampf.

Der kurze Schritt der Legionen war schon immer etwas, das mich irritierte, jetzt aber sah ich seine Wirkung. Blixens Lanze schritt langsam heran, fast gemächlich wirkte es, es gab keine Hornsignale oder Rufe, kein Banner, das im Wind wehte, nur dieser entschlossene Schritt, der von den Häusern widerhallte.

Sie griffen ihre Waffen fester, schlossen die Visiere... und dann marschierten sie in den Feind, als gäbe es ihn nicht.

Zokora brach zur Seite weg, hüllte sich in dunkle Schatten und ward nicht mehr gesehen, während Varosch mit grimmigem Gesicht in eines dieser Häuser rannte, Serafine blieb in meiner Nähe, doch sie zog nicht ihre Dolche, sondern bediente sich an zwei Gefallenen und deren Schwertern.

Wendis hätte mich vielleicht gebeten, in Sicherheit zu bleiben, doch Blix dachte nicht einmal daran, er und Grenski standen in der ersten Reihe; was der Ser Lanzengeneral jetzt tat, war für ihn nicht mehr von Belang.

Serafine hielt nun in jeder Hand ein Schwert, unter ihren Gewändern glänzten der Brustpanzer und der feine Kettenmantel ihrer Heimat. Mit grimmigem Gesicht nickte sie mir zu. Einen langen Moment zögerte ich; was war, wenn ihr etwas geschah?

Blix hatte für den Angriff einen stumpfen Keil gewählt, die Spitze bestand aus fünf Soldaten. Anders als die Reiterei ließ er den Feinden Platz und Zeit auszuweichen, was sie dann nur in die Flanken seiner Lanze brachte, so war es ihm und seiner Lanze möglich, geschlossen in den Feind hineinzuwaten. Während die

Spitze unerbittlich in den Feind eindrang, war es an den Seiten dieses Keils, wo das Schlachten stattfand. Sein Ziel war klar, der Bannerträger der Aldanen, dort, wo auch der Prinz zu finden war.

Als die Lanze mit kurzem Schritt immer tiefer in den Gegner eindrang, ließen sie an den Flanken manche Feinde lebend zurück, eine Gruppe feindlicher Soldaten sah Serafine und mich und stürzte auf uns zu.

Seelenreißer sprang aus seiner Scheide, ich legte unser Leben in Soltars Hand ... und stürmte dem Gegner entgegen.

Serafine tat das Richtige, sie blieb hinter mir und schützte meinen Rücken, half dort noch, wo ein Schlag mit Seelenreißers Klinge nicht genügend war.

Es war lange her, dass ich einen solchen Kampf erlebte ... Selbst die Schlacht am Pass war anders gewesen, dort standen wir in Deckung, und der Feind rückte uns entgegen, doch hier stürmte ich die Reihen unseres Gegners.

Seelenreißer gab mir gleich vier Dinge, die ihn so furchtbar machten: zum einen gab er mir mit jedem Leben, das er nahm, oft genug die Heilung meiner Wunden, dazu kam noch seine Art, die Dinge wahrzunehmen, selbst in meinem Rücken war ich nicht zu überraschen. Dazu kam die ungeheure Schärfe seiner Klinge, die sich auch durch Rüstungen aus Stahl kaum bremsen ließ. Hier traf er nur auf gehärtetes Leder, das er mit Leichtigkeit durchschlug. Die letzte Gabe war seine Geschwindigkeit; war ich selbst nicht schnell genug, übernahm er meine Muskeln, und wenn er sie auch zerrte, sein fahler Stahl war meist schnell genug, um einen Schlag zu parieren, oder hier Hand, Bein, Arm oder auch den Kopf zu nehmen.

Mit einem anderen Schwert war ich leicht zu schlagen, das hatte ich erst kürzlich wieder lernen müssen, doch mit Seelenreißer lenkte ich meine Schläge anders, stand hier ein feindlicher Soldat und dort sein Kamerad daneben, so plante ich den Schlag mit Ziel auf seinen Kameraden, der Erste fiel dann auf dem Weg.

Jedes Mal, wenn Seelenreißer eine Seele nahm, fuhr etwas durch mich hindurch, gab mir nicht nur Heilung und das Leben, sondern mehr, als ich zuvor gewohnt gewesen war. Warum es jetzt so anders war, darüber blieb mir keine Zeit zu grübeln. Es brauchte eine Weile, bis ich verstand, dass der Feind nicht vor Angst erstarrte oder vor Erschöpfung langsam war. Ich war es, der sich immer schneller bewegte. Bilder zogen an mir vorbei, verzerrte Fratzen, oder grimmige Gesichter, Schwerter, die blutrot glänzten, ein Arm, der langsam fiel, während sein Besitzer auch noch einen Teil des Hauptes verlor, irgendwann hörte ich auf zu denken, gab mich zur Gänze Seelenreißer hin.

Es war ein Albtraum, mit Blut und fernen Schreien, angstverzerrten Fratzen und immer wieder dieser fahle Stahl, der gnadenlos durch ihre Leiber fuhr, ein Rausch der immer schneller kam, immer neues Leben forderte, zugleich erschien die Schlachterei mir endlos, doch dann, nach Hunderten von Jahren, wurde ein Horn geblasen und die feindlichen Soldaten wichen zurück. Einer rannte noch zu nah an mir vorbei, Seelenreißer zuckte hoch und vor, dann war es vorbei.

Schwer atmend stand ich da und versuchte zu verstehen, was ich sah. Die Gegner, was von ihnen übrig war, suchten und fanden eine ordentliche Formation, mit Spießen, die sie uns entgegenreckten ... doch wir griffen nicht mehr weiter an. Blixens Lanze marschierte an mir vorbei, während ich mich an die nächste Hauswand lehnte.

»Bist du verletzt?«, fragte ich Serafine leise, mir schien es nicht so, doch bei dem vielen Blut konnte ich nicht sicher sein.

»Nein«, gab sie erschöpft Antwort. »Ein Kratzer hier und da ...« Sie sah auf ihre Schwerter herab und ließ sie fallen. »Ich habe genug von Kampf und Krieg«, sagte sie leise. Ich nickte nur, und wir sahen schweigend zu, wie Blixens Legionäre das Osttor schlossen.

Eine Gestalt in schwarzer Rüstung, mit dem Wappen Aldanes und reichlich Gold verziert, trat an uns heran. Die Rüstung zeigte Spuren dieses harten Kampfs, und vom linken Handschutz tropfte Blut. Hinter dem offenen Visier sah ich wieder diese blauen Augen, aber kein Lachen mehr.

»Ich habe die Geschichten, die ich über Euch hörte, nicht geglaubt«, sagte Prinz Tamin heiser. »Jetzt weiß ich es besser.« Er sah sich auf dem Schlachtfeld um, sah die Toten, die vereinzelt frei laufenden Pferde und dann dorthin, wo der Bannerträger lag. »Ein teurer Sieg. Und ohne Eure Hilfe wäre es keiner gewesen.«

»Warum seid Ihr so dumm gewesen?«, fragte ich müde.

Tamin sah mich an und schüttelte ganz leicht den Kopf. »Das hat schon lange niemand mehr so direkt zu mir gesagt.«

»Es war dumm«, beharrte ich, während ich mich selbst betrachtete, meine Rüstung war über und über mit Blut beschmutzt und jetzt noch viel verbeulter, ich fühlte die klamme Nässe sogar auf meiner Haut. Serafine sah nicht viel besser aus als ich, wir boten beide einen erschreckenden Anblick, doch obwohl weitestgehend unverletzt, schien sie mir unter diesem fremden Blut sehr bleich.

»Ja, das war es«, gestand der Prinz, während er zusah, wie einer seiner Männer wie betäubt umherirrte, nicht zu wissen schien, wer und wo er war. »Wollt Ihr die Wahrheit wissen, Ser General?«

»Nur zu.«

»Es schien das Einzige, was wir noch tun konnten. Wir verloren die Hälfte der Garde an den Wahn, noch bevor wir uns in die Kronburg zurückziehen konnten. Meine Untertanen liegen vergiftet in ihren Betten, ich herrsche über eine Stadt der Toten. Als wir erwachten, fanden wir in unseren Reihen Feinde vor, die uns im Schlaf die Kehlen aufschlitzten. Dann kam die Meldung, dass der Feind durch dieses Tor marschiert ...« Er zuckte mit den gepanzerten Schultern. »Wir berieten, was zu tun war, und beschlossen, so zu sterben, nicht zu warten, bis der Wahn auch uns ergreift. Es erschien uns einfach sinnvoll, gut zu sterben.« Er lächelte verbissen. »So gesehen, war es nicht so dumm.«

»So gesehen nicht«, sagte ich müde. »Nur solltet Ihr wissen, Hoheit, dass der Wahn in zwei bis drei Nächten vorbei sein wird. Ihr habt Verluste zu beklagen, doch es sind nur Hunderte, vielleicht auch über tausend, doch der Rest Eurer Untertanen wird bald erwachen, geschwächt und vielleicht von üblen Träumen geplagt, doch lebend.«

»Wer nicht vom Wahn befallen war, vergaß sich um sich selbst zu sorgen, mein Leibarzt sagte mir, dass auch sie sterben werden, wenn nicht am Wahn, dann am Hunger oder dem Durst. Ihr sagt jetzt, dass er sich irrt?«

»Hoheit, über Zeit wäre das vielleicht geschehen. Doch das Gift verliert die Wirkung, wenn man es nicht weiter zu sich nimmt.«

»Dafür danke ich den Göttern«, seufzte er und ließ seinen Blick über das Schlachtfeld gleiten. »Dann war es nicht umsonst.«

»Gab es auch in der Kronburg Opfer dieses Wahns?«, fragte Serafine. Auch di Cortia hatte den Kampf überlebt, auch wenn Mann und Rüstung mehr gelitten hatten als der Prinz. Er trat nun an uns heran, doch sagte er vorerst nichts, stützte sich nur müde gegen eine Hauswand, die blutige Klinge noch in der Hand, sah sich nach weiteren Gefahren um.

»Ja, aber nicht sehr viele«, antwortete jetzt der Prinz, allerdings ohne Serafine anzusehen. »Wir haben einen tiefen Brunnen in der Burg, der uns allen das Wasser gibt. Doch im Gegensatz zu den Brunnen in der Stadt, wird dieser dort bewacht.« Er griff an seinen Helm und löste ihn, hielt ihn vor sich, um die tiefe Schramme an der Seite zu betrachten, dann ließ er ihn achtlos fallen. »Was nun?«, fragte er.

»Lasst die anderen Tore überprüfen und verstärken, dann müssen wir warten, um zu sehen, wie viele Eurer Untertanen aus dem Schlaf und diesem Wahn erwachen.«

»Das wurde bereits veranlasst. Das Nordtor dürfte kein Problem mehr sein«, sagte di Cortia erschöpft. »Doch am Südtor dringt der Gegner ein. Ich habe soeben Meldung davon erhalten.«

»Götter«, fluchte der Prinz und bückte sich, um seinen verbeulten Helm wieder aufzunehmen. »Also ist es noch nicht vorbei. Ein Pferd für mich, Baron«, wies er di Cortia an.

Ich sah an mir herab und seufzte, es gab nichts, das ich mehr wollte, als das Blut von mir zu waschen.

»Habt Ihr auch noch Pferde für uns übrig?«, fragte ich.

»Nehmt Euch irgendeines«, sagte der Prinz bitter. »Von den Pferden gibt es jetzt mehr als von uns.«

Ich wies Blix an, zum Tempelplatz zurückzukehren; brach der Feind am Südtor durch, wollte ich die Menschen auf dem Platz geschützt wissen. Seine Lanze hatte überraschend wenig Verluste zu beklagen, nur zwei waren zu Soltar gegangen, vier weitere waren zu schwer verletzt, um weiterzukämpfen. Ich verstand allmählich, woher der Ruf der Bullen rührte.

Dann griffen Serafine und ich uns ein Pferd und ritten mit dem Prinzen und dem Rest seiner Reiterei. Pferde sind klug genug, um zu wissen, dass der Geruch von Blut ihnen nichts Gutes verheißt; obwohl das Streitross darin geübt war, dies zu ignorieren, hatte ich Mühe, es davon zu überzeugen, mich auf seinem Sattel zu dulden.

Zokora und Varosch kamen nicht mit uns, sie kümmerten sich bereits um die Verwundeten … ich war froh darum, denn kaum jemand kam an Zokoras Heilkunst heran.

Doch als wir mit dem Rest der königlichen Garde das Südtor erreichten, war die Schlacht bereits vorbei.

»Wir hätten sie vielleicht geschlagen«, erstattete Lanzenmajor Wendis mir Bericht. »Wir erhielten zu spät Warnung, dass der Feind hierher kam, doch ich schickte die Achte ihnen entgegen.« Er wies auf das Schlachtfeld vor uns. »Paltus bezog hier Stellung, ich schickte zudem unsere besten Schützen in die Häuser und auf die Dächer hier … in der Hoffnung, dass sie uns angreifen würden. So geschah es auch. Die Achte wankte nicht, und der Gegner stand so dicht gedrängt vor unseren Reihen, dass fast jeder Bolzen ein Ziel fand.« Der Major wischte sich die blutige Stirn ab. »Sie waren nicht so dumm, dies lange zu ertragen, zogen sich zurück und taten das, was ich befürchtete, sie versuchten uns zu umgehen. Ich teilte die Achte auf, um ihnen den Weg zu versperren, doch so weit kam es dann nicht. Ein Hornsignal rief den Feind zum Rückzug … warum, das kann ich Euch nicht sagen. Nur dies: Die Tore sind verschlossen, und der Feind hat sich außer Sicht zurückgezogen.«

»Er zog sich zurück?«, fragte der Prinz überrascht. »Einfach so?«

»So ist es, Hoheit«, sagte Wendis müde. Sein Blick schweifte über die Toten und die Verletzten. »Und ich bin froh darum.«

44. Die Feder

»Der Feind ist beachtlich«, meinte Blix später. Wir befanden uns in einem Gasthof am Tempelplatz, den wir für unsere Zwecke nutzten, nachdem wir ihn verlassen und geplündert vorgefunden hatten. Was an Vorräten noch zu finden war, fand jetzt den Weg in einen Bullenmagen, zugleich notierte eine Feder alles, was wir aßen.

Blix saß mit nacktem Oberkörper am Brunnenrand und ließ sich von Grenski einen üblen Schnitt am Rücken nähen. »An Entschlossenheit und Kampfeswille mangelt es ihnen nicht, auch sind sie sehr gut ausgebildet. Ihre Stärke und Schwäche zugleich sind diese Lederrüstungen, diese machen sie schneller und beweglicher, aber gegen Bolzen oder Schwerter bieten sie kaum Schutz.« Er sah zu mir, ich stand fast nackt beim Brunnen und wusch mir das Blut vom Leib. Zokora meinte, man müsse das Wasser trinken, damit das Gift Wirkung zeigte, ich hoffte nur, dass es so war. Ich fühlte mich wie zerschlagen und wollte schlafen, doch das kalte Wasser in Verbindung mit dem frischen Wind belebte meine Lebensgeister.

»Sie brachten uns arg in Bedrängnis«, erinnerte ich den Schwertmajor. »Ein Wunder, dass wir nicht mehr Verluste zu beklagen haben.«

Serafine hatte sich im Stall gewaschen, als sie wiederkam, trug sie nur ihr Unterhemd und Hosen, die Rüstung hatte sie zurückgelassen. Blix warf ihr einen bewundernden Blick zu, den sie ignorierte.

»Ihr dürft eines nicht vergessen, General«, sagte Blix, als Serafine mir eine frische Uniform reichte. »Die Bullen sind die beste schwere Infanterie, die es auf dieser Weltenkugel gibt. Es war klug vom gegnerischen Kommandanten, seine Lanze zurückzuziehen. Im Nahkampf sind wir nur schwer zu schlagen.« Ein ferner Schrei ertönte, und wir sahen hoch zum Himmel, wo in der Höhe Wyvern kreisten.

Schon auf See hatte ich gelernt, wie groß der Vorteil war, den diese Bestien unserem Gegner gaben, er wusste alles, was wir taten, während wir nur seine Absicht raten konnten.

»Der Gegner kam mir viel zu früh«, meinte ich, während ich mir meine Jacke zuknöpfte und froh darum war, nicht länger klebriges Blut an meinem Körper zu spüren. »Ich hoffe nur, dass es nicht mehr als eine Vorhut ist.«

»Das lässt sich noch nicht sagen«, meinte Blix. »Dazu müssen wir noch die Gefangenen befragen.« Er sah mich fragend an. »Ihr habt gehört, was mit den Gefangenen geschah?«

Ich nickte nur. Man hatte mir berichtet, dass viele von ihnen sich selbst getötet hatten, mit einem Gebet an ihren falschen Gott und Kaiser in den Tod gegangen waren. Danach wurde jeder, der gefangen oder verwundet war, zuerst gefesselt. Ich war mir sicher, dass wir bald mehr wissen würden, denn Zokora war schon immer gut darin gewesen, Antworten auf ihre Fragen zu erhalten.

»Es ist nur eine Vorhut«, teilte uns Zokora etwas später mit, nachdem sie aus dem Keller kam, wo sie einen der Gefangenen verhört hatte.

»Sie hat mehr als diese eine Antwort«, lächelte Varosch und schüttelte ungläubig den Kopf. »Sie sehen Zokora, und man könnte meinen, sie sterben gleich vor Angst!« Ich sah hin zum Kellereingang, wo zwei Bullen den Gefangenen die steilen Treppen hochtrugen. Er war gefesselt, also war er doch nicht tot.

»Ich habe ihn nicht einmal angefasst«, sagte Zokora leicht erheitert. »Es war auch nicht vonnöten!«

»Sie schlich um ihn herum wie eine Katze und sagte etwas in ihrer Sprache«, schmunzelte Varosch. »Ich gebe zu, es klang bedrohlich. Jedenfalls kam er sich sogleich verflucht vor und war geradezu glücklich, unsere Fragen beantworten zu dürfen, wenn sie nur den Fluch zurücknähm!«

»Was hast du denn zu ihm gesagt?«, fragte ich Zokora neugierig.

»Dass ich ihn töten werde, wenn er nicht jede Frage wahrheitsgemäß beantwortet.« Sie zuckte die Schultern. »Vielleicht versteht er meine Sprache ja, wer weiß.«

»Gehören sie zu der Legion, die wir erwarten?«, kam ich auf den Punkt zurück. »Oder gibt es mehr als nur die eine?«

»Nein. Nur diese Legion. Bis jetzt. Wie wir es uns schon dachten. Sie ist durch Rangor gezogen.«

»Also hat König Kesler tatsächlich klein beigegeben«, stellte ich fest.

»So ist es«, sagte Zokora. »Der Gefangene gibt an, dass sie freies Geleit zur Grenze hatten.«

»Es würde mich nicht wundern«, meinte Serafine. »Wir wissen, dass der Angriff von langer Hand vorbereitet ist. Aldane und damit auch Askir scheinen das Kernziel darzustellen. Außerdem besitzt Rangor kaum eigene Streitkräfte, bislang waren sie nicht nötig.« Sie zuckte die Schultern. »Wenn dort eine Legion einmarschierte, wüsste ich auch nicht, was König Kesler hätte tun können.«

»Vielleicht uns warnen, dass er sich ergibt?«

»Er tat es nicht. So ist es nun einmal, das Warum ist jetzt wohl kaum noch von Belang.«

Vielleicht. Vielleicht auch nicht. Ich gähnte. »Wie viele Truppen hat der Feind?«, fragte ich Zokora.

»Weniger als eine volle Lanze ... was von der Vorhut übrig ist. Der Rest der Legion wird in drei Tagen hier erwartet.«

»Weißt du, welchen Weg sie nehmen werden?«

»Keiner der Gefangenen konnte mir das mit Bestimmtheit sagen«, antwortete die Dunkelelfe. »Doch man scheint es eilig zu haben, und sie selbst sind durch den Eisenpass marschiert.«

»Warum haben sie nicht auf die Legion gewartet?«

»Die Lage nach der Flut erschien zu günstig, um noch länger zu warten. Diese Lanze marschierte Tag und Nacht, um so schnell wie möglich hier zu sein. Man sagte ihnen, dass kaum mit Widerstand zu rechnen wäre.«

Ja. Das hatte ich mir fast schon gedacht.

Also hatte es die Feindlegion sehr eilig. Da die Vorhut unbehelligt den Eisenpass passieren konnte, gab es für den Kriegsfürst keinen Grund, nicht auch den Pass zu nehmen. Ich hoffte nur, dass uns noch Zeit verblieb, ihm seine Pläne zu verderben.

Anschließend machten wir uns auf den Weg zurück zur Flottenbasis; ich war wie tot auf meinen Füßen und wollte nur noch eines, schlafen. Wendis hatte darauf bestanden, dass uns eine Tenet der Achten begleitete, aber nichts geschah. Es war bedrückend, durch diese Straßen zu gehen, ab und zu durch Fenster diese sabbernden Gesichter zu sehen. Zokora und Varosch waren nicht mit uns gekommen, sie wollten noch weitere Gefangene verhören.

Wir gingen den größten Teil des Weges schweigend, bis Serafine das Wort ergriff.

»Woher nimmst du deine Zuversicht?«, fragte sie leise.

»Welche Zuversicht?«, fragte ich verwundert.

»Du zweifelst nie, wenn du befiehlst«, meinte sie ernsthaft. »Diese Sicherheit sehen auch die, denen du befiehlst, es lässt sie hoffen, dass wir erfolgreich sind.«

Ich lachte müde. »Dann sind sie blind. Ich kann kaum entscheiden, ob ich zuerst den linken oder rechten Stiefel schnüren soll, ohne dabei an mir zu zweifeln.« Ich schaute zu ihr hin. »Deshalb hole ich mir auch so oft von anderen Rat.«

»Was klug ist«, meinte sie und schmunzelte ein wenig.

»Gut«, sagte ich und wies zum Himmel hoch, wo eine Wyvern kreiste. »Hast du einen Rat für mich, was wir gegen diese Biester tun sollen?«

»Leider nein«, schmunzelte sie. »Aber früher oder später wird uns etwas einfallen.«

»Früher wäre mir jetzt lieb. Sie gehen mir auf das Gemüt!«

Es war erst knapp vor der fünften Glocke, und noch gab es viel zu viel zu tun. Ich stand vor dem Semaphorenturm und wunderte mich darüber, dass er noch stand. Die Flut hatte eines der Schiffe hier im Hafen aus dem Wasser gehoben und gegen ihn geworfen und so einen Teil des Erdgeschosses eingedrückt. Dass er überhaupt noch stand, war nur den gespannten Tauen zu verdanken, die den Turm verankerten, doch obwohl im Moment kaum mehr als eine leichte Brise ging, sah ich ihn schwanken.

Wendis schob seinen Helm zurück und sah zweifelnd hoch zu diesem Turm.

»Die Federn sagen mir, dass er jeden Moment zusammenbrechen kann. Diese Semaphorenarme sind schwerer als sie aussehen, wenn wir sie bewegen, wird das den Turm belasten. Es ist kaum davon auszugehen, dass es uns gelingen wird, eine volle Nachricht abzusetzen.«

»Es ist unsere einzige Möglichkeit«, beharrte ich und wandte mich an den jungen Mann der Federn, der bei uns stand.

»Ihr versteht, wie wichtig diese Nachricht ist?«

»Ay, Ser, Lanzengeneral, Ser!«

Er schien mir viel zu jung, um schon ein Korporal zu sein, ein schlanker junger Mann mit Sommersprossen, feuerrotem Haar und wachen grauen Augen.

Ich sah hoch, dorthin, wo die langen Semaphorenarme im schwachen Wind schwankten.

»Dann los«, sagte ich, die Feder salutierte und eilte zu dem Turm, um über den geborstenen Bug durch ein Loch den Weg hineinzufinden. Dann sah ich ihn, wie er behände wie ein Affe die steilen Leitern höher und höher kletterte, bis ich ihn kaum mehr klar erkennen konnte.

»Seht«, sagte Wendis leise und wies auf das Erdgeschoss des Turms. Dort, an der linken Seite, wo die Wand nur noch zur Hälfte stand, trug der Wind grauen Staub davon, der aus den Ritzen kam. Während ich noch zusah, riss mit lautem Knall einer dieser massiven Steine, ein Eckstück flog heraus, als hätte man es mit dem Hammer ausgetrieben.

»Er hat einen Bruder, aber sonst keine weitere Familie«, erklärte Wendis leise, während die junge Feder sich über die letzte Plattform zog und aus unserer Sicht verschwand. »Er hat sich freiwillig gemeldet. Die anderen Federn, die noch dafür ausgebildet sind, haben Frau und Kinder.«

Dort oben begannen die langen Arme sich zu bewegen, während hier unten dieser graue Staub aufstieg. Serafine gesellte sich zu uns und sah zweifelnd in die Höhe.

»Der Turm beginnt sich zu drehen«, stellte sie dann leise fest. »Es wird jeden Moment geschehen. Wir sollten uns an einen anderen Ort begeben.« Sie maß die Höhe des Turms mit ihren Augen ab. »Wenn er fällt, ist er groß genug, um uns auch hier zu treffen.«

Ich sah den Sinn ihrer Worte nur widerwillig ein, doch auch Wendis nickte, also gingen wir zurück, suchten uns einen Platz nahe der Ecke des Zeughauses; sollten die Trümmer des Turms bis hierher fallen, blieb uns noch die Zeit, uns hinter der Ecke in Sicherheit zu bringen.

Als es dann geschah, geschah es schneller, als ich es mir hatte vorstellen können. Eine Wolke grauen Staubs stieg auf, dann wölbte sich der Rest der Wand nach aussen, um berstend einen Lidschlag später zu brechen. Der Turm drehte sich ein wenig und kippte dann zur Seite weg, während er zugleich in sich zusammenfiel. Und während er schon fiel, bewegte sich noch einer dieser Semaphorenarme.

Serafine sollte recht behalten, der Turm war groß genug, dass die Spitze noch bis ins Hafenbecken fiel, und er eines der gestrandeten Schiffe unter sich zerschlug.

Eine riesige Fontäne stieg im Hafenbecken auf, als die Spitze des Turms dort einschlug, Holz- und Steinsplitter flogen an uns vorbei, und ich schmeckte den grauen Staub zwischen meinen Zähnen.

Ich sah zum aufgewühlten Wasser hin, hoffte gegen jede Vernunft, dass es dem jungen Ser gelungen wäre zu überleben. Serafine presste meine Hand, ich sah zu ihr, sie schüttelte nur leicht den Kopf. »Ich kann ihn im Wasser fühlen«, flüsterte sie mir zu. »Er liegt unter Stein begraben.«

Eine ältere Feder trat an mich heran, es war derselbe Mann, der mir das letzte Mal geholfen hatte. Grauer Staub lag auf seinen Zügen und ließ es wie eine steinerne Maske wirken.

»Er hat den größten Teil der Nachricht senden können«, teilte er uns mit.

»Danke«, sagte ich, er sah mich lange an, dann nickte er, salutierte und machte auf dem Absatz kehrt.

»Wie hieß der Mann?«, fragte ich den Lanzenmajor.

»Aren, Ser«, sagte Wendis rau. »Sein Name war Aren.«

»Wenn wir die Einundzwanzigste noch schlagen können, ist es sein Verdienst gewesen.«

»Ay, Ser«, sagte Wendis bitter und salutierte. »Soltar kann es ihm ja sagen, wenn er vor ihm steht.«

Als wir in der Messe waren und das Abendessen zu uns nahmen, stießen auch Blix und Grenski zu uns. Hätte ich nicht von seiner Verwundung gewusst, so hätte ich sie nur schwer erahnen können, der Major schonte sich kaum.

Es war fast die sechste Glocke, ich war rechtschaffen müde und bereit, auch hier auf dem Tisch einzuschlafen, doch ich zwang mich, wach zu bleiben.

»Es gibt ein Problem«, sagte Blix und hob zwei Finger, um für sich und Grenski das Dünnbier zu bestellen. »Der Prinz wünscht nicht zu gehen, bevor er sicher ist, dass seine Stadt erwacht.« Er schüttelte den Kopf. »Er sagt, alles andere wäre feige.«

»Diese Aldanen und ihre Ehre«, fluchte ich leise. »Es ist jetzt die beste Gelegenheit. Ihr Angriff ist misslungen, die Stadt wacht bereits auf. Der Kriegsfürst, der diese Lanze anführt, weiß das, und auch, dass seine Leute müde sind. Sie werden lagern und auf den Rest ihrer Legion warten, bevor sie etwas anderes unternehmen. Sie können nicht alle Tore bewachen und uns kaum daran hindern durchzubrechen.«

»Genau deshalb will der Prinz einen Angriff auf das Lager des Feindes wagen. Er hat es ausspähen lassen, sie sind schon dabei, Speere einzugraben, um sich vor Reiterei zu schützen. Er sagt, jetzt wäre die letzte Gelegenheit, den Feind anzugreifen, und bittet darum, dass wir ihn verstärken.«

»Götter«, fluchte ich. »Eine Schlacht hat er mühsam überstanden, und jetzt will er schon die nächste wagen? Was sagt Ihr dazu, Major?«

»Es sind noch etwa siebenhundert, die der Feind übrig hat«, antwortete der Major bedächtig. »Sie sind hart marschiert, und diese beiden Schlachten haben sie zudem zermürbt, ich wette, sie sind es nicht gewohnt zu fliehen.«

»Es war ein geordneter Rückzug, Kurtis«, meldete sich Grenski zu Wort und nahm die beiden Bier von dem Tablett des Schwertrekruten, der in der Messe Dienst tat. »Keine Flucht in Panik.«

»Auch gut. Dann sind sie den Rückzug nicht gewohnt. Wenn wir alles auf eine Karte setzen, können wir fünfhundert ins Feld werfen«, sagte der Major.

»Aber die Stadt wäre ohne Schutz«, warf ich ein.

»Ja. Doch der Prinz meint, dass wir die Stadt nur deshalb halten konnten, weil der Plan des Feinds misslungen war. Er will ihnen keine Zeit geben, einen neuen auszuhecken, wer weiß, über welche Kräfte und Magien sie noch verfügen. Er denkt, wenn wir sie gewähren lassen, könnte die Stadt doch fallen. Jetzt, wo sie müde sind und nicht mit einem Angriff rechnen, wäre daher der geeignete Moment ihnen darin zuvorzukommen.«

Tamins Befürchtungen waren vielleicht berechtigt, dennoch, es gefiel mir nicht.

»Dieses feindliche Lager vor der Stadt, was wisst Ihr darüber?«, fragte ich den Schwertmajor. Der winkte eine Feder heran und bat den Soldaten, ihm Papyira, Feder und einen Kohlenzweig zu bringen.

Während ich fasziniert zusah, zeichnete er mit raschen, sicheren Strichen einen Teil des Ostwalls ein, dann den Graben, die Handelsstraße, die nach Osten führte, und einen kleinen Ort, mehr eine Ansammlung von Häusern, der unweit des Osttors an dieser Straße lag.

»Er hat sich den besten Ort gesucht, den es weit und breit hier gibt, und sich dort eingenistet«, erklärte der Major, während er noch zeichnete. »Hier stand einst eine unserer Wehrstationen, deshalb gibt es dort auch einen Brunnen. Der Hügel, auf dem diese Gebäude stehen, gibt ihnen einen Vorteil, da es dort nur Felder gibt, auch eine weite Sicht.«

Er maß mit gespreiztem Daumen und kleinem Finger die Entfernung ab. »Ich weiß nicht, ob sie wissen, dass die Katapulte nicht zu benutzen sind, jedenfalls halten sie sich außer Reichweite. Wir müssten einen Ausfall wagen, um sie anzugehen, und sie werden uns von Weitem kommen sehen. Sie graben sich ein, so schnell sie können, ziehen Gräben, hier und hier, verstärken sie mit gespitzten Balken und spannen Seile gegen die Reiterei dazwischen. Nach dem Regen in den letzten Tagen ist das Ackerland abseits der Straße weich und schlammig und wird die Reiterei behindern.« Blix schaute von der Karte hoch zu mir. »Sie halten sich an das Lehrbuch der Legionen. Wenn wir sie dort angreifen, werden wir einen hohen Blutzoll zahlen. Anders als der Prinz denke ich nicht, dass sie noch einmal versuchen werden, die Stadt allein zu nehmen. Wir sollten sie dort liegen lassen, man kann sehen, dass sie sich dort eingeigelt haben, um auf den Rest der Legion zu warten; bis diese kommt, haben wir wenig genug von dieser Lanze zu befürchten. Außer natürlich, dass die Lanze uns die Handelswege blockiert.«

»Und wenn wir sie trotzdem angreifen? Was meint Ihr, können wir gewinnen?«

Er sah auf seine Zeichnung herab und seufzte dann. »Ja. Aber nur unter hohen Verlusten. Ich rate dringend, davon abzusehen.«

»Aber der Prinz hat es sich in den Kopf gesetzt.«

»So ist es wohl.« Er besah sich die Karte erneut, zeichnete noch einen Wachturm ein, vervollständigte noch einen Graben. Und schüttelte den Kopf.

»Es ist ein Fehler. Doch wenn es sein muss, dann nur unter einem gemeinsamen Befehl. Ich will meine Soldaten nicht hinter wilden Reitern herrennen lassen. Sie sollen uns die Bresche schlagen, dafür ist die Kavallerie geschaffen worden, doch dann schon so, dass wir sie auch nutzen können. Heute Mittag wäre es beinahe ein Gemetzel geworden, und dieser Kampf wird erneut zu einem werden! So gewinnt man keinen Krieg!«

Ich nickte. »So sehe ich es auch.«

»Ich bin froh darum«, entgegnete Blix. »Es ergibt keinen Sinn, gute Männer wegzuwerfen.«

Ich sah grübelnd auf die Zeichnung, versuchte, ihren Sinn zu sehen.

»Ihr spracht von dem Lehrbuch der Legionen. Erzählt mir mehr davon. Legt man ein Lager immer auf diese Art und Weise an?«

»Ay, Ser«, sagte er. »Es hat sich über Jahrhunderte gegen fast jede Form des Angriffs als gut bewiesen.«

»Derart eingeigelt und eingegraben, wird ein Rückzug freilich kaum mehr möglich sein.«

»Dafür ist es auch nicht gedacht.«

»Hm«, sagte ich. »Es ist gegen fast jede Art des Angriffs gut. Gegen welche Art denn nicht?«

»Kriegsmaschinen. Katapulte. Dann wäre diese Art des Lagerns eine Todesfalle. Sind Katapulte im Spiel, muss man versprengt lagern, um den Geschossen kein gedrängtes Ziel zu bieten. Doch selbst wenn wir die Katapulte noch benutzen könnten, wäre der Boden zu weich und sie zu schwer, um sie gegen das Lager in Stellung zu bringen. Abgesehen davon, dass es Tage dauern würde, sie aufzubauen. Nein, Ser Lanzengeneral, unser Feind hat auch das bedacht.« Er seufzte. »Es führt kein Weg daran vorbei, wir werden bluten müssen, wenn wir dort angreifen.«

»Vielleicht auch nicht«, sagte ich nachdenklich. »Lasst einen Boten zu dem Prinzen schicken und teilt ihm mit, dass wir den Plan unterstützen, doch nur dann, wenn die Reiterei sich unter unserem Befehl stellt. Die Diplomatie könnt Ihr Euch sparen, der Prinz weiß, dass er heute unvorsichtig war und muss es akzeptieren.«

Blix sah entsetzt zu mir auf. »Sagtet Ihr nicht eben selbst, dass es ein Fehler wäre?«

»Ja. Dennoch werden wir es wagen. Aber nur, wenn er sich unter unseren Befehl begibt.«

»Ay, Ser«, sagte Blix gepresst und nahm Haltung an. Doch sein Blick sagte allzu deutlich, was er von der Sache hielt.

»Und wenn er ablehnt und den Angriff alleine mit der Reiterei wagt?«, fragte Grenski.

Ich erinnerte mich an das Gesicht des Prinzen nach der Schlacht. »Das wird er nicht tun, dazu ist er zu klug.«

»Schade«, sagte Grenski, stand auf und nickte uns zu. »Ich gehe und teile unseren Männern mit, dass sie lange genug gefaulenzt haben.«

Blix sah ihr nach und bedachte mich dann mit einem vorwurfsvollen Blick. »Meine Lanze hat heute schon Übermenschliches geleistet. Ich schätze Euch, Ser General, kann vielleicht sogar verstehen, dass es sein muss, aber ich werde Euch den Blutzoll übelnehmen.«

»Ist das alles?«, fragte ich ihn.

Er nickte steif.

»Dann sagt Prinz Tamin, wir rücken kurz vor Morgengrauen ab, eine Kerze vor der zweiten Glocke. Seht zu, dass Späher die

Lage weiterhin erkunden, ich will keine Überraschungen mehr erleben. Wisst Ihr, wo wir Wendis finden können?«

»Er war im Boron-Tempel, um für die Feder zu beten. Jetzt ist er im Gasthof, den wir in Beschlag genommen haben. Übrigens, wir wissen jetzt, wer der Besitzer ist.«

»Seht zu, dass er bezahlt wird.«

»Das wird schwierig«, sagte Blix, als er sich vom Tisch erhob. »Er fiel dem Wahn zum Opfer, war einer von denen, die über die Priesterschaft der Astarte herfielen. Wir haben ihn hingerichtet, es war der Kerl, der lachte.« Er salutierte. »Gute Nacht, ich hoffe, dass Ihr schlafen könnt.« Die Spitze war fast nicht zu hören.

Ich sah ihm nach und dann zu Serafine hin, die mich nachdenklich betrachtete.

»Wenn dieser Mann ein Verbrecher ist, dann bin ich ein Ochse«, teilte ich ihr mit. »Ich will wissen, weshalb er in einer Straflanze gelandet ist.«

»Jetzt gleich?«, fragte sie mit einem müden Lächeln.

»Nein.« Ich trank mein Bier aus und stand auf. »Es hat noch Zeit.«

Auf dem Weg zu meinem Quartier – ich nahm als selbstverständlich an, dass ich das gleiche nutzen würde wie zuvor – ragte mir der Bug des Schwertschiffs noch immer in den Weg. Es würde wohl noch dauern, bis man es zur Seite schaffen konnte. Ich sah an dem bronzenen Rammsporn vorbei nach oben, dort ragte ein Teil der Bugballista über die Reling hinaus. Es war, wie die *Meteus* und die *Schneevogel* auch, eines dieser neuen Schiffe, die mit den leichten Ballisten aus Metall ausgerüstet waren. Damit hatten wir schon eine.

Ich suchte den Zeugmeister auf.

»Sagt, kennt Ihr Euch mit leichten Schiffsballisten aus?«

»Selbstverständlich, Ser. Ich habe drei von ihnen hier im Lager liegen«, antworte der Sergeant und strich sich über das wirre Haar, er hatte nahe der Lagerausgabe auf einer Pritsche geschlafen, bis wir ihn weckten.

»Gut«, sagte ich und rieb mir die Hände. »Das trifft sich wirklich gut.«

»Was hast du vor, Havald?«, fragte Serafine misstrauisch. »Wie du grinst, gefällt mir nicht, es ist fast schon hinterlistig.«

»Warte erst den Morgen ab. Ich denke, dann wird es dir gefallen.« Ich wandte mich wieder an den Zeugwart. »Habt Ihr auch Drachenfeuer da?«

»Vier Ladungen, sorgsam getrennt und in Öl gelagert«, gab der Zeugwart zurück. Jetzt war er es, der mich misstrauisch beäugte. »Ihr wisst, wie gefährlich es ist?«

»Ja«, sagte ich. »Genau deshalb brauchen wir es. Wisst Ihr, wer es uns anmischen kann?«

»Ich habe eine Liste von Soldaten hier, die berechtigt sind, es zu empfangen. Es bedarf einer Ausbildung dafür.«

»Ich weiß. Habt Ihr Karren oder Wagen, die groß genug sind, um eine dieser Ballisten darauf zu montieren?«

»Sie werden sich finden lassen. Was habt Ihr vor, Ser Lanzengeneral?«

»Jemandem eine unangenehme Überraschung zu bereiten.«

45. Ein Tag zum Sterben

Es klopfte an der Tür, mehrmals, wie ich vermutete, bis es durch meinen Schlaf gedrungen war. Ich rollte mich aus dem Bett, sah dann dort Serafine liegen, nur mit einem halb verrutschten Laken bedeckt, seufzte und ging dann zur Tür. Es war ein Schwertsergeant mit dem Auftrag, mich zu wecken, es war Zeit.

Hinter den Fenstern herrschte noch tiefste Nacht, mit einem gewissen Bedauern entzündete ich eine Kerze auf dem Nachttisch und sah in Serafines schlafendes Gesicht.

Sie hatte mir wenig Wahl gelassen, nur mitgeteilt, dass sie nicht alleine schlafen wollte ... aber auch nicht mehr.

Leandra war so sehr getrieben, kaum einen Moment gab es, an dem sie nicht an ihre Mission dachte, es beschäftigte sie Tag und Nacht. Serafine hingegen ... ich konnte ihr nicht vorwerfen, dass sie etwas Besonderes tat oder es darauf anlegte, mich zu verführen ... sie war einfach nur da, und es fühlte sich so richtig an.

Warum, bei den Göttern, musste es diese Kriege geben? Warum war es nicht einfach möglich, ein Haus zu bauen, die Felder zu bestellen und ein gutes, ehrbares Leben zu führen? Sie hatte es einst gehabt, nein, kein Haus mit Feldern, aber ein gutes Leben mit dem Mann, den sie liebte. Bis sie gestorben waren, hatten sie wenigstens diese Zeit zusammen gehabt.

Ich beugte mich über sie, um sie mit einem leichten Kuss zu wecken, doch ihre Augen sprangen auf.

»Ist es Zeit?«, fragte sie leise. Ich nickte nur und sah zu, wie sie das Laken um sich wickelte. »Ich bin gleich bereit«, versprach sie und eilte aus dem Raum.

Ich war es nicht.

»Guten Morgen, General«, begrüßte uns der Prinz mit einem Lächeln. »Ein guter Tag für ein Gefecht, nicht wahr?«

»Es gibt keinen guten Tag, wenn es ans Sterben geht«, meinte Zokora trocken. »Einer ist so schlecht wie der andere.«

Sie und Varosch hatten die Gefangenen bis in die Nacht befragt, eine Feder hatte fleißig mitgeschrieben, ich hatte den Bericht soeben schnell durchblättert, das Wichtigste daran war, dass nichts dagegen sprach, dass der Feind durch den Eisenpass marschieren würde. Aber sicher konnten wir uns erst dann sein, wenn es auch geschah.

Der Prinz, der bis dahin noch nicht allzu viel mit Zokora zu tun gehabt hatte, warf ihr einen erstaunten Blick zu, bevor er sich dann mir zuwandte. »Ich dachte, die Art der dunklen Elfen ergötzt sich am Kampf?«

»Meine *Art* sieht den Kampf als Handwerk, als etwas, das getan werden muss, kann man es nicht vermeiden.« Zokora zeigte scharfe Zähne. »Wenn wir kämpfen, dann nur, wenn wir den Sieg als sicher sehen.«

»Sagt ihr, dass ich überzeugt bin, dass wir siegen werden.«

Gut für ihn.

»Du musst noch lernen, dass Überzeugung meist nicht genug ist«, teilte sie ihm mit.

Der Prinz blinzelte und wandte sich mir zu.

»Ist sie immer so?«

»Hoheit, es liegt daran, dass sie meistens recht behält«, sagte ich rau. Der Angriff war eine Gelegenheit, dem Feind zu schaden, doch ich bereute es bereits, dem Plan zugestimmt zu haben. Wenn ich ehrlich war, hatte ich gehofft, dass der Prinz sich nicht beugen und sich weigern würde, uns seine Reiterei zu unterstellen.

Es war eine Viertelkerze vor der sechsten Glocke, und wir befanden uns auf einem der östlichen Wehrtürme am Tor, auch hier standen zwei unbrauchbare Katapulte. Zwar hatte der Feind außerhalb Katapultreichweite gelagert, doch das änderte für mich nicht viel. Es blieb dennoch eine Schande, die Waffen so zerfallen zu lassen.

»Warum duzt sie mich?«

»Warum fragst du mich nicht selbst?«, gab Zokora für mich Antwort. »Du bist kein Gott. Das ist alles.«

Prinz Tamin lachte. »Kurz und knapp erklärt. Sagt ihr, dass sie eine Frau nach meinem Herzen ist!«

»Bin ich nicht«, sagte Zokora, ohne von den fernen Lagerfeuern wegzusehen. »Würdest du mich kennen, würdest du vor Angst vergehen.«

Etwas zur Seite sah ich Varosch stehen, der sich auf die Lippe biss und versuchte unbeteiligt dreinzusehen.

»Zur Sache«, sagte ich, bevor der Prinz sich weiter verstrickte. Ich zog mein Sehrohr aus und spähte zu dem Feind. »Der Feind hat sich rings um diesen kleinen Weiler eingenistet. Vier Häuser, drei Scheunen und ein Gasthof. Dort werden wir die Offiziere finden, sie lieben ihre Bequemlichkeit genau wie wir. Sieht man genau hin, kann man die Gräben sehen, von denen unsere Späher berichtet haben. Mit Spießen verstärkt, gegen Eure Reiterei.«

»Es wäre besser gewesen, wir hätten sie noch in der Nacht angegriffen«, meinte der Prinz und hob sein eigenes Sehrohr an. Es lag kein Vorwurf in seinen Worten, nur eine Feststellung.

»Sie haben sich mit diesen Gräben Mühe gegeben, feste Seile zwischen die Spieße gespannt, was zur Folge hat, dass es auch sie behindert, wenn auch nicht so sehr wie uns«, fuhr ich fort.

»Wir werden Leute verlieren, wenn wir in diese Spieße reiten«, stellte der Prinz fest. »Aber es muss wohl sein.«

Ich unterdrückte nur mit Mühe einen Fluch. Dieser verfluchte Stolz und die falsche Zuversicht waren mir zuwider. »Ich habe nicht vor, Euch gegen diese Spieße zu schicken«, sagte ich kühl. »Sagt mir, was seht Ihr hinter diesem Graben?«

»Den Feind?«

»Ordentlich aufgebaute Zelte. Mit Wegen dazwischen ... doch zu eng gestellt. Der Feind sparte an Platz, um das Lager schneller zu befestigen. Sie sind dort eingepfercht wie die Kaninchen in einem Stall. Eure Aufgabe, Hoheit, wird es sein, mit Euren Reitern, das Lager zu umkreisen und alles niederzureiten, was dort flüchten will. Zugleich werdet Ihr das gegnerische Feuer auf Euch ziehen, während unsere Seeschlangen ihre Arbeit tun ... die Luft wird voll von Bolzen sein. Mehr von unseren als von ihren, der Feind scheint den Fernkampf wenig zu schätzen. Wenn Ihr Euch das Lager anseht, ist es entlang der Straße, die durch diesen Weiler geht, gespalten. Wenn sie einen Ausfall wagen, wird es entlang der Straße sein.«

»Und warum sollten sie das tun?«, fragte er. »Kein vernünftiger Mensch verlässt eine befestigte Stellung.«

»Oder eine befestigte Stadt«, meinte Zokora dazu, doch der Prinz ignorierte ihre Worte.

»Wir werden ihnen keine Wahl lassen«, sagte ich. »Seht hinunter zum Tor.«

Dort senkte sich die Zugbrücke, die schweren Torflügel schwangen auf, was vom Feind sicherlich nicht unbeobachtet blieb. Vier große Ochsengespanne kamen langsam heraus und rollten polternd über die Brücke.

»Jetzt sind sie gewarnt«, stellte der Prinz säuerlich fest.

Ich nickte. »Was nicht zu vermeiden war. Gebt den Befehl weiter, Eure Reiter sollen sich vorbereiten. Auf das Zeichen sollen sie das Lager umkreisen und die Feinde niederreiten, wenn sie fliehen wollen.«

»Ich weiß noch immer nicht, warum sie fliehen sollten.«

»Weil sie sonst verbrennen werden.« Ich wandte mich an den Soldat der Federn neben uns, der die Signale für uns gab, und nickte ihm zu. Unter uns ertönte jetzt der schwere Schritt der Legionäre, gefolgt von vier halben Lanzen der Seeschlangen, jeder der Marinesoldaten trug vier Köcher mit schweren Bolzen.

»Gebt das Kommando, Prinz«, sagte ich rau. »Vertraut mir ... es wird uns weniger Leben kosten, wenn Ihr meiner Bitte folgt!«

Der Prinz sah mich ein letztes Mal prüfend an und gab dann den Befehl weiter an den Boten. Weder er noch ich würden an diesem Angriff teilnehmen, zu groß war mir die Gefahr, den Prinzen an den Feind zu verlieren. Ohne dass er es wusste, standen unten zehn Pferde bereit; lief dieser Angriff nicht nach Plan, so hatte ich vor, ihn zu entführen.

Die Ochsenkarren fanden langsam ihre Position und hielten nun quer zum Stadtgraben. Dass Wasser in der Nähe war, war aus bestimmten Gründen wichtig. Über uns flog eine Wyvern dort zum Lager hin, ich wünschte, einer dieser Reiter wäre dumm genug, in Bolzenreichweite zu kommen, doch den Gefallen taten sie mir nicht. Dennoch, er hätte warten sollen, dann hätte er gesehen, welche Art von Überraschung ich vorbereitet hatte.

Die achte und die zweite Lanze teilten sich jetzt auf, und dort hinten, im Lager des Feindes, war jetzt Bewegung zu sehen.

»Die Ballisten sind in Position«, meldete die Feder neben mir.

»Gut. Sie sollen die Drachenfeuer mischen und sich bereithalten.«

Vor uns zogen die beiden Lanzen zur linken und zur rechten Seite weg, marschierten mit ruhigem kurzen Schritt auf das feindliche Lager zu, flankiert von jeweils zweimal fünfzig Marinesoldaten.

Vor der Stadtmauer wurden die Planen von den Wagen gerissen, bis hierhin hörten wir das Klackern der Getriebe, als die Schiffsballisten gespannt wurden, ich hatte um die besten Geschützmannschaften gebeten, und so schnell, wie sie die Ballisten ausrichteten und spannten, hatte ich sie wohl auch erhalten. Ich schwenkte mein Glas zu einer der Ballisten hin, sah zwei Lanzensergeanten vorsichtig mit schweren Pinseln eine braue Masse auf die Spitzen des Ballistenbolzens auftragen.

»Schiffsballisten«, stellte der Prinz überrascht fest und schüttelte dann den Kopf. »Das also war Euer Plan? Schade, dass er nicht gelingen wird. Sie besitzen nicht die Reichweite dafür.«

»Diese schon«, teilte ich ihm grimmig mit und wandte mich an die Feder. »An die Ballisten, Feuer nach eigenem Ermessen! Die Ziele sind bekannt.«

Er gab mit Lampen das Signal, dann dröhnten dumpf die Ballisten, als die Arme in die Polster schlugen. Vier Bolzen flogen in flachem Winkel als dunkle Schatten davon, doch auf halber Strecke entzündeten sich die Spitzen in einem gleißendem Licht, das heruntertropfte und für jeden dieser Bolzen eine brennende Spur über das Land zog ... und über die Zelte des Feindes, bevor sie in den Gasthof einschlugen. Der Einschlag war bis hier zu hören, jeder einzelne der Bolzen hatte genau getroffen. Schon jetzt loderten die ersten Flammen aus den Fenstern, ich wollte gar nicht wissen, was sich jetzt dort im Inneren abspielte.

»Gebt das Zeichen für den Angriff«, befahl ich der Feder, obwohl dies nicht nötig war, Blix und Paltus wussten, was zu tun war, Wendis ebenfalls.

Die beiden Lanzen verschanzten sich hinter ihren Schildern

und rückten vor, hinter ihnen stiegen Brandbolzen in die Höhe und fielen auf das Lager hinab, diese Bolzen waren nicht in Drachenfeuer getränkt, dennoch waren sie genug, um das schwere Leinen dieser Zelte in Brand zu setzen. Wieder feuerten die Ballisten, doch diesmal versetzt, jetzt waren es einzelne Feuerspuren, die in den Himmel stiegen. Nun lagen sie kürzer, die Bolzen schossen flach durch die Luft und pflügten sich ihren Weg durch unsere Feinde. Die Mannschaften an den Ballisten hatten es gut abgeschätzt, alle zwanzig Atemzüge flog ein Bolzen in das Lager und pflügte dort die Erde um ... und feindliche Soldaten. Und wo auch immer dieses Drachenfeuer hinspritzte oder tropfte, konnte man es nicht löschen.

»Feuer«, sagte Serafine gepresst. »Es ist eine alte Angst, die sich nur schwer beherrschen lässt.«

»In der Tat«, sagte der Prinz leise.

Ich sah Bewegung in dem Lager und suchte mit dem Sehrohr Blix. Ich fand ihn gerade in dem Moment, als er den Befehl dazu gab, die schweren Schilde in den Boden zu rammen und die Speere auszubringen. Keine zweihundert Schritt trennten ihn mehr von dem feindlichen Lager. Hinter den schweren Schilden seiner Legionäre schossen die Seeschlangen so schnell, wie sie nur konnten, Dutzende, vielleicht Hunderte Bolzen zogen ihre feurige Spur durch die Nacht. Für einen sicheren Schuss war das Lager zu weit entfernt, doch darauf kam es jetzt nicht an, es reichte, wenn der Bolzen irgendetwas treffen konnte. Solange es nur brannte.

»Es ist Zeit für Eure Reiter, Prinz«, teilte ich ihm mit, doch er hatte es schon selbst gesehen und gab den Befehl.

»Zwei Ballisten sollen sich auf die Straße ausrichten«, teilte ich der Feder mit, dann hörte ich Schreie aus der Nähe und sah hinab, an einer der Ballisten hatte sich das Drachenfeuer entzündet, und noch während sich eine brennende Fackel in Verzweiflung in das Wasser des Grabens stürzte, schoben zwei andere mutige Soldaten den Bottich mit dem Drachenfeuer in den Wassergraben, ohne dass es das Feuer löschen konnte. Nicht weit davon versank auch der brennende Soldat leblos im Wasser, bis er auf den Grund gesunken war, wo er gespenstisch weiterloderte.

Die Balliste brannte bereits, doch ein beherzter Soldat trat an sie heran und schoss den brennenden Bolzen ab, es war ein ungezielter Schuss, doch die Wirkung ließ an die Gunst der Götter glauben, dort hinten in dem Lager waren drei Offiziere auf ihre Pferde aufgestiegen. Der Bolzen flog so tief über unsere Reihen hinweg, dass ich sah, wie sich die Legionäre duckten, doch er traf und durchbohrte die drei Offiziere in dem Moment, in dem sie in einer Reihe standen. Einen von ihnen hatte ich gestern schon gesehen, den Kriegsfürst, der dort das Kommando hatte. Trotz des Drachenfeuers regte er sich länger als die anderen, doch dann fiel auch er im Feuer hin.

»Habt Dank dafür, Soltar«, sagte ich leise, doch es war noch lange nicht vorbei.

Die Brandbolzen der Armbrustschützen brachten nicht nur das Feuer, sie selbst richteten unter dem Feind auch Schaden an, waren vielleicht die größere Gefahr als die Ballistenbolzen.

Das erkannte auch der Feind und schickte sich an, gegen sie zu stürmen, doch die Seeschlangen hatten Anweisung, weiter im hohen Bogen zu schießen und auf die Schilde und Rüstungen der Bullen zu vertrauen. Es war kein echter Ansturm, dazu behinderten die Gräben und die Spieße den Feind doch zu sehr, und bevor mehr als eine Handvoll der feindlichen Soldaten die Schilde von Blixens Lanze erreichten, ritten die Gardereiter ein, schlugen wie eine Sense zwischen dem Schildwall der Legionen und den Gräben in den Feind hinein.

Vorne an der Straße, die vom Lager in unsere Richtung führte, sammelte ein entschlossener Offizier des Feinds die Männer zum Sturm, doch jetzt schlugen die Ballistenbolzen auch dort in flachem Winkel ein, sprangen wie ein flach geworfener Stein vom Boden ab und pflügten durch den Feind. Ordnung und Disziplin sind das Rückgrat jeder Armee. Für sich allein gelassen, will kein Soldat mehr sterben, und hier sah ich, wie hoch die Disziplin des Feindes war, dreimal versuchte sich dieser Ansturm neu zu formieren, bevor endlich die Moral zusammenbrach.

Ich schluckte, als ich sah, was mit dem Feind geschah. Blix hatte recht behalten, die gut befestigten Stellungen wurden nun zu einem Gefängnis für den Feind, der sich kaum bewegen konnte, das ganze Lager wurde nach und nach zu einer lodernden Todesfalle. Wem es doch gelang, dem Inferno zu entfliehen, der wurde gnadenlos von den Aldanen niedergeritten.

Immer wieder schossen diese Brandbolzen in die Luft, donnerten die Ballisten zu unseren Füßen ... bis endlich, nach einer Ewigkeit, sich dort im Lager des Feindes nichts mehr regte; was eben noch ein Lager um einen kleinen Weiler gewesen war, brannte nun nur lichterloh.

»Gebt den Befehl zum Vormarsch, die Seeschlangen sollen die Bullen decken und auf die Wyvern achten«, befahl ich heiser dem Soldat der Federn, der mit unbewegtem Gesicht den Befehl weitergab.

Noch immer gab es vereinzelten Widerstand, durch mein Sehrohr sah ich die Schwerter auf und nieder fahren.

Nach einer halben Ewigkeit, in der ich in diese lodernden Flammen starrte, wandte sich die Feder endlich zu mir hin.

»Schwertmajor Blix meldet Vollzug.«

»Danke«, sagte ich und schob mein Sehrohr zu. Der Prinz stand still neben mir, sah auf die fernen Feuer, die langsam niederbrannten.

»Hier habt Ihr Euren Sieg, Hoheit«, teilte ich ihm rau mit. »Zur dritten Glocke reiten wir ab. Regelt bis dahin, wer an Eurer Stelle hier regiert, bis Ihr vom Kronrat zurückkehren könnt. Doch wir werden keinen weiteren Tag mehr warten ... glaubt nur nicht, dass wir dies so schnell wiederholen können. Bis dahin, Hoheit«, ich salutierte knapp vor ihm, »wünsche ich Euch einen guten Tag.«

»Jetzt kann es einer werden«, meinte Zokora.

»Ein glorreicher Sieg, Ser General«, meinte Blix bitter, als er mit blutiger und rauchgeschwärzter Rüstung in die Messe am Stützpunkt kam. Grenski war wie üblich an seiner Seite, sie sah nicht besser aus als er und schien ihren linken Arm zu schonen. »War es denn wahrhaftig vonnöten, ihnen den Kopf zu nehmen?«

»Ja«, sagte ich hart und dachte an Bilder in einem Traum zurück. »Glaubt mir, Schwertmajor, der Feind kennt diesen Anblick. Nur sind es seltener die eigenen Leute, die er so vorfindet. Sagt, wie hoch sind die Verluste?«

»Wir verloren nur einen einzigen Mann, die Achte auch nur zwei. Wir haben die Aldanen für uns bluten lassen«, teilte er mir mit. »Sie haben fast zwanzig Mann verloren.« Ein schmales Lächeln huschte über seine Lippen. »Ich nehme Euch den Blutzoll also nur sehr mäßig übel.« Er ließ sich schwer auf die Bank mir gegenüber fallen und fuhr mit den Händen durch sein kurzes Haar. »Trotzdem, wir sind so wenige, dass jeder einzelne Verlust uns nur umso härter trifft.«

Ich fragte mich, ob Prinz Tamin das auch so sah. Ohne die kaiserlichen Lanzen, vor allem aber ohne die Bolzen unserer Seeschlangen, wäre der Blutzoll noch höher ausgefallen. Ich hatte meine Zweifel, ob die Aldanen wahrhaftig so gerne für die Ehre starben. »Ich sah noch nie ein derartiges Gemetzel«, riss mich Blixens Stimme aus meinen Gedanken. Er klang fast vorwurfsvoll dabei.

»So bald werdet Ihr einen solchen Kampf auch nicht wieder erleben, glaubt mir, der Feind wird die Lektion sehr schnell lernen.«

Hoffentlich nicht schnell genug. Ich dachte an die Wyvern, die entkommen waren. Vielleicht wusste der feindliche Kriegsfürst jetzt schon, was mit seiner Vorhut geschehen war. Dieser Pass war eine Einladung zu einem Hinterhalt, das musste auch er wissen. Also würde er Wyvern ausschicken, um den Pass abzusuchen, die beiden verlassenen Wehrstationen wahrscheinlich auch besetzen. Zumindest hätte ich es so gemacht. Es müsste reichen, damit er sich sicher wähnen konnte, dass dort niemand auf ihn wartete. Götter, dachte ich verbittert, ich wünschte mir, ich hätte nur einen einzigen Greifenreiter zur Verfügung, nur damit ich wissen konnte, ob der Feind auch tat, was ich mir von ihm erhoffte!

Korporal Aren von den Federn war dafür gestorben, dass Hochkommandant Keralos meine letzte Nachricht erhielt. Wenn ihn das nicht zum Handeln zwang, dann war dem Mann nicht mehr zu helfen. Und auch nicht uns.

»Wir sollten dies auch tun«, sagte Blix jetzt und löste die Riemen seiner Rüstung. »Eine Lektion daraus ziehen«, erklärte er, als er meinen fragenden Blick sah. »Es waren die Seeschlangen, die den Tag gerettet haben. Selbst in meiner Rüstung wollte ich einen solchen Todesregen nicht erleben!«

»Wir fanden Feinde, die von einem Dutzend Bolzen an den Boden genagelt waren«, ergänzte Grenski, die sich selten genug zu Wort meldete.

»Ja«, sagte ich schwer. »So war es auch gedacht. Habt Ihr den Kriegsfürst gefunden?«

»Wir fanden ihn. Ich bin mir nicht sicher, ob er nicht doch noch lebte, ich musste viermal zuschlagen, um ihm den Kopf zu nehmen. Wir haben, wie befohlen, den Galgen aufgestellt und ihm den Kopf mit der Rune eingebrannt dort hingelegt.«

»Gut«, sagte ich. »Teilt Euren Leuten mit, sie mögen, so gut es geht, Ruhe und Erholung finden. Sagt Ihnen, gut gemacht, und dass ich es ihnen nicht vergessen werde.«

»Und Ihr?«

»Wir brechen zur dritten Glocke auf.«

»Wohin?«

»Nach Askir, Schwertmajor«, sagte ich müde. »Es geht nach Hause.«

46. Der Stolz Aldars

»Wenn ich es also richtig verstehe, General«, meinte der Prinz etwas später, »wünscht Ihr, dass wir mit Euch reiten sollen?«

Natürlich waren sie zur dritten Glocke nicht bereit gewesen. Als wir dann zur Kronburg ritten, bat man uns höflich und bestimmt, dem Prinzen unsere Aufwartung zu machen.

Man hatte uns durch lange dunkle Gänge geführt, breite Treppen hinauf und in den Wehrturm hinein, wo sich das Quartier des Prinzen befand. Der Raum, in dem wir nun standen, war mit schweren Möbeln ausgestattet, mit Teppichen, die der Wand die Kälte nahmen, und Kerzenständern in jeder Ecke. Vor uns auf dem mächtigen Tisch, der einem Schlachtschiff glich, standen zwei angebrochene Flaschen Wein. Die Becher hatte er an uns verteilt, der letzte war für die junge Frau mit blonden Haaren und strahlend blauen Augen, Baronetta Levin, unverkennbar die Schwester des Baronets von Freise. Sie trug die hier in Aldar üblichen hochgeschlossenen, aber eng an der Figur geschnittenen Gewänder, saß ruhig in ihrem Stuhl, hielt den Becher lose in der Hand und betrachtete alles aufmerksam. Der Prinz hatte sie weder vorgestellt noch eine Erklärung für ihre Anwesenheit gegeben, für einen Aldane war es durchaus bemerkenswert, dass sie überhaupt anwesend sein durfte. Andererseits war sie die Tochter des Regenten und seine Cousine. Obwohl sie ruhig und bescheiden dort saß, spürte ich, dass sie durchaus ernst zu nehmen war.

Serafine übersah der Prinz ebenfalls geflissentlich, nur bei Zokora brauchte es einen Augenblick länger, bevor ihm einfiel, dass sie gar nicht anwesend war.

Immerhin hatte er den »unsichtbaren« weiblichen Gästen ebenfalls einen Kelch angeboten.

»Genauso ist es«, gab ich ihm Antwort auf seine Frage. »Wählt aus, wer Euch begleiten soll. Haltet Euch dabei zurück, denn der Hofstaat kann auch nach Askir reiten. Nur wir sollten uns beeilen. Die dritte Glocke ist bereits verstrichen.«

»Ja«, sagte er und neigte leicht sein Haupt. »Ich habe es läuten hören.«

Was so viel hieß, wie dass er sich nicht gern befehlen ließ. Ich konnte es ihm nicht verdenken, verspürte aber wenig Lust darauf, noch weiter auf ihn Rücksicht zu nehmen.

Er und Baronet von Freise hätten Brüder sein können. Der Prinz besaß die gleiche scharf geschnittene Nase und das kantige Kinn, allerdings waren seine Augen ein wenig dunkler, was es leichter machte, seinem Blick zu begegnen.

»Weil es dort, bei dieser Wehrstation in Rangor, ein Tor gibt, das uns mit einem Schritt nach Askir bringen kann? Was ein Geheimnis ist und bleiben soll?«

»Genau das.«

»Ihr seid durch ein solches magisches Tor nach Aldar gekommen, aber es ist zerstört und führt nicht mehr zurück?«

»Ja.«

»Und das soll ich Euch glauben?«

»Eure Stadt wurde vergiftet, Ihr wurdet angegriffen, vom Klang der Trommeln in einen magischen Schlaf versetzt, habt Ihr zugesehen, wie Wyvern sich an Euren Leuten gütlich taten. In Euren Straßen stapeln sich die Leichen, in Eurem Burghof liegen tote Flugschlangen, die Priester Eurer Stadt rufen wegen eines Kriegs der Götter zum Gebet …« Ich nahm einen Schluck von dem schweren Wein. »Ich werde Euch bestimmt nicht damit beleidigen, dass ich Euch vorschreibe, was Ihr glauben sollt.«

»Fein gesagt«, grollte er und warf mir einen mahnenden Blick zu. »Doch warum die Eile? Ein paar Tage ist noch Zeit.«

»Eine Legion des Feindes zieht uns entgegen, alleine deshalb sollten wir uns beeilen.«

»Eine Legion des Feindes?«, fragte er erschrocken. »Wollt Ihr sagen, dass das nicht die Hauptmacht war?«

Götter, dachte ich. Konnte es denn wirklich sein, dass er es noch nicht wusste? Ich tauschte einen Blick mit Serafine, die leicht den Kopf schüttelte. Ich hatte ja auch nicht daran gedacht, es ihm mitteilen zu lassen, hatte wohl angenommen, dass er es schon erfahren würde. Also tat ich, als wäre es nicht von Belang und zuckte mit den Schultern.

»Genau das. Es war nur die Vorhut«, erklärte ich ihm. »Der Rest der Legion folgt nach. Rangor hat sie unbehelligt ziehen lassen und verkauft ihr für Gold sogar Nahrung«, sagte ich wie beiläufig.

»Seid Ihr Euch dessen sicher?«, fragte er scharf.

»Wir haben erst vor wenigen Kerzenlängen die Bestätigung erhalten.«

Tamin ging ruhelos auf und ab, dann blieb er stehen und bedachte mich mit einem harten Blick.

»Diese Legion, sie marschiert durch Rangor?«

»Ja.«

»Götter!«, fluchte er. »Kesler hat entweder nicht die Eier oder kriegt den Arsch nicht hoch, um etwas gegen sie zu tun! Kesler. Der König von Rangor«, erklärte er. »Kesler der Zweite. Der Erste war schon ein Nichtsnutz, und sein Sohn denkt, er ist so fein, dass er goldene Münzen scheißt!«

Langsam verstand ich, warum man in Aldane bei solchen Besprechungen die Seras außen vorließ. Wenn ich bedachte, dass Tamin selbst im Ruf stand, nur ein Leichtgewicht zu sein, der mehr den Schürzen der Frauen hinterherjagte, als Sinnvolles zu tun, war diese Flucherei verwunderlich. Auf der anderen Seite hatte er die Wyvern sauber aufgespießt und seinen Mut im Kampf gezeigt. Vielleicht war an diesem Mann doch mehr dran.

»Sie werden uns belagern«, stellte er fest und strich sich grübelnd über den sauber gestutzten Bart. »Wann werden sie da sein?«

Wenn es nach mir ging, dann würden sie die Mauern Aldars gar nicht erst errreichen. Geschweige denn belagern können.

»Drei Tage noch, vielleicht auch vier, dann werden sie vor Euren Mauern stehen.«

»Götter!«, rief er. »Genau dann, wenn ich mir in diesem Kronrat den Arsch plattsitzen soll!« Er fuhr zu di Cortia herum. »Wie viele Gardereiter können wir noch aufbringen?«

»Dreihundertunddrei. Wenn wir jeden, der noch atmet, an den Sattel binden. Wir sollten aber nicht weniger als zweihundert in der Stadt belassen, denn noch sind die Unruhen nicht vorbei«, sagte der Baron.

»Was ist mit der Miliz?«, fragte Tamin.

»Bis übermorgen werden wir viertausend auf den Wällen haben«, gab di Cortia Antwort. »Noch dreitausend mehr am vierten Tag.« Er hob die Schultern und ließ sie fallen. »An Freiwilligen wird es uns nicht mangeln, nur, dass die meisten noch immer herumlaufen, als ob sie im Stehen schlafen würden.«

»Na, wenigstens findet uns der Feind nicht nackt vor«, grollte der Prinz.

»Es ist eine volle Legion, also zehntausend Soldaten. Wenn sie mit Tross marschiert, dann ein paar Tausend mehr«, merkte ich an. »Abzüglich dieser einen Lanze.« Ich nahm einen weiteren Schluck. Der Wein war schwer und süß und klebte an den Zähnen, doch im Moment war er mir willkommen. »Wenn die Legion Aldar erreicht, wird es schwer sein, ihr standzuhalten. Ein paar Gardereiter und eine Miliz auf Euren Wällen werden kaum genug sein können.« Ich spielte mit dem Glas. »Nein, ich befürchte, wenn die Legion Aldar erst erreicht, ist die Stadt verloren.«

»Götter, Ihr steht hier, teilt mir das mit und erwartet, dass ich mit Euch fliehen soll?«, fluchte er und funkelte mich an. »Nein, die Flucht kommt nicht in Frage!«, knurrte er verbissen. »Ich werde bleiben und mich dem Feind entgegenstellen!«

»Und sterben«, wandte ich ein.

»Ja«, knurrte er. »Wenn es sein muss, dann auch das.«

»Wäre es nicht besser, der Feind erreicht Eure Mauern gar nicht erst, sondern stirbt schon auf dem Weg?«, fragte ich wie nebenbei.

»In der Tat.« Der Prinz lachte bitter. »Jetzt sagt mir noch, wie Ihr das erreichen wollt.«

»Der Feind muss durch einen Pass. Dort könnte man ihm einen Hinterhalt legen. So könntet Ihr Aldar, die Krone und sogar Euer Leben behalten.«

»Einen Hinterhalt an einem Pass? Es gibt zwei Pässe dort«, stellte er fest. »Wisst Ihr, welchen sie nehmen werden?«

»Den Eisenpass wahrscheinlich. Der Weg ist kürzer. Und der Feind weiß, dass die Wehrstationen dort nicht besetzt sind. Ich denke, er wird sie bald selbst besetzen. Ihr versteht also, warum wir es eilig haben.«

»In einer dieser Wehrstationen befindet sich das Tor, von dem ihr gesprochen habt?«

»Ein Tor, das es auch erlauben würde, kaiserliche Soldaten von Askir an den Eisenpass zu verlegen.«

»Das ist wahr«, meinte er grimmig. »Das könnte wahrhaftig die Lösung sein!«

»Ja«, nickte ich. »Schade nur, dass es nicht möglich ist. Ich habe Hochkommandanten Keralos den Vorschlag bereits unterbreitet, doch er meint, dass der Vertrag von Askir es uns untersagt, uns verbietet, dass Askirs Legionen auf fremden Grund marschieren. Vielleicht hat der Kommandant damit ja sogar recht.«

»Havald!«, zischte Serafine. Ich sah zu ihr hinüber, sie schüttelte so sehr den Kopf, dass ihre Haare flogen.

Der Prinz ignorierte sie. »Wir haben Seite an Seite gekämpft, und Ihr sagt das? Wollt Ihr mit mir spielen?«

»Nein.«

»Dann erklärt Euch!«, forderte der Prinz, während sein Blick mich zu durchbohren suchte.

Ich zuckte mit den Schultern. »Ich hörte bislang immer nur, das Aldar Askir nicht braucht. Hier ist die Gelegenheit, es zu beweisen.«

Seine Augen zogen sich zusammen. »General ...«, hob er an.

»Tamin«, sagte die Baronetta leise. »Vergiss nicht, sie haben uns geholfen, als wir Hilfe brauchten.« Sie stand auf und trat heran. »General. Sagt uns, was Ihr von uns wollt.«

Wieder tat jeder, als wäre sie nicht da, doch der Prinz war still geworden und schien zu warten. Ich verbarg meine Überraschung, so gut ich konnte, und beantwortete ihre Frage.

»Ich? Nichts. Ich weiß nur, dass das Kaiserreich einst aus Aldane entstanden ist, dem reichsten und mächtigsten der Reiche. Unter dem Drachen kam kein anderes an Aldane heran, und ich möchte wetten, dass Aldar damals nie so wehrlos war wie jetzt! Doch über Politik und anderes entscheidet nur der Kommandant. Und Ihr, Hoheit. Und der Feind, der bald vor Euren Mauern stehen wird.«

»Götter!«, fluchte der Prinz. »Ihr gebt Euch nicht einmal die

Mühe, mir in wohlgesetzten Worten zu drohen, das eben war nachgerade plump!«

»Wo lest Ihr eine Drohung aus meinen Worten?«, fragte ich unschuldig. »Ich sage nur, wie ich es sehe. Und Askir droht Euch nicht, wir schicken nur keine Truppen dorthin, wo sie nicht erwünscht und eingeladen sind. Es sei denn natürlich, Ihr kommt jetzt mit uns und überzeugt den Kommandanten, kaiserliche Truppen an den Eisenpass zu schicken.«

»Und wie?«, grollte er.

»Indem Ihr, noch bevor die Allianz zerbricht, Askir Eure Treue schwört und so erneut das Kaiserreich entstehen lasst. Wenn Ihr dann um Hilfe bittet, wäre Hochkommandant Keralos verpflichtet, Truppen zu entsenden, meint Ihr nicht?«

»Ich soll mich Askir unterwerfen?«

»Seht es so: Ihr behaltet Euer Land, Eure Stadt, Eure Krone und Euer Leben. Es wäre nicht so viel anders als jetzt auch, nur dass Ihr Askirs Krone die Treue schwören müsstet.«

»Einem Kaiser, den es nicht mehr gibt«, meinte er bitter.

»Er ist der Kaiser«, sagte ich bestimmt. »Ob er in Askir auf dem Thron sitzt oder nicht.«

Tamin starrte mich an.»Dreht sich Euch nicht der Magen um, wenn Ihr so etwas sagt?«, knurrte er.

»Ja, Hoheit, in der Tat. Ich will Aldane auch nicht unter dem Stiefel eines Nekromanten sehen. Obwohl … Es wäre wohl nicht das erste Mal.«

Tamin blinzelte, während di Cortia einen Fluch ausstieß.

»König Rogamon«, erklärte ich im Plauderton. »Er verbirgt sich hinter Kolaron. Er will das zurück, was Askannon ihm einst genommen hat.« Ich sah unschuldig in die Runde. »Wusstet Ihr das nicht? Er kommt, um Euch alle hier vom Joch Askannons zu befreien. Vielleicht ist es wahrhaftig besser, ihn einfach nur willkommen zu heißen.«

47. Flucht aus Aldar

»O Havald«, sagte Serafine später, als uns ein Stallmeister die Tore zum Stall aufzog. »Er hätte dich beinahe erschlagen.«

»Ja«, meinte Blix mit einem bewundernden Blick zu mir.

»Und jetzt?«, fragte Varosch.

»Wir sind hier fertig«, gab ihm Zokora Antwort. »Und in Askir wartet noch immer ein Nekromant. Hin zu dieser Wehrstation, durch das Tor und dann nach Askir. Ich will noch heute wieder dort sein und mein Buch noch fertiglesen.«

»Also zurück zum Stützpunkt, heißt das für uns«, meinte Blix. »Ich muss sagen, es war ein Vergnügen! Ihr wollt den Prinzen wirklich schmoren lassen?«

Ich öffnete den Mund zur Antwort.

»Nein«, widersprach Zokora. »Eine gute Erpressung erkennt man daran, dass das Opfer weiß, dass es keinen Ausweg gibt. Wir sollten uns beeilen, sonst holen sie uns noch in der Stadt ein.« Sie zeigte Zähne. »Man darf es ihnen nicht zu einfach machen.«

»Ich hoffe nur, wir finden gute Pferde.«

»Es sind die besten, die wir haben«, erklärte der Stallmeister leicht beleidigt. Die Stallungen befanden sich innerhalb der Mauern der Kommandantur und hatten die Flut einigermaßen unbeschadet überstanden.

»Das ist Rabenflug, Ser General.« Der Stallmeister zeigte mir einen prachtvollen schwarzen Hengst. »Er ist gut ausgebildet und weiß, dass Ihr sein neuer Herr sein werdet, wenn ich ihm das mitteile.« Er drückte mir die Zügel in die Hand, und Rabenflug beäugte mich misstrauisch, während der Stallmeister ihm etwas ins Ohr flüsterte. »Kennt Ihr Euch mit Schlachtrössern aus, Ser General?«, fragte er mich.

»Zumindest mit denen meiner Heimat«, gab ich zur Antwort und bewunderte das stolze Tier. »Wir werden uns schon zusammenfinden.«

Zokoras Pferd ließ sich durch Worte nicht überzeugen; es

bleckte die Zähne und wollte bocken, doch bevor der Hengst dazu kam, steckte sie ihm zwei Finger in die Nüstern. Er erstarrte und begann zu zittern, während Zokora ihm etwas in ihrer Sprache zuflüsterte. Dann ließ sie ihn los und trat einen Schritt zurück, während das edle Tier vor ihr mit gestreckten Vorderläufen das Haupt neigte.

»Götter«, entfuhr es dem Stallmeister, der sie unverständig anstarrte. »Ist das Zauberei?« Er wich etwas von ihr zurück, führte hastig das Zeichen Borons aus und legte seine Hand auf den Knauf des Schwerts, das er trug.

»Nein«, entgegnete Zokora. »Ich habe Shirtan meine Regeln mitgeteilt und was ich von ihm fordere. Er hat es soeben akzeptiert.«

»Er heißt Kargen von Steierbach«, verbesserte der Stallmeister sie. »Das ist sein Name.«

Sie gönnte ihm einen Blick aus dunklen Augen. »Das ist der falsche Name. Shirtan passt weitaus besser. Versuch nicht, mir Pferde zu erklären. Ich kenne sie weitaus länger, als du lebst.«

»Wie heißt mein Hengst?«, fragte ich sie neugierig.

»Für dich ist er Rabenflug. Dir fehlt die Verbindung zu ihm, um seinen anderen Namen nutzen zu können.«

»Welche Verbindung?«, fragte Varosch, der seinem Pferd soeben einen Apfel reichte.

»Das interessiert jetzt auch mich«, meinte Serafine, die die Zügel eines Schimmels hielt.

»Die Verbindung zwischen Schöpfer und Geschöpf. Sie waren einst nicht größer als eure Hunde. Wir formten sie nach unserem Willen, und Pferde wissen das.«

»Die Elfen haben diese Tiere erschaffen?«, fragte der Stallmeister erstaunt.

»Wer erschafft ein Haus?«, fragte Zokora zurück. »Der Baumeister meißelt den Stein, doch die Götter erschufen das Gebirge. Wir alle erschaffen aus dem, was die Götter für uns erschaffen haben. Wenn ein Gott daherkommt, wird das Pferd ihm eher folgen als mir. Aber solange das nicht geschieht, folgt es mir.« Sie sah mich bedeutsam an. »Das Geschöpf erkennt den Schöpfer und verneigt sich vor ihm. So ist es immer und wird es bleiben. Ihr Menschen habt diese Pferde ebenfalls zu dem geformt, was sie für euch sein sollen, also gehorchen sie auch euch. Aber mein Anspruch auf Gehorsam ist der ältere.«

»Das ist der Grund, warum du dich nicht vor Menschen beugst?«, fragte ich leise.

»Wir sind, zum Teil zumindest, eure Schöpfer und beteiligt daran, dass ihr zu dem wurdet, was ihr heute seid. Ganz ähnlich diesen Pferden. Die Götter erschufen euch, doch wir waren es, die euch die Sprache gaben, das Feuer und ein Wissen, das ihr zum größten Teil vergessen habt.« Sie sah zu Shirtan und lächelte. »Unser Fehler war, nicht zu verstehen, dass genau durch diesen Akt der Schöpfung die Menschen unser Erbe in sich tragen. Aber das reicht nicht aus, damit ich mich vor einem verbeuge, dessen Vorfahren ich gestern noch dabei ertappte, wie er den Inhalt seiner eigenen Nase aß.«

»Was Ihr da sagt, Sera«, brach es aus dem Stallmeister heraus, »ist Blasphemie!«

»Nein«, entgegnete Zokora ruhig. »Es ist schlimmer als das. Es ist die Wahrheit. Meine Herrin ist Solante, ein Aspekt der Göttin, die ihr als Astarte kennt. In unseren Büchern und Träumen ist Astarte eine Elfe und kein Mensch, auch wenn ich sie in ihrer menschlichen Gestalt noch immer erkennen kann.« Sie hielt den Stallmeister mit ihrem Blick gebannt. »Es ist der Lauf der Dinge, Mensch. Denn es gibt noch eine andere Wahrheit. Als Astarte zum ersten Mal auf dieser Erde wandelte, war sie kein Elf. Die Götter wandeln sich mit uns und wir uns mit ihnen.« Sie lächelte überraschend freundlich. »Damit ist deine Lehrstunde beendet. Such einen Priester deines Volks und frag ihn, er wird dir das Weitere erklären.«

Als der Stallmeister ging, bezweifelte ich, dass er sich auf die Suche begeben würde. Mir kam es eher so vor, als wäre er geflohen.

Sie holten uns auf dem ersten Viertel ein, der Prinz, Baronetta Levin und zehn Gardereiter in schwerer Rüstung. Das war überraschend, ich hätte mehr erwartet. Wir hielten an und warteten, bis sie aufgeschlossen hatten.

»Ihr haltet mir eine Klinge an den Hals«, beschwerte sich der

Prinz, kaum dass er nahe genug heran war. Ich sah unter seinem offenen Visier nur die Andeutung seiner Augen, aber das reichte, um mir zu zeigen, wie aufgebracht er war.

»Nein«, widersprach ich ruhig. »Es ist nicht meine Klinge. Ich zeige nur den Weg, wie Ihr Eure Kehle freibekommt.« Ich schaute mich suchend um. »Wo ist Baron di Cortia?«

»Er bereitet die Stadt auf die Belagerung vor. Wenn möglich, kommt er später nach. Mein Gefolge wird noch morgen auf herkömmlichem Weg nach Askir aufbrechen. Ich bin gespannt, wie viele plötzlich mit nach Askir wollen, wenn bekannt wird, dass der Feind gegen uns zieht!«

Ich musterte die Baronetta. Sie trug eine leichte Lederrüstung und saß ruhig auf einem Rappen, der gewiss eine erfahrene Hand am Zügel brauchte. So ganz wurde ich noch nicht daraus schlau, wie die Aldaner mit ihren Frauen umgingen. Ihr Einfluss jedenfalls war größer als zugegeben.

»Könnt Ihr mir versprechen, dass diese Legion Aldar nicht erreicht?«, fragte der Prinz.

»Dazu müsst Ihr den Kommandanten überzeugen«, sagte ich, »und nicht mich. Ich habe das nicht zu entscheiden.«

»Wir sollten weiterreiten«, warf Zokora ein. »Es sind nur noch wenige Kerzenlängen bis zur Dunkelheit.« Sie sah hinauf zum Himmel, wo hoch über uns eine Wyvern kreiste.

»Sie hat recht«, sagte ich. »Ihr könnt all das mit dem Kommandanten besprechen. Wenn Ihr es darauf anlegt, könnt Ihr danach durch das Tor in Eure schöne Stadt zurückkehren.«

»Hm«, meinte er und bedachte mich mit einem kalten Blick. »Meint Ihr wirklich, dass es Rogamon ist?«

»Ich will Euch gern erklären, wie wir zu dem Schluss gelangt sind«, meinte ich höflich. »Aber lasst uns reiten.«

Er nickte und schaute zu der Wyvern hoch, während er sein Pferd antrieb.

»Stört es Euch nicht, dass wir beobachtet werden?«

Ich zuckte mit den Schultern. »Vielleicht ahnt sie, wer wir sind, doch was soll sie tun? Wir sind beritten. Die Infanterie wird uns nicht abfangen können, und sollte es noch Reiterei geben, habt Ihr nicht gesagt, dies wären die besten Pferde Aldanes?«

»Aber sie weiß, in welche Richtung wir uns bewegen.«

»Ja. Geradewegs dem Feind entgegen.« Ich drehte mich im Sattel um, musterte die Gardereiter, die Baronetta und meine Gefährten. »Keine zwei Dutzend Reiter ... ich glaube nicht, dass sie denkt, dass wir ihnen gefährlich werden können.«

Als die Abenddämmerung anbrach, verließ sie uns, zog zur Seite weg und flog davon. Zokoras Meinung nach war es den Wyvern des Nachts immer noch zu kühl.

Die Straße bis zum Eisenpass war gut genug, um auch im Dunkeln schnell zu reiten. Wir hielten Ausschau nach dem Feind, doch zeigte er sich nicht. Erst als es darum ging, den Weg hoch zur Wehrstation zu finden, wurden wir langsamer, wenn auch nicht viel. Zokora ritt voran, wir brauchten uns nur an sie zu halten.

Als die Wehrstation in Sicht kam, fluchte ich leise, denn dort brannten Lichter. Wenigstens sah es nicht so aus, als wären es viele, wahrscheinlich war es nur ein Spähtrupp, der sicherstellen sollte, dass die Wehrstation keine Gefahr darstellte.

»Ich dachte, Ihr hättet es nicht anders erwartet?«, fragte mich der Prinz.

»Ja. Ich hätte es nur gerne anders gehabt.«

»Was tun wir jetzt? Greifen wir sie an?«

»Ihr wartet hier«, teilte Zokora uns mit, drückte mir ihre Zügel in die Hand und war verschwunden.

»Wo ist sie hin?«, fragte der Prinz und sah sich unbehaglich um. Dafür, dass er sonst so schweigsam war, stellte er mir jetzt zu viele Fragen.

»Ich nehme an, sie kundschaftet den Gegner aus«, teilte ich ihm geduldig mit.

»Ihr lasst eine Frau kundschaften?«

»Sie kann es am besten«, sagte Varosch, und obwohl es zu dunkel war, um ihn zu sehen, war das Schmunzeln in seiner Stimme kaum zu überhören.

»Ihr begeht einen Fehler, wenn Ihr die Seras unterschätzt«, meinte Serafine noch.

»Das weiß er«, meldete sich überraschend die Baronetta. »Er darf es nur nicht sagen.«

Der Prinz antwortete nicht darauf, doch ich bildete mir ein, ihn lächeln zu sehen.

Ich zog mein Sehrohr aus und richtete es auf die ferne Wehrstation, gerade noch rechtzeitig, um zu sehen, wie eine Wache auf dem Wall plötzlich verschwand.

Es blieb ruhig. Ich schaute weiter durch das Rohr, doch es geschah nichts weiter.

Zokora tauchte so plötzlich aus den Schatten auf, dass sie sogar mich erschreckte. Ich fluchte leise und beruhigte Rabenflug, der es auch nicht schätzte, wenn neben ihm die Dunkelheit eine kleine Elfe ausspie.

»Es waren nur zwölf«, informierte sie uns, als sie die Zügel von mir wieder nahm und auf den Rücken ihres Pferdes glitt. »Ein Vorauskommando, dazu noch ein Wyvernreiter.« Sie ritt an.

»Damit wissen wir, dass sie tatsächlich durch diesen Pass kommen wollen. Was ist mit der Wyvern?«

»Ich habe ihn betäubt, er liegt im Stall und schläft. Ich weiß noch nicht, was wir mit ihm machen sollen. Es sind sture Biester, und bei Nacht sind sie mir zu träge. Ich hätte lieber einen Greifen.«

»Fragt sie, was mit den Wachen ist«, meinte der Prinz.

»Was soll mit ihnen sein?«, meinte Zokora. »Sie sind tot, sonst würde ich wohl kaum offen auf die Station zureiten.«

»Sie sind tot?«, fragte der Prinz fassungslos, während Varosch sich die Hand vor den Mund hielt, um nicht laut zu lachen.

»Ja«, sagte Zokora und wandte sich an mich. »Es muss daran liegen, dass ihr Menschen seid: manchmal hört ihr einfach schlecht! Es geschieht auch dir ja immer wieder.«

Hinter uns kicherte Serafine und vielleicht auch die Sera Levin.

Zokora hatte die Toten säuberlich in einer Reihe ausgelegt. Im Stall, nahe bei der Wyvern.

»Sie sind wie Schlangen«, teilte sie mir mit. »Wenn sie sich überfressen, rühren sie sich wochenlang nicht mehr. Geschweige denn, dass sie fliegen können.«

Ich musterte die Toten. »Hättest du nicht einen so lange leben lassen können, bis wir ihn befragt hätten?«

»Ich habe einen befragt. Den hier«, sagte Zokora und wies auf den Mann in der leichten Rüstung eines Wyvernreiters. »Die Feindlegion wird schon morgen durch den Pass marschieren. Am späten Nachmittag, vielleicht auch in der Nacht.«

Ich musterte den toten Wyvernreiter, bis auf die Wunde über seinem Herzen sah ich keine Spuren, doch selbst im Tode wirkte er noch so, als hätte er keinen leichten Tod gehabt.

»Also bleibt noch Zeit«, stellte ich erleichtert fest. »Wenn auch nicht viel davon.«

»Ja. Aber deshalb wollte ich sie dir nicht zeigen«, fuhr Zokora fort. »Hier.«

Ein kleines Licht entstand in Zokoras Hand, was den Prinzen neben mir fluchen ließ, und schwebte zu den Toten.

»Schau dir das Schuhwerk an.«

Der Tote trug Stiefel, doch sie waren mannigfaltig geflickt, die Sohle hier und da sogar durch Stricke ersetzt. Dann flog das Licht vor, um das Gesicht zu beleuchten: Der Mann war abgemagert bis auf die Knochen. Nur einer der zwölf war nicht verhärmt, der Wyvernreiter.

»Wie weit ist es nach da, woher sie kommen?«, fragte der Prinz, der ebenfalls die Toten musterte.

»Bestimmt dreitausend Meilen«, teilte ich ihm mit. »Durch Wüste, Schnee, Eis und Gebirge und durch die Barbarenländer.«

»Götter!«, fluchte er. »Sie sind fast zu Tode marschiert!«

Zokora kniete sich neben einen der Toten und öffnete ihm den Mund. Die Hälfte seiner Zähne fehlte, der Rest war auch kaum gesund zu nennen. »Der Nekromantenkaiser geht nicht sehr sorgsam mit seinen Soldaten um«, stellte sie fest und stand auf, während Serafine aus dem Haupthaus heraustrat, um uns mitzuteilen, dass sie das Tor gefunden hatte.

»Es bedeutet aber auch, dass jeder Einzelne von ihnen ein zäher Veteran ist, der Entbehrungen gewohnt ist«, meinte der Prinz nachdenklich. »Gebt ihnen zu essen und zu trinken und einen Tag Rast, und sie werden kämpfen wie die Dämonen!«

»War der Wyvernreiter ein Nekromant?«, fragte ich Zokora. Sie schüttelte den Kopf. »Nein, der nicht.« Sie sah zu mir hinauf. »Ich finde es enttäuschend, dass wir in Aldar zwei erschlagen haben und ich keinen der Göttin opfern konnte!«

»Frage doch Leandra«, schlug ich ihr trocken vor. »Vielleicht gibt sie dir ihren ab.«

»Ihr habt schon zwei der Verfluchten erschlagen?«, fragte der Prinz ungläubig.

»Einer wartete auf uns am Tor, der andere schlug die Trommeln«, erklärte Zokora wie nebenbei. »Dabei hat mir Havald einen für meine Göttin versprochen!«

Der Prinz bewies die Klugheit, nicht weiter nachzufragen.

Es erwies sich als schwer, die Pferde durch das Tor zu bringen. Sie waren unruhig, was ich gut verstehen konnte, doch zum Schluss gelang es. Ich ging als Letzter und kümmerte mich darum, dass die Tür verschlossen war. Sie befand sich gut verborgen hinten an der Wand zwischen Stall und Schmiede an dem Außenwall. Auch wir hatten nach ihr suchen müssen, und es war zu hoffen, dass der Feind sie nicht entdeckte. Ich sah mich um, mehr war nicht zu tun, dann ließ ich den letzten Stein fallen.

Ich hätte noch etwas warten sollen, bis ich den anderen folgte, denn eines der Pferde hatte sich nicht die Rampe hochbewegen wollen, die man aufgeschüttet hatte. Es stand immer noch im Tor, keilte aus und verbeulte mir die Brustplatte meiner Rüstung, die sogar den Kampf mit dem dunklen Priester recht unbeschadet überstanden hatte.

»Wir sind froh, Euch zu sehen«, begrüßte mich Desina, während ich die Riemen lockerte, damit ich wieder Luft bekam.

»Wolltet Ihr nicht in der Ostmark sein?«, fragte ich die beiden, doch Santer schüttelte den Kopf. »Als sie Euch durch das Tor schickte, gab es einen dumpfen Schlag, blaue Lichter zuckten, und ein Windstoß trieb uns ins Tor hinein. Es war deutlich zu erkennen, dass etwas nicht so war, wie es sein sollte. Wir befürchteten bereits das Schlimmste.«

»Nun, jetzt sind wir wieder zurück«, sagte ich und sah sie an. »Welche Glocke ist es?«

»Zwei Kerzen nach der ersten«, teilte mir Santer mit. »Eine Reise nach Aldar und zurück in kaum zwei Tagen!« Er lachte leise.

»Ich muss Euch auch wegen etwas anderem danken«, ergiff Desina das Wort. »Asela ist in den Eulenturm gekommen … Was Beweis genug dafür ist, dass sie nicht mehr dem Fluch verfallen ist. Sie sagte, Ihr hättet sie davon überzeugt, mir zu helfen.« Sie schaute auf ihre Hände herab. »Es ist seltsam. Ich stand ihr im Kampf gegenüber und fühlte dieses Böse in ihr, doch jetzt ist es ganz anders. Es ist leicht zu erkennen, wie hart die Zeit sie gemacht hat, aber dennoch mag ich sie. Als ob ich sie schon mein ganzes Leben kennen würde.«

»Vielleicht habt Ihr von ihr gelesen«, meinte ich und sah zu Serafine, die gerade ihr Pferd die Rampe hinaufführte. »Ich beneide Serafine. Sie kannte sie ja alle, bevor sie dem Fluch Kolarons zum Opfer fielen.« Ich sah mich suchend um. »Wo ist der Prinz?«

»Prinz Tamin? Er und eine Sera sind auf ihre Pferde gesprungen, kaum dass sie wussten, wo sie waren, und zur Zitadelle geritten.« Die Eule schmunzelte. »Er sagte etwas davon, dass er den Kommandanten sehen wollte und es ihm egal wäre, ob der noch schliefe.«

»Gibt es eine Spur von dem anderen Verfluchten?«, fragte ich, während ich Rabenflugs Zügel ergriff.

»Nein. Dieser Tivstirk ist verschwunden, als hätte es ihn nie gegeben«, antwortete Desina.

»Wenn es nur so wäre«, meinte Santer grimmig. »Ich fürchte, wir werden noch von ihm hören.«

Als ich mit Serafine zur Zitadelle hochritt, fürchtete ich fast, Orikes würde mich abfangen, doch niemand störte uns. Wir trennten uns vor meinem Quartier. Mehr als ein Lächeln bekam ich von Serafine nicht, dann ging ich hinein, ließ meine Rüstung auf den Boden fallen und mich ins Bett.

Es kam mir vor, als hätte ich die Augen kaum geschlossen, als es schon an der Tür klopfte. Ich fluchte leise, quälte mich aus dem Bett. Ich sah zum Fenster hin, der Tag war kaum zu erahnen. Bei den Göttern, wann ließ man mich endlich einmal schlafen?

Ich zog die Tür auf und fand Armin vor, der mich anstrahlte. Er trug einfache Gewänder und wäre selbst am Hafen kaum aufgefallen. Ich wollte mich ob der frühen Glocke bei ihm beschweren, doch dazu kam ich nicht.

»Esseri!«, begrüßte er mich freudestrahlend. »Es ist ein Wunder geschehen! Janas ist von der Pest geheilt, und das Volk grollt, weil der wahre Täter nun entlarvt ist! In allen Tempeln beten die Leute dafür, dass dieser Kolaron bestraft wird, und heute Morgen kam die geflohene Dienerschaft zu uns zurück und ließ sich züchtigen, um ihre Reue zu beweisen. Und mein Herz, die Löwin, sie reckt ihren Kopf empor und trägt ihn stolz. All das nur wegen Eurer Weitsicht! Ich werfe mich Euch zu Füßen!« Er tat es prompt, der Länge nach auf meiner Schwelle, während die Wachen vor der Tür Mühe hatten, es nicht zu bemerken. »Wenn Ihr Euch nicht durchgesetzt hättet«, nuschelte er vom Boden her, »dann wären die Djinnis nicht gekommen, um ihre Dankbarkeit zu beweisen!«

»Armin, steh auf!«, bat ich ihn scharf und zog ihn hoch. »Ich dachte, du hättest dir das abgewöhnt.«

»Es hat mich überkommen«, meinte er beschämt, als ich die Tür hinter ihm schloss. »Ich muss Euch gestehen, dass ich das eine oder andere Mal an Eurer Weisheit gezweifelt habe. O Herr, ich bin so glücklich, meine Löwin wieder lächeln zu sehen, es hat sie alles arg bedrückt.«

»Ich bin nicht mehr dein Herr«, stellte ich klar.

»Nur weil meine Liebe mich beherrscht, sonst würde ich Euch noch immer mit Freuden dienen! Es ist wahr, was Ihr erzählt habt, von den Priestern auf den Feuerinseln, man erzählt es sich im ganzen Land, warum nur habt Ihr es uns nicht früher schon gesagt, so waren wir bedrückt und mussten zweifeln!«

»Warum bist du hier?«, fragte ich ihn und fluchte leise, weil ich auf die Kante meines Schienbeinpanzers getreten war.

»Meine Löwin gibt heute Abend ein Fest«, verkündete er. »Ihr müsst kommen, sonst bin ich verloren. Ich kann nicht zu meiner Blume gehen und sie enttäuschen!« Er hüpfte auf und ab. »Ich wusste schon immer, welcher Held Ihr seid, und heute Nacht habt Ihr es erneut bewiesen: den Prinzen Aldanes gerettet, ein Dutzend Verfluchter erschlagen den Feind vor seinen Mauern vernichtend geschlagen, und all das in nur zwei Tagen!« Er verbeugte sich so tief vor mir, dass seine Stirn fast den Boden berührte. »Ich muss zurück, meiner Blume berichten, dass Ihr kommen werdet. Es wird sie so sehr erfreuen!«

Ich sah nur noch zu, wie er mich anstrahlte und durch die Tür verschwand. Ich starrte immer noch hin, als es wieder klopfte, diesmal war es Serafine.

»Sag, war das Armin eben?«, fragte sie und sah den Gang entlang.

»Ja«, seufzte ich. »Das war er. Was gibt es?«

»Der Kommandant will dich sehen. Und Havald?«, sagte sie und lächelte ein wenig. »Zieh dir vorher etwas an.«

Ich sah an mir herunter. Ich war so müde gewesen, dass ich vergessen hatte, das Laken zu ergreifen. Ich schloss hastig die Tür vor Serafines Nase, aber ich hörte sie noch kichern.

Der Kommandant stand am Fenster, sah auf die morgendliche Stadt hinaus und ließ mich warten. Ich trug wieder meine Uniform und hatte mich sogar rasiert.

Es dauerte eine halbe Ewigkeit, bis er sich umdrehte, mich mit einem scharfen Blick bedachte und dann seufzte.

»Ich mag die Dinge einfach, Lanzengeneral. Wenn ich Euch befehle, mir den Kopf einer Nekromantin zu bringen, erwarte ich genau das von Euch.«

»Ay, Ser«, sagte ich und stand gerader.

»Vorhin habe ich auf dem Zitadellenplatz eine gewisse Sera Asela gesehen, tief ins Gespräch mit Desina und Santer verstrickt. Sie nickte mir höflich zu, und Desina erklärte mir, dass Ihr die Verfluchte überzeugt hättet, ihr zu helfen.« Seine Augen bohrten sich in mich. »Wäre Eure Begründung, dass sie von Soltar geläutert wurde und keine Verfluchte mehr ist?«

»Ay, Ser«, sagte ich.

»Dachte ich's mir doch.« Er seufzte. »Wenn ich Euch befehle, nach Aldar zu gehen, den Aufstand dort niederzuschlagen und den Prinzen Tamin noch rechtzeitig zum Kronrat nach Askir zu bringen, erwarte ich nicht, dass Ihr dem Prinzen Befehle erteilt und ihn dann dazu erpresst, vor einem neuen Kaiser das Knie zu beugen!«

»Ay, Ser.«

»Dachtet Ihr, dass, wenn der Prinz von Aldane es selbst von mir *fordert*, diese Feindlegion am Eisenpass abzufangen, da Aldar sonst fallen wird, ich meine Meinung ändere?«

Ich sagte nichts. Er wartete.

»Ay, Ser.«

Er seufzte erneut. »Noch bevor Ihr mir diesen letzten Bericht aus Aldar gesendet habt, erhielt Lanzenobristin Miran die nötigen Befehle. Während wir hier sprechen, wird jeder Soldat, der noch halbwegs gehen kann, durch das Tor zum Eisenpass geschickt. Wäret Ihr nur eine Kerze später dort angekommen, hättet Ihr die Dritte Legion dort vorgefunden. Rangor kann sich ja wohl kaum darüber beschweren, wenn wir einen Feind vernichten, den es ihren Worten nach nicht gibt!«

»Ay, Ser!«

»Mehr habt Ihr nicht zu sagen?«

»Nur, dass es die richtige Entscheidung war.«

»Ja«, sagte er dann schwer. »Das ist mein Problem mit Euch, Lanzengeneral. Ihr haltet Euch nicht an Befehle, Ihr entscheidet selbst, was Ihr für richtig haltet. Und erwartet, dass ich es einsehe, wenn Ihr recht behaltet!«

Ich öffnete den Mund.

»Wagt es nicht, jetzt auch noch Ay zu sagen, von Thurgau«, knurrte er.

Diesmal hielt ich mich an seinen Rat.

»Gut«, sagte er grimmig. »Ich habe eingesehen, dass Ihr recht behalten habt. Sagt, begeht Ihr niemals Fehler?«

»Doch, Ser«, gestand ich leise. »Jeden Tag aufs Neue.«

»Solange das so ist, Lanzengeneral, werdet Ihr Euch mit mir besprechen, *bevor* Ihr vielleicht noch selbst einen begeht!« Er fixierte mich mit seinem Blick. »Haben wir uns diesmal verstanden?«

Ich nahm Haltung an und starrte geradeaus. »Ay, Ser!«

Er sah mich lange an und nickte dann. »Das will ich hoffen. Und, um der Götter willen, hört auf, die Wand so anzustarren und steht bequem! Zum nächsten Punkt«, sprach er ruhiger weiter, als ich mich entspannte. »Ich habe wegen dem Handelsrat mit Pertok gesprochen und ihm die Beweise vorgelegt. Es war nicht einfach, ihn davon zu überzeugen, dass er so verfährt, wie Ihr es vorgeschlagen habt. Er ist Boron verpflichtet, und der Gott macht keine Geschäfte mit Verbrechern. Ich konnte ihn letztlich davon überzeugen, dass sie Buße tun werden, wo es sie am meisten schmerzt. Er *wird* gegen sie vorgehen.«

»Das ist gut zu hören.«

»Ihr haltet also an dem Plan fest?«, fragte er. »Noch können wir zurück.«

Ich schüttelte den Kopf. »Auf lange Sicht ist es besser, wenn Askir weiß, wer hier regiert.«

»Dann werden wir es in die Wege leiten. Noch etwas, Lanzengeneral.«

»Ay, Ser?«

»Obwohl Prinz Tamin Euch nicht sonderlich zu mögen scheint, nannte er Euch einen Helden.«

»Ich bin kein Held.«

»Ja«, sagte der Hochkommandant, während er wieder zum Fenster hinaussah. »Wenn es einen Helden in der Geschichte gab, dann war es dieser Korporal der Federn, den Ihr in den Turm geschickt habt. Ihr dürft Euch entfernen, Lanzengeneral.«

»Ay, Ser.« Ich salutierte und entfernte mich.

Serafine hatte draußen vor der Tür gewartet und musterte mich neugierig, als sie in meinen Schritt einfiel. »Das hat ja nicht lange gedauert. Was hat er denn von dir gewollt?«

»Er teilte mir sein Missfallen darüber mit, dass ich ihn dazu erpresst habe, die Truppen zum Eisenpass zu senden.«

»Hat er denn nicht eingesehen, dass du recht behalten hast?«

»Deshalb hat es ihm ja so sehr missfallen.«

Sie lachte leise. »Ein Diplomat wirst du nie werden. Was war noch?«

»Nur, dass wir jetzt genügend Beweise haben, um gegen den Handelsrat vorzugehen.«

»Weil der Rat dich anklagen wollte?«, fragte sie, als wir die breite Treppe heruntergingen.

»Wollte? Er will es noch. Aber das ist es nicht.«

»Was dann?«

»Die meisten im Rat sind bereits von der Gier verdorben und glauben nicht mehr, dass das Gesetz sie erreichen kann, vielmehr denken sie, sie selbst sind das Gesetz. In Friedenszeiten kann man es vielleicht ertragen, doch nicht im Krieg. Sie haben wenig an Gewissen übrig … Ich habe die Beweise gesehen, dass einer von ihnen der Flotte verdorbenes Fleisch lieferte und *wusste*, dass es verdorben war. Das kann eine ganze Mannschaft töten. Am Anfang, so meinte Orikes, wäre es nicht so schlimm gewesen, aber im Laufe der Jahrhunderte nahm es überhand. Jetzt ist es fast schon so, dass ein Sitz im Rat vererbt wird! Doch so ist es nicht gedacht. Es ist schon so weit, dass der Kommandant es kaum wagen kann, gegen den Rat vorzugehen. Doch ich glaube, ich habe eine Möglichkeit gefunden.«

»Und welche?«, fragte Serafine.

»Ich benutze ihre Methoden.« Ich sah zur Sonne hoch, es war noch nicht ganz Mittag. »Wann soll diese Hinrichtung stattfinden?«

»Zur fünften Glocke.«

»Dann haben wir noch etwas Zeit. Es gibt noch viel zu tun.«

»Was planst du noch?«

»Ich plane nicht, ich schiebe nur die Steine zurecht, damit sie da sind, wenn ich sie brauche«, erklärte ich ihr.

»Also gut. Welche Steine willst du denn noch verschieben?«

»Den Handelsrat. Vrelda, die auch in Wahrheit eine Königin sein sollte. Eine Sera, die Blumen liebt. Dann nimmt alles seinen Lauf.« Ich blieb stehen und ergriff ihre Hand. »Ich weiß nicht, was auf diesem Kronrat geschehen wird. Ich will nur vorbereitet sein. Es ist bald vorbei.«

Sie sah mich an. »Oder es fängt bald alles von vorne an.«

»Ja«, sagte ich. »Oder das.«

»Welche Sera hast du gemeint? Wir lieben alle Blumen.«

»Nicht wie sie«, antwortete ich. »Sehen wir zu, dass wir Ragnar finden. Dann siehst du, was ich meine.«

»Ich hörte, er ist oft in der *Silbernen Schlange*. Er hat sich dort ein Zimmer genommen«, sagte sie.

»Das erklärt, warum mich sein Schnarchen nicht mehr stört.«

48. Ragnarskrag

»Ihr seht aus, als hättet ihr viel Spaß gehabt«, begrüßte uns Ragnar, als wir uns zu ihm setzten. »Was habt ihr in Aldar getrieben? Euch mit Bären einen kleinen Ringkampf geliefert?«

»So in etwa«, lächelte Serafine. »Havald hat schon wieder eine Rüstung ruiniert.«

»Ich hörte, dass es mit schöner Regelmäßigkeit geschieht«, lachte er und hob die Hand, um Bier für uns zu bestellen.

Wir hatten ihn tatsächlich in der *Silbernen Schlange* vorgefunden, er saß im Gastraum, der um diese Kerze fast leer war, und sprach einem guten Frühstück zu. Doch Ragnar zeigte wenig Appetit, und seine Augen waren gerötet, er sah übermüdet aus.

»Du siehst nicht viel besser aus«, stellte ich fest. »Lag es an dem Bier?«

»Das war nicht das Problem«, stöhnte er. »Es war der Met. Ich vergaß, wie pelzig er am Morgen schmeckt.« Er sah sich um, bevor er leise weitersprach. »Das Fest war geradezu friedlich. Erlaf und ich schwiegen uns an, und es gab nur vier Schlägereien. Aus allen hielt ich mich heraus. Es brauchte eine Weile, bis ich es einrichten konnte, Vrelda zu sprechen, ohne dass ein Ohr in der Nähe war. Havald«, sagte er, und seine Augen zogen sich grimmig zusammen, »Erlaf hat an ihr Rache genommen für seine Hand. Vrelda hasst ihn mit einer Inbrunst, die selbst mich erschreckt, und sie hat nicht vor, ihn König werden zu lassen. Ihr Plan ist es, ihn im Bett zu ermorden, wenn es ihm gelingen sollte, sie zur Heirat zu zwingen.«

»Käme sie damit durch? Ich meine, sie ist die Königin.«

»Es wäre möglich, doch die Wahrscheinlichkeit ist sehr gering. Von Angus hat sie schon gehört, und wie sie sagte, würde sie auch einen Ziegenbock zum König nehmen. Da ist ihr Angus lieber.«

»Stört es sie nicht, dass er ein Werwolf ist?«, fragte Serafine neugierig.

»Nein«, erklärte Ragnar. »Auch wenn die Gefahr besteht, dass ein Kind von ihm sie bei der Geburt tötet. Immerhin sichert es kräftige Kinder, die leichter überleben werden.« Er sah zu ihr. »Es ist ja nicht so, dass er sich jede Nacht in einen Wolf verwandelt. Es ist eine Göttergabe und kein Fluch, wie es die Krankheit sein kann.«

»Und Angus?«

Er seufzte. »Vom eisernen Thron war er nicht begeistert, doch als ich ihm Vrelda beschrieb, war er nicht mehr abgeneigt. Diese Elgata schien er darüber fast zu vergessen. Er ist begierig darauf, sie zu sehen, und tadelte mich, dass ich ihm Vreldas Brüste nicht beschrieb.« Er stocherte in seinem Essen herum. »Als ich ihm sagte, dass sie ihrer Mutter ähnlich sieht, war sein Interesse ganz und gar geweckt. Er erinnert sich noch gut an sie.« Er seufzte. »Ich liebe Angus wie einen Bruder ... mehr, wenn man bedenkt, dass drei von ihnen mich ermorden wollten, aber Angus ... er braucht guten Rat, wenn er König werden soll.«

»Du wirst ihm beistehen können«, sagte ich. »Wenn Vrelda klug ist, wird es gelingen.«

»Oh, das ist sie«, sagte Ragnar und sah mich an. »Auch ohne deinen Plan könnte ich Erlaf jetzt nicht mehr leben lassen, nicht, nachdem ich weiß, was er ihr angetan hat. Er ist schlimmer als mein Vater. Es gibt nur einen Nachteil.«

»Welcher wäre das?«

»Vrelda will nicht nur Erlafs Kopf. Sie hat vierzehn Namen, und sie will alle dazugehörigen Köpfe auf Stangen aufgespießt sehen ...«

»Was haben sie getan?«

»Sie entehrt. Mit Erlafs Einverständnis und unter seinen Augen. Sie kann und will es nicht dulden, dass sie leben und damit angeben können, bei der Königin gelegen zu haben. Es sind einige einflussreiche Krieger dabei. Sie hat mir den Schwur abgenommen, dass ich dafür sorge, egal, was mit ihr geschieht.« Er sah mich mit gequälten Augen an. »Ich weiß nicht, wie ich es Esire erklären kann, aber Vrelda ist meine Schwester, und das alles ist nur geschehen, weil ich ging und sie zurückließ.«

Serafine legte ihre Hand auf seine. »Ich bin sicher, dass deine

Esire es verstehen wird«, sagte sie. »Ich verstehe es auf jeden Fall.«

»Wenn du Hilfe brauchst, wende dich an mich«, meinte ich. »Denn ich will auch dich um einen Gefallen bitten. Du sollst die Welt für eine Sera spalten.«

»Wie meinst du das?«, fragte er.

»Du wirst es sehen. Es braucht den mächtigsten Hieb, seitdem die Riesen auf der Erde wandelten, und man wird noch in tausend Jahren davon singen.«

Ragnar sah mich an und lachte. »Jetzt hast du meine Neugier doch geweckt.«

An eines hatte ich nicht gedacht: Das Tor war in Betrieb, als wir zu Desinas Haus gelangten. Eine endlos lange Schlange von Legionären staute sich in der Straße, fast jeder von ihnen war mit einer Armbrust bewaffnet und einer Last von Köchern, die ihn fast erdrückte. Ich sah nicht nur die Abzeichen der Dritten Legion, auch die der Ersten und der Vierten, und Seesoldaten in ihren lindgrünen Lederrüstungen. Offenbar hatte der Hochkommandant jeden herangezogen, der noch wusste, wie man eine Waffe hält. So dauerte es eine Weile, bis wir das Tor nutzen konnten. Diesmal sparte ich es mir, ein Geheimnis daraus zu machen. Ich vermutete ohnehin, dass der Leutnant wenig auf die Kombination unserer Steine achten, sondern sie einfach nur wieder auf die Wehrstation im Pass ausrichten würde.

Diesmal war es leichter, den alten Tempel in Kolariste zu verlassen. Ragnar räumte mit einer Hand Brocken beiseite, an denen ich Kerzenlängen geschuftet hätte.

Als sie die Stadt sahen, verschlug es Ragnar und Serafine den Atem.

»Götter«, hauchte Serafine. »Wo sind wir, und was ist das?«

»Das Herz des Feindes«, sagte ich rau. »Um den Krieg zu gewinnen, müssen wir dieses Ungeheuer einnehmen.«

»Dafür reichen hundert Legionen nicht«, flüsterte Ragnar betroffen. »Wie kann eine Stadt nur so sein? Es ist nichts Natürliches daran!«

So sah ich das auch. »Seitdem ich sie das erste Mal gesehen

habe, habe ich mir Gedanken darüber gemacht. Sie erinnert mich an einen Ameisenhaufen. Von diesen fleißigen Insekten hört man, dass sie einer einzigen Stimme gehorchen, und so ähnlich ist es wohl auch hier. Kolaron wird jeden Geist in dieser Stadt beherrschen, und das hier ist die Folge. Das geschieht, wenn jeder Einwohner einem fremden Willen folgt. Er hat sie allesamt versklavt.«

»Wenn wir verlieren ... Willst du sagen, dass so unsere Zukunft aussähe?«, hauchte Serafine.

»Ja. Aber wir werden nicht verlieren. Deswegen sind wir hier, wir werden uns Hilfe holen.«

»Und wer soll uns gegen dieses Ungetüm von einer Stadt helfen können?«, fragte Ragnar, der mir etwas blass erschien.

»Dazu kommen wir jetzt gleich«, sagte ich. »Seht ihr diese Blumen? Jeder von uns sollte eine pflücken, um ihr ein Geschenk zu machen.«

Du bist zurückgekommen und hast Freunde mitgebracht, sagte sie, während Ragnar und Serafine noch staunten. *Jetzt willst du mich befreien, obwohl du mich nicht kennst. Aber es wird nicht möglich sein. So mächtig bist du nicht.*

Ragnar hatte sich gefangen und reckte seinen Kopf. »Es ist nur eine Kette!«

Nein. Wenn du mich befreien willst, musst du die Schelle lösen, die mir meinen Atem und meine Kräfte abschnürt. Sie ist größer, als du es bist, und selbst wenn ich dir meinen Hals darbiete, kannst du sie kaum erreichen ... Oh ... Sie schwenkte ihren Kopf zu mir und sah mich aus ausgebrannten Augenhöhlen an. *Dein Freund ist mehr, als ich zuerst dachte.*

»Das ist er«, bestätigte ich.

Dann bitte ich darum, dass er die Schelle nicht verfehlt. Es wäre nach all den Jahrhunderten lächerlich, wenn ein wohlgemeinter Schlag mich mein Leben kosten würde.

»Das wird nicht geschehen«, sagte Ragnar. »Ich teile einer Fliege die Flügel mit meiner Axt!«

Dann stelle ich deine Worte mit meinem Leben auf die Probe.

Mit anmutiger Eleganz senkte sich der schlanke Kopf zu Boden, eine krallenbewehrte Pranke schob die massive Schelle um den Hals zurecht.

»Was du jetzt siehst«, flüsterte ich Serafine zu, »hat man in diesem Zeitalter noch nie gesehen. Nicht, seitdem die letzten Riesen über die Erde wandelten.«

»Woher wusstest du es?«, fragte Ragnar, der nun seine Axt fester hielt.

»Du hast es selbst gesagt. Du stammst von ihnen ab. Aber ich habe es nicht recht geglaubt, bis ich Ragnarskrag in meinen Händen hielt«, entgegnete ich. »Jetzt mach schon, Ragnar, bevor der Nekromantenkaiser noch bemerkt, was hier geschieht.«

Er sah unsicher drein.

»Tu es einfach. Es ist eine Sera, die deine Hilfe braucht, willst du sie noch länger warten lassen?«

Er sah mich an, dann lachte er. »Wohl kaum!« Er hob die Axt und ging den Abhang hinunter.

»Götter!«, hauchte Serafine erneut, während auch ich hinstarrte, denn mit jedem Schritt, den Ragnar tat, wurde er größer und größer, bis die Erde unter seinem Schritt erbebte. Als er neben der Sera stand, ragte er wie ein Turm empor, der ihr an Größe beinahe gleichkam. Er beugte sich nieder, hob einen Stein an, der größer als zwei Häuser war, und schob ihn unter der Schelle zurecht, die den Drachen band. Dann trat er zurück, sah zu uns, grinste breit und hob seine mächtige Axt zu einem beidhändigen Schlag.

»*Hoar!*«, rief er so laut, dass die Erde bebte und die Vögel erschreckt aufstoben. Bis in die Wolken hob er das schwere Blatt empor, und jetzt fuhr es wie das Ende der Welten herab, spaltete Schelle und Stein und den Grund des Bergs mit einem Krachen, das die Welt erschütterte.

Selbst der Drache schien benommen, doch Ragnar zögerte nicht lange. Mit zwei Händen bog er die Schelle auf, und nicht nur das: Zwischen seinen mächtigen Fingern zerbrachen auch die anderen Manschetten, die ihre drei verbliebenen Beine verunstalteten.

Aus der Höhe hörten wir einen schrecklichen Schrei. Ich sah hoch und beobachtete, wie einer der kleineren Drachen herabfuhr, direkt auf Ragnar zu, der das Biest fast nachlässig mit einer massiven Hand ergriff, zudrückte und es zerbrochen weg zur Seite warf. Dann drehte er sich um und kam auf uns zugerannt. Noch immer bebte die Erde unter seinen Schritten, und hinter uns stürzten die alten Ruinen ein.

Während er rannte, wurde er wieder kleiner. Er sprang wie ein Hase über die Spalten, die sich im Boden öffneten, grinste über das ganze Gesicht, während hinter ihm der Drache schimmerte, ein neues Bein aus dem vernarbten Stumpf wuchs und sich mächtige Flügel entfalteten, die eben noch verkrüppelt gewesen waren.

Wir werden uns wiedersehen, teilte uns die Sera mit, dann erhob sie sich mit einem mächtigen Schwung der Flügel in die Luft und schoss so schnell empor, dass sie kaum noch zu sehen war. *Habt Dank für Eure Blumen.*

»Havald!«, rief Ragnar, hechtete auf mich zu und beförderte einen Stein zur Seite, der mich sicherlich erschlagen hätte. »Steh hier nicht so dumm herum! Wir müssen gehen!«

Wir rannten los, es war nicht weit zum Treppenabgang, doch auch hier unten breiteten sich Risse aus, und Steine fielen von der Decke.

Wir sprangen in das Tor hinein, während um uns herum schon Brocken von der Decke stürzten. Ich warf mich über Serafine und spürte einen harten Schlag im Rücken. Hastig hob und senkte ich den letzten Torstein – und fand mich im Tor in Askir wieder, während neben mir ein schwarzer Fels über den Boden rollte.

Ragnar richtete sich auf, schüttelte sein Haupt und lachte, nahm den Brocken und warf ihn achtlos fort. Dann half er Serafine auf die Beine.

»Raus!«, rief der Leutnant am Tor und hielt die Hand hoch, wo er mit den Fingern zählte. »Schnell!«

Wenn man nicht auf den Rand achtete, konnte das Portal einen in zwei Teile schneiden. Ich hechtete zur Seite hin, einen Lidschlag später nur tauchte im Tor eine mit Ketten zusammengeknotete Wyvern auf, die mich mit giftigen Augen musterte.

Auch Ragnar und Serafine hatten es geschafft, jetzt standen

wir keuchend an der Seite und sahen zu, wie die Wyvern von sechs kräftigen Bullen auf einen Wagen gehievt wurde.

»Wo geht das Biest hin?«, fragte ich einen der Soldaten.

»Die Federn wollen es sich ansehen. Angeblich kann man diese Kreaturen zähmen!«

Besser sie als ich. Ich konnte mich noch sehr gut an den aufgerissenen Rachen erinnern, der uns erwartet hatte, als wir in Aldar aus dem Torhaus stürmten.

»Wenn das Vieh nicht so böse schauen würde, wäre es beinahe schön«, stellte Ragnar fest und stützte sich auf seine Axt. Er sah zu mir hinüber und grinste über beide Ohren. »Esire wird dir nie verzeihen, dass ich eine Sera erblickte, die schöner war als sie ... Götter«, fragte er mich dann, »wer war sie?«

»Ich dachte es zu wissen«, sagte ich leise. »Doch ich habe mich getäuscht.«

»Es ist egal, wer sie war«, meinte Ragnar. »Allein für das, was eben geschehen ist, lohnte es sich bereits zu leben!«

Wir folgten der Wyvern auf dem Wagen die Rampe hinauf und gingen zur Zitadelle zurück.

»Was dachtest du denn, wer sie ist?«, fragte Serafine in einem Ton, der zeigte, dass sie noch immer von dem Anblick zehrte, den der Drache geboten hatte.

»Ich dachte, sie sei vielleicht die verlorene Kaiserin«, erklärte ich den beiden leise, als wir außer Hörweite anderer Ohren waren. »Es schien zu passen. Es war Kolaron, der sie gefangen hielt, und ich wusste von der Kaiserin, dass ein Volk tief im Süden sie für eine Göttin hielt. Sie war verkrüppelt und verletzt ...«

»Und du meinst, ein solcher Drache hätte sich nicht zur Wehr gesetzt, als man ihn angriff?«, fragte Serafine ungläubig.

»Sie *war* gefangen, wie auch immer es dazu kam. Vielleicht ist sie in ihrer menschlichen Gestalt auch nicht so stark.«

»Havald«, sagte Serafine und schüttelte ungläubig den Kopf. »Wie bist du nur auf diese Idee gekommen?«

Ich deutete nach oben, hoch zur Zitadelle, wo Askirs Banner wehte. Ragnar und Serafine folgten meiner Geste.

»Bei Borons Bart«, fluchte Ragnar. »Direkt vor unserer Nase!«

»Oh«, sagte Serafine. »Ich verstehe!«

Denn der goldene Drache auf dieser Flagge ähnelte der Sera bis auf die letzte Einzelheit.

»Es lag nahe«, sagte ich leise. »Wenigstens dachte ich das. Aber wenn sie die Kaiserin wäre ... dann wäre sie mit uns gekommen.«

»Nun«, meinte Ragnar. »Ich kann dir zwei Dinge sagen. Zum einen: Wenn ich alt und grau bin, werde ich noch von diesem Tag zehren und meiner Esire damit in den Ohren liegen. Zum anderen ... eines ist gewiss: Eine Freundin des Nekromantenkaisers ist sie nicht.« Fast zärtlich strich er über seine Axt. »Soll der Verfluchte doch versuchen, Coldenstatt zu nehmen! Er wird sein blaues Wunder erleben.«

»Ein Wunder war es, Ragnar«, sagte Serafine andächtig. »Und was für eins!«

»Ich wollte, ich könnte mich beliebig so verwandeln«, sagte Ragnar, und sein Lächeln flaute ab. »Ich bin kein Riese, ich trage nur ihr Blut in mir. Es hat mich viel Kraft gekostet, nicht nur mich, sondern auch Ragnarskrag. Die Axt ist schwächer geworden dadurch. Aber bei den Göttern, es hat sich gelohnt, diesen einen Streich zu führen. Er hat wahrhaftig die Welt gespalten!«

Zumindest hatte er sie erbeben lassen. Ich fragte mich, was Kolaron dachte, als er von ihrer Flucht erfuhr.

»Weißt du, was ich denke?«, fragte Serafine, als wir uns in der *Silbernen Schlange* an den gleichen Tisch setzten, den wir vorhin erst verlassen hatten. Ragnar war der Meinung, dass man darauf einen Humpen trinken sollte, und ich stimmte ihm aus vollem Herzen zu.

»Was?«

»Dass sie der gleichen Art entstammt wie der Göttervater«, sagte sie andächtig. »Sie besaß die gleiche Majestät und Erhabenheit, wie ich sie auch bei ihm verspürt habe.«

»Dann wäre sie in Wahrheit eine Göttin«, sagte Ragnar und hob seinen Humpen, um mit uns anzustoßen. »Auf sie also, die Sera mit den Blumen!« Wir stießen krachend an, dass der Schaum um uns flog.

»Nur in einem hast du mich betrogen, Havald«, warf mir Ragnar lachend vor.

»Ich dich?«, fragte ich verblüfft. »Wie das?«

»Es wird kein Lied darüber geben. Und wenn doch, wird es niemand glauben!« Er nahm einen tiefen Schluck, sodass der Schaum in seinem Bart kleben blieb. »Aber es reicht mir, dass ich selbst weiß, was ich getan habe. Und allein dafür danke ich dir, alter Mann!«

Ich wollte mit der linken Hand nach dem Krug greifen, doch dann erstarrte ich und fluchte.

»Was ist?«

»Dieser letzte verdammte Brocken, der von der Decke fiel«, fluchte ich leise, während ich mich vorsichtig anders hinsetzte, »hat mir schon wieder eine Rippe gebrochen!«

Ich begab mich zum Medikus in der Zitadelle, der mir einen festen Verband anlegte und mir riet, mich nicht anzustrengen, was mich beinahe zum Lachen brachte. Der stechende Schmerz belehrte mich eines Besseren.

»Was habt Ihr gemacht, Lanzengeneral«, fragte der Mann, als ich meine Uniform wieder anzog. »Ihr solltet lernen, besser mit Eurem Körper umzugehen!«

In den letzten Tagen hatte ich mir eine Menge blauer Flecken eingefangen. Leandras Blitze hatten mir noch am ganzen Körper, wie Sommersprossen großzügig verteilt, eine Menge kleiner Punkte und einige unschöne Narben hinterlassen. Die Wunden und auch die gebrochene Rippe von dem Kampf mit diesem Priester hatte Seelenreißer mir im Kampf geheilt, die blauen Flecken und die kleinen Narben hatte er mir gelassen. In dieser Hinsicht konnte Seelenreißer oft willkürlich sein. Ich musterte mich im Spiegel und knöpfte die Jacke zu. Zum einen sah es nicht so schlimm aus, wie ich dachte, zum anderen gewöhnt man sich an manche Dinge. Aber ich fand es durchaus bemerkenswert, dass es Leandra gewesen war, die mich am meisten gezeichnet hatte. Und Seelenreißer mir ihre Spuren ließ.

49. Die Hinrichtung

Serafine und Ragnar hatten in meinem Amtsraum auf mich gewartet, dort fand ich sie ins Gespräch vertieft vor, der Korporal aus dem Zeughaus und Schwertleutnant Stofisk waren auch dort und schienen sich bestens zu unterhalten.

»Was ist das eigentlich für eine Rüstung, die Santer trägt?«, fragte ich den Korporal sogleich. »Ist sie nur für die Eulen gemacht?«

»Nein«, erklärte er. »Ursprünglich wurden diese Rüstungen für Nachtfalken gefertigt, angeblich sind sie auch dafür geeignet, den Träger vor Magie zu schützen.«

»Ich dachte, du hättest deine Rüstung inzwischen gefunden?«, lachte Serafine.

»Probierst nicht auch du verschiedene Kleider an?«, fragte ich sie schmunzelnd. »Aber du hast recht, die Rüstung der Drachenreiter ist fast das, wovon ich immer träumte, und ohne sie hätte mich der dunkle Priester wohl noch übler zugerichtet. Nur mag ich es nicht, dass sie so hell glänzt; wenn die Sonne richtig steht, kann mich der Feind darin auf Meilen erkennen!«

»Das lässt sich ändern, Lanzengeneral«, sagte der Zeugwart dazu. »Ich kann sie euch brünieren.«

»Dann tut das«, sagte ich. »Und beult sie etwas für mich aus, sie hat ein wenig gelitten.« Sein Blick sagte mir, dass er nicht erfreut darüber war, er nickte steif und ging.

»Wie war es in Aldar?«, fragte Leutnant Stofisk. »Man hört so allerhand.«

»Nass«, antwortete Serafine mit einem Lächeln. Was unserem Leutnant wohl nicht genug war, er schien mir vor Neugier fast zu platzen.

»Erzählt ihm später von Euren Heldentaten«, meinte Ragnar. »Ich will diese Hinrichtung nicht versäumen.«

»Darf ich Euch begleiten?«, fragte Stockfisch ganz aufgeregt. »Ich will wissen, wie es endet!«

»Dann kommt mit!«, rief Ragnar und schlug dem Leutnant

auf die Schulter, sodass dieser taumelte. »Ihr dürft uns das Bier tragen!«

Draußen stieß eine Tenet Bullen zu uns, angeführt von einem Lanzenleutnant Toris, der mir erklärte, dass dies bei solchen Anlässen allein schon wegen des Gedränges üblich wäre. »Damit Euch nicht aus der Menschenmenge heraus ein Attentäter angreift.«

Schon am Tor zum Tempelplatz verstand ich, was er mit »Gedränge« meinte. Die Menschen stauten sich schon vor dem Tor, die ganze Straße herunter, und nur Leutnant Toris' laute Stimme und die mit Leder überzogenen Knüppel, die sich drohend hoben, machten uns den Weg frei. »Macht Platz für den Lanzengeneral!«, rief er immer wieder. »Aus dem Weg! Macht Platz!«

Ich hätte erwartet, dass die Leute es übel aufnehmen würden, doch die meisten machten bereitwillig Platz, und viele strahlten, lachten und sahen mich neugierig an. Gelegentlich wurden sogar Kinder hochgehoben, damit sie mich besser sehen konnten. So kamen wir, wenn auch langsam, doch voran.

»Wir hätten früher aufbrechen sollen«, meinte Stofisk. »Bei solchen Dingen lohnt es sich vorauszuplanen.«

»Wir waren etwas beschäftigt und brauchten danach eine Pause«, erklärte Serafine dem Leutnant.

»Es wird die größte Hinrichtung seit Jahrhunderten.« Stofisk strahlte über beide Ohren. »Das letzte Mal, dass ein Verfluchter öffentlich gerichtet wurde, ist über achthundert Jahre her. Wie konntet Ihr da an etwas anderes denken! Was war so wichtig?«, wollte Stofisk wissen.

»Wir brachten einer Sera Blumen«, lachte Ragnar.

Am Tor zum Tempelplatz sah man uns kommen und vertrieb die Menschenmenge, um uns einen Pfad zu öffnen, doch nach dem Tor wurde es noch schlimmer. Der Tempelplatz war einer der größten Plätze Askirs, ein großes leeres Feld, sauber mit Pflastersteinen belegt. Die vier großen Tempel bildeten ein Quadrat und waren selbst umrandet von anderen, kleineren Gebäuden, die auch in irgendeiner Art dem Glauben dienten, ob es nun Druckereien waren, die Lehrbücher anfertigten, Blumenläden, Schneider oder die Tempelschulen.

Überall standen kleine Buden, wo sich die Verkäufer heiser schrien, Wein, Bier, Tee, Gebäck oder anderes anpriesen, oder auch kleine bestickte Lappen, die man sich an die Robe heften konnte, mit Sinnsprüchen aus den Büchern der Götter darauf.

Tafelsänger kämpften gegen den Lärm an, zeigten mit ihren Stöcken auf ihre Tafeln voller schauriger Geschichten, Spielleute tanzten oder vollführten Kunststücke, und da vorn, über den Köpfen der Menschenmenge, tanzte ein kleines Mädchen auf einem Seil. Überall sah ich nur lachende Gesichter voller Erwartung und zweimal auch einen Dieb, der geschickt einen Beutel schnitt.

Stofisk hatte recht, es war ein Volksfest, und es gefiel mir nicht.

Ragnar schien das anders zu sehen; er war allerbester Laune, auch Stofisk sprang herum, als hätte er einen Ball verschluckt.

Die Götter schienen sich ebenfalls zu beteiligen, ein strahlend blauer Himmel spannte sich über uns, und die Masse an Menschen um uns herum war wie ein lauter Ozean.

Es dauerte eine Weile, bis wir am Richtplatz ankamen. Ich erfuhr von Stofisk, dass die meisten Hinrichtungen unten am Hafen stattfanden, diese Plattform hier war aus schweren Balken nur für Joakin und Helgs aufgebaut worden. Dahinter, an die Mauer des Tempelplatzes gelehnt, befand sich auch eine Tribüne, die schon zum größten Teil gefüllt war mit geladenen Ehrengästen. Unter den vielen Flaggen befanden sich auch die von Aldane und Bessarein. Die gekrönten Häupter waren angetreten, um ihren Respekt vor der Rechtsprechung der Stadt Askir zu bezeugen. Dass somit ausgerechnet eine grausame Hinrichtung den Kronrat einleiten sollte, schien niemanden zu stören.

An der Plattform angekommen, reihte sich unsere Eskorte in den Ring der Bullen ein, der sich auf zehn Schritt um die Plattform herum mit schweren Seilen in der Hand gegen die andrängende Menschenmenge stemmte. Wir gingen die breite Treppe hoch und suchten Leandra. Wir fanden sie schnell, sie sprach mit dem Kommandanten. Jeder der Könige hatte jeweils vier Leibgardisten dabei, die sich misstrauisch umsahen, so auch beim Kommandanten: Vier Soldaten des Ersten Bullen hielten selbst hier auf der Plattform wachsam Ausschau nach Gefahren und stützten sich auf ihre schweren Turmschilde.

»Nicht immer ist das Volk zufrieden mit der Gerechtigkeit«, erklärte mir Stofisk. »In diesem Fall ist es anders. Wenn wir Joakin einfach in die Menge werfen würden, würden sie ihn zerreißen.«

Leandra war nicht allein, auch Zokora und Varosch waren hier. Varosch trug wieder die Robe eines Adepten, aber sowohl Leandra als auch Zokora waren gerüstet, die dunkle Elfe in ihrer schwarze Rüstung, Leandra in der des Greifen.

»Ihr kommt spät«, meinte Leandra in leicht tadelndem Tonfall, doch sie schien nicht böse zu sein. Sie hatte auf die Perücke verzichtet, ihr kurzes weißes Haar glänzte im Sonnenlicht mit dem feinen Reif auf ihrer Stirn um die Wette. Er stand ihr vorzüglich, vor allem, wenn man ihn mit der überladenen Krone verglich, die einer der Könige auf seinem Haupt trug, ein wahrer Turm aus Gold und Geschmeide. Ein Wunder, dass er nicht darunter zusammenbrach. Dem Wappen nach war er der König von Sertina, Perdis, ein Mann mittleren Alters mit dunklen Augen und einem Spitzbart. Er hätte die Krone zu Hause lassen sollen, sie erdrückte ihn vollends und machte seine Königswürde zu einer Farce.

Prinz Tamin und die Baronetta waren auch zugegen; als sie mich sahen, nickten sie mir leicht zu. Neben dem Prinzen saß Baron von Freise auf seinem Stuhl, daneben stand die Bardin in einem ihrer bunten Kleider, das sich, obgleich figurbetont und etwas offener als vielleicht schicklich, wohltuend von dem Prunk um sie herum abhob. Als sie meinen Blick bemerkte, zwinkerte sie mir zu, Baron von Freise sah auf, sie sagte etwas, und er lachte. Seitdem ich ihn das letzte Mal gesehen hatte, schien er mir noch verhärmter. Lange war er wohl nicht mehr von dieser Welt, schade, dachte ich, denn ich mochte ihn.

»Wie geht es dir?«, fragte ich Leandra leise. Sie sah über die Menschenmenge hin, die wie ein Untier zu grollen schien, der Lärm erreichte uns in Wogen und zwang uns, die Stimme zu heben. »Was ist mit Steinwolke?«

»Sie ist noch nicht so weit. Aber man versprach, sie in den

nächsten Tagen zur Donnerfeste zu bringen. Es ist wohl auch besser so, Menschenmengen machen sie noch immer sehr nervös.«

Bedachte man, wie sehr der Greif zur Schaulust der Menschen gequält worden war, schien es mir verständlich.

»Ich weiß nicht, was ich denken soll«, fuhr sie unglücklich fort. »Ein Kampf ist etwas anderes, aber jemanden hinzurichten ... es stößt mir übel auf!«

»Ich habe ihr angeboten, den Verfluchten zu richten«, teilte mir Zokora mit, die mit weiten Augen die Menge betrachtete, es war eine der wenigen Gelegenheiten, bei denen sie unruhig wirkte. »Doch sie wollte nicht!« Die dunkle Elfe sah zu mir hoch. »So viele Menschen, Havald!«, sagte sie mit belegter Stimme. »Ich hätte nie glauben wollen, dass es so viele Menschen gibt! Und da habt ihr Angst vor uns?«

»Hier nicht«, meinte Varosch und zog sie an sich heran, sie ließ es geschehen und schmiegte sich an ihn.

»Leutnant«, hörte ich Serafines Stimme. »Augen geradeaus!«

»Entschuldigt«, sagte der Leutnant verlegen. »Ich sah Euch bisher nicht aus der Nähe.« Er verbeugte sich formvollendet vor Zokora. »Ihr seid eine wunderschöne Frau.«

Serafine räusperte sich. Laut. Doch Zokora überraschte uns, sie neigte höflich den Kopf und sagte: »Danke.«

Ich sah noch immer Leandra an. Sie atmete tief durch und nickte grimmig. »Ich werde es tun, aber ... nein, es gefällt mir nicht!« Sie griff an das Heft von Steinherz, das über ihre Schulter ragte. »In solchen Fällen bin ich froh, dass ich mich auf Steinherz stützen kann.«

Ja, dachte ich bitter. Für solche Fälle war ein Herz aus Stein recht gut zu gebrauchen. Ich sah mich auf der Plattform um und bemerkte Serafine, die jetzt Leutnant Stofisk zur Seite nahm und mit ihm sprach. Der Kommandant hob leicht seine Hand, und ich trat zu ihm. Auch er schien von der allgemeinen Stimmung nicht angesteckt worden zu sein. Sein Gesicht war ernst, und seine Augen zeigten Falten, als er die Menge beobachtete.

»Haltet Ihr es immer noch für eine gute Idee?«, fragte er so leise, dass ich ihn gerade so verstand. »Wir haben einen geübten Henker hier.« Er deutete mit einem Nicken zu einem großen

Mann mit breiten Schultern, der etwas an der Seite stand. Er war in Hosen und Weste aus braunem Leder gekleidet, die seine mächtigen Oberarme freiließen. Eine Kapuze besaß er nicht, aber an seinem Gürtel hing eine Maske aus schwarzem Stahl. Ohne diese Maske schien er ein freundlicher Geselle zu sein, ein gutmütiger Bär, der sich mit wachen Augen umsah. Zwei Gesellen standen neben ihm und hielten mit Blasebälgen einen Eisenkessel heiß. Eine silbrige Flüssigkeit stand ruhig darin und dampfte.

Weiter vor uns, in der Mitte der Plattform und vier Schritt vom Rand entfernt, stand ein Gestell, einem Käfig gleich, das mit Lederplanen versehen war. Ein Mann passte dort hinein und würde mit gespreizten Beinen und Armen darin stehen können. Unter diesem Gestell befand sich eine Schale aus Metall. Vier Schritt daneben war ein Block, wie man ihn aus allen Landen kannte, sorgsam neu gezimmert und schwarz angemalt, mit einer Kuhle für das Kinn. Auch hier gab es eine Kohleschale, in der einer der Henkersgesellen ein Brandeisen heiß hielt, an dem die Rune zu erkennen war, mit der man im Reich Nekromanten zeichnete. Dahinter stand der kaiserliche T-Galgen, an dem Helgs kopfüber enden sollte, nur dass man den Kopf mit dem Brandmal an den Fuß des Galgens stellen würde.

»Sie ist bereit, es zu tun, aber ich werde sie noch einmal fragen. Ich glaube nicht, dass es noch sein muss, ich hörte schon in den Kneipen, dass man sie bereits bewundert, Stofisk hat hier bewundernswert gerettet.«

Der Kommandant nickte zum Hochinquisitor Pertok hin, der zusammen mit drei anderen Inquisitoren, Desina und Santer weiter rechts von uns stand und sich mit ihnen unterhielt. »Er würde es schätzen, es gefällt ihm nicht, die Hinrichtung anderen zu überlassen.« Der Kommandant seufzte leise und sah sich um, legte seine Stirn in Falten, als sein Blick auf die geladenen Gäste fiel. »Wenn es um den Kronrat geht, sind sie alle wie störrische Esel, aber hier finden sie sich einträchtig zusammen. Selbst der Handelsrat ist zufrieden. Es ist ein großes Geschäft für ihn. Und für die Diebesgilde auch.«

Was sollte ich dazu sagen? Der Tod anderer barg schon immer eine schaurige Faszination.

»Wie will man die Verurteilten hierherbringen? Auf einem Leiterwagen durch diese Menge?«

»Sie sind schon da und warten unter der Plattform darauf, dass man sie hinaufholt. Lange wird es nicht mehr dauern, da kommen jetzt auch die Priester unserer Götter.« Er schüttelte den Kopf. »Schaut Euch diesen Auflauf an. Wann sieht man solche erlauchten Gäste sonst? Bei Krönungen, Hochzeiten hoher Herren oder dem letzten Geleit von Königen. Wir hätten die beiden einfach im Hinterhof erschlagen und verscharren sollen! Doch Joakin hat mit seinen Morden das Volk so sehr erzürnt, dass es sogar Pertok notwendig erschien, ihn öffentlich zu richten.«

»Was hat er überhaupt getan?«

»Er ist ein Auftragsmörder und war besonders hinterhältig. Nicht eines der Opfer starb von seiner eigenen Hand.«

Ich sah ihn erstaunt an.

»Er machte sich an die Frauen seiner Opfer heran, schwatzte ihnen ein Mittel auf, das ihre Männer zu besseren Liebhabern machen würde – und brachte so die Seras dazu, ihre Männer mit Gift zu ermorden. Allerdings wurden zwei der Seras wegen Mordes hingerichtet, bevor herauskam, dass es in Wahrheit dieser Joakin gewesen ist. Alleine das war Grund genug, das Volk gegen ihn aufzubringen.«

In der Tat, ein hinterhältiges Verbrechen.

»Hat die Befragung von Helgs noch etwas ergeben?«, fragte ich den Kommandanten.

Der nickte. »Wendet Euch an Orikes, er hat das Protokoll des Verhörs vorliegen … ein paar kleine Dinge nur, ein paar Namen, und dass wir jetzt wissen, dass wir zu früh zugegriffen haben, er hat weitere Anweisungen erwartet, die er noch nicht erhielt.« Er sah zu mir hin. »Er hat noch etwas von einem Raben gefaselt und von einem Anschlag, der Euch gelten soll. Also haltet besser die Augen auf.«

»Den Anschlag gab es schon«, teilte ich ihm mit. »Wie Ihr seht, war er erfolglos.«

»Achtet trotzdem auf Euch«, bat er. »Auch für den Kronrat hat der Feind etwas geplant, es lässt mich nicht schlafen, dass ich nicht weiß, was es sein könnte! Auch, dass dieser Tivstirk hier irgendwo noch ist, gibt mir Bedenken auf!«

Ich nickte und sah mich weiter um. Wenn Kolaron oder Tivstirk eine Möglichkeit fanden, hier zuzuschlagen, dann war der Krieg zu Ende. Kein Wunder, dass es dem Kommandanten nicht gefiel.

Die Trommler hoben ihre Stöcke und ließen sie auf den Fellen tanzen, dann kam eine Prozession die hintere Treppe herauf. Vier Bullen in ihren Rüstungen führten mit fester Hand einen jungen Mann mit Pickeln und einem gewinnenden Lächeln die Treppe herauf, er trug Ketten und festliche Gewänder und warf der grölenden und buhenden Menge mit gefesselten Händen Kusshände zu.

»Noch genießt er seinen Auftritt«, grollte der Kommandant. »Er wähnt sich sicher schon in den Geschichtsbüchern der Stadt, doch ich schwöre Euch, das wird sich ändern.«

Ich nickte nur und begab mich zu Leandra hin.

Sie sah mit großen Augen auf Joakin, der jetzt vor den gekrönten Häuptern einen Kratzfuß tat.

»Leandra«, sagte ich. »Ich rate dir, lass es sein. Es wird dich in deinen Träumen verfolgen, und das brauchst du nicht.«

»Zuvor wolltest du es aber«, sagte sie genauso leise, während Pertok vortrat und die Menge leise wurde, während der Inquisitor die Verbrechen des Delinquenten verlas.

»Das Ziel ist erreicht. Man bewundert dich, du bist die unschuldige Königin, mit der man ein übles Spiel getrieben hat. Überlass es dem Henker, du würdest es sonst bereuen.«

»Er ist ein Verfluchter, und es braucht ein Bannschwert, um ihn zu erlösen. Und Steinherz begibt sich, wie du weißt, nicht gern in andere Hände.«

»Es gibt noch Seelenreißer. Es wäre nicht das erste Mal. Lass es sein, ich bitte dich.«

Sie sah mich an und nickte dann.

Ich atmete erleichtert aus. »Es ist die richtige Entscheidung«, sagte ich.

»Dann lass es mich tun«, bat Zokora. »Ich will ihn meiner Göttin opfern!«

Ich nickte. »Ich werde dir Seelenreißer geben.«

»Das erscheint mir passend, schließlich ist er der Hüter der Schatten.« Sie lächelte und zeigte weiße Zähne. »Er wird mir gute Dienste leisten.«

Pertok trat auf die Plattform und verlas das Urteil, dann ging der Hohepriester des Boron nach vorn und sprach davon, dass nach dem Gericht auf dieser Welt den Mörder noch das himmlische erwarten würde, und zerbrach vor dem Gesicht des Mannes einen kleinen Stock. Jetzt trat Bruder Jon vor und verkündete, dass es für jede verlorene Seele ein neues Leben gäbe, manche aber alte Schulden zahlen müssten. Schließlich trat die Priesterin der Astarte vor und bat die Götter um Vergebung – für den Henker.

Ich sah Joakins Gesicht nicht, er stand zur Menge gewandt, doch ich bemerkte, wie er sich verkrampfte, als der Henker mit der schwarzen Maske vortrat und seine Gehilfen ihn ergriffen. Noch versuchte der Mörder, tapfer zu sein, doch als man ihm die Ketten an den Händen löste, um ihn in das Gestell zu binden, fing er an, sich zu wehren. Aber es half ihm nichts. Mit Gewalt und harten Händen wurde er in das Gestell hineingepresst, dann setzte man ihm einen Käfig wie einen Helm auf und bog seinen Kopf nach hinten, sodass seine Schreie nun gegen den Himmel gingen. Einen Moment lang ließ man ihn so, dass die Menge ihn gut sehen konnte, dann schlug man die schweren Leder vor, bis außer den Händen nichts mehr von dem Mörder zu sehen war. Auch der Kopf wurde so verhüllt. Eine kleine Leiter wurde vorgebracht, der Henker stieg sie hinauf und setzte ein gut eine Elle langes Rohr am Mund an und drückte es dem Mörder in den Hals. Die Hände zitterten und verkrampften sich, das ganze Gestell bebte, doch unerbittlich wurde das Rohr eingetrieben, bis es nur noch ein Stück aus seinem Mund ragte. Ein Trichter wurde aufgesetzt, und der Geselle reichte dem Henker die Kanne mit dem kochenden Blei. Der Scharfrichter zögerte nicht einen Lidschlag lang und begann, den Mörder damit aufzufüllen.

Das Gestell erbebte, die Hände streckten sich und zitterten und ballten sich zu Fäusten. Die Menge war so still, dass man das

Klackern des Käfigs hörte, und das Blei, wie es schwer in den Trichter floss, doch von dem Mörder selbst kam kaum ein Geräusch, nur ein dumpfes Stöhnen glaubte ich zu hören.

Gut zwei Maß an Blei hatte der Henker hineingefüllt, jetzt trat er mit leerer Kanne von der Leiter und dem Mörder zurück. Aus dem Trichter stieg Dampf auf, das Gestell wackelte und knirschte, die Hände bebten und zitterten noch immer, dann sah ich, wie etwas dampfend in die Wanne tropfte. Ich wandte mich viel zu spät und mit weichen Knien von dem Bild ab, auch mein Magen verkrampfte sich, mir war gehörig schlecht. Ein lauter Seufzer ging durch die Menschenmenge wie ein tosender Atem, dann fing das Gegröle wieder an.

Leandra sah ebenfalls zur Seite weg, nur Zokora und Varosch schauten mit unbewegten Gesichtern zu, während Serafine neben mir ein leises Gebet an Soltar richtete.

Die Gesellen des Henkers trugen das Gestell zur Seite und breiteten ein schwarzes Tuch darüber aus, dann trat Pertok vor und verlas die Anklage gegen den Händler Helgs. Er hatte wohl doch noch mehr gestanden, denn es war eine lange Liste. Und je länger sie wurde, desto ruhiger wurde die Menge, bis Pertoks Stimme laut und klar zu hören war.

Dann trat der Priester des Boron vor, erklärte der Masse, dass es keinen Zweifel daran gab, dass der Verurteilte ein Seelenreiter wäre, er selbst hätte die Dunkelheit in dem Mann gespürt, und sprach das härteste der Urteile aus: keine Gnade der Götter für diesen Mann.

Gemeinsam wandten sich die Priester unserer Götter ab und kehrten dem Block den Rücken zu.

Helgs wurde hinaufgebracht. Er sah recht übel aus, konnte aber noch selbst gehen, noch immer lagen alle drei Fesseln an ihm an. Anders als der Mörder vorher, war Helgs von Anfang an der Angst und Panik erlegen. Er wusste wohl auch, dass es vor dem Gericht der Götter keine Gnade für ihn geben würde, der Dunkle sollte seine Seele haben.

Mit harten Händen wurde er in den Block gedrückt und darauf festgeschnallt, selbst dort nahm man ihm den Knebel nicht ab.

Zokora trat vor und streckte die Hand aus. Ich gab ihr Seelenreißer, der fahl in der Sonne schimmerte.

Sie trat gelassen vor, ihr Gang elegant und dem einer Katze gleichend, schenkte der Menge vor der Plattform nicht die geringste Beachtung, sondern sah nur den Verfluchten auf dem Block mit ihren dunklen Augen an.

»Solante«, sprach sie leise, sodass man sie kaum hören konnte, obwohl eine tiefe Stille auf dem Platz eingekehrt war. »Nimm seine Seele auf, dass du ihn richten kannst!«

Seelenreißer hob sich und fuhr wie ein Blitz herab, durchtrennte den Hals und den Block mit einem Streich – und vier Seelen fuhren freudig in den Himmel auf, während die Meute raunte. Offenbar gab es den einen oder anderen, der die Seelen hatte sehen können, denn hier und da reckte jemand den Hals und folgte ihnen mit seinem Blick hoch zu Soltars Himmel.

Ein Schimmern lief über Zokora, als Seelenreißer ihr das gab, was von dem Verfluchten übrig war, dann trat sie zurück und reichte mir das Schwert. Und noch immer war die Menge still. Erst jetzt holten sie alle gemeinsam Atem, raunten, sprachen und zeigten in den Himmel.

»Können wir jetzt gehen?«, fragte Leandra.

»Ja«, sagte ich. »Ich wünschte, wir wären gar nicht erst zugegen gewesen.«

»Das sehe ich anders«, meinte Zokora grimmig. »Solante ist das Licht, und sie vertreibt die Dunkelheit. Bevor der Dunkle das erhält, was er will, wird Solante diese schwarze Seele noch eine Weile richten. Es ist ihr Recht und ihr Wille, dass sie dem Dunklen diese Seelen vorenthält, denn jedes Opfer an ihn gibt ihm neue Kraft!« Sie schaute zu Leandra hin. »Das war gut getan von dir, dass du ihn meiner Göttin gegeben hast.«

Leandra lächelte schwach. »Von mir aus kann sie sie alle haben.«

50. Die Macht der Eulen

Obwohl wir immer noch wachsam waren und nicht nur meine Blicke hin und her flogen, geschah nichts weiter. Was auch immer Tivstirk vorhatte oder der Nekromantenkaiser selbst plante, diese Gelegenheit hatten sie nicht genutzt.

»Gießt ihr Giftmörder immer mit Blei aus?«, fragte Ragnar auf dem Weg zur Zitadelle. Nun schien auch seine Laune etwas gedrückt.

»Ja«, sagte Serafine knapp.

»Gibt es sie oft in Askir?«, fragte er.

»Nein«, gab ihm jetzt Stofisk Antwort. »Es ist eher selten.«

»Das habe ich mir gedacht«, meinte Ragnar. »Dennoch finde ich es besser, wie man es bei uns löst. Man gibt dem Verurteilten ein Schwert, damit er sich noch wehren kann.«

»Und wenn der Mörder siegt?«, fragte Stofisk neugierig.

»Das kommt hin und wieder vor. Aber früher oder später fällt er doch. Denn bis er fällt, werden immer wieder neue Krieger in den Ring treten. Viele haben so ihr erstes Blut vergossen. Aber sagt, warum war das Gestell mit Leder verhüllt?«

»Manchmal ist der Giftmischer eine Frau«, erklärte Stofisk. »Sie zu verhüllen, schützt die Ehre und die Züchtigkeit der Sera.«

Ragnar sah ihn staunend an und schüttelte dann den Kopf. »Ich stelle immer wieder fest, dass ich manches nicht verstehen werde!«

Er wandte sich mir zu. »Havald«, sagte er leise. »Es wäre mir lieber gewesen, wir hätten der Sera jetzt erst ihre Blumen gebracht. Es wäre der schönere Abschluss gewesen.«

Die Sonne schien, doch die Erinnerung an die Hinrichtung drückte auch mich noch immer, ich konnte nicht anders, als ihm damit recht zu geben. In der Ferne war plötzlich ein dumpfer Schlag zu hören, ein fernes Grollen, doch als ich den Hals reckte und mich umsah, war nichts weiter festzustellen.

»Habt ihr das gehört?«, fragte ich die anderen.

»Ein Donner«, sagte Zokora. »Aber wo er herkam, weiß ich auch nicht.«

Dennoch fühlte ich eine Unruhe in mir, die mich veranlasste, schneller zu gehen. Noch bevor wir die Zitadelle erreichten, kam ein Soldat der Federn auf uns zugerannt. »Der Götter Segen mit Euch, Königin Leandra«, meinte er keuchend und verbeugte sich vor ihr. »Auch mit Euch, Prinz!«, keuchte er wieder und verbeugte sich vor Ragnar. »Priesterin der So-«

»Sag schon!«, fuhr ihn Zokora an.

»Die Eule Asela befindet sich gerade im Kampf mit einem Nekromanten!«

»Wo?«

»Nahe der Zitadelle, am Tor zur Hinterstadt!« Er zeigte mit der Hand, aber das war nicht nötig, denn im gleichen Moment erschütterte ein weiterer dumpfer Schlag den Boden, und ich sah eine Flammensäule in den Himmel schießen.

Wir fanden Asela auf einer Bank unweit des Tors sitzend vor, ein Medikus der Federn half ihr gerade aus der Robe, es war das erste Mal, dass ich sie so gewandet sah. Ihre linke Seite war arg verbrannt, der schwere metallische Stoff der Eulenrobe zum Teil mit ihrer Haut verschmolzen, und wurde nun vorsichtig gelöst. So gebeugt und zerdrückt, das Gesicht vom Schmerz verzogen und die Augen voller Tränen, sah Asela sehr zerbrechlich aus.

Um sie herum bot sich uns ein Bild der Verwüstung, und es war nicht nur sie allein, die Hilfe benötigte. Überall trugen Soldaten Verletzte und Tote aus den Häusern, die in weitem Umfeld nur noch Trümmer waren. Die mit schweren Steinen gepflasterte Straße war mit Löchern übersät, Rauchfahnen stiegen von gut zwei Dutzend Feuern auf. Ich hatte schon Schlachtfelder gesehen, die weniger verwüstet waren. Gut drei Dutzend Körper lagen bewegungslos wie Puppen hingeworfen da, und mehr als eine Frau hörte man laut klagen, während Legionäre mit grimmigen Gesichtern umherliefen, um zu helfen, wo sie konnten.

»Götter!«, entfuhr es mir, als wir Asela erreichten. »Was ist hier geschehen?«

»Der Verfluchte«, brachte sie mit schmerzverzerrter Miene

hervor. »Götter«, fluchte sie dann, als der Medikus mit einer kleinen Pinzette geschmolzenes Metall von ihrer verbrannten Haut löste. »Sie spürt den Schmerz viel stärker, als ich es jemals tat!« Die anderen blickten verständnislos drein, aber ich nickte nur.

»Ich bin froh, dass Ihr noch lebt«, sagte ich leise.

»Ihr seid die Eule Asela, nicht wahr?«, fragte Leandra und musterte Asela neugierig.

»Da ich nicht Desina bin, muss es wohl so sein, Maestra«, antwortete Asela grimmig.

»Wie konnte das geschehen?«, fragte Leandra ratlos. »Ich habe immer nur von Eurer großen Macht gehört. Wie konnte er Euch so zurichten?«

»Der Eid gebietet mir, die Menschen zu schützen, Maestra«, presste die Eule zwischen den Zähnen hervor. »Was hättet Ihr getan, wenn der Verfluchte eine Feuersbrunst entfesselt? Die Leute sterben lassen? Er ließ Dutzende von Häusern aufflammen, und mir blieb nichts anderes übrig, als das Feuer auf mich zu ziehen.«

»Götter!«, entfuhr es mir, als ich so langsam verstand, was hier vorgefallen war. Jetzt ergaben auch die geschwärzten Fassaden der Hauser weiter weg einen Sinn. »Das gesamte Gebiet?«

»Ja. Er war dämonisch stark, und ich konnte nicht alle retten. Es war mein verfluchter Fehler, ich habe nicht aufgepasst!«

»Was ist geschehen, Asela?«, fragte Serafine und kniete sich besorgt vor sie hin, um ihr eine Hand auf das Knie zu legen. »Wie geht es dir? Wirst du es überstehen?«

»Danke, Finna«, sagte Asela mit deutlich weicherer Stimme, »dass du dich um mich sorgst ... verflucht! Warum muss ich nur dauernd weinen! Solche Dinge geschehen ... kein Grund, hier den Wasserfall zu geben ...« Ihre Schultern bebten, und Serafine nahm sie in ihre Arme, während sie weinte.

Ich schaute auf sie herab, die einst Balthasar gewesen war, und stellte fest, dass ich mir Sorgen um sie machte. Die Eule schien meinen Blick zu bemerken und riss sich sichtlich zusammen.

»Aber Ihr habt ihn vernichtet«, stellte ich fest.

»Nein«, sagte sie und hob ihr verbranntes Gesicht. »Ich habe ihn in Stein gefangen, doch besiegen kann ich ihn so nicht, er ist zu mächtig! Deshalb habe ich nach Euch rufen lassen. Wir brauchen ein Bannschwert, um ihn zu zerstören.« Sie hob eine zitternde Hand. »Dort, wo die Soldaten stehen ... Ihr werdet ihn dort finden.«

Wir fanden ihn – in geschmolzenen Stein eingefasst, blind und verkohlt, aber immer noch am Leben.

Asela war hier entlanggegangen, vertieft in eine Unterhaltung mit einer der Federn, als Tivstirk den Angriff auf sie eröffnet hatte – mit einer Lanze aus Feuer und Rauch, die im ersten Ansturm schon ein Dutzend Menschen tötete. Der Kampf hatte lange gewährt, Zeugen wussten ihn kaum zu beschreiben, von Blitzen war die Rede, feurigen Gebilden, strahlendem Licht und dunklem Rauch, von Eis und glänzenden Kugeln, von silbrigen Splittern, die durch die steinernen Wände der Häuser drangen, als wären sie aus Seide. Doch unerbittlich hatte Asela den Nekromanten mehr und mehr zurückgedrängt, ihn in schimmernde Wände eingehüllt, dann in eine Kugel, bis Tivstirk als Letztes diese Feuersbrunst herabrief, die in weitem Umkreis alles brennen ließ, aber nur einen Lidschlag lang, dann war der Brand vorbei und schlug als ein Speer aus Licht und Feuer in den Verfluchten ein.

Der Seelenreiter hing nun am Grund einer verglasten Kuhle fest, die gut einen Schritt tief und acht breit war. Er steckte bis zur linken Schulter in dem verglasten Gestein, das unter der Oberfläche in unheilvollem Rot glühte – und Tivstirk lebte immer noch.

Ich zog Seelenreißer, aber Zokora hielt mich zurück, nahm ein verkohltes Stück Holz und stieß es in den Boden. Es sank langsam ein, und als sie es herauszog, zog der Stein Fäden.

»Es ist geschmolzenes Glas, Havald«, warnte sie. »Auch du überlebst das nicht.«

Während der Seelenreiter litt, lösten sich immer wieder Seelen von ihm, die zu Soltar aufstiegen. Und während wir dort standen, formte sich seine Haut immer wieder neu, um kochend abzuplatzen. Er schrie vor Schmerzen, um dann kurz wieder zu verstummen, als ihm die Hitze die Stimme nahm.

»Wir könnten warten, bis ihm die Seelen ausgehen«, schlug ich zweifelnd vor.

»Besser nicht«, sagte Asela, die, auf Serafine gestützt, zu uns herangetreten war und sich den Verfluchten jetzt ebenfalls besah. »Leiht Ihr mir Euer Schwert, Lanzengeneral?«, fragte sie erschöpft. »Bevor es ihm doch irgendwie gelingt, sich zu befreien?«

»Nur wenn Ihr auch Seelenreißers Gabe nutzt«, sagte ich leise. »Ihr seht übel aus.«

»Das werde ich wohl kaum ablehnen«, sagte sie und lächelte mit geschwärzten Lippen, die aufbrachen und rohes Fleisch freilegten. Ich zog Seelenreißer und verlieh das Schwert an diesem Tag zum zweiten Mal.

Asela nahm es, tat eine Geste und schritt auf das Glas hinaus. Ihre dunklen Stiefel hinterließen Spuren und rauchten, aber es schien ihr nichts anzuhaben. Sie trat vor den Verfluchten und kniete sich vor ihn.

»Ich hoffe, du hast genug gelitten. War es eine Überraschung, sie nicht wehrlos vorzufinden? Als sie noch einen Willen besaß, hat sie davon geträumt, dass dies geschieht.«

Ein gurgelndes Geräusch kam von dem Seelenreiter.

»Ja, ich weiß jetzt, wer du bist und was du ihr angetan hast«, fuhr sie mit rauer Stimme fort. »Spar dir deine Worte. Sie hört sie nicht, und sie können sie nicht mehr verletzen.«

Sie hob Seelenreißer und stieß dem Verfluchten die Klinge durch den Schädel. Vor meinen staunenden Augen stiegen die Seelen empor, Soltars Gnade entgegen, so viele von ihnen und so dicht, dass sie eine schimmernde Säule bildeten, ein Licht, das auch alle anderen sahen.

»Das ist für dich«, flüsterte Asela so leise, dass man sie kaum vernehmen konnte und stand auf. Sie trat einen Schritt zurück, während der Verfluchte noch immer Seelen ausspie – und dann innerhalb eines Lidschlags zu Asche zerfiel.

Ein gleißendes Licht spielte um Asela und breitete sich gleich einer Welle aus, umgab uns und jeden hier im weiten Feld. Sie riss den Mund auf, schrie und zuckte, ließ Seelenreißer beinahe fallen, bevor es nachließ und sie taumelnd den Rand des Glases erreichte, wo sie schwer atmend vor uns stehen blieb.

Als sie zu mir sah, waren mehr als nur die Wunden des Feuers aus ihrem Gesicht getilgt. Sie schaute mich mit einem Ausdruck des Staunens an und lächelte.

»Ich hoffe, Ihr wisst, was Ihr da für ein Schwert besitzt«, hauchte sie und brach zusammen.

Nein, dachte ich, als ich die Klinge wieder aufnahm, offenbar wusste ich es nicht, denn überall um uns herum gab es Staunen und erleichtertes Gelächter, als man das Wunder bemerkte: Die meisten Verletzungen der Umstehenden waren verheilt. Nur die Toten, die lagen noch immer still.

»Helft mir, sie zum Turm zu bringen«, bat Serafine besorgt. Ich nickte und hob die Eule hoch. Sie war so zierlich, dass sie kaum mehr wog als eine Feder.

»Ich will gar nicht wissen, was dieser Tag noch bringt«, meinte Ragnar nachdenklich, als wir diesen Ort von Tod, Zerstörung und eines Wunders verließen.

»Also hat Euer Schwert nicht nur sie geheilt«, stellte Orikes fest, während er die stille Gestalt betrachtete. Asela lag bleich auf dem Bett, nur ihr leiser Atem zeigte, dass sie nicht bei Soltar weilte. Schlafend, ohne dass ihr eiserner Wille zu spüren war, kam sie mir sehr zerbrechlich vor.

»So scheint es«, sagte ich. »Ich wusste nicht, dass es das zu tun vermag.«

»Wie geht es ihr?«, fragte Serafine.

»Sie kümmert sich nicht sonderlich um sich selbst«, meinte Orikes leise. »Sie muss sich sehr getrieben haben, ist abgemagert und arg erschöpft. Doch für den Moment schläft sie, ein guter und gesunder Schlaf, es ist keine Ohnmacht.« Er sah zu Serafine hin. »Nichts, das nicht durch eine gute Brühe und viel Schlaf in Ordnung zu bringen wäre. Was auch immer ihr sonst noch fehlte, hat das Schwert des Lanzengenerals geheilt. Was ist mit dem Verfluchten?«

»Von ihm blieb nicht einmal der Schädel übrig, er zerfiel zu Staub. Er muss uralt gewesen sein«, sagte ich.

»Er hat Dutzende von Häusern verwüstet, sagt Ihr?«

»Bis auf den Grund, und viele weitere sind beschädigt.«

»Dann bin ich nur froh, dass es nicht Desina war, die ihn zu stellen versucht hat. Oder Ihr«, fügte er mit Blick auf uns hinzu. »Oder hättet Ihr gegen eine solche Macht bestanden?«

Ich sah die zerstörten Hauser, die Feuer, die Toten, die Verbrannten und die Grube aus Glas vor meinen Augen und schüttelte nur den Kopf. »Wohl kaum.«

»Was jetzt?«, fragte Serafine, als wir das Krankenlager verließen. Ich war tief in Gedanken versunken, dachte an die wundersamen Wege der Götter und wie es dazu kam, dass die größte der Eulen nach diesen ganzen Jahrhunderten wieder hierher zurückgefunden hatte.

Balthasar hatte nicht nur mich beinahe umgebracht, er hatte Nataliya aufs Grausamste gequält, sie wie einen Hund gehalten und anderen vorgeführt. Und doch war er nicht mehr der, der das getan hatte. Ich hätte nicht geglaubt, dass man ihm vergeben konnte, und dennoch tat ich es.

»Hast du etwas gesagt?«, fragte ich Serafine, die an meiner Seite ging.

»Dass wir schlafen gehen sollten.«

»Es ist noch nicht mal die sechste Glocke«, gab ich zu bedenken.

»Wir haben genug getan für heute. Lass uns zu Bett gehen.«

Ich verstand erst, als sie mit in mein Quartier kam und die Tür hinter sich schloss. Sie sah mich aus dunklen Augen an und lächelte.

»Wir haben lange genug gewartet«, sagte sie leise, als sie mir den Knopf am Kragen löste. »Jahrhunderte ... Es ist an der Zeit.«

Irgendwann stellte ich schlaftrunken fest, dass der Alb mich diesmal verschont hatte, drehte mich auf die Seite, roch ihr Haar und schlief wieder ein.

Leandra weckte uns. Ich war peinlich berührt, als ich sie vor der Tür vorfand und bemerkte, wie sie an mir vorbeischielte. Vor den Fenstern war es hell, es war weit nach der zweiten Glocke, und ich hatte schon lange nicht mehr so gut geschlafen – und Faihlyds und Armins Fest verpasst.

»Kann ich hereinkommen?«, fragte Leandra und hob eine Kanne hoch. »Ich habe auch Kafje mitgebracht.«

»Du bist uns nicht böse?«, fragte ich, als ich die Tür weiter aufzog. Im Bett regte sich Serafine und zog sich das Laken bis zum Kinn, ihr Haar zerzaust, aber mit einem Lächeln im Gesicht.

»Nein«, sagte Leandra und stellte die Kanne auf dem Tisch ab, um dann Serafine ebenfalls mit einem Lächeln zu begrüßen.

»Wir haben es geklärt«, erklärte Serafine, strich sich eine Haarsträhne aus dem Gesicht und lächelte ebenfalls.

So viel von dieser Art Lächeln machte mich nervös, aber ich versuchte, es zu verbergen.

»Wir waren auf Faihlyds Fest«, erklärte Leandra. »Ich habe euch beide entschuldigt. Also braucht ihr nicht so schuldbewusst dreinzuschauen. Ich bin hier, um euch zu berichten, was sich sonst noch getan hat.«

»Gab es noch mehr?«, fragte Serafine und gähnte. Ich zwang mich, von ihr wegzusehen, als sie sich wie eine Katze streckte. »Ich dachte, es wäre genug geschehen.«

»Reichlich«, sagte Leandra. »Es gab einen Eklat. Prinz Tamin beleidigte König Kesler mit wohlgesetzten Worten. Es wäre beinahe zu einem Duell gekommen.«

»Nur beinahe?«, fragte ich enttäuscht und knöpfte meine Jacke zu.

»Man hat es auf den Tag nach dem Kronrat verlegt«, antwortete Leandra mit einem Schmunzeln. »Kesler schien das gar nicht recht, denn er war erpicht darauf, sich mit dem Aldaner zu messen. Dann kam der Höhepunkt des Abends. Faihlyd hat sich diesmal selbst übertroffen. Sie setzte Marschall Hergrimm von der Ostmark den Kopf eines Verräters in Aspik vor.«

Ich verschluckte mich an meinem Kafje und verbrannte mir den Rachen. »Was?«, rief ich und hustete.

Leandra nahm gelassen einen Schluck. »Als Geschenk. Sie sagte, der, dem der Kopf einst gehört hat, hätte den Marschall damit beleidigt, dass er sie angeblich in seinem Auftrag erschlagen wollte. Sie hingegen wüsste, dass er gelogen hat. Also hat sie dem Marschall einen Gefallen getan und ihm den Kopf desjenigen kredenzt, der seine Ehre so beschmutzt.« Leandra schmunzelte. »Elegant gelöst, muss ich sagen, auch wenn es dem Marschall den Appetit verschlug und er alsbald ging.«

»Nur, warum sollte der Marschall gegen Faihlyd angehen?«, fragte ich.

»Es war kein Attentäter, nur ein Spion«, erklärte Leandra. »Was Faihlyd nicht daran hinderte, das meiste daraus zu machen.«

Serafine lachte leise. »Das ist ein alter Trick«, meinte sie. »Aber immer wieder wirkungsvoll. Vor allem, weil der andere sich nicht beschweren darf, denn schließlich hat man ihm einen Gefallen getan und ihn nicht beschuldigt.«

»Genauso ist es«, grinste Leandra. »Dann, später, als das Fest mit Tänzern und Jongleuren die Sinne erfreute, hörte man davon, dass es bei den Varländern wohl noch ein Fest gegeben hatte. Königin Vrelda verkündete dort, dass sie ihren König erwählt habe.« Leandra sah zu mir. »Ich glaube, du hast einiges vor mir geheim gehalten, Havald. Sie hat Angus Wolfsbruder erwählt.«

»Ragnar hielt ihn für den geeigneteren Mann«, sagte ich so unschuldig, wie ich konnte. »Was meint Jarl Erlaf dazu?«

»Nicht viel. Wie ich hörte, ließ Vrelda vor ihrer Ankündigung in der Ratshalle der Varländer vierzehn Spieße aufstellen. Auf einem der Spieße steckte Erlafs Kopf. Man sagt, er sähe verärgert aus ... Doch das ist noch nicht alles.«

»Was denn noch?«, fragte Serafine.

»Prinz Tamin verkündete, dass alliierte Truppen unter dem Kommando seines Marschalls Baron di Cortia an der Grenze von Aldane eine Legion des Feindes gestellt und vernichtet hätten. Er hat wohl ein wenig geflunkert, denn ich erfuhr später vom Kommandanten, dass zu diesem Zeitpunkt die Kämpfe wohl noch andauerten – auch wenn der Ausgang der Schlacht schon feststand. Es war von einer Schlucht die Rede, die mit einem Steinschlag an beiden Enden verschlossen wurde. Und heute Morgen erreichte mich noch eine Nachricht.«

»Und welche?«, fragte ich.

»Der Handelsrat hat die Anklage gegen uns zurückgezogen

und stellt die Verluste durch den Vulkanausbruch nun dem Nekromantenkaiser in Rechnung. Der Rat fordert den Kommandanten auf, mit der ganzen Härte gegen den Verfluchten vorzugehen.«

»Götter!«, fluchte ich. »So war das nicht geplant!«

Leandra sah mich unschuldig an, während Serafines Augen sich schon weiteten. »Hast du etwas anderes vorgehabt?«, fragte mich Leandra. »Wäre dir etwa eine Verhandlung lieber gewesen? Wenn ja, dann hat dich jemand verraten.«

»Ja«, knurrte ich. »Und ich weiß auch schon, wer.«

»Ich hoffe«, sagte ich wenig später zu Leutnant Stofisk, »dass Ihr mir das erklären könnt!«

Der Leutnant stand steif vor mir. Ich hätte ihn gern an seinem dünnen Hals gepackt und durchgeschüttelt.

»Ay, Ser!«, sagte er tapfer.

»Dann los!«

»Was Ihr tun wolltet, Ser, war falsch.«

»Ach, ja?«

»Ihr hattet vor, die Verhandlung gegen Euch dazu zu nutzen, den gesamten Handelsrat festzunehmen und ihn zu zwingen, der Krone zu dienen und nicht dem Gold.«

»Und wenn es so wäre?«

»Es wäre zu plump gewesen, Lanzengeneral«, sagte Stofisk und schluckte, während ihm Schweißperlen auf der Stirn standen. »Es hätte die Handelsherren gezwungen, ihr Gesicht zu wahren und sich zu wehren. Es geht um ihre Hälse, und da sind sie eigen.«

»Sie hätten ruhig strampeln dürfen«, grollte ich. »Ich hätte ihnen die gierigen Hälse schon abgeschnürt. Es stehen schon Soldaten bereit, ihre Vermögenswerte einzuziehen. Das kann immer noch geschehen.«

»Das wissen sie. Deshalb haben sie auch bereits gehandelt. Elf von ihnen wurden geopfert. Die Beweise werden gerade dem Inquisitor übergeben, außerdem hat sich jeder Einzelne verpflichtet, den Krieg gegen Thalak aus vollem Herzen, oder besser aus voller Börse, zu unterstützen. Es ist Korn nach Janas unterwegs und noch weitere Hilfe, und man wird die Preise senken, um die Anstrengungen eines Kriegs gerechter zu verteilen.« Er sah mich direkt an. »Ihr erhaltet mehr, als Ihr hättet fordern können, und keiner kommt ungeschoren davon.«

»Das mag sein«, sagte ich kühl. »Ihr habt dennoch Euren Eid verraten!«

»Nein«, entgegnete Stofisk tapfer. »Ich wusste, was Ihr tun wolltet, aber so schwer es mir auch fiel, ich habe nichts verraten, nichts. Ich brauchte es auch nicht zu tun, denn mein Vater brachte alles ins Rollen.«

»Und wie?«

»Er sagt, er hat es in den Büchern gesehen – und in Euren Augen. Er glaubt, dass Ihr die Götter selbst angehen würdet, wenn sie Euch auf die Füße treten. Er führt jetzt den Vorsitz im Handelsrat und droht jedem, der auch nur einen falschen Gedanken hegt, mit Eurem Zorn.«

»Tut er das?«

»Das tut er«, bestätigte der Leutnant hastig. »Er spricht von Eurem Zorn, als wäre er das Ende der Welt, und forderte den Rat auf, deutlich Reue zu zeigen. Und jetzt bluten sie alle Gold aus ihren Herzen. Viel Gold. Kisten davon. Genug, um drei Kriege zu bezahlen.« Er schluckte. »Mein Vater meint, wenn Euch diese Art Sühne nicht reicht, dann sollt Ihr tun, was Ihr tun müsst, aber so wäre der Rat mehr wert, als in einem Kerker oder am Galgen.«

Ich lachte leise. »Hat Euer Vater dabei wenigstens Gewinn gemacht?«

»O ja!« Er strahlte. »Vater hat jetzt den Ratsvorsitz inne und übernimmt zwei weitere Banken. Mutter erweitert ihre Flotte und bekommt drei Lagerhäuser hinzu. Augenblick, habt Ihr im Scherz gefragt?«

»Nicht ganz«, seufzte ich. »Ich habe das fast schon vermutet. Leutnant, hier.« Ich nahm ein Kästchen aus einer Lade, öffnete es und zeigte ihm die zwei kleinen goldenen Lanzeninsignien darin. »Dagegen hättet Ihr die Schwerter an Eurem Kragen eintauschen können.« Ich schloss das Kästchen und ließ es wieder in der Lade verschwinden. »Jetzt wird es etwas dauern. Und wenn

Ihr mich noch einmal an Eurer Loyalität zweifeln lasst, kostet es Euch den Hals, und wenn ich ihn Euch selbst umdrehe. Geht jetzt zu Euren Eltern und richtet ihnen aus, dass das Gleiche auch für sie gilt. Wegtreten!«

»Ay, Ser! Lanzengeneral, Ser!«, rief er, salutierte, machte auf dem Absatz kehrt und floh.

Ich sah Serafine an, deren Mundwinkel zuckten, und seufzte.

»Glaubst du ihm?«, schmunzelte sie.

»Nicht ganz. Ich glaube vor allem, dass er sich für schlauer hält als wir alle zusammen. Ich sehe nur ein Problem darin.«

»Und das wäre?«, fragte sie lachend.

»Was, wenn er es ist?«

51. Herrscher der Reiche

Am nächsten Morgen standen wir gemeinsam auf einer Plattform im Zitadellenhof und salutierten den Herrschern der Reiche, als sie in den Kronrat Einzug hielten. Ein bunter Prunkzug mit Bannern, Flaggen, kostbaren Gewändern, freundlichem Lächeln und herrschaftlichen Grüßen.

Die Prozession hatte am Tempelplatz ihren Anfang genommen, wo die Priester den Herrschern ihren Segen gaben, dann durch dicht mit Menschen gesäumte Straßen ihren Weg zur Zitadelle gefunden, und auch hier gaffte jeder Soldat, der dienstfrei hatte, die hohen Herren an. Wieder herrschte eine Stimmung wie bei einem Fest. Tatsächlich schien das eine Fest in das andere übergangen zu sein.

Auch Leandra schritt dort unten vorbei, mit Zokora und Varosch an ihrer Seite. Im Vergleich zu anderen kam sie fast unauffällig daher und ohne Prunk, aber auch sie wurde bejubelt. Angus hinkte noch ein wenig und hatte glänzende Augen. Zwischen ihm und Ragnar ging Vrelda, strahlend und lächelnd. Faihlyd war die Ruhe selbst, und auch Armin tat, als wäre es nichts Besonderes, was sich hier abspielte.

Prinz Tamin hatte Baronetta Levin an seiner Seite, die Baronet von Freises Rollstuhl schob. Dass die beiden Geschwister waren, konnte man jetzt kaum übersehen. Auch der Prinz sah kurz zu uns hinauf und nickte mir knapp und grimmig zu.

Wir folgten den Herrschern in die Zitadelle, wo sie sich von dem größten Teil des Gefolges lösten, das schnatternd wie eine Horde bunter Gänse vor dem Tor des Thronsaals stehen blieb. Als der letzte der Gesalbten den Thronsaal betreten hatte, schlossen sich die schweren Tore mit einem dumpfen Schlag, der den Boden erzittern ließ.

»Was geschieht jetzt?«, fragte mich Serafine, als wir uns abwandten und gingen.

»Das weiß ich nicht.«

»Ich meinte, was sieht dein Plan vor?«

»Ich habe keinen«, sagte ich.

»Ich glaube gar«, sagte sie dann langsam, »du meinst das ernst! Seitdem wir hier in Askir sind, hast du gerührt und geschoben, und jetzt sagst du, dass du nichts weiter vorgesehen hast?«

»Ich folgte nur einem einfachen Prinzip: Hole an Freunden heran, was möglich ist, rüste sie am besten aus, und hoffe auf die Götter. Es stimmt, ich habe gebogen und gedrückt und sogar den Kommandanten überzeugt, aber mehr konnte ich nicht tun. Jetzt kommt es auf unsere Freunde, Verbündete und die Götter an. Das hier«, sagte ich und wies zu den geschlossenen Toren, vor denen die Gesandten der Reiche bunte Haufen bildeten, »ist hohe Politik und nicht mein Spiel. Ich hoffe nur, dass Einsicht und Vernunft dort noch immer einen Platz haben.«

»Was ist das für eine Vereinbarung, zu der du den Kommandanten gepresst hast?«, fragte sie fast flüsternd. »Und wie?«

»Ich sagte und zeigte ihm, was ich vom Feind weiß. Auch meine Befürchtungen, was sich hier zutragen wird, teilte ich ihm mit, und bat ihn darum, mir die Mittel und die Möglichkeiten zu geben, das Schlimmste abzuwenden. Er ist jetzt am Zug. Wenn die Allianz zerbricht, werde ich die Truppen Askirs führen. Alle, nicht nur die Zweite Legion.«

»Alle?«

»Ja.«

Sie schaute mich misstrauisch an. »Da ist noch etwas.«

»Ja«, gab ich zu, als wir die Zitadelle verließen. Unser Ziel war der Kaisergarten. Heute würde ich keine Akten mehr wälzen, diesen Tag wollte ich mit ihr verbringen. »Ich hoffe auf ein Wunder.«

»Welcher Art?«

»Abgesehen davon, dass die Götter Kolaron mit einem Blitz erschlagen?«

»Ja«, sagte sie. »Abgesehen davon.«

»Dass der Kaiser einen Plan besitzt, er wiederkommt und ihn am dritten Tag des Kronrats in die Tat umsetzt. Alles deutet darauf hin, dass er wusste, dass dieser Tag kommen wird, noch bevor er den ersten Federstrich des Vertrags ausführte.«

»Hast du eine Ahnung, was es ist?«
Ich schüttelte den Kopf. »Nicht die geringste.«

Sechs Kerzen lang blieben die Tore verschlossen. Serafine und ich saßen in dem Garten, dessen Tor immer noch verschlossen war und über das wir vor den Augen zweier Bullen kletterten, die dort Wache hielten. Einer von ihnen verschränkte sogar für Serafine die Hände, damit sie es leichter hatte. Wir tranken Tee und aßen Honigkuchen, die Leandra von Faihlyds Fest mitgebracht hatte, und unterhielten uns über alles, nur nicht über das, was in der Zitadelle geschah. Etwas später gesellte sich Asela zu uns. Sie trug die Robe einer Eule, und zuerst hatte ich sie für Desina gehalten. Sie schien Ruhe gefunden zu haben, und wenn sie jetzt lächelte, bemerkte ich die Spuren der Schönheit, die man ihr stets nachgesagt hatte.

Ich nahm meine Pfeife, wanderte durch den Garten und ließ die Ruhe auf mich wirken, während Finna und Asela eine alte Freundschaft auffrischten.

Was den Kronrat anging, hatte ich keine weiteren Pläne, doch wenn es ausging, wie ich hoffte, gab es noch reichlich zu überlegen. Ich kehrte zu den beiden zurück und fragte Asela, ob es ein Tor zur Kronstadt von Illian geben würde.

»Ja«, sagte sie und schüttelte zugleich den Kopf. »Doch es ist uns verwehrt, der Weltenstrom fließt nicht mehr dorthin.«

»Dann müssen wir ihn dorthin leiten«, entschied ich.

»So einfach ist es nicht. Der Ort, an dem der Weltenstrom umgeleitet werden müsste, befindet sich tief in Feindesland.«

»Dann gehen wir dorthin«, beschloss ich, und Serafine seufzte.

»Ich zeigte dir den Garten auch, damit du Frieden finden kannst«, sagte sie leise. »Kannst du nicht für einen Moment den Krieg vergessen?«

Ich versprach es ihr und versuchte es auch redlich, während die beiden Seras sich unterhielten und ich meine Pfeife rauchte. Doch es gelang mir nicht.

»Es war«, berichtete uns Leandra später erschöpft, »eine Katastrophe. Prinz Tamin hielt sich sichtlich zurück. Er weiß, dass er bis zum dritten Tag warten muss, bis er Anklage gegen Rangor erhebt. Aber ich schwöre, ich konnte seine Zähne knirschen hören.«

»Ich gestehe, ich habe noch nie so viel Dummheit auf einem Haufen gesehen«, meinte Zokora, die eine Tasse Tee trank und sich von Varosch die Schultern massieren ließ. »Warum sind so viele Menschen eitel, dumm und kurzsichtig und dann auch blind vor Gier?«

»So ist es nicht«, meinte Varosch und strich ihr sanft über das kurze Haar. »Es kommt dir nur so vor.«

»Diese sind es zum größten Teil. Die meisten von ihnen würde ich nicht einmal zu meinen Sklaven machen wollen!«

»Ich glaube, das ist auch besser so«, schmunzelte Serafine, und auch ich unterdrückte ein Lachen.

»Was ist geschehen?«, fragte ich, während ich mit dem Griff meines Dolchs den Zapfen in das schwere Bierfass schlug, das Ragnar mitgebracht hatte. Dann zapfte ich mir und Ragnar einen Krug. Er nahm ihn entgegen, setzte sich in eine Ecke, trank kurz und schloss dann die Augen.

»Varosch«, sagte Zokora. »Berichte du. Ich habe keine Lust dazu.«

»Zum Ersten«, sagte Varosch, »sollte man berichten, dass weder der Krieg noch Thalak noch der Angriff auf Askir Erwähnung fanden. Auch die Feindlegion, die im Eisenpass begraben wurde, fand keine Erwähnung. Der Marschall der Ostmark, Hergrimm, führte meist das Wort. Er sprach von Barbarenangriffen, von Verlusten, harter Bedrängung der Festungen und forderte von den anderen Reichen Unterstützung. Die beschwerten sich, dass die Last sowieso schon zu groß wäre, und sie Gold genug schicken würden. Dann gab es einen Streit um eine Mitgift, dann einen anderen um eine Mine, die unter der Erde zu weit getrieben worden wäre. Nach dem Marschall war Prinz Tamin von allen am forderndsten, er fragte danach, was die Allianz denn überhaupt noch ausmachte, und wurde mit schönen Worten abgetan.« Varosch schmunzelte ein wenig. »Es scheint, als ob ihn die anderen nicht sonderlich ernst nehmen würden. Einer warf ihm vor, doch besser bei seinen Schürzen zu bleiben.«

»Was geschah?«, fragte Serafine neugierig.

»Nichts«, meinte Leandra lächelnd. »Der Prinz bedankte sich artig für den Rat und setzte sich, doch man sah den Rauch aus seinen Ohren steigen.« Sie seufzte. »Wir sagten die ganze Zeit kein Wort, auch der Kommandant hielt sich zurück. Die Halle ist bedrückend, man hört jedes Geräusch, jedes Hüsteln, und über allem scheint ein Gewicht zu liegen, das einen niederdrückt.«

»Es ist ein Fest der Eitelkeiten«, fügte Varosch hinzu. »Eitle Gecken, die posieren und die Augen vor der Welt verschließen. Es gab nur eine Einigung.«

»Welche?«

»Man führt einen Zoll für Pfauenfedern aus Xiang ein.«

»Oh«, sagte ich. »Das war's?«

»Ja. Dafür brauchten sie sechs Kerzenlängen! Es macht einen reichlich müde.«

Am nächsten Tag hatte ich nicht die Zeit, den Aufmarsch des Kronrats zu bejubeln. Ich verbrachte den halben Tag im Zeughaus, die andere Hälfte auf der kaiserlichen Werft, wo einige der Riesen betakelt wurden. Ich erblickte dort auch zum ersten Mal einige dieser Echsen, große Biester, um die Hälfte größer als ich, die mich genauso neugierig betrachteten wie ich sie.

Es gab Dutzende von ihnen im Werfthafen, sie halfen Lasten zu tragen oder unter Wasser nach den Dingen zu sehen, und im Kanal herrschte ein wahres Gedränge von ihnen, sie schwammen an das Wrack heran, das nur noch zur Hälfte zu sehen war, schnappten sich einen Stein oder eine Planke und schwammen wieder aus dem Kanal heraus ... oder liefen mit den schweren Teilen unter Wasser, um dann ihre Last am Ausgang des Kanals in das Hafenbecken zu werfen.

Ich traf auch Rikin, die das Ganze mit gefurchter Stirn betrachtete, und später auch Elgata, die mir zufrieden vorkam. Sie hatte das Kommando über eines der kaiserlichen Schlachtschiffe erhalten und achtete nun darauf, dass es richtig ausgerüstet wurde. Das Thema Angus brachte sie nicht auf, ich sagte auch nichts weiter.

»Wie lief es heute?«, fragte ich später, als wir uns in Zokoras Räumen zusammenfanden. Jemand, wahrscheinlich Varosch, hatte die Bücher aufgeräumt und sauber entlang der Wand gestapelt, nur zwei von ihnen lagen noch auf Zokoras Bett.

»Ähnlich«, seufzte Leandra. »Nur, dass man jetzt zugegeben hat, dass es Thalak und Kolaron gibt. Der Marschall meinte, dass er mit den Barbaren genug zu tun hätte, andere spielten die Bedrohung herunter, und Rangor meinte, es gäbe keinen Grund zur Sorge, solange die Grenzen halten.«

»Grenzen?«, fragte ich. »Was denkt er denn? Dass es bewachte Mauern sind?«

»Ich glaube«, meinte Leandra, »er macht sich Sorgen. Er ist unruhig und hat immer wieder zu Prinz Tamin und dem Kommandanten geschaut.«

»Was sagte der?«

»Wenig. Was verständlich ist. Der Prinz hat von dem Angriff auf Aldar berichtet und man gab ihm zu verstehen, dass es wahrscheinlich nur Deserteure waren.«

Ich konnte nur ungläubig den Kopf schütteln.

»Genauso hat auch Prinz Tamin geschaut«, schmunzelte Leandra. »Danach hat er sich gesetzt und nichts mehr weiter dazu gesagt.«

»Und weiter?«

»Es wird langsam doch interessant«, berichtete Varosch. »Vor allem, wenn man hört, was nicht gesagt wird. Bis auf Aldane, die Varlande, Bessarein und Askir sprechen alle nur von einem Zwischenfall, einem Missverständnis, und jemand schlug vor, einen Diplomaten nach Kolariste zu entsenden, um eine Protestnote zu überreichen.«

»Wer nannte diesen Namen?«, fragte ich.

»Der Marschall, glaube ich«, sagte Varosch.

»Nein«, widersprach Zokora und hob ihre Nase kurz aus einem Buch. »Es war König Perdis, der dies vorschlug. So heißt offenbar die Hauptstadt des Feindes.«

»Ja«, sagte ich. »Das habe ich auch herausgefunden. Ich frage mich nur, woher der König davon weiß.«

»Man wird in wenigen Wochen ein Schiff mit dieser Protestnote in den Süden entsenden«, sagte Leandra und lehnte sich müde zurück. »Es wurde recht schnell beschlossen, schließlich mussten noch die Zölle auf Kupfer neu verhandelt werden. Rangor fordert höhere, andere niedrigere.« Sie sah zu mir. »Diesmal habe ich auch gesprochen. Ich habe von der Bedrohung für Illian berichtet und gemeint, dass eine Protestnote nicht das richtige Mittel sei. Sie hörten mir freundlich zu und nickten, das war alles.«

Am nächsten Morgen passte mich der Kommandant ab. »Ihr solltet uns heute begleiten«, sagte er. »Auch Asela wird zugegen sein, und Bruder Jon, um auf die Wahrheit zu achten.« Er bedachte mich mit einem harten Blick. »Ihr habt angezettelt, was heute geschehen wird, also solltet Ihr auch zugegen sein!«

Also gingen wir an diesem letzten Morgen mit hinein. Serafine, Desina und Santer kamen ebenfalls mit

»Wart Ihr gestern auch dabei?«, fragte ich Santer, als wir in den Thronsaal traten.

Der schüttelte nur den Kopf. »Der Kommandant bat uns erst heute hinzu.«

Als wir unsere Plätze in der Loge hinter dem Thron einnahmen, sah ich, dass sich die Besetzung anderer Logen ebenfalls leicht verändert hatte. Der Kommandant schüttelte den Kopf, als Serafine sich neben mich setzen wollte. »Dorthin«, flüsterte er und wies auf eine Loge, in der ich zu meiner Überraschung Taride stehen sah. »Geht zu den Elfen.«

Serafines Augen weiteten sich, dann nickte sie und eilte zu Taride, die sie freundlich begrüßte, während die anderen Gäste sie begafften.

Bruder Jon war nicht der einzige Priester im Raum, auch der Hohepriester des Boron hatte sich eingefunden. Er stand bei den Aldanern in der Loge, während die Priesterin der Astarte einen Platz in Tarides Loge einnahm.

52. Der Kronrat

Ich wusste nicht, wie die Stimmung vorher gewesen war, aber an diesem Morgen schien sie zu knistern, als mehr und mehr Teilnehmer verstanden, dass heute etwas anders war. Die meisten Blicke ernteten Taride und Serafine, aber auch zu uns wurde unruhig hingeschielt. Als Letzter betrat König Kesler den Saal, fast zögerlich, wie mir schien, und als die schweren Türen sich schlossen, war es fast, als ob sie ihn in den Saal hineindrücken wollten.

Als sie zufielen, dröhnte es im Saal wie eine Glocke, und ich spürte diesen Druck, von dem Leandra gesprochen hatte, wie ein schweres Tuch auf mir liegen.

»Der Götter Segen mit Euch allen«, begann der Kommandant. »Wir sind heute zusammengekommen, um diesen letzten Tag des Kronrats abzuhalten.«

»Was macht er?«, flüsterte König Kesler, der wohl vergessen hatte, dass ihn jeder hören konnte. »Was ist mit den Kupferzöllen?«

»Die sind jetzt nicht mehr wichtig«, entgegnete Keralos kühl. »Denn es gibt für das Reich nur noch ein Anliegen: der Krieg gegen Thalak und seinen Kaiser Kolaron.«

»Es geht nicht nur um das Reich«, sagte der Marschall. »Aber ich verstehe, wie Ihr fühlt. Der Ostmark ging es lange genug genauso.«

»Auch ist es nicht wirklich so, dass wir uns im Krieg befinden«, meinte der König von Sertina, er schien sich selbst dabei noch zu überzeugen. »Das wurde bislang noch nicht beschlossen!«

»Nicht?«, fragte der Kommandant. »Was ist mit den Toten, die wir zu beklagen haben? Aldar und Askir wurden angegriffen, es wurden Attentate verübt und Invasionen geplant. Die sieben Reiche sind eine Allianz, und dennoch eilt niemand uns oder Aldane zu Hilfe.«

»Wie könnt Ihr Hilfe erwarten«, fragte der Marschall kühl, »wenn Ihr uns habt bluten lassen? Wann bekam die Ostmark denn die Hilfe, die sie brauchte?«

Auch Kesler fasste sich ein Herz und sprang auf. »Ihr habt Eure Legionen zurückgehalten. Die östlichen Länder sollten für Euch bluten!«

»Also habt Ihr Euch mit einem Verfluchten verschworen?«, fragte Prinz Tamin kalt.

»Es ist nicht bewiesen, dass Kolaron ein Verfluchter ist«, sagte Kesler und hob herausfordernd das Kinn. »Zieht uns nicht in Euren Krieg hinein.«

»Bravo«, sagte der Kommandant bissig. »Endlich spricht es jemand aus, auch wenn ich überrascht bin, dass Ihr es seid, Kesler. Ich hätte Euch den Mut dafür gar nicht zugetraut!«

»Er spricht nur aus, was wir alle denken«, sagte der Marschall. »Das ist Euer Krieg, Kommandant, und er war es schon immer. Wir haben damit nichts zu tun!«

»Habt Ihr deshalb Eure Truppen von den Ostgrenzen abgezogen?«, fragte Keralos. »Ist es nicht etwas gewagt, den Barbaren den Rücken zuzuwenden?«

»Gewagt?«, rief der Marschall erzürnt. »Wir haben lange genug unter den Barbaren gelitten! Wenn Frieden in Reichweite ist, ergreifen wir die Gelegenheit!«

»Es ist viel lebendiger als gestern«, hörte ich Angus' Stimme.

»Warte ab, bis es richtig losgeht«, sagte Ragnar und griff nach den Naschereien, die vor ihm in einer Schüssel lagen, um sich dann bequem zurückzulehnen.

»Frieden?«, fragte Faihlyd spöttisch und stand auf. »Ihr meint, Ihr habt Frieden geschlossen mit den Barbaren? Mit jedem einzelnen der Stammesfürsten? Wie viele sind es? Hundert oder mehr? Ihr müsst doch wissen, dass mit ihnen ein Frieden nur einzeln verhandelbar ist und nur so lange gilt, wie der Fürst auch lebt.«

»Was weiß ein Kind davon?«, spottete Hergrimm. »Ihr sitzt in Eurer Wüste und bratet in der Sonne. Was wisst Ihr schon vom täglichen Krieg? Die Barbaren haben sich dem Kaiser angeschlossen und sind nun unter ihm vereint.«

»Welchem?«, fragte Keralos höflich. »Sprecht Ihr von Askannon oder dem Verfluchten?«

»Kolaron«, antwortete der Marschall. »Er hat Wort gehalten. Die Barbaren lagern friedlich vor unseren Grenzen, und seine Truppen halten die Ordnung aufrecht.«

»Seit sechs Tagen schon, nicht wahr?«, sagte der Kommandant. »Wann wolltet Ihr uns davon berichten? Wenn der Kronrat zu Ende ist?«

»Nein«, entgegnete der Marshall gelassen. »Ich hätte es bald auf den Tisch gebracht, Kommandant. Anders als Ihr denkt, wollen wir nicht Askirs Niedergang.« Er hob die Schultern und ließ sie wieder fallen. »Es herrscht Frieden in der Ostmark, zum ersten Mal seit tausend Jahren, und meine Truppen sitzen in den Festungen und feiern. Bald wird die Ostmark ein blühendes Land sein. Wir haben lange genug geblutet. Wie König Kesler schon sagt, es ist nicht unser Krieg und war es nie. Dass wir für Askir leiden, ist nun vorbei. Dennoch wollen wir Askir nicht schaden. Wir treten nur aus der Allianz aus.«

»Also lasst Ihr die Truppen des Nekromantenkaisers ungehindert durch das Reich ziehen?«, fragte Tamin fassungslos. »Nach all den Jahrhunderten der Opfer?«

»*Wir* haben uns geopfert!«, rief der Marschall wütend. »*Wir* sind es, die geblutet haben, damit Ihr alle fett und reich wurdet. Aldane hat uns schon immer geschröpft!«

»Das ist nicht wahr«, begehrte Prinz Tamin auf. »Wir haben unseren Anteil geleistet.«

»Ja, in Gold, aber nicht in Blut. Wisst Ihr, wieso Ihr das Gold hattet? Weil in Eurem grünen Land Frieden herrschte, den die Ostmark mit ihrem Blut erkaufte. Damit ist jetzt Schluss!« Er holte tief Luft und wandte sich an den Kommandanten. »Hochkommandant, Keralos, bitte hört mich an. Es muss ja nicht bedeuten, dass wir jetzt Feinde sind! Zu viel verbindet uns. Aber Ihr müsst einsehen, dass es ungerecht ist, uns bluten zu lassen, während Ihr an den Küsten Gold verdient!«

»Es waren die Legionen des Kaisers, die die Ostmark geschützt haben«, sagte Keralos ruhig. »Es war der erste Marschall, der die Ostmark als Lehen forderte und bekam, als Lohn dafür, dass er das Reich beschützte.«

»Das war damals«, sagte Hergrimm und atmete tief durch.

»Ich sage es noch einmal, Kommandant: Wir wollen mit Eurem Krieg nichts zu tun haben, aber wir sind nicht Euer Feind.«

»Was sagt Ihr dazu, Varelt?«, fragte Keralos den König von Ibsiss, der die ganze Zeit still auf seinem Stuhl gesessen hatte.

»Nichts, wie immer«, antwortete der Marschall für den Mann. »Er will sich heraushalten, aber er hat von allem gewusst.«

»Ihr könnt mich auch selbst sprechen lassen, Hergrimm«, sagte der alte Mann, der die Königswürde von Ibsiss trug. »Wir sind ein kleines Land, das wie die Varländer Härte und Entbehrungen gewohnt ist. Und Ihr wisst auch, wieso es so ist – weil wir unsere besten Länder an die Ostmark abgetreten haben. Und noch immer stehen meine Truppen an den Grenzen gegen die Barbaren. Ihr verteidigt die Ostmark nicht allein, Hergrimm.«

»Stört es Euch nicht, dass Askir Euch im Stich lässt?«, fragte der. »Ist es für Euch keine Genugtuung, dass das jetzt ein Ende findet?«

»Es stört mich, dass das Sterben notwendig ist«, sagte Varelt ruhig. »Aber das war es wert. Ohne Askir wären wir schon lange nicht mehr frei.«

»Wenn Ihr das denkt«, sagte der Marschall grimmig, »wieso habt Ihr es nicht ausgesprochen?«

»Weil ich hoffte, dass der Wahnsinn ein Ende findet. Und ich habe Euch gewarnt. Ich sagte Euch, dass es ein Fehler wäre, Askirs Macht zu unterschätzen.«

»Welche Macht?«, fragte Hergrimm bitter. »Hinter unseren Schilden haben sie sich versteckt. Die Legion war sich zu fein, die Drecksarbeit zu machen. Fünf Legionen haben sie, fünftausend Mann. Ich habe vierundzwanzigtausend, und sie stehen nun frei und müssen keine Barbaren mehr schlachten.«

»Ich wusste von Anfang an über Eure Rebellion Bescheid«, sagte Keralos. »Varelt trat an mich heran, um mich zu warnen, und er sprach zugleich für Euch, nannte Euch einen ehrenhaften Mann. Er hoffte, dass Ihr Einsicht zeigt und Euch nicht an einer Rebellion beteiligt.«

»Keine Rebellion, Kommandant«, sagte Hergrimm und rieb sich die Schläfen. »Wir sind nicht hier, um Euch zu drohen. Wir sind vier ... nein«, er schaute kurz zu Varelt, »drei Reiche, die eine eigene Allianz gefunden haben. Keiner unserer Soldaten wird die Waffe gegen Askir erheben. Hättet Ihr mir gestern mehr an Unterstützung zugesagt, wer weiß, vielleicht wäre es nicht so weit gekommen.«

»Warum sollten wir, wenn wir doch schon wissen, dass Ihr Thalaks Gold genommen habt? Hättet Ihr es denn zurückgegeben?«

»Woher wollt Ihr das wissen?«, fragte Hergrimm überrascht.

»Er erfuhr es von mir«, sagte Asela ruhig und trat vor. »In dem Moment, in dem ich Kolarons Bann entkommen war.«

»Ihr seid es!«, fluchte Hergrimm. Er war vollkommen überrascht, das sah man ihm an, und brauchte eine Weile, bis er sich wieder fing. »Habt Ihr jetzt Euren Herrn verraten? Ihr habt doch noch vor wenigen Wochen selbst bei mir gelegen und die Beine breit gemacht, damit ich tue, was Ihr verlangt!«

»Nur in Euren Träumen«, sagte Asela ruhig. »Ich kann Euch versichern, dass Ihr nur ein Trugbild berührt habt ... an Euren Kissen habt Ihr Euch vergangen wie ein Tempeljunge, an nichts sonst.«

»Sie ist die größte Schlange an Eurem Busen«, sagte Hergrimm wütend, während eine Röte in seinem Gesicht aufstieg, und zeigte anklagend auf Asela. »Und Ihr denkt, sie dient Euch? Ihr seid wahrlich blind!«

»Ich habe für meine Sünden bezahlt«, sagte Asela schlicht. »Doch es geht hier um Euren Verrat und nicht um meinen.«

»Ihr könnt ihr einfach so verzeihen?«, fragte Hergrimm ungläubig. »Wisst Ihr nicht, was sie getan hat?«

»O doch«, sagte Keralos rau. »In jeder bitteren Einzelheit. Doch sie trat vor Soltar und hat sich von ihm richten lassen, das soll mir genügen. Wollt Ihr Euch Boron stellen?«

Der Marschall verstummte.

»Dachte ich es mir doch«, nickte Hochkommandant Keralos. »Sagt mir eines, Hergrimm: Wie könnt Ihr denken, dass Eure Taten ungestraft bleiben?«

»Taten?« rief Hergrimm erbost. »Ich habe die Gelegenheit zum Frieden ergriffen. An meiner Stelle hättet Ihr das Gleiche getan. Was wollt Ihr tun? Uns am Gehen hindern? Vierundzwanzigtausend Mann stehen unter meinem Kommando. Wenn Ihr wollt, dass sich die Ostmark auch noch gegen Euch richtet, nur zu, dann werden nicht nur Thalaks Truppen Euch belagern. Wir sind hergekommen, um Euch zu sagen, dass Ihr allein steht! Dies ist Euer Krieg, Thalak will nur Askir und Aldane.«

»Ich stelle meine Frage erneut«, wandte sich Keralos an die Versammlung. »Wer wird mit uns gegen Thalak stehen? Rangor?«

König Kesler warf einen Blick zu Hergrimm, zögerte kurz und schüttelte den Kopf.

»Soll das ein Nein sein, Kesler? Ich will es hören.«

»Nein. Rangor steht für sich.«

»Marschall?«

»Ihr wollt es noch einmal hören? Nun denn: Nein, die Ostmark kämpft nicht mehr für andere.«

»Was sagt Sertina?«

»Ich …«, begann König Perdis mit dem Spitzbart und schluckte. »Nein«, sagte er leise. »Ich habe keine Wahl.«

»Gut. Dann ist es entschieden«, sagte Keralos scheinbar ungerührt. »Die Allianz ist gescheitert. Ihr wisst, was das bedeutet?«

»Nichts bedeutet es, außer dass Ihr nun für Euch selbst kämpfen müsst«, sagte Hergrimm. »Oder wollt Ihr uns mit alten Geschichten erschrecken?«

»Unter dem Vertrag von Askir gab Askannon den Reichen ihre Kronen, und die Ostmark ging an den ersten Marschall«, verkündete Keralos ruhig. »Unter der Bedingung, dass die Allianz bestehen bleibt und Frieden herrscht. Wenn die Allianz zerbricht, fallen die Kronen an das Kaiserreich zurück.«

»Ja«, sagte der Marschall und lachte freudlos. »Davon habe ich auch gehört. Aber es spielt keine Rolle mehr. Ihr könnt uns nicht mehr drohen, Kommandant. Ihr seid jetzt auf Euch allein gestellt.« Er verzog spöttisch die Lippen. »Was wollt Ihr tun? Seid besser froh darum, dass wir uns nicht auch gegen Euch stellen. Ihr habt Krieg genug, fangt nicht auch noch mit uns einen an. Noch herrscht Frieden zwischen Sertina, Rangor, der Ostmark und der Kaiserstadt.« Er beugte sich vor. »Keiner von uns will den Krieg mit Askir. Wir wollen nur frei sein von Eurem Joch.«

»So, wie Ihr es sagt, hört es sich fast heldenhaft an«, meinte Keralos unterkühlt.

»Ich bin ein ehrenhafter Mann«, sagte der Marschall stolz. »Ich falle Euch nicht in den Rücken, und wir wollen keinen Zwist mit Euch.«

»Ihr wurdet von dem Verfluchten geblendet«, ergriff Asela erneut das Wort.

»Wenn, dann auch mit Eurer Hilfe, was gilt also Euer Wort? Was wollt Ihr eigentlich? Die Barbaren werden weiter in Zaum gehalten, also ist alles wie früher. Nur mit Thalak müsst Ihr allein fertigwerden!«

»Ist das Euer letztes Wort?«

»Allerdings«, spie der Marschall aus. »Ich will nie wieder diese Halle sehen und diesen leeren Thron, der uns nur drohen soll.«

»Gut«, sagte der Kommandant. »Geht, wenn Ihr meint, dem Kaiserreich den Rücken zuwenden zu können. Ich werde Euch nicht aufhalten.«

Der Marschall sah den Kommandanten misstrauisch an, dann nickte er. »Kommt!«, rief er seinen Verbündeten zu. »Überlassen wir sie ihrem Schicksal.«

Die anderen standen auf – hier und da nickte einer der Gesandten oder Berater Keralos noch verschämt zu –, dann begann der Auszug. Hergrimm trat vor die Tore – die jedoch verschlossen blieben. Er ballte die Faust und schlug gegen das Metall, der Schlag war kaum zu hören.

Langsam drehte er sich um.

»Was für ein Spiel ist jetzt das?«, rief er. »Ihr sagtet, Ihr wollt uns gehen lassen, also öffnet das Tor.«

»Das ist das Problem«, antwortete Keralos mit einem harten Lächeln. »Wenn der Vertrag gebrochen ist, zählt das Wort des Kaisers. Nur er allein kann diese Tore vor der Zeit öffnen. Habt Ihr es vergessen? Sie sind magisch verschlossen.«

»Die Mär soll ich Euch glauben?«, fragte der Marschall ungläubig. »Woher will die Magie denn wissen, was hier geschieht! Es war schon immer der Kommandant, der entschied, wann die

Tore aufgehen. Zieht an einem Hebel, oder sprecht ein Wort. Ihr habt gesagt, Ihr lasst uns gehen!«

»Es ist Magie, Hergrimm. Ich schwöre Euch, dass ich den Toren nicht befehlen kann.« Keralos sah zum Priester des Boron. »Sagt ihm, ob ich lüge.«

»Er spricht die Wahrheit«, meinte der Priester des Boron gelassen. Er und die beiden anderen Priester hatten sich noch immer nicht geregt, und nichts, was sich hier zugetragen hatte, schien sie zu überraschen.

»Wer sagt mir, dass Ihr nicht mit ihm unter einer Decke steckt?«, grollte der Marschall.

»Es steht Euch frei, an Borons Wort zu zweifeln. Wenn Ihr das wagen wollt«, entgegnete Bruder Portus.

Der Marschall sah ihn misstrauisch an, dann richtete er sich wieder an den Kommandanten. »Gut. Was ist nötig, um diese Tore zu öffnen?«

»Das Wort des Kaisers«, antwortete Keralos höflich. »Ich erwähnte es bereits.«

»Und wo ist er?«

»Das ist das Problem«, meinte der Kommandant. »Er ist nicht da. Aber habt etwas Geduld. In sieben Jahren werden sich die Tore wieder öffnen.«

53. Die Tochter des Drachen

»Götter!«, rief Kesler. »Haltet Ihr uns für dumm? Ihr würdet Euch doch nicht selbst hier einsperren!«

»Der Kaiser ist tot«, sagte der Marschall. »Und Kesler hat recht. Ihr werdet hier nicht verhungern wollen.«

»Erklärt es ihnen, Lanzengeneral«, sagte Keralos und nickte mir zu.

Ich holte tief Luft und trat vor. »Es gilt das Wort des Kaisers. Und seine Magie. Ich denke, sie ist sein Ohr und Auge«, sagte ich. »Er wird wissen, was hier geschieht. Und er bestimmte auch, was geschehen soll, wenn der Vertrag bricht. Das Kaiserreich fordert die Kronen zurück. Ihr behaltet das, über das Ihr herrscht, als Lehen, Eure Privilegien werden Euch nicht verloren gehen. Bevor die Reiche ihre Kronen erhielten, waren sie Vasallen und sprachen mit je einer Stimme hier im Rat. Wenn Ihr die Türen offen sehen wollt, dann müsst Ihr vor dem Kaiser die Knie beugen und seine Herrschaft akzeptieren.«

»Vor einem leeren Thron?«, fragte Hergrimm ungläubig.

»Warum nicht?«, fragte ich. »Es ging siebenhundert Jahre gut.« Ich hatte gehofft, gebetet, es mir eingebildet oder eingeredet ... Zu diesem Zeitpunkt hatte ich erwartet, dass der Kaiser sich wieder zeigen, dass er sagen würde, was nun zu tun wäre ...

»Das ist Schwachsinn«, stieß König Perdis wütend aus. »Wir wollten frei sein vom Joch, wir beugen uns doch nicht einem leeren Stuhl! Selbst wenn, wir wären schlechter gestellt als zuvor!«

»Die Ostmark nicht«, sagte ich ruhig. »Marschall, Ihr mögt in Teilen recht haben mit Eurer Klage. Aber im alten Kaiserreich schützten die Legionen das Reich. Ihr wolltet doch alle, wie Ihr da steht, die Legionen reduziert haben. Und genau so ist es geschehen. Wenn das Kaiserreich erneut ersteht, wird es auch die Legionen wieder geben. Gegen ein geeintes Reich kann Thalak nicht bestehen.«

»Das könnt Ihr nicht wissen«, meinte König Perdis. »Bislang wurden Thalaks Legionen nie geschlagen.«

»Das ist nicht wahr. Bislang hat Thalak drei von ihnen verloren. Wahr ist, dass die Zweite Legion noch nie verloren hat. Und so wird es bleiben.« Ich fasste die drei Herrscher und ihr Gefolge ins Auge. »Wir werden den Krieg nach Thalak tragen und den Verfluchten besiegen. Er hat schon einmal die Macht des Reichs gespürt, vielleicht sogar öfter. Er ist ein Feigling, der andere für sich kämpfen lässt!«

»Meint Ihr, Euer Gerede öffnet uns dieses Tor?«, fragte Hergrimm. Er schien nicht einmal wütend, sondern nur noch müde. »Wenn der Kaiser noch wäre, würde ich mein Knie vor ihm beugen, weil ich wüsste, dass er gegen Thalak bestehen kann. So aber bleibt mir nichts übrig, als mit Kolaron den Frieden zu suchen.« Er deutete auf Asela. »Fragt sie. Sie hat es mir erklärt. Ob Täuschung oder nicht, es waren nicht nur Ihre Reize allein, die mich zu meiner Entscheidung brachten. Ich bin wahrhaftig des Kriegs müde und weiß, dass wir nicht überleben werden. Niemand will einen Krieg, den er nicht gewinnen kann, also suche ich lieber den Frieden, solange ich ihn noch bekommen kann.«

»Das ist wahr«, sagte Asela ruhig. »Ich ging zu ihm und teilte ihm mit, welche Wahl er hat. Er konnte die Ostmark retten oder untergehen. Ich bot ihm an, es ihm mit Gold und Wonnen zu versüßen, aber das war seine Wahl: Frieden.«

»Da hört Ihr es«, sagte Hergrimm und wies anklagend auf Asela. »Die Schlange gibt es selbst zu!«

»Es gibt noch mehr«, fuhr Asela fort. »Was ich Euch nicht sagte, war, was Kolarons Plan für Euch ist. Er will die Allianz zerstören und die Reiche dann einzeln nehmen. Tatsächlich habt Ihr ihm Euer Land ja bereits ausgeliefert. Als Erstes wird Rangor fallen. Kolarons Legionen stehen schon innerhalb der Grenzen, er braucht nun nur noch zuzugreifen. Die Barbaren halten still, weil die Kriegsfürsten des dunklen Kaisers ihnen die Ostmark versprochen haben. Der nächste Angriff wird nicht nur mit den Barbaren und Thalaks Legionen, sondern auch mit dunkler Magie geführt werden. Es wird schon alles vorbereitet. Sertina ist in diesem Moment bereits verloren.« Sie wandte sich an den Priester des Boron. »Bruder Portus, spreche ich die Wahrheit?«

»Wahr«, sagte der Priester.

»Ihr habt mich eine falsche Schlange genannt, und das war ich auch. Aber als ich all das zu Euch sagte, war es nicht ich, die sprach, sondern Kolaron, der mir seine Worte in den Mund legte.«

»Wahr«, wiederholte Bruder Portus.

»Prüft auch das, was ich jetzt sage, Bruder Portus: Kolaron duldet neben sich niemanden, er hält keine Versprechen oder Verträge ein, er sieht es nicht als Verrat, sondern als sein Recht. Die Wahrheit?«

»Wahr«, bestätigte der Priester des Boron.

Der Marschall sah Asela fassungslos an. »Es ist wirklich wahr, was sie sagt?«, fragte er den Priester.

»Ja. Der Gott bestätigt es mir deutlich.«

»Also wurden wir verkauft?«, fragte Kesler ungläubig.

»Was habt Ihr gedacht?«, fragte der Kommandant kühl. »Der Nekromantenkaiser hat Dutzende von Reichen erobert. Meint Ihr, er macht vor Eurem Halt, nur weil Ihr hofft, neutral bleiben zu können? Er hat all das getan, um einen Keil zwischen uns zu treiben. Um das Reich zu teilen. Doch es wird ihm nicht gelingen, denn der größte Teil von uns steht noch zusammen und wird Thalak die Stirn bieten.«

»Sertina, Rangor und die Ostmark sind nicht die Kernlande des Kaiserreichs«, erklang jetzt plötzlich die Stimme von Taride. »Es war die Allianz mit Askir, Aldane, Bessarein und den Varländern, die das Reich stark machte. Die Ostmark war damals nur ein Lehen, Rangor und Sertina griffen Aldane an und wurden besiegt. Wir haben euch damals nicht gebraucht und brauchen euch auch heute nicht. Doch ihr braucht uns, wenn ihr weiterleben wollt. Doch dazu müsst ihr das Haupt vor dem Kaiser beugen.«

»Den es nicht mehr gibt«, sagte Hergrimm bitter. »Selbst wenn alles wahr ist, was Ihr sagt, was ist dann noch zu retten?«

»Alles«, sagte ich. »Es wird viel kosten, vielleicht werden die Reiche auch überrannt. Wenn, dann aber nur wegen Eures falschen Spiels, Marschall. Aber ich schwöre Euch, dass Thalak nicht gewinnen wird. Kolaron wird fallen.«

»Und woher wollt Ihr das wissen?«, fragte Perdis.

»Weil die Götter es so bestimmt haben«, sagte der Priester des Boron. »Meine Schwester und mein Bruder hier haben die Worte ihrer Götter gehört, und wir stimmen überein. Kolaron wird besiegt werden.«

»Du sagst, wenn der Kaiser hier wäre, würdest du dich ihm beugen, Hergrimm?«, fragte Zokora.

»Ja. Ich wurde vorgeführt wie ein Esel, aber dennoch habe ich meine Ehre«, grollte der Marschall. »Aber was nützt das, wenn er nicht zugegen ist?«

»Ihr begeht einen Fehler, Marschall«, sagte Perdis leise.

»Ihr habt den Priester doch gehört. Wir wurden mit unserem eigenen Verrat verraten!«

»Warum macht Ihr es Euch dann so schwer?«, fragte Zokora. »Was zu tun ist, steht doch im Vertrag.«

»Ja«, wiederholte der Marschall. »Wenn die Allianz zerbricht, fallen die Reiche an den Kaiser zurück. Aber dafür braucht es einen Kaiser!«

»Ihr braucht einen, der Kaiser *ist*!«, sagte Zokora und klang etwas gereizt. »Oder eine Kaiserin! Jemand, der die Krone Askirs trägt. Mehr braucht ihr nicht! Habt ihr denn nie den Teil studiert, in dem er die Gesetze des Reichs festlegte? Dort steht es.«

»Was steht dort?«, fragte der Kommandant und schien selbst überrascht. Mir ging es nicht besser.

»Wie er die Erbfolge geregelt haben wollte. Es galt für die Prinzen der Reiche, es galt für den Marschall und auch für Askirs Krone. Ein leiblicher Nachfahre oder eine Wahl.«

»Eine Wahl?«, fragte der Marschall verblüfft. »Er wollte, dass man einen Kaiser *wählt*? Warum denn das?«

»Damit Einigkeit herrscht«, sagte Zokora kühl. »Doch hauptsächlich wollte er es so regeln, dass die Kaiserkrone auf seine Nachfahren fällt.«

»Und wie?«, fragte Keralos atemlos. Er war nicht der Einzige, der Zokora wie gebannt ansah. »Der Kaiser hatte keine Kinder!«

»Ein menschlicher Herrscher, so mächtig wie er war? War er denn prüde?«, fragte Zokora. Sie sah zu Asela. »Du kanntest ihn. War er schüchtern, oder spielte er die Flöte?«

»Nein, ganz sicher nicht«, meinte Asela und lächelte. »Er liebte die Seras, das ist sicher, doch er war diskret.«

»Sag mir, Asela, ist es nicht so, dass er einen Sohn hatte? Und eine Tochter?«

Asela zögerte.

»Es ist lange her«, drang Zokora leise in sie. »Es schadet niemanden, wenn es nun bekannt wird.«

»Woher wisst Ihr das?«, fragte die Eule leise, während nun alle wie gebannt an den Lippen der beiden Seras hingen.

»Er ließ sie im Tempel taufen«, sagte Zokora. »In seinem Glauben. Es gibt diese Bücher noch, man muss sie nur suchen. Dort habe ich die Namen seiner Kinder gefunden.«

»Die Tochter ist schon lange tot«, antwortete Asela gepresst.

»Ja. Aber was ist mit dem Sohn?«, hakte Zokora unerbittlich nach. »Sag uns, wer er ist.«

»Es war Balthasar«, verkündete Asela leise und mit bebender Stimme. »Balthasar, der seinen Vater verraten hat.«

»Deshalb also seine ungeheure Macht«, stellte Santer leise fest. Desina schlug die Hand vor ihren Mund. Ein gewaltiges Gemurmel erfüllte den Saal.

»Götter!«, entfuhr es mir. »Zokora, das ...«

»Still«, unterbrach sie mich. »Ich bin noch nicht fertig!«

Alle im Saal hielten inne.

»Balthasar ist tot«, sagte Asela. »Das hilft nicht viel.«

»Ist er das?«, fragte Zokora und zog eine Augenbraue hoch. »Nun gut. Hatte Balthasar Kinder?«

Asela zögerte.

»Meine Tochter, wisst Ihr, ob er Kinder hatte?«, fragte Bruder Jon sanft.

Asela schluckte. »Ja.«

»Wer ist es?«

»Desina, die Tochter von Balthasar und Lysanne, der Tochter von Gildenmeister Oldin«, sagte Asela so leise, dass man sie fast nicht hörte, doch in dieser Halle erreichten ihre Worte jedes Ohr. »Desina wurde nicht zufällig zur Prima des Turms.«

»Verfluchte Brut«, schimpfte Perdis. »Also hat Feltor gelogen, und sie lebt!« Er hob den Kopf, und sein Spitzbart zitterte.

»Genug von dieser Farce«, drohte er, trat einen Schritt vor, und noch während er sprach, glitt ein Schimmern über ihn und zeigte uns nun einen wohlgestalteten Jüngling mit langem, lockigem, blondem Haar und einem Gesicht, dessen Züge ich zuletzt bei Kriegsfürst Celan gesehen hatte. Aber wer er wirklich war, wusste ich in dem Moment, als mich auf sehr handfeste Weise ein Albtraum einholte, der mich seit Ordun plagte: Ich war nicht fähig, mich zu bewegen, stand wie angenagelt da und fühlte, wie Angst und Panik nach mir griffen.

»Mein Name ist Kolaron, ich erhebe Anspruch auf den Mantel der Dunkelheit, mein Wille ist Gesetz. Die Welt bebt unter meinem Schritt und ordnet sich nach meinem Willen neu!«, intonierte er mit einer weichen, glockenklaren Stimme und zeigte ebenmäßige Zähne. »Ihr dürft mich verehren. Kniet nieder, und ich werde euch vergeben. Liebt mich, und ich werde euch erheben. Trotzt mir, und die Dunkelheit wird euch finden, wo ihr euch auch verstecken werdet!«

»Hat er das nicht schön gesagt, Angus?«, meinte Ragnar. »Angus? Steh auf, verdammt!«

Doch nicht nur Angus ging in die Knie, die meisten hier taten es ihm nach. Selbst ich verspürte den Drang dazu, doch ich wollte einfach nicht.

Neben mir führte Asela eine Geste aus, doch der Verfluchte lachte nur. »Hast du vergessen, dass hier nur die Magie des Kaisers gestattet ist?« Der Verfluchte lächelte und trat näher.

»Komm, Asela, beuge schon das Knie. Auch du wirst wieder vor mir kriechen, wie schon zuvor.«

»Diesmal nicht«, schwor Asela zähneknirschend. »Diesmal nicht!«

»Das werden wir noch sehen« säuselte der dunkle Kaiser. »Wer steht denn noch?« Er hob eine fein geschwungene Augenbraue. »Das überrascht mich«, sagte er und verbeugte sich leicht vor Armin, der ihn zornig ansah. Ragnar stand noch, Leandra, Serafine und Desina ebenso, Santer und der Kommandant, auch Varosch und die drei Priester, deren Lippen sich bewegten, als sie beteten. Zokora lag gekrümmt auf dem Boden und keuchte, als sie sich gegen diesen Einfluss zu wehren versuchte.

»Wünscht ihr euch nicht, ihr könntet euch auf mich stürzen?«, fragte er. »Kommt, seid wütend. Ich mag es, denn es macht mich stärker. Hasst mich, wenn ihr wollt, das nährt mich ebenso. Verzweifelt, und schenkt mir den Genuss!«

»Ich werde dich erschlagen!«, sagte Ragnar entschlossen und trat langsam vor. Seine Muskeln zitterten, Schweiß stand auf seiner Stirn. »Meine Axt ist von einem Gott geschmiedet, sie wird auch dich zur Strecke bringen!«

»Sie gibt dir die Kraft von Riesen, hörte ich. Aber auch Riesen können niederknien.«

Ragnars Augen sprangen fast aus seinem Schädel, als er sich gegen das stemmte, das ihn niederdrückte. Während wir hilflos zusahen, ging er langsam zu Boden, dann fiel ihm die Axt aus den Händen, und er brach stöhnend zusammen.

Kolaron ging gemächlich zum Thron des Kaisers, sah ihn nachdenklich an – und setzte sich darauf.

»Kommt dorthin«, bat er freundlich, »wo ich euch sehen kann.«

Ein fremder Wille bewegte meine Beine, und ich schloss mich der Reihe an, die nun vor ihm stand.

»Wie ist das möglich?«, flüsterte Asela. »Des Kaisers Wille unterbindet Magie an diesem Ort!«

»Aber nicht Gefühle. Du kennst es doch, ich habe oft genug an dir damit herumgespielt. Angst, Verzweiflung, Hoffnung, Liebe und Trauer, oder auch Vertrauen und Freude. Was ihr auch wollt«, lächelte Kolaron, »das kann ich euch geben.« Er lachte leise. »Also«, sagte er. »Da ihr mich nicht lieben wollt, wie wäre es mit Furcht?«

Sie rollte über mich wie eine Woge, brach jeden Damm, riss alle alten Ängste, Wunden und Schmerzen erneut auf, alles, was mir je an Schrecken widerfahren war, türmte sich in meinem Geist auf und fraß wie eine kalte Spinne meinen Willen innerhalb eines Lidschlags. Wimmernd fiel ich zu Boden.

»Das war ein Fehler«, sagte Zokora kühl und sprang auf. Kolarons Kopf zuckte herum, ungläubig sah er sie an, ich spürte, wie der Bann brach, und griff nach Seelenreißer. Im nächsten Moment jedoch schoss ein dunkler Strahl aus seiner Hand auf

Zokora zu. Der Strahl hätte sie getroffen, wenn sich nicht Varosch dazwischengeworfen hätte.

Zokora fauchte wie eine Katze, sprang schneller vor, als man zusehen konnte, ihre schwarze Klinge zog eine dunkle Spur – und König Perdis' Kopf fiel vor uns auf den Boden, während in meinen Ohren ein ferner Schrei erklang.

»Götter«, keuchte der Kommandant. »Was für ein Ungeheuer ...« Er schaute auf das Gesicht mit dem kleinen Spitzbart herab, das einen ungläubigen Ausdruck zeigte. Stöhnend oder fluchend, oder auch nur still und bedrückt, standen wir auf und sahen auf das herab, was von König Perdis übrig war.

»Wie?«, fragte ich Zokora rau.

»Ich bin in Liebe ungeübt«, sagte sie mit belegter Stimme. »Sie war es, die mich fast besiegt hätte. Aber Furcht ...« Sie zuckte mit den Schultern. »Wenn du in einem Netz hängst und eine Spinne, die dreimal so groß ist wie du, ihre Eier in deinen Körper legt, dann ist das Anlass zur Furcht«, meinte sie und starrte auf das abgeschlagene Haupt. »Kolaron war zu feige, uns wahrhaftig gegenüberzutreten.«

»Bei allen Göttern«, entfuhr es dem Marschall, der kreidebleich war und wankte. »Wer seid Ihr?«

»Ich diene Solante. Ich beuge mich vor niemandem, außer den Göttern!« Sie lächelte. »Desina? Du kannst das Tor jetzt öffnen.« Sie sah sich um. »Oder bezweifelt noch jemand, dass wir ein geeintes Reich brauchen, um gegen das Dunkle zu bestehen? Varosch, komm ... wir ... Varosch?«

Ich hatte noch nie zuvor gesehen, wie Ebenholz erbleichte. Sie wurde grau wie Asche, als sie sich mit einem Stöhnen neben Varosch auf den Boden warf. Auch ich und andere eilten herbei und sahen auf einen Blick, dass es vergebens war.

Denn dort in ihren Armen lag ein alter Mann in den Roben eines Adepten des Boron. Seine Augenlider flatterten, er schaute hoch zu ihr, seine faltigen Lippen formten ein Lächeln, dann rührte er sich nicht mehr. Ein ferner kalter Wind fuhr durch den Raum und ließ mich frösteln.

Zokora hielt ihn und begann langsam vor und zurück zu wippen, während ihr ein leiser Laut entfuhr, ein leises Greinen. Ihre

Schultern zuckten, und Tränen liefen ihr aus Augen, die blind auf Varoschs Körper starrten.

»Geht«, sagte Desina leise. »Geht alle, und lasst sie mit ihren Freunden allein.«

Unbemerkt von mir war das schwere Tor aufgegangen, und mit leisen Schritten und gebeugten Häuptern folgten sie dem ersten Befehl ihrer neuen Kaiserin. Asela stand noch zögernd einen Moment da, dann ging auch sie.

Die Priester sahen sich gegenseitig an, zwei gingen, doch Bruder Jon trat vor und beugte sich über die dunkle Elfe und berührte sie leicht an der Schulter.

»Schwester«, sagte er leise. »Er ist zu seinem Gott gegangen. Der Verfluchte wird ihn nicht bekommen.«

»Zokora«, fragte Leandra leise. »Was können wir ...«

Zokora schluckte und hob den Kopf. »Nein. Lasst mich mit ihm allein. Auch du, Priester des Soltar. Ich habe meine Göttin als meinen Beistand und werde ihm die letzten Riten geben.« Ihre Augen glühten so rot wie nie zuvor.

»Ich bin deinem Rat gefolgt, Havald, und habe Menschen lieben gelernt. Ich liebte ihn. Ich will dich dafür hassen und kann es nicht, denn es war der Dunkle, der ihn mir nahm, nicht du. Aber ich will euch jetzt nicht sehen. Nicht jetzt.«

»Wir lieben auch dich, Zokora«, sagte Serafine leise. »Es ist auch unser Verlust, denn Varosch hat in unser aller Herzen einen Platz gefunden.«

»Das mag sein«, sagte Zokora mit einem tiefen Grollen in der Kehle. »Dennoch müsst ihr gehen. Meine Wut, mein Zorn und mein Leid wollen aus mir heraus. Ihr sollt es nicht sehen.«

Ich hörte etwas in ihrer Stimme, das mir die Nackenhaare aufrichtete.

»Wir gehen«, bestimmte ich und zog eine widerstrebende Serafine zum Tor. »Alle. Jetzt!«

»Aber ...«

»Zokora weiß, was sie tut!«, rief ich. »Prima ... Hoheit ... auch Ihr ... Ihr *müsst* gehen!«

Sie sahen mich fragend an, folgten mir aber. Ohne die Magie war das Tor schwer zu schließen, doch ich stemmte mich dagegen ... Das Letzte, was ich durch den Spalt sah, war Zokora, die mit rot glühenden Augen zu mir zurückblickte.

Mit einem dumpfen Schlag schloss sich die Tür, und nur einen Moment später hörte ich durch das schwere Metall den Schrei einer wilden Katze, voller Leid und Hass und Zorn.

»Götter«, entfuhr es Desina, Prima der Eulen und Kaiserin von Askir. »Was war das?«

»Ein Versprechen«, sagte Leandra leise und hielt sich selbst umschlungen, als ob sie frieren würde, dann fuhr sie mit ihren Fingern fast zärtlich über den Griff von Steinherz. »Eines, das wir alle halten werden.«

54. Der letzte Gang

Später wanderte ich mit Serafine durch die Straßen Askirs. Es war bereits eine Glocke her, seitdem ich das Tor des Thronsaals geschlossen hatte, und Zokora war noch immer nicht herausgekommen. Ich wusste nicht recht, was ich sagen sollte. Ich spürte jetzt schon, wie sehr ich Varosch vermisste. Er hatte mir so oft geduldig zugehört, mir einen weisen Rat erteilt oder uns Kraft mit der Überzeugung seines Glaubens gegeben. Götter, was würde er mir fehlen. Nataliya, Varosch, wer würde noch fallen?

»Die Götter lieben ihn, Havald. Es muss so sein«, sagte Serafine leise.

»Ja«, bestätigte ich, aber es war ein schwacher Trost. Wir gingen eine Weile schweigend weiter, um uns herum das Gedränge einer geschäftigen Stadt, die noch nicht wusste, wie sehr sich alles verändert hatte.

»Hast du gewusst, dass es Desina ist?«, fragte sie dann.

»Nein«, sagte ich und schüttelte den Kopf. »Es war meine Hoffnung, dass der Kaiser selbst sich zeigen würde. Ich verstehe nicht, warum er es nicht getan hat.«

»Vielleicht lebt er doch nicht mehr.«

Ich sah hoch zur nächsten Flagge, die den Drachen zeigte. »Er lebt. Ich weiß es. Warum hat er sich nicht gezeigt?«

Hier in dieser Straße herrschte fürchterliches Gedränge, ein Ochsenkarren bahnte sich seinen Weg uns entgegen. Ich erkannte den Mann auf dem Kutschbock, es war der gleiche Händler, der mich schon einmal so wütend angesehen hatte. Jemand prallte gegen mich, und ich wich zur Seite aus. Etwas stach mich in den Hals, es war jedoch nicht der Stachel einer Wespe, sondern eine dünne Spitze aus Stahl. Ich erstarrte. Das Leder auf dem Karren wurde hochgeschlagen, und noch bevor ich fallen konnte, griffen mich harte Hände, schoben mich in die Lücke zwischen zwei Kisten, dann wurde das Leder wieder vorgeworfen, ohne dass der Karren hielt oder die Ochsen ihren Schritt verlangsamten.

»Havald?«, hörte ich Serafines Stimme … und dann nichts mehr.

Als ich wieder zu mir kam, lag ich nackt auf kaltem Stein. Die Fackel in der Hand des Mannes über mir beleuchtete alte Mauern, es roch nach Moder, Zerfall und Hafenwasser.

Zwei Männer waren es, die mich begutachteten. Der eine wühlte in meinem Beutel und pfiff leise durch die Zähne.

»Das hat sich gelohnt.« Er grinste mit schlechten Zähnen und hob eine Handvoll goldener Münzen hoch. »Wenn wir das Schwert behalten, haben wir ausgesorgt, es ist ein Vermögen wert!«

»Wenn du gierig sein willst, Harras, dann nicht hier«, sagte der Mann mit der Fackel. Es stimmte wohl, seine Nase glich einem Schnabel, und mit seinem wirren schwarzen Haar erinnerte er an einen Raben. »Er hat uns mit Schlimmerem als dem Tod gedroht, wenn wir uns nicht an seine Weisung halten.«

Noch immer konnte ich mich nicht bewegen, doch der Mann wusste offenbar, dass ich wieder erwacht war, denn er lächelte und beugte sich über mich. Er stank nach altem Schweiß, Fäulnis und Urin.

»Seit Tagen bin ich hinter dir her«, teilte er mir mit, während seine Fackel auf mich tropfte. »Zweimal bist du mir vor meiner Nase entwischt! Ich hatte es fast schon aufgegeben. Vier Karren habe ich in der Stadt laufen, nur wegen dir! Nun gut, jetzt bist du hier. Er sagte, dass das Gift dich nicht töten würde«, erklärte er und hielt einen schwarzen Dolch hoch, an dessen Klinge fahle Runen schimmerten. »Deshalb gab er mir diesen Dolch. Und genügend Gold, dass es auch für einen General reicht. Ich wusste ja nicht, dass wir es tatsächlich mit einem zu tun haben!«

Er stieß mir den schwarzen Dolch in die Brust, und eine Eiseskälte durchfuhr mich. Er zog ihn heraus und zog ihn durch meine Kehle, doch mehr als Kälte fühlte ich auch dort nicht.

»So. Das wäre getan. Zweimal tot, ganz wie gewünscht«, meinte er und steckte den Dolch wieder ein. »Jetzt kommt das Wasser dran. Ich habe gehört, du kannst nicht schwimmen …

Dann die Fische. Dreimal tot, das sollte reichen. Harras, achte darauf, dass er dem Schwert nicht nahe kommt. Er darf es nicht berühren!«

Während mein Blut aus der Wunde quoll, packten sie mich bei den mit schweren Ketten gefesselten Füßen und zogen mich durch die schiefe Tür heraus, über Steinplatten, dann über eine Kante und ins Wasser.

Während ich tiefer sank und mein Blut das Wasser färbte, sah ich durch das Wellendach die Sterne schimmern und spürte, wie Ruhe mich überkam. Das Gift lähmte mich noch immer, es machte das Sterben leichter, es sparte mir das Aufbegehren. Ein letzter absurder Gedanke kam mir noch: dass es jetzt die Lebenden waren, die mir fehlen würden ...

Der Mann, der den Toten aus dem Wasser in den alten Nachen zerrte, war schlank und drahtig, mit blonden Haaren und wachen Augen. »Verdammt«, fluchte er, als er sah, dass sein neues Wams von der Bank heruntergefallen war und nun im feuchten Boot lag. »Schon wieder ruiniert!«

»Stiehl dir ein Neues«, sagte die große schwarze Frau.

»Leicht gesagt, das hier habe ich gekauft!«, beschwerte sich der Mann. »Ist er das?«, fragte er die Frau und drehte den Toten mühsam auf den Rücken. Der Kerl war schwerer als drei andere zusammen. Dann sah er die klaffende Wunde am Hals und pfiff leise durch die Zähne. »Mann, da fehlte nicht viel, und der Hals wäre auch noch durch gewesen. Auch ins Herz haben sie ihm gestochen. Der ist toter als mein Kater von letzter Woche. Was willst du mit ihm, Maerbellinae?«

»Schau ihm in die Augen, Wiesel, was siehst du dort?«

Der Dieb, den jeder nur Wiesel nannte, hob die Augenlider des Toten an und fuhr erschrocken zurück.

»Götter!«, rief er und schlug über seiner Brust Soltars Zeichen. »Wer ist er?«

»Das wird Wiesel noch erfahren. Aber auch wenn er nicht der wäre, der er ist, schuldet Mama ihm etwas.«

»Was meinst du?«, fragte Wiesel neugierig.

Mama Maerbellinae schien ihm nicht zuzuhören, sie sah auf den

Toten herab und schüttelte traurig den Kopf. »Das wird schwer, viel ist nicht mehr von ihm da«, stellte sie fest. »Aber er hat meiner Schwester Blumen gegeben ...«

Hier endet das Geheimnis von Askir und der Götterkrieg beginnt.

Anhang

In Askir
Die Gefährten:

Havald, der Wanderer, Lanzengeneral Graf Roderic von Thurgau, trägt im Auftrag Soltars das Bannschwert Seelenreißer, Paladin der Königin von Illian.

Janos Dunkelhand, Liebhaber von Sieglinde, Agent der Königin, Hauptmann oder Brigant, jemand, der gern lacht und Scherze macht.

Leandra di Girancourt, Paladin der Königin von Illian, Maestra der arkanen Künste, schwertgebunden an Steinherz, dem Reichsschwert von Illian, Halbelfe, Liebhaberin von Havald dem Verfluchten, Reiterin von Steinwolke, dem Königsgreifen.

Ragnar Hraldirsson, Coldenstatt, Prinz der Varlande, aus dem Geschlecht der Riesen, ältester (lebender) Freund Havalds und Träger der Axt Ragnarskrag.

Serafine/Helis, Name von Helis' Seele, einst Tochter des kaiserlichen Gouverneurs von Gasalabad, Ehefrau von Jerbil Konai und Zeugmeisterin der Zweiten Legion.

Sieglinde, Liebhaberin von Janos, Tochter von Eberhard, dem Wirt des *Hammerkopfs*, besitzt die Gabe der Fey, gab Serafines Seele eine Heimat und führt nun das Bannschwert Eiswehr.

Varosch, Adept des Boron, Liebhaber von Zokora, ein loyaler Freund und ausgezeichneter Scharfschütze.

Zokora, dunkle Elfe, Priesterin der Solante, Liebhaberin von Varosch dem Schützen.

In Askir
Kaiserliche Soldaten:

Asela, Eulen, Stabsmajor. Ehemals unter dem Einfluss des Nekromantenkaisers Verräterin am alten Reich; jetzt dem Einfluss Malorbians entkommen und seine erbittertste Feindin. Eine der alten Eulen Askirs, in hohem Maße in den magischen Wissenschaften ausgebildet und mit legendärer Macht und Wissen ausgestattet. Unterwarf sich im Soltartempel zu Askir der Gnade des Gottes und wurde geläutert.

Desina, Eulen, Prima der Eulen, Erste Eule Askirs, Maestra und Ziehschwester von Wiesel dem Dieb, eine Gelehrte mit Zugang zum Turm der Eulen. Tochter von Lysanne, der Tochter von Gildenmeister Oldin.

Eldred, Bullen, Schwertsergeant, Fünfte Legion, verübte einen Anschlag auf Desina.

Elgata, Seeschlangen, Lanzenkapitän, ehemals Kapitän der *Schneevogel*, wartet auf ein neues Kommando.

Helis, Bullen, Stabsmajor, Adjutant von Lanzengeneral von Thurgau, Schwester von Armin, aka. Serafine.

Ilgar, Bullen, Schwertsergeant, achte Lanze, Fünfte Legion, älterer Bruder von Priesterschüler Gerlon.

Kjarl, Bullen, Korporal, Zeugwart des Zeughauses in der Zitadelle von Askir, ein Freund Santers.

Lamert, Bullen, Sergeant, erste Lanze, Zweite Legion, Generalsergeantin Kasale unterstellt, dient im Amtsraum des Generals der Zweiten Legion.

Miran, Lanzenobristin, Kommandeurin der Dritten kaiserlichen Legion.

Neder, Bullen, Stabsleutnant, wollte Leandra und Havald im Auftrag des Handelsrats verhaften.

Orikes, Stabsobrist, Kommandant der Federn, Schriftgelehrter, Anhänger Borons und zugleich auch Medikus. Mentor von Desina, der Eule von Askir.

Rellin, Generalsergeantin der Dritten Legion unter Obristin Miran.

Remlin, Bullen, Stabsleutnant, wachhabender Offizier.

Rikin, Seeschlangen, Stabsmajorin, Kommandeurin der Hafenwacht in Askir.

Stofisk, Bullen, Schwertleutnant, im Stab von Lanzengeneral von Thurgau, mit der feinen Gesellschaft Askirs bestens vertraut.

In Aldar:

Anris, Soldat, den Blix als Kundschafter zum Dunklen Fest vor die Kronburg aussandte und der nicht zurückkam.

Aren, junge Feder, Korporal, die sich auf dem Semaphorenturm am Hafen opferte, um noch eine Nachricht abzusetzen, bevor der Turm zusammenbrach.

Avron, Schwertsergeant, zweite Lanze, Dritte Legion, dient unter Schwertmajor Blix in Aldar.

Blix, Kurtis, Schwertmajor, Befehlshaber der zweiten Lanze der dritten Legion in Aldar.

Grenski, Sanja, Stabssergeantin, zweiten Lanze der Dritten Legion.

Haltar von Bergen, Regent von Aldane, Vater von Levin und Tarkan.

Levin, Baronetta, Aldar, Tochter von Haltar, dem Regenten von Aldane, die Schwester Tarkans und Gefährtin des Prinzen Tamin von Aldar.

Loska, Federn, Korporal, zweite Lanze, Dritte Legion, Blix unterstellt.

Melinus, Bullen, Schwertsergeant, zweite Lanze, Dritte Legion.

Paltus, Bullen, Lanzenleutnant, führt die achte Lanze der Fünften Legion.

Recard, Bruder, oberster Priester des Boron-Tempels in Aldar.

Tamin, Prinz von Aldane.

Wendis, Seeschlangen, Lanzenmajor, Befehlshaber des kaiserlichen Marinestützpunkts in Aldar.

Die Götter:

Astarte, Göttin, steht bei den Menschen für Vergebung, Liebe und Harmonie.
Boron, Gott, steht bei den Menschen für Gerechtigkeit, Treue im Kampf, Pflicht und die Wahrheit.
Marendil, Herrin der Meere.
Namenlose, Bruder von Soltar, Boron und Astarte, steht für Chaos, Niedertracht und das personifizierte Böse.
Nerton, der Göttervater, der älteste der Götter. Er ließ seinen Tempel schließen, damit seine Kinder seine Nachfolge antreten konnten. Er schenkte den Menschen Hoffnung.
Omagor, der Gott der Finsternis, einst Gott der dunklen Elfen, Herrscher der Nacht, von Soltar besiegt.
Soltar, der Gott des Todes und des Lebens, steht für den ewigen Kreislauf von Tod und Leben, hat den Menschen versprochen, dass sie in seinem Namen wiedergeboren werden. Besiegte einst Omagor, den Gott der Finsternis. Ehemals der Sonnengott, herrscht er nun auch über die Nacht und nahm dieser den Schrecken.
Winterwolf, der alte Wolf, wurde von den Barbaren in den Südlanden verehrt. Stand für Tapferkeit, Schläue und als Bringer des Winters.

Die Priesterschaft der Dreieinigkeit:

Ainde, Schwester, Oberste Dienerin der Astarte; Hohepriesterin der Astarte in Askir.
Gerlon, Bruder, Priesterschüler im Tempel des Soltar zu Askir. Ein Mann mit Vision.
Jon, Bruder, Hohepriester des Soltar im Tempel zu Askir, der Soltar dient und den Luxus liebt.
Mircha, Bruder, Priester des Soltar, designierter Nachfolger des Obersten Priester Soltars, Bruder Jon.
Portus, Bruder, Hohepriester Borons.

Andere:

Afente, Ser, ein Astartebruder mit Sinn für Takt.
Alfrede, Ragnars Stiefmutter, Vreldas leibliche Mutter, wurde von Hraldir erschlagen, als er Vrelda an Erlaf vergeben wollte.
Altins, Graf, der Botschafter Aldanes in Askir.
Angus, Vreldas Gemahl, Nordmann, Wolfsbruder, Werwolf, König der Varländer, Anführer der Leibwache von Prinz Ragnar, Freund Havalds.
Anis, eine junge Eule, die im Kampf gegen eine Unheilige ihr Leben ließ.
Antonis, Gildemeister der Kornhändler, Mitglied des Handelsrates in Askir.
Armin, ehemals redseliger Diener Havalds, Gemahl von Faihlyd, der Emira von Gasalabad, Bruder von Helis.
Asala, Havalds Haushälterin in Gasalabad; Name bedeutet: Tochter der Götter, der Vorfahren, oder des Lichts = Asela auf Imperial.
Askannon, ewiger Herrscher, Gründer der Kaiserstadt, legendärer Maestro, Erzfeind des Nekromantenkaisers Kolaron Malorbian.
Balthasar, Nekromant, der letzte Primus der Eulen, verriet das Kaiserreich und seinen Vater, den ewigen Herrscher und Maestro Askannon. Wurde von Havald im Weltenstrom vernichtet.
Breckert, Schneidermeister, Uniformschneider für die feinere Gesellschaft.
Celan, Kriegsfürst, Nekromant, Kommandeur der feindlichen Truppen auf den Feuerinseln, von Leandra mit Blitz und Schwert hingerichtet.
Devon, der Schiffarzt der *Schneevogel*, bei der Flut gestorben.
di Cortia, Baron, Aldar, Kommandeur der Prinzengarde, Prinz Tamin treu ergeben.
Eberhard, Meister, Gastwirt des *Hammerkopfs*, Vater von Sieglinde.
Eleonora, Königin von Illian, ehemals als Kind Havalds Schülerin, von ihren Untertanen wegen ihrer Tapferkeit und Weisheit sehr verehrt.

Erinstor, Eulenschüler des Alten Reichs, verging sich an Asela und wurde von Askannon dafür gerichtet, aus Rache beging er ein ungeheuerliches Verbrechen.

Erlaf, Jarl, Varlande, Todfeind Ragnars, bekam Vrelda zugesprochen.

Ersin, Gräfin Odenil, Tante von Leutnant Stofisk, eine höchst einflussreiche Matrone, ein Haifisch in den Gewässern der feinen Gesellschaft von Askir.

Erulfson, Hraldir, König der Varlande, Vater von Ragnar und Vrelda, ein jähzorniger Mensch.

Esire, Ragnars Frau in Coldenstatt, Mutter seiner sieben Kinder.

Fahrd, ein legendärer Koch, der einen Gasthof führte, um seine Gäste zu versklaven.

Faihlyd, aus dem Haus des Löwen, Kalifa von Bessarein, Emira von Gasalabad, Enkelin von Essera Falah, Armins Ehefrau.

Falah, Essera, die Löwin von Gasalabad, Großmutter von Faihlyd, in Janas an der Pest gestorben.

Fefre, Seeschlange, Korporal, Santers bester Freund, mag Äpfel, schlechte Witze und hilft gerne Bullen beim Denken.

Feltor, Eule, Ehegatte von Asela. Von Malorbian beherrscht, ermordete er Desinas Mutter und führte einen Angriff gegen die Kaiserstadt.

Freise, Tarkan von, Baronet, Aldar, Liebhaber von Taride, Cousin von Prinz Tamin, half dabei, den Angriff auf Askir abzuwehren, und wurde dabei lebensgefährlich verletzt.

Haltar, Aldar, Herzog, Regent von Aldane, Vater von Tarkan und Levin, Bruder der letzten Königin von Aldane, Onkel von Prinz Tamin.

Herones, Sera, Askir, die beste Schneiderin der Kaiserstadt, es ist eine Ehre, wenn man Kunde bei ihr sein darf.

Helgs, Askir, ein Händler.

Hergrimm, Marschall der Ostmark.

Istvan, Askir, Ziehvater von Wiesel, Desina und Regata, Wirt der Hafenkneipe *Gebrochene Klinge*.

Imra, **Bessarein**, Prinz der Elfen, Bruder von Taride.

Hüter des Wissens, Bessarein, Liebhaber von Essera Falah, Faihlyds Großvater.

Jarana okt Talisan, Donnerfeste, vom Haus der Nachtrösser, Nachtfalke, dunkle Elfe, Tochter des Elfen Talisans, Stiefschwester zu Imra und Taride.

Jasen, Graf, Ibsiss, Botschafter von Ibsiss, ein dicker Mann mit Fallsucht.

Jerbil Konai, die Säule der Ehre, Bullen, Generalsergeant der Zweiten Legion, Ehemann von Serafine. Er besaß einst das Bannschwert Eiswehr. Von Balthasar ermordet.

Joakin, ein Auftragsmörder mit einer besonderen Methode.

Kasale, **Amaranis**, Bullen, Bessarein, Generalsergeantin der zweiten Legion.

Kennard, Meister, Askir, alter Gelehrter, oft beim Wirt Istvan anzutreffen.

Keralos, Hochkommandant, Askir, Statthalter des Kaisers in Askir, Oberbefehlshaber der kaiserlichen Truppen.

Kesler der Zweite, König von Rangor.

Kolaron Malorbian, Thalak, Nekromantenkaiser von Thalak, der nach dem Mantel des toten Gottes Omagor strebt.

Mama Maerbellinae, Mama, große schwarze Frau, die im Hafenviertel von Askir lebt und gerne Tee aus Totenschädeln trinkt.

Marcus, der blutige, Pirat, ehemals Herrscher der Feuerinseln, selbsternannter Freund Leandras. Ein vorausschauender Mensch.

Mendell, Seeschlangen, Stabsleutnant, Erster Offizier der *Schneevogel*, ging bei der Flut verloren.

Nataliya, Thalak. Das dritte Tuch der Nacht, einst Assassine des Nekromantenkaisers Kolaron Malorbian, dann treue Begleiterin Havalds, opferte ihr Leben für ihn.

Olif Skavonson, der Skutilvin, Baron der Varländer.

Ordun, Bessarein. Ein überaus mächtiger Nekromant in Fahrds Gasthof, der Armins Schwester Helis die Seele raubte und Havald mühelos besiegte.

Perdis, König von Sertina.

Pesserion, Ratsherr des Handelsrats von Askir.

Pertok, Hochinquisitor von Askir, oberster Richter und Henker Askirs, der Kaiserstadt und Boron verpflichtet. Wiesel ist gut mit ihm bekannt.

Rogamon, Aldane, ehemals König von Aldane und Nekromant, wurde von Askannon besiegt und gefangen genommen.

Santer, Eule, Schwertleutnant, Adjutantin von Desina, der Eule von Askir, ehemals bei den Seeschlangen, bester Freund von Korporal Fefre.

Sara La'bat, Havald hält sie für eine Maestra, weil Seelenreißer eine starke Lichtaura um sie her wahrnimmt

Steinwolke, Südlande, Königsgreif, Freundin von Leandra.

Stofisk, Baron, Vater von Leutnant Stofisk, Ratsherr im Handelsrat der Stadt Askir, ein Mann mit guten Instinkten.

Talisan, ein Elf und alter Freund des Kaisers, befehligte die Nachtfalken, erster Träger von Seelenreißer, Vater von Taride und Imra, großer Kämpfer und Barde, lehrte Askannon die Grundzüge der Magie.

Taride vom Silbermond, Bardin, und Liebhaberin von Baronet Tarkan von Freise.

Taruk, Gasalabad, der Haushofmeister von Havald, verschwiegener Spion Armins.

Thorson, Magnus, Varlande, Botschafter der Varlande in Bessarein und Verehrer Leandras, angeblich ihr Liebhaber.

Tivstirk, Jarl, Varlande, Mitglied der Delegation der Varlande, ein mächtiger Seelenreiter im Dienste Kolarons stehend, ehemals Lehrmeister von Ordun.

Urios, Bruder, Soltarpriester zu Kelas, überreichte Seelenreißer an Havald.

Varelt, König von Ibsiss.

Vladir, der Verschlagene, einst König von Illian, wurde bei seiner Krönung aus Versehen von Steinherz enthauptet.

Vrelda Hraldirsdotter, zukünftige Königin der Varlande, Schwester Ragnars, Jarl Erlaf versprochen.

Wiesel, Ziehbruder Desinas, der Eule von Askir, ein Mann mit heiterem Gemüt und schnellen Fingern.

Wirten, Baron, Rangor, ein Mann ohne Instinkt für Gefahren.

Wittmar, Graf, geht auf Stöcken, ist nahezu hundert Jahre alt und bekannt für seine Lebenslust.

Die sieben Reiche:

Aldane, eines der sieben Reiche.
Bessarein, das Wüstenreich, Kalifat, einst die Kornkammer des Reichs. Ihre Hafenstadt Janas wurde durch die Flut fast vollständig zerstört. Eines der sieben Reiche.
Ibsiss, eines der sieben Reiche.
Ostmark, die, ständig umkämpftes Gebiet im Osten, eines der sieben Reiche.
Rangor, eines der sieben Reiche.
Sertina, eines der sieben Reiche.
Varlande, eines der sieben Reiche.

Die Südlande:

Illian, Königreich, Kronstadt, Heimat von Leandra und Königin Eleonora.
Letasan, Königreich, Heimat von Havald.
Jasfar, Königreich der Südlande.

Orte:

Aldar, Aldane, von Askannon erbaut, Hauptstadt von Aldane; hat großen Hafen, Kronburg.
Alderloft, Aldane, Schmugglerhafen.
Alte Schmiede, Askir, eine Rüstungsmanufaktur am Arsenalplatz, angetrieben durch ein magisches Treibrad.
Arsenalplatz, Askir, Mittelpunkt der Rüstungs- und Waffenmanufakturen der Kaiserstadt.
Askir, alte Kaiserstadt, von Askannon erbaut, Stadtstaat, angeblich leben dort mehr Menschen als in den Südlanden.
Brandenau, Ostmark, Festungsstadt, alte Festung, Amtssitz des Marschalls der Ostmark.
Coldenstatt, Südlande, jüngste Stadt der drei Reiche, gegründet von Siedlern der Südreiche.

Donnerberge, Südlande, mächtiges Gebirgsmassiv im Norden.
Donnerpass, Südlande, einziger bekannter Pass durch die Donnerberge, führt nach Coldenstatt.
Donnerfeste, Südlande, am Donnerpass gelegen, die letzte der großen Festungen aus dem alten Reich.
Gasalabad, Bessarein, Regierungssitz des Kalifen von Bessarein, größtes Emirat des Kalifats.
Gebrochene Klinge, Askir, die, von Istvan geführte Kneipe im Hafenviertel von Askir. Desina, Wiesel und Regata wuchsen dort auf. Außerhalb kaiserlichen Rechts stehend.
Hammerkopf, der, Südlande, Gasthaus am Fuß des Donnerpasses gelegen.
Hartmarkt, Askir, Markt im Hafenviertel, auf dem Stückgüter wie Eisen, Zinn, Kupfer und Produkte aus diesen Materialien verkauft werden.
Janas, Bessarein, Haus des Turms. Ehemals wichtigste Hafenstadt des Kalifats Bessarein, wurde von Beben, Flut und Pest fast vollständig vernichtet. Das Haus des Adlers erhebt Anspruch auf die Stadt.
Kalliste, eine verlassene Stadt in einem Dschungel jenseits des Meers der Stürme, es gab kleine Drachen dort.
Kelar, Südlande, eine ehemals reiche Handelsstadt und Geburtsort von Havald. Sie wurde von den Truppen Thalaks geschliffen.
Kolariste, Thalak, Hauptstadt des Kaiserreiches Thalak. Ein unheimlicher Ort, an dem es viel zu viele Drachen gibt, auch wenn einer davon Blumen mag. **Krimstinslag**, Kronstadt der Varländer.
Melbaas, Südlande, eine Hafenstadt, schon lange an den Feind gefallen.
Silberne Schlange, die, eine seit Jahrhunderten beliebte Soldatenkneipe nahe der Zitadelle von Askir.
Zitadelle, die, mächtige achteckige Festung, Sitz des Kaisers und des Kronrats von Askir.
Xiang, ein fernes Land, in dem die Straßen mit Gold gepflastert sind.

Begriffe:

alta're'vita, »Veränderung des Lebens«, Folter mit bleibenden Gesundheitsschäden, kann bis zu Verstümmelung und Tod gehen.

Akolyth, Assistent, Gefolgsmann, Tempelschüler, -diener.

Aldanen, abergläubische Bewohner Aldanes, fürchten die Magie, vorherrschend in der Mode und im Etikett.

Alten, die, legendäre mystische Gestalten, die angeblich älter als die Titanen wären.

Arendsteiner Bergwacht, Weinsorte.

Ar'in'faead, Bannschwert, Hüter des Schattens, elfischer Name für Soltars Schwert Seelenreißer.

Ask, Fluss, der durch Askir fließt, Namensgeber der Stadt.

Astartes Gnade, Schwert, Bannschwert, der Göttin Astarte geweiht.

Avincourt, Pass in den Südlanden, Schauplatz einer legendären Schlacht.

Barbaren, lebten einst in den Südlanden, bevor Askir das Land kolonisierte. Verehrten den Winterwolf als Gott.

Maestra/o, Magiekundige/r, der/die Magie als eine Wissenschaft versteht.

Baum des Lebens, verehrt als Ursprung der Elfen.

Blutmagie, verpönte Form der Magie, gewinnt als rituelle Magie ihre Stärke aus Lebensenergie und Blutsopfern. Ehemals von den dunklen Elfen entwickelt gilt sie als unverzeihliche Blasphemie gegen die Götter Askirs. Nur der Namenlose und Omagor, der Gott der Dunkelheit, erlaubt ihren Anhängern diese Form der Magie.

Blutsiegel/Blutzirkel, Rituale der Blutmagie, meist mit Menschenopfern verbunden.

Bessa, die Handelssprache des Kalifats von Bessarein.

Bullen, die, Clan der, umgangssprachlicher Name für die Legionen Askirs, steht für die Unaufhaltsamkeit der Legionen, einer der ehemals dreizehn Kriegerclans des Alten Reichs.

Schneevogel, Schwertschiff der kaiserlichen Marine, unter Befehl von Lanzenkapitän Elgata auf der Flucht von den Feuerinseln gesunken.

Drachen, Clan der, dienten dem Kaiser als Leibgarde, wurden aus den Besten der Legionen rekrutiert. Einer der dreizehn Kriegerclans des Alten Reichs.

Dreieinigkeit, das Triumvirat der Götter Astarte, Boron und Soltar.

Dunkle Gabe, die, andere Bezeichnung für Blutmagie und Nekromantie.

Dunkle Gott, der, Omagor, der Gott der Finsternis.

Eiswehr, Bannschwert, ehemals in Besitz von Jerbil Konai, hat sich Sieglinde als neue Trägerin ausgesucht.

Elfentropfen, Edler Weißwein, angeblich von den Elfen gekeltert.

Eulenturm, der, Turm der Eulen und Maestros des Alten Reichs, ein weißer Turm, der im Hof der Zitadelle steht, seine weißen fensterlosen Mauern verbergen die größten Magien und Geheimnisse der Kaiserstadt. Steht nur jenen offen, die ein magisches Talent besitzen und der Kaiserstadt treu ergeben sind.

Feder, militärische Schriftgelehrte des Kaiserreichs.

feiger Gott, Zokoras Bezeichnung für den Namenlosen.

Feuerherz, Blume, Orchideenart.

Feuerinseln, ehemaliger kaiserlicher Marinestützpunkt, vor der Küste Bessareins, der in einer gewaltigen Eruption vernichtet wurde und Flut und Beben verursachte.

Frolnirs Axt oder auch Ragnarskrag.

Furchtbann, Bannschwert, Soltar geweiht, ein Schild gegen Angst und Verzweiflung. Seit Jahrhunderten verschollen.

Gazar, mächtiger Fluss in Gasalabad.

Gehörnte, der, Sonnenmann, Ursprung des Sonnenglaubens → Soltar.

Gildenhalle, Versammlungsort des Gildenrats zu Askir, Ort vieler Festlichkeiten.

Steinwolke, Königsgreif, Freundin von Leandra.

Handelsrat, das wichtigste politische Gremium in Askir, wird von den mächtigen Gilden der Stadt beherrscht.

Halbkrone, Währungseinheit in Askir.

Himmelseisen, wertvolles Eisen, das aus dem Himmel fällt, sehr gut geeignet zum Schmieden von Schwertern.

hölzerner Thron, der. Der Thron der hellen Elfen, angeblich aus lebendem Holz des Weltenbaums geformt.

Imperial, Kaiserliche Handelssprache, wird in allen sieben Reichen und auch in den Südlanden gesprochen, auch wenn es noch lokale Sprachen gibt. Aus dem Aldanischen entstanden.

Lichtbrand, ein von Boron gesegneter Brand auf einem Scheiterhaufen. Bisher starben nur Schuldige darauf.

Magnetstein, eine Kompassnadel.

Orden der Rose, ein Ritterorden der Südlande, einst von Graf Roderic geführt, hielt dem Ansturm der Barbaren im Pass von Avincourt auf und starb bis zum letzten Mann.

Rabenflug, Havalds prachtvoller schwarzer Hengst.

Runenweberspinnen, eine Köstlichkeit der dunklen Elfen, es gibt sie auch kandiert.

Seelenreiter, auch Nekromanten.

Seeschlangen, die Marinesoldaten Askirs, einer der dreizehn Kriegerclans des Alten Reichs.

Seeschlangen, Seeungeheuer, von denen die Soldaten den Namen und das Lindgrün ihrer Rüstungen übernommen hatten.

Semaphorentürme, Signaltürme, mit denen innerhalb der sieben Königreiche Nachrichten übermittelt werden.

Ser'en'al, das friedliche Land.

Shah, ein Brettspiel.

Sturmtänzer, die, kaiserliches Schwertschiff, das Havald und seine Gefährten von der sinkenden *Schneevogel* gerettet hat.

Weichmarkt, großer Markt im Hafenviertel von Askir, hier werden Lebensmittel, Stoffe und Tiere verkauft.

Wyvern, die, schlangenähnliche Reptilien, groß genug um einen Reiter in die Luft zu tragen.

Inhalt

1. Ankunft 7
2. Orikes 23
3. Ein Freundschaftsdienst 28
4. Der Kommandant 40
5. Die Eule 48
6. Das Erbe der Rose 70
7. Die Königin 78
8. Von Federn und Drachen 83
9. Die fremde Frau 94
10. Das Tor im Keller 109
11. Der Ring des Generals 123
12. Die Dritte Legion 130
13. Der Engel Soltars 150
14. Alte Freunde 191
15. Die Eule Erinstor 208
16. Geschliffen 237
17. Apfeltabak 247
18. Ragnar 260
19. Nordland-Diplomatie 268
20. Ein neuer Auftrag 281
21. Dornen 298
22. Der Kaisergarten 306
23. Von Kronen und Schwestern 318
24. Der Handelsrat 327
25. Die Kaiserbrücke 334
26. Die Dornen einer Rose 343
27. Das Herz des Feindes 359
28. Von Eulen und Regen 378
29. Stockfisch 390
30. Der Ball 404
31. Handelspolitik 441
32. Helgs 446
33. Das Wort des Kaisers 475

34. Der Preis der Macht 483
35. Familienbande 495
36. Balthasar 506
37. Kriegsrat 513
38. Astartes Gnade 523
39. Vom Gericht der Götter 531
40. Schlachtplan 544
41. Schafe und Wölfe 556
42. Köstlichkeiten 570
43. Die Prinzengarde 584
44. Die Feder 595
45. Ein Tag zum Sterben 607
46. Der Stolz Aldars 617
47. Flucht aus Aldar 623
48. Ragnarskrag 638
49. Die Hinrichtung 647
50. Die Macht der Eulen 658
51. Herrscher der Reiche 670
52. Der Kronrat 677
53. Die Tochter des Drachen 685
54. Der letzte Gang 695

Anhang 699

Vampire und Werwölfe im Dreißigjährigen Krieg

Richard Schwartz

Schwarze Wacht

Roman

Piper, 544 Seiten
ISBN 978-3-492-70363-5

1632: Zwischen den herrschenden Häusern in Europa brodelt es. Doch nicht nur Menschen, sondern auch Vampire und Werwölfe lenken das politische Geschehen. Als ein Mordanschlag auf die spanische Königsfamilie verübt wird, gibt es nur eine Überlebende: die junge Infantin. In der Schwarzen Wacht, einer mysteriösen Assassinen-Gilde, lässt sie sich zur Kriegerin ausbilden. Unter dem Decknamen Eva verfolgt sie eisern ein einziges Ziel: den Mörder ihrer Familie zu finden und die Toten zu rächen …

Leseproben, E-Books und mehr unter www.piper.de

Die Zukunft beginnt jetzt ...

Richard Schwartz

Die Starfarer-Verschwörung

Die Sax-Chroniken 1

Piper, 528 Seiten
ISBN 978-3-492-70368-0

Die Trickbetrügerin Sax ist auf dem Tiefpunkt ihrer Karriere angekommen. Ihre Verbündeten lassen sie im Stich und ein Unbekannter trachtet ihr nach dem Leben. Doch dann entdeckt Sax durch Zufall ein Artefakt aus ferner Vergangenheit. Und ihre Entdeckung zieht sie in eine hoch gefährliche Verschwörung hinein, die den Kampf um die Vorherrschaft in der Galaxie neu entfacht ...

Leseproben, E-Books und mehr unter www.piper.de